青雾

QINGWU

时代出版传媒股份有限公司
安徽文艺出版社

青雾

QINGWU

潘　梅◎著

ARTIME
时代出版
时代出版传媒股份有限公司
安徽文艺出版社

图书在版编目（ＣＩＰ）数据

青雾/潘梅著. —合肥：安徽文艺出版社，2019.8（2022.5重印）
ISBN 978-7-5396-6714-0

Ⅰ．①青… Ⅱ．①潘… Ⅲ．①长篇小说－中国－当代
Ⅳ．①I247.5

中国版本图书馆 CIP 数据核字 (2019) 第 149160 号

出 版 人：段晓静
责任编辑：李　芳　　　　　　　　　装帧设计：褚　琦

出版发行：时代出版传媒股份有限公司　www.press-mart.com
　　　　　安徽文艺出版社　www.awpub.com
地　　址：合肥市翡翠路 1118 号　邮政编码：230071
营 销 部：(0551)63533889
印　　制：北京一鑫印务有限责任公司　　　(010) 61424266

开本：880×1230　1/32　印张：9.5　字数：220 千字
版次：2019 年 8 月第 1 版　2022 年 5 月第 2 次印刷
定价：48.00 元

序言

《青雾》的故事，几近真实，起于潘园，止于潘园。

潘园是皖西大地上的一个小小村落。我父亲是土生土长的潘园人，也是最早离开故土奔赴小城营生的潘园人。在很长一段时间里，随父亲回潘园探亲，成了儿时的我最向往的一件事情。那时的潘园于我而言，一草一木都充满着极致的诱惑，古老又神秘，让我新奇、兴奋且又深深地恐惧。

随着生活的跌宕，我离潘园越来越远，对潘园的印象，变得模糊，分崩离析成一个个零碎又混乱的画面，隐匿在我记忆的夹缝里，潘园，仿佛只剩一个空洞的、遥远的概念。曾一度以为，我对潘园的情感淡漠了。可往往，就在某个时刻，哪怕是嗅到了类似潘园的乡野气息，也会措不及防地触动一段我对潘园的回忆。闭上眼睛，我依然能清晰地看见久远时空外的潘园：厚重的黄土地、静谧幽深的竹林、盘桓在潘塘上的浓雾、古老的杏子树，在破旧草房的残垣断壁处，偶尔窜出条黑红相间的毒蛇——潘园人叫它"土根蛇"。还有更让我恐惧的裹着小脚的巫婆、被家人深锁在土房里的疯子……原来，曾经的潘园，始终驻扎在我灵魂的最深处。

原谅我使用"曾经的潘园"一词。我不确定除了"曾经的潘园"，还有什么词汇可以概括那个记忆中弥散着神秘的、隔世气息的村落。总之，它与当下的潘园截然不同。

城市的扩张，经济浪潮的冲刷，使年轻力壮的潘园人远赴各个城市谋生，现在的潘园，只残留几个老弱妇孺的身影在日渐萎缩的土地上劳作：种种豆角或拾拾麦穗。豆角是一畦菜园里的豆角，麦穗是田间遗落的麦穗。他们闲散的步调，无力也无心忠于农事，一任夕阳，将他们孤单的影子越拉越长。

潘园人对土地的依附感弱了，祖祖辈辈曾赖以养家糊口的土地好像可有可无。这是时代变迁引发的蝴蝶效应，也是城市化进程必然的症候之一。可这一切，应该与潘园人对待土地的情感无关吧？是了，憨实的潘园人怎会抛却生养他们的土地？无论现代文明的皈依或是背叛，土地，始终都报以宽厚的沉默。可一听见"土地"，潘园人仿佛就能嗅到小麦的香味、听见玉米拔节的脆响。潘园的土地，隐喻了质朴、包容、沉稳和绵绵不尽的生命。对待土地，潘园人的血液里一直传承着信徒般的敬畏和虔诚。虽然，机械和科技正在密不透风地武装人们的生活，土地离人们越来越远，可潘园人依然坚信，嘹亮的劳作口号，伴着闪闪发亮的汗滴，终会再度盘旋在潘园如洗的蓝天。这种隐秘的传承使散落在各地的潘园人如一个个放飞的风筝，线的那头，紧紧地牵扯在潘园的土地上。

月圆中秋，远在都市打工的某个潘园姑娘，抬头望望钢筋水泥夹缝里一线灰茫的天空，她突然很渴望来一把带着潘园泥土清香的秋花生，咬一口从潘园枝头上摘下的红柿子。炎夏酷暑，正在办公室加班的某个潘园小伙，被空调里的冷风吹得直哆嗦。他想起了潘塘，想起了小时候光着腚一头扎进潘塘里的清凉。潘塘里的鱼虾甚多，他一猛子扎下去，待再探出身时，手里兴许会多条鲫鱼。不远处，一条水蛇漫不经心地游弋，灵动的身段甚是从容优雅，身后漾起长长的水纹。塘边的河蚌，莫名就将两扇贝壳紧拢，在淤泥里拖出一条笔直的痕迹，向潘塘深处滑去……这个潘园小伙抿抿唇，清秀的手扶了扶眼镜，继续在键盘敲出一片铿锵之声。

我已经没有机会再去追问，病重的父亲，执拗地迁户回潘园时，他是否全然忘记了当初奋不顾身挤进城只为一纸商品粮户口本的辛酸？兜兜转转，便是一生，父亲最终安详地躺在牵扯他一生的黄土地上，魂落潘园。

竹林深处的坟冢，是潘园人认定的归宿。

潘园的老人最忌讳邻村的乱坟岗。乱坟岗，葬的或是客死异乡的外族人，或是因自杀等种种原因不能落葬自家祖坟的孤魂。在潘园这片土地上，一直都有这样古老的传说：人有三魂七魄，人死后，魄消散，独留魂存在，若是不能落葬祖坟，受不到祖先神灵的庇佑和后人拜祭的香火，就会变作充满戾气的孤魂野鬼，入不了天道轮回。在潘园人的意识里，那将是多么可怕的事！以至于潘园人可以不计较活着时遭遇的种种磨难，唯独惧怕死后，变成一缕乱坟岗上无家的孤魂。村里的老人早早就为自己做了准备：把棺椁漆得锃亮，黑色寿衣上，花团锦簇。请风水先生挑选阴宅时，他们的神情尤为认真肃穆，像是举行生命中最重要的仪式，也是最后一次，虔诚地叩问土地。

至今我仍然无法想象，这些老人亲手为自己砍制棺椁或缝纫寿衣时的心境。在我看来，油漆再亮、花朵再艳，也遮不住棺椁和寿衣散发出的阴森的、死亡的气息。单就那两个词本身，就足以让我战栗和恐惧，毫无美感可言。

邻村的乱坟岗早已不在，据说是八九年的一场洪水把它冲平了。潘园的老人们心里像是卸下块重石，无端地轻松了许多。洪水退去，乱坟岗里露出许多女婴的骸骨。潘园人听闻后，长久地叹息一声，伴着更长久的沉默。蒙昧的年代，在未开化的乡风里，女婴的离奇死因，鲜有人深究。地要锄，田要耕，粮要收……哪一样不是指望儿子们的一身蛮力接替父辈在土地上折腾？重男轻女，也一直根深在潘园人的思想里。

我曾不止一次地揣测，是不是时代的迅猛发展远远超出了潘园人单纯的认知，导致潘园人缺失安全感，不得已才顺从于手忙脚乱的随波逐流？仿佛多米诺骨牌，谁碰倒的第一个不重要，重要的是，只要第一个倒下，后面的骨牌就会跟着起连锁反应。潘园经常出现这样诡异的现象：打工，许多人背负行囊去一个地方打工；盖房，全村争先恐后去盖洋房——有没有人住倒是次要的。有段时间，连去九华山等佛门净地当僧侣，都在潘园形成了一股流行的风尚。据说，那时潘园人去九华山观光不用买门票——寺里有很多老乡。寻常人得花重金才求得的开过光的佛珠，在潘园，基本人手一串，当然也是寺庙里的老乡给请的。

经济浪潮用快到几乎让人窒息的速度席卷着皖西大地，潘园也逐渐脱离了农耕社会的轨迹。第一栋刷满油漆的洋房取代了曾经的土墙草房，很快，栋栋洋房，便以惊人的速度蔓延，雾色中，无声无息地吞噬着潘园的土地。我总以为，是命运开的一个玩笑吧，潘园盖的第一栋洋房，名为洋房，出于何种原因却带上了永远也掩饰不了的土气。不久，潘园有了第二栋、第三栋……一栋栋望去，它们尽管大小各异，却都有着惊人的神似——土气。这种土气，由内而外散发着说不清道不明的别扭。我曾试图找个比喻来类比，却沮丧地发现，除非用建筑学的专业术语解释，否则，空泛的语言无法替代我强烈的视觉感受。神奇的是，在潘园，没人觉得不妥，仿佛洋房本该如此！他们恬淡的态度几乎让我产生错觉：或许洋房，本该如此？

这些洋房通常都很寂静，稀有人烟，沉默地矗立在小城边缘。更深人静时，偶尔也会有那么不安分的一栋，像一条鬼鬼祟祟的贪食蛇，趁人不备，迅疾就多出几平方米——类似城市拆迁时常见的伎俩——看似笨拙的洋房，除了顽强的侵占力，也会透着些许农民式的狡黠，一如潘园人。人性，总会在某个细微之处彰显，微妙又复杂。

　　当然，朴实、善良、和顺，才是潘园人亘古不变的底色。潘园的每一片土地都刻着生命的印记，流经的每一条河流都承载着有温度的故事。

　　许久不回潘园，而若是回到潘园，必定是瘸腿的春花站在潘塘边迎接我。她是我的堂姐。每每见到她，我都有一种抑制不住的冲动，要把她的故事写成小说。

　　一走近她家楼房，我便看见桌上一束雏菊正在怒放。这时候，春花递给我一把竹椅，摆上一碟皖西的咸瓜子，我一坐下，她便开始重复她冗长的故事。她唇角上扬，眉眼波澜不惊，语气平和得像是在述说别人的故事。她把所有的悲喜都隐匿在了故事的背后。陈年往事像是一块风化的石头，被她缓缓的语调层层剥开。

　　如果人的灵魂可以用实物来区分属性的话，潘园的每一个灵魂都有着不一样的属性。有些灵魂充满粗犷、生腥的野性，像潘塘里的黑鱼，以强悍的方式肆意掠夺食物侵占巢穴；有些灵魂则是塑胶的合成品，始终保持着固化的姿势，若是有几缕阳光照射上，你会发现，上面已蒙上了一层薄薄的灰尘。

　　而春花，我想，她的灵魂属性应该是野雏菊，扎根在土地上，卑微地怒放。潘园的野雏菊盛开在初秋，是灰冷肃杀的雾色里突然跳出的一抹嫩黄，这抹小小的嫩黄，历着风吹雨打，每一天都在新鲜地生长，顽强地散发着沁人心脾的香味。乡野田间的野雏菊，似乎并不迎合大众的审美趣味，无人懂得欣赏，可这并不妨碍它沐一场灿烂的花事，唯一的观众，是它自己，也只能是它自己。

就像我始终无法真正走入春花的故事，替代她所有的情感一样。

我一直在思考，我是个写小说的人吗？也许不是，对于她的故事，我充其量只是一个转述者。我想，如果春花识文断字的话，她必定是个很好的小说家。一个作家的成功，往往并非依赖于文学知识，而是依赖于真实的生活经验，最好的小说家应该是经历故事的她自己。

沈从文说，写小说要贴着人物写。扪心自问，《青雾》里我时时贴着春花写了吗？答案是否定的。我想，我可以轻而易举地转述她一生如何艰难地寻求更好地活着，却始终游离在她切身的、强烈的、真实的喜怒哀乐等情感之外。在属于她的故事里，我的情感似乎陷入一个灰色地带，哪怕我的笔下已经砌满了欢喜、欢愉的色彩，也没法完全描述她当时的喜，而她时时经历的巨大哀恸，又岂是我寥寥数笔可以概括的？她数十年的岁月就这样被我残忍地压扁成十几万字，轻飘飘地一页一页给翻过去。

很多人热衷于讨论意蕴，也许故事本身就是意蕴。如同潘园的青雾，更多时候只是个意象，代表着某种隐喻——生活不时让我们如坠身青雾，苟且于三丈以内，前方是漫无边际的迷茫。这个叫潘园的村落，又何尝不是一种意象？

生活的本质是什么？我想，应该是寻求如何更好地活着吧。潘园的每个人都在不停地挣扎、折腾，与命运做抗衡，保持着向上的姿态，赤手空拳，努力沿着自己看似正确的人生轨道前行，春花是这样，张务军也是这样。他为了摆脱土地的束缚，通过联姻方式去寻求前途，带来的是空洞，是琐碎，是无尽的苦恼。或许，生活本身就是一场不动声色的围剿，不用刀光剑影，仅仅是一地鸡毛的堆叠，就足以磨灭人的意志和肉身。对于潘园人，唯有土地是包容的、宽厚的，默默滋养着每个潘园人。

春花的第三段婚姻我并不看好，那时我父亲正好在小城开了座宾馆，收入可观，带着怜悯与施舍，我请她来我这打工。她笑着说走不开，土地里的农活要忙，家里的孙子要带——她第三任丈夫的孙子，与她并无任何血缘关系。嘲讽的话还没出口，一抬头，望着她那双明亮的眼睛，我顿时羞愧不已。我的怜悯是源自俯视的心态，泛着缺失温度的冰冷，就连施舍，都烙着可耻的炫耀。其实，谁比谁活得更好，又怎能分辨清楚？终日困扎在钢筋水泥阁楼里的人不见得就一定比心思简朴的潘园人更加热爱生活。

文化、文明，大时代背景下人物的生存和命运，土地的依附，精神的荒芜，人性的多层，命运的不可知……潘园的青雾，是无法说清的人生迷雾。

一

1985 年一个寻常的秋晨，当黎明的第一缕光亮费力地照进皖西大地时，一个常年被雾气笼罩的古老村落——潘园，渐渐醒了。一两声鸡鸣狗吠从泛着幽青的雾霭里传出，低沉又遥远。村口状如靴子的潘塘升腾着苍茫的水汽，弥散开来，整个潘园显得虚虚实实。雾色中，塘边几棵歪斜的老柳树影影绰绰。进村的唯一一条羊肠小道，俯身在潘塘边沿，蜿蜒至村口，再陡然呈脉络状分散，消失在雾霭深处。枯草里，躺着一条蜕下来的蛇皮，薄如蝉翼。

潘园的土地上，已有了沉默劳作的身影。面朝黄土背朝天的村民，不时用搭在脖子上的毛巾，擦去凝结在眼角的雾水。偶有村民挑根扁担或背着笆斗，带着浊重的呼吸，到远处乡镇赶集，匆匆的背影，转眼便融入四下漂浮的青雾，不见了。

潘园的最里角，是几间低矮的土墙草房，坐北朝南，被大片大片的墨色竹林虚掩。这是四爹家。此刻，屋后竹叶上的露珠正顺势从叶片的各个方向滑至叶尖，一点点悄然聚积，终于汇成水滴下坠，滴在堆叠满地的枯叶上，发出或清脆或嘶哑的声响，而竹叶一阵战栗，惊起了蜷缩在枝头的小鸟，它们扑棱棱地飞走了。一些竹根延展着嶙峋的枝节，突兀地裸露出黄褐的本色，从厚重的土地里钻出，时隐时现，直伸到墙角。墙角常年受着雾气的侵蚀，潮湿暗沉，长满苔藓。

门口稻场边上，有口简易的压井，摔变形的搪瓷缸里装着引水，将引水倒进压井，再用尽全身力气，蠢笨地"吱呀吱呀"压上几下，潺细的地下水才被压出来。压井的铁杆柄，光滑幽青。

紧挨压井，放着粗大的石磙。石磙旁，破旧的盆盆罐罐种着一些花儿。碗口大的紫色大丽菊让几近萧疏的秆不负重荷，随时都有折断的危险。几株芍药，或高或矮，旁逸斜出。还有几盆红的、紫的指甲花。所有花儿的颜色，无不掺和了几分带着雾气的惨淡。

一处破败的草房，堂屋连着厨房，只有两间厢屋，四爹、四妈住一间，另一间被糊满报纸的篱笆栅栏隔开，一边住着四爹的两个儿子，一边住着他的两个闺女。堂屋的正面墙上，悬着一副泛黄的中堂——"天地君亲师"，供桌上的香炉，积攒了厚厚的香灰。

堂屋里照得进和照不进光亮处横七竖八地堆叠着杂物：用旧了的簸箕、颓败的几近光秃秃的芦苇扫帚、还沾着泥巴的锄头、编竹篮用的泛亮的篾刀。本就晃动着短了腿的长条板凳，在高低不平的地面上，更是得小心坐着才是。

四爹披了件破夹袄坐在床上。他拉风箱似的嗓子里始终有咳不尽的痰。又是一阵剧烈的咳嗽，似乎要把器官挣破了一般，四爹憋红了脸，用手紧紧攥着木质的床沿，尽量保持着平衡，不让自己摔下去。四爹抬了抬昏黄的眼，向窗外望去，茫茫一片。

四妈已经在烧早饭了。一锅金黄的苞米粥，正在"咕嘟嘟"地泛着泡儿。听见四爹的咳嗽声，四妈往锅洞里又添了一把柴火，看也不看，张口就骂。

四爹经历了一阵痛苦的剧咳后，刻满皱纹的老脸渐渐平缓。接着他用被纸烟熏黄的干枯的手指，从皱巴巴的"团结"烟盒里抠出一支，点燃。他没有理会四妈，对他来说，四妈的责骂只是一种无喜无悲的表达。

春兴从屋里爬起来，汲着鼻涕提着松垮的裤子来到锅台边，用黑不溜秋的长把饭勺在稀得能照出人影的锅里搅了一下，便扔了饭勺，稀饭四溅在锅台上。"又是这个！我饿得肚里的虫子都出来了！不吃了，我去掏几个鸟蛋来烤。"

四妈又是张口就骂。

"这个春兴！"四爹扶着床沿长长地叹了口气。四妈年轻时像是过猪仔一样，一连串生下四个孩子。前三个没钱读书，家里把希望寄托到了小儿子春兴身上，宠溺都给了他一人。可他书也没个正样去念，整天戳得满村鸡飞狗跳，最不教人省心。三个大的就省心了？老大春生还是光棍一条，眼看村里同茬的后生们早就抱上娃娃了，可家里哪有彩礼为他娶亲？四爹知道，寡言的春生心里对这个家是埋怨的，偶尔冒出几句话，就像呛了火药一样，沉甸甸地能噎死人。又有什么办法呢？四爹无奈地阖上眼睑，一阵接一阵地咳嗽。

想起今天迎河村赵大毛家盖的新屋上梁，请他去喝上梁酒，四爹才开始摸索着穿衣服。虽说四爹一辈子在土地里刨食，却因幼时读过两年私塾，识得几个字，附近几个村，谁家有红白喜事，大都愿意请他喝一杯，有时他也为主家执笔记礼单。对于这点，四爹一直是很骄傲的。每当坐在铺好的案桌前，拿起主家恭敬递过来的毛笔，四爹顿觉面上有光，腰也直了，就连要命的咳嗽声好像也清爽了。

古老的淠河流经整片皖西大地，它的下游边上散落着一些大大小小的村落，这个叫迎河的村子，离集镇最远，也最穷，总共不过几十户人家。

四爹佝偻着从潘园赶到迎河，已近中午，赵大毛家门前很是闹腾。在乡下，除了婚丧嫁娶，还有什么比盖房上梁的仪式更重要呢？日子再简陋，祭梁、上梁、抛梁等工序也是缺一不可。赵大毛家已完工的毛坯房里横着一根粗壮的梁木，梁木中间裹着红绸，用来辟邪破煞。红绸布上，崭新的铜钉钉出四个大字：吉星高照。铜钉在太阳下闪着耀眼的光，映在赵大毛咧开花的脸上。

供桌上的祭品是条整鱼，两边燃着香烛。"香头"李家老太婆正在祭梁。她裹着小脚，着一身对襟黑衣，头戴平绒帽子，帽子的一边，绣着一朵艳红的花。李家老太婆端着一碗酒，不停地用手指沾着酒，朝梁木抛洒，乌黑的嘴巴吞吐着，念念有词。古老又神秘的祭祀仪式让村民们自觉后退些距离。嬉闹的村娃们也停了下来，丢下未完工的泥巴"堡垒"，钻进人群，屏住呼吸，呆呆又好奇地望着。对于"香头"，四爹和村里人一样，一直比较敬畏，认为自己的命不好，都是上辈子作孽太多。

待李家老太婆祭梁完毕，上梁师傅们打着赤膊一声声高唱上梁歌"上啊，大吉大利！上啊，大吉大利！……"卖力地把正梁抬上屋顶架好。随着梁木放妥当了，四爹悬着的心也落下来，刚才上梁师傅们用力，他也在心里暗暗使劲。

此时，村民们全都从不同方向仰望着作头的上梁师傅，只待他点燃那串悬挂在梁上的鞭炮。可他似乎并不着急，大功告成地朝底下的赵大毛眨眨眼，赵大毛立即领会，慌忙点燃一支香烟递上去。作头师傅慢悠悠地叼上烟，闭上眼狠狠地吸了一口，再夸张地从鼻子里喷出来两道烟箭。他再次巡视了底下的人群，目光里闪现出几分成就、几分炫耀。可嘴馋的村娃已经不屑于他的表演了，无视他上梁的功劳，目光直勾勾地定在他抛梁用的篮子上，只等鞭炮炸过，好哄抢篮子里的那染了红的花生和圆鼓鼓的银杏。若运气好，被他们抢到一两个糯米做的"欢团"，他们就会要宝似的在伙伴中炫耀，好几天也舍不得吃，直到"欢团"由雪白变为黢黑。最终，作头师傅用猩红的烟头点燃了鞭炮。鞭炮噼里啪啦地炸开，惊飞了村口树枝上的一群乌鸦。满篮的花生等物，随之抛撒，村民们一哄而上，眼疾手快地从地上抓取。场面异常热闹。

几颗花生滚到四爹脚边，他弯腰一一拾了起来，装进兜里。

上梁后，就该喝上梁酒了。饭菜已上桌，冒着热腾腾的香味，直蹿向人心底。赵大毛和他婆娘——小兰妈招呼乡里乡亲，安排四爹坐在"香头"李家老太婆这桌主席上。四爹很享受赵大毛家对他的敬重，不觉又将佝偻的背挺直了些，俨然当起半个东家，不停地向李家老太婆劝酒。

李家老太婆一边说着不喝不喝，一边举起白粗瓷的小酒盅。

劝来劝去，不知怎的，四爹就把自己给喝高了。席间李家老太婆说起了她的独苗儿子至今未娶，打听哪家有合适的姑娘。她伸出一根鹰爪似的手指，在乡亲们眼里晃动："彩礼我出这个数。"李家老太婆可是迎河有名望的人。据说她守寡后生了病，病好了居然就通了"鬼神"，今天给这家"驱鬼"，明天给那家"叫魂"，乡下的苦主们自是万分感激，少不了给些鸡鸭之类，慢慢地，她孤儿寡母的，倒成了迎河比较殷实的一户。

"一千啊？啧啧，了不得……"乡亲们都咂吧嘴，一时间各自感叹着，失落着。这年月，一千块，别说这样的土墙房，就是亮堂的瓦屋也可以盖一两间了！桌上除了四爹他们几个人的喝酒猜拳声，顿时寂静了许多。整个迎河，就赵大毛和李家老太婆家的日子过得活泛些。

眼红归眼红，"香头"有钱又怎样？她那独苗"二青头"李德好，还不是照样娶不上媳妇？乡亲们总喜欢用熟知的事物去比喻人。李德好干事不着调，很是"二百五"，有着类似当地大青萝卜的辣冲味，说李德好是"二青头"，这种比喻再妥帖不过了。瞧瞧，纵然"香头"一身本事，也治不了自己儿子这"二青头"的毛病！乡亲们各在心里比较着，安慰着，心里慢慢舒服起来，又开始喧闹起来，并热心议论着哪家姑娘是合适人选。

自是有人提起了四爹的大丫头春花，说春花不仅模样俊俏，性子还很温善。李家老太婆一听闻，就像猫儿嗅到了鱼腥味，她将满脸的橘皮皱纹堆叠在一起，眼睛缝里眯出一道光，这才正眼看了看四爹，"那敢情好呢"，并一手端起小酒盅举向四爹。

四爹酒喝多了，又不停地咳嗽，没太在意众人的谈话。恍惚间，见"香头"敬酒，那种自得感又倍增了些，一口一杯！

在赵大毛家帮忙烧饭的妇女看见了，和正在端菜的小兰妈唠叨："你看他们真能扯，潘园的春花我见过，腿是残废，但那丫头漂亮又勤快，唉，怎么能嫁一个'二青头'呢！"

"我看嘛，也合适，一个'二青头'，一个瘸子，能凑合。"小兰妈朝饭桌那边望了一眼。

"要是你丫头，你舍得？"

"胡扯，我家小兰又不是瘸了。啧啧，咱都是庄稼人，一个瘸腿的丫头能顶什么用？没见乱坟岗上扔的都是小丫头啊……"

烧火的妇女连忙瞪圆了眼，示意小兰妈噤声。迎河的乱坟岗，有着不可对外人说的秘密。

小兰妈不以为然地扯动下嘴角，嘀咕着："本来就是……"又接着说，"那可是整整一竿子数啊，上哪找这好事去？哎……"说着说着，小兰妈语调上扬了，两手在两腿一拍，越想越兴奋："别说，这真是门好亲事！我去做媒，别跟我抢啊……"那模样，仿佛不是为了当媒婆的酬劳，而是真心不想错失一桩好姻缘。

皖西大地上，乡亲们最爱喝酒。娶妻，喝喜酒，一边锣鼓喧天，一边酒令不断；白事，喝丧酒，那边亲人哭声凄绝，这边客人推杯换盏；添丁满月酒；杀猪打盆酒……人们总能找到各样的理由来喝酒。像赵大毛家这样的上梁酒，更得喝。若是客人没喝醉，便不能显出主家待客的诚意来。客人间也攀来攀去，乐此不疲，哪怕平时最寡言的老实人，此时也涨红了脸，脖子青筋爆出，用布满老茧的手指伸缩着猜拳行酒令："哥俩好啊，五魁首啊，三，三，五，五……"伸伸缩缩中，总有几个被喝趴下。

四爹的酒都实打实地喝进肚里了。他酒杯刚沾唇时，眉骨间几根稀疏的眉毛像临时被纠集的蹩脚部队，不情愿地蹙在一起，而扬起脖子咽下酒的那声"啧"，悠长的苍音透出由衷的满意，随后眉毛便舒坦地四下散开。烧酒浇灌了胃，烈辣过后便是麻木，既麻木了舌头，也麻木了愁苦，身体里只剩酒精燃烧时的快慰。见小兰妈来给大丫头说媒，一千的彩礼啊！晕晕乎乎中，四爹唯一的念头就是：有了这个数，春生的亲事便妥当了！四爹的眉头更加舒展，端着酒杯乐呵呵地应下。小兰妈笑得更欢了。

这顿"上梁酒"竟喝到了日头西斜。赵大毛劝四爹："歇一晚吧，路可不近。"四爹摆摆手："咳咳……我抄近路。"

作头的上梁师傅打着熏人的酒嗝，晃着脑袋："那、那得经过乱坟岗，您可别、别沾了不干净的东西……"

"咳……"四爹扶住桌角，扑哧吐出一口痰，用脚底板踩上，揉了揉，趁着酒劲，拍得瘦骨的胸脯"咚咚"作响："你四爹我，一辈子没做过亏心事，哪个小鬼敢找上门?"

"那是，那是。再说，还有'香头'当亲家呢!"小兰妈赶紧插话，朝李家老太婆邀功似的望去。李家老太婆皮笑肉不笑地对小兰妈缓缓点点头。

话是这么说，可路过迎河的乱坟岗时，一阵冷风袭来，四爹不禁打了个激灵，酒意顿时消了一半，寒意十足，他裹紧了夹袄。潘园人都传说迎河的乱坟岗太阴森，经常会传来小孩的啼哭声，说是因为这里的鬼魂怨气足，半夜在哭呢。

恐惧渐渐从心底漫过，四爹后悔选了走这条道! 总不能折回头吧? 大话都说出口了!

四爹带着轻一声响一声的咳嗽给自己壮胆，越急越走不出头，双腿像陷进了岗头上的黄泥巴似的，越走越重。一不留神，还踩着了软软的什么东西，四爹差点被绊一跤。惨白的暮色里，苍老的四爹佝腰驼背，在一个接一个的坟冢中缓慢移走，远远望去，就像是坟头走出的孤魂。

不知何时，潘园特有的青雾已弥散到四爹的跟前。

四爹心里长长舒了口气：总算到家了! 到家后，四爹口干舌燥，头炸疼得很，太阳穴一鼓一鼓地跳动。他让四妈从压井里压点凉水喝，冰一冰火烧火燎的心。四妈极不情愿地起身，边骂边压水。压井井水如同村娃的尿，四妈用引水"哄"了半天，才时断时续压出细细的几股。笨重的压井在夜色里发出古老又尖锐的"吱呀"声，直刺人耳膜，让人浑身起鸡皮疙瘩。四妈一阵抖索，她最听不得这种声音。家里没钱，井打得浅，不出水不说，铁柄还容易打伤人。这口压井一直是四妈的心病。

四爹贪婪地将凉水灌了进去，又是一阵剧咳。心倒是不烧了，头却越发疼痛。四爹清楚，真正让自己头疼的，不是酒，而是那门亲事。"二青头"李德好干过的事，四爹多少知道一些。四爹放下搪瓷缸，含糊地跟四妈提了几句，并伸出一根食指。

四妈问："一百啊？"

四爹皱皱眉，摇摇头，再次将食指直直地在四妈面前重重样了下。

四妈惊地"呀"出了声！眯缝了眼睛，嘴角咧开，慢慢上提，嘴里连连高声惊叹。

四爹慌忙按住她："你给我小点声！"

四爹一直觉得家里最对不住的，就是大丫头春花。

春花的瘸腿不是胎带的，而是两岁才残的。四爹、四妈要下地干活，没工夫带她，只能把她绑在板凳腿上锁家里。后来春花会爬了，板凳倒了砸在她的右腿上，腿根骨错了位。可她还不会说话，只是哭，病到奄奄一息时，家里人差点把她扔了，是她大哥春生背她去医治的，虽捡回一条命，可等她学会走路，才发现右腿跛了。之后春玲、春兴如屋后春笋一样出世，对于春花这棵长残了的小苗，四爹更是顾不上。好在因自会走路就是这样，春花已经习惯了，每天跛着腿在家忙来忙去，别人戏谑称她"瘸子"，她也只是低头笑笑。

四爹琢磨着，要怎么跟春花开这个口呢？四爹唉声叹气，屋里屋外，都是他一阵响过一阵的咳嗽声。揣在兜里的花生他竟都忘了给春兴。

二

　　春花站在潘塘边洗衣服。两条裤腿已经被她卷得高高的，可还是沾湿了。池水清冽，泛着寒意，激灵着春花沾满水的每一寸肌肤。塘口的青条石上平放着搓衣板，她将衣物打满了肥皂使劲地搓，灰白的衣物就搓出了一个个泡沫，在光线的映衬下，照出了梦幻般的绚丽，而放水里摆摆，泡沫立刻就被水面漾起的涟漪带走，分毫不留。

　　春花泡在水里的两条腿，粗细不一，左腿健康匀称，有着蓬勃的活力，白皙的皮肤下，那蓝色经脉隐约可见。瘸了的右腿却是病态的萎缩，只剩一层皮包裹着似的，而且这层皮也是软塌塌地，松弛着下垂，风一吹，就和着池水摆动，像是漂在水里一般，脆弱又单薄。

　　几件寻常的衣物今天被春花洗了很久。终于洗好了！水面逐渐平静，清晰地映出春花俊俏的容貌：小巧的脸蛋，轮廓柔美，肤色匀净。最主要的是她有双极为动人的眼睛，让人不自觉就会心生怜惜之情。春花以水为镜，轻柔地把垂下的一缕碎发撩到耳边，又照了照。春花也知道自己俊俏，只是这份俊俏并没有给她带来多少底气，她总以为村里最丑的姑娘都比她漂亮——人家腿是正常的啊！她羞涩又自卑，见了生人总会低头脸红，眼底带上淡淡的水汽。多数时她总是寂静无声，不声不响地忙自己手中的活，寂静得让人遗忘了她的存在。不知从什么时候开始，她连哭与笑都显得那么寂静，所有的悲喜，只显露在这双漂亮的眼睛里。

春花挎起洗衣篮，右腿使不上力气，她只得把全部力气压在左腿上，她费力地直起腰，一跛一跛地走到岸边，扶着一棵树站立着。

这是棵老柳树，不知什么原因，在离根一米的地方分了杈，两支丫杈朝不同的地方顽强又扭曲着生长。春花自打记事起，这树就已经是这模样，十几年过去了，树枝树干变粗了很多，枝丫繁盛，两支丫杈却永远不会合为一体。

老柳树下盛开着大片的野雏菊，一直蔓延到村口，朵朵淡黄色的花儿在纤细的叶秆上摇曳，和风飘散着阵阵清香。春花随手掐下一朵，鲜嫩的绿色汁儿立刻粘在她的手上，黏黏的。春花低头嗅着花儿，清清新新真好闻。她拿过油光水滑的大辫子，把野雏菊插在辫梢的红头绳上。

春花艰难地爬上树杈，坐好，轻轻摇晃着树枝。柔美的目光穿

过潘塘，落向遥远的乡镇，也落在偶有行人过往的大路上。

真是难得的好天气！在雾色潘园，这是极少有的明朗。刚刚立过秋，天空就像被淘洗过一般，那是一眼望不到边的浅蓝。潘塘也是浅蓝的，澄清的池水飘着朵朵白云的影，风一过，起皱了，模糊了影子的轮廓，而几只大白鹅再从塘埂上扑啦着膀子，往水里一跳，白云的影儿便碎了。

春花羞涩地清清嗓子，开始歌唱。她喜欢唱歌，可只敢在四下无人时，才隐在老柳树中唱出来。甜美的声音如同她的目光，柔柔弱弱地从老柳树的枝缝里传出，越过潘塘，越过农田，飘向马路。

少女的歌声和她的心思一样，时而甜蜜，时而忧伤。春花的心本就柔软，自悄悄住了个人后，心就更软了。那个人叫张务军，是村长的儿子。他之前好些年不在村里，上学，当兵，等到今年退伍了才回来。他一回来，自然是挨户儿串门散糖散烟，等散到四爹家时，他干净的模样就落在春花眼里、心里了。老天爷知道春花当时的心动啊！张务军笔直的身材，笔挺的军装，清爽的短发，全是干干净净，全是春花不曾见过的干净，双手在地里刨食的庄稼人，哪见过这般干净？他识文断字，又有身份，往潘园一站，甚至无须说话，就是村里最美的风景。连他那溢出唇角的微笑都是俊美的，干干净净，春花怎么也看不够。张务军就像一道划彻长空的闪电，那么耀眼，彻彻底底照亮了春花的心扉。十八岁的春花才知道，这片土地上除了潘塘，除了黄泥巴，除了遍野盛开的野雏菊，还有很多更美更美的东西。可是，这道闪电也同样照见了春花内心的怯懦和自卑。自那天一见后，瘸腿的春花总会躲得远远地看他——他和自己，一个在天，一个在地，一个是天上的云朵，一个是地里的泥巴。

一想到他，春花就止不住心疼。哪怕是别人言语间提及张务军，春花的心跳也会瞬间漏掉几拍。关于张务军的每一件事，春花都会用心去听：他在部队没提上干，他进了镇政府开车……根本不用春花打听，关于他的消息也自会如流水一样传来——村里有几个像他这样的人物呢？尤其是马路边的代销店，更是村里各类信息的集聚地，总会有人时不时地提起张务军。在潘园，仿佛每一个朴实的乡亲对他的消息都了如指掌，攀谈间各自的神情和语气，都夹杂着说不清的神秘，可又极力轻描淡写，那熟稔的模样，就像他们有着至亲的血缘关系。张务军凭借他爹的能耐成了镇政府里唯一一辆小汽车的司机，每天车来车去，在乡亲们眼里风光无比，在春花眼里，更是遥不可及。自他回来这半年，春花已经在心底默念着他的名字无数遍了。

一曲未终，大路上一辆停下的吉普车让春花的歌声戛然而止。张务军从车上走下来。春花顿时觉得自己的心跳蓦然加快了，陡然明白自己今天在潘塘边磨蹭这么久，就是为了等着看他——这个自己心心念念的人啊！

春花从树杈上跳下，远远地看着塘埂上的人。

张务军沿着潘塘的塘埂，渐渐近了。老天爷啊，他是多么美好啊！春花一时间看得痴了。近了，近了，更近了，等春花想躲，已经来不及了。春花心里好希望他能停下看自己一眼，说句话，可又怕他停下来，能说什么呢？他俩有着天与地的差距。春花挎紧了装衣服的竹篮，羞涩又局促地低下头。当目光落在自己的右腿时，糟了，刚湿了的裤腿还没放下来。把自己的残腿揭给自己喜欢的人看，这可万万不能啊！春花手忙脚乱地弯腰放下篮子，仓皇地捋着裤腿。

张务军辨认出春花，便露出洁白的牙齿，笑着和春花打招呼："春花，洗衣服呢。"他记得春花，小时候在村里可没少喊她"瘸子"。

春花没想到张务军会和自己说话，激动地直起身，目光只和张务军稍稍一触，便又迅速低下，俊俏的小脸刹那羞得红扑扑的："嗯。"声音细若蚊蝇。

张务军笑了，心想，几年不见，这丫头真是越发水灵了，唇红齿白，一双眼睛真不能细看，仿佛会勾魂，就像……对，就像潘园的青雾，一不留神，就能把人深深给迷失进去。

张务军的目光从春花脸上移开，落在地上一篮洗净的衣物上，他伸手要去提："我帮你提回去。"

"不、不呢，我可以。"天啊，怎好意思让他帮忙？他能和自己说句话就已经是莫大的恩赐了！春花抢过篮子，扭捏又紧张地往后躲闪，像极了受到惊吓的小兔子，一不留神就会撒开爪子跑了。

这般模样更是逗乐了张务军："好，好，你自己提。"春花抢在前头，张务军跟在身后，两人一起往村里走。此刻，春花打心眼里都是幸福的，也是紧张的，她感觉手心都冒出了汗。

春花一瘸一拐地，背后的长辫子随着身影左右扭动，辫梢上的野雏菊被甩到了地上。张务军拾起来，喊住春花："喂，花掉了。"

春花站住，转身要接过张务军递出的花。可张务军决计像小时候一样逗逗她，等她将要接到，张务军便迅速一回手，将野雏菊背到身后："喊声哥？"

面对面站着，春花能嗅到张务军身上醋纯的男儿气息，那气息熏得春花身子轻飘飘的。

春花抿抿唇，胆子大了些，居然有勇气扬起脸，第一次和张务军对视，眼里闪着梦幻："不喊！"

"喊哥？"

"不喊……就不喊。"春花眉眼弯弯，甜甜地笑着，迅速又把头低下，脸像染了云彩一样红，嘴角边漾出两个浅浅的酒窝。她的模样甚是灵动，诱得张务军有抚摸一下的冲动：真漂亮啊！

"喊一声？"张务军又欺进了一步。春花嗅到的男儿气息更浓郁了，血直涌向她的大脑，让她眩晕，瞬间大脑空白似的，瘸腿竟有些颤抖。

也许是受了春花的感染，张务军恍惚了。春花不擦口红不涂胭脂，姣好的面容是天然的，简直就是皖西大地上绽放的最娇柔的一朵花儿。一时间，两人都闹了个脸红。春花的脸红是从面上慢慢渗出来，再顺着脸颊往白皙的脖子延伸。张务军的脸，却是很突兀地噌地一下就全红了。张务军想打破这份尴尬，鬼使神差，他竟扳过春花柔软的肩，将野雏菊插在春花的红头绳上。

当张务军的手透过春花薄薄的的确良花衬褂，触摸到春花的肩膀时，春花能感觉到他掌心的炙热。这可是她心里的人啊！原来，天上的云朵也会化成雨，淋到地里的泥巴上！春花鼻子一紧，幸福得泪花就要溢出来了，她一扭身，疾走几步，却又顿住，回头朝张务军笑着，看见张务军也在朝她笑，这才羞着脸一轻一重地跑开。

张务军看着春花一跛一拐的背影，笑意慢慢沉入心底，化作叹息：可惜了，是个……

他用手拢拢头发，吹着口哨，潇洒地大步走回家。自进了镇政府开车，他正春风得意呢。

三

　　四妈正在锅台边烧饭，今地里的一亩蒜被人连根薅掉，在村里骂半天也没找到，本来气就不顺，又见春花老是魂不守舍的模样，更是火都不打一处来，拿起刷锅把，在锅台边摔摔打打骂着："手不能提肩不能挑，真是没用的东西！……"春花把头低得更低，跛脚来去更轻。

　　四爹披着夹袄进来，浑浊的目光冲春花看了一眼，寻思着该不是这丫头知道给她定的那门亲了吧？唉，知道了也好，这早晚都是要知道的。

　　四爹对四妈说："咳……咳……你、你就少讲两句吧。"

　　四妈还沉浸在被偷盗的巨大痛苦里，她把刷锅把一掼，干脆扯着围裙抹起了眼泪："蒜是谁偷的呢？你讲谁这么缺德啊？本指望它能卖俩钱的，现在完了，完了，整整一亩被薅得一根不留啊，这些鳖孙王八羔子……"最后那句几乎是哀号出来的。其实四妈年轻时也是一枝花，还有个挺水灵的名字——杨秀慧，可现在，本名早就被人遗忘了，村里人背后都叫她"杨疯子"。潘园人，名字兴许会起错，但绰号不会。

四爹把夹袄往身上裹了裹："别号了，我还没死，号什么？赶紧烧饭，春兴他们都快回来了，我，咳……我去村长家看看。"

潘园并不大，上百户人家零零散散地撒落在这片土地上。村长住在村东头。四爹佝偻着身子，双手背在身后，低头走着。

已近正午，潘园的太阳，此时已如菜碟大小，带着雾蒙蒙的毛边，从芯里露出些红色，不远不近，死气沉沉地粘在头顶上空。几步一走，四爹有些气喘吁吁，分明感觉脸上有汗水淌下来，用手一摸，热辣辣地干糙。四爹想，不服老不行啊，连汗都淌不下来了。想当年在生产队里，做起庄稼活来，他可是个顶个的好手。四爹脱下夹袄搭在手臂上。

四爹路过好几户人家，有人已经开始吃午饭了。庄稼人，哪能餐餐都像过节似的围在桌边坐好好的呢？一般都是端着大海碗站着或蹲在稻场上。有点像样的菜也都会放在碗头上吃。乡亲们见了四爹，都邀他来吃一口，四爹摆着手，极力挺直背，连说："烧好了，烧好了。"

潘园盖得最好的房子就是村长家，那也是村里唯一盖着门楼的一户。黄红色砖墙瓦顶被环抱在围墙里，围墙里种着几株粗壮的杏树，圈着猪圈、牛圈，门楼外是被拾掇得平平整整的稻场。每到杏子成熟，圆滚滚黄灿灿的杏子颤在枝头，甜中带酸，不仅引来许多馋嘴的鸟儿，也引来了全村馋嘴的娃，他们咽下口中酸津，恨不能自己也长了喜鹊的翅膀，好飞上去啄一口。村长家刚有了村里唯一一台电视机，晚饭后，经常会被搬到这稻场，用竹竿绑着天线，放着时兴的电视剧。村民们就像看电影似的聚齐，各自带着长板凳、小竹椅，异常热闹。

四爹赶到时，村长一家几口人正敞着院门在院里吃饭。一张小方桌上有荤有素，还摆着酒瓶、酒盅。村长站起来招呼四爹："老哥，赶得正巧，来，喝一盅？"村长婆娘翻眼瞅了下村长，夹了块鱼给大儿子张务军，像是没听见似的，并没有起身添碗筷的意思。

四爹恭恭敬敬地站边上，双手下垂，赔着笑："不呢，村长，家里烧好了，我说完事马上就走。"

"那行，说吧，什么事能把你急得酒都不喝？"

"我家地里的蒜……咳、咳咳……"话没说完，四爹就扭过脸去，扶住杏树使劲地咳着。

村长婆娘不停地朝村长使眼色，努嘴让他带四爹到稻场上说。

村长回瞪了她一眼，扶四爹往外走。

张务军看见四爹，想起今在村口碰着春花的事，跟他妈说："我刚在潘塘看见春花了，女大十八变，我都快认不得了。"

张务军的二弟张小团吧唧吧唧嚼着菜，对他哥说："嗯，春花可好看了，我以后要娶她当媳妇。"

村长婆娘用筷子猛地敲在他头上："你给我好好念书，毛大的小子，想什么媳妇，你哥还没娶呢。"

说起媳妇的事，村长婆娘肥乎乎的脸立马堆满了笑，把眼睛夹成了一条缝，狐疑地问张务军："儿啊，你回来后好多人要给你做媒呢，把咱家门槛都快踏破了，妈是一个都看不上，都是些乡巴佬，泥腿子都洗不干净，哪能高攀我儿子？快跟妈说说，你和黄干事怎样了？"

张务军把胸脯挺了挺，含糊地应承："快了，快了。"他不愿和他妈谈心，他妈对他什么都问，什么都管，过了头的关心让他起腻。

张小团不屑地说："哥你真没眼光，听说那黄干事长着一脸雀斑，不就有个镇长的爹吗？她哪有春花漂亮！"

"去，饭都堵不住你的嘴！漂亮又怎样，一个瘸子，家还穷得叮当响，看看她爹，一天到晚咳，像个肺痨，小鬼都哭到后门口了。你俩给我记着，离她家远点。"

张务军扒着饭，心思悠悠地飘远了。

在部队张务军本来是有机会提干的。作为农村兵，他比城里娇生惯养的战友有拼劲；作为村长儿子，他又比寻常的农村战友活络，还考了驾照。去年部队赴山东的抗险救灾中，张务军表现突出，立了个人三等功。那些天，张务军走路都带着风，由衷地欢笑，不时幻想着以后的人生。他觉得，这几年的军旅生活太有意义了，从此他就可以跳脱潘园，跳脱黄泥地。像是生活跟他开的一个玩笑，他的人生轨迹并没有因为这个三等功而改变任何走向，但是他的心态变了很多。眼看城镇户口的战友们回去都分配了工作，他却只得从哪来回哪去——要他回潘园种庄稼还不如杀了他！他不甘心啊！他爹总算没让他失望，使尽浑身解数，没让他在土地里扒拉，反而让他成了镇政府里唯一一辆小车的司机，经常给镇长开车，虽然只是临时的，可在乡亲们眼里，这还了得？俨然就是副镇长级别！张务军一边按捺不住面上透着的荣耀，一边暗地警醒自己，没端上铁饭碗之前，一切都不作数。

张务军心里明白得很，弄不好这位子哪天就被人取代了。风光只是表面的，他每天在镇政府里点头哈腰巴结领导又有谁知道呢？他甚至早早去把镇上领导的茶都一一沏好，还硬要跟看门老汉抢扫帚扫地。看门老汉耳聪目明，在镇政府看门这几年，看都看成精了。他扫着院里的枯叶，不紧不慢地说："小伙子，不是我不让你扫，可你得想好了，这扫帚拿起来容易，却不一定好放啊。"张务军一愣，是的，他是想好好表现，镇政府里那么多双眼睛在看着呢，可一旦拿起来，自己又能坚持多久呢？一天，一个月，还是几年？放下去时，领导们又怎么看自己呢？老汉又说了："安安稳稳把自己的事做好就成。"张务军从此在镇政府里做事更谨慎了，不该说的不说，不该问的不问，可耳朵却时刻竖着，机灵得很。即便他做全了这些，还是提心吊胆，生怕这份工作说没就没了。

恰巧，雀斑黄干事对他有些意思。一开始，他很注意保持距离，尤其在镇政府，他怕被人说闲话。可当听说黄干事的爹是谁这一重大讯息后，他仿佛看到了一条捷径，一条可以迅速端上铁饭碗的捷径。他集中火力猛追。张务军的爹很高兴儿子有长远的眼光，告诉他，女人，讲究什么好看不好看的？门当户对就行。

此时，张务军正嚼着他妈给他夹的菜。可不知怎的，春花那双迷雾样的眼睛却闪现在他脑海里。张务军摇了摇头，赶紧把那双眼睛驱走。

四爹咳好了，从夹袄里摸出皱瘪瘪的烟盒，放在手上敲打，倒出一根，恭敬地递给村长："昨夜家里一亩蒜不知被哪个小毛贼给薅掉了，村长……您抽空在村里打听下？"一整句话说完，四爹蜡黄的老脸已经憋紫了。

见村长接了烟，四爹又慌忙掏出火柴，颤巍巍地帮他点着。

村长深吸了一口，抹了下油光光的嘴巴："有这事？太不像话了！我回头去转转。"

得了村长的允诺，四爹感激地作揖，像是被偷的蒜马上就能找回来似的。这村里大大小小的事，哪能逃出村长的眼呢？

村长盯着四爹："老哥，你这咳嗽也得赶紧去瞧瞧啊，看你咳的。"

"没事，这一时半会的，还死不了。我啊，这是活得住了，唉，四个娃一个都没交差，老天爷不会那么快把我收走的。"

四爹只比村长大半岁，可硬是活成了比村长老十几岁的模样。一只苍蝇飞来，趴在四爹枯裂如柴的赤脚上，四爹抬脚甩了甩，苍蝇绕了一圈，又"嗡嗡"飞回来，趴在他的脚上。

"村长啊，我本来是想那亩蒜卖了，好还上次借您的五十块钱，可您瞧这，一时半会儿的，又还不上了。真对不住您啊。"四爹的背更佝偻了。

"不急不急，手头方便了再给我。"村长挥着大手，很豪气。

有了这句话，四爹眉头渐渐舒展："感谢感谢，您的恩情我都记着呢。我回去了。你家今年的门对，还是我来写，莫麻烦旁人了。"不待村长推辞，四爹就把夹袄披上，甩动着空荡荡的衣袖，一颠一颠地走了。四爹能帮村长的，怕也就是写个春联啥的了。

四

一连好些天，春花在潘塘洗衣服都来去匆匆，生怕在这又碰见张务军似的，可不安分的心，又渴望能天天遇见他，甚至希望自己手中洗的衣服，都是张务军的……呸，不害臊！春花被自己羞着了。少女情怀，无人能解。

四爹着急被偷的蒜，想去问村长，又不好意思老去催。四爹觉得村里人对自己都是敬重的，自己能慢悠悠地走，唯独在村长面前，四爹觉得自己的腰会佝偻得更厉害。四妈又是一阵责骂，她拍了拍围裙说："你不去我去，我不信这么久还没找到！"

四爹怕四妈去了说出不好听的话来，见春花正在剥毛豆，就叮嘱春花跟上。其实，当四爹说起村长家时，春花就已经支起耳朵了，那可是张务军的家啊！但凡一点点涉及张务军的，春花都会蓦然心动。眼睛看着，手中摘着，却还是有一些豆米被无辜地扔到豆角壳里。听到四爹喊自己，春花心里咯噔一下，复杂极了。如果不是张务军，春花寻常是不去村长家的——应该说，自她懂事，她就很少串门。可又偏偏因了张务军，春花既欢喜又踌躇。想想，不是问蒜吗？又不是特意去看他。对，不是的！她立刻给自己找到了天底下最正当的理由。怕四爹反悔，也不待四妈喊她，她便快速丢下手中的毛豆，跟在四妈身后，甩起油光光的大辫子，一跛一跛地朝村东走去，脚步轻快。

带着寒意的青雾已从村口幽然飘至，迂回盘旋，捉不住，驱不走。四妈心里烦躁，望望天色，忍不住又骂了一句。

刚进村长家门楼，春花一眼就在一群后生中望见张务军，他是那么醒目，那么美好。春花的心跳，就这么措不及防地加速了，在胸膛内咚咚作响。

此时的张务军，正靠在杏树上，一手拿张《人民日报》，一手插在裤兜里，和村里的后生们高谈阔论，谈部队，谈政治，谈镇上的故事。这些，春花听不懂。

看见四妈和春花，张务军笑着朝她们点点头。春花又是一阵头重脚轻的眩晕。在春花看来，张务军的点头微笑是一种暗语，是一种只有心意相通的两个人才听懂的暗语。春花的心为他痴狂，也突然觉得对以后充满了希望：老天爷啊，如果以后能跟他在一起，叫我做什么都愿意啊！

事实上，张务军早淡忘潘塘边的事了，他在朝每个人笑，他喜欢这种被众星捧月的感觉。哪怕被镇政府里的领导们呼来喝去累成条狗，只要一回到潘园，一站在潘塘的塘埂，他就会把身子挺得笔直的，他享受着乡亲们打心眼里的敬意，他知道自己就像块磁铁，在村里，走到哪都吸着人们的目光，也吸着同村后生的嫉妒和像春花这样年轻小姑娘的爱慕。

当春花一瘸一拐走进张务军家门楼时，年轻人都扭过头来，直接越过四妈去看她。

春花突然暴露在这么多人的目光里，很是扭捏，极力想隐在四妈身后，两只小巧的手儿不停地搅着辫梢，眼睛紧盯着地面。

四妈大大咧咧张口就喊："村长呢？我家蒜可找到了？"

村长婆娘刚好从屋里出来，双手一拍："唉吆……你家蒜怎还没找到啊？"本是同情，不知怎的，四妈就听成了嘲弄，当下便不客气地把嘴撇成了一弯老镰刀，唰唰地割着不快："不是指望村长吗？真是的，他可是点了头答应帮我们找的！"冲冲的语气让村长婆娘听了很不舒服，她鼻子轻哼了一声，心想，杨疯子就是杨疯子，真是没头绪，哪像求人？你家事，帮是人情，不帮是本分！语气顿时也冷淡下来："他还在锄地，你慢慢等，我就不招呼你了。"撂下这句话，她转身回到堂屋拌猪菜，懒得再搭理四妈。四妈却是自顾自地跟了进去："哎，你别躲啊，答应了帮找的，咋能赖账呢……"

春花犹豫着，不知道要不要跟进去，跛脚抬起又放下，四爹的交代春花是没忘记，可张务军还在院里呢！她的优柔落在后生们的眼里，让他们顿时哄笑个不停，仗着这边人多，有的目光甚至是赤裸裸地在春花脸蛋上、身上寻索着。此刻，春花的脸像被烘透了的柿子，红极了，也美极了。越这样，后生们越是乐得肆无忌惮。春花想不出办法，索性咬咬唇，把辫子往身后一悠，目光柔静如水，回迎了众人。这反倒让几个后生觉得不好意思了，将脸扭过别处，抓耳挠腮，就像自己心里的龌龊小勾当被逮了个现行一样。

"我爸还没回来……要不，你们去地里找他？"张务军还在微笑。他的笑容就像一缕温暖的阳光，拨开雾气直抵春花的心房。春花的心，又开始狂跳不已。

"不了，我就站这儿等会儿吧。"春花又低下了头，嘤嘤的声音小得自己都不曾听清，娇羞的模样像极了小媳妇。她至今还能感觉到自己的肩膀上有他残留的温度，沉甸甸的，暖暖的。

有个后生隐隐看出了什么蹊跷，俏皮地喊了句："张务军，她怕是特意来找你的吧？"

蓦地被戳中了心思，春花的小脸顿时又急又羞，右腿轻颤，眼里也升腾了水雾，她慌忙将头低下，紧张得不知所措。张务军倒是很坦然，似乎他早已习惯了这种玩笑。

"呸呸，狗嘴吐不出象牙！"村长婆娘挎着拌好的猪菜从屋里出来，沉着脸，朝后生们喊，"下次再嚼舌，就别到我家来了，别把我家张务军带坏了。"后生们相互做着鬼脸，一哄而散。村长婆娘进了猪圈，挥起拌猪菜的木勺，狠狠地抽在一只猪腚上，睡意正酣的母猪，被抽得嗷嗷直叫。一只小猪仔趁她不注意，径直跑进堂屋，东拱拱西拱拱，最后竟伸直了蹄子，堂而皇之地躺下。

正闷闷不乐的四妈，却像是发现稀奇事似的高兴起来：谁家会让臭烘烘的猪睡堂屋？嗨，正好说明这婆娘是个不会料理家务事的主呢！刚受了她不少冷话，窝在自个儿胸口的气正没地出，嘿嘿，老天有眼啊，这回好好笑话笑话她！

谁知四妈太激动了，一张口便喊成："吆喂，你怎能让猪睡地上呢？"

村长婆娘朝堂屋望望，竟乐了，两片厚实的嘴唇一搭："噢，你家的猪都睡在床上啊?!"

"你，你……"四妈差点一口气没背过来，却一时又想不到机巧的话来反驳，瞬间就像只被拔了毛的公鸡，耷拉着尾巴，嘴里骂着再次悻悻而归——这些年跟村长婆娘斗嘴，她从来就没赢过。

偌大的院，一眨眼只剩下春花站在村长婆娘和张务军面前。村长婆娘把小猪仔赶进猪圈，又一木勺抽在猪腚上："让你不好好待着，也不撒泡尿照照，有些地可是你能去的?"可怜的猪仔腾开蹄子，在猪圈里窜。

春花走也不是，不走也不是，她不确定村长婆娘的话是骂刚才那些后生的，是骂猪仔的，还是在骂四妈呢？反正，应该与自己无关吧？她不停地宽慰自己，继而又杵了下残腿，硬着头皮，小心翼翼地喊了声："婶……"

"哦，是春花啊。"村长婆娘这才和春花搭话："你家蒜的事，你叔在村里打听呢，有眉目了自会跟你多说，你个丫头片子就别管了。"

村长婆娘面上是和春花说着话，却再次挥起木勺朝着猪腔又是一下："没事别到处闹骚，小心把你另一条腿打折。"幼小的猪仔连连被抽，抛起四个爪子，在猪圈里乱窜，可又找不到地方可躲。

春花就是再不机灵，也从这粗俗的话里听出名堂来，她只恨不能找条地缝钻下去，一张小脸白了又红红了又白，眼里的雾气更浓，眼看就要化作水滴落下来。

张务军不忍，皱起眉头，连连扯他妈衣服，急促又低声地说："妈，妈!"

村长婆娘翻眼又瞅瞅春花，才开始把猪食倒进槽里。春花从没有得罪过她，她也挺喜欢这个安静的小丫头，可为了儿子她顾不了那么多。自从张务军回来，这村里大姑娘小媳妇的，有事没事就在她家门口转悠。活了半辈子，村长婆娘一眼就能看得透透的。张务军是她的命根子，以后还会吃皇粮，她得好好护着，乡下的这些丫头片子，谁也不能把他抢走，来一个赶一个，来两个赶一双! 更别提眼前这个瘸子了。她得让人知道厉害。

春花大脑嗡嗡作响，她咬紧嘴唇，红着眼眶，低着头，慢慢转身，朝门楼外走去。

张务军瞧着春花一瘸一拐的背影，心突然像被揪了一下似的轻颤了下。等春花拐弯出了门楼，他皱着眉头，低吼："妈，你看你，净说些让人下不了台的话!"

"儿啊，你、你不会是看上她了吧?"村长婆娘没想到儿子会凶自己，吃了一惊。

张务军猛然一惊，瞬间就像是赌气似的朝村长婆娘大吼："笑话！我怎会看上她?!"

春花并未走远，门楼外，她羞愧又紧张，当她听到村长婆娘问张务军"你不会是看上她了吧?"，心头顿时狂跳不已，想听到张务军的答案，又害怕听到。他，应该是喜欢自己的吧？在潘塘边他都给我戴花了，见我就一直笑呢，可，自己……自己是瘸子，他，应该是不喜欢的吧……一时间，春花心思百转千回，她觉得自己心都快蹦出来了，她用力紧紧按住。等听到那句"我怎会看上她?!"，春花顿时张大嘴巴，嘴唇慢慢失了血色，哆嗦着，身子也像被抽了筋骨，软塌塌地靠着围墙缓缓蹲下，眼泪肆意流淌，模糊了所有。

心里明白是一回事，亲耳听到又是一回事。张务军的这句话如刀子一样，冷酷地剜着春花的心。如果说，那天塘坝上发生的事让春花看见了希望，而现在，她终于认清，什么是天和地的距离。

是啊，他怎会看上自己?! 我是个瘸子是个瘸子啊！——春花用手死命地捶自己的右腿，比以往的任何一次都要痛恨自己的这条瘸腿：为什么，为什么？老天爷啊，你为什么要我当个瘸子啊？

春花越想越难过，一颗少女的心真正碎了，肝肠寸断！

青雾，丝丝缕缕，从潘塘浮向幽深的竹林。

春花眼神空洞，失魂落魄，也不知是怎么在雾色中深一脚浅一脚地回到家。她眼泡红肿，像地里熟透了的番茄，一捏，就是一把水。齐腰的长辫子也凌乱了，无力地垂在胸前，额前的碎发凌乱地遮住了半边脸。

回到家，坐在稻场上，春花默默拿起竹篾，开始机械地编竹篮。新剖出的竹篾异常锋利，带着毛刺儿，刺得她满手血痕，鲜红的血珠洇染了竹篾，瞬间被吸了进去，顺着纤维渐渐扩散，本是碧青的翠白色，渐而通红。春花麻木地把手指放进嘴里吮着，咬出扎进肉里的一根竹刺。这时，她感觉不到疼痛。

四爹从屋里出来，在烟盒里抠出最后一支卷烟，把烟盒一揉，扔远了。他问春花："村长怎说？"

连问几遍，春花就像没听见似的。她怎会听见呢？她整个人仍然腌渍在悲伤里，张务军的那句话就像是一把巨大的铁刷，一遍又一遍地刷刮她的心。

春兴一回来就唱嗷嗷的，见家人还没到齐，顺手拿了根竹竿放在裤裆下，"驾，驾"地当马骑，兴奋地围着稻场打转。

四妈说："春兴啊，你今散学这么早？"

春兴停了下来，他本想等家里人都回来再大声宣布的，但此时，他已经等不及了。春兴扬起黑黝黝的脸蛋，大声说："我今上午干了件大事。"话像是对他妈说的，可春兴眼睛只看着天，活脱脱一只骄傲的小公鸡，就等家人过来问他。

四妈脸笑成了一朵菊花："我儿啊，干啥大事了？快说说。"

春兴将竹竿往地上一插，看大姐春花还是闷声坐在那编竹篮，并没有反应，有些小失望，好歹自己爹妈都拢了过来，他便把头仰得更像个英雄，这才揭开谜底："妈不是讲家里的蒜可能是二孬子偷的吗？"

"嗯。"四妈只是把村里可疑的人都筛选了一遍，她还没有根据。

"所以我就跑到他家骂，要他还回来。"春兴得意扬扬，两臂交差环抱在胸前。

四爹稀疏的胡子抖动了下："你个兔崽子又没亲眼看见，咋知一定是他偷的？村长都答应了帮我们找，要你去扯卵蛋？是他偷的还好，要不是他偷的，你让我这张老脸往哪搁？"

四妈撇着嘴说："人家讲那天天没亮看见二孬子在潘塘洗蒜，还不少呢。春兴，干得好！"

四爹被这对母子气得胡子更颤抖了，狠狠剜了一眼四妈，转头又颤巍巍地问："他……认了？"

"认个屁！他说是自家地里的，还要拉我去他家地里看。我可不吃他那套。我就在他家门口使劲骂，他撵着要打我，我想，打是打不过他的，那我就跑啊，跑到他家茅房边躲着。等了半天，我总算等到他上茅房了！我瞅准机会，撂了好大一块土疙瘩进去，溅了他一身粪。哈哈……我撂得真准……"

"春兴……"四爹已经忍无可忍了，颤巍巍地摸起了春兴插在地上的竹竿，"你今没上学？"

"没、没啊。"春兴一看情况不对，犹豫着边答边往后退。他想起他爹最恨他逃学，本编好撒谎说散学才去的，可这一激动，就暴露了。

"你没依据就跑到人家门口骂了半天，还溅人一身粪？"四爹说着，手里的竹竿就已经往春兴身上挥去。

春兴直往春花身边窜，边窜边喊："大姐，救命啊！"

可惜，春花的心不在身上呢。

紧接着，就听见春兴嘹亮的哀号声，刺透青雾，响彻半个村子。

五

　　蒜是找不回来了，又下了霜，四爹一家的心思都放在棉花地上，抢着要赶在十一月前，把雪白如云的棉花从坠满枝的棉桃上摘下来，晒干了好从镇上换回些大米。四爹家的这几亩旱地，是前几年包产到户联产责任制时分到的。本来皖西大地上，就属水稻种植面最广，潘园却地处湾区，少有稻田。像四爹这样的穷苦人家，不是每天都能吃上白米饭的。

　　可别小看这些大小如拳状的棉桃，虽吐出的棉花是洁白柔软的，却真不好摘呢。全炸开的棉桃还好些，而那半开未开的棉桃，已脱了水分，由青变褐，在雾气中直竖竖地戳着尖儿，硬邦邦地，一不小心就戳到庄稼人的指甲缝里，让人钻心地疼！棉桃却颤在枝头，笑话着。当然，再顽强的棉桃最终也都会屈服在庄稼人粗糙的掌心里：一亩最多也就收六十几斤，这点收成全在汗水里泡过，哪会舍得放过一朵? 庄稼人, 脚下的每一寸土地都是咸湿的!

这些天, 春花只要一想起张务军, 鼻子一酸, 就能流出一把泪, 只有拼命干活, 才能遏制住无药可医的心痛。难得家里有客人上门, 是迎河的小兰妈, 春花没留意她, 退得远远地, 小兰妈却来来回回把春花打量个透, 然后刻意背着春花, 跟四爹、四妈嘀咕什么。临走, 四妈包了几个鸡蛋给小兰妈。

四爹抽的团结烟已经断了火。好在春花他们每天摘完棉桃后都带晚, 在煤油灯昏黄的火苗下编竹篮、竹筐、竹篓, 基本上三天就能编二十个, 挑到镇上变卖个十块八块的, 好让家里的菜见着一点儿油腥。

从棉花地里回来, 一路上, 四爹都在心里盘算, 小兰妈又来过了, 明儿就是去迎河李家看门头的日子, 今天是无论如何也要跟春花讲清楚。

四爹把一麻袋棉花扛进屋, 喊了声:"春花。"

春花正在弯腰晒棉花, 见四爹喊她, 她擦了擦汗珠, 走过来。这些天她一直都心事重重, 时常发呆。

"咳咳……咳……你知道我帮你讲了户人家, 是迎河李家, 明天就去看门头。"

"啊?!"春花一个趔趄, 差点摔着。这对她来说, 就是个晴天霹雳, 让她脚跟不稳。潘园人习惯把定亲叫看门头, 看门头后, 就是择期嫁人了。这些她懂。

"爸, 我不嫁, 行吗?"她还没能从张务军给她的痛苦里走出来，家里倒又让她嫁人了。不对啊，大哥还没成亲呢，怎么倒先轮到自己了？怎么办，怎么办？连面都没见过的人，怎么就能和他过日子呢？春花着急得眼泪溢了出来，无声地哽咽着。

四爹看着，一阵揪心，看模样这丫头还不知道呢。四爹又咳了一阵，把心一横，硬着心肠接着说："这事已经定了！他家知道你腿脚不利索，说了一定好好待你，不让你下地干农活。"

四妈骂骂咧咧地走过来："不知好歹的东西，这是喜事！赶紧让春玲帮你拾掇拾掇，明天别穿这灰不溜秋的衣裳了，换那件红花的。"背过身，又对四爹说，"老头子啊，彩礼的事我还没讲妥呢……哎，哎，老头了，你别走啊……"

四爹背着手，在竹林边找到老三春玲。四爹带着咕咕咔咔的痰音跟她说了春花这门亲事，要她陪她妈去请几位姑婆，明天去李家看门头。临走他又交代："记住，要请上得了台面的，不能让李家看轻了。还有，你，劝劝你大姐吧，迟早都是要给婆家的。"春玲眼睛滴溜溜地转。别看春玲年纪不大，家里，就数这丫头最鬼精了。

"咳……别忘了，咳……从鸡窝里摸个鸡蛋去给我换几根烟，别让你妈看见……"

春玲有气无力地应着。她最烦给她爸去代销店换烟了。春玲是个极要脸面的姑娘，每次去代销店，她都觉得抬不起头：人家都是一包一包地买，唯独她不时地拿鸡蛋去换散烟。

四爹佝偻着，找村里拾粪的老李头喝酒去了。除了喝酒，他还能干什么呢？

老李头给四爹倒了杯酒，四爹一口就是一杯，啧啧着。

老李头一手捻着几根花白的胡子，一手敲着桌子，敲得叮当作响："不是老哥说你，这门亲事可不怎样啊。"

四爹放下酒盅，咂摸咂摸嘴，脸拧成了苦瓜："老哥啊，你又不是不知道我家境况，吃了上顿没下顿的，婆娘又不持家，经不住哄，有点好的粮食都散给人家了，天天不是玉米稀饭就是面疙瘩就咸菜，李家好歹能让春花吃饱白米饭，早嫁早享福啊。"

"你也不打听打听，那李德好是什么人？那天我背着粪篓从他们庄子走，还看见他被人五花大绑给捆回去，说是把人家草垛点着了，差点烧了人家房子。唉，你这是把春花往火坑里推咧。"

四爹心里也难受着，又灌了杯酒："这些我都听说过，春花没落个好人家，我也不好受呢。可好人家谁又会娶个瘸子呢？这门亲事是打灯笼也找不到的啊，春生能娶上媳妇不说，家里欠的一屁股债也都能还了。老哥，你可知道我的难处哟……"

四爹把他的心事都泡在酒里，和老李头俩人你一杯我一杯，越喝越多。劣质的烧酒浇下肚，四爹终于哭出来，昏黄的眼珠淌出两行老泪，却不往下坠，顺着爬满褶皱的脸晕开，水光光的。四爹举起袄袖擦着，无声地啜泣，像条抽搐的瘦狗。

等四爹喝完酒，带着一身雾气回到家，潘园已褪了白天的温度，变得更加冷清。

几只耗子鬼鬼祟祟，顺着挂在墙上的衣服窜来窜去，四爹胳膊一挥:"去!"耗子们吱溜着散开,倒也并不躲远,窜进屋顶的茅草里或床腿边,只等四爹躺下,它们又会出来。夜晚,是它们的白天。

四爹脱了夹袄躺上床,压得床板新铺上的稻草咯吱作响。又是一阵剧咳。四爹干脆摸着床沿坐起来。这咳嗽是好不了了,白天还带出一些血丝了呢,应该是把嗓子咳破了。四爹习惯性伸手去找烟,手一伸才想起,没有了。这烟是万万不能断的,人一辈子不能啥奔头也没有啊,这烟都断了,人活着还有啥意思呢?四爹心想,一拿到李家的彩礼,先买三五包"团结"放好,不,买红梅……阿诗玛也来两包,那还是村长才抽的烟,咱也过过瘾!

四爹用胳膊肘拐拐四妈:"春花明天去看门头,你叫了哪些人啊?"

四妈含糊不清地应了声,醒了,也翻身坐起来:"我喊了她舅妈、三姑婆,还有她几个婶娘。"

"你怎没喊村长婆娘?"

"喊她干什么?仗着自己男人是村长,整天跩得跟二五八万样的,我见她鼻孔朝天就来气。"

四妈还在生村长婆娘的气。那天,村长婆娘的厚嘴唇就像村头电线杆上绑着的喇叭,一顿饭工夫,村里就传遍了,四妈被人见面就问:"听说你家猪睡床上?"四妈心想,肯定不能喊她去,省得给自己添堵。

四爹可不这么看。把村长婆娘请去迎河李家看门头,四爹面上有光呢，四爹说："你这婆娘，一点眼力头都没有。"

"李家是给现钱吧？拿瘸腿闺女换一个哑巴儿媳妇回来，怎么说也不亏，多余的钱还能在马路边给春生盖间屋呢。"

"盖屋子的事以后再说，先把债还了吧。"

"还债急什么？人家又没催。等春生娶了媳妇家里就住不下了，先盖房，在马路边给春生盖间亮堂的瓦屋……对了，重打一口压井！"接着四妈又是一通责骂。

四爹叹口气："欠那么多债呢，都在村里抬头不见低头见的，你不要脸我还要脸呢！"

"那让春生结婚后住哪？睡锅门口？"

……

四爹两口子絮絮叨叨的声音弱了，而枯黄的眼睛，却都在夜里睁着。

屋外的秋虫伏在墙角鸣叫，尖锐的声音时时插进家人急促或平稳的鼾声里，搅得春花心乱如麻。她的泪水还在一个劲地流淌，身子却一动不动，一直保持着这种蜷缩的姿势隐在黑暗中。

一想到不久就要和从未谋面的人一起过日子，吃同一锅饭，睡同一张床，春花觉得天都塌了！她有喜欢的人儿！春花好想把这事告诉心上人，让他帮自己出出主意，可自己有什么颜面去呢？都恨自己是个瘸子啊！春花痛苦地想，如果自己不是瘸子，张务军兴许是会喜欢自己的。春花藏在裤管里的跛腿已经被她揪青了，块块淤紫。她能有什么办法呢？这都是命啊！她认了。

六

　　庄稼人都起得早。鸡刚叫过一遍，春玲就已经帮春花收拾好了，找出春花压箱底的衣服：被潘塘水洗得泛黄的白底红花衬褂、军绿色涤纶裤子。黄球鞋上的泥巴已被涮得干干净净，春花赤脚穿上。春玲给春花编好麻花辫，用红毛线扎紧，拿过那面背后印花的圆镜，看着春花说："大姐，你真好看。"春花照照镜子，镜子里的人很陌生：眼睛红肿，脸色苍白。春玲想想，又从床板上拿出一盒胭脂，给春花搽上红红的两坨，堆在春花的两颊。手法不娴熟，见涂厚了，春玲又用褂袖给她揩揩。这盒胭脂是那天她从货郎挑手里换来的，春玲一直像宝样地藏着，自己还没舍得搽呢。

　　春玲又把在春花指甲上包了一夜的指甲花的叶瓣去掉。春花的指甲已经被染上了惨淡的水红色，就像春花哭过的眼睛。

　　春兴上学前，凑到春花身边："大姐，让大姐夫给我买好吃的。"

春花僵硬的脸才有了一抹表情："去你的！"春花想，春兴口中的姐夫是个什么样的人呢？会不会像张务军一样干净？张务军，哦，张务军，春花在心里喊着这个熟悉又遥远的名字。这些天她尽量不去触碰"张务军"三个字，就像不敢去触碰还没愈合的伤疤，生怕会连血带肉活生生地再撕下一块。此时的春花，心又痛了！

等一切妥当，那些陪看门头的姑婆们，也都到齐了，人人都穿着走人家时才穿的衣裳。一行七八人浩浩荡荡朝迎河李家走去。四妈收拢嘴唇，面上洋溢着藏不住的喜悦："李家家境好，少不了酒肉，你们别害臊，敞开肚皮只管吃。"

哪怕迎河离潘园有几十里路，可这帮姑婆们走得一点也不累，一路叽叽喳喳，很兴奋，仿佛看见了喷香的红烧肉，解馋啊。

春花瘸着腿跟春玲走在最后。春玲一路劝解她："大姐放宽心，李家既然能出得起那么多彩礼，家里肯定不会差到哪去，应该个个都会忙，亏待不了你。"

一直到了迎河村，站到李家门口，春花才回过神。

李家几间低矮阴沉的草屋，因终年供尊半罩着红绸的佛像，烟雾缭绕，惨白的香灰飘落一地。李家老太婆是"香头"，也就是村里的"巫婆"，给人算命卜卦牵姻缘，也偶尔帮妇女接生。能说会道的她，嘴上不停地和看门头的姑婆们拉呱，而一双鹰隼似的眼睛，却不时透出精光打量着春花，先是被春花的相貌惊住了，直到落在春花的跛腿上，她这才安心地点点头。

被春兴称为"大姐夫"的李德好，脸像刀削似的尖瘦，头发油腻腻地粘在额前,绿豆大的眼睛斜吊着,一小撮黄胡子也是脏兮兮的,长长的指甲里满是污垢。穿的腈纶的新衣裳,像是偷来的,歪歪斜斜不成样儿。

春花蒙了,惊悚地躲在春玲身后,她不敢想象,以后会在这里过日子,会跟这样的人过日子。

李德好先是看见春玲,把同样漂亮的春玲当成了他对象,不停地朝她挤眉弄眼,拢起唇形低唤:"媳妇,媳妇。"十六岁的春玲秀眉紧蹙,顾着大姐面子,强忍着没发火,只把眼睛望向别处。

周围看热闹的迎河村民都笑了,小兰妈更是笑弯了腰:"那是你小姨子,你瘸腿媳妇在后面呢。"

谁知,李德好转着转着,趁春玲没留意,居然伸手就在春玲胸前摸了一把,然后哈哈大笑。春玲吓坏了,一手捂胸,另一只手一挥,李德好脸上顿时现出一道血印。

"啊!"李德好惨叫着,声音似树头的老鸹,沉闷低哑。

迎河村的村民们笑得更是欢了,有的笑出了眼泪,在他们看来,春玲被李德好摸一把,真算不上大事,村民们哄笑着:"小姨子是有姐夫半拉子屁股,害什么臊啊……"

春玲屈辱的眼泪在眼眶里打转,咬牙愤恨着,抬腿就要往家跑。年轻的春花也吓坏了,惊恐的眼里泛着水雾,面如供桌上的香灰,孱弱的身子如筛子般颤抖个不停:要跟这样的人过日子,还有什么活头呢?

见春玲要走,春花拉住她的衣服,急促央求:"春玲,我们一起走？"

春玲咬着唇，痛苦地摇头，把春花的手指一个个掰开："大姐，是你来看门头，我把你带走妈会打死我的，你放我走吧。"

那边，来看门头的姑婆们也是一阵哗然，愤愤不平，春花怎能嫁这户人家？各种声讨。

正和四妈商讨彩礼的李家老太婆闻声，踮着小脚绕过来，心疼地拉过儿子："我看看，怎么了？"

李德好手一指春玲跑的方向："俏媳妇抓的！"他就认定了春玲，他可看不上瘫子。

四妈唾沫飞溅了李家老太婆一脸："真是二青头！这可不行，我不能让我丫头受屈，你李家想要人，至少还得多给两担白米！"

李家老太婆好一通赔礼道歉，让小兰妈赶紧安排乡亲们围在桌边坐好，起菜。等桌上摆起九道菜，又上了一大海碗二指宽的扣肉，油光光的，姑婆们情绪才安稳了些。亲事成不成的，先把这满桌的"十大海"吃了再说。

李家老太婆背身拉过李德好，眼里挤出几滴浑浊的泪，小声说："祖宗啊，你死鬼爹走得早，我天天装神弄鬼地把你拉扯大容易吗？我都黄土埋半截的人了，好容易攒俩钱给你娶媳妇，你可不能搞砸了，我还指望着早点抱孙子呢。"李德好嘴一撇，很不满意："我可不要瘫子！"

李家老太婆双手直摆："小点声，小点声，你再看看，瘫子长得比她妹子还好看呢。"想想又说，"记住了，等过了门，一定要看紧些!"

李德好又好好打量了春花,这才不闹了,又开始在春花身边晃悠。

春花抱紧了自己,哆嗦个不停,她感觉自己快疯了,这里,她一刻也待不下去啊!跟这样的人在一起生活,不如让她去死!不行,她必须逃,她要回家!四妈却已经眼疾手快地拉住了她,死死地按她坐在自己边上,低声哄她:"有什么事回家跟你爸再讲。"

这一句,让春花枯死的心又生出一些希望的苗。爸若知道李德好这样,他是不会让自己嫁给他的吧?一定不会!——春花想着,眼泪却依然啪嗒啪嗒滴在碗里。

几声闷闷的雷声轰隆隆传来,由远及近。天色阴沉了,秋风卷起枯叶,把一些香灰刮落到饭菜里。

四妈眉头皱在一处,嘀咕一句:"呸,晦气!"好在李家老太婆答应了两担大米的事,四妈才把眉头舒展开,招呼姑婆们:"多吃点,别客气。"

等从迎河紧赶回潘园,姑婆们身上还是淋了一些秋雨,冰凉的秋雨淋进脖子里,冷得让人直打哆嗦,各自在心里嘀咕着:"这顿饭也不是好吃的啊!"

春花回到家,湿了的衬褂贴在身上,透着肉色,几缕头发粘在脸上,雨水泪水不分。一进屋,看见四爹,春花扑通一声跪在四爹面前。

四爹忙问:"怎了?快起来。"

春花摇着头，仍然跪在地上，任黄土地硌着那条残腿。还没出声，眼泪已流淌出来，她咬紧牙关，不让自己发出哭声，尽量一字一字清清楚楚："爸，求您了，不去那家，行吗？"

四爹一听，顿时火了，手一挥："胡闹！已经定下的，怎能说退就退？乡亲们会看不起我们的。"

一个闪电劈过，刹那间把阴郁的天空劈成两半，照得春花脸色惨白，脸上再厚的胭脂也盖不住。

春花泪水涟涟："爸、爸，你不知道李德好是什么样啊，他当所有人面……"春花已经说不下去了，再多说一个字，她就会忍不住哭出声来。压抑着的痛苦让她瘦弱的肩膀抖动得厉害，她将所有力气都按在黄土地上，一个劲地给四爹磕头。

四爹身子一晃，跌坐在板凳上。老天又是一阵雷声，轰隆隆的，像四爹喉咙里的痰，吐不出，咳不完。

四爹的眼睛也模糊了，他长长叹了口气，拖出苦音："春花，你可想过了，你是个瘸子，忙不了农活，除了那家，谁会要你？"

"爸，我一辈子在家洗衣服烧饭，也比嫁给他强啊。爸，我求求您了……"春花双手撑地，头重重地磕着，如同屋外闷闷的雷声，一下一下，又一下，额头很快被磕破皮了，渗出血珠，沾红了土地，比她染的十个指甲还要红。

四爹慌忙扶起春花，看着她头上的血珠，老泪纵横，清鼻涕也流出来，他用手一抹，揩在鞋帮上："丫头啊，咳咳……我是为你好啊，只有他家能让你吃上大米饭啊。咳咳……咳……我跟你妈都老了，眼看这地里的活也快忙不动了，你弟弟妹妹还小，不立事，家里田就靠你哥哥一个劳动力，怎么养活六口人？看看，到现在他连哑巴媳妇都娶不上啊……"

又是一道闪电！天空中传来轰隆的闷雷声，就像是贴在耳边一般，突然炸开！

春花停止了啜泣！屋里死寂一般，只有屋外秋雨的淅淅沥沥声。春花听明白了：自己就是个累赘，自小自己就是个累赘！

春花摇摇晃晃地站起来，踉跄地向雨中跑去。

"春花，咳咳……春花……"

春花听不见四爹在身后喊她。

冰凉的雨水肆意飘洒在她的脸上、身上。她感觉不到一点儿冷。

老天爷啊，你为什么要让我残废啊?! 又为什么让我活着啊？春花在心里哭诉。再想到李德好，春花已找不到任何活着的念头。

春花不知怎么就跑到了潘塘边，此时她已浑身透湿。春花扶着那棵柳树，摸到被她坐得渐已光滑的树干。树下满地的雏菊不堪风雨，已经残倒在草丛中，东一片，西一片。春花一如往常，把全身的重量都依在树干上。柳树枝丫潮湿，滑溜溜黏滋滋，不像雨水，倒像是从心底渗出来的苦水。"老柳树，我最后一次唱歌给你听啊，好不好？"柳树是沉默的，但春花相信它听得见。春花被巨大的痛苦腌渍，心头酸涩无比，眼泪一个劲地倾泻，混着满脸的雨水流进嘴里，苦苦的。她咿咿呀呀地唱着。被泪水打湿了的歌声，沉沉的，湿漉漉的，每个音节几乎都拖着颤抖的呜咽。

当最后一个音节在断断续续中结束，她忍不住终又回头望了一眼潘园，望向竹林深处雾色迷茫的家，她沉浸在无望的悲哀里：这就是我的命啊！我死了，家里就会好些吧？希望大哥你能早点娶上哑巴大嫂，我知道她很善，也很会忙，好好待她。大哥，你当初真不该救我啊，害得拖累你这么多年了，现在，还给你……春兴应该好好读书的，不能再打架了，才能有出息……小妹快回来编竹筐了吧？一定要去镇上东头李家去卖，他收七毛五一个。妈，明天你要自己洗衣裳了，小心点啊，下雨了，塘边又滑……爸，知道你疼我，你是真心为我，可我，活不下去了啊！

春花从老柳树上离开，跪在草地上，朝着家的方向，再次磕了三个头："对不起，对不起！"

张务军，张务军……春花极力朝村东看去，可是，青雾升腾，雨水中茫茫一片，她，看不见。她默念着心上的人啊：我走后，你会不会难过？会不会来给我烧张纸？

春花仿佛已经看见张务军站在她的灵堂前，失声痛哭。

再见了，心爱的人，下辈子，希望老天不再让我当个瘸子……春花揉揉眼，拧干了眼底最后一丝雾气，满剩干枯和绝望。

春花站起来，头上的血渍沾满了枯黄的草屑。她脑袋晕沉沉的，心底有个声音一遍遍在催促："瘸子，你这个拖累，快去死吧，死了才好……"春花一瘸一拐地朝潘塘走去，她听见潘塘在喊她："来啊，来啊，到这里来啊……"声音很暖，柔柔的，既像心上人的低语，又像家人的召唤。春花迫切地想听得更真切些，可声音只那么一晃，就飘远了。春花木偶般走向潘塘深处，继续寻着那个声音。可还是空空的，雾气中，什么也没有，什么也看不清。水渐渐漫过她的脚踝，漫过她的小腿，浸透了单薄的裤子，一步步变得异常沉重。她感觉不到寒意，她寻着声音继续往潘塘的青雾深处走去，冰冷的池水渐渐没过了她的腰。

"春花！在干什么?!"二叔的一声惊叫，猛然把春花惊醒，慌乱中，跛脚没有站稳，她一头扎进了水里。

七

　　春花醒来已是两天后的事了。雨早停了。她虚虚实实地感觉自己做了场梦。不停变幻的场景，荒唐的人和事。但她清晰地记得，梦里，她处在浓浓的迷雾中，四周不见一个人影。可瞬间，雾一下全散了，她看见张务军站在遍野的雏菊中，干净地朝她笑，张开怀抱等她走过去！她觉得自己好幸福，她弯着腰笑出了声。刚准备抬脚时，突然，一双粗糙的大手从后面捉住了她，她想跑，两腿没有力气，跑不动，想喊，喉咙发不出声音……梦醒了，她躺在自己的床上。老天爷啊，为什么？为什么死都这么难呢？

　　二叔正说着话："春花烧可退了？唉，你们啊！等春花醒了，快把亲给退了。"

　　"彩礼都送来了，咳咳……咳咳……又给老大当聘礼送走了，怎能说退……咳……咳咳……就退亲……你让我面子往哪搁？"四爹气喘吁吁，一口气憋得差点没背过气。春花是被二叔背回来的，回来后就一直昏迷，李家送彩礼来时，她没醒，四妈把彩礼给春生的哑巴对象家送去，她也没醒。

"这时候还讲什么面子里子的？村里就我们家最穷。人家都有米有肉，你却让丫头儿子饭都吃不饱。"二叔几乎是咆哮了，气得用手一指立在旁边的春生他们几个。他恨四爹无能，整天就知道抽烟喝酒讲面子。二叔早就分家另过，在镇上贩鹅毛。

春生听了二叔的话，把头一罩，鼻音甚浓："那个二青头，大妹不能嫁！"

"说得轻巧，你哑巴媳妇怎娶？"四妈抹了把眼泪，耷拉的眼角布满道道皱纹。

春生几乎把头低进了裤裆，蹲在地上，唉声叹气。三十多的人了，好容易讲了个哑巴媳妇，可家里拖到现在也没钱要人，他又能有什么办法呢？

二叔见四妈只是在一旁抹眼泪，揉了她一下："还有你！可有你这样当妈的？春花的瘸腿敢说你没责任？"二叔这些年也不怎么待见四妈，没把她当嫂子敬重。

"呜……哇……天啊，这怎么过啊……"四妈顺势就地瘫坐着，号啕大哭。春玲慌忙想把她搀起来，可小小的身板根本经不住四妈折腾，被四妈手一扒拉，春玲便撞到了供桌上，撞翻了带着铜鼻子的抽屉，一些被红布包裹着的纪念章"叮叮当当"地散落一地。

四爹瞪了春玲一眼，腰也不佝了，疾步走上前去，一个个小心地拾起来，在破夹袄上擦擦灰，再仔细地用红布包裹好。

春玲吐着舌头，讪讪地走远些，生怕四爹一个爆栗敲下。这些通红的毛主席纪念章可是四爹的宝贝，平时连碰都不让碰一下的。对于四妈撒泼的模样，春玲也是见惯了的，便也就由她了。春玲走到床边照顾春花，见春花眼睛睁开了，忙向其他人招手："大姐醒了！快来看大姐醒了！"

春花睁着双眼仰躺在床上，刚才的话她都听见了，可任凭家人怎么呼唤，她就是不应声，眼睛无神地看着屋顶。

茅草的屋顶上，沾满了灰尘的蛛网连着一根根房梁，连成密密匝匝黑黝黝的一片，在头顶上方，仿佛在窥探着，伺机而动，随时都会铺天盖地撒网下来，捆缚猎物。

"春花啊……"四爹也来到春花床前，伸出苍凉枯黄粗糙的手摸着春花的头："咳……咳，春花啊，家里就你最懂事了……你怎也不听话了呢？为了这个家……"四爹说不下去了，只呜呜地哭着。

春花还是直直地盯着房梁上的蜘蛛网，一动不动，眼泪却已从眼眶里溢了出来，一滴一滴，清澈的眼泪滴落在绣花枕头上，打湿了她亲手绣的牡丹花。自己的命怎么就这么苦？

"……你不为这个家着想，也要为你哥想想啊？你是她亲妹妹，命又是他捡的，咳咳……你，你怎狠心看他当鳏汉条啊？他讨不上媳妇绝了户，你良心就好过了？阎王爷也不会收你的……你要还是想不开，咳……咳……你死还不如我死啊！"四爹说着就拿头往墙上撞。春花这下真正清醒了，从床上连滚带爬一把抱住四爹佝偻的身子，一声悲怆："爸……"

春生也哭了，一把鼻涕一把眼泪地吼他爹："你这是把大妹往死路上逼啊?!"又转身对春花说，"大妹，你放心，我就是当一辈子鳏汉条，也不会拿你来换亲。我、我这就把送走的彩礼给要回来!"说完，他一咬牙，拔腿就要走。

"大哥!"春花喊住了他，泪眼婆娑："大哥，我嫁，我嫁啊……"春花几乎是喊出来的。

"春、花，春花……"四爹和四妈相互看了一眼，四妈嘴角扯动了下。

二叔看着哭成一团的一家人，长叹一声，匆匆离去，他还得赶回镇上收鹅毛。皖西大白鹅是当地特产，谁家都会喂上几只，不仅腌制的鹅肉是皖西人家必备的年货，鹅毛也深受喜爱——羽色洁白，绒朵蓬松。近两年，镇上鹅毛生意尤为好做。

八

春花还是应了。"连死都不怕，我还怕什么呢？"春花用这话安慰家人，也安慰自己。可是她的眼里始终是湿漉漉的，抬头看天，湿的，低头看地，湿的。春花觉得自己的命就像潘园的雾，看不清，也抓不住。

忽然间，就像是被人淡忘了一样，在择了十月初八这个吉日后，春花的亲事无人再提，农忙的农忙，烧饭的烧饭，编竹篮的编竹篮，只是家里气氛沉闷了许多。春花也很少说话，家里人跟她说什么，她都简短地"嗯""哦"。只有春兴一个人唱嗷嗷的，放学后，今天做个弹弓打麻雀，明天削个陀螺玩。

四爹的烟又续上了，串门喝酒，都叼着"红梅"。

地里麦子熟了，黄灿灿的，一颗颗沉甸甸的，弯腰低头，饱含心事。趁麦穗没掉到地上之前，家人都在抢割。春生最是卖力，把所有的力气都砸在了地里，手握镰刀，挥镰、收镰，发着狠劲，麦子在他身后，不断地倒下去。赤着的脚跟被麦茬磨出了血泡，春生也不吭一声。如果稍稍有办法，他肯定不希望拿大妹的幸福来给自己换亲，别看平时两人不怎么说话，可亲的就是亲的。他把自己对大妹的愧和爱都倾诉在土地上。

春兴也没有去上学，被四妈唤回来割麦子。他割麦的速度自是撑不上家人，每割到田埂边，他都要坐下歇歇，磨一会儿洋工，直到四妈喊他，他才懒洋洋地起身。他看着来田里送饭的春花，心想：大姐，是真要嫁了吗？听说二姐特别讨厌大姐夫，怎么回事呢？他急得直挠头，可家里谁也不告诉他，有次四妈被问急了，骂骂咧咧地直拿鞋底抽他："屁大孩子，叫你多事！"

中午，春花挎着用白毛巾盖着的篮子来送饭。一人两个鞋底馍，一撮咸菜，外加用掉了漆的搪瓷缸装着的丝瓜汤。新面烙出的鞋底馍，带着甜味的麦香，面是自家磨的，丝瓜是从自家菜园摘的。

一家人坐在田埂上吃饭。

"连件像样的嫁妆都没有！"春玲用手撕着馍，放嘴里嚼着，突然来了句没头没脑的话。她恨上了李德好，顺带连春花也恨上了，一直不怎么搭理春花。晚上睡觉时，两姐妹也不再像往常一样拢在一条被窝里，叽叽喳喳个没完：春玲闷声地把被子一卷，侧到床边睡去。若是不小心腿脚碰到了一处，春玲就像被马蜂蜇了一样，夸张地弹得更远些。

春花一愣，装作没听见，低头吃饭。这些天，春花明显瘦了，

如失了水分的柳条，细条条的，眼睛不再水汪汪的，脸颊上两个米粒大的酒窝也深深陷了下去。饭菜嚼在她嘴里，失了滋味，是咸是淡，她自己尝不出味道。

春兴见隔壁田里村民在喝两毛钱一瓶的糖精汽水，吵着也要。春花马上起身朝马路边的代销店一瘸一拐走去。

刚上马路，春花就看见张务军的吉普车开了回来。春花站住，侧过身，迈过脸，装看不见。她听春兴说过鸵鸟，此刻她想学鸵鸟把自己的头埋进沙子里，自己看不见别人，别人也就看不见她。头埋进了沙子里，感觉却还在，就像背后长着眼睛，她明显感觉到张务军越走越近，准确地说，她又闻见了张务军身上干净的气息。人是越走越近，可心儿却越离越远，塘埂边的事，在春花，已经像上辈子的事了。她捂着胸口对自己说："死过一回的人了，凡事看得轻些。"

一见春花，张务军心情也很复杂，说不清自己是什么感受。春花对象的事他听过一些。几百口人的村子本就不大，少不了各种东家长西家短的闲话，又何况是李德好那样的二青头，更是给村里茶余饭后添了不少谈资。张务军两道漂亮的浓眉不经意地蹙了下，又迅速舒展，微笑着跟春花打招呼："春花，听说你婆家讲好了……"说到后面几个字，他的语气渐渐低了。他察觉出来，顿了顿，暗自吁出一口气，调整下，续上开头高扬的语调接着说："恭喜啊，到时别忘喊我喝杯喜酒。"

若是别人说出这话，春花头一低还能应付过去，可从张务军嘴里说出来，听到春花耳朵里，却又是别番滋味了。

是嘲讽自己嫁个二青头吗？是在看笑话吗？春花的小脸慢慢就白了，褪了血色，她渐渐将背挺得僵直，轻轻一句："是，没想到我这瘸子也是有人能看上的。"声音很飘，像潘园的青雾一样，怎么也落不到地上。张务军一愣，凸起的喉结抖动下，没说出话。

春花咬咬唇，耳朵边还回响着自己的声音。那好像不是自己的，听起来生分极了。春花听见自己的声音在接着说："瘸子只有这个命……像您这样的大人物，我可不敢高攀呢！"

张务军的眉毛真正蹙在了一起，形成一个潦草的"川"字。这还是潘塘边的那个乖巧漂亮的小姑娘吗？张务军把车钥匙别在裤袢上，再次看了看春花的侧影。她恭维的语调，夹了道不清的刻薄和幽怨，这和潘园乡亲们平时对张务军朴实的奉承是截然不同的。虽隐隐明白，可张务军还是很不舒服。他把手插进头发里一拢，尴尬地清了清嗓子里无谓的"痰"，慢慢转身，走了。

春花以为自己这样说，心会痛快些，可没想到鼻尖一酸，眼泪竟不争气地流了下来。原来张务军在她心里还是这样重，轻轻一戳，就彻骨地疼。

等到张务军走远了，春花才缓过神，捂着脸慢慢蹲了下去，把脸埋进了胳膊，"嘤嘤"地哭出声来。

春兴翘首等着春花的糖精汽水，嘟囔着："大姐怎还不回来？"

春玲笑了："你不知道大姐是瘸子，跑得慢啊？大姐要是嫁了，你以后还得多顺顺我。"

"二姐，你什么时候嫁啊？"

春玲不说话了，把见了底的搪瓷缸往田埂上一扔，颇有深意地朝四爹、四妈望去。春玲今年才十六岁，可她心里已经认定了，她以后才不要学大姐呢，她的婚事她自己做主！管家里干什么？婚姻可是自己一辈子的大事。

春花买回汽水，一家人都已吃过饭。春花默不作声地收拾碗筷，还剩点咸菜的碗沿上已经爬上一只蚂蚁，春花小心地用毛巾把它掸走。

等到麦子铺开了晾在稻场上，用石磙碾压了，装好，春花也该嫁了。

十月初八，春花一早就像往常一样去潘塘洗衣服。潘塘，还是雾气弥漫的潘塘，春花已不再是以前的春花了。她更加寂静，人是蔫的，心也是紧紧闭合的，如潘塘边那些受了惊吓的河蚌。张务军没能看上她，她伤心，毕竟人家在天，她在地，除了恨自己是个瘸子，她没有资格怨他。而今天就要嫁给李德好，在她，这是天底下最怕的事。怕有什么用呢？死又没死成，既然老天爷只给了这一条路，那就得好好活着！用自己给大哥换回哑巴媳妇，也值了……

等春花洗完衣服回到家，家里已经聚集很多人。四妈脸笑成了菊花，堆叠满脸的褶子，亲热地朝春花说："哎哟，怎么还洗衣裳呢？你们看，我讲吧，看我家丫头就是贴心，我真舍不得呢！快，拾掇拾掇，别误了时辰。"作为媒婆的小兰妈正跷着腿嗑瓜子，一副劳苦功高的样子。

在一帮姑婆的七手八脚中，春花任由她们摆过来摆过去：梳什么头发，戴什么花。穿什么衣裳，走哪条路。这帮姑婆每个人都有自己的经验和意见，每个人参与着指手画脚。

然而她们的意见不能时时统一。这个刚帮春花梳了大辫子，那个用手一捋，给它拆了："都嫁人了，这头发一定是要盘起来的。"一个刚帮春花插上朵粉嫩的芍药，小小巧巧，别在发髻，另一个又帮她拽下，摔在地上用鞋底狠狠揉碎："呸，呸，你到底懂不懂？粉红是二婚才用的颜色！"便顺手给春花插上朵大红的塑料花，塑料的花梗硬邦邦的，插得春花头皮直疼，春花嘘了口冷气。除了野花，这是春花头上第一次戴发饰。曾见人家的姑娘戴着各样的小发饰、小夹子，春花心底羡慕呢。如今她也能戴上这么艳艳的一大朵，脸上却没有一丁点儿的喜气。

给春花戴芍药花的姑婆到底不服，仗着去城里参加过一次婚礼，摆开架势，要力争到底，仿佛被扔掉的不是芍药，而是她的颜面。她嘴角撇上天，拉过践踏她颜面的"敌人"，唾沫溅了"敌人"一脸："真土，你可知道，城里早不时兴这个了……"她的"敌人"遭了嫌弃，袖手站一边，却又是凉飕飕地冒出一句："哼，反正我话是讲到了，这婚事以后要是出什么岔子，别怪我没提醒。"

……

嘈杂中，春花感觉这场婚姻，是自己的，又不是自己的，其他人都像苍蝇一样不知疲惫地、兴奋地在几间破屋里嗡嗡直飞，进进出出，忙的每件事似乎又都是关于自己的，可自己始终是个闲人，也是个外人，孤零零地沉寂在自己无边的悲哀里。

四妈拿出一枚小圆镜，用红绳拴了镜面朝外给春花贴身挂上，一再交代，到了李家，先把镜子翻过来。镜子——进子。

正如春玲所说，一件像样的嫁妆都没有——堂屋正中那一个系着红绸的挑子和一个五个抽屉的五斗橱，便是春花所有的陪嫁。去送亲的，还是以前看门头的几个姑婆，唯一的区别是，四妈和春玲没去，换成了来接亲的小兰妈。没有时兴的车接车送，春花跛着脚一瘸一拐，一瘸一拐，被这帮姑婆簇拥着，穿过雾色潘园，走在队伍正中间。发髻上那朵艳红的塑料花，花蕊直颤，很惹眼。春花想回头，再看一眼潘园，哪怕只一眼，可被小兰妈给死死按下了——虽然没有一顶红盖头挡着，然而规矩是不能少的……

春花只得在心里说："爸，妈，我去了……"泪水再次夺眶而出，模糊了春花脚下的路……

九

迎河村在渭河的下游，沿着长长的河岸，有着大片的河滩。春花嫁到迎河李家，端着饭碗站在门口，一抬头就能看见堤坝那边闪着水光的河流。河面上时而也会起雾，跟潘园的青雾不同，这里的雾气是白茫茫的。

刚刚打过春，天气还没彻底回暖，河边的风也比别处更冷冽些，岸边的枯草只稍稍透着点青色，河堤上树枝的新芽也刚刚探出嫩黄的头。

李家虽没有叫春花下田里忙农活，可家里洗衣做饭及其他家务，春花一样都不曾落下，勤劳的她忙惯了，一刻也不曾闲着。她又托人从镇上接了几家洗衣的活：一人一月一块半钱。春花每早跛脚去镇上收脏衣，回来洗好晒干叠平整，下午跛脚再挨户给人家送去。春花若是见人家被子脏了，收衣服时顺带也就帮忙拆了带回迎河去洗。主家见春花纤弱的身影一歪一斜地忙碌，要加钱。春花摆着手憨实地说："哪能再多给呢？都是顺手的事。能接到您家这么高的洗衣费用，我已经很高兴了！"春花的桃花眼笑得很甜，直达眼底的笑意满是真诚，她是真心觉得洗衣服比在地里农忙要容易多了。主家若是女人，她偶然还会攀谈两句；若是男人，她来去匆匆，不作半点停留，也从不和男人的目光对视。这是李家老太婆一再交代的。春花一过门，李家老太婆就给她立下很多条规矩，这是其中一条。这些规矩，春花低着头，都一一记在心里。

若主家实在过意不去，塞块肥皂给她，春花心里也会很欢喜：一块肥皂能顶很大的用处呢！春花盘算着：李德好不立事，自己可不能在家吃闲饭，不能什么都指望婆婆，婆婆老了，还整天走村串户的，不就是为了这个家吗？只要自己踏实地好好忙，这日子还是有奔头的！

春花正在收衣服，见李德好慌慌张张地扛了袋大米进来，焦急围着堂屋打转："藏哪好呢？藏哪好呢？"尖瘦的额上都闷出了汗，泛着油光，长着几根黄胡子的下巴一抖一抖的。

"这米哪来的？"春花问他。

李德好不应声，看看堂屋没有可藏的地方，转身又进了厢屋。春花有些着急了，瘸着腿跟在李德好身后："你倒是说啊！"

李德好一掀床单，把米袋塞进了床肚。放下床单遮好，又拿了被子压在床沿，李德好这才觉得安全了。他直起身，拍拍手，猛一回头，目露凶光："死瘸子，要你管！"突如其来的一声咋呼，让春花不禁倒退一步。

春花暗想："坏了！"这短短的两三个月，春花也渐渐摸清了李德好的德行，他除了有常人不能理解的二青头行为，还经常做些偷鸡摸狗的事。春花还不能说他，一说他就恼，对春花比画着拳头，吓唬她。春花一开始还求助她的香头婆婆。李家老太婆眯着眼睛，盯着春花的小腹："他还年轻，等他抱儿子就好了。春花，你肚子要争气些……"

春花想，这袋米八成又是偷来的。做人，要清清白白的才行啊！春花左思右想，还是一跛一跛地上前，小心翼翼地说："我这不是管你，你看，我们都是两口子了，你做什么好事大事都应该告诉我，对不对？"

李德好这才得意起来，贼头贼脑地往门外看了看，一把拉过春花，神神秘秘："我告诉你啊，你别跟人家讲，这是我赶集时从集上捡的……"

捡的？春花又继续拿话套他。总算弄清了，李德好是从人家米铺前"捡"的，换句话说，就是趁人不注意，扛起来就跑的！

春花一惊，倒吸了口冷气："天啊，你居然去抢？"春花开始耐心地劝李德好，想要他还回去，说家里还有米，不缺，如果他嫌累不去，就自己去。年轻的春花到底是心急了些，没细看李德好渐渐起了寒霜的脸色。见李德好不动，春花说着就要去拖藏在床底的米袋。可还没等她弯到腰，突然就被一股蛮力揪住了衣领，李德好像拎瘦弱的小鸡一样，把春花拎到一边，不待她反应，李德好反手就是一巴掌"啪"地掴在她脸上："我要你多事，打死你！我早受够你啰唆了！"

春花脸上火辣辣地疼，两眼冒着金花，身如柳絮般晃了几下，倒在床上，胳膊肘碰掉了压在床沿的被子，斜扯着床单，露出了床底藏着的米袋。李德好心头直冒火："你个死瘫子……"

就在李德好抡起胳膊准备再跟上一拳时，外面却喧闹起来，有人在喊："李德好，李德好，滚出来！"

李德好变了脸色，从床上一把捞起春花，推搡着她："你出去，说我不在。"春花眼里噙着泪花，愤恨地看着李德好，嘴唇发乌。她没想到李德好对自己动武！这才几个月？往后可怎么过呢?！

"愣什么？快去！"李德好又搡了春花一下。春花的眼泪被晃掉下来了，她不去擦。打死我吧，最好把我打死！她痛苦又绝望地闭上眼睛。李德好突然就变了脸色，拉住春花，急促地央求："春花，好媳妇，我错了，我以后都听你的话，现在我不能出去，我会被人打死的。"

春花睁开眼看他，见他身子在哆嗦，目光竟像个孩子一样地无助。春花的泪水再次顺着睫毛落了下来，滴进嘴里，苦苦的，她一闭眼，咽了下去。这就是命啊！

等春花来到堂屋，堂屋已陆陆续续站满了人，个别村娃夹在人群中嫌看不见，就站在大门的门槛上往里瞧。为首的正双手掐腰，脸涨得通红，两额青筋一鼓一鼓地跳动，连带着眼珠子都快凸出来了。看见春花，来人咬牙切齿地喊："叫李德好滚出来！光天化日，竟抢我店的大米！简直、简直没王法了！"这人的表情、眼神都能把春花给生吞活剥了似的。

春花哪见过这种架势？她怯了，不敢上前，也不知被谁伸手一拽，她就踉踉跄跄地站到了堂屋中间。春花急了，慌张地咬着唇，踮起跛脚想在人群中寻找李家老太婆，没有！哪怕心底再苦涩，此刻她却只得壮起胆子，撑着李家的场面给人道歉："求求你们了，李德好知道自己闯祸了，跑出去了，我代他赔不是。他也就是一时闲得，别跟他较真，大米我给你扛来。"

"说得轻巧！你看公了还是私了。公了，哼哼，这是抢啊，是要蹲大牢的！私了，不仅米还来，还要赔我损失！"米店老板一屁股坐在了堂屋的板凳上，敞开了棉袄，喘着粗气。这连赶是赶，从集市撵到这，也累得够呛。亏得一路上都有人指点，才找到他家，附近乡亲们都知道李德好，这声讨的队伍也越来越大。

春花焦急地想从看热闹的乡亲里，寻几张熟识的脸，好歹能帮她求求情。可这邻里乡亲的，谁没被李德好祸害过？春花抬起的目光，又黯下去，她没有脸求他们。公了是肯定不能的，李德好再怎么样，毕竟是自己的男人，哪有婆娘眼睁睁看自己男人去坐牢呢？

春花慌忙从兜里掏出花手绢，层层叠叠地打开："私了，私了，你就放过他吧，这是我今早才结的工钱，你先收着，我这就给你扛米去。"米店老板接过，沾着唾沫捻着纸票："才这么点啊……"

春花去了厢屋。李德好人呢？春花以为他趁乱跑出去了，一掀床肚，吓了一跳：一个大活人竟缩成一团和米袋躺在一起！

李德好一脸惊恐，嘴里小声嚷嚷："别抓我，别抓我，我不要坐牢……"堂屋里的话，他都听见了。春花咬着嘴唇，含着泪花，把手一伸。李德好以为春花要拖他，越把身子往床肚里缩，瑟瑟发抖。春花却是一声不吭，费力地拖出了米袋。

乡亲们看见春花跛着腿扛出米袋，又跟米店老板左一句"对不起"，又一句"对不起"，只差没跪倒给他磕头了，都不忍了，开始七嘴八舌地跟米店老板解释：

李德好，谁不知道他是二青头呢？他是什么事都能干出来的。

看他瘸腿媳妇脸，还红肿着呢，估计是他打的。

算了，米能要回来就不错了，别为难他媳妇了……

……

米店老板抹拉下胡碴，打量下这昏暗潮湿的屋子，看看供桌上的佛龛，终于站了起来，把钱揣进怀里："算我倒霉……"

春花拍着胸口，千恩万谢，也对乡亲们点头作揖。

米店老板临走前，面是朝春花说，实际却是朝厢屋喊了句："这次看你面子……帮我带话给李德好，警告他，别在我门口走，不然我见一次打一次！瞧那尿样。"

李德好在众人散去，不见了响声，才哆嗦着从床底下爬出来，手脚打战，路也走不直了，浑身都是灰蒙蒙的，头发上也粘了蛛网。他低着头站到春花边上。

春花还没从刚才的事里缓过神，瘫坐在椅子上，嘴唇上满是干枯的欠皮，眼神直愣愣地望着地面。

正巧李家老太婆回来了，看见李德好的模样，慌忙踮着裹脚，把毛巾蘸湿，心疼地给儿子擦拭。问明情况后，李家老太婆厉声对春花说："你这女人，又不下地干活，照顾自家男人都照顾不好，你看他吓得！"

春花一听，泪水再也止不住了，哗哗直下，却紧紧咬住嘴唇，把哭声都压在瘦弱的身子里，随着抽泣，她的身子剧烈地起伏着，那条瘸腿也跟着颤动。

李家老太婆干巴巴的声音不大，却尤为刺耳："哭，就知道哭！我问你，你结到的工钱怎搞不交到家里来？吃公的攒私的，你倒是打得好算盘啊！"

终于，春花克制不住自己，"嘤嘤"哭出声来！她委屈地捂住脸，一瘸一拐地跑回了厢屋。

不知道哭了多久，突然，春花肚子一阵绞痛，就像是每次月事来的绞痛。春花抽泣着拿出卫生带。仔细一瞧，内衣上什么也没有，春花算着日子，猛然才警觉，这多久没来了？该不会是村里姑婆们常说的"有了"？春花蒙了！瞬间，忐忑的心里又有了丝安慰：真要有了，婆婆会对自己好些了吧？李德好不会再轻易动粗了吧？可又想，若是生了小子还好些，乡下干活，就是要劳动力；若是丫头呢？唉，千万不能是丫头，可不能像自己一样苦命啊！春花又哭了。

经过这件事，李德好倒是安分了些日子，春花悬着的心渐渐放下了，她更是一刻不停地起早贪黑地忙。

春花自己动手剪了大辫子，留着齐耳的短发，一低头就遮住了眼睛，也遮住了她眼里如雾般的忧郁。

十

见春花有了身孕，李家的香头老太婆终于对春花有了笑色，也把供桌前的香火燃得更勤了，黑黢黢的屋里，整日烟雾缭绕。自打春花进了门，李家老太婆总是担心这家拴不住她，这下好了，这下好了，李家老太婆对着供桌的佛像，双手合十，不停地祷告："大仙保佑，大仙保佑。"

春花受不了那呛人的烟雾，躲到隔壁小兰家，帮着她家剥老玉米。小兰妈是春花的媒人，对春花好歹带着些亲近。小兰和春玲年纪相仿，是春花在迎河村唯一能说上几句话的人，春花看见她，就好像看见了春玲。她好久没回家了，也不知家里怎么样了。爸的咳嗽好些了吗？春花把两个老玉米棒子交叉放在一起，使劲一搓，再一推，黄灿灿的玉米籽儿就从玉米棒上脱落下来，掉在簸箕里，一粒粒的。腹中胎儿已五个月，因为春花本身体格纤细，加上衣服又穿得宽大，所以并不显怀，也不误她忙活。

小兰对春花说："春花姐，记得你嫁到这儿，还是去年年底你哥成亲时你回去了趟，连过年你都没回去，你不想你娘家人？"

春花轻叹了声，垂下眼："怎会不想呢？可好容易接了些洗衣的活，不能耽误，家里又有鸡鸭要喂，还要烧火做饭，我走不了啊。"

"对了，听说你二叔贩鹅毛被骗了，身上又钻进了铁片，怎回事呢？可怜他咋这么命苦呢？"

"嗯，我也听说一些。人家用大毛片掺假，二叔忠实，没留心，以为都是一类绒毛……后来二叔去城里大修厂做苦工，被烧红的铁片星溅进去……好在，老天保佑，二叔福大命大，才没出大事。"春花嘘了口气，眼睛映出水汽。

正聊着，小兰妈气喘吁吁跑进来，看见春花，连声说："春花，有人报信讲你家李德好在镇上被人绑起来了，你婆婆已经撵去了，让你赶紧去啊。"

啊！怎回事？春花惊得手中玉米棒掉了，站了起来。

小兰妈咽了口唾沫："报信的人讲他喝了酒把一个几岁大的小子给扔到塘沟里去了，亏得发现得早，才没出人命！"

春花彻头彻尾地蒙了，寒意一阵甚过一阵从心底漫过，让她手脚冰凉。她跛腿就要往镇上跑。小兰跟在后面喊："春花姐，我骑车带你！"

小兰顺着田埂把自行车蹬得飞快。春花忐忑地坐在后座上，紧紧揪住小兰的后襟,心一慌一慌地,冷汗直淌。怎又闹事?这中午吃饭还好好的!又是喝酒惹的祸!怎么办?怎么办?每次出门前春花都会苦口婆心地交代李德好,半哄半劝,让他别再干出格的事。春花以为经过上一次事李德好知道怕了,自己又有了身孕,现在她的话他听懂了,听进去了。可这才安稳几天啊,又出这茬!李德好啊,你什么时候才能像个人啊?你跟一个孩子去较什么劲?孩子是命根子,你把孩子往塘沟里扔,人家能不跟你拼命?

春花心头很是沉重,也觉得好累,可是……春花摸了摸自己的肚子,能感觉到有鲜活的小生命在她身体里跳动。春花抓着小兰褂襟的手又紧了些。

小兰健康的双腿有力地蹬着自行车,驮着春花赶到集镇。也没寻多久,她们很轻易就把李德好找着了。午后的镇上应该是空荡荡的,那黑压压挤在一起的人群,不就是因为李德好吗?这条街,几乎所有的店铺,瓜果摊,甚至是卖烧饼的大铁炉,都没有人守了,听说有人被绑了要吊起来打,全都往人群里挤,看热闹呢。

没到四月,可下午一两点的太阳已经像个蒸炉,当所有人都往一处挤,太阳就把各种气味一锅蒸:汗味、酸味、狐臭,还有路边一担粪桶的气息……乡亲们都习惯了,谁也不会介意,这些都是皖西大地上最真实的乡镇味道。此时就连时髦的小姑娘们,也不会捏着鼻子,她们正踮起高跟鞋往人群里望呢。

春花扒拉开乡亲们,瘸着腿站在李德好跟前时,李德好已被扒得浑身只剩条烂个洞的大裤衩,被人用麻绳五花大绑地反手绑着跪在地上，蓬头垢面，脸是青肿的，嘴角渗着血，身上也挂了彩，头无力地耷拉着。

春花眼前一黑，手脚冰凉，头蒙地大了，脑袋一片糨糊。她本能地扑过去，抱住李德好的头，摇晃他："李德好，李德好……"

李德好抬起头，看清春花，就像看见了救星："春花……"

小兰站在圈外，她不能不顾春花，可又不敢上前，只能提心吊胆眼巴巴地瞅着。

一个手里挥着皮带的男人，一把把瘦小的春花推远："我呸！"春花"哎呀"了一声，她感觉到肚子里的胎儿动了。男人朝李德好脸上吐了口唾沫："畜生，这时候知道喊救命了？"又扭头问春花，"你是他什么人？……婆娘？好，来得正好，你帮我问问他，我家娃哪招惹他了？要不是有人看见，我娃就……就……"男人讲不下去了，只剩喷着火的眼睛，瞪得像对铜铃，通红通红的。

另一边一个白发苍苍的老太太用手指着李德好，哭得撕心裂肺："……你怎下得了手啊……孙子才五岁啊，他要是有个三长两短，我一把老骨头跟你拼了……呜呜……"

周围一片咒骂：

"真是畜生！"

"拉他游街。"

还有人高喊，打死他！

……

春花嘴角开始哆嗦，眼底的水汽在集结，讷讷地，不知该怎么应对。可容不得她多想，那男人举起皮带又要朝李德好抽下去。春花也不知哪来的力气，扑过去，紧紧地用身子护住李德好。皮带落下，抽在春花的背上！春花"嗖"地吸了口冷气，身上火辣辣地疼，头发瞬间也疼湿了。男人没想到抽到春花身上，停了下来，吼道："让开！"

春花顾不得身上的疼痛，顺地上爬过去，爬到男人的脚下，一下又一下地给那男人磕头，拖着哭腔："别打了，求求你别打了……"头重重地磕在地上，溅起的灰尘，迷进春花眼里，可瞬间又被泪水冲刷了。除了磕头，春花毫无办法。

李家老太婆也赶到了，扑在李德好身上，哑着嗓子呼天抢地："你们这群天杀的啊，看把我儿打成什么模样了，要打打我吧，我也不活了啊……"

又是一片嘈杂，大盖帽的民警来了。人们都自觉地让出条道。大盖帽挥着手："其他人散了去。当事的几个去派出所！"小兰才挤进来，眼睛红红地扶起春花。

春花一动弹，疼！背上还是很疼。她直不起腰，瘸腿又站不稳，趔趄着，眼看带着小兰就往后仰。又一双手扶住了她，很干净的一双手。春花一抬头，张务军！春花顿时泪眼蒙眬，一时竟不知道该说什么。

张务军跟她说是他去找的民警，他愤愤地说，这都什么年代了，还是这么野蛮。

春花很感激地朝他望着。张务军想跟春花说话，春花却已经转身，朝李德好走去。春花转身的刹那，在张务军看不见的角度，张大嘴巴无声地哭了。她从来没想过会以这种样子出现在张务军面前。此时的她，羞屈又愤恨，她恨李德好的德行，也恨自己没用。张务军的出现，比那男人的一皮带给春花带来的疼更剧烈。

有民警调停，又有张务军这个镇政府的人在旁说话，那家不闹了，偏李家老太婆不依不饶，拽住民警的衣袖，非要他抓人去坐牢，还让那家带李德好去镇上医院。民警一甩袖子，没理她，冷笑道："像李德好这种人，打一顿算是轻的，没打残废就已经是人家手下留情了。"

张务军坚持要送春花回家，春花踌躇着，尴尬还没有缓解，可心想："也好，自家男人被打得不轻，婆婆小脚走路又不太方便，自己……刚才肚子里的孩子受了惊吓，踢我……"一抬头，却见李家老太婆阴森森的眼光，春花打了个寒战，怯怯地退开了些距离。春花扶着哼唧唧的李德好，让他坐上小兰的自行车，自己跛着脚推着，四人慢慢地朝迎河村走去。

张务军望着春花一瘸一拐的背影，心头竟沉甸甸的。唉，这个漂亮的姑娘，过着什么样的日子啊？忽然，他又自嘲地笑了：自己过得就一定好吗？岳父一家人内心始终瞧不起自己，总认为自己是沾了他们的光，哪怕为他们做再多的事，自己也始终是个外人……

但是，当旁边的乡亲们满含恭敬甚至是谄媚的眼光看过来时，张务军，这个"镇政府"的人，不觉又露出了高人一等的神情，于众人仰望中，挺直了胸，开着吉普车大大方方地扬尘而去。

春花回迎河的这一路并不平整。李家老太婆得知张务军是春花本村的，话里阴冷的气息更加浓郁。虽没指名道姓，"女人要守妇道""要知道廉耻"等，句句如针戳向春花的脸。就连小兰也能听懂，吓得大气不敢出。春花面如火烧云似的通红，却寂静无声，她一句也不辩解。在她看来，张务军只是自己做姑娘时一个不切实际的梦，过了这么久，梦早就醒了。她劝慰自己，婆婆这些话不必上心，自己坦荡就行。可是，精瘦的李德好坐在后座上像山似的沉，让春花觉得好累，扶着车把竟有些摇晃。

　　李德好赤条条且心安理得地坐着，一身黑不溜秋，又在地上滚过，成年累月积攒的污垢起了褶皱，一块厚一块薄，唯一能瞧得分明的，是他脸上斜着的眼白和一口包不住的大黄牙。他一路上都"哎哟哎哟"地叫个不停。一个颠簸，李德好突然伸手在春花头上敲了一下："他娘的，你想摔死老子？"跟在后面的小兰，突然想，谁说李德好是二青头呢？该听懂的，他一句不落！

　　春花冷不丁挨了李德好一下，头磕着了车把，自行车在扭曲，又引来李家老太婆母子俩一通责骂。春花咬了咬青紫的唇，眼泪默默晃了下来。可是，倔强的她，依然挺直了背，仿佛是借背上的痛感来驱赶心头的疼和绝望。这一挺，洗得泛白的蓝色劳动布褂子下，肚子便微微凸了出来。

　　李家老太婆瞄了一眼，以为春花是用身孕来提醒她娘俩闭嘴，她冷冷地从鼻子里哼出声来。

十一

　　今天是张务军老丈人的寿辰，张务军和黄干事一下班就到老丈人家。张务军备了两条烟和两瓶酒。黄干事和她妈在厨房忙乎，张务军耐着性子陪老丈人下棋。

　　张务军的棋艺并不怎样，勉强和他老丈人走上几招便溃不成军，只能慌乱地应付。老丈人捧着小巧的紫砂茶壶，不时慢悠悠地嘬上一口。棋盘上，张务军的半壁江山已被破，车马炮各剩一个，相士也不全。老丈人的军马已杀到家门口。眼看老丈人就要双炮将军，张务军的帅却移不得，那边，老丈人的一匹马正虎视眈眈，看着呢。张务军没法，用了一记废招：垫车。老丈人轻飘飘地抽走张务军最后一个车，转而，慢慢一一蚕食他的相士。张务军心里苦，这哪是下棋？摆明了猫捉耗子，还不一下按死，慢慢抛着玩。他多·想叫老丈人给个痛快！可他敢吗？不敢！难得老丈人心情好，没对他寒着脸，他得把事办了，老是吊在那临时岗位，他心里悬呢。老丈人最终失了兴趣，朝里头喊"吃饭，吃饭"。张务军一阵轻松。张务军边收拾棋盘边小心地问："爸，您看，文化站正缺人，您趁机把我调过去得嘞……"

老丈人看了一眼张务军，举起紫砂壶，嘬了一口茶，问："文化站缺不缺人，你怎知道的？"

张务军说："看门老大爷闲聊，我碰巧听到……"

老丈人看看张务军，把茶壶递过去，张务军慌忙接过，为他续满。

老丈人接过，把茶壶放桌子上，手指头不轻不响地叩着桌子："一再跟你交代，你年轻，要多干实事，少打听，可懂？"张务军面上一燥，连忙把身子躬着，使劲点头："是是，您说得对，我也就是这么一听。"

一餐饭，老丈人一家吃得热热闹闹，和他小舅子有说有笑。张务军也不时掺和上几声，可都没有引起多大回应，连他的敬酒，老丈人也是轻描淡写象征性地抿一口。饭后，其他人把碗一推，端起了茶杯，张务军和丈母娘抢着洗刷碗筷。

后来没过多久，张务军的事成了！虽然文化站也还在镇政府里，与他以前的办公室几步之遥，可张务军觉得这差别可大了！他终于端上了铁饭碗，还被外人喊声"副站长"！他激动地要回潘园把这事告诉他爸妈。

此时，潘园的妇女们正顶着毛巾在麻地里砍一人多高的大麻，脸上、身上沾满褐色的麻籽，汗珠从肩背上汇成了一道道小溪流，顺着脊梁沟下落；而赤膊的男人则挥着鞭子，赶着老黄牛，在刚割了油菜的田里耕地，犁耙上的齿发着熟识的亮光……潘园的男男女女就像一个个忠诚的卫士，散在潘园的各个角落，沉默又辛勤地忙碌，伺候着这块生养他们的土地。

潘塘的柳树披着满身新绿，下坠的枝柳探着身子向水里倾斜。一串串黑乎乎、圆嘟嘟的小蝌蚪抖着尾巴在水里绕着柳条儿打转。它们时而被什么给惊散了，可瞬间又从肥厚的浮萍里探出身来，迅速又合拢成一圈。田头间，雪白的槐树花四下零落。

张务军哼着调儿骑车刚进村，遇村里人在旋鸡，他下了车，饶有兴趣地看了一会儿。

旋鸡是皖西大地最古老的手艺。旋鸡老汉坐在自带矮矮的小木凳上，旁边的清水盆里放着工具。鲜活扑腾的大公鸡一到旋鸡老汉手里，瞬间就蔫了，仿佛遭遇天敌，有着来自灵魂深处的战栗，羽毛蜷缩。旋鸡老汉不带一丝表情，熟练又木讷地把公鸡头一扳，掖在鸡翅下。他一脚踩住鸡翅，一脚踩住鸡爪，三两下薅光翅膀下那处最柔软的绒毛，露出公鸡鲜嫩的皮肉，将公鸡最引以为傲的啼鸣，撮成脚下的一团呜咽。本来鲜红矗立的鸡冠因了恐惧而绵软，带上焦紫色的边。老汉从清水盆里捞出旋鸡刀，机械地在鸡肉上划出一道口，飞快用铁弓绷上。旋鸡刀一头系有铁丝，如缝衣针粗细。老汉眼睛微眯，把冰冷的铁丝戳进鸡身，用粗糙的手指捻着捻着，不时拉扯几下，再用个小勺子迅疾一掏，就把鸡腰从里面掏了

出来——公鸡被阉了。一只曾雄赳赳气昂昂的公鸡，从此绝育，只能木呆呆地啄食，拼命地疯长人们喜爱的肉身。旋鸡老汉依然面无表情，粗暴地掰开鸡嘴，灌上几滴清水，扔走，再旋下一只。

而这时，羸弱的春花挺着肚子，步履蹒跚，拎两包贴着红纸条的白糖走在潘塘的塘埂上。

春花的肚子渐渐大了。就快过端午节，李家老太婆好容易应允春花回潘园一趟。李家老太婆一再交代，要小心，别让她孙子有个闪失。春花高兴得不得了，怎能让李德好跟着？春花给他几块钱将他支开。

多久没回来了？塘埂上的春花贪婪地深深吸了口气，看着这些熟悉到骨子里的一草一木，眼底激动地泛起了雾气，恨不得将身子飞起来扑上去，瘸着的脚步，轻快了！

张务军一开始看着旋鸡新奇，可看了一会儿，也就失了兴趣，正想骑车往家走。他急着要把好消息带回家。

一抬眼遇见春花，张务军很高兴，挥手上前打招呼。春花看着张务军额前干净的碎发，笑着说："巧啊，今您也回来了！怎么骑自行车的？轿车呢？"

"我调到文化站，不用给人开车了！"张务军拢拢头发，笑了，一脸灿烂。

"哦哦，太好、太好了！"春花也笑了。她不懂文化站到底是干什么的，但见张务军这模样，肯定是又升官了。春花一手撑腰，肚子挺得老远。

两人各往自家走。

四爹越来越依赖他的这张床，一歇下就躺在床上，大热天的，也把被褥裹得紧紧的。好久都没人来请四爹去记礼单了，可四爹丝毫没有怀疑过自己的能耐。村里谁能像自己这样写得一手毛笔字呢？除此之外，儿子娶上媳妇，又能在马路边盖两间草房，这些都是最好的证明。四爹晕晕沉沉地打了个长长的哈欠，支撑着坐起来，稍微活动下筋骨，可一动弹，又是一阵剧咳，嗓眼里被呛出一股臭腥腥的东西，他以为是痰，一出口，却是血！四爹整个人像被定住了，直愣愣地看着地上的一滩血。这些天他故意不去想这事，咳嗽好不了，他说是伤风，痰里有血，他说是嗓子破了……可、可万一是肺痨，家里有钱治吗？春花的那些聘礼早花光了……不、不是，也不能是！古话不是说弯扁担不断吗？咳了这么久也没啥事，说明自个儿命硬着呢！也不能让人看见，可不能让人当病号伺候着！四爹抖索着用鞋盖住了血渍。

正恍然中，见春花进来，四爹掩了掩神色，强打精神问她怎么回来了。春花说快过节了，在迎河闷得很，回来看看。

春花一进屋就闻着很腥，知道是四爹的痰，她麻溜地寻了些苦艾叶在脸盆里点燃。艾叶燃烧出的中草药味很快驱淡了屋里的腥臭。

春花跛着脚怀着身，又帮家里里里外外清扫一遍，还顺手把稻场边那株正开得红艳艳的鸡冠花用麻秸支起来，免得被压断了枝秆。

四妈扛着锄头从地里回来，顿时觉得干净的屋里亮堂了不少，见春花放在供桌上的白糖，用手掂了掂，喜笑颜开："还是我大丫头孝心呢！"中午，四妈破天荒地逮了一只鸡红烧，说要给她大丫头补补。吃饭时，除了分家另过的春生和哑巴大嫂，其他人都回来了。春兴、春玲看见大姐自然很高兴。春兴流着哈喇搓着手，庆幸沾了大姐的光。就像是提前过端午节一样，一家人围着饭桌吃饭，四爹也起来了，摸着桌子坐下。春兴夹了一块鸡腿，还没落到碗里，就被春玲一筷子夺下，夹给春花。春玲早就不跟她大姐怄气了，她有好多小心思要跟她大姐说呢……血脉相连的亲，永远是割不断的！一时间，春花仿佛又回到了未出嫁的时候，还是家里好啊！这一桌一椅一草一木，都是这样熟悉，连短了腿的长条板凳在春花看来都是这样贴着心眼的亲！穷又怎样？没有李德好的拳打脚踢，没有阴森森的佛龛和李家老太婆的脸色，没有时需要胆战心惊的提防……家里，真好！

　　吃过饭，一家人还不肯散去，围着春花谈心。春兴黑黝黝的小身板结实多了，敦实得像个小牛犊子，整日在外野，脸上晒出来两团红，个儿也蹿高了不少。他不停地摸春花的肚子："哈哈，我要当舅舅了！"

　　春玲问春花："大姐，听说李德好经常被人打，怎回事？"

　　春花本就是回来诉委屈的，经春玲这么一引，竟把她眼泪引了出来，她流着眼泪把李家数落了一通。这里，可都是她的亲人啊，她得把所有的委屈原原本本都给倒出来！她想告诉家里人，她对李家已经彻彻底底地死了心。当讲到李德好在镇上被人打的那段，春花顿了下，有意去掉张务军那一茬，只要别人不提，她就不提。有些人、有些事，是她心底永远不会见光的秘密，就让它们埋在心里烂掉吧。

一家人就像听大鼓书一样，听得心惊肉跳！待春花抽泣着讲完，气氛突然很凝重，如同天边转瞬涌起的乌云，黑压压的，压得每个人心头喘不过气，只有四爹一声响过一声的咳嗽。春兴率先跳起来，目露凶光，小小拳头紧紧攥在一起，看着春花："那个二青头，我他妈早晚弄死他！"春玲看着四爹，又看看四妈，嘴角上扬着嘲讽：看吧，看看吧，这就是你们给大姐找的好女婿！

四妈扯着围裙，沾着湿漉漉的眼角："日妈妈的……"

春花可怜巴巴地望向四妈，好期待听见下一句，可四妈除了一句"日妈妈的"，便再不出声了。

春花咬了咬嘴唇，低着头："爸，妈，没事，不要担心我，我、我习惯了……"声音越说越小。

四爹佝着背，点着头："咳咳……咳……这日子是要照过的……"表完态后，四爹就颤巍巍地回里屋了。这门亲本来就是他定的，他哪能说什么呢？

四妈再次骂了一句，摇摇头撇了下嘴："你也要学机灵些，不要一天到晚傻乎乎的。已经是李家人了，又怀着李家的种，没事别到处走。"四妈看着春花，觉得这丫头要有春玲、春兴他们一半机灵劲就好了，自己也就不用这么操心。想想，四妈又补上一句，

"好好过，不能被人戳脊梁沟笑死！"她好像已经看见了村长婆娘在咯吱吱地笑她。

春花垂下头，摸着肚子，眼里湿湿的。她是多想在家待几天啊！至于春玲刚在她耳边偷偷叫她"离婚"，怎么可能？她想都不敢想！

四妈收拾着碗筷，又安慰她："唉，傻丫头，哪家都一样。"

眼看大雨就要倾盆，屋后的竹叶被刮得哗哗作响。春花磨蹭着不肯回迎河，央求四妈，今天想在潘园住下，哪怕歇一晚也好。四妈却已经拿出了两件蓑衣，递给春玲："下过雨路就不好走了，春玲，快把你大姐送回去。怀着身子的人，不能随便在别处过夜。"春兴嚷着不让春花走，被四妈一瞪眼给唬了回去："还不上学去！"

四妈的话让春花心拔凉拔凉的，去年，这还是自己的家，可现在却成了"别处"！春花难过得两手无助地绞着，心里无数个蚂蚁在嗞咬，想哭，眼睛却是涩涩的。

她是多么不愿走啊，她不愿去面对婆家人的嘴脸，可是，她毫无办法，老天把她赶出了潘园，把她赶到了去李家的这条道上，她就必须得走下去！怎好再死乞白赖地待在家里呢？没听四妈说，嫁出的丫头泼出去的水吗？何况肚里还有李家的孩子，打断筋骨还连着肉呢，她得回去好好过日子。

老天爷的脸可变得真快！落过几滴雨后，倒是停了，只有潘塘在袅袅升腾着青雾。春花收了蓑衣给春玲，不让春玲送，说自己能回去。春玲心想，正好懒得送呢，她一辈子都不想再见到那混蛋尖嘴猴腮的模样，他的脏爪子在她心里还是个阴影。嗯，自己以后的婆家可得挑最好的。

春花一瘸一拐地走上潘塘的塘埂。

青色雾气蔓延。塘埂一边的稻田里，秧苗疯长，像铺得不平整的绿毡，直至与远处雾气重叠。几步外，被翻过一遍的土地呈湿润的深棕色；那些没翻过的，泛着焦色，雾气里可见一截截枯黄的油菜梗。一个戴破草帽的乡亲，弯着腰，用黄鳝篓在田里捉黄鳝。

这一切，依然是蚀骨的熟悉！春花的心酸涩不已。可是，她得回迎河啊，那才是她的家啊！

十二

当夏季的雨水大肆漫过，古老浥河的岸边就会冲砺出黑黑的铁砂，掺杂在细密的黄沙里。每到这个时候，迎河村的汉子们基本上都打着赤膊，用长而结实的木棍做成三角形的支架，在最末端绑上十几个手掌大的吸铁石，低着头，背朝天，沿着河岸缓慢又笨重地推动着，吸取铁砂，远远望去，如同一群蠕动在沙滩上却乱了章法的蚂蚁。这些铁砂是老天额外的馈赠，河边这些汉子都在争分夺秒地抢，不偷懒的话，一天能吸十几块钱的铁砂。这边吸着，那边就有人收，见着的可是现钱，一家老小一天的吃穿用度全够了！

有人看见李德好也来了，怕事的都离他远远的，也有胆大的靠近他打趣："李德好，听说你刚生了个娃，什么时候请我们吃喜面啊？"

"呸，娘的，丫头又不是儿子，吃什么喜面？"李德好恨恨地扔了木支架，找一阴凉地儿，一屁股坐下，摘下破草帽，卷成卷儿，当扇子扇着。

"丫头啊？啧啧……还以为你过劲能生儿子呢！"引得吸铁砂的村民们一片哄笑。

"老子就是过劲，老子就能生儿子。"李德好在哄笑中站起来，把骨瘦的胸口拍得咚咚响。又是一阵笑声。

"那怎搞生个丫头呢？"有人插话。

"对啊，怎搞就生个丫头呢？"李德好自己也纳闷了，自言自语着，不停地挠着头，绕着地上的木支架打转，一圈又一圈。他实在是想不明白。

好几个村民都停下手中的活计，也不顾太阳的暴晒，将黝黑粗糙的双手撑在木支架上，饶有趣味地看着李德好。整日在田间劳作的人，多靠咀嚼别人的苦楚当养料。

又有村民问："怕是你家那婆娘故意的吧？"

"她故意的？"李德好在哄笑中揪着自己枯槁的头发，愈发想不明白。他悻悻地往家走，他要弄明白。后面人喊："李德好，你的木支架！"李德好想，管它什么木支架呢！

短暂的热闹没有了，村民们重新拾起手中的活计，继续在乱无章法的吸砂大军中忙碌着。

春花四天前刚刚生了个女儿。自她生了女儿，李家老太婆就没给过她好脸色，不仅一碗糖水鸡蛋没给她端过，还指桑骂槐地骂着"赔钱货"。

春花对李家老太婆整天寒着的脸色习惯了，从李家老太婆身边走过都会轻手轻脚的，生怕自己一不小心衣袖带过的风都误她事，又惹她一顿痛骂。唉，谁叫自己的肚子不争气呢？婆婆一心想抱孙子，可这……却落个孙女，随她骂吧，自己就当听不见。只要李德好不在外惹祸，踏进门槛时又是安安静静的，春花悬在胸口的心就能稍稍安放些……这是被李德好惹祸惹怕了！

襁褓中的婴儿正在酣睡，春花搂在怀中轻轻摇晃着，低头亲了亲，温柔地哼起了摇篮曲。她不时地看着门外，潘园娘家人今天也该来吃喜面了，谁会来呢？

看见李德好此时匆匆冲进门，春花一愣，不顾还在月子中，下意识起身下床："你怎么回来了？太阳太毒了吧？也好也好，喝点凉茶歇歇再去。"春花一手抱着孩子，一手递给李德好一把豁了嘴的茶壶。春花对李德好指望不多，不在乎他在迎河的这个发财季里，能吸出多少铁砂，只要他天天做些正事就行了！

李德好接过茶壶一时竟也忘了回来干什么，只是应着"嗯，嗯"。他坐下来，对着茶壶大口地喝着。褐色茶汁顺着嘴角从邋遢的胡碴边溢出，滴落在开了裂的桌子上，发出"滴答滴答"的声响。春花背过脸去，轻轻地拍着孩子。

灌下的凉茶驱散了盛夏的烦躁，酣甜的奶香味诱得李德好凑过来看看孩子，他不禁伸出手，在孩子刚刚长开的脸上捏了下，幼嫩的脸蛋立即留下几个黢黑的指印。李德好"嘿嘿"地笑着，对春花说了句："我去给你烧糖水鸡蛋。"

在他转身的时候，春花长长地吁了口气。自生完孩子，春花就把女儿看得紧紧的，寸步不离，就生怕李德好会做出什么要命的事情来。现在的春花，一门心思只盼着孩子快快长大。

糖水鸡蛋端上来了，春花一看，原本应该清爽的糖水鸡蛋里，竟泛着油花，浓烈的油腥味混合着铁锅的锈味，刺激得春花一阵恶心。春花放下孩子，强忍住这股恶心，咬紧牙关，努力从牙缝里飘出一句："以后煮鸡蛋要先把锅刷干净一点。丫头要是没奶吃，喂起来很麻烦。"她故意说得很淡，生怕语气一重就把李德好惹恼了。春花从来就摸不准，被惹恼的李德好下一分钟会做出什么样的举动。

李德好一听"丫头"两字，脸色忽然变了，混乱的大脑清醒了，瞬间忆起"她故意的"这句话。李德好猛地把盛满汤汤水水的碗使劲往地上一掼，一把揪住春花的头发朝她肚子接连就是几拳："叫你故意生丫头，叫你不生儿子……"春花被突如其来的袭击打得头晕目眩，哭号着，刚生产完的肚子在重拳下一阵接一阵地剧痛。李德好一直揪着春花的头发，将她顺地拖着，从厢屋拽到堂屋。直到被揪着的头发松开了，春花才跟跄着往后直倒，背磕在佛龛上，顶住了，又弹回来，狠狠地摔在地上。

春花的肚子就像刀绞似的疼痛，痉挛着。她捂着肚子，在地上打滚，下身的血汩汩流淌，已从藏青色的裤子里印染出来，暗红的，涂抹在堂屋的土地上，如图腾一般，触目惊心。

春玲和春兴就是这个时候来吃喜蛋的。春玲本不愿看见李德好，可忍不住想看她大姐和外甥女，就被春兴半推半就地拖来了。

他俩一进门就看见春花的惨状和身下的血渍。春兴"啊……"大叫一声，小小少年，仿佛将浑身的血液都积攒在了瞪大的眼睛里，燃烧着，如同愤恨的野人，迅猛地撞向李德好，劈头盖脸地连咬带踢，逮哪打哪，恨不能从李德好身上活活撕下一块肉来！

比他高半个头的李德好被春兴狰狞的气势压倒，三两拳就被打趴在地上，就像一条丧家犬，蜷缩着逃到屋角，抱头蹲着，如筛糠似的发抖，牙齿打战，发出"嘚嘚"的声响。

春玲抱住春花，吓得浑身汗毛都竖起来了，她摸摸春花下身，血立即染红她的双手，从指缝里渗出。春玲拖着哭腔大声呼喊着："大姐，大姐……救命啊，来人啊……快来人啊！"春花惨白的额头全是汗珠，她紧紧捂着肚子，声嘶力竭地哀号着。这时的春花，生不如死！

春玲的呼救声引来了村里乡亲。春花裹脚的婆婆也被人从棉花地里喊了回来。她先上前看看她儿子，安抚了几句，这才折了身，拽了拽对襟黑衣，抚了抚平绒帽，用鹰隼的目光眯着来查看春花的伤势。

春玲挥动着胳膊让她滚开，挂满泪水的脸蛋上满是惊慌和愤怒，嘴里不停地骂着："老巫婆，小畜生，一家畜生！"乡亲们纷纷劝住春玲，小兰过来也拽住春玲："救人要紧，先让她看看吧。"

几个妇人把春花抬进厢屋，褪了血迹斑斑的裤子，李家老太婆看了后，说："没事，恶露没干净，是下脏下的呢，躺躺就好了。

都散去吧！"春玲瞪起眼珠："老巫婆，你眼瞎了吧？这叫还没事？"

　　春兴坚持要把春花带回家。老太婆想阻止，可遇见春兴恶狠狠的目光，裹着的小脚后退了几步。春花紧闭着眼睛却不停呢喃，春玲附耳才听清，昏迷的春花一直在念叨着"丫头""我丫头"。春玲恼了，哭着抓住春花的手："大姐，你命都顾不上了，还想着你丫头?!那是李家人！"

　　春兴在小兰的帮助下，找到一辆手扶拖拉机，给里面铺了厚厚的几层稻草，直到春花面色好了些，扶她躺上去，直接开回潘园。这个鬼地方，春兴真想放把火把它烧了！

十三

　　四爹坐在他床上，伴着咳咳咔咔总也咳不完的痰。这段时间，家里人见四爹老是病恹恹的，就请了大队医生来家里打了几天吊水，又赊了一些中药。吃下几副后，四爹精神好多了，摆着手说："没事，没事，别担心，自己的身子骨自己知道，老毛病了。"

　　四爹见春花她们姐弟三人这样回来，大吃一惊，问清缘由，长吁短叹，又赶紧让春玲去医生那再赊几块药膏，给春花贴上。

　　四妈抹着眼泪咒骂："作孽啊！……"

　　春花直到傍晚，肚子的疼痛才舒缓些，浑身却像是被石磙碾压过似的酸楚无力，腰杆和肩膀上都是青一块紫一块的。

　　春花微弱地喊着四妈，挣扎着："妈……我不放心丫头，我要回去。"四妈走进来，松弛的脸上显出无比的愤懑："今晚就在家住着，别回去了！让李家知道，我们不是好欺负的。"手在围裙上擦擦，唾沫四溢，"去年送亲时说好的三样，还少了雪花膏没给呢。送亲的姑婆们到现在都还在笑话我。"接着又是一通咒骂。

春花还是不放心，丫头，我丫头怎么办呢？这么久没奶吃可饿了？可哭了？可闹了？指望他那二青头的爸爸不行啊……然而，屋外的天色已经暗了，靠自己浑身散了架似的身子，又拖着个跛腿，是走不到迎河的。春花求助地望向堂屋的春兴。春兴已经退了学，成了家里的得实劳动力，顶着以前大哥春生的活，用手中的篾刀快速地剖着竹子。瞬间，一根根食指宽的崭新的竹篾，泛着清芒香味闪着翠绿或纯白的光从篾刀下抽出。春兴才多大？春花很是心酸。春花低低地喊："春兴，我要回……"春兴不待春花说完，打断她："回什么回？惹火了，我一把火把李家给烧了！"

"我丫头怎么办啊……那拖拉机可走了？春兴……"春花泪光涟涟，焦急地拉长了语调央求。孩子是她的心头肉啊！怎能放心孩子一人在迎河？她必须回去。

正值变声期的春兴，语气直直的："人家拖拉机早走了……大姐，李德好把你打成这样，你还要回去？"说到最后一句，他嗓子已经发紧，近乎哽咽，他不敢想如果今天没去迎河，大姐会被打成什么样！就算拖拉机没走，他也肯定不会送大姐回去！春兴想着，气呼呼地把篾刀往地上一扔，站起来到田里去了。

春玲也不耐烦了，收拾了药膏，对春花说："大姐，你就听劝，一夜，没事的。"

春花费力地在床上想起来，可浑身像散了架似的，哪有半点力气？好容易靠着床头坐起来。

大约过了一个小时，春兴从屋外兴冲冲地跑进来，双手捧着一包荷叶，带进一屋四溢的熟食香气。春兴憨憨一笑，黝黑的肤色里只见洁白的牙齿："大姐，这是我在田里下的夹子捉到的野兔，刚刚煨熟，可香了，给你养身子。"感觉鼻涕又要下来了，没有手去擦，春兴很娴熟地抬起胳膊低头往上一抹，"吸溜"下，鼻涕不见了。可春花哪有心思吃野兔？她一心只惦记着孩子呢。春花掏出手绢认真地替春兴擦着鼻子："我不饿，你吃吧。"看见春兴的鬓角有一道划痕，血渍已干："这是怎么了？"

"妈的，还不是被李德好那畜生抓的？大姐，你别怕，那畜生再敢打你，我弄死他！"春兴攥着拳头，眼里又流露出与年龄不符的凶狠。

春花怜惜地摸着春兴的头，叹了口气："大姐啥都不怕，只是你这性子……怕你早晚会吃亏……"

四妈撇着嘴："你就是不会讲话，我看他好得很！要不是他去帮你，不晓得你挨打成什么样了。要李家知道，你娘家也是有人的。"

四爹在另一间厢屋喊着："别讲了，咳咳……你们都抓紧再编几个……鱼篓子。"

天色很快暗了下来，四妈已经掌了一盏煤油灯过来。四爹摸索出一支烟，去掉玻璃灯罩就着煤油灯点燃，贪婪地猛吸了一口，被煤油呛着，又是一阵剧咳。等咳好了，四爹才说："春花你也别多想了，就歇一夜吧，明一早借辆自行车回去……咳咳……"

　　春花低垂下眼眸，愁着脸色，唉声叹气。奶水惊了，滋出来，溢湿了前襟，春花慌忙拽了布垫着，心里想：丫头啊，别哭，你等我，明天我就回去……

　　这一夜，是春花最难熬的一夜，她牵肠挂肚着孩子，怎么都睡不着，几乎一分一秒地数着时间，挨到天亮。

十 四

第二天刚拂晓，潘园还未醒时，春花就去敲隔壁邻家的门，想借自行车。可惜，春花还是晚到一步，车已被这家人骑去城里贩冰棍了。春花无奈，想了下，再去村长家借。唉，潘园也就这两辆自行车。春花想到村长婆娘那肥嘟嘟的嘴脸，不确定是否能借到，但她怎么都得试试，早一分钟回家，就能早一分钟看见丫头。昨一夜，她的心都揪着呢。

春花敲了好半天，村长婆娘才趿着鞋蓬乱着头发出来开门。可任凭春花好说歹说，村长婆娘就是不借。车倒是在家里，还两辆呢，一辆是家里新买的"凤凰"牌，一辆是大儿子张务军昨晚骑回来的。

"自行车这样贵重的东西，怎能说借就借？再讲你腿不方便，怎会骑？一大早的讲笑话吧？"

"婶，我会骑的，会的，你放心，二叔教的呢。我一定爱护仔细了，下午就还你。"

"那不行，要是被瓦碴儿扎坏了轮胎，你也赔不起啊！"

春花失望了，可这也在情理之中。她只好折身朝回走，虽然身上还是疼痛难忍，每走一步都是彻骨地疼，尤其是肚子，还在呼噜噜地下脏。春花顾不了这么多，她在心里说："丫头啊，放心，我就是爬，今天也会爬回去，我不会让你饿着。"

昨又受了黄干事憋屈的张务军正巧住在潘园，一夜翻来覆去，没怎么睡踏实，听见有人敲门，却懒得去开。依稀辨清说话的人是春花，他便悄然起身看个究竟。等春花跛腿刚离开两步，他已从屋里推出他那辆自行车，对她喊："春花，给你。"

春花没想过他怎么会在家，更没空细想，她心心念念的，都是她丫头。春花充满感激地朝张务军笑笑，飞快接过，骑上就走，车大梁上的红绸布，在风中哗哗作响。

村长婆娘隔着老远还在朝春花喊："可得小心爱护了……"

张务军再次朝春花远去的背影望了一眼，便匆匆回屋。他有些心虚，不敢正视他妈眼神里的审问和叹息。

最近，他时常回潘园住。每天面对妻子和老丈人一家的嘴脸，他压抑得很。他有种感觉，他感觉他的这场婚姻是错误的，他获得了他想要的，可也获得了他不想要的——丈人、丈母娘始终没当他是家里人，语气疏离，就像他是个贼，去他们家只为偷某样东西。张务军翻过身，心烦意乱又昏沉地睡去。

等春花赶到迎河村，已是日上三竿。进了低沉的屋后，一股阴郁的气息压得春花有些喘不过气，李家母子都围在厢屋的床前。春花一惊，汗毛直竖，微颤着走上前去。只见襁褓中的孩子呼吸微弱，脸色蜡黄。

春花浑身发冷，疯了似的，一把抱起来，摇晃着："丫头，丫头……"

小小的婴儿在春花怀里，不哭不闹，软绵绵的，眼睛始终闭着。

"肯定饿坏了，对不起，对不起，不该丢下你。"

春花慌忙解下衣襟露出乳房，把滚圆的奶头往孩子嘴里塞。可孩子两片薄薄的嘴唇紧抿着，像是粘在了一起，透出青紫，奶头塞不进去。春花抖着孩子焦急地喊着："别吓唬我啊……丫头，求你了，吃吧，求你吃一口吧。"然后她一手轻轻地托起孩子的下巴，硬是把奶头塞了进去。许是嗅到了熟悉的味道，孩子嘴巴动了下，竟含住了。春花喜出望外，可感觉不到孩子有吮吸的动作，她又用手去捏，挤着奶水。浓浓的乳汁顺着孩子嘴角淋下来，一滴滴，滴在襁褓上。

春花陷在巨大的恐慌里，声音发颤，第一次瞪红了眼睛质问李德好："丫头怎么了？你昨夜给她吃什么了？"李德好被春花问住了，低头看着手中的瓶子。这是打吊水用的玻璃盐水瓶，瓶口包裹着皮奶头，里面装着用开水搅拌的乳儿糕。他昨夜就是一直用这个给丫头当奶水喝，只要丫头一哭，倒点开水举起来就喂她。谁知这

102

小丫头竟哭了一夜，越喂越哭，可折腾了！

没等李德好开口，李家老太婆悄悄拽了拽李德好的后襟，让他站边上去，自己对春花说："孩子也没饿着，她爸一直喂呢！看样子孩子是受了惊吓，我给她叫叫魂就好了。"叫魂，是香头常用的伎俩，在皖西蒙昧的乡下，谁家孩子被猫狗啥的吓着了，胡言乱语，多会请"香头"给叫魂。

春花含着泪不停地呢喃："丫头不怕，我丫头不怕。"

李家老太婆把孩子放在床上，燃了香，然后把装满米的碗用没浆洗过的生布裹好，翻过来，将碗底朝上，双手捧着，在孩子头上绕啊绕，嘴里唱嗷嗷着："野神野鬼都走啊，大仙驱鬼啦，野神野鬼都走啊，大仙驱鬼啦……"

春花在边上看着，焦急地双手直搓：老天爷啊，你就开开恩吧，让野神野鬼的都冲我来吧，别纠缠我丫头啊……

李德好拎着瓶子一直站边上，他不明白他妈还在叫什么魂，明明刚才还跟自己说小丫头没救了，说什么应该是喂的乳儿糕太烫，把孩子给活活烫坏了……

"……瓶子，对，都是瓶子的错，是它太烫，不关我的事。"李德好趁春花没留意，悄悄出去扔了在他看来充满罪恶的盐水瓶。

李家老太婆在春花面前忙乎半天，终于停下来。而春花再抱起孩子时，孩子，刚刚出生才几天的孩子，已经没有了气息，身上渐渐变得冰凉。春花整个人像一脚踏空了似的，轻飘飘地，径直坠进了万丈悬崖，从头冷到脚。

李家老太婆朝李德好使了个眼色，李德好过去想抱走孩子。春花眼睛瞪得大大的，死死不肯撒手，紧紧搂住襁褓，脸对脸地贴着已经没有了热气的孩子，轻柔地摇晃、摇晃。

沉寂，死一般的沉寂……过了好久，春花终于哭出声来，撕心裂肺："丫头，我丫头啊……"

李家老太婆二话不说，从春花怀里夺过孩子，放到已经准备好的竹篮里，用尿布遮住，挎起就走。春花追到门口，却被李德好拦住了。春花瘫在地上，披头散发，两手狠狠地捶着地，号啕大哭："不要啊……老天爷啊，你不能这样对我啊……"心口传来一阵又一阵的苦痛，把她整个人都撕碎了。

李家老太婆挎着她已经夭折的孙女，来到河滩边的乱坟岗。

迎河乱坟岗，葬的都是无名无姓，或是外乡人，或是被水淹死、喝药上吊自杀等不能进祖坟的。

就是整天跟"神鬼"打交道的李家老太婆，来了这里也依然毛骨悚然。正值中午，乱坟岗上却是空荡荡地阴冷，漂浮着白茫茫的雾气，杂草丛生，蝇蚊乱飞。李家老太婆踮着小脚，尽管她走得很是小心翼翼了，还是被四蹿的野狗吓了一跳。

是的，她必须很小心。她仔细瞧准了地，才肯落脚。作为迎河村民，她知道，乱坟岗上有数不清的丘冢，常闻这里还闹鬼。

李家老太婆放下竹篮折身就走，她连回头看一眼的念头都没有。丫头，谁稀罕呢？一阵风过，李家老太婆猛地打了个寒战，她双手合十虔诚地朝四方祷告："大仙保佑，大仙保佑，别怪我儿子，他不是成心烫死这小丫头的。"

李家老太婆回到家，见春花依然木讷地瘫在门口，劝她说："起来吧，别哭了。大仙说，那丫头就是来讨债的，命里该有这么一劫。大仙还说，你下一胎就是大富大贵的儿子了。"

此刻的春花，大脑一片空白，好像什么也看不见，什么也听不见，眼前只是被泪水浸打得模糊一片。春花企图用手去擦，没有力气，张口想说，所有的话却都在开口的瞬间凝固了，耳边除了自己的心一瓣瓣被捏碎的声响，仿佛什么都不存在了。

春花在李家母子俩的身边哭了一整天。临近傍晚，她骑上自行车离开迎河回了潘园，走时没跟任何人打招呼，连一件换洗的衣服都没带。孩子没了，对于迎河李家，她再没半分留恋。那些用泪珠串起来的日子，她过够了。来时心是空的，走时心也是空的，留下的，唯有那些数不清的眼泪。

十五

春花回到潘园住下了，一晃就是大半年。四爹除了闭上眼睛长吁短叹，也不再说什么，儿孙自有儿孙福，他已经管不了许多。四爹近来消瘦得厉害，关节突兀着，背更佝偻了，像弯到不能再弯的弓，低头耸肩紧紧护着胸口——这胸口的疼，让他整夜整夜地睡不着。但他在家人面前硬撑着，就是不肯去医院，谁劝他骂谁。他说不就是咳嗽吗？能扛得过去！其实他比谁都清楚，这是没多少活头了！他怕，他怕进了医院就再也出不来了。没人的时候，四爹常常偷偷地抹眼泪。

四妈一开始还会骂上几句，撵春花走，春花也不吭声，跛着腿只是狠命地干活，来去寂静。

除了白天去地里农忙，晚上编竹篮或鳝鱼竹篓之类，春花又重新拾起了镇上几家洗衣服的活，只因路途远了些，由以前的每天两趟变成了一天一趟：每早去镇上卖竹篮时正好收脏衣、送干净的，不耽误时间。春花还学着织毛衣，手熟了之后，一月帮人织一件也能挣个一两块钱。有时春兴一觉醒来，春花还在灯下忙碌，煤油灯微弱的昏黄在风里摇曳，拖出春花尤为瘦弱的身影。春花把挣到手的一部分钱交给四妈，贴补家用，一部分自己悄悄地攒着，用碎花手绢仔细包裹好。

想到现在这家离了春花还真不行，四妈才渐渐地闭了嘴。春花回潘园娘家长住，并没有人过来笑话她，忠厚的潘园人到底都有着善良的底色啊，知道了春花经历的，往往都会替她抹上一把辛酸泪，谁还会往她伤口上撒盐？连村长婆娘都再没有提还车迟了的事。

迎河李家三天两头来接人，先是派小兰妈来讲情，后来李德好来了，再后来李家老太婆也来了，连劝带威胁，说如果不回去当年的礼金就得双倍退回。可任谁说破了嘴皮，春花就是不回去。迎河李家，是她永远抹不去的噩梦，哪怕她两条腿都瘸了，哪怕她饿死在潘园，她也不会再回去。春兴自然是护着他大姐，拿着篾刀，朝李家人挥舞。到最后，只有李德好像个鬼魅一样，时不时会在潘园的雾色里转悠。

夜已深，雾气如潮水般，从潘塘、从竹林、从田埂、从土地、从村尾的坟冢里，从各个角落涌来，潘园很快就被无边的青雾吞没，漆黑的夜噬灭了村里谁家最后一盏电灯泡的光亮，整个潘园，已渐渐陷入一片沉沉的睡眠，只有寒风在空中冷冷地荡过。而稻场边，春玲和春兴在村长家看了电视剧《霍元甲》，还在被剧情激荡着。

讨论了许久，春玲仰头看着一两颗若隐若现的星星，小小的，弱弱地泛着寒光，她想起了一件事："那天要是我们把那小丫头也带回来，她就不会死了吧？"

"嗯。"

"我怎觉得她死得蹊跷，什么被孤魂野鬼吓得，呸，我才不信呢，说不准就是被那老巫婆搞死的，她一直想抱孙子！"

"嗯……也许是被李德好那二青头害得。谁知道呢，反正，迎河人都不能沾，李家更没一个好东西。"春兴顿了顿又说，"我猜大姐要离婚。"

"真的？"春玲高兴地直接从地上跳起来："我早就跟她提过离婚，她总算当回事了。"

"还记得今天二叔回来说的话吗？他说城里离婚很正常的。当时大姐也在，我看见她听这话时，眼皮子动了。我就知道她肯定是起这个念头了。"

"哦……"春玲若有所思，"太好了！那二青头，早该离了。"

春兴揪了一根枯草在嘴里嚼着："二姐，你喜欢二叔的那个厨子朋友田旭新？"

"胡说！"春玲一惊，扭过脸去。田旭新是二叔在镇上贩鹅毛时认识的年轻人，经常骑着摩托车来二叔家喝酒，憨憨实实的个儿，一张脸方方正正，有棱有角。这模样在同龄人中略显老成，虽说能看得过去，却与俊俏不沾边，甚至还带点笨拙。二叔常说起他，说他是做生意的好手，头脑灵活，也有家底。心高气傲的春玲观察了许久。

"你瞒得过旁人还能瞒过我？每次见他来你都偷溜回家刻意捯饬下。二姐，他模样配不上你，你不会是看中他有钱吧？"

春玲白皙的小脸瞬间羞得通红："再胡说撕你嘴！"作势就要揪春兴的耳朵，春兴闪开了，灵动得像只猴。

春玲是有心思的。春玲要嫁，就嫁有钱的。田旭新正好就是合适的人选，不早不晚的出现，正是时候，春玲一门心思要把他拿下。本以为自己做得巧妙，没人发现，偏被春兴瞧透了。知道又怎样？哼！

不一会儿，姐弟俩都沉默了，听着四爹从屋里传来时断时续的咳嗽声，各自想着心事。

"二姐，我听大哥说他借到钱了，明天要送爸去医院。也不知道医生会怎讲。"

"爸这病怪重的，这一天到晚地咳……"

十六

四爹最终没能拗过家人，被送到了镇上的医院。四爹住院后，春花没日没夜地守在他床前，帮四爹端茶倒水，捏脚捶背。春花不让弟弟妹妹来换她，说他们小，肺还嫩，怕他们被传染。

四爹愁容满面地躺在病床上，悲苦着向春花要烟抽。春花自是不给，笑着说："等你好了，我去给你买。"

"我……还能好吗?"四爹住了院，觉得自己掉进了潘塘的泥潭，身子、心，都在慢慢往下沉，就快看不见亮光了。他多希望抓住能救命的啊，哪怕是根稻草，能抓住就行。

"当然了!"春花心里有着说不出的酸楚，面上却装作很开心，眉眼弯弯地笑着："爸，算命的不都说您能活到九十九吗?"春花说得煞有其事，好像四爹真的能活到九十九的模样。四妈倒也确实用十个鸡蛋，从算命瞎子那帮四爹算过一卦，是上上签!

"咳咳……咳……不要哄我,唉,我晓得……这个年我是挨不过去了。"四爹凄楚地叹了口气。

"看您,净胡说。"春花像对孩子一样嗔责着。春花尽量宽四爹的心,神情轻松得就像四爹只是患了一般的伤风感冒,隔天就能回家。

四爹知晓春花的苦心,她这是在给自己打气呢。他鼻子一酸,眼泪流出来,说:"春花,我死后……这个家你要多照顾些,他们是你娘家,潘园是你的根啊……"

"爸……别胡说了……我去打开水。"春花听不下去了,她慌乱地拿起病房里还有满瓶的开水瓶出了门。虽然她一直安慰四爹,可她也深知四爹的日子不多,她怕再听下去,自己绷不住,会在四爹面前哭出来。有时候,旁人同情的眼泪不能对病人起到一丁点儿的疗效,反而是病人的另一味砒霜,会灭了求生的希望。

拐了个弯,春花趴在医院冰冷的铁栏杆上痛哭起来,滚烫的热泪顺着脸颊流下来。"先是孩子没了,现在又临到我爸,我的命怎么就这么苦啊?"春花不停地问老天,可没有回答。

渐渐地,躺在病床上的四爹和在家里时已是判若两人。就像绷了太久的弦,突然有天断开了,那股精神气再也续不起来,迅速衰竭。四爹嘴里呼出的浊气很熏人,带着腐烂的鱼腥味。多数时候,他两眼发直,定定地望着,一眨不眨,盯得春花心里直发毛;却又是散了光的,让春花摸不透他在想什么,看什么。

输了几天液,四爹却越发干瘪,一口干的粮食都吃不进去,春花只能喂他喝点稀饭汤之类。再后来，悬在四爹嘴里的那口浊气，如挂在枝头的枯叶，好像风一过，就被轻飘飘地带走了。焦枯的手背连静脉也萎缩了，护士越是小心，针头越扎不进去。春兴蹦起来差点没跟那年轻的小护士拼命。

穿白大褂的医生来劝："已经油尽灯枯，在医院多待一天也是多受一天罪，还是回去吧……"

这是让四爹回家等死啊！一家人哭作一团。春玲趴在春花的肩头，使劲地抽泣。四妈抹着眼泪，嗓子里呜咽："老天爷呀……老头子呀……"

医生又说："回去吧，你们家这样子，也没钱在医院为他续命了，老年人都想在家里落气……"

春花双眼红肿地望向大哥春生。一时间，家里所有人也都看向春生，都在等他拿主意。春生唉声叹气，犹豫半天。终于，他把心一横，抱起四爹一步步往门外走去。四爹在春生怀里，很轻，很轻，头无力地卜垂。春生抱着，却感觉很重，走一步，停一下。

当春生抱着四爹迈出病房的那刻，本是闭着眼睛的四爹，出人意料地，一伸手竟牢牢地抓住了门框，怎么也不肯撒手。他这是不想死、不想死啊！！！一家人悲悸地哭成一团，四妈的嗓子更是号哑了，一声声"老头子唉……"干巴巴的，如撕裂麻布的声音。大家流着泪，一根一根掰开四爹紧紧攥着门框的手指，大汗淋漓。春花像是经过了一场无声的审判，浑身虚脱。

四爹回到潘园没两天，就开始下雪了。这是今年的第一场雪，一粒一粒，沉如盐粒，干干净净，"簌簌"地下着。

二叔从城里赶了回来。在二叔的安排下，四爹被抬出来放在铺满稻草的堂屋地上。"寿衣"已经穿戴整齐，黝黑冰冷的棺材在一边阴森地沉默着，等待着。

家人都围在四爹身边，看他有什么话要说。四妈不停地摇晃四爹的胳膊："老头子，你可有什么事要交代啊？"

四爹似乎用尽了最后的力气，蜡黄的手指微跳了下。四妈说："你讲啊？"四爹痛苦得说不出话，手指还在挣扎。

春花懂了！她手忙脚乱地给四爹点了根烟，让他夹上。四爹感觉两指夹到熟悉的纸烟，痛苦的神情稍稍平缓了些，可还是一动不动，他根本没有力气去抽……

四妈以为四爹就要"落气"，流着眼泪拎着春兴的胳膊："要不行了，快喊爸，快喊啊！"春兴急忙喊着"爸！爸！"惊慌的语气想尽力拖住四爹不让他走似的。四爹紧闭着双眼，干枯又铁青的嘴唇努动出一个口型："别……"脸色青灰的四爹如这身旁的棺木一样，散着幽冷的气息。

屋外的雪大了，一片一片，沸沸扬扬。四爹始终在挣扎，久久不肯停止呼吸。四妈和来看望四爹的乡亲们讨教怎么回事呢。有人说是四爹心愿未了，有上了年纪的朝门口喊："大属相的都走开，这是挡住了去路，他的魂走不出去呢……"

似乎早有心理准备，可当四爹真正断气的刹那，家里还是哭成慌乱的一片。村长婆娘拉住跪在地上哭得死去活来的春花，流着泪

113

劝她:"你爸真是个老好人啊,你也别哭坏了身子,都知道你是伺候到了,尽了孝心……"

在潘园,老人去世乡亲们要来吃"斋巴",家里是拿不出钱来办酒席的,可面上的事,即使砸锅卖铁,也万不能寒碜,一定要让四爹走得风风光光。这酒,一定要喝。最后,是二叔先垫上,整个丧事也都是二叔主持。他买来鸡鸭鹅羊,请了手脚利索的村妇帮忙,在稻场上开着流水的宴席。

每到一位吊唁的乡亲,就会放挂短短的爆竹,春生、春兴披麻戴孝守在棺材边,对着乡亲磕头答礼,而跪在地上的春玲就会捶胸顿足,扯开嗓子,哭喊几声:"我爸唉……我可怜的爸爸唉……"哀音缭绕,惹得来吊唁的姑婆们不禁又陪着滴了几滴眼泪。春花默默地在"老盆"里给四爹燃纸钱。粗糙的黄表纸被丢进"老盆",一挨上火,立即燃烧,冒出浓烟,熏着春花的眼。春花心里念叨着:"爸,来领钱,爸,来领钱……"

稻场上已经搭了棚,摆着四桌酒席,每桌凑齐十人,待乡亲们吃饱喝足,赶紧撤了,再摆下一桌,再凑齐十人。吊唁后,男人们直接入了座,端了酒盅,畅快地喝着,热闹地猜拳行酒令。拾粪的老李头还讲起了外村一户老公公和儿媳妇"爬灰"的笑话。他一天到晚走村串户的,知道的稀奇事最多,经他嘴里讲出来,真真假假,假假真真。真假,谁又有心去分清呢?庄稼人,都只贪图眼前这一刻的热闹。姑婆们转身也端着饭碗,在旁乐呵呵地听着、笑着。有人刚去杨楼村戏台看过庐剧团的小戏,此时,放下酒盅,起

身唱起庐剧，动作生硬，完全没有台上小生的模样，声音却透着酒意跌宕起伏，尤其唱到形容悍妇的那段"一头头毛像稻草，一嘴牙齿像棺材钉，满脸麻子，一把蚕豆都抹不平啊……"获得了乡亲们一致的哄笑。四妈边抹着眼泪，边赞他唱得好。

如此这般，一边欢笑，一边哭泣，爆竹声、猜拳声、小戏声，声声交织。这场热闹的"斋巴"，是四爹的，却已经与四爹无关。四爹，躺在草屋的地上，寂静无声。

四爹出殡时，天空还在挥洒着大雪，天是灰的，地是白的。雪花从阴沉的天空中下坠，把潘园装扮得雪白干净。很多乡亲都来了，他们喧闹着，念叨四爹的好，感叹他的恩情，怀念他的一手好毛笔字。一路抛撒的黄表纸，如同大片的雪花，纷纷扬扬地飘散。爆竹炸出串串碎红，浓浓的烟雾弥漫着整个送葬队伍。

李德好也来了，不敢上前，鬼鬼祟祟地跟在送葬队伍后面，瘦削的脸上说不出是喜是悲，目光一直随着春花。披麻戴孝的春兴见了，回头撵他，他又惊慌地跑开。

像四爹这样的老人"上山"，遇桥是要撒铜钱的。家里本来就没几个，剩下的也被春玲缝成鸡毛毽子给踢了。二叔吩咐用一分硬币代替。路过熟人家，人家放了挂爆竹，春生、春兴便停下磕头谢礼，回人家一包"春秋"烟。

四爹的棺材从潘园绕了一个大圈，走了四爹活着时常走的路，见了活着时常见的人，此时，他的棺材被平放在玉米地头。棺材上面盖成房型，潘园人叫它"丘"。按风俗，四爹的棺材要丘三年才可以在大寒节落葬。大寒节落葬，无论坟冢面朝哪都可以，没有忌讳。

最终，一切归于沉寂，四爹带着他的咳嗽声安静地躺在这个小小的丘里。

三天后，四爹"回煞"，据说，四爹的鬼魂会最后一次回家来看看，回来讨脚步，此后，他便不记得阳世今生了，化作阴间的孤魂。四妈很早便在门口倒了青灰，关了门，燃了煤油灯，她让春花几个赶紧睡下。豆大的火苗在黑夜里跳跃。

春花想，爸什么时候回来呢？他现在是什么样子？还会咳嗽吗？她静静地听着声音，只有雪声簌簌。许久，她眼皮沉重，睡着了。

第二天一早，家里就被四妈的惊喜声叫醒："你爸昨晚回来了，你们看地上的印子！"

清灰上面，有着稀疏的几个小脚印，很小，也很浅。春玲打着哈欠边将衣领边说："嗯嗯，大概夜里一两点吧，我觉得一阵阴风，当时我就被魇住了，爸肯定是那时候回来的。"

春玲的话无疑是有力的佐证，四妈更坚信四爹回来过，当下就哭喊着坐在地上："死鬼老头子唉……你回来怎不把我带去啊……你让我一个人怎活啊……"

春兴仔细辨了下，他觉得有点像老鼠跑过的，可他努努嘴，没敢说。

春花心里疑惑，爸真回来了？看样子是的呢。她又懊恼极了，自己怎么就睡过去了呢？再看一眼也是好的啊！

117

十七

　　四爹走后第二年，春花跟镇上法庭提出了离婚诉求。判离那天，李德好哭得稀里哗啦，躺在法院那冰冷的水泥地上不肯起来，两腿直蹬，嘴里嗷嗷叫："春花，我媳妇……"李家老太婆扶儿子起来，她恨恨地看着春花。春花始终低着头，没有一句话。实质上，从她离开迎河那天，她就已经跟李家脱离了关系，只是碍于四爹，怕他受气，她才一直没提离婚。

　　春花赔了李家五百块钱，她自己攒的只有几十块，其余多是从二叔那借的。二叔在大修厂当了几年苦力，趁着政策好，从信用社贷款买了辆江淮大货车，没日没夜地跑运输，经济上自然好很多。溅进去的铁片星就像是被年轻力壮的身体吸收融化了一般，寻不见了。

　　离婚后的春花，好似吸过水的秧苗，渐渐褪去恹恹的模样，又水灵了。她依然每天去潘园的池塘边洗衣服，也会在那棵老柳树上依坐停歇片刻，目光穿透层层叠叠的雾霭水汽，望着远方，偶尔哼上一两句，却也只能是稍作停留，春花残腿的身影总是很忙、很忙。

镇上洗衣的活她又多接了几家。一个主家见春花洗的衣服又干净又准时，善意地告诉她：隔壁巷子有一家两口子都是镇政府的，你明天去试试，看他家可要人洗衣服。

春花当然愿意多接活。她特地起了个大早。这户人家真不容易找。狭长街道的两边，青黛的砖瓦屋子紧挨着，在这样的清晨，更显幽静。她数着门，一家、两家……是这里了，她擦了把汗珠，"咚咚"地敲门。

里面先是听见脸盆里水响，才听见有女人懒声问："一大早的，谁啊？"

春花站门口，小心翼翼地答："有人介绍我来你家问问，可要人洗衣服。"

很慢地，对扇的门"吱"地开了一半。一个男人端着脸盆出来，他正准备倒洗脸水。

张务军！春花在心里喊出来，随即笑了。

张务军也没想到是春花，自然很是惊喜。他正踌躇着说什么，另一扇门也开了，一个身材矮胖、满脸雀斑的女人走出来，倚着门框，打了个长长的哈欠后，皱起眉头，对张务军不耐烦地说："你还不快去买早点？"

张务军收了脸盆慌忙介绍："这是同村的乡亲春花。"又对春花介绍，"这是你嫂子。"

春花轻轻喊了声："嫂子好！嫂子，你家要人洗衣服不？"她想，这便是张务军的妻子黄干事了。春花听村里人说过她。

黄干事偏起头，懒懒地看看春花："啊，洗衣服的？行啊，怎么洗的？"

张务军本想招呼春花进屋，可黄干事又说话了，两道眉毛像是从眉骨处突然弯下似的，把一双小眼睛紧紧括在里面："你还磨蹭呢，快去啊？"

"好，好，我去买。"张务军点头哈腰，赶紧回屋放好脸盆，又对春花说，"那……春花，你也没吃吧？你先和你嫂子聊着，我买多些。"张务军边走边说，一步一回头。

春花笑了，露出一口漂亮的玉牙，一粒粒如玉米籽似的："我早上吃了呢。您去忙吧。"春花清澈的眼眸不含一丝杂念。现在的张务军，已经彻彻底底从春花的心里走了出来。

黄干事始终是居高临下的表情，一脸的雀斑丝毫没有热度："正好我们两口子都忙，孩子由他姥姥带，就两个人的衣服，你可能每天定时取定时送？"

春花想，那每天要多跑一趟了，却答着："只要能晒干，一定，一定。"

春花要每月收三块钱，可黄干事却带着赏赐似的，每月给四块。她说她不在乎洗衣费，一再叮嘱春花别把她高档的衣物洗坏了："丑话都说前头，别怪我到时翻脸。"

春花一点都不介意黄干事的态度，她很高兴："谢谢嫂子！都乡里乡亲的，您放心。"

黄干事这才让开身叫春花随她进家取脏衣服。

客厅很宽敞，光线充足，水泥地面，陈设简洁却时髦，又处处透着贵气：一组宽大柔软的沙发上铺着白纱；油红油红的茶几中间，放着一把紫砂壶和几个小茶杯；十四寸的黑白电视机也用白纱罩着，响当当地盘踞在桌上；一盆色泽饱满的绿植正探头朝窗外望去；正墙上悬着大幅装裱好的《花开富贵图》，花朵灿灿，占了半间墙壁，边角夹着几张小照片，春花凑近了仔细一瞧，有两人的结婚照、有孩子光屁股的一百天照；依墙角而建的书架里，放有图书、报纸和几样孩子的玩具……春花发出赞叹："嫂子，您家真讲究啊！"

黄干事撩了撩卷发，没答话，脚步也没停。春花跟她进了卧室。光是绸缎被面上的花纹，就看得春花眼花缭乱。

等春花走了，张务军才火急火燎地赶回来，手中拿着三份豆浆油条。黄干事一翻眼："心真细！"张务军被她说得脸微微一僵，连忙辩解："都一个村的，我又看她是个瘸子，可怜。"

黄干事从鼻子里哼了声，接过早点，坐在沙发上。张务军提了水瓶，替她泡杯茶。

黄干事咬着金黄的油条，油乎乎地沾了她一嘴，她边吃边说："她一个乡下人，哪里配吃这个？你也是上辈子积了德，找着我，不然还不是跟她一样在地头间吃粗粮……"

"是，是，你讲得对，快吃吧，吃好我们赶紧上班。"张务军见她又老调重弹，一阵反胃。自打结婚，这话题就成了家常便饭。张务军轻轻地放下油条，想了想，还是问声："你可叫她洗衣服了?"

黄干事端起茶杯吹了吹，呷了一口，慢悠悠地说："不仅叫了，还比别家多给一块钱呢。总不能老丢你脸是不? 你那些穷乡亲们，不来借钱就行!"

张务军尴尬地端起豆浆就喝，却不料太烫，烫得他双唇一哆嗦，赶紧囫囵地咽下，顿时觉得心都被烫掉了，久久回不到胸腔里。他放下豆浆，一抹拉嘴角，说："你慢慢吃，我先出门。今年是国庆四十周年，站里收到区文件，说要我们在镇上电影院里举办'国庆文艺联欢会'，还要举行城西、新安两个乡镇的小学生歌咏比赛。这是大事，我去几个学校联系下。"

张务军像是逃脱似的离开家，往文化站赶。

春花穿着高筒雨鞋，跛着脚，站在潘塘边给人家洗衣服，满满两大筐。九月的潘塘青雾缭绕，透着凉意，隔着厚实的塑料雨鞋都能感觉到。春花洗着洗着，却笑了：她手中的这件蓝色涤卡的裤子，正是张务军的。她想到几年前，还幻想着能帮张务军洗衣服呢。老天爷啊，你可真能开玩笑! 春花麻利地洗好了，把张务军的衣服像其他人家的一样，扔在竹筐里，并没有什么特别。

春花没再多想。她累得直不起腰，伸手在酸麻的腰眼上捶了几下，用扁担挑好竹筐，一瘸一拐地回家晾晒。

晒了衣服，春花又肩披条麻袋，再去潘塘，她得把沤洗过的寒麻一捆捆给捞上来。她脱了雨鞋，卷起裤腿，光脚往水里一探——真凉啊！她赶紧缩回来，揉揉脚，热乎了，再伸下去。顿时，脚不是自己的脚，腿也不是自己的腿了，说不出的滋味。可她坚持着，吃力地把寒麻捞起来，扛在肩上。虽然有条麻袋挡着，黑黑的淤泥仍然粘染得春花浑身都是。

春玲见春花跛脚扛着寒麻回来，嫌弃地躲开，她说宁愿去锅台下做饭，也不愿自己的花衣裳被熏臭了。

"臭？不臭啊？"春花四下嗅着，她是真没觉得。潘园的太阳永远是胆小怯懦的，几乎很少露面。春花得趁大气好，将这些寒麻在稻场上晒干。寒麻被一头捆住，另一头散开，呈伞状般站立，直至干透成金黄色，她再跛着腿将寒麻扛回家，坐在煤油灯下，一根根麻溜地剥着，麻皮瞬间就和洁白的麻秸分开了。金黄的麻皮在春花手里缠绕着，软软的，长长的，一把一把又一把，如同这日子。

家里这些农活，春兴也忙得少了。他已长成了大小伙，嘴边长了一圈细密的茸毛，他经常去城里二叔那，很少着家。

十八

一大早，家里就闹腾开了。已分家另过的春生媳妇找过来，怒气冲冲地跟四妈咿咿呀呀着。比画半天，春花才听懂，哑巴媳妇说四妈拿了她娘家送的一罐羊油。

春花说："妈，还给她吧！"

四妈犟着脖子，硬说："我没拿！"

春花无奈，摇着头折身去屋里找。没出第二个地方，春花就把羊油找到了，递给哑巴大嫂："给你。"

哑巴媳妇感激地看着春花，"嘿嘿"笑着离开，临走还不忘朝四妈那吐了口口水！

四妈操起扫帚就撵上去："你个死哑巴……"

春花忙用身体拦住，拖着四妈的胳膊："妈！"

四妈见哑巴大嫂走远了，气没地儿撒，又把扫帚往春花身上劈

124

头盖脸地招呼去："就你瞎勤快，我叫你多事！"

春花冷不丁地被打，慌忙一瘸一拐地躲闪。

春兴一把把四妈推开，嚷着："妈你疯了?! 难怪村里人都叫你杨疯子。"

四妈见几个孩子没一个帮她说话的，一屁股瘫在地上，唤起四爹的名字就哀号着："死鬼老头子唉……你眼一闭就走了啊……你怎不等我一阵啊……你也不管我被他们欺负啊……儿大不由娘啊……"四妈拖着抑扬顿错的哭腔，悲音袅袅，像唱地方小戏一样。

春玲离得老远，靠在供桌边拢着衣袖，饶有兴趣地看着。而春花落泪了，慌着扶起四妈："妈，别哭别哭。以后没事你别去她家。"

"凭甚个不能去? 那是我儿子家！"四妈顺势站起来拍拍裤子上的灰："娶了媳妇忘了娘，家里农忙都不晓得回来搭把手，就知道顾他那小家。"接着又是一顿骂。

春玲笑了，撑着四妈："妈，当初是谁看中哑巴娘家有钱，哭死哭活逼大哥娶她的? 有本事让大哥当鳏汉条啊?"

"春玲，少添乱。"春花轻责着，又说，"妈，咱家穷，大哥娶上哑巴大嫂不容易。这里里外外咱们都得照顾着。"

春兴"哼"着："大姐，你就是太善了，整天照顾这个照顾那个，谁照顾你?"

春花对春兴的这句话可没细想，她得去镇上那几个雇主家讨脏衣服。

当她敲开张务军家的门，又是张务军开的门，黄干事却不在。春花一边拾衣服，一边问："嫂子呢？"

张务军惺忪着眼，醉醺醺的。昨夜他和朋友在酒馆喝酒喝多了，此时满身的酒味还没散去，他便倚着门框，双手环抱在胸前，看着春花："她爸病了，她这两天回娘家带孩子伺候他爸去了。"

春花拾了衣服转身就走，可张务军挡住了去路。随着春花越来越多地出现在家里，这些天，他脑子里全是春花的影子，他知道这样不对，作为一个有着大好前程的人，他也一个劲地想把这个影子驱走。可春花的影子就像扎了根，他越赶，影子越清晰，连那年被春花遗落的雏菊都清晰地显了出来，在张务军心底最深处散发着沁人心脾的香味。张务军自己也不清楚这份感情源自何时，更不清楚这是一种掺杂了怎样成分的感情，但有一点可以肯定，那就是张务军知道自己已经喜欢上了春花。最要命的是，张务军不时拿她和妻子比较，无形中就把春花的好一味地放大，甚至连她的瘸腿也不再是缺点……张务军已经陷入迷惘和痛苦中。

现在好不容易趁妻子不在家，又借着酒劲，张务军自然无所顾忌地打量着春花。经历那么多磨难的春花好像比少女时更加明媚动人，眉眼还是一如既往地清丽，腰臀间，却多了少妇的丰腴和韵致，这是透着水的美，一点也不似妻子的粗犷。

张务军依然高高大大，却有点发福，好像泡过水的面条，少了点筋骨。春花看见张务军眼里跳动的炙热。这可是她喜欢过的人，虽然过去好几年，但当初的刻骨铭心，现在怎可能没有一点点感

126

觉？然而，陈年的酸水只在一瞬间漫过春花的内心，很快她目光又趋于坦然，身子不觉往后闪躲。春花知晓黄干事的醋劲，这孤男寡女的，不好落人瓜田李下的诟病。

张务军伸手拦住，皱了皱眉："你怕我？"

春花笑了："哪会！我得回家干活呢。"

"迟一会儿走，我想和你……说说话。"张务军困难地吞咽了下。他也不知道自己怎么了，就一个念头：他就想留下春花。

春花一时竟有点慌乱，强迫自己镇静后，连忙小手直摆，表情略带夸张："我俩能说什么？您是吃皇粮的干部，我是大字不识几个的农村妇女，只知道干活，您别为难我了……"声音不小，可语气已虚到不能再虚。

张务军用力扳过春花的肩膀，一脸痛苦："春花，我过得也不好，我就想找你说说话，其实，我、我……"在春花来之前，张务军已经打了腹稿，想先用个人婚姻的不幸来打动春花，再趁机表白，原来这些年，他都是喜欢春花的……但是，当他扳过春花的肩膀时，看见春花瞬间就变了脸色，含雾的眼睛流露出惊恐，歪斜的身子竟本能地颤抖。这种惊恐，是张务军从没见过和想过的，张务军一怔，也说不下去了。

春花脸一红，趁机掸开他的手，正色道："您和嫂子在我们眼里就是黄梅戏里的天仙配，日子好着呢，乡亲们哪个不羡慕？"

春花再不是那个常常在潘塘边痴望着张务军的春花，生活的苦楚已经让她早就断了少女时的奢望，一如五彩斑斓的梦，碎了就碎了，春花也没有心思再去拾起来。现在的她，只有每天双手不停地忙碌，内心才会踏实和充实，其他的，她根本顾不上。就像她现在从张务军身上闻到的，是自己经常沾满手的熟悉的肥皂味，而不再是少女时朝思暮想的、令她眩晕的气息。

张务军毕竟当了这些年的干部，理智渐渐占了上风，他讷讷地放开春花："我知道你生活不容易，我可以帮你。"随即他从口袋掏出两张一百的钞票往春花手里塞。

一出手就是两百啊，春花一愣：这、这得洗多少衣服才能挣到啊？可她立马就回过神，连连后退，把头摇得像拨浪鼓："这哪能要呢？能来你家洗衣服已经是帮了很大的忙了。"莫名其妙拿人家这么多钱，算怎么回事呢？就算生活再苦，她也不能收，腿是残的，但她可以用手吃饭，这钱要是收了，有些事情就讲不清楚了。

见春花态度坚决，张务军只得尴尬地收回了钱，两只手插在头发里，痛苦地使劲挠了两下，下了很大的决心，叹了口气："你走吧。"

春花跛着脚几乎是逃走的，脏衣服也没拿，因为就在刚才，她已经决定不来给他家洗衣服了。她不知道自己的心是否可以一而再再而三地经得住张务军这样撩拨，她听得懂张务军压在舌根下的话。春花面红耳赤地逃出门，无声地笑了：怎么回事呢？还会脸红？又不是小姑娘了，老天啊，真是没出息！

她也没有因为这事看不起张务军，张务军怎样，都与她无关，远离了就好。

十九

　　等家里人察觉到苗头时，春玲已经和田旭新好上一段时日了。四妈自然很中意田旭新这个准女婿。田旭新也很会哄潘园人，本就是二叔的朋友，自是跟潘园人熟络，每次来又不空手，不是提着糕点盒，就是带匹布，见人就散烟，出手很是大方阔绰。潘园的乡亲们都说春玲有眼光，总算给她家钓着了金龟婿。

　　春玲睡不着，从床上坐起来，点亮了灯，从贴身的汗衫里摸出个金戒指在春花眼前晃动着，金灿灿地耀眼。"这是他送我的。他说他打第一眼看见我就喜欢上了，说我是他见过最漂亮的姑娘呢。"春玲得意地在她大姐面前炫耀着，小心翼翼地把戒指戴上，眼眸里满是甜蜜的笑意。

　　春花也笑了："但愿他能治得住你。"

　　春玲悄悄一乐："他刚在镇上开了家餐馆，说秋后就来要人。"

春花满心替春玲欢喜。姐妹俩又轻轻热热地聊了很久。灭灯后，春玲翻过身沉沉地睡去了，春花却是翻来覆去睡不着。白天，村长婆娘特意躲过四妈悄悄找她，来给她说一门亲事。说男方是她娘家一个远方侄孙，迎水村的，叫冉奎，爹妈去世早，就因为家穷，至今还没娶上亲。

村长婆娘把冉奎夸成一枝花："人可俊了，身体结实又会忙。过门后你还没有公公婆婆要服侍，家里就他一个。他还是童男子呢……"村长婆娘说到这儿，眨巴眼睛，捂住厚厚的嘴唇，"咯咯"地笑。她相信春花能听懂她的意思。

伸手不见五指的暗夜里，春花想，如果那人还是像李德好一样，怎么办呢？一次失败的婚姻已经让她怕了！她对婚姻有着深深的恐惧。可自己还年轻，才二十多啊，这一辈子就这样了吗？春花焦躁不安，不确定的明天让她心生恐惧又满怀希冀。她催着自己："快睡，快睡。"睡意却像是有手有脚似的，春花明明看见它的影子了，可总也抓不住，她往东找，它躲西面，她找西面，它又藏在东边。然而它就在前面，不停地在前面引诱春花，她停歇，它也停歇。春花的身体一面沉入更深处寻找着睡意，一面又清晰地听见春玲睡梦中的磨牙声。

天色尚未完全亮开，朦朦胧胧，整座潘园还处在一片青蒙蒙的雾色中，只有屋后的竹林和塘边的老柳树，被风簌簌地吹着，时而发出"哗啦啦"的声响。春花起床了，头昏昏沉沉的。她今得把竹篮拿镇上去卖了，带回脏衣服，洗干净后，再去给菜园浇水。

春花不想吵醒家人，她蹑手蹑脚地整理着一筐竹篮，摞起来用绳子系着，绑在扁担上，一头十个。雾色苍茫，春花光脚穿着黑布鞋，一瘸一拐地沿塘边那条如蛇般蜿蜒的小道走。

草丛里的露水很快湿了鞋底，鞋底又粘上泥巴、草屑，滑溜溜的，让春花的身影更是慌乱扭曲。池塘是活水，进流的小溪上有个涵洞，水流湍急。当春花左脚迈过去时，鞋底一"哧"，跨度太大，后脚没跟上，挑子前后剧烈地晃动着，一个踉跄，保持不住平衡，残了的右腿跌进了涵洞。慌忙中，春花用扁担撑住了身体，才不至于整个人摔下去。右脚的鞋子被溪水冲走，拴竹篮用的绳子也断了，竹篮或被溪水冲落到塘里，或是翻滚着散落到春花够不到的小道下。春花挣扎着，试着站起来，可使了全身力气，依然软塌塌的，春花感觉自己的力气似乎被流淌的溪流抽走了。

四周还是雾气蒙蒙不见人影，潘园仍在酣睡。

春花"嘤嘤"地哭了出来。先是小声啜泣，后来就越哭越大声了。仿佛内心的酸涩苦楚瞬间被放大，密集在这个点上，喷涌席卷。此时，春花就是想哭。积攒的苦痛顺着眼泪淌了下来，人却轻松了些。有时候眼泪不仅仅是痛苦的外溢，也是种排遣，和叹气是一个道理。

春花停止哭泣，也渐渐恢复了力气，她慢慢起身，脱掉另一只鞋子扔了，在池塘里冲洗掉腿上的泥巴，打着赤脚，拾起仅剩的几只竹篮和扁担，一瘸一拐地回到家。

村长婆娘又来了。她说："春花啊，你可想好了？这女人嘛，哪能没有个男人照顾？要不是心疼你，我这把年纪可会操这份心？看看你，又是生养过的……"

春花盯着村长婆娘肥厚嘴角边的那颗痣。那颗长着几根黑色绒毛的黑痣，随着村长婆娘的表情，一动一动地，像是鲜活的，如一只刚喂饱的苍蝇，马上就要飞走了一般。

四妈刚起床，听了村长婆娘的话，也来不及洗脸梳头，就眯起眼睛，笑眯眯地问："他家几口人啊？出得起多少彩礼啊？我们春花可不能受屈。"

春花揉揉通红的眼睛，忍不住喊了声："妈！……地里该浇水了。"

"该干什么我还要你交代啊？"四妈扬起头，嘴角又泡沫四溢地骂了几句。

春花叹口气，径直去厢屋换衣服了。等换了件干净的兰花小夹袄出来，村长婆娘已走远。

四妈笑眯眯地说："我已经和村长婆娘讲好了，让她给那个鳏汉条捎个信，'看门头'，'下期单'，礼节一样不少，彩礼也一分不少。"

春花嘴上不说，心里却想，真要出得起彩礼，人家早就成亲了，哪会轮到自己？春花看看自己的右腿，又无声地叹了口气。

老天突然就干旱起来，连续月把不见一滴雨星，整个潘园的庄稼都靠潘塘的水救命，好几台抽水机没日没夜抢着从潘塘抽水，潘塘的水位降了，可弥漫在潘园的雾气始终清幽，似乎丝毫没有变淡，依然浓郁苍茫。春花家抢水抢不过别人，家里人口少了，包干到户的田也就少了，春花和四妈只得从潘塘一担担挑水到地里，用粪舀一舀一舀一棵一棵地浇。春玲只是偶尔搭把手，通常她都喜欢往镇上跑。四妈从来都不拦着。春花的肩膀好几天都红肿着，像馒头一样高。

二十

　　春花骑车夫镇卜送完衣服回来的路上，天已经擦黑。春花告诉那几家雇主，快过年了，等年后她再来。自春兴跟二叔去城里，家里的欠债慢慢都还了，这辆自行车是春兴用做生意赚的第一笔钱买的。

　　刚开始，遥远皋城的方向，还能映出天空一片灰蒙蒙的昏光，渐渐地，那片昏光也暗了，路上没了行人，除了几声模糊低沉的犬吠，整个世界陷入一片寂静。马路边村落里飘出的一两处灯火，如鬼魅般若隐若现。骑着骑着，春花不禁怕了起来，夜路真不好走，别出什么事才好，离潘园还有好几里地呢！春花想把车蹬得更快些。

　　正想着，一辆后座上横担着两个杀猪筐的摩托车慢慢地从后面跟上，带来一股斥鼻的骚烘味。经过春花时，摩托车的光亮映出了春花的容颜。骑车男人偏头看了眼春花，突然说了句："小娘子，我在前面等你。"

声音不大，充满暧昧猥琐，听在春花耳里，就像个响雷，惊得她魂都没了，手脚冰凉。天啊，怎么办，怎么办？往前骑，她没有胆量，万一那屠夫模样的人真在前面等她怎么办？回镇上？歇哪呢？这又都走了一大半路了。春花又心起侥幸，假如只是开句玩笑呢？

春花干脆停了车，双手扶着车把，焦急地直咬唇，双脚在地上跺着。她盯着远处人家飘出的灯光，想走去，可不幸的是，那微弱的光此时也灭了。一片黑暗！春花的心扑通扑通地狂跳，一瞬间，她想了无数种办法，然而，却没一种可行的！

正巧，远远又开来一辆农用小三轮，独眼的光亮照得马路雪白。春花像是看见救星一般，跛着腿歪斜着身子推车站在路中间，使劲地摇晃着手臂，大声喊着："停下，师傅，停下。"

车停了。开车人探出头来问道："什么事？"这是个三十多岁的男人，浓眉大眼，模样周正，只是穿着破旧。

春花思度，不能说前面有歹人，怕惊了开车男人，也怕费口舌，她对开车男人说："大哥，行行好，我腿不好，骑不动了，您捎我一段路吧。"

见开车男人好像在犹豫，春花说："我付车费。"

憨厚的男人挠挠头，不好意思地笑了："不关钱的事，车也不是我的……我在想，你坐哪好呢？这车很颠，我怕技术不好，把你摔下去了。"小三轮车厢刚卸了煤,矮矮的车帮,很浅。

春花连连摇头:"没关系,我不怕颠,我家不远,就在前面潘园。"

男人想想说:"潘园我倒是知道的,我有个姨姥姥家就住那呢。那你就将就一下吧,可得坐稳当了。"见春花模样应该是搬不动自行车的,他便麻溜地从驾驶室里跳下,帮春花把车搬进车厢。

春花暗自舒了口气,跛脚跟着爬上去。

当农用小三轮"突突"地冒着黑烟启动时,春花也俯身趴了下来,她可不敢坐着。车厢里很脏,到处是黑黑的煤灰。春花顾不了许多,她把自己隐在车厢里,刚好和车帮一平。正如开车男人所说,这种小三轮确实很颠簸,尽管他已经极力开平稳了,可还是将春花的身子不停地弹起又摔下,硬硬的铁皮车板硌得春花浑身生疼。春花咬紧了牙,一声不吭,紧紧抓住车帮,从铁皮的缝隙里朝外望。

没多久,春花就看见那辆摩托车果然停在路边,那个屠夫样的人在朝马路上望。在农用小三轮的车灯照耀下,春花看见他满是横肉的脸上充满疑惑,嘴里好像念叨:"人呢?哪去了?"

春花的心悬到了嗓子眼,赶紧把头低下,鼻子贴着冰冷的车厢,任它一下一下地随着颠簸,一直不敢再抬头。直到三轮车在潘塘的马路边停下,开车男人喊着"到了",春花依然惊魂未定,一张小脸已是黑一块白一块:黑,是沾染了煤灰,白,却是没有血色的煞白。

开车男人哭笑不得：刚才还挺漂亮的一个姑娘，一转眼就变成了这样！

春花把兜里的钱一股脑儿都递给开车男人，她含着泪花感恩戴德地谢着："大哥人真好，谢谢谢谢。"——若不是他肯捎她，那后果……他是救了她的命啊！

男人看着春花手中的钱，仿佛下了很大决心，用手一挡，再次笑了："不谢，顺道的事呢。"见春花坚持，他才满怀喜悦地从几张花花绿绿的钞票中拿走一元，略带歉意地笑着："那我就收了，你赶紧回家吧。"

春花片刻不敢停留，哆嗦着搬下自行车，跛脚骑上，慌忙就走。

回到家，家里人早睡下了，春花抱着胳膊依然不停地颤抖。老天爷啊，这都什么事啊？春花想着，委屈地流下了眼泪。她突然很渴望有个男人。她想，村长婆娘说得对，如果有个男人，厚实的肩膀能够扛起自己头上的这片天来，自己就不会遭这些罪了吧？可如果冉奎也再像李德好一样，又该怎么办呢？必须得擦亮眼睛，看仔细了！

春花悄悄托人打听冉奎，都说他人好，可她还是不放心，自己又偷偷去迎水村看。当见到冉奎时，春花掩住嘴巴，无法形容自己的吃惊：老天爷啊！居然是他！那晚救命的三轮车大哥啊！天底下竟有这么巧的事！春花忐忑的心里倒是有了不小的宽慰。

138

冉奎在明处，春花在暗处，冉奎没看见春花，春花先看了冉奎。家是穷家，屋是草屋，可人忠厚老实，一天到晚只知道干活，与村里人相处和睦。春花回去就同意了这门亲事。自身条件也就在这，能找到冉奎这样会忙会持家又善的男人，她知足了！

　　春花跟村长婆娘说，让冉奎带她去镇上看场电影，算相亲。

　　电影院在镇上一个下坡处，建好没两年。还没开场，带着瓦罩的巨大白炽灯照在宽敞的门口，很热闹。年底，大家都闲了，三五成群的小青年们，嬉笑打闹，小伙们有穿喇叭裤的，有蹬着尖头皮鞋的；姑娘们有涂脂擦粉的，有不合时宜穿着裙子冻得直哆嗦的……镇上所有带着乡土气息的时髦打扮，都聚集在这里。卖花的、卖烟卷的、卖瓜子的小贩在人群中穿梭吆喝。生意人是精明的，哪怕只是个卖瓜子的小贩，也懂得怎样吸引顾客的注意力，从冉奎面前来来回回走了好几趟。冉奎终是没能逃过小贩兜售的伎俩，买了一包瓜子。若是平时，他可舍不得买，一分钱都是好的呢。待冉奎买了瓜子后，那小贩才心满意足地往别处吆喝了。冉奎拿包瓜子，激动又焦急地踮起脚，往人群里望，目光从一个又一个女青年的身上掠过。看什么呢？都不认识！姨姥姥只说相亲对象有残疾，至于长得怎样，姨姥姥没说，冉奎心里没底，他更没底的是，不知道那姑娘可能相中自己。哪有相亲来电影院相的？一般不都是一帮婆娘陪着去家里相吗？冉奎纳闷。可如果去家里，拿什么招待呢？唉，穷啊！冉奎突然觉得那姑娘很善解人意，少了繁杂的礼节，这样的相亲简单多了，虽然电影票也有点贵……

当跛脚的春花一来，就被冉奎看见了，嗨，真漂亮！她的漂亮足以让冉奎忽略她那长短不一的双腿。冉奎暗想：要是她就好了！可马上又自嘲地笑了：冉奎啊冉奎，你穷得叮当响，有人能跟你就不错了，就别指望长成她这样了。越细看，冉奎越觉得眼熟，咦，这不是那晚的那个……天啊！该不会是她吧？对对，她也是潘园的！也有残……！冉奎顿时激动起来，幸福地像做梦一样，感觉自己浑身的血液都沸腾了！他使劲地朝春花挥着手。可瞬间，他又蔫了：唉，我真蠢，那晚还收了她钱，她该不会看轻我吧？此时的冉奎，心中已经是一万个后悔，将高举的手放下，朝自己脸上就是一巴掌：叫你小气……

春花目光刚和冉奎一触，就一跛一跛走了过来，腼腆一笑："等急了吧？"

果然是她！冉奎不知道说什么好，只一个劲地点头，想想春花的问话，不对，便又一个劲地摇头。

"这样巧……没、没想到是你……"

见冉奎红着脸、结结巴巴的模样，春花又是掩唇一笑。

然后冉奎又不停地说些什么，其中有解释，也有感叹。春花低首笑着，并不接话。春花暗想，知道他就是冉奎的时候，自己的惊讶可不比他小呢。

快开演了，俩人一同朝电影院里走去。电影院很气派，楼上楼下两层，他俩都是第一次来，可又都想在对方面前表现出从容淡定的模样，跌跌撞撞地，等摸索到座位，两人相视一笑，各有各的羞怯。

　　冉奎挨着春花坐下。在电影院里跟漂亮的女人相亲，或者说是约会，是件时髦又浪漫的事，他的人生还没有如此美妙过，而且，还很奇特！第一次跟女人挨得这么近，冉奎很紧张，僵直了身子，不敢看春花。当灯一下全灭了，黑漆漆的一片后，银幕上的蓝光缓缓亮起时，冉奎才舒了口气，浑身轻松多了：灯光舒缓了他的紧张。他想将双手规规矩矩地放在自己的腿上，这才发现手上的瓜子。他殷勤地把瓜子递给春花，春花接过，意味深长地看了他一眼，笑着说："让你花钱了。"冉奎嘿嘿一笑，故作大方地说："不值钱。"春花掩嘴又乐了，并不揭穿。银幕上的声音很响亮，洪亮地震着耳膜，可两人的心思都不在银幕上。冉奎似乎能听见春花"怦怦"的心跳声，春花没有嗑瓜子，她在静静地听着冉奎粗重的呼吸声。

　　一场电影，冉奎都是老老实实的，连春花的手也不曾拉过，除了肩膀偶有看似不经意的轻轻一贴。当俩人肩膀贴上时，俩人都是微微一颤。冉奎更是颤得厉害。他感觉到春花的肩虽然很柔软，但有着不可抵挡的力量，这股柔软的力量，在两人肩膀分开后，依然能缓缓地渗透他的薄棉袄，缠绵在他的心房。于双方来说，这轻轻一贴，都是一种试探，一种态度的试探。在冉奎看来，如果春花不躲开，那就说明她对自己有好感，这亲事就有把握能成，能把漂亮的春花娶回家，自己做梦都会笑醒；在春花心里，这其实就是进一步的试探。虽然已经知道他是个规矩的老实人，可经历过一次婚姻的春花已经怕了，假如这么一碰，就趁机要拉个手亲个嘴的，证明他也不值得托付，那这场电影没看完，春花就逃了。

电影结束，灯光亮起，仍有胆大的情侣们手牵着手，舍不得分开。俩人又是相视一笑。冉奎要送春花回家，春花说不用了，已经跟弟弟春兴说好来接她。春花看见冉奎恋恋不舍的模样，又好气又好笑。

春兴已经等了很久，见春花一个人过来，着急地问："怎么样？"

春花明知故问："什么怎么样？"

"当然是冉奎了？"

春花把整包瓜子递给他："就不告诉你！"

春兴故意把嘴噘起来，推着自行车骑上："大姐，一包瓜子就想堵住我嘴啊？"

"大人的事，小孩子别问。"

"什么小孩子，我已经十八了！"

"你就是八十了，在我眼里还是小孩子……"

两人骑着车，春花坐在后座，轻轻哼起了才学会的歌："真情像草原广阔，层层风雨不能阻隔，总有云开日出时候，万丈阳光照耀你我……"

入夜，冉奎在破败的屋里辗转难眠。他看出春花是喜欢自己的，就怕夜长梦多，这么好的姑娘别被人家抢先，对，明儿就去找她。这，总不能空手去吧？拿什么送才好呢？冉奎犯难了！嘿，有了！地里不还有亩萝卜嘛？挖袋送去！冉奎越想越兴奋。可，天怎么老不亮呢?

一早,冉奎就从地里挖了一麻袋萝卜扛上,出村往潘园赶。遇见好几个迎水的村民,见他一个劲地咧着嘴傻乐,就打趣问他是不是捡到金元宝了。他使劲点头:"嗯嗯,比金元宝还宝贝。"

他已经很多年没来潘园了,按照以前的记忆,他顺着潘塘的塘埂往村里走。萝卜太重,早压得冉奎咧嘴哼哧,可这是去见他喜欢的人儿,冉奎自然不会觉得累。隔着雾气见一黑点蹲在潘塘边,有棒槌的敲打洗衣声,因太着急见到春花,他喘着粗气大声问:"喂,你知道春花住哪?"

正在洗衣的春花,听见喊声抬起头,仔细一辨,竟好笑起来:又是他!春花站起身,用手捋捋耳边的碎发,周正下自己的衣服,静静地看着冉奎走近。扛袋几十斤重的大萝卜赶这么远路,冉奎再精壮此时也已气喘吁吁,他敞开了棉袄,额头上的汗珠顺着眉骨滚落到眼里,让他不停地眨眼,甚是滑稽。春花见他这模样又忍不住笑了。若冉奎此时能瞧清楚,定会发现,春花正眉眼弯弯,小酒窝深陷,柔美的表情有着极为动人的娇羞。

半天听不见回答,低头赶路的冉奎想:嗨,那家伙不是聋子就是哑巴,算了,还是先去姨姥姥家吧,只是这萝卜放哪呢?别让姨姥姥误会了是送她的才好……心下踌躇,冉奎的脚步缓了。

突然肩上一阵轻松,冉奎扭头一望:春花!是春花!她正用双手吃力地托着萝卜袋呢!

冉奎竟像孩子一样快乐起来。他笨拙地歪斜着肩膀,一手从兜里摸出几颗老花生在身上蹭了蹭，递给春花："吃吧，我能扛得动。"没炒过的老花生已经干瘪，壳上粘着泥，带着土腥气，但春花还是嚼出了甜味。走在塘埂上的俩人，心里都是美的。

可俩人快乐没持续多久。冉奎第一次来春花家，就被四妈扫地出门！四妈挥着扫帚，心里骂着冉奎穷酸抠门，嘴上也就丝毫不留情面地说出来："哪有上门带些不值钱的萝卜？去去，找媒人来谈，谈好了再来！"末了，还骂了一句。

冉奎尴尬得很，面上挂不住，望了春花一眼，臊着脸去找他姨姥姥。

春花又急又窘，不敢反驳四妈，跺脚立在一边，双手无助地绞着。当她见冉奎逃似的背影，瞬间心疼极了，红了眼眶。春花咬咬唇，鼓足了所有的勇气，支支吾吾告诉四妈，自己就要嫁冉奎。

四妈把扫帚往地上一扔，放开嗓门就哭号起来："这么大的事你怎能自己当家啊……"四妈边哭边骂着。从她知道冉奎出不起一分彩礼时，她就极力反对这门亲事，可没想到春花还是答应了。四妈一张老脸满是痛苦和哀怨，哭号许久，眯缝的眼里却没落下一滴泪。

春花低声喊了句："妈……"

四妈立马变了表情，愤愤地说："别喊我！你翅膀硬了能飞了，呵，好，好，就当我死了！"

春花蔫下来，泪珠儿也就落了，拽着四妈的衣襟，声音更低："妈，我知道您嫌他穷，怕我以后受屈，可我就是相中他了，求您

144

了……"

四妈恼极了，推开春花，双手使劲地在围裙上擦了又擦，从锅台走到水缸那，再从水缸那走到锅台："你这死丫头怎能挖到篮子就是菜呢？你看看你小妹找的婆家，啧啧，像田旭新那样才行！要娶，行，先给几样首饰！"四妈想，没钱还想娶老婆？做梦！

春花心里苦啊，一肚子委屈一时也找不到合适的话倒出来，只有不停地抹眼泪。她不知道怎样才能说服四妈。

春花越是哭，四妈就越心烦："还站着像根桩似的？还不快去喂鸡！"见春花还在磨蹭，四妈撇着嘴角，拾起锅台边的丝瓜把，摔摔打打："我是为你好！"刷锅水溅在了春花衣服上。

说话间，村长婆娘已经走进来，见四妈和春花僵住，暗笑了，斜了眼四妈："不是我说你，老话讲，宁拆十座庙不毁一桩婚，年轻人自己看对眼了，要你操什么心？现在什么时代了？婚姻自由，婚姻自由！"见四妈不搭理她，又低下声对四妈咬耳朵："你也不看看春花现在什么光景……只要以后两口子孝顺你还不是一样？"

元宵节一过，当潘园人刚取下高悬门口的大红灯笼，春花便不顾四妈反对，再次出嫁了。什么彩礼都没要，也不要接亲、送亲，春花是自己一个人悄悄地，面带喜气和羞涩，一步一瘸、一步一瘸穿过潘塘走去的。虽然什么礼节也没有，但春花觉得，自己就是真正的新娘。

二十一

迎水村的房屋也零落地散布在淠河的下游。一条长满青草两米宽的堤坝，高高地横在淠河与村落之间，弯弯绕绕地将河水与村庄划开，忠实地守护村里的上千口人——迎水村村民的性命与生计都在这条堤坝上拴着呢！堤坝上的景色可美了，大片金黄的芦苇在河滩上摇曳，煞是好看。灵动的野兔健硕一跃，从堤坝那边一跃到草丛里，杂灰色的皮毛与景致融为一体，寻不见了。雪白的鹭鸶用长嘴从波光粼粼的河面上啄起“小腰条”鱼儿，优雅地飞远。

迎水村特有的大青毛豆是出了名的。八月底，硕大的豆角就圆润了，凸起肚子，包裹一粒粒新鲜美味的大青豆。皖西大地的人们都喜欢它，无论城镇还是乡下，都争相把它邀到自家的餐桌上。城镇人爱用大青豆烧肉、大青豆烹蛋，或者干脆在蒸笼上放张厚厚的千张，铺上一层色泽饱满的大青豆，再缀上几块皖西咸鸭——就是很好的下酒菜；农村人倒没那么讲究，可哪怕只从自家的菜园里摘几个红的、青的辣椒，和大青豆放一起，简单地用猛火一炒，也是香入肺腑！收获的季节总是受人欢迎。每天傍晚都会有农用四轮车冒着黑烟从城里过来收购大青豆。人们把大青豆用蛇皮袋装着过了秤，一袋一袋地往农用车上撂，换回一沓或新或旧或多或少的钞票。这个季节，每个迎水村村民的脸上都洋溢着丰收的喜悦。

当最后一袋大青豆被撂进农用车里，冉奎沾着唾沫点着纸票。清点对了，揣进怀里，贴着胸口放好，心满意足地对春花吆喝："走，瘸婆娘，咱们回家喂猪喽！"

春花嘴一撇："嫌弃我瘸啊？"

冉奎见她较真了，笑了："逗你呢，笨婆娘，你还当真了啊？哈哈……"冉奎爽朗地笑着，笑声里是满溢了的幸福。

春花抿嘴轻笑着，任凭冉奎拉过她的手，低声问他："我是瘸子，又生养过，娶我，你真不委屈？"

冉奎正色道："啥叫委屈？爹妈死得早，我就靠东家一口西家一口'百家饭'活下来的；那年冬天，天寒地冻的，因为挖了人家几棵白菜，就被人在地里打得半死……那叫委屈。现在成家了，你漂亮又贤惠，日子一天比一天好，我还委屈啥？"

春花也不作声了，紧紧地握了握冉奎的手，感受着粗糙又汗涔涔的掌心传来的温度。

听丈夫说："咱多养几头猪可好？"

"好。"

"咱争取盖间瓦房可好？"

"好。"

"咱们再省一点再抠一点，可好？"

"不好！"春花站住了，把头摇得跟货郎手中的拨浪鼓似的："你已经都抠到家了，没办法再抠了……"

冉奎笑了，春花也笑了。

夕阳金黄色的余晖散在夫妻俩手拉手并肩走着的身影上，渐渐拉长，一高一矮，一壮一瘦。

回到三间土墙瓦顶的家，冉奎一进门，先把大大小小的纸币一张张将平，装进叠放着同样大大小小纸币的床头柜里，小心地锁好，再把钥匙紧紧地贴着胸口藏着，拍着柜子："快了，快装满了。"

春花麻溜地切着猪食，揶揄他："你跟钱过日子去呗。"

冉奎"嘿嘿"地笑了："我是穷怕了。这钱啊，就是我命根子呢。"

"瞧你这点出息。"

冉奎提回 桶泔水，拌上猪食，再倒进猪圈里的石头凹槽中，春花"喔唠唠"地唤着猪，三头花白色的小猪"嗷"地爬起来，晃动着奔来，拱挤着，大口大口地抢食，不时发出欢快的叫声。

说起这日子，是清苦而忙碌的。现在是八九月间，春花每天夜里两点就得起床，瘸着腿跟冉奎去地里摘花生、豆子。豆子是当天就卖了，花生却要晒上几天，晒干后，再把花生米给一粒一粒弄出来……春花的手粗糙了，关节变得粗大了，她觉得以前忙的二十多年农活总数，都没有在来到迎水这短短两年忙的多。真是连喘气的工夫都没有呢！可春花踏实，心底有着一种从没有过的安稳和富足。她找到了她想要的生活！人不就活一个精神气吗？春花健康红润的脸上，始终是乐呵呵的。春花打心眼里都是满足的。日子就像这厨房里冒出的热气，暖暖的。迎水人对她挺好，没有人看不起这个瘸腿的春花，有时她家农忙顾不上做饭，东家送块馍，西家递碗汤，一顿也就凑合了。尤其是隔壁许友两口子，也给了春花不小的帮忙。这种日子，不是大富大贵，却每天都能吃着热腾腾的白米饭，屋子虽说还是草房，可不露风不露雨。最主要的，俩人恩恩爱爱不争不吵，丈夫冉奎是把钱看得紧，可从没亏待过春花，他是从心里疼她呢！结婚这么久，俩人连一次脸都没红过。春花觉得老天爷让她苦了这么久，总算开眼了！她有时想想，这种幸福就跟做梦一样，她怕梦醒了就不在了，有时睡到半夜，她突然打了惊，猛地攥住丈夫的手。冉奎哪怕睡得再沉，也能感受到春花梦魇，他会一把搂过她，把她的脸埋进自己宽实的胸口，轻轻地在她背上拍几下，她就安稳地睡着了。

近几天奇怪的是，还没来得及收的大青豆不知被谁给糟蹋了，又不像是猪獾这类破坏的，倒像是人为的，却又不像是为了偷，好像专门来祸害似的。瞧瞧这半亩，豆秧被踩踏得狼藉一片，可怜的大青豆破膛而出，无辜地落在地里，有的还被踩成了两半。春花这个心疼啊！这是跟谁结了仇呢？冉奎想破脑袋，也查不出所以然，只得央了他本村的堂哥冉大贵一起，夜里经常去巡视。

防不胜防，又有大半亩田的大青豆被祸害了！冉奎忠厚老实，春花纯善，这会是得罪了谁呢？

夜里十一点左右，冉奎夫妻刚躺下，一阵喧闹，敲门声很急促。等冉奎夫妻来到堂屋，拉亮灯泡，开了门，看见冉大贵拎了个人进来，手一松，那人就"咕噜噜"滚在了地上。冉大贵拍拍手，挠挠瘌痢头，大大咧咧地骂："总算逮到这个狗杂碎了。"

地上的人蓬头垢面，衣冠不整，头发很长，油腻腻又凌乱地遮住了眼睛，他用手拽了褂襟遮住半边脸，昏黄的灯光下，让人瞧不出是谁。

听冉大贵说，他晚上刚赌了钱，寻思着冉奎家地里的事，摸到田里一看，果然有个身影鬼鬼祟祟，边踩豆苗还边骂。冉大贵悄悄上前，抡起拳头就砸，谁料这家伙不禁打，冉大贵两下就把这家伙给制服了。

说着，冉大贵往地上人的身上又狠狠地踢了一脚："你个狗杂碎，糟蹋豆苗干什么？"

那个人闷闷地吭了一声，声音充满了痛苦，却依然不敢抬头。

"别打了，我看看是谁。"冉奎走上前去，春花吓得躲在冉奎的身后，也想去看个究竟。

可地上的人没等他们走近，瞅着门，一个闪身，就往门口奔去。守在门口的冉大贵早有准备，冷不丁伸出一个扫堂腿，那人没防备，"扑通"一声，狠狠摔了个狗吃屎，脸鼻全贴在堂屋的土地上，这下可又摔痛了，只听那人"哎哟哎哟"地痛苦地叫个不停。

冉大贵哈哈大笑，又准备再给他两下时，春花心生不忍，上去拦住："大哥，别打了！不就一些豆子吗？"

冉奎也走上前去，扶住了地上的人。扒开他的头发，一看，不认识！问他："你不是本村的？"

那人人瘦毛长，胡子拉碴，眼里已蓄了泪水，却不看冉奎，用手一指春花的方向，悲凉地喊出一句："春花，我媳妇！"

冉奎怔住了！春花也蒙了，惊愕地张大嘴巴。居然是李德好！他怎么找到这来的啊？老天爷啊，怎么会这样？冉大贵先反应过来，上前就给他一记响亮的耳光："谁是你媳妇？让你乱喊！"

李德好捂住被打的脸，委屈地看着春花，悲恸地哀求："媳妇，媳妇，我要你跟我回家……"

冉奎无奈地叹了口气。他也想起来了，对春花说："前段日子我好像见他在村里的大坝上转悠，唉，真没想到会是他。"春花一听，心里很不好过，她低着头无助地绞着手。这么多的日子过去了，她对迎河李家的怨恨已经慢慢消退，孩子夭折后，李德好已成不相干的陌生人。可当她看见李德好凄惨的模样，又引出了她内心的善良，忘记了曾经在李家流下的泪，只觉得此时，李德好很可怜。她想，其实自己也有责任，如果不是四爹、四妈贪着李家的彩礼，拿自己给大哥换门亲，李德好兴许找了个更朴实、听话的村姑，四十来岁的他就不会这样孤苦，现在也应该是儿女满堂了吧？哪会这样凄凉……她想得很多，在灯泡的映衬下，隐隐可见春花眼里闪烁着说不清道不明的雾花。

冉奎从地上拉起李德好，替他拍拍灰，整了整衣裳，说："你走吧。以后别来了。"可李德好不走，可怜巴巴地望着春花，磨蹭着，想去拉春花的衣袖。冉奎拽住他，指着冉大贵对他说："再不走，他又要打人了。"李德好惊悚地跑出门，边跑边回头看，还努力咧嘴朝春花笑，这一笑，比哭还难看。冉大贵对他样着拳头，他的身影才消失在茫茫的夜色中。

　　冉大贵一个劲地挠着瘌痢秃头："这就放他走了？"

　　冉奎点点头，微微叹了口气。他拉过春花，温暖的目光直望到她心里去："你也别多想了。"

　　春花咬住唇，感激地对丈夫点点头。还是他懂她的心思啊！

二十二

今年的冬来得格外早些，才农历十一月，已经下了第一场小雪。冉奎和春花在被雪埋了的萝卜地里拔萝卜。迎水村的萝卜和大青豆一样，远近有名，可以当水果生吃，清脆甘甜。这大坝边的萝卜地，一畦连着一畦，绿油油的萝卜缨在残雪里探着头，嫩嫩的。有些萝卜顶着萝卜缨，半截青色的身子欢喜地露在外面，只把一小截白色尾巴埋在地里——它们可不畏风雪，长势喜人呢。拔萝卜的人却不耐寒，比如春花。手脚都冻麻了，又蹲了半天，瘸腿更是使不上劲，她干脆双腿直接跪在冰冷的雪地上，用双手使劲地薅着萝卜缨。萝卜缨带着毛茸茸的小锯齿，很脆，一根根青萝卜却足足有两拃长，圆滚滚的大个儿。冻土上，一不小心就薅断了萝卜缨，拔不出萝卜。春花只得用铲子去挖。可得小心了，萝卜嫩着呢，铲断了就卖不上价钱了。春花手脚是冰冷的，棉裤也被雪水洇湿了，身子却是越忙越热乎，捂在围巾下的嘴哈出的热气，把围巾哈湿了，呼着白茫茫的水汽。

冉奎也忙得一身劲，感觉到风太冽了，就对春花说："天太冷，你回家吧，我一个人干。"

"不呢。我就要跟你在一起。"春花迎着风的脸被吹红了。

一句软软的话入到冉奎耳中，憨厚的他不禁乐了，停下手中的活，看着春花："春花，你真好！"

春花也笑了："贫嘴！还不干活？"

"好，好。"

"冉奎，我唱段小戏给你听？"

"嘿嘿，我要听庐剧《休丁香》，那天你唱我还没听够呢。"

春花清清嗓子，边拔萝卜边唱起了寒腔：

讲得了丁香我喜在那胸膛，

甫看那范仕江是老好样，句句啊话语安慰姑啊娘……

范仕江只要你啊不嫌弃啊我这被休女啊……

我就答应跟你仕江来拜堂……

天地仿佛都静止了，萝卜地附近的乡亲们都忘了手中的活，直起腰静静地听着。雪白的天地间，只剩春花甜甜的嗓音，拖着温暖的皖西方言，在缭绕、缭绕……

收了工，春花两口子回到家。冉奎盘算着：一袋萝卜五块，去掉一个麻袋的成本八毛，还剩四块二……

小两口开始烧火做饭。冉奎去地里掰回几棵包心的大白菜，又撸了串红尖椒，再从屋檐下搜了两条晒干的小咸鱼。不一会儿，锅里的白米饭就香气四溢，慢慢地，铁锅炕出农家锅巴香；另一口锅也随着"滋啦"一声，炝出油烟：尖椒炒咸鱼。小小的厨房里，腾腾地冒着热气。

春花想想对丈夫说："你去隔壁把许友一家三口喊来，我看他们家好像还没烧呢。我们反正是烧了，不在乎他们吃一口。"

冉奎装作懒懒的，不想去，已经出门了，还故作夸张地喊："哎哟，粮食贵着呢，我才不干咧。"

春花笑了，双手一操："去，你看你抠得……"

不多会儿，许友走在前头，他妻子李秀抱着没满周岁的儿子来了。李秀一手抱孩子，一手帮春花端菜，许友和冉奎抬桌子。外面天寒地冻，屋里却是热火朝天。男人喝着劣质的高度酒，满面红光，女人围在男人身边，说笑不停，叽叽喳喳。李秀对春花说："我儿子过两天就要抓周了，你帮我操持吧！"

"我？怕不合适吧？"春花很感动。在农村，孩子抓周可是大事，尤其男孩，讲究着呢！这么大的事托自己操办，说明李秀一家真把自己看得很亲。春花眼睛有些湿了。

冉奎见邻居这么高看自己的妻子，当然高兴，立即大声说："有什么不合适？你这么会忙，考虑又周到，我看就没有比你更合适的了。"许友两口子也跟着点头。

春花眼里闪烁着光，一把搂过李秀家虎头虎脑的娃娃，也不再推辞："好啊！那我要认个干亲，当孩子的老干妈，这儿子是我的了，我要天天带！"

许友乐了，却从春花怀中抱过儿子，"吧唧"在儿子脸上响亮地亲了一口，咧着嘴跟春花打趣："嘿嘿，想要儿子你俩自己生嘛，抢我的干吗？我还没抱够呢！"春花羞了，从眼梢处偷偷看了眼冉奎，正好冉奎也悄悄地看着春花，春花不好意思地一扭身，却把桌上的筷子碰掉到地上了。冉奎忙说："我来，我来！"俯身捡筷子时，冉奎看见春花的敞口黑布棉鞋，猛地伸手捏了下。春花一惊，反应过来后，擂了冉奎一拳，白净的小脸唰地一直红到脖子，可把许友夫妻乐得不行！

春花幸福着，分明点酒未沾，却像喝了酒一样沉醉：这日子真美啊！她憧憬着，再生个孩子就更完美了……

春花给许友儿子的抓周办得有模有样。早两日她就定好了抓周用的物品、酒席的菜肴、请哪些人帮忙……孩子姥姥家来了很多亲戚，迎水村的村民也来了不少，连村支书和他婆娘也被请来了。春花安排人一一招呼着，端茶递烟。村头放羊的一勺夫妻赶来时，见春花忙个不停，一勺老婆桂枝便帮衬着搭把手。待到中午，春花已经把孩子抓周用的东西在大桌上摆好，一样不落：算盘、毛笔、钱、拨浪鼓……孩子抓了毛笔。许友和李秀高兴得合不拢嘴。"文化人啊！""厉害！"大家都恭贺着，仿佛孩子抓住了农村人最渴望的东西！迎水村村民对土地和文化都有着深深的敬畏：土地，能让

157

他们吃饱饭；文化，能让他们洗净脚上的泥巴，走出土地——这是亘古不变的悖论，又是如此完美和谐的统一。

这边孩子一抓了周，鞭炮欢快地一放，那边春花在稻场上开着流水席，依次上着迎水的八大碗：粉丝肉末、虾米糊、红烧鸡、红烧鱼、四喜圆子、炖老鸭、炒素菜和扣肉。端盘子传菜的，支客待客的，散烟拿酒的……井井有条，丝毫不乱，每个人都心满意足。这让孩子的姥姥家倍感有面子，连叹"办得好，办得好！"许友夫妻对春花自是感激。

忙到腰酸背痛的春花，这会儿总算歇会儿了。她用手揎着腰眼，和桂枝说着话。不知怎么就说到自己在迎河夭折的丫头。"若丫头还在，这会儿也有六七岁了，也该上学了。"春花一阵心酸。桂枝安慰她："这都是命！那丫头若还在，估计你也不会嫁到迎水，不会有这样美满的生活吧？"

春花眼泪还是流了出来，心里念叨着："命啊，是什么东西呢？老天让你得到的东西，一样都不会少；老天若是不肯给你，你磕破头也求不来。"

二十三

春花和春玲都相继给了婆家，春兴也去城里跟二叔做生意，不回来住，竹林深处雾气氤氲的老屋说空就空了，春生把孤零零的四妈接到路边的草房里和他一家生活。

潘园人似乎也少了一些，在经济浪潮的冲击下，村民们都巴望着、想尽法儿离开脚下的这片褐土，潘园零落的村屋，散去不少人气。清茫的水汽从潘塘盘桓到村庄上空，更显幽静。

正月初二，冉奎和春花提了几斤五花肉回潘园拜年。回娘家，实际也就是回马路边的春生家。春玲、田旭新两口子也回来了，带着两斤上好的茶叶。四妈看见二女婿，自是高兴得合不拢嘴："家里的粗茶叶棍也能喝呢，浪费这钱干什么？"

冉奎踏着雪对春花说："走，一起去给姨姥姥家拜个年吧。"农村人都说："姨亲不是亲，死了姨娘断了亲。"本来八竿子也打不着的姨亲，突然因了这门亲事，冉奎把村长婆娘一口一个"姨姥姥"喊得格外亲。他对春花有多满意，就对这位姨姥姥有多亲热和感激。见着比他小几岁的张务军，叫着"大表舅"也特顺口。

春花有些犹豫，她不太好意思。到了村长家，怎么喊呢？自小就叫村长"叔"，叫村长婆娘"婶"，现在随冉奎得喊"姨姥爷"，抬高了辈分，还真改不了口。最主要的是，春花怕见到张务军。毕竟是喜欢过的人，一声"大表舅"，更是那么突兀拗口，卡在喉咙那儿，她是怎么也喊不出来的。就像结了壳的痂，伤是好了，血早不流了，但这疤横竖在那儿呢，摸一摸，粗糙得戳手。可冉奎去拜年，偏要把春花带着——准确地说，他是去哪儿都想把春花带着。春花"哧哧"地笑着："看你，就怕我跑了似的！"冉奎深情地看着春花，认认真真地说："说实话，春花，我真怕你跑了……"冉奎的满目柔光把春花融化了，如煦暖的阳光照在干净的雪地上，在春花的内心，悄无声息地涌出一江春水。

春花两口子朝村东头村长家走去。冉奎要拉春花的手，春花羞着躲开："不害臊。"在潘园，哪有汉子大白天拉着婆娘的手走路？哪怕两人在家里再亲热，出门也是各观各的鼻，各走各的路，不然，还不把乡亲们笑死？庄稼人，多靠咀嚼别人的苦乐当下酒菜，也常靠粗俗的笑料给寡淡的日子加点盐。

当他俩出现在村长家时，张务军带着孩子也回来了。他妻子黄干事照例没跟来。村长婆娘也不记得自己多久没见过大儿媳妇了。罢了，不爱回来就不回来，也省得回来就横鼻子竖眼睛，说农村婆家哪儿哪儿都不是。村长婆娘也怕伺候不好那金贵的大儿媳。

当冉奎拉过春花，给"大表舅"张务军鞠躬，亲热热地喊着"大表舅新年好！"时，"大表舅"张务军头偏向一边，鼻子里冷清地"嗯"了声算回应。

眼见老丈人没几年就退休了，张务军不想老待在文化站这清水衙门，他一直想让老丈人把自己挪挪，可他老丈人一门心思都在他小舅子身上，哪里顾得上他？

此时，他小心地回避着春花，回避着冉奎，也小心地回避着自己的内心。眼前的这对"表侄、侄媳妇"越幸福，他就越失落，生活的种种不如意，如隐匿在草丛中的毒蛇，冷不丁就蹿出来，狠狠咬上他一口。

春花对村长的小儿子张小团，却不同于对张务军，她口中的"小表舅"喊得顺溜多了，不仅亲，还多少带点开他玩笑的意思。张小团突然就和漂亮的春花成了亲戚，还大出一辈，儿时娶她的想法早没了，此时讪讪却又不好意思地笑着，小麦色的皮肤泛着好看的光泽。张小团在镇里读高中，成绩很好。

村长婆娘高低要留春花两口子吃饭，一餐饭也是热热闹闹的。村长和冉奎喝着酒，张小团没少占冉奎、春花的便宜，故意端出长辈的架子，不时让他们喊几声"小表舅"，还拉着冉奎去放"滋老鼠""蹿天猴"等烟花。很显然，他也喜欢冉奎这个"表侄"。除了张务军偶尔露出些寂寥的神情，大家都开开心心的。村长婆娘只当是大儿媳没回来，大儿子不高兴，其他的也没多想。自从大儿子成了亲，村长婆娘就宽心了，不用再提防村里的姑娘们，对她们也和善很多。人，哪有什么至善至恶？尤其是双手在土地上劳作的人，大多时，都有着如同大地的宽厚和朴实。当她知晓春花在迎河村的遭遇后，也深深替春花惋惜，骂李家不是人。正好，娘家还有冉奎这么个"侄孙"，她即便不贪图当媒婆的那双红鞋，也操心着不能让他这门绝了户，后继无人，这才牵了姻缘。眼见冉奎两口子小日子过得红红火火，她也高兴呢。

冉奎被张小团喊去打纸牌。春花一人站在院里的杏树下。村长家的这棵杏树，在她做姑娘时，就枝叶繁茂，树干一人都环抱不过来，结出的杏子黄灿灿的，又圆又大，远远望去，就能酸掉人牙齿。这时光秃秃的枝丫上积满了沉沉的雪，表层静静地开了冰花，俏皮的麻雀在上面落下几串琐细又精致的梅花脚印，阳光反射出一道道耀眼的雪白。

起风了，春花转身回屋，一抬眼，看见张务军站在身后。

张务军正静静地看着她。春花笑笑，喊了声"大表舅"，便从张务军身边一瘸一拐地走过。她一轻一重的脚步踩在雪地上，发出"咯吱咯吱"的脆响，这种脆响，直落人心底里去。

风来，张务军觉得自己的心随树枝上的雪簌簌地落了。

张务军不想在潘园待了，要带着儿子回去，村长婆娘一再要他过两天，他不愿意，像跟自己怄气似的。张小团见了，说："你让他走。魂都不在身上一样。"

在村长家拜了年吃了午饭，春花两口子回娘家吃晚饭。同样是女婿，四妈却只把小女婿田旭新的茶沏好、饭盛好，她把这门新女婿看得很重，因为他最讨四妈欢心。春花怕冉奎有想法，悄悄安慰他。冉奎苦笑着，悄悄对春花说："咱俩好好忙，等有钱了，咱妈就会对咱俩高看了。"春花没有忽略冉奎眼中那掩不住的失落。她心疼冉奎，埋怨四妈偏心，让冉奎面上过不去，可将心比心，田旭新就是比冉奎会做人，出手阔绰，又会说话，把四妈哄得一个劲地喊着"我的小乖乖"。春花无奈地叹口气。比四妈还高兴的是春玲。田旭新的好，让她在娘家走路都带着风，尤其是在春花面前。

只有春兴不在家，他早早就去城里二叔家拜年了。他一直想学二叔，在城里租个摊位做生意。

二十四

　　春兴终于如愿在长青路口摆了个摊位卖水果，晚上住在二叔家。二叔已经在城里买了房子。还是城里好啊！春兴感叹着。路上车水马龙，行人熙攘，他很幸福，虽还不像二叔那样凑够钱买上城市户口，可他觉得自己现在是半个城里人，对这座小城有着浓浓的归属感。摊位不大，再小也是自己的买卖，他起早贪黑忙碌着，将自己和水果摊都紧紧地绑在这座小城上，努力要与它融为一体。

　　这条路上也有其他两家卖水果的，摊主都是精明到不能再精明的生意人，那份精明与算计是长年累月后，一笔一笔刻在脸上的，被刻的人毫无知觉，可看着的人，心里却有着比较。人们本来也习惯了他们的缺斤短两，现在突然出现个憨实的年轻小伙，水果新鲜秤又足，自然就喜欢买春兴的，这就惹得其他两个水果摊很是眼红。春兴也不在乎自己的装扮，整天黄布褂子蓝裤子，带着脱不去的农民味。只要买卖一来，他可开心呢。

一天一天地盘算下来，春兴并没有比其他摊主挣得多。春兴知道原因，可他不愿像他们那样去做。左边的摊，客人尝了一个葡萄，说酸的，不买。摊主拉住客人硬说一颗葡萄两毛钱，人家无奈，只得掏钱买了一斤。亏已经吃到肚子里去了，是吐不出来的。右边的，调了秤砣，明明四斤，称出来却是六斤，客人不觉，讨价未遂，习惯性地顺手捎走个苹果，摊主脸上挤出了苦水：这下赔得裤子没了……买的人面上露着欢喜，觉得自己占了天大的便宜；卖的人里子也藏着欢喜，反正羊毛出在羊身上。

刚开始，这些事把春兴惊住了。潘园哪会有这样的欺诈？春兴联想到，其实，在土地里劳作也是种买卖，这种买卖，有情有义，明白得很，你卖给土地多少力气，土地就给你多少收成。潘园的土地可是长了眼睛的，是不含糊的，若谁胆敢糊弄了它，收成时它真会给谁难堪。劳作的潘园人对待土地一直虔诚忠实，从不敢糊弄。庄稼人的骨子里，没有"欺诈"二字。春兴用乡下人的质朴，坚守着他的水果摊。

春兴又想到了二叔，二叔就是春兴的榜样，春兴想着自己早晚会像二叔一样，在这座小城里扎根。这是急不得的，他得像红薯扎进地里的根须，得一点一点地渗。不同的是，红薯扎的是土地，春兴要扎的是这钢筋水泥。

春兴满心喜欢这座城市，他把喜欢都挂在了脸上。没买卖时，他坐在小板凳上看人来人往。看见那些小伙个个打扮成去相亲似的，头发油亮，他就在心里乐：要是苍蝇飞上去，会说"哎哟，吓死老子了，脚下一滑，差点掉下去了……"看见摩登姑娘们踩着细细的高跟鞋，他就要担心了：穿成这样走路，就跟乡下踩高跷似的，真不会摔跤吗？有买卖时，他热情周到地给顾客称好装好，还学着对着顾客的背影喊："您慢走。"顾客买得多时，他会送一两个苹果香蕉之类，图个回头客。春兴想，过几天回乡下看看，带些瓜果给家里人尝尝，尤其是大姐，这些稀罕的瓜果她都没吃过呢。

可没等春兴回乡下，摊位竟被人砸了！几个地痞来讨要保护费，血气方刚的春兴怎会给？该交给国家的他一分不少，其他人，想都别想！为首的像个娘们一样蓄着长发，他跟旁边人一对眼，嬉笑起来："哟，还是个刺头？"他吊儿郎当地往身后一喊，"弟兄们，怎么办呢？"没等他弟兄答话，他突然就掀了苹果筐，"砸了它！"红彤彤的苹果一个个"咕噜噜"地滚远了，惊得行人都绕开了道。瞬间，摊位上的葡萄、橘子、西瓜等等，都遭了殃，红的绿的紫的，遍地开了花。旁边的商贩、店主隔着老远伸着脖子看，谁也不愿有粘连。这几个，可是长青路上有名的痞子，整条街做小生意的都被他们整怕了。长发痞子很得意，手里熟练地玩弄着一把弹簧匕首，短小的刀锋在伸缩间闪着寒光：看吧，看吧，你们瞪大眼睛好好看，这就是不交保护费的下场。他这是杀鸡给猴看呢。

春兴血气直冲大脑，觉得眼前一黑：这可是他辛辛苦苦的血汗，这是他的领地，绝不允许别人动他的摊位。恼极的春兴迅疾上前，左手一把牢牢制住长发痞子拿匕首的手，右手一记重重的直

166

拳，照着他面门就挥过来。只一下，那人鼻子就出了血。春兴没有停下，再用膝盖往他肚子狠狠一撞、胳膊肘往他脖颈处猛烈一顶！春兴三个动作一气呵成，没有一丝停顿。长发痞子只有弯腰出气的分，匕首也掉地上了。其实在他们掀苹果筐时，春兴就想动手了，一直忍着，是因为他忆起春花一再交代，出门在外，凡事要忍，要让。可见到越来越多的瓜果在他们脚下被踩破，春兴心都滴出了血，怎能再忍？

其他小痞子一看老大被打，那还得了？一个个如护主的犬，全扑了上来。倘若是一对二，春兴兴许还能应付得来，可呼啦一下四五个都扑过来，会打的，不会打的，拳脚直往春兴身上招呼，有的还操起春兴的板凳趁空砸上几下，春兴护得了头护不了尾，被打红了眼，他发狠着大叫一声，顺地一滚，摸到一把匕首，不管三七二十一，逮着个小痞子，一刀就捅了过去。

后来，警车来了，救护车也来了，还好没伤到要害。春兴当天就被派出所关押。

消息传到家里，无异于晴空一个响雷，把全家人都劈蒙了。一家人聚在一起，泪眼婆娑。四妈不懂春兴犯的事有多严重，当着丫头、女婿、儿子、媳妇的面，哭得东倒西歪："这怎搞啊……我可怜的儿啊，也不知道你可能再出来让妈看一眼啊……死鬼老头子唉，你也不帮帮你小儿子啊，让他受这么大的灾啊……"四妈遇事只要一哭，肯定是先怨上去世的四爹，然后她哭唱着继续怨艾，"都是你们二叔惹的祸啊……要不是春兴跟着他去城里，也不会去蹲牢房啊……"

田旭新心想，怨其他人干什么？还不是你惯得？

春花揪着心，小声啜泣："唉，在牢房里怎熬啊？"

春玲不耐烦地说："我们光哭有什么用？还是赶紧想办法吧。"

四妈不哭了，看着田旭新，试探着："人家说要拿出五千块的医药费。你们凑凑，就算春兴借的？"她没敢说这只是先开了个头，以后的事，还要再慢慢打点。她流泪的目光久久停在小女婿田旭新身上，泛着卑微的讨好，也寄着最大的希望。家里大事小事，她都指望着这个小女婿。

田旭新心想总算说到了正题。五千块？他咧开了嘴："我是没意见呢，钱都在你小丫头那儿，她说拿多少就多少。不过我镇上的餐馆正准备扩大，刚交了房租，估计也不多了，对吧，春玲？"春玲正在想拿多少合适呢，听田旭新这么一说，也立马接上："嗯，嗯，只剩……三百块了。"她寻思着，有是有，可这钱交了就等于打了水漂，谁会指望春兴真的能还上？这要是吃了牢饭，哪年出得来还不一定呢。嫁出的姑娘泼出的水，娘家的事，帮忙是可以，但也不能把自己过日子的老底都给交了，都交了去，不见得会有人感激你的好，背过脸也许还会说反正你有。再者，餐馆也要正常营业，能拿三百块，已经是最大的恩情了。

一直沉默的春生，闷闷地说了句："我没钱。"他的哑巴媳妇自是听不懂他们在说什么，却很高兴家里一下回来这么多人。她穿着打满了补丁的衣裳，一手牵着七八岁的大儿子，一手抱着五六个月的小儿子，乐呵呵地看着大家。

春花知道家里床头柜里应该有几百块钱，钥匙一直贴在冉奎胸口，那是他俩累死累活种庄稼一分分攒下的，春花一时不确定他是否舍得拿出来。她抬眼看看冉奎，正巧，冉奎也在看着春花。夫妻俩默默地用眼神交流着，彼此都懂了对方的心思。

冉奎本想着攒够了钱盖房子呢，这一下都拿出来，无疑是在挖他的心头肉。可倘若不拿，春兴怎么办？也会寒了春花的心。冉奎下了很大的决心，最终朝春花点点头。春花激动得不知道说什么才好。

然而，就算大家都把钱拿出来，总共还不到一千，离五千远着呢。四妈正准备再哀号儿句，二叔回来了。他说他已经交了医药费，劝大家不要太担心。那些痞子都有案底，刀也是他们自己带来的，案情不是很严重，二叔又明里暗里花了不少钱，春兴最多被拘留十天半个月就能放出来。一家人自然很是欢喜。四妈对二叔连连作揖，说："我就知道他二叔最善，不会不管的……"要不是二叔拦着，她就要几个孩子给二叔跪下了。能搭救出春兴，别说是让孩子们下跪，就是自己这把老骨头给二叔跪上十天半月的，也值！春玲和田旭新对望一眼，都很庆幸。

春兴被拘的日子，按说不能见家人，可二叔经不住春花再三哀求，又费了九牛二虎之力，让春花跛脚去看望了一趟。冉奎要陪春花一起去，春花不让，说家里活太多，她给春兴送些吃的喝的就回，她要亲眼看看春兴，他从小就没遭过罪，春花不放心。

春花见到春兴时，春兴头低着，用褂子遮遮掩掩，就怕春花看出他鼻青脸肿，浑身是伤。这样春花就看不出来了吗？她咽下眼泪，一个劲地劝春兴要收敛脾气，二叔正在打点，忍几天就出去了。春花给春兴带来烟、钱和换洗衣服。除了衣服，其他的春兴坚持不要。春花在心里说：知道你不抽烟，我带这些干什么？还不是为了给你这几天换个平安？

　　春兴被放出来后，人憔悴了不少，依然在长青路口摆他的水果摊。一架成名，附近商贩们对他刮目相看，背地里叫他"拼命三郎"，小痞子们也不敢轻易来他这闹事了。可守着瓜果摊的春兴，心思好像多了，常常发呆："一架打得什么都没了，还欠了二叔很多钱，不行，靠这个水果摊可不行。"他得寻找赚钱更快的行当。

二十五

盛夏的傍晚，春花和冉奎一人扛把锄头沿堤坝往家走。正值上游放水的季节，水位长高了许多，茫茫的湄河水奔腾着飞泻，气势异常壮美。湄河跟潘塘不同，如果说潘塘是静若处子的姑娘，终年碧波微漾，那此时的湄河就是充满野性的汉子，令人生畏却又无尽地向往。走在堤坝上的春花觉得湄河上空的天更蓝，云更低，若把手中的锄头举起来，随意就可锄到一朵。

湄河浅水处很热闹，笑声不断。迎水村的村民个个水性好着呢，收了工还没回家，就一个猛子扎进水里，用清凉的河水褪去满身暑气。不少半大的村娃光屁股在水里嬉戏，无拘无束地耍把式，扎跟头，从这里扎进去，半晌，从那边冒出头来，运气好的，手里还能攥条活蹦乱跳的大鲫鱼。春花被眼前的场景感染了，很兴奋，也想下去泼点水花，可当听见湄河响亮又急促的"哗哗"声时，她

171

又怯了。她问冉奎："水势这么大，不会把堤坝冲破吧？"冉奎笑了，伸手在她脑袋上敲了下："瞎操心！堤坝可牢了，这水再凶猛，也还得乖乖沿它脚下走。它要破了那还得了？村子就没了。"春花笑了，也觉得自己是在瞎操心。这堤坝怎么会破呢！

见地上有张花花绿绿的东西，冉奎疾步去捡，等看清了，才发现不过是被丢弃的糖纸，他很失望地用脚踢了踢。跟在身后的春花好奇地问他在干吗，随即反应过来，她扛着锄头站在堤坝上乐个不停："哈哈……我看你是想钱想疯了吧？"冉奎一愣，闷声独自往前走去。春花这才意识到伤了他面子，又是偷偷一乐，赶紧像狗腿子一样跟上，可怜巴巴地拉了拉冉奎的衣角，冉奎还是不吭声。春花急了，也不顾这是在堤坝上，牵住他的手，轻轻摇着："一句玩笑话，别生气了。"

冉奎这才乐了，用粗糙的手掌连忙握紧春花小小柔软的手心："瘸婆娘，是你自己要拉我的，不准松开。"

"哎呀，乡亲们会看见的，别……"

"你是我老婆，拉个手怕什么？下次再笑话我，我就当人面亲你。"说着就往春花脸上凑去，春花吓得赶紧求饶。这要给人看见还了得？羞死人了。

等冉奎松开手，春花又问："我笑话你啥了？"

"你笑话我想钱想疯了。"

春花想着想着还是忍不住地笑，冉奎见了噘嘴作势又要来亲，春花扛着锄头一跛一跛往家跑……

172

冉奎夫妻刚到家，冉大贵带着他儿子石头就来了。此刻他右手提吊斤把重的猪肉，左手拎着塑料壶，壶里装着从村头小店里打的八毛钱一斤的散装白酒。石头蹦蹦跳跳地跟在他后面。

冉大贵迎面就喊冉奎："今年咱村收成不错，我打了斤酒，咱弟兄俩喝一杯。"他把肉递给春花，"给你，快去烧饭吧。饿了。"

春花乐颠颠地接过来："爷俩想来吃饭吱一声就行了，看看你，还带酒带菜做什么？"

冉大贵冲着冉奎挤眉弄眼："他会舍得买酒砍肉啊？"

"大哥，看你说的。"冉奎笑着在冉大贵肩上擂了一拳。冉大贵是个癞痢，头顶光秃秃，一根毛发也没有，瘦条条的个儿，只比冉奎大二岁，可两人并排一站，对比格外鲜明：一个俊，一个丑；一个年轻，一个衰老。春花看着心里直发笑，赶紧欢快地拉着石头去了厨房，留他兄弟俩闲聊着庄稼里的活计。

春花很可怜石头。小小的个儿，浑身脏兮兮的，头发也乱糟糟的，一只裤脚卷着，一只裤脚松下，比瘦小的身影大一号的军绿色上衣，一半掖在裤子里，一半耷拉在外面。一看这衣服就是捡别人穿过的。春花知道，迎水村的孩子都这样，很少会有新衣服穿，大都是捡大孩子们穿不了的旧衣。有手巧的村妇回来会动手改改，才让自家孩子接着穿。而冉大贵的老婆在生了石头后就跑了，音信全无，这些年他们父子独自生活。石头的衣服，从小到大，就没有一件是合身的。

有石头在锅台下帮忙添火，春花一会儿就利索地做好了一盆香

173

喷喷的萝卜烧肉，再拍碟凉拌黄瓜，打上一钵西红柿蛋汤，往桌上一端，清清爽爽！

"还是弟媳妇会忙！这萝卜烧肉，带着汤汁，光是看着就能解馋。"冉大贵往两只酒杯里倒酒。

"嗯嗯，我今天能吃三碗饭！"筷子还没拿到手，小石头已经忍不住流口水了，眼睛一顺不顺地盯着那盘萝卜烧肉，头点得跟小鸡啄米似的。

"哈哈……"大人们都笑了。

"刚才在厨房，你偷吃的还少吗？"春花盛了满满一碗米饭端给石头，笑吟吟地问。她是真心可怜这个孩子。

"我那是……我那是尝尝可熟了！"石头声音越说越小，又引来大人们的欢笑。

冉奎说："嗯，叔猜啊，你要是再'尝'下去，这盘就不是萝卜烧肉了。"

"那是什么？"石头扬起紫红的小脸问，纯真的眼眸里满是好奇，心里想，这盘萝卜烧肉还会变成什么？

"变成清炒萝卜啊！肉都被你吃光了……"

"哈哈……"

春花也被逗乐了，看着石头的囧样，颤着身子对丈夫递个嗔眼："就你能。"

几杯白酒下肚，冉大贵脸泛着红光，光秃秃的头顶更亮了："冉奎，你现在啊，过得真好。这才像个家嘛！"他很羡慕冉奎，也

真心替冉奎高兴。

"那是……"冉奎心里美着呢，瞄一眼春花。春花正端着饭碗驱赶着快要跳上桌啄菜的芦花鸡。几只小鸡正围着饭桌边打转，不时地争抢着从石头碗里掉下来的饭粒。

冉奎扬起脖子喝了一盅酒："大哥，你也该重新找一个了，省得爷俩每天回家后，黑灯瞎火冷锅冷灶的。"

"找？这么些年都过来了，爷俩过惯了。"

春花说："不为你，也该为石头想想啊。你一个大老爷们拉扯孩子也不容易，看看他，衣服都穿不周正。"

冉大贵也喝下一盅酒，"啧"了一声，烈酒入喉，眼睛有些湿润："我也想找，可往哪找啊？相过几次亲，女方家不是嫌我穷，就是嫌我丑。哦，上次、上次人家又给介绍个寡妇，也带着孩子。她本也相中我了，可我再看看石头，这前儿后女的，往后的日子不一定能过得安稳，还是算了吧。"

石头把碗往桌上一搁，发出一声脆响："呸，我才不要后娘呢！小伙伴们都说后娘是老虎，不是好人。"

"你这孩子……"春花伸手想摸摸石头的头，不料石头一转身往堤坝上跑去了，让春花的手落空了。

"别睬他，弟媳妇，来，你也来喝一盅。"

"呵呵，我可不会喝酒，你们喝，我给你们盛饭去。"

冉大贵给兄弟俩的酒杯再次斟满："冉奎，不是大哥说你，你什么都好，就是有一样，你把钱看得太重了。"

"大哥，你知道我的，有今天，容易吗？哪一分钱不是从地里刨出来从牙缝里省出来的？有了钱，我心里才踏实。"

"春花腿是不得劲，可人家跟着你起早贪黑的，一点点把这家垒起来，不容易了。你抠自个儿不能抠着她。"

"还要你讲？自打春花进了门，猪都喂了三头，庄稼又卖了好价钱。哈哈……我就从来没像现在这样有盼头。"

等天色全黑下来，兄弟俩控干了白色塑料壶里的最后一滴酒，冉大贵才哼着小调，唱嗷嗷地去村里赌钱了。冉大贵就好这口，常常说要戒，可病汉听不得鬼叫唤，别人一邀，他就又去了。

在迎水，男人们酒量都是个顶个的好，寻常的斤把白酒，是喝不醉的。冉奎的酒量比冉大贵还要好，他在帮春花收拾着厨房："春花，我想明年咱们再在河滩上养一群羊，我跟喂羊的一勺打听了，他说教我。"

春花一边利落地刷碗一边寻思："倒是个办法。"又看着丈夫说，"但是地里活多，再喂羊，我怕你太累。"

逆着灯光的冉奎，从后面抱住春花："为了挣钱，为了让你以后过上好日子，不累！"

浓烈的酒味混着男人粗犷的气息，撩得春花脖子痒痒的，脸上泛着红晕："冉奎，我、我大概是有了。"

"真的?!"冉奎激动地抱起了春花，黑黑的脸膛溢着光。他太开心了！

"小心点，别摔着我……"春花轻拍了冉奎一下，脸颊上的酒窝随着眼眸的笑意深旋了进去。

冉奎慌忙将春花放下，说："对，对，不能摔着我儿子。"

"谁说一定是儿子？要是丫头呢？"春花反问他。

冉奎一愣，说："要是丫头，就再生！"

"要是第二个还是丫头呢？"

"偷着生，躲着生，直到生出儿子！我把宝贝都给儿子。"冉奎掏出胸口的钥匙晃动着。

"我又不是猪，你讲的跟过猪仔一样容易……"

"哈哈……"

晚上，拉灭了灯泡，冉奎刚在春花身边躺下，就双手齐下，握住了春花饱满的乳房，使劲地揉搓着，嘴里哼哼唧唧，腿脚也缠了上来。春花知道他又要干什么，摁住他："别，这几个月都不行……"冉奎泄气了，哀号着翻下身："三十多年了，好容易开了荤，你又让我戒……"

春花"咯吱吱"地笑着，她想个通，冉奎白天干农活累得要命，晚上哪来的力气还能折腾："以前怎没发现你这么不老实？"

"嗯，以前我是老实的庄稼人，自从跟你在一起，我就学会不老实了。"

"去你的……"

冉奎可怜兮兮地央求："摸摸总行吧？"说着话儿，却撩开了春花的胸襟，又翻身上去低头啃着。

春花一边扭动着酥软的身子一边说："你看你现在像什么？"

"像什么?"

"像不像咱家的猪正在抢食?"

"啊?! 好,瘌婆娘,猪来了,哼哧哼哧……"

黑暗中,一对夫妻纠缠着嬉闹着。

二十六

冉奎从镇上赶集回来，神神秘秘地捧着个用红布盖着的物什，方方正正，要春花猜是什么。这哪能猜出来？春花左猜右猜都不是。冉奎像变魔术似的，嘴里喊着："当当当当……"猛地一掀红布：收音机！春花乐坏了，脸上的小酒窝装满了笑——这可是家里添的第一件电器！夫妻俩兴奋地像个孩子，新奇地头对头打开收音机："各位听众，今天是 1991 年 8 月 9 号……"试试调个台："……今夜局部地区有大到暴雨……"再调个台，里面有柔美的歌声传出："甜蜜蜜，你笑得甜蜜蜜……"春花不禁也跟着唱起来："好像花儿开在春风里，开在春风里。在哪里，在哪里见过你，你的笑容这样熟悉，我一时想不起，啊……在梦里……"春花唱得如痴如醉，不时地看着冉奎。冉奎顿时心都化了，春花的嗓音比溉河上空的云彩还要轻柔。

春花问冉奎："为啥买收音机?"

冉奎说："你喜欢唱歌，买来让你学的。以后还给你买电视机。"

"这么贵的东西，我以为你不会买呢。"

"不买怕你骂我。"

春花咬住唇使劲地憋着笑："我什么时候骂过你?"

"就像那天骂我想钱……瘸婆娘，你、你故意的……"冉奎扳过春花的肩，用力搂住……

收音机里，曼妙的歌声还在继续。春花双肩颤抖着使劲地乐啊，如一株娇艳的蔷薇，在丈夫宽厚的怀中，绚丽绽放。

当整个村落渐渐沉入香甜的酣睡后，天色却说变就变，天像是突然被捅破了似的，硕大的雨点毫无征兆地，伴着"轰隆隆"的巨响从天上砸下来，砸向浠河一带的村庄、树木、堤坝、田地。突如其来的雷雨仿佛要将迎水村用力地撕扯成碎片一样，无情地将其踩在脚下蹂躏，整个村庄猝不及防，在电闪雷鸣的狰狞中战栗。春花和冉奎都惊醒了，拉亮电灯，忙不迭地用盆盆罐罐去接漏进屋里的雨水。仿佛只片刻工夫，村里已起了内涝，雨水从门外倒灌，漫进屋里，鞋子、脸盆等，能漂的都乱七八糟漂了起来。冉奎一惊，赶紧打开门，哗啦一声，雨水涌了进来! 夫妻俩吓呆了! 天啊，水，水，村里全是浑浊的雨水，带着枯枝、菜叶，已经没过小腿肚! 突然，灯泡灭了，电停了，一片漆黑! 春花哆嗦个不停，紧紧拉住丈夫，从头到脚冷得很。夫妻俩正在惶恐，却听见堤坝那头一阵接一阵更为恐怖的紧锣密鼓的呐喊："涨水了，大坝涨水了……"

春花顾不上打伞，蹚着水去看猪圈。低矮的猪圈已被雨水冲塌，猪都不见了。冉奎二话不说，摸起铁锹就要往堤坝冲。堤坝是迎水村的命脉，一旦洪水冲破这条命脉，将会势如破竹般将整个迎水村吞噬，一切，就都完了！春花喊了声冉奎，冉奎边跑边回头对春花喊："别怕，我一会儿就回来。"可春花心慌得很。

村里几乎所有的汉子都在堤坝上，拼了命地挖土、抬土堵缺口。可是，堤坝已经阻挡不了迅疾上涨的滔天水势。人，在老天爷的狂怒下，显得这样弱小，堵住这个缺口，堵不住那个缺口，整座堤坝在洪水疯狂的撕扯下，摇摇欲坠。

"守不住了，百年不遇的大水啊，快跑啊，堤坝要塌了，乡亲们快跑啊……"

春花听着堤坝上的喊声，一阵接一阵地惊慌，瞪大了眼睛朝那边望去。深深的恐惧从心里渗出，将她整个人紧紧地包裹，浑身起满鸡皮疙瘩，一层又一层。她要去找冉奎，她的心系在他身上！本想抱上今天才买的收音机，可哆嗦的手没抱住，收音机掉进了水里，春花弯腰去摸，哪里摸得着？水，到处都是水！春花只得弃了收音机，逆着慌乱的人流去寻找丈夫的身影："冉奎，冉奎！"她惊慌失措地呼喊，一声连着一声。春花害怕极了，魂已经丢了一半，她必须跟冉奎在一起。

漆黑的夜时而被闪电照彻如白昼。大家都在雨水中哭喊着，拖儿带女四散着逃命，尽量以最快的速度向地势高处撤离，到处乱成一片。李秀抱着孩子，眼泪鼻涕和着雨水流淌在一起，浑身湿透，她死活都不愿走，这是她的家啊，没了家还能去哪儿？这是灭顶的灾难啊！许友呢，怎么还不回来？乡亲们劝她："快跑啊，你不要命了？不顾你儿子了？"她只得忍痛钻进雨夜。

春花撞见冉大贵拖着石头跑来，问他见着冉奎了没。冉大贵拉住她："冉奎刚才还在堤坝上，他没事，你快跑吧！"

春花抹了把脸上的雨水，甩开冉大贵："我去找他，你们先走！"她费力地往堤坝上跑去，恨不能长出翅膀。她得找到丈夫，他是她的依靠，是她的主心骨，她一定要看见他！可说是跑，蹚着已经过膝的雨水，春花跛着脚，一抬步就带起一片"哗哗"的水声，速度比平时还要慢。

"唉！"冉大贵拽不住她，再看看趴在自己肩头的石头，无奈下只好继续在雨夜里逃命。

眼见浑浊的洪水怒号着就要冲破堤坝，热血的汉子们含着泪，这才陆续撤离。迎水，是保不住了！瞬间，偌大的堤坝上，只剩冉奎。雨水中，他赤红了眼睛，迸发着最原始的蛮力，还在一锹一锹固执地往堤坝的缺口上填土。好不容易垒的家，他不能让洪水冲塌了，不能！雨水早已经将他肆虐成一个小小的点，打趴了，爬起来，继续挖土，再打趴，再爬起来，再挖土……最终，冉奎绝望地扔了铁锹，攥紧拳头仰天哀号了一声，如一头绝望的野兽！

他咬着牙转身就往家飞奔。

刚进村却见春花一瘸一瘸地朝他这边过来，冉奎急急地吼道："快走！"他拖起春花撵着人群追赶去。春花握着冉奎的手，才感觉到安全。跌跌撞撞着，怀了孕的身子更如吸满水的被絮一般沉重：
"冉奎，不行，我……我跑不动了！"

"先爬到树上去！"冉奎找到一棵老榆树，庞大的枝丫正好可以站下两个人。他费力地把春花抱起来托着举过头顶，让春花爬上树枝。春花蹒跚着爬上去，便弯下腰要去拉冉奎一把。却见冉奎站在树下，掏出胸口的钥匙，在雨水中朝春花挥动着："等我回去拿钱。"

"啊……不要啊，来不及了，你快上来！"春花颤抖着伸出双手，拼命想去抓住他，可她够不着，就差那么一点，就差那么一点！春花眼睁睁地看着冉奎折身往家跑，雨水呛得她快睁不开眼了。天啊，太危险了啊！她不能让冉奎回去！春花死命地晃动着树枝，胳膊已经被树枝剐破，连皮带肉撕走一大块，她不知道疼，只是声嘶力竭地哭喊，一声声地哀求："冉奎！冉奎，我求你……求求你，不要啊，来不及了，冉奎！求你不要走……"

冉奎顿住脚步，回头看着春花，"嗷"的一声哭了："春花，那是命啊！我得回去拿啊！"

等冉奎冲到屋前，"哗啦"一声滔天巨响，洪水冲破了堤坝，瞬间吞噬了所有，房梁塌了，砸在冉奎身上。

"冉奎！冉奎！你在哪儿？快回来……快回来……求求你，我肚里还有你的孩子啊……你千万不能有事啊……老天爷啊，我该怎么办啊？我害怕，我好害怕啊……"不知情的春花依然站在树杈上，撕心裂肺地呼唤着丈夫的名字，在滂沱大雨中极力寻找丈夫的身影。当一道道闪电划破长空后，瞬间又是彻夜的漆黑。春花只见满目的洪水，冉奎，你在哪儿，你在哪儿……

二十七

　　细雨纷飞的清明节，微冷，天色始终阴沉沉的，压得迎水村的村民喘不过气，就连被春色镀了青的柳条，似乎也是灰蒙蒙的，柔弱无力地低垂着。去年的大水毁了迎水村，也使浠河岸边四千多户住房几乎全部倒光。多年后，人们谈起 1991 年的大水，仍心有余悸。

　　春花罩在一把油纸伞下，顶着即将临盆的大肚子，蹲在冉奎的坟前。一抔黄土，让她和丈夫冉奎从此阴阳两隔。

　　春花流着泪，烧着纸钱。地上很湿。春花抽泣着低声呼唤："冉奎，来领钱啊，冉奎，来领钱啊……知道你喜欢，我特地多买了些，这有金元宝银元宝，给你烧去，别再存了，你可以好好花了啊……苦了一辈子了……"

　　"冉奎，我好想再听你喊我一声'瘌婆娘'啊，做梦都想啊……"

春花用衣袖擦了擦眼泪，伸手拔着坟前零星长出的野草，轻责自己，也轻责着他："冉奎，我这好几天没梦见你了。原先啊，我还能天天想着你，白天想，晚上想，想着想着，怎么就忘了你模样了呢？你怎就不晓得托梦给我呢？冉奎，你走得那么匆忙，怎就没有留张照片给我当个念想呢？冉奎，我怕啊，我真怕我有天忘了你的模样了……

"乡亲们都劝我回潘园，我不走，我就在迎水待着。冉奎，我不能走啊……我走了，你夜里回家，怎么找到我啊……"

春花又哭了，抱着头把脸埋在胳膊下，"呜呜"地哭着。微寒的雨丝，斜着飘进油纸伞，打湿了她半边身子。

春花哭着又抬起头，哽咽着继续给丈夫烧着纸钱："你走之后啊，村里四周都是水，好在镇上给我们发了大半年的救济粮，哦，还有方便面……不怕你笑话，那是我第一次吃方便面呢。"

春花抹着眼泪。

"国家给村里每户发了一万块砖盖房子，那可是一千块钱啊！我又从二叔那借了些，盖了两间你一直想住的小平房。这些，你都看见了吧？

"洪水走后，村里内涝很久才退去，地里的毛豆都被泡烂了，庄稼地也只能种萝卜。亏得大哥冉大贵帮忙，才不至于荒掉。好容易到了冬天，耗子又来闹事，带来什么'出血热'的传染病，唉，又死人了呢，咱们干亲家许友，年纪轻轻地就死在这瘟疫里……"

春花一边烧着冥币，一边时断时续对着那抔黄土说话。燃过的灰烬被风托起，飞舞在空中，又被细雨浇透了，落下来，落在坟头上、油纸伞上、春花的发丝上，然后不动了，静静地听着春花嘶哑的声音。

春花摸着肚子，"呜呜"又哭了："人家都劝我把孩子流掉，说你不在了，这往后我带着孩子怎么活啊？冉奎，这是你一门留下的唯一的血脉啊，我不能让你绝后啊，说什么也要把他生下来啊……冉奎，你听见了？你说话啊，你倒是说话啊……"春花使劲地捶着地，她想听到丈夫的声音。可是，没有，静静的河滩上，只有缓缓的风雨在如泣如诉。沉默的大地上，一小簇淡紫色的地丁花，不经意地吐出白色的蕊。

"冉奎，我这两天要生了，一勺老婆经常来陪我。桂枝人很好，见我怀孕不方便，可帮了我不少忙。冉奎，你放心，我一定会带着我们的孩子好好活下去的……"

春花在坟前哭了很久，衣衫透湿，腿脚全麻了，才颤巍巍地起身，撑着油纸伞，一瘸一拐、一步三回头地朝家走去。远远看见那边一座坟前，李秀在给亡夫许友上坟。春花想着这前两年还是热热闹闹的一家人，说散就散了，留了孤儿寡母的，日子又怎么过呢？春花又抹了把泪，默默地从田里绕开走了。

许友的坟前，李秀一个人冷冷地站着，心里万般凄凉，可眼里一滴眼泪也没有。她心里恨着呢，她恨这个已经埋在土里的男人，她的眼泪早在这一年流光了！

为什么别家男人都好好的，就你被瘟疫带走了？……你这狠心的男人为什么不顾我们娘俩？你可知道这一年我是怎么过的……

想到那晚被一个男人爬上床……李秀扬起头，生生把眼泪咽了回去。

要不是婆婆年迈、儿子又小，我早就随你去了……我恨你，恨你……

李秀终于瘫坐下来，歇斯底里地揪着丈夫坟头的草，疯狂地捶打……

见春花回来了，桂枝迎了出来："春花，快，快进屋，看看你，一点也不爱惜自个儿！"桂枝扶着失魂落魄的春花进了屋，又张罗着替春花褪了湿衣，换了干净的衣服，"你出门这么久，可把我急死了，我想去寻你，可想着你和死鬼冉奎肯定有很多话要说，不好寻去。"

桂枝见春花泪痕未干，头发也湿漉漉的，便从堂屋木质井字状洗脸架上，拿过搪瓷脸盆，从压井里打了满满一盆水，给春花洗脸，擦头发。春花扭过脸去看见桌上的收音机，转身抱住了它，"哇"地又哭了："这个、这个，是冉奎走那天买的啊……一场大水，家没了，冉奎没了，什么都没了，亏得大哥冉大贵帮我捡回了它啊，才让我有个念想啊……"

桂枝也哭了，拍着春花："不哭了，不哭了，你肚子里还有毛孩呢，听话，不能哭，这个收音机早就修不好了，又惹你伤心，早劝你扔了……"

当天夜里，春花就生了，女孩，取名叫明月。春花生产时大出血，幸亏接生婆有经验，才没一尸两命。接生婆说春花身子骨太弱，以后怕是不能再生养了。

月子是春玲过来伺候的。桂枝一有空也会来搭把手。

春玲出门泼水，看见隔壁冉大贵来了，挑个笸斗，里面是鸡、蛋、挂面之类的，还有几包红糖。自那场洪水过后，两家的房子盖在一处，前后脚就到了。

"春玲，这些是我给你大姐的，你挑进去吧。"冉大贵把挑子往地上一搁，准备转身就走。

"大哥，这怎么行？太贵重了，要不得，要不得。"春玲不肯收，拉住冉大贵。

冉大贵看着春玲，叹口气说："你大姐现在……不容易啊，你跟春兴没事就多来走动走动。这些，就当是我来吃喜面上的礼了。"

春玲想把笸斗给他还回去，可细想春花现在家徒四壁，就说："那，行！冉大贵大哥，这些就当是我大姐借的，以后大姐过好了，一定还你！"

"瞧你说的，见外了。自家兄弟媳妇嘛。我走了。"冉大贵说着抬脚就要回去。

"冉大贵大哥，你不进屋坐会儿了？"

"不了，不了。"冉大贵摆着手，晃着秃顶走了。

春玲进屋把这些话都学给春花和桂枝听。春花摇着头，目光黯然："这真不应该要的，已经欠了他不少了。冉奎走后，要不是大哥帮衬着，我都不知道怎么办才好。"

明月在襁褓里有些哼哼唧唧的，老是睡不踏实，桂枝估计要换尿布了，把明月从春花身边抱起来，让春花在厢屋安静地睡一会儿，自己和春玲带明月去堂屋换尿布。这些花花绿绿的尿布，是春花用旧衣服剪成块块长方形，里面塞了棉花，一针一线缝起来，再拿开水煮过了的。

春玲趁两人换尿布的当儿，悄声问桂枝："这冉大贵咋样?"

桂枝不解，眨巴眼睛："他，他很忠实的啊……"

"我怎么瞧着，他不像呢?"

"嗯?"桂枝看着春玲。

"我说不好，反正，我看着他的瘌痢头就不喜欢!"春玲把时髦的卷发一甩。

桂枝笑了："那你还问他可进屋坐坐?"

"他进屋了不是省电吗?"

"啊?"

"瞧他那秃头多亮啊，至少相当于四十瓦的灯泡，嘻嘻……"

桂枝一手抱着明月，一手往春玲的腰拧去："哈哈，你个死丫头，当了老板娘就这样会过日子……"

"嘘，小点声，小点声……"

二十八

　　光鲜亮丽的李秀带孩子从门口经过，春花正准备喊她，桂枝扯着春花："别喊。你看她人五人六的，许友走了才多久，就跟村里好几个鳏汉条上了床。我呸！"春花不信，疑惑地看着桂枝，桂枝小声说："真的，不是我造谣，我亲眼看见那天她一早从张老汉家出来。"

　　张老汉是什么人，春花清楚得很。冉奎走后这一年，他可没少打春花的主意，春花心知肚明，每次照了面她都寒着脸，不给他半点机会。

　　"还有啊，你看李秀穿戴，可像你这样寒酸？听说，她跟村支书也有一腿呢，那天被村支书老婆拿鞋底追着打，骂她是破鞋。去年他男人死后，村里又是补助又是啥，村支书照顾她不少，那名堂多呢……"

　　春花唏嘘不已，回忆以前邻家时的亲热模样，很是心酸。自从盖了新房，她跟李秀家就不在一块了，感觉也生分了很多，李秀常绕过春花门前走。有几次春花有心想跟李秀叙话，可李秀带睬不睬的模样，让春花硬生生止住了脚。春花低头叹口气："他儿子还是我干儿子呢。"桂枝白了她一眼："那样的人你最好少来往，省得坏了自己的名声，她落的那些好处，放心，一样都不得给你。"春花一时竟不知说什么好，望着李秀的背影久久发呆。

春兴也从城里回来看望过春花一回。他头发梳得油光发亮。他见春花一人带着明月日子艰难，大方地掏出一卷钱给春花，春花不收，说现在还能过得去，春兴一个劲地说是给明月买糖吃的。春花又问他在城里做什么生意，他说在城里开了烟酒门市部，做烟酒批发。见春兴有了出息，春花自然替他欢喜。

冉奎走了，地里的庄稼活靠春花一人瘸着腿是忙不过来的，春花想着法儿，把田给邻家种，自己抱着明月在菜园里种菜卖，豇豆、白菜、韭菜等，时令的蔬菜一上市，每天也能卖上几块钱，维持娘俩生活。一天她去镇上卖菜时，遇见春玲买菜。姐妹俩聊起了春兴。春玲不屑地说："什么出息？还不是靠……算了，你知道也没用。我得去餐馆了。大姐，你往后种的菜要是多，就往我那送，少就算了。"春花笑了，说："你家可是大餐馆，我这点菜哪够？还是别麻烦了。"

这天下午，春花趁明月吃饱睡熟的当儿，赶紧去菜园里割韭菜。秋后韭菜赛羊肉，绿油油，一季可以割好几茬。菜园在屋后，离村子房子有些距离，周围都是玉米地，半人高的玉米吐着穗儿，给春花的菜园当起了很好的屏障。春花一抬头看见李秀远远地在田间走。春花看见她，她却看不见春花。春花想了下，还是准备跟她打招呼。当春花直起腰时，猛然看见村支书老远也来了，春花想起桂枝的话，赶紧又把身子低下，装作看不见。村支书走到李秀身后，抱住李秀，双手就往她怀里摸，李秀却把他搡开："回家把你婆娘哄好了？"

村支书嘿嘿一笑，抖着几根山羊胡子，一张老脸又贴了上去："看你说的，吃醋了？我这不是来了吗？"他回味着眼前这个女人的滋味，年轻就是好，哪像自家婆娘一脸褶子满身膘？

李秀冷笑："家里就等着村里的救济粮下锅呢，你看着办。"她在心里把这个老不死的骂了千百遍！这个老东西，仗着手中的权，一直拿捏她，李秀恨不得从他身上咬下块肉来！可想到家里幼小的儿子和瞎眼婆婆，总不能让他们活活饿死吧？

"好说，好说，这个月再多给些……"村支书大声地说，特别把"多给些"加重了音，生怕李秀听不见似的。

"真的？"李秀很惊喜，她没想到老东西这次答应得这样爽快！

随后，两人进了不远处的玉米地里，玉米秸倒下的声音让隐在菜园里的春花听得面红耳赤，吓得大气不敢出，把身子俯得更低，懊恼自己千不该万不该，赶在这个时候来割韭菜。

春花想走，可若想回家必须经过那片玉米地，她怕惊动了他俩；不走，又怕明月醒了在家里哭。一时间，春花心如热锅上的蚂蚁，焦躁不安，不知到底该怎么办才好。

春花不愿骂李秀不要脸。同样是守寡的女人，她明白李秀的日子和自己一样难，全靠拆东墙补西墙借债过——不，应该比自己更难。许友走时，除了丢下刚会走路的儿子，还丢下一个快瞎了眼的老娘。老娘因为伤心又大病一场，病好了，眼睛却全瞎了。家里里里外外，李秀一个弱女人怎能撑得过来？

她也不敢上去斥责村支书。那可是她得罪不起的大人物，在迎水，谁不惧他三分？只是春花万万没想到，看起来那么和蔼的村支书竟是这么一个人！不，不能称为人，你看他猴急的模样，跟村口发情的公狗有什么区别？春花痛恨着，扭过脸不朝玉米地看，她怕这种腌臜的事，污了自己的眼。

就在春花胡思乱想时，李秀已经走了。村支书慢悠悠地提上裤子，朝菜园喊了声："春花，看够了？"

啊！春花打了个寒战，缓缓直起身。村支书两三下扒开挡着的玉米秸，眼角瞟向春花：这女人虽是瘸子，可比李秀漂亮多了。其实他一来就发现了她，但他就是故意让她瞧见，他也料定春花什么都不会往外说。他这招用意深着呢，也险着呢。

春花不禁握紧了手中的镰刀，脸色惨白。村支书没再说话，意味深长地看了眼春花，转身走了。苍蝇不叮无缝的蛋，哼，只要她有缝，他就有机会。

惊魂未定的春花回到家，明月果然已经哭啼个不停。春花赶紧揭开衣襟喂奶。突然想到什么似的，她放下明月先把门插好，可还是不放心，又抵上大板凳。

二十九

连着几天，春花都疑神疑鬼，不管干什么总觉得背后有双眼睛，直戳向她脊梁骨，让她浑身冒虚汗，怕极了，可她又不敢往外说，只能时常央桂枝陪她。桂枝也有活要忙，哪能一天到晚陪她?

就在春花的忐忑中，李家老太婆带李德好来了。一进村，她就拿出她"香头"的本事哑着嗓子宣扬："这个村有黑寡妇啊，乡亲们可得当心点，别染了晦气，跟着倒霉啊!"

见村里人渐渐靠拢过来，李家老太婆讲得更起劲了，花白的头发在黑平绒的帽子下，分外惹眼，脑后的发髻一颤一颤的。她唾沫四溅，当着春花的面对人们说："那女人就是祸害精，在别村克死她丫头，待不下去了，又跑到你们这来害人。你们想想被她克死的那个人，真命苦啊……那可是个忠实的老好人啊! 克子克夫的女人，你们可不能再留她啊。"

李家老太婆隐晦着避开了姓名，但村民都知道她指的是谁，瞧向春花的目光复杂起来。春花脸色一阵青白，几次想去阻止，可人家又没指着你脸骂，怎能上竿子去认？春花气得嘴唇泛紫，说不出一句完整的话。李家老太婆阴笑着扯动嘴角，干瘪的嘴里早没了牙齿，鱼鹰似的目光却依然毒着呢：我看你在迎水怎待得下去？

李德好伸长了脖子踮着脚看春花。他一身油乎乎，邋遢极了，褂肘处如抹布一般，早辨不清颜色，枯瘦的头发上还沾着根草屑。但他看春花的神情，却是直勾勾的渴望，这渴望不是出自眼神，而是打骨子里冒出来的。

冉大贵正犁了地牵着老黄牛回来，看见李德好，骂骂咧咧："小杂碎你还敢来啊？看样子你是不怕打？"

李家老太婆张开双臂拦住冉大贵，如蝙蝠一般："你打啊？"冉大贵只得退了回去。李家老太婆可又逮到话把子了："啧啧……你们看啊，那女人这么快就勾搭上男人了……"

春花平白无故受了污言秽语，各种屈辱涌上胸口翻滚，眼泪在眼眶里急剧打转，一时间，人就像蒙了似的，抱着明月傻站着。桂枝过来搀着李家老太婆："走，走，我们村没有你讲的人！"偏偏一个村妇好心地拽住桂枝，对春花指指点点："哪讲没有？讲的不就是她吗？原来冉奎是被她祸害的啊！"

声音不大，却似狠狠一脚踩在春花心里最柔嫩的地方！春花疼得眼泪流了出来。桂枝朝那村妇瞪了一眼，赶紧把春花拽回家去。直到桂枝关上门，春花才"嗷"的一声哭出来："呜呜……老天爷啊，你就睁开眼吧！"

张老汉也挤在人群中。趁人不注意，用胳膊肘拐了拐身边的李秀，低语："春花真和冉大贵搞上了？"李秀抱起正在哭闹的孩子，一边哄，一边冷笑着对张老汉说："怎么，你吃着碗里的看着锅里的，眼馋？"张老汉一手按住鼻子，使劲往外一冲，打了个响亮的鼻涕，然后往树皮上蹭了下，才嬉皮笑脸地说："谁稀罕？你以为是寡妇我都要啊？我挑人的。"

孩子还在哭，李秀恼了，把孩子放下来，举起手在他屁股上打了下："讨债鬼，一天到晚就知道哭。"孩子哭得更凶。李秀婆婆拄着拐杖，在那边声声唤着小孙子，孩子哭着跑回去。

李秀见祖孙俩走远了，才懒洋洋地抱起双臂，朝张老汉一挑眉，边看热闹边小声说："别吃不到葡萄就说葡萄酸。少在我面前嘴硬，见了春花，你还不是两腿夹紧屁都不敢放一个？可惜啊，你热脸擦人家冷屁股也没用！"

张老汉也不再争辩，讪讪地笑了，露出一口黄牙，朝李秀婆婆的背影努起嘴："我要是去跟你婆婆讲你偷人，她可会气死？气死也好，早死早投胎，你也少了个累赘。"

"你敢！"李秀几乎是咬着牙说出来的。

那边李家老太婆见村民们逐渐散了去，才一脸得意地踮着小脚，要拉李德好回迎河。可李德好不走，犟驴似的，身子下蹲，屁股后撅，脖子一直扭着，往春花家紧闭的大门看。李家老太婆见拉不动他，气得转身在李德好的头上狠狠敲了一下，李德好吃了痛，才"嗷嗷"离去。李家老太婆眼里竟起了泪花，踮着小脚跟在身后大声喊："那个女人害你害得还不够吗？别想了！"她就是要让迎水的人们看看，春花是怎样害她的儿子，也让春花知道，现在除了迎河李家，哪儿也容不下她。

屋内的春花痛苦地捂住了脸，泪水顺着指缝不停地流淌：老天爷啊，她是多么想冉奎啊！

日子在盆盆罐罐中，磕磕碰碰地走着，明月一周多岁了。这天，春花带着明月在河边洗衣服，桂枝也来了，她们都赤脚光腿站在清洌的河水里。水里放条大板凳，春花用棒槌在上面敲打着洗衣服。浕河水很清，可以看见半透明的小虾儿，直往脚丫子里钻。

"春花，昨天在镇上碰见你在迎河的姐妹小兰，她今年秋天出嫁，让我捎口信给你，想让你去送亲呢。"

"小兰要结婚了？真快！算算，她今年也二十好几了。那我有空过去看她，看看可需要我帮忙。"

"依我看啊，你还是别去。你不怕遇见李家人啊？"

春花犹豫了："可是，在迎河的时候，小兰没少帮我，她结婚，我能不去？"

"我觉得你还是别去，你也知道李家的'香头'老太婆不是省油灯，没少散你票子。说不准知道你会去，她就在那等你呢。"

春花一愣神，明月的一件小花褂差点被水流带走了。

桂枝眼疾手快地帮她捞了起来，挎着洗衣篮，从河滩上抱起明月，对春花说："我家一勺早上去镇上卖羊，不在家，中午就我跟儿子两个，你娘俩也别烧了，去我家吃吧，我先抱明月回去，你随后就来啊！"

对桂枝，春花也一直是感激的。春花知道，她是看自己可怜。

等春花也洗好衣服，收拾好，穿上鞋子准备回去，迎面遇见了放牛的二赖子。二赖子精小的个儿，驼着背，叼根青草，哼着小调。看春花走过来，二赖子贼亮亮的眼光瞧见四下无人，竟欺近了，拦住春花的去路，伸着脖子使劲在她身上嗅着。

"干什么？走开！"春花怒斥。

"啊，奶香就是好闻。"二赖子闭着眼睛，贪婪地吸着从春花身上散发的乳香味。春花慌着丢了洗衣篮，把胸口衣服裹紧，用胳膊抱着："走开，快走开！"

"紧张什个？别怕，没人，来，给我摸一下。"二赖子一把伸出满是污垢的手，抓住了正欲逃离的春花，想把春花往芦苇丛里推搡。

春花害怕了，奋力反抗，闭着眼睛往二赖子脸上狠命地一抠、一抓。

"啊！我的眼。"二赖子捂着眼睛，脸上已被春花抠出一道明晃晃的血印，他哀号着，"死瘸子，敢抓我?!"

春花猫着腰顺势闪开，捡起棒槌双手举起就往二赖子身上没头没脑地砸去："让你摸！让你摸！"

二赖子被砸得"哎哟哎哟"直喊，眼见春花发了狠，也怵了，顾不上还在喝水的牛儿，抱头呈鼠窜状，边躲边喊："疼死我了哎……死瘸子……那冉大贵摸得，我就摸不得?"

春花一听，一瘸一拐地，棒槌砸得更用力了，发疯了似的:"打死你，让你造谣……"二赖子被打得"嗷嗷"直叫，驼着背此刻却三两下奔命似的窜远了。春花跟在后面撵不着他了。这边厮打声惊动了正在河滩锄地的村民，他们扛着锄头四下跑来，看见是春花，老远就吆喝"怎么了?"。

春花惊魂未定，弯着腰，提着棒槌，大口喘着粗气:"刚才我碰见……"她看着众人，男男女女的表情里，有关心的，也有看热闹的。春花顿了下。

"我碰见一条野狗，没事，被我打跑了!"春花把手上的棒槌攥得紧紧的，羸弱的身子不停地颤抖。

当村民们散去时，也有人困惑地嘀咕:"哪来的野狗?"

"什么野狗? 寡妇门前是非多啊……"

声音轻飘飘的，却清晰刺耳。春花闭上眼睛，滚烫的泪水灼烧了脸颊。

三十

　　小兰出嫁那天，春花左思右想，还是揣上家里仅有的十块钱，抱着明月去了。她得还小兰对她的好。她心想，若真是见到李家人，自己上了礼钱扭头就走，不能给小兰的喜事添乱。

　　像是老天故意给迎河留了一道缝，迎河村在那年大水中受灾最轻，房子大都还是老样子，只是河滩上的乱坟岗被大水冲没了。春花来时，迎河村大多跟多年前一模一样。

　　小兰家已来了很多喝喜酒的乡亲。大红的喜字带着吉祥的寓意，屋里屋外洋溢着出嫁的喜庆。小兰穿着崭新毛呢面料的红裙子，笑眯眯地坐在床沿上。小兰妈很不舍地抹着眼泪，还在跟女儿小声地交代着。春花看了看，没见到李家人，心里踏实了不少。

　　小兰看见春花，抱怨着："怎么才来啊？我等你梳头呢。给，快帮我梳头。"小兰拿出一把漆红的木梳。她最喜欢春花的巧手了，春花在李家那两年，经常帮她梳头，能将她一头黑亮的长发编出各式各样漂亮的辫子。

"不行。"小兰妈横空接过木梳，"你真是的，春花刚到，水还没喝上一口呢，你就让她忙乎。"

"婶，没关系的。"春花想去拿木梳，小兰妈却把木梳递给了小兰三舅妈，"三舅妈，来，你帮忙梳下。一会儿给你封个红包。"小兰三舅妈开心地应着，看了一眼春花，慌忙就帮小兰梳头，却也没个轻重，扯得小兰龇牙咧嘴。

"妈！"小兰不满地看看她妈。小兰妈忙俯身对她耳语了一句："听话，这出嫁的梳头是有讲究的。"

"啥讲究？"小兰不解。

小兰妈看见春花还在那站着，也不好再说什么，用手拽了拽小兰的衣服，示意她别问了。

小兰看见站在春花身边的明月，粉嘟嘟的很可爱："明月，到姨这儿来。"小兰拿起一个通红的塑料桶放她怀里，"'子孙桶'你帮姨提吧。"小小的塑料"子孙桶"里装的是红枣、花生和鸡蛋，是带去男方家当好彩头的，寓含着早生贵子、多子多孙的祝福。

明月接过"子孙桶"，就像手里突然多了个玩具似的，乐呵呵地抱好，开心地咧着嘴。

"不行。"小兰妈从明月怀里把"子孙桶"拽了过来，"这得找个男孩抱。"

见自己喜欢的玩具突然被人抢走了，明月瞬间撇嘴哭了，声音很响亮。

"妈！你昨晚不还说这桶给男孩女孩抱不都一样吗？"

"不一样！"小兰妈瞪了眼小兰。

"乖，不哭了，来，姨抱。"小兰抱着哄明月，可明月不依，肉乎乎的小手要去够"子孙桶"，被小兰妈皱着眉头一凶，哭得更厉害。

"没事，给我吧。别把你喜服弄脏了。"春花接过明月，趴在春花身上的明月还是哭，一个劲地哭，响亮的哭声夹杂在喜庆的氛围里，让小兰妈很不高兴。自打春花一脚迈进屋，小兰妈这皱着的眉头就一直没舒展过，像两根麻花一般，苦苦地拧在一处。

春花还以为，小兰妈这是舍不得小兰出嫁。

小兰也没留意，还在和春花说着话："等会儿有车来，你带明月送亲吧。"

小兰妈一听，赶紧拉过春花，言辞闪烁："春花，你就别去了，路远……看你抱着丫头又不方便……"

"没事呢，婶，我行的。我替小兰高兴呢。"春花的目光只顾着安抚明月，让她去一边玩，并没有在意小兰妈就要溢出眼底的隐忍。

"你还是别去了，因为，因为……"小兰妈正支支吾吾，春花就听见一个阴森森的声音："一个寡妇，能去送亲吗？"是李家的"香头"老太婆来了，刀削似的脸，枯巴巴的全是皱纹，嘴撇得快错位了似的，她也不看春花，扶了扶头上的黑平绒帽，踩着尖尖的小脚对小兰妈说，"我摆香案请黄大仙保佑小兰，大仙耗了半世修为才保小兰嫁过去可大福大贵！切忌与克子克夫的女人走近，染上晦气就不灵验了。这些，不是跟你交代过吗？"

春花心里是有准备的，却没想过李家老太婆耍这种招数，顿时脸色一阵青紫，带着水雾的目光望向小兰，很是羞愧，讷讷地不知说什么才好。小兰妈见李家老太婆把话挑明了，自己也不再藏着掖着，厌恶地把明月往春花边上一推："你都听见了，赶紧走吧，别让我家小兰沾了晦气！"

迎河的村民们也开始对春花指指点点："嗯，是不能让一个寡妇送亲，这不吉利。"

"别说，这女人还真是丧门星啊。沾谁谁倒霉。"

"那小丫头是迎水冉奎的遗腹子吧？长得倒是很心疼人。"

有人讥笑着，如针扎似的刺在春花心上："谁清楚那丫头是谁的野种？这可说不准！"

春花嘴唇直哆嗦，泛起了青紫："你们……不准讲我丫头！"刚刚才不哭的明月，这回又被这气势吓着了，抱着春花的腿"哇哇"哭叫起来。春花下意识地抱起孩子。

小兰的三姑六婆已经等不及了，当有人搡了春花第一把后，知道情景的、不知道情景的，都随大溜开始争着表现，嘴上对春花骂着不干不净的秽语，手已经作势把春花往屋外推搡。对待抱着孩子的瘸女人，她们倒也不太敢使劲，但个个面上的表情，都出奇地一致——仿佛都跟春花有深仇大恨似的。

"春花！"小兰想上前去护着春花，却被她妈给拽住了："别去。"

"亏得黄大仙保佑啊，不然，我儿子就让这扫把星给克死了。"李家老太婆双手合十，神神道道地，对着她家方向小鸡啄米似的弯腰点头，眼睛微眯着，阴沉的眼缝里迸出的精光，不时地射向春花。

小兰妈拉着小兰说："乖，听妈的话。"

"可……"小兰犹豫着。

"什么可不可的，离那寡妇远些！瞧这好端端的喜事让她搅和成什么样了，呸，真是晦气！"

小兰迈向春花的脚步终又缩了回来，任凭三姑六婆推搡着春花羸弱的身子朝门口走去。

春花眼里已噙满泪花，但她硬是把眼泪逼了回去，不让一滴泪珠落下来，她踮起跛脚，隔着村婆们攒动的人头，腾出一只手朝小兰挥动着，满心的歉意被硬生生地扯成一丝笑容："小兰……对不起……我……以后再去看你啊……"

春花低着头，紧紧抱着明月，身子簌簌地颤抖着退到稻场。等众人松口气，以为她被撵走的时候，春花却想起什么，又猛地折回身。一个同样抱着孩子跟在后面看热闹的妇女，没刹住脚步，猝不及防和春花撞上了，大约是觉得当众出了丑，她恼羞地对着春花的脸张口便吐出一口唾沫："呸！"春花身子抖得更加厉害了，红着眼眶，愤怒地瞪着年轻的村妇。刹那间，稻场上一片寂静。那年轻的村妇怯了，抱着孩子悄悄开始后退。终于，春花黯然垂下眼睑，伸出手，缓慢地去抹脸上的唾沫和下坠的泪水，许久，许久，才放下手，在乡亲们复杂的目光中，一瘸一拐，一瘸一拐，朝铺满大红喜字的桌子走去，抖索着掏出碎花手绢里的十块钱，一声不吭地抱着明月走了。记礼单的，是跟四爹一样的老先生，在春花离去后，看着桌上的钱，才想起提笔，问："啥……啥名字？"稻场上一片寂静，没有人回答。

春花带着明月，走走停停。这一早便沿着河堤从迎水到迎河，再从迎河到迎水，来回两趟，好几十里地，春花早已口干舌燥，浑身散架似的。

天色已过晌午，太阳虽然还耀眼地悬在头顶，却已抵不住秋意渐浓。等春花背上的汗干透了，河堤的风夹裹着凉意，阵阵袭来，瑟瑟吹着春花"的确良"布料的单衣，也凌乱了她鬓角冒出的那几根白发。明月一直喊饿，小肚子一路"咕噜噜"地叫唤。心不在焉的春花拍着女儿，声音嘶哑："明月乖，明月乖！"

娘俩进村路过村口的代销店，明月看见有甘蔗，伸着胖乎乎的小手闹着要，口水闪着光亮滴落在春花肩膀上。春花才回过神来，轻声哄着："明月乖，咱家唯一的钱都给你小兰姨上礼单了，现在妈兜里一分钱也没有。咱们不买，啊？"明月不依，见甘蔗像长了脚似的，离自己越来越远，急得"哇呜"一口咬在春花肩膀上！春花疼得直冒冷汗，看看自己小褂上慢慢渗出了一排血渍，她把明月扛起来，抬手就打，一巴掌又一巴掌落在明月肉嘟嘟的屁股上：

"让你不听话，让你不听话……"打着打着，自己也哭了，跌坐在地上，"老天爷啊……怎就这样对我啊……"又紧紧搂着女儿，母女俩抱着哭成了一团。

秋风瑟瑟，小明月经过这一通折腾，浑身像水洗似的湿漉漉的，连头发里都热烘烘地冒着水汽。春花生怕她着了凉，擦擦眼泪，赶紧拉她回家去。

春花回到家，想从米缸里舀米，揭开一看，只剩稀稀落落的几粒，孤零零地散在黑黝黝的米缸里。一只老鼠唧叫着从脚边窜开。春花心里是无边的凄凉，只得抓了两把面粉搅拌，往锅里打着面疙瘩，眼泪也紧跟着，一滴一滴，和着面疙瘩下锅。春花想，橱里还剩些泛着白霉的咸豇豆，将它淘洗干净，今晚就给丫头凑合一顿吧。唉，自己一个瘸子又带着明月，地里活若不是冉大贵，就只能草长庄稼稀，而种菜又不像其他买卖，今天种下明天就能收，眼见这家里就断了顿了，这往后该怎么办呢？老天爷是真的想逼死我们娘俩？

春花正在长吁短叹中，冉大贵进屋了，端来碗红烧肉。他轻描淡写地说今天家里烧多了，父子俩吃不完，会搁坏掉的，顺便就端过来了。

春花眼眶一红，推辞半天。冉大贵知道劝不过春花，干脆把那碗肉放在锅台上，抬脚走人。春花想把肉给人家送回去，回头一看，小小的明月却已踮起脚尖，蹒跚着从锅台上抓了一块肉就往嘴里送。春花见了明月的模样，含着泪笑了，可笑着笑着，她又掩面哭了，一遍又一遍在心里呼喊着冉奎的名字！

　　入夜，外面，白花花的月光下，迎水村的庄稼地里如一川泼墨，隐在河堤下的古老浭河，静水深流。屋里，春花一边拍着明月入睡，一边想着，就算自己把嘴粘起来不吃不喝，丫头可怎么办呢？这日子怎么熬啊！明天，还是去趟城里，看春兴的烟酒批发部可缺人手吧。

三十一

　　春花红着脸再次从冉大贵那借了些钱当车费，按春玲给的地址，带着明月转了几趟车，来到长青路口春兴的烟酒批发部。春兴见了春花自是高兴，一把抱起明月在空中抡了个圈，把明月逗得哈哈直乐。

　　春花问春兴她以后能不能在这帮忙，给春兴打打下手。春兴说批发部里正缺人手，春花来得正是时候，以后就站柜台零售，工资随她开！春花连忙摆手："那不行，没看见咱们供销社站柜台是多体面的活啊？多少人都想来！那么重要的事我可做不来。"春兴哈哈大笑，打趣说："大姐，你还当是咱们小时候啊？这都九十年代了！今晚早点关门，我带你在城里四处转转，嗯，先逛这长青路，再逛黄大街，吃喝玩都有，以后再带你去百货大楼、皖西大厦……"

　　春花眨着眼睛听得很新奇，的确，这城里她来过几回呢？

批发部共有五十平方米，被木板隔成三间，最外面是长条的玻璃柜台和整面墙的三层货架，摆着各样烟酒，高、中、低档都有。中间是个小房间，角落铺张单人钢丝床，上面凌乱地堆放些杂物，屋中间各种炊具和生活用具，摆放得都比较凌乱。春兴把脚下的塑料盆踢到一边，指着这房间说，春花带明月可以住在这里。春花指着最里面的那间挂了锁的房间："你住最里面？"春兴咧开嘴说："你们来了，我住二叔家。"

"那怎么成？里面不还有间房吗？"春花不明白。

春兴支吾说那是仓库，也叮嘱春花不要进仓库。春花看了眼春兴，感觉很奇怪，可哪奇怪一时又说不上来。

初来乍到，春花对这一切既陌生又新奇，第一次住在钢筋水泥的房子里啊，虽窄小，厕所也是隔壁单位职工家属区的公用厕所，可比乡下的条件不知好哪去了！刚来的时候，春花还不熟识各种烟酒的牌子、价格，只敢帮春兴做做饭，洗洗刷刷，将这批发部里里外外都擦得干干净净，时时响起的电话铃声也会把她吓一跳。渐渐地，在春兴的指点中，有客人买酒买烟，春花也壮起胆子，认认真真地试着收钱、找零，居然一次也没出过差错。春兴对自己的人姐是一百个放心，只一再提醒，把钱认好了，别收了假钱。春花将春兴的话记在心里。

长青路是繁华的，有着做各样买卖的店铺，招揽生意的音乐放着各种流行歌曲，春花渐渐也跟着音乐哼起了调调。春花第一次离开了乡下的土地，体验另样的生活，在她，有着很恍惚的奇妙感觉。小时候去镇上，看见供销社里的那些趾高气扬的营业员，她是多羡慕啊！如今，她居然也能站在亮堂的柜台前，对着来往的顾客，夹着潘园方言，撇着生硬的普通话说一声"你好!"，走时道一声"再见!"。天啊，这简简单单的两个词，从春花嘴里吐出来是多么不容易，那还是她在没人的时候偷偷练了好久的。在春花看来，来了城里，就得有城里人的礼节，就该说城里人的话。春花记得自己鼓足了勇气，喊出第一声"你好"时，脸颊稍微有些被火烘烤的感觉，不用照镜子，春花也知道自己脸红了。"你好""再见"，这两个简简单单的词，仿佛是一种神秘的咒语，联通着乡下与城里的两方天地，让春花来到了她从不曾企及的世界。

明月更是兴奋，这里啥都有，隔壁就是卖糖果的，硬糖软糖牛皮糖，啥都有，春兴又舍得，每天都给明月买很多零食，明月一天到晚都乐得合不拢嘴，根本就不愿吃饭。这哪行?! 春花勒令春兴不准再买。春兴表面是同意了，暗地里还是明月要啥给啥。春兴不仅连着给明月里里外外换了好几套新衣，给春花也是大包小包的礼物，今天一条时兴的踩脚裤，明天一双高跟鞋……春花被惊呆了，捂着嘴巴：老天爷啊，光这一双鞋就够娘俩半年的花销了! 还是高跟! 这个瘸腿一辈子也没穿过呢……春花真是又好气又好笑。春兴可不管她用不用得着，但凡见着好的，就买回来送她，仿佛礼物不是礼物，是他真诚的心，他对春花的好，必须要通过这种方式才能体现一样。春花一边苦口婆心地念叨让春兴别乱花钱，好好攒钱娶老婆，一边也被这种巨大的亲情包裹着，暗自下决心一定得帮春兴把这批发部看好了。春花想，这烟酒生意肯定很好。可几天过去后，她发现普通的一包烟也就两毛钱的利润，哪怕卖上一瓶好酒，也赚不了几块钱，每天营业额又都摆在这，看春兴花钱不带眨眼的，怎么能挣那么多呢？春花困惑中隐隐有些不安，左思右想后，她总算找了条说服自己的理由：应该是批发的生意很好吧？对，肯定是！

核完一天的营业额后，外面路灯已经亮了，繁华的长青路口，只剩稀疏夜归人的影子在行色匆匆。春兴说："大姐，我刚进了批烟酒，夜里到货，要不……要不，你今晚带明月去二叔家住？"

"不用，我留下帮忙。"

春兴闪烁下目光，思忖半晌，还是对春花说："大姐，货比较多，可能要忙一夜，你还是去二叔家吧。"

春花疑惑了："要忙一夜？"

"那个，嗯，因为还要算账什么的……"春兴言语有些含糊，目光盯着自己崭新的牛仔裤，伸手掸去上面的浮尘。春花却扳直了春兴的肩，盯着春兴的眼睛："春兴，你跟姐说实话！"

春兴很无奈，两手一摊："大姐，我说的是实话啊……"

"胡扯，你是我带大的，你扯谎我还看不出来吗？"这些天来，春花就是觉得不对劲。进什么货要忙一夜？春兴的钱咋挣的？她有太多的困惑。

春兴想了想，反正这些事春花早晚都会知道，她是自己亲姐，是一家人，还会坏了自己的事吗？肯定不会了！她比谁都盼着自己过好日子呢！想到这儿，春兴便神秘地朝春花"嘿嘿"笑了一声，从裤腰带上取下钥匙，向后面的仓库走去。春花好奇地跟在后面，她心里可不踏实呢。

门"吱"的一声开了，春兴打开墙上的开关，顿时满屋亮堂了，这里是整整半屋的酒标，茅台、五粮液、迎驾、临水、中华玉泉……全是崭新的，新得刺眼。春花心里咯噔一下，猛地抓住春兴的手："这是……这是……"

春兴倒是颇有些骄傲地介绍："这些是酒标，今晚都要包装贴上的。"

"这是……假的?"春花的声音有些颤抖。

春兴笑了，亲热地搂住春花的肩膀："大姐，我的傻大姐啊，不造假我哪能赚到钱?"

春花的心跌到了谷底："春兴，咱们……咱们这是犯法啊!"

春兴撇撇嘴不以为然："这有什么? 人家批发部都这样做，不被查到就行了……再说，我卖的假酒不算假酒，那都是粮食酒勾兑的，又不会喝死人。"他顺手拿起茅台的酒标说，"大姐，你看啊，我已经让人在城外把粮食酒勾兑好了，等会儿拉来，给它们包装好就行了。"

"我们外面货架上的酒都是假的?"春花很是惊恐。

"那倒不全是，嘿嘿，外面一层是真的，里面嘛，是假的。"春兴咧嘴笑了，牙齿很白。

春花又不甘心地问："烟呢? 可卖假烟?"春花的心悬在嗓眼

上，她眼巴巴地望着春兴，多希望春兴回答没有。

"当然卖了。不过，假酒我可以自己勾兑，假烟只好从外进了。"春兴见春花脸色发白，以为是她怕自己卖了假烟会被人家找上门，赶紧安慰她，"放心，大姐，经你手卖出去的烟，都是真的，假烟只做批发，你不用怕。"

外面有人喊春兴，是假烟酒到了。春兴一脸灿烂地去接货，低声指挥着。

春花已经全明白了！她心头"咚咚"地跳个不停，像是要破腔而出似的，让她紧张得手脚发汗。整个搬运过程沉默又有秩序，在仓库换包装贴酒标也都熟练得很。反倒是要坚持留下来帮忙的春花，不仅什么都没忙，还觉得自己站在哪都不对，总显得碍手碍脚。她人是蒙着的，姿态也是僵着的，想跟春兴说点什么，可她找不到自己的声音。悻悻下，春花只好走到卷闸门口。当门前偶有人经过时，春花又慌张起来，笨拙地用身子去遮挡屋里泄出的光，恨不能自己变成胶布，粘在门框的边边沿沿上。等行人的脚步声渐渐远了，春花才惶惶捏了一把汗。她感觉自己就像被戳破了的气球，无力地瘫软。

等一切清静，春兴招呼着朋友去喝夜酒了，留下春花守着批发部。明月已经睡着了，春花和衣靠在床上。她睡不着，她一闭上眼睛，嗡嗡作响的脑子里，全是那些假酒假烟！

怎么办呢？这可怎么办呢？春花陷入了巨大的恐慌中，焦虑不安。对，一定得给春兴把道理说明白了，春兴会听自己的。

第二天一早，春花不像往常一样开门做生意，她只把批发部的卷帘门向上提开一小半，只容一人猫腰进来的缝隙。见明月像数宝贝似的，坐在床上一颗颗数那些花花绿绿的糖，春花没好气地责怪她怎么还吃糖，都说了不给吃，顺手要把糖给没收。明月急了，拦住春花，软糯糯地说："这是我攒的，我要带回家给石头哥哥，他都没吃过呢。"春花心里一阵柔软，搂过明月，在她小脸上"啪"地亲了一口，轻喃："好孩子。"

春兴来了，好奇春花怎么不开门呢，说着就要把卷帘门打开。春花喊住他："春兴，今天不开门了，来，大姐和你说说话。"

春兴知道他大姐又要给他上课了，一挑眉头，嘴角做了个向下撇的动作。春花抿抿唇，轻咳了一声："春兴啊，我想了一夜，这犯法的事，咱们不能做。"

春兴两道黑黑的浓眉皱在一起，看着春花："大姐，我说你怎么还是老思想？这牛无夜草不肥，人无外财不发。"

"春兴，做人要老老实实地，挣钱要挣得明明白白……"

"大姐，我的傻大姐，你讲的道理把我耳朵都磨出老茧子了，从小听到大。我刚来城里也是想老老实实，可结果呢？蹲了派出所还赔钱。现在，你再看这长青路，谁敢来惹我？"春兴扬起头，鼻孔朝天。

"那也不能犯法啊？你跟二叔这么久，怎就没个长进呢？你看看二叔，踏实地做生意多好啊！"

"我以后也会像他那样！等我赚到了足够多的钱，就转行。大姐，你别想多了，安心在这守着，这就是你家，我会照顾你和明月的。"想到大姐吃的苦，春兴就一阵阵揪心，声音直直的，眼睛竟湿润了起来。他要不停地赚钱，赚得多多的，让他这苦命的大姐也能过上好日子。

春花明知春兴不对，可嘴拙的她，竟一时间找不到说服春兴的话语，翻来覆去都是那几句："这是犯法，会坐牢的……旁门左道，发不了财……"提起坐牢，春兴有些生气了，怪春花不通情理，也怪春花把他看扁了。姐弟俩谁也说服不了谁，两人都是满满的道理和委屈，渐渐地声音都大了起来，把床上的明月吓哭了。

春花说春兴这儿就是金屋银屋她也不待了，要带明月回乡下，并留下狠话，什么时候春兴能正正经经地做生意，她什么时候才见他。春兴愤愤地想，不见就不见，我一定混个模样给你看看。

三十二

春花刚回迎水，就听桂枝说李秀疯了！

李秀的婆婆眼瞎心不瞎，将李秀和一个野汉子光身堵在家里，李秀被婆家人浇了一身粪，后来就疯了，嘴里咿咿呀呀说着人们听不懂的话。

春花想象着李秀的情景，起了满身鸡皮疙瘩，头皮发紧，记得走的时候李秀还好好的，这才几天？她问桂枝："她现在怎样了？娘家人不来接她去治？小孩抓周时，记得她娘家有人的。"

"是被娘家人接回去了……听说被家里人用绳子拴在屋里，每天给口吃的喝的，吃喝拉撒都在那间破屋里，像关只牲口一样……唉，她真不如死了算了！"

桂枝嘴上发着狠话，却不禁用衣袖抹了抹眼角。

春花也抹了把眼泪："可怜了孩子，没了爹也没了妈……"

"可看清那男人是谁?"

"听说没看清,等人冲进院里,他翻墙头跑掉了,熟门熟路,麻溜得很。"

春花好一阵唏嘘。知道是谁又怎样?男人可不像女人,在迎水,女人偷了汉子是不要脸,是破鞋,在男人,却是本事,哪怕被逮住了,也最多是自家婆娘跟在后面嗷号两声,第二天,日子照旧,就跟一块土疙瘩撂进浠河一样,溅不起多大的水花。说不准,这还是他往后吹牛的资本。春花突然想到了玉米地里的村支书,又是一阵阴冷。

"桂枝,我们哪天去看看李秀吧?我们是干亲家呢。"

"呸,她是活该!……得,李秀的事你就甭操心了,多想想自己的日子怎过吧。我问你,你从城里干吗要回来呢?跟着你兄弟吃香的喝辣的多好!"其实桂枝是话里有话的。自从李家老太婆来闹了之后,村里不少人传春花和冉大贵的风言风语,尤其是张老汉那几个鳏汉条,更是传得凶,连细节都讲得很清楚,好像亲眼看见一样。桂枝想,春花是不应该回乡下的。

春花叹一声:"唉,春兴待我是好。可迎水是我家啊……"

回迎水的春花,又一刻不停地跛着脚拾起了农活。

玉米刚收,春花又开始低头往地里套种打瓜。打瓜类似西瓜,比西瓜小上好几圈,春花将熟了的打瓜一个个从田里摘到门口,用拳头一打,开了,春花掏了瓜瓤攥出一颗颗黑黑的瓜子。瓜子晒干被人收去,炒一炒,就是人们常见的咸瓜子。难得今年有个好收

219

成，可春花却望着门口堆成堆的打瓜犯了愁。这瓜子往年都能卖上价钱的，今年却怪了，很少有人来收，卖不出去。春花急得又长出些抬头纹，面上的皮肤也松弛了。好久没吃过瓜果的明月，看见打瓜红的白的瓜瓤可欢喜了，抓着就往嘴里送。打瓜是像西瓜，味道却比西瓜差远了，吃多了容易坏肚子，迎水人一般都不吃的，打瓜瓤都用来喂猪。春花一再叮嘱明月少吃点少吃点。

夜里，冉大贵赌了钱回去刚躺下，就听见隔壁的春花来敲门："大哥，大哥，明月发烧了，烫得吓人，你帮我背她去镇上陈医师那看看吧。"声音急促又慌张。

冉大贵赶紧唤醒石头，交代两句，背起明月就往镇上跑去。春花在后面深一脚浅一脚地跟着。

"别怕，应该没事，大概是受凉了，吊瓶盐水压下去就好了。"冉大贵不时回头安慰春花，可春花的心还是悬着，始终落不到胸腔里。

秋夜的皖西大地是静籁的，月影下的村落、树木、土地，连同坟冢，都隐在暗处影影绰绰，带着沾满露珠后的苍茫。空旷的田野小道上，回荡着两人背着孩子匆忙赶路的沉重喘息声。

等带明月赶到小镇，已是午夜时分，好半天他们才敲开陈医师家的门。浑身散着中药味的老医师打着哈欠给明月量完体温，挂上吊水。明月额头还是滚烫，恹恹地没有力气，连呼吸都带着灼人的热流，灼烧着春花的心。

陈医师发话："这丫头烧得太厉害，如果天亮还不退烧，就危险了。"

"啊？陈医师，求您想想办法吧，我就这么一个啊！"春花惊吓着，声音已渗出哭意，双手揪住老医师的褂襟。明月小时候头疼脑热的，也来给陈医师瞧过。

"你也别害怕，说不准一瓶水吊下去就好了。这几瓶水备齐了，吊完自己换，有事叫我。夫妻俩留一人守着，我这地小，待不下。"

春花稍稍松了口气，有了几丝侥幸，也顾不上辩解，对冉大贵说："大哥你回去吧，石头一个人在家。我搁这看着。"

冉大贵的秃顶在昏黄的灯泡下，显得格外油光，他摇了摇秃顶："带孩子我比你有经验。春玲不是住在镇上吗？你去她家凑合一宿，明早再来。放心，明月不会有事。"

"唉，叫我怎能放心？明月从来没离开过我，醒了看不见我会哭的。"

冉大贵知道春花的执拗，也不争了，从衣兜里掏出今晚打牌赢的钱，大方地塞到春花手里，开门走了。跨出门时，他庆幸今手气不错，小赢了一把。

春花搂着明月，给她裹上厚厚的被子，眼睛一眨不眨地看着孩子，希望从她身上能看见汗珠，哪怕再小，也是希望！可是，明月小脸红彤彤的，半点没有退热的征兆。

春花焦急不安地等待着。点滴顺着皮管流进明月娇弱的身体，那一滴，一滴，又一滴的点滴，仿佛敲打在春花的心尖上，春花能听见它的声响。

221

一瓶水吊完了，明月没有退烧；两瓶水滴下去，明月还是没有发汗！呼啸而来的恐惧，在深夜里编织出一张巨大的网，渐渐网住了春花每一寸肌肤，噬灭了春花残存的侥幸，她濒临崩溃。春花紧紧抱着孩子，不停地呢喃："明月，你可不能有事啊，你要再有个三长两短，妈也就不活了……"

天色渐已发白。春花近乎绝望。她傻傻地抱着女儿，目光呆滞，脸上没了一丝血色，皱纹爬满眼角，本该油光水滑的乌发，已冒出很多焦枯的白发。春花，像是突然间一夜老了十岁。

当冉大贵再进来时，被春花的模样吓了一跳！

春花抬头看着冉大贵，潸然泪下："大哥，明月还没有退烧啊！怎么办，我该怎么办啊？"

"接着治呗！我连夜借了钱，走，我们带明月去城里看病。"

说着话儿，冉大贵就从春花手里接过明月，到灯光下仔细看着。天啊，明月绒绒的汗毛里，已渗出了细密的汗珠！"出汗了，春花你看，明月出汗了！应该是退烧了，哈哈……"

"啊?！太好了，明月，我的明月……呜呜……"春花手舞足蹈，对着明月的脸蛋就是一通亲吻，泪水、鼻涕揉了明月一脸。

"别吵醒她，来，让她再睡会儿。"冉大贵把明月轻轻地放在窄小的病床上平躺好。

一会儿工夫，小明月汗如雨下，脸色也恢复了正常，呼吸也不再是灼人的滚烫。春花悬着的心，终于放回了肚子，她松弛着，瘫坐在椅子上，仿佛所有的力气都被刚才给折腾完了。

冉大贵怜惜地看着春花，蹲下去，忍不住伸出双臂抱住了她："春花，看看你，这一夜，你老了好多，脸色也差得很，再蒙上一张黄表纸，就可以当死人哭了。"

"大哥……明月是我命根子啊，我……就靠她才活着呢……"春花任冉大贵抱着，泪水沾在冉大贵带着馊味的汗衫上，湿了一片。

"不哭了，乖，明月没事了，别哭了。"冉大贵像是哄女儿似的，轻轻地拍着春花，小声地哄着。

"春花，村里……村里关于我俩的闲言碎语你可听说了？"

"嗯。"春花从冉大贵怀里挣脱出来，低下头，脸红了，顺手从散落满屋的竹筐里捡了块晒干的橘子皮，用手撕着。

"春花，我想……我想名正言顺地照顾你母女俩……"冉大贵不敢看春花的眼睛，把脸扭向别处，留一个瘌痢头对着春花。这句话他早想说了，可他知道自己配不上她。春花也低垂着眼眸。一块橘子皮被撕没了，她又不停地咬着指甲。指甲里，满是浓浓的橘皮味，清香却又苦涩。

冉大贵见春花半天没回应，拉过她的手，很心疼："答应就答应，不答应也别啃手，再啃就出血了。"

春花抬起头，看着冉大贵，泪水涟涟："大哥，这些年你的好我都记着了，可是……"可是，她忘不了冉奎啊！

"好，好，不哭了，不哭了，就当我什么都没讲过！冉奎走后这些年，你总是流眼泪，眼睛都要哭瞎了。来，我先看着明月，你眯一会儿吧。"

其实冉大贵心里七上八下真没个数。他后悔自己的莽撞，万一春花不答应，弄得自己连个退路都没有，这以后抬头不见低头见的，多难为情？心里暗怪桂枝多事，故意把有人想给春花做媒的事告诉自己，听说对方还是个教师……想想，他又庆幸自己讲出了口，这万一春花再嫁到旁处，自己这些年的心思连说的机会都没有了。

三十三

当河堤上金黄的芦苇变得雪白，细密的绒毛漫天飞舞时，年味的气息已悄然蹿进迎水村。原先的土墙瓦顶都不见了，取代它的是一间间砖瓦平房。几乎家家屋檐下都挂着咸鹅、咸鱼、腊肉之类的年货，夹在串串金黄的玉米里，被午后的阳光晒得直冒油，一滴滴，滴在大地上。时有顽童扔出几只摔炮，清脆的声响，出其不意地回荡在村里。劫后重生的迎水村，是崭新而恬静的。只有当村角的那些断壁残垣落入眼帘时，人们才忆起几年前被洪水冲刷的惊悚。而更多时候，人们的目光会选择性地从这些颓败中直接跃过，落在崭新的日子上。过往的伤痕，是谁都不愿意去细看的。

春花想再接洗衣的活已经很难。乡镇，是个奇诡的地方，有着城里流落出来的时髦，也有着乡下该信的迷信。虽然时髦是打了折扣的、落伍的，可迷信是实打实的。对春花这样守了寡的女人，一般人家都不愿意用。春花碰了几次壁，也不好再去。青黄不接的时候，别说手边有两个散钱，就是缸里的米，也能时时断顿。

气消之后的春兴特地来过一次，给明月买了好多礼物，还塞给春花几百块钱，可春花坚决不要，连同春兴给明月带的糖果，都扔了出去。春花想用这种办法把春兴激回正道，但春兴一心跌进钱眼里，哪能听得进去？姐弟俩再次闹得不欢而散。春玲也来过，她每次都衣着鲜丽，款式不同。春花受了春玲一分的接济，便也受了她十分的恩情。"大姐，我家日子也不宽裕，你看这些，还是我背着田旭新给你送米的。"春花伸出的手，接也不是，不接也不是。

春花和桂枝坐在屋檐下晒着太阳纳鞋底。春花把穿着白线的针在头皮上蹭蹭，娴熟地抵着手指上的顶针，一针一线细细地纳着。她在给明月做棉鞋。

两个女人有一搭没一搭地闲聊。

"春花，这都腊月了，你家里连一件像样的年货都没有，冉大贵从我家买了条羊腿送你，你咋不要呢？"

春花顿了下，目光里空荡荡的。半晌，她才低低地说："不能要的……太多了，已经还不清了。"春花又继续纳着鞋底，一针一线密密地穿织。

"照我说啊，这村里嚼舌根的反正都传遍了，说你俩是清白的也没人会信，干脆，你俩拢家算了。"

春花手一滑，针刺破了手指，冒出了血珠，她慌忙用嘴吮吸着。春花姣好的面容渐渐在衰退，可她仍然是迎水挂得上号的美人，仍会有人不懈地给她做媒。她想，自己是瘸子，又带个丫头，再走一家，谁能真心待她呢？谁能真心待明月呢？唉，这天底下，恐怕也只有冉大贵了。

桂枝纳好了一双鞋样，用手比画着，看是否合她家一勺的脚，然后笃定地说："我家一勺穿上肯定好看。"春花眼里又闪出了雾气。幸福的时光很短，短到她不曾为冉奎纳过一双新鞋。春花在心里一遍遍念叨："冉奎，我真的要嫁给大哥吗？"眼底的雾气化作水滴，一滴滴落在绵密的针脚上。

那年年后，当鞭炮还在年味的上空蹿腾，村民们还沉浸在走亲串友吃酒猜拳中，冉大贵终于如愿以偿地搬进了春花家。这就是桂枝所说的拢家，没有任何的仪式，也没有任何的婚约证明：两家并为一家。后来村里人听说，那天石头一人坐在渭河边冰冷的河滩上，哭了一整天。

冉大贵说春花可以不去田地里干活，在家带两个孩子做做饭就成。"那哪行？两个孩子，还要给石头盖房娶媳妇，负担重呢，我怎能吃闲饭？"春花合计着，跟冉大贵商量，凑出家里所有的钱买了台缝纫机。缝纫机是买回来了，春花想拜师学裁缝还得送礼啥的，在家里自己先试试吧。薄薄几页说明书，被春花颠来倒去地拿着。

春花遇到实在看不懂的，就哄着石头："石头，这写的啥？帮妈念念吧？"

"你自己不会看啊?!"石头依旧在摆弄冉大贵给他买的新自行

车，语气硬邦邦地能砸伤人。

春花低下头，小声说："有几个字，我不认得……"

石头不理她，春花只得自己看说明书上的图。等摸熟了缝纫机后，她又找邻家要来些旧衣物，摸索衣片的缝接顺序，口袋、衣领、止口等做法，慢慢地，春花居然也就会了，她一咬牙买来些布料，照着明月和石头的身形做。石头接过春花给他缝纫的新衣，心下一喜：这可是他穿的第一件新衣服啊！可面上依然冷冷清清，把衣服随意往床上一丢。等春花前脚出门，石头后脚就迫不及待地把衣服套上，在村里四处显摆："瞧瞧，你们仔细瞧瞧，好看吧?!"

正午，天色阴沉，闷得很，整个迎水村就像是裹在一个密不透风的大闷罐里。树干上的蝉没完没了地叫着，一阵响似一阵的聒噪，声音细长尖锐得能通过人的耳朵直钻到脑仁里。孩子不像大人要靠午睡补充体力，他们永远都有使不完的精力和无穷的乐趣。石头用竹竿缴满蜘蛛网，带明月去树林里粘蝉了，冉大贵在堂屋地上的草席上已经睡着，春花还在收拾碗筷。迎水村百无聊赖，风没有等来，却等来个拉板车的手艺人吆喝："修电器，修收音机、电视机……"

春花心里一动，想着，能不能把那台收音机修好呢？她从厢屋陈旧的木箱里抱出收音机，蹑手蹑脚地朝门外走去。冉大贵的草席是横铺在门口的，春花瘸着腿跨过冉大贵时，不想还是碰到了他，他伸个懒腰。天越热，蝉叫得越欢，冉大贵一直没睡熟。

春花有些歉意地笑笑："我不想吵你的，你接着睡。"

229

冉大贵伸个懒腰，闭着眼睛含糊一句："干吗去？"

"我想试试这收音机可能修好。"

冉大贵醒了，不满地看了眼春花："那破玩意，还修它干啥？我早就想扔了！"

"冉奎买给我，只听过一天……"

冉大贵突然从地上跳了起来："冉奎冉奎，你就是忘不了冉奎，你看着我，我叫冉大贵！"这已经不是两人拢家后春花第一次提冉奎了。"冉奎"这个名字不知从什么时候起，让冉大贵觉得越来越刺耳，现在再听来，比屋外的蝉声更让他不能忍受，蝉声是钻进脑仁里搅动，让他烦躁，睡不好午觉，可"冉奎"这个名字却是钻到他心里，越往里钻越让他疼，疼得他直冒冷气，疼得他过不好日子。他可不想一辈子都活在别人的阴影里，哪怕冉奎是他亲堂弟，哪怕冉奎已经死了，也不行。春花现在是他婆娘，整个心里装着的也应该只有他一人！

春花被冉大贵惊住了。空气更加沉闷黏稠，手艺人长一声短一声的吆喝，好像也被这气温给溶化了，一丝一缕渐渐化为空气，消失在村头。春花最终从惊愕到沉默，瘸着腿，有些理亏地往旁边让了让，可无意中，却把怀里的收音机搂得更紧，在冉大贵的眼里，仿佛她在搂着天底下最稀罕的宝物，唯恐被旁人偷觑，而在他，这就是蛰伏在他心里很久的刺，他一直想拔了的那根刺！这让本想软了口气的冉大贵，更是恼火，劈手就将收音机抢了过来，"啪"的一声用力摔在地上。这台收音机发出最后的绝响。不，它已经不能

230

再称为收音机——收音机没了，只剩地面上一摊破碎的、斑驳的零件。春花的心，蓦地空了，她想哭，干涩的眼里却留不出一滴泪。春花慢腾腾卷起地上的芦席，又拿来簸箕，跛脚扫着地收拾着地上的杂物。冉大贵气呼呼地站在一边喘着粗气。想想，还不过瘾似的，等春花把这堆零件扫到簸箕里，他又夺了去，将这些破烂哗啦啦倒进了浥河里。古老的浥河，缓缓地流着，对这些浥河岸边人的鸡毛蒜皮，早已经波澜不惊。

春花闷声不理冉大贵，冉大贵也不搭理她。这几天，谁也不理谁，有事就知会孩子们，让他们当传声筒。两孩子并不奇怪，照样玩耍他们的，村里人更是觉得寻常，知道两口子拌了嘴，连劝都不会过来劝的。这村里的人，谁家不吵架呢？谁家婆娘没被自家男人打过呢？输了钱，找婆娘撒气，打；喝醉了酒，被婆娘唠叨火了，打……这种事在村里多了去，谁要把这事当事说，那才真正奇怪。

春花暗自搜索家里的每一个角落。她很纳闷，冉奎在活着的时候，哪怕出门干活了，家里仍然处处都是他的气味，可他一死，与他有关的东西一扔，家里就再找不到他活过的影子。曾经的日子，好像做梦一样假，只有丫头明月，是真实的。在她看来，冉大贵是疼明月的。虽然她怪冉大贵小心眼，但经这一事，冉奎的名字，她在冉大贵面前已经绝口不提，每有牵扯，她都尽量小心地绕道而过。

冉大贵在这几天，白天干完农活，晚上又去村口的代销店打牌了。代销店早已经不代销，改制私营，迎水人还是习惯叫它代销

231

店。店主两口经常在村里邀赌，抽些茶水费。也只能是茶水费，说是赌博，可在庄稼地里劳作的迎水人，都是看老天爷的脸色吃饭，谁有钱赌大呢？最初赌资只是几根香烟，渐渐块儿八角，后来才有了十几二十块的输赢。去赌的基本都是村里的壮汉们，他们总不能每晚都挤到别人家厢屋里看电视吧？电视机是贵重，却也不算稀罕物了，村里有电视机的几户人家，不再把电视机搬到稻场上。这些壮汉白天散完的力气随着一顿晚饭的工夫又慢慢聚拢，最终都聚到了代销店的那张赌桌上，目光聚焦着手中长而窄的纸牌——皖西人叫它"抹小牌"。他们有的表情严肃，一直不肯轻易说话，仿佛一开口便分散了精力，放过了和牌的机会；有的却相反，从坐下开始嘴就一直说着不停，嚼着别家的家长里短，倒一点也不耽误手中出牌。若有抽烟的，烟卷粘在两片厚实的嘴唇间，烟燃熏着，眼睛微眯，不时歪嘴喊着："对""吃"……小小纸牌，竟被皖西大地上这些憨实的庄稼人玩出极致的乐趣。

冉大贵去赌钱时走得耀武扬威。虽然拢家前他跟春花保证不再赌，可谁让他俩吵架呢？仿佛他去赌钱的目的不是为了自己，而是为了春花——不是我想赌，这是你的错，是你逼我去赌钱来气你，知道吧？他人去逍遥快活了，却留春花来承担这个罪责。换句话说，这场架给了冉大贵一个借口，一个可以正大光明赌钱的借口。其实，这些年他散漫惯了，突然被人约束起来，好不自在，有时候他人是安稳地待在家里，魂却早被勾到牌桌上了，手痒得厉害。在庄稼地里见了牌友，他经常眼馋地问："昨晚谁输谁赢啊？"捞不到牌玩，他只能靠这些边角料来过瘾。牌友们笑话他，连村支书也嘲弄他，说整个迎水就没见过这么听婆娘话的人，真是没出息。他扛着锄头嘿嘿地笑着，不停挠他的秃头。这场架吵得正是时候，不仅仅拔了他心里的刺，简直就让他如久旱逢甘露。在家时他故意紧绷着脸，五官像错位了一般，鼻子不是鼻子，眼不是眼，只剩秃顶的油光。可一转身去代销店的路上，他就快活极了，嘴角咧到耳朵下面，浑身舒坦，恨不得脚下生风。

春花想，可不能再这样下去，冉大贵连续几天都赌到深夜，天不亮又要起早干重活，他的身子吃不消呢。她连哄带劝，不停认错，好不容易让冉大贵"气"消了。

三十四

　　春花从地里回来，老远就见明月正揉着眼睛哭个不休，走近了，才发现小明月脸上道道被抓的血印。天啊，春花心疼极了，忙问："怎么了？谁抓的？"

　　从明月哭哭啼啼的讲述中，春花得知明月在冉大贵他哥家被欺负了：明月去他家看电视，碰巧他大姨子带了孩子来吃饭，明月被那几个孩子给抓了。春花顿时愠怒起来，一边心疼明月，一边恨冉大贵他哥不给主持公道，她拉了明月去讨说法。

　　没进门就听见一个老女人温温暾暾地说："你们几个啊，也真是的，把那小丫头给抓成那样，呵呵……"每个音都粘在一起，混沌不清。

　　天啊，她居然还笑出来！不用说，肯定是在讲明月的事。这是教训还是鼓励？春花感觉自己浑身的血液在倒流，脸色发白，她有种立刻要把这黏黏糊糊的声音给扯断的冲动。

春花刚一脚跨进门，背对门口的冉大贵他哥就说："大姐，别训自家孩子了，那丫头就是个野种……"他硬是没看见老女人朝他使的眼色。

春花拉着明月的手在发颤，脸色更加惨白，不待他说完，春花冷笑一声："你敢再讲一遍？"

冉大贵他哥只是想宽大姨子的心，没想到自己的话被春花听了去，一时被抵上面了，赖也赖不掉，又急又臊，脸色跟着硕大酒糟鼻的呼吸，一阵青紫，很不好看。

一旁扫地的冉大贵嫂子，见自己男人被诘问，答不上话来，忙过来打圆场："春花，你大哥不是那个意思，你别生气，他讲不好话，他就是个蠢人……"

也不知哪根筋搭错了，冉大贵大哥听自家婆娘这样说，竟犟着脖子张口就来："我哪蠢？我没讲错！"

那几个抓了明月的小罪祸首本已夹了尾巴准备开溜，见家里大人再次肯定明月是野种，顿时眼睛一亮，都来了劲，拍着手一起欢快地喊："明月，野种，明月，野种……"

母亲的天性让春花不假思索，伸手就抓了离她最近的一个孩子，一巴掌又一巴掌打在孩子的屁股上："你家大人不教你，我来教你，没家教的东西。"这个孩子被突如其来的巴掌吓到了，挣扎求救地看着那个老女人，极丑又极夸张地大声惊哭，没刷过牙的嘴里冒着难闻的气味，热烘烘地喷在春花脸上。

这下，那老女人也不乐意了，天底下没有哪个孩子受了旁人的打，母亲能够旁观的。她也不温暾了，三步并作两步，老鹰护小鸡似的，用着极强的战斗力，跟春花撕扯起来。冉大贵嫂子赶紧拉架。冉大贵他哥倒是站在一边，只是已经挽起了袖子，酒糟鼻的坑坑洼洼里，粉刺个个站立。

场面顿时就热闹起来。三个女人间的拉扯声和一帮孩子响亮尖锐的哭声，拧成了一个号角似的，惊了村里的老少。

被乡亲们分开时，谁的手里攥着谁的几缕发，谁的指甲在谁的脸上留下几道痕……好不精彩。村支书也来了，背着手用颇威严的目光环扫四周，等众多嘈杂声渐渐平息，他才点点头，表示满意，再仔仔细细地把春花浑身瞧了个遍："我看看，可还有哪儿伤着？"听听，多慈善啊，可春花却是一阵恶寒，她急急地盼着冉大贵的身影。赶集怎么还不回来呢？春花比任何时候都盼望冉大贵回来。

好在桂枝也来了，她拉过春花，问："可伤着了？"春花感激地朝她摇摇头，心想：不就是被拽掉几根头发吗？这事儿闹开了也好，让大家都来评评理，看看我丫头被抓的！

春花刚说完，村支书就先给这事定下了调子："这是小孩子吵嘴，又属家门里头的事，都摆不上台面讲。大家散去吧。"

春花原也不指望村支书能给个公正，却不料他这样含糊就过去了，气得冷笑出来。本想争辩几句，想想还是算了吧，每个人心里都有一杆秤。

等春花拉了明月准备回去，村支书喊住了她，用了第三人听不见的声音说："春花，村妇女主任的位子还空着，你要有什么想法就跟我讲出来。"他不急着等春花的答案，就像他喜欢的钓鱼一样，他有足够的耐心，对春花，他也下了重笔，这次的饵料十足，他不信春花不动心。村支书矮小的个子，衣服里显得空荡荡的，却精神矍铄，走路噌噌带风，完全没有五十多岁的模样，只是脸上的褶皱和头顶渐稀的枯发，出卖了年龄。

桂枝凑过来问春花："村支书说啥了？"春花想想，还是把这话告诉了桂枝。桂枝惊呼："你这是裤头当汗衫穿——混上去了！"春花却摇摇头，她怎能不知道村支书的用意？她一直认为，李秀的事，跟他有很大关系。当然，这些话只能烂在肚子里，向谁都不可以说。

下午冉大贵回来，春花像找到了主心骨一样，嘤嘤哭诉了好一会。冉大贵也很心疼明月，可若要他找他大哥讨公道，那也是不可能的。冉大贵劝慰春花，也叮嘱明月以后别去她大伯家看电视了。

春花把缝纫机摸熟了，刚开始只是试着给村里人缝缝补补，做些被套枕套之类，后又瘸着腿时常去镇上的服装摊转转，回来学着做，倒也像模像样。渐渐地，连隔壁村的人也会来找她做衣服，都说春花手巧，总能裁出她们想要的款式，价钱又公道。

春花路过镇上的电器行，看见里面摆着好多大屏幕的电视机，驻足看了好一会儿。她知道明月每晚都巴望着，想去大伯家看电视，可是，他家的电视，明月能看吗？自上次和冉大贵大姨子打过一架后，两家已经成了仇人，相距不过百米，却老死不相往来。这种妯娌叔嫂反目的事，在迎水也是司空见惯的。

电器行的老板跟田旭新是朋友，认得春花，招呼说，如果春花想买一台电视机，可以优惠。春花心动了，若能买一台电视机回去给孩子们看，他们该多高兴啊！春花手伸进兜里，捏了捏为数不多的票子，叹息地嘘了口气，还有日子要过呢！孩子们的学费，家里的花销……她抱歉地朝老板笑笑："以后吧。"

老板看出了春花的窘迫，竟说："你先拉回家看看，赊账没关系，让田旭新做个担保，明年端午节前还来都成。"也不怪这位小老板有着过分的热情，漂亮的女人总能轻易激起男人内心的柔软。春花招架不住。好比冬天里盖一床被子略薄，盖两床舒适正好，可若是压上个三床四床的，只会让人透不过气——此时小老板堆叠起来的善意，就像给春花压了好几床被子。

可春花再次心动了。她盘算着：家里已经不愁吃喝，老天爷赏脸，今年地里收成还凑合，自己的缝纫机再多踩踩，多接些活，到明年端午，这笔钱应该可以还上。

春花找了田旭新来担保。田旭新心里有些打鼓，面上却无难堪的颜色，也把话说得漂亮极了："大姐，你放心把电视机搬回家，来年真要还不上，我来帮你还，不就一台电视机吗？你可是我亲大姐呢！"

是不是他亲大姐，春花不知道，但她知道这镇上的酒馆生意，就数他家最好。

电器行的老板一边帮春花找车拉电视机，一边低声跟田旭新开玩笑："哎，我说，你家服务员又换了？啧啧，一个比一个漂亮，改明儿也让给我几个，别自个儿都霸占了去……"

田旭新暗怪这朋友不上道儿，自己帮他做成了生意，他不仅没句感恩的话，还当着他大姨子的面乱说，白了他一眼，再朝春花努努嘴。电器行的老板会意地笑了。春花正沉浸在添置家当的喜悦中，没听清，哪怕听清了，她也不会往深里想，只当是朋友间的玩笑话。

田旭新想想，不放心地问春花："这事你自个儿做的主，没跟姐夫商量，他没意见吧？"

春花眉眼间的笑意，全盛满在两个浅浅的酒窝里："他能有什么意见？你想多了。"

田旭新看着自己的大姨子，暗叹这位瘸腿的大姨子还是挺耐看的！虽然打扮土气老成，眼角又有了一些皱纹，可面颊轮廓依然俊俏，最主要的是那双眼睛，一片澄清，如水似的，不藏不掖，让人见了有说不出的舒服，哪有人老珠黄的样儿？哪像餐馆里的服务员，一个个的脸，就像是往墙上刷涂料一样，红红绿绿，厚实地刷了一层又一层，分不清哪层才是真的底色。

事实证明，是春花自己想多了。等她兴高采烈地把电视机拉回家安装好，冉大贵的脸色已经阴郁得能刮出水来。

"你这女人真是越来越过分！这么大的事你自己做什么主？我看你明年拿什么给人家？我是不会帮你还一分钱的！"

春花也生气了，出声讥笑："我以前怎没发现你把钱看得这

239

样重?"

"一家人张口都要吃,你还净买些不实用的东西。我就知道,我就知道,好好的家都会让你给败散了。"冉大贵瞪着眼睛,双手在空中划出一个很大的弧度,比画着春花把家败散的情景。仿佛他真的长了前后眼,已经看见了一样。这还是以前嘘寒问暖的"大哥"吗?春花皱了眉头,慢慢就红了眼眶。

春花和冉大贵的磕磕碰碰,几乎每隔几天就要上演一次,都是生活中的鸡毛蒜皮,论不上你长我短谁对谁错。最后这些琐碎之事都化作苦水,一滴滴从各个方向装满春花的心,如同皖西大地的各个小支流,不管拐了多少个弯,最终都汇到淠河里。春花有时拉了桂枝倒倒苦水,并不是想叫桂枝给出主意,只是倒完这一腔苦水,心头会轻松些,腾空了地方,才好装得下下一腔的苦水。她知道,舌头跟牙齿还经常打架呢,又何况这样拢家的人?她和冉大贵,总是各有各的难处。

三十五

张务军下岗了！这是他从没想到的。他以为文化站会是个铁饭碗，却终究抵不过七站八所减员的潮流。去找老丈人吧，可一个过了气的退休镇长说话还顶什么用？再说，他会搭理自己的事吗？当张务军拿到一次性买断的八千块钱时，人还是蒙的。这场景让他再一次尝到了那年在部队提干的事。他垂头丧气地回到家，把这事跟黄干事一说，黄干事当时就没给他好脸，凉飕飕地嘲讽："好不容易把你调到文化站，你倒好，说丢就搞丢掉了。这以后口了怎过？"

张务军痛苦地把头蒙在被子里。黄干事还在喋喋不休："你真是扶不上墙的烂泥巴，当初我真是瞎了眼，怎就看上你！你看看人家小宋，本来还不如你呢，可人家有眼力头，承包了农贸市场建筑，现在在镇上可是响当当的，哪像你……"

"行了，别说了！看人家好，你跟人家过去！"张务军从被窝里吼了一声。

"你……你！你给我起来！一点本事都没有，还学会咋呼我了？……有本事你把工作要回来啊？你倒是去啊……枉费爸的心血！"黄干事气得直抖，把张务军从被窝里揪起来，满脸的雀斑都撑圆了。

不提老丈人还好，一提他，张务军火就不打一处来："那是你爸不是我爸，他眼里哪有我这么个女婿，好事都想着你那个弟弟，啥时轮到我了？你们家这么多年，谁把我当人看过？"

黄干事吃惊又愤恨地看着张务军，就像在看一条永远也喂不熟的狗："你，你……"

张务军手一挥，黄干事便扑倒在床上，她撕心裂肺地哭起来："你还会打老婆了……不就是我爸退休了嘛……你就能打我了……"

张务军垂头丧气地来到镇上一家餐馆。镇上就数这家餐馆生意最好，老板会做生意，服务员也漂亮，张务军有空就背着黄干事来喝上几杯。

过了吃饭的点，客人已经走光了，老板兼厨师的田旭新刚算好账，见门外来了客人，向站在跟前嗑咸瓜子的服务员使个眼色。田旭新认识这位客人，老家潘园的，前镇长的女婿呢，可惜没折腾起来，到现在还是个副职。

那服务员懒洋洋地起身，向田旭新抛个媚眼，转身去招呼张务军。收到服务员的媚眼，田旭新"国"字脸上的五官狡黠地错了位，嘴唇一拢，轻回了声口哨。

张务军扶着桌子坐下就说："来碟花生米，再随便炒个菜，一瓶'枝江大曲'。"

"好嘞。"服务员扭着腰肢，声音发嗲："还需要啥？"

张务军不耐烦地一挥手："够了。"

田旭新听见张务军的话，已经去炒菜了。酒先上来，服务员嗲声嗲气地搭讪："今就你一人啊？要不要我陪您喝两盅？"

这是她常开的玩笑，若是客人答应了，她便一撮猩红的嘴唇笑着："咯咯……我还没学会呢。"咯咯的笑声就像老母鸡下蛋似的，然后她扭着腰肢走开，留给客人一个肥硕的臀部。

可惜张务军今天心情糟糕透了，哪会像平常一样开玩笑？菜没上齐，他就已经把酒倒进胃里。是的，他不是喝，是倒。透明的玻璃杯满杯一两，张务军苦着眉头，一仰头，一两，倒满，再一两。

田旭新炒了盘青椒肉丝端来，见张务军一人这种喝法，便走过来劝慰："张站长，什么事把你愁成这样？"田旭新是开门做生意，可也怕这种经常喝得烂醉如泥的酒鬼。

张务军打了个响亮的酒嗝，把手一挥："别叫我站长了，下岗了！"

"这……哎，当多大的事呢，这男人还能让尿憋死？"田旭新摸条板凳在张务军对面坐下。张务军可以醉，但不要在他餐馆里，不给钱事小，弄不好，还借酒闹事。他得劝着点。

"你啊，别劝我了，就让我醉死得、得了！老婆不贴心，算了，可铁饭碗也没了，我还能干什么?!"张务军说着又倒了一杯，直往肚子里灌，白酒火辣辣地烧心。足斤的白酒瓶快见了底。

"别啊……听说迎水的三喜，对，您有次来喝酒还见过的……下岗了，人家可不含糊，转身就去了沿海大城市，听说还当上了老板……少喝点，想想办法，您可不像我们这些小百姓，您是有学问、有本事的人，这事怎会难倒您呢？您也可以！"

他抬起醉惺惺的眼，像是问田旭新，又像问自己："我也可以？"

田旭新"可以"的"以"还没说完，张务军就"哇"的一口吐了。田旭新赶紧起身。张务军接连又吐了几口，像是把苦苦的胆汁都给吐了出来。

等春玲来时，见田旭新一人正拿扫帚清扫呕吐物，年轻的服务员捏着鼻子离得好远。春玲既心疼又气愤，夺过扫帚，瞪了田旭新一眼，又朝服务员看去："还不晓得过来搭把手？"

服务员才踮着脚过来，嘟囔着猩红的嘴，接了扫帚，很嫌弃地清理脏污。

春玲狠狠地在田旭新身上揪了一把，低声说："你请的都是些什么人？当姑奶奶供着？"

"好好，你是我姑奶奶，求你小点声……"田旭新眉头皱了起来。他眉心本就不开阔，这一挤，更是将两道眉毛连在了一起。

田旭新给张务军泡了杯热茶。张务军无力地趴在桌子上，嘴里嘀咕着什么。

田旭新指指张务军对春玲说："喏，你娘家那边的。"

春玲仔细一瞧，见喝醉酒的竟然是张务军，感叹道："他可是潘园有名的！怎搞喝得这样烂醉？"

"喝得陡，不醉才怪。"田旭新望了望张务军，眉头又皱了下。

春玲问田旭新："餐馆都快关门了，现在怎么办？"

"能怎么办？等他酒醒呗。"

"那要到什么时候？"

"算了，你先回家，我在这等他。是不早了。"

"我不走，我陪你等。"春玲说完，向服务员那喊一声，"搞干净你先回去吧。"

田旭新无奈地望着春玲。春玲朝服务员那剜了一眼，又低声说："我不看着你，行吗？"田旭新慌忙把脸转向门外。

三十六

　　日子不紧不慢地走着，迎水村堤坝边上的芦苇随季节交替依次变换着色彩，青了、黄了、白了很多回。石头已经娶了妻，明月也十多岁了，可无论春花怎样打骂，明月就是不肯回学校读书，小小年纪一天到晚嚷着要去打工。

　　每早天一亮，无论刮风下雨，春花都会瘸腿蹬着自行车，先去镇上买菜给潘园娘家送去，再回迎水。

　　潘园竹林边的几间老屋，受了风吹雨打，破壁残垣，渐已荒芜，寻不着房型了。那曾经郁郁葱葱的片片竹林，也因缺少人烟而歪斜着，枯竭成稀疏的一根根，散落在别家的青砖白墙边，成了零星的装饰。潘塘没有涵洞的活水灌入，逐渐在枯萎缩小，可奇异的是，终日盘桓的青雾却丝毫没有变薄，潘园，永远都是雾蒙蒙的。春兴靠假烟酒起了家，赚了钱，当他在城里结了婚买房拥有自己的小家后，心也虚了，倒开始认认真真地做人，不再有犯法的勾当，这让春花宽心不少，姐弟俩冰冻的感情渐渐回温。

快到中午，石头本和冉大贵一起在田里锄地，他嫌太热，寻了个借口先溜了回来。石头待在树荫里闲着，望着村口，心里嘟哝这都什么时候了，那瘸子怎还不从潘园回来做饭？他随手捡个树枝正在地上乱画，见一只浑身滚满苍耳的小山羊从树林里窜了出来，带来一股浓浓的膻味。石头望望后面没人，心里一喜，慌忙把羊赶进了自家院子关起来，然后坐在门口台阶上，若无其事。

不多时，一勺寻了过来，四下张望，看见石头便问："石头，看见我家羊了没？这一转眼的工夫，有一只就跑散了。"

石头笑嘻嘻地跷起二郎腿，不紧不慢地说："咋，你放个羊还把羊给放丢了？我可没看见。"

一勺咂摸着这羊也跑不远啊，见石头这模样，一勺心里"咯噔"一下，这羊莫不是被他捡了去吧？石头可不是好惹的主，经他手里的东西，哪怕是只鸡蛋，都会小上一圈。

"石头，你要看见了，告诉叔一声呗，叔请你抽烟，你看叔这急得。"一勺从兜里掏出一包"玉溪"烟，凑近石头，弯下腰，正准备拆开，被石头一把夺去："你又不抽烟，都给我呗。"

"好，好，都给你吧。石头，告诉叔，可看见我家羊了？"一勺拿石头没辙，只能试探着套问他。

石头熟练地弹出一支烟，放在鼻子底下贪婪地嗅着，抖动着腿，阴阳怪气地："叔，你家羊那么多，可在乎那一头？丢了就丢

247

了呗，给人家烧个羊肉锅，就当行善了，多好？"

一勺这下更确定羊被石头捡去了，急得他两手直搓。老远看见春花骑车回来，他慌忙迎上去小声说："春花，我刚丢了只羊，你帮我问问石头可看见了呢？"

"咦，你这什么话？"石头站起来，用手指着一勺的脸，"你丢了羊不去找，在这老问我干吗？不是怀疑我偷的吧？"

一勺立马哈腰赔不是："哪有，哪有，我们石头都二十多的大小伙了，怎还会干那事？我只是问问，问问你可看见了。"

春花放好自行车，训斥石头："石头，怎对叔说话呢？快说说可看见了？"

"没有，没有！"石头叼着烟，脸不红心不跳，一副吊儿郎当的模样。

春花又对一勺说："羊在哪没的？我帮你去找找。"

一勺看看石头，吞吞吐吐："应该……应该……就在这附近吧。"叹口气又对春花说，"唉，算了，我自己先找找看吧，你忙你的。"

春花拎着菜篮正准备回家做饭，却被石头拦住："等下！"见春花不解，石头两眼放光，贼兮兮地说："一勺的羊被我赶来了，一会我把它宰了，中午烧羊肉？"

"啊？"春花一跺脚，"你这孩子！去，快喊你叔，把羊还回去。"

"不还！"石头歪着头，朝春花一字一句。

"石头，听话，别让你叔着急。……好，我来喊他。"春花作势就要喊一勺。

"你……死心眼！"石头瞪着春花，一脚踹开门，自己进屋去了。春花摇头叹了口气。

一勺并没有走多远。春花找到他，弯腰赔着笑："对不起啊，他叔，羊被石头找到了，他刚才是在跟您开玩笑呢。"

"没事没事，找回来就好。"一勺摆摆手，跟春花去牵羊。

等他俩把羊赶回一勺家，桂枝要留春花吃饭，春花连忙摆手："不了不了，一家老小还等我回去做饭呢。"

桂枝和一勺看着春花一跛一跛离去的背影，心里叹息着，这些年，春花也为冉大贵父子操碎了心。

过了几天，春花去镇上春玲家时，见春玲正握着话筒在打电话："好，好，我再想想。"在镇上开通第一批有线电话时，她家就装上了电话。电话座机边放着一杯茶，碧绿的六安瓜片在茶杯里浮浮沉沉。

岁月不饶人，春玲曾经黑白分明的眼珠渐已浑浊，时髦的大波浪卷发竟夹杂了一些银丝，闪闪地耀眼，体态也有些走样、臃肿了。

春玲看见她大姐，说："我问问镇上的皋新农贸市场可有门面转让，想买两间，开个带'卡拉OK'厅的大饭店。"

春花说："那怕要不少钱呢？"

"嗯，是不少。我还要跟田旭新再商量下。"

姐妹俩拉了一会儿家常，说起了孩子。春玲看看春花："大姐，你这后妈肯定不好当吧，严了，说你亏待他，松了，说你不管他。人嘴两块皮啊！你今来，不是又受石头的气了吧？"

春花笑了："没有。人心都是肉长的，我真心待他，想他早晚会接受我。我来跟你说一声，冉大贵他们去上海打工，我也去。"

春玲好奇了："咦？你去能干什么？裁缝不是当得好得很吗？"

"盖房娶媳妇欠下八万块钱外债，光在地里刨，是还不上的。我们那有个老乡三喜，在上海当了包工头，很多人都去投奔他。冉大贵也托人联系了，他和石头在工地里搭脚手架当小工，五十块钱一天。明月去那的纺织厂里上班。我腿脚不好，托三喜恩情，让我去工地里开电梯，能挣一些是一些，还能帮他们洗洗涮涮。家里的地，留给乡亲们种。"春花乐呵呵地，脸上皱纹一道道的，如镂如刻。

"哦……听说你家儿媳妇桃杏可不好缠啊？"

"什么好不好缠的，将心比心待她，就当多个丫头。我们这次都一起去。我去上海后，你多回潘园照顾着，没事就带点菜回去。大哥家日子不好过，咱妈你是知道的，一辈子没什么头绪，还天天跟哑巴大嫂吵架。"

田旭新进屋来，招呼着春花，给春花沏了杯茶，对她说："大姐，真对不住，餐馆忙得很，我要走了。"转身又给春玲的杯子续满，甚为体贴地说："春玲，你和大姐在家慢慢聊，今你就歇一天，别去餐馆了。"

望着田旭新离去的背影，春花笑了，真诚地羡慕："春玲，你这辈子真是好福气，你看田旭新，多好啊。"

可春玲像坐不住了似的，无奈地对春花说："大姐，我也不留你了，我得跟去餐馆看着他。"

"看着他？"春花不解。

春玲抬起戴着好几个金戒指的手摆了摆，苦笑着，满是酸涩："唉，大姐啊，也不怕你笑话，他是人老心不老，餐馆里又雇了几个漂亮的小丫头，我不去看着啊，时间久了，这田旭新指不定会出什么幺蛾子，上次和隔壁寡妇的事还没了呢……"看春花吃惊的表情，春玲顿时又后悔了，这些事不该让春花知道的！她红了脸轻咳一声："咳……这也不怪他，现在的小丫头们，胆子都肥得很，专往有钱人的怀里钻，你不想沾惹都不行。要不是我看着，这个家早就让他给祸了。"

春花看着春玲风风火火离去的背影，一时间竟怔住了。天啊，她从来就不知道要风得风要雨得雨的春玲，也有这么多的烦恼。田旭新，他不是天底下最好的丈夫吗？

三十七

不仅是迎水村，整个皖西大地上的村落，大都空了，村民们就像春花家一样，卷起被褥，拖家带眷，外出打工，用曾经挥洒在庄稼地上的汗水和力气，或去浇筑城市的摩天大楼，或去工厂做小工。与周围栋栋夯实明亮的建筑物相比，上海浦东一个在建工地旁的小胡同显得尤为寒酸，这里租住着很多民工。巷口泛滥着一股浓烈的下水道的味道，尤其在阴雨天气，混杂着民工们浑身的汗液，妇女们劣质的胭脂水粉，再加上从家乡带来的放在出租屋里的霉干菜、臭豆腐等，各种味道搅和在一起，蒸煮了一股说不清道不明的酸馊味。而被子永远是潮湿湿沉甸甸的，如这条胡同里粗俗的嬉笑怒骂，都有种提不起来的沉。有迟起的民工家属，披头散发，穿着拖鞋睡衣，拎着篮子从巷口的临时菜摊，买回些白菜五花肉之类。很快，便有人从出租屋里提出白铁皮的煤炉来生火，浇上酒精点燃煤球，用报纸扇着，烟熏缭绕，呛得人睁不开眼睛。出租屋门口拴着的塑料绳上，一排排晾晒着很多正在滴水的衣物，大大小小、红红绿绿。而出租屋里，摆放了很多旧的家具：破了一面镜子的大衣柜，吃饭用的小矮木桌……这种工地旁的小胡同，一般都没有具体名字，这边工程一完工，那边小胡同就拆了，民工们如蝼蚁般随建筑队再搬往下一条类似的胡同，有时一年搬一次，有时几年搬一次。

上海也会时常起雾，这里的雾跟潘园是不同的。潘园的青雾，湿润且空灵，而这里的雾，则带着硕大的尘埃，干燥又粗暴。来往的都市人，都带着硕大的口罩，遮盖了面目，谁也看不清谁。

春花很怀恋皖西老家，总跟冉大贵说，这哪儿哪儿都是灰蒙蒙的，好闷，好闷。冉大贵问她："闷？你又胸闷了？哪天带你去医院看看到底是怎回事。"春花一家五口，来上海投奔老乡三喜，在他建筑队里干活有几年了。

明月从纺织厂里下班回来，见桌上放着一支口红，小小巧巧的外壳闪着魅惑的金光。明月瞧着，心生喜欢，这口红是她一直没舍得买的。明月拿起来走到镜子前，刚打开盖子想涂下试试看，却被人一把夺了过去。

"别动我东西！"桃杏小心翼翼地盖上盖子，装进口袋。

"咦……试试都不行啊？真小气。"明月悻悻地缩回手后退着。她不想跟这个嫂子有矛盾，每当有矛盾，也不管她是对是错，春花总是先批评她，再弯腰向石头和桃杏赔不是。

253

"试？我看你是想偷吧！这是石头刚帮我买的呢。"桃杏鄙夷地看着明月。

春花闻声瘸着腿走了过来："怎么了？"

"你丫头手脚不干净，想偷我东西。"桃杏先声夺人。

"谁手脚不干净？你讲清楚。"明月恼了，撸起了衣袖，隔着春花就要撕扯桃杏。

桃杏也愤恨着："还想打人啊？我就讲你手脚不干净！"

桃杏揉开春花，和明月厮打在一起，春花拉住这个，拉不住那个。春花很快被推米搡去到一边，只能大口大口地喘气，她胸闷得很。

桃杏拽着明月头发用脚踢着嘴里骂着："小偷，野种！"

明月更火了，她仗着身高优势，迅疾回身，左右开弓，"啪""啪"地接连扇了桃杏好几个清脆的耳光："叫你瞎讲，撕烂你嘴！"

春花想说话，可张着口说不出来，呼吸异常艰难，她紧紧地捂着胸口，喘着粗气，心里像着了火似的，在燃烧。

冉大贵和石头一迈进门，便遇到了这场景。

她俩很快被拉开了。很明显，桃杏吃了亏，脸上留着几个清晰的指印。桃杏看见石头，一头扑到他怀里，"哇"地哭了。

待问清了缘由，石头走到明月身边，冷不丁抬手就是一巴掌，很响亮地掴在明月脸上。"啊……"明月被打得猝不及防，倒着后退了几步，捂着脸，瞪大了眼睛看着石头。

冉大贵火了，大声斥责："你怎能打妹妹？"

"妹妹？可是亲的？"石头冷笑着。

"妈，你看见了吧？"明月哭了，跑到春花身边，双手使劲摇晃着春花，诉着满腹委屈："妈，每次你都叫我让事，什么都得让他们，好吃好喝的，我一样都沾不上边，从来都捡他们剩下的。就像他们才是你亲生的。妈，妈，你看看，你现在看看啊，你对他们再好有什么用啊？"还没等冉大贵阻拦，明月已经哭着跑出门了。

春花一手捂着胸口，一手指着石头："石头，你……你……"冉大贵赶紧折回身扶住了春花，他真怕春花栽倒了。

石头用手摸摸桃杏肿起来的脸庞，扭头对着春花又是一句："我讲得不对啊？"

春花感觉自己快闷死了，仿佛有一块黑压压的巨石压在了胸口，让她吸不动气。春花鼻翼翕动着，脸色是毫无血色的灰白，眼珠发白，浑身瑟瑟地直冒冷汗，而心里，此刻却像是燃起了一场漫天的大火，在无情地灼烧。她有气无力："我……我……"

冉大贵赶紧倒了杯水喂她喝下，不行，还是不行，春花胸口还是闷的，火烧似的。春花揪着自己的胸襟，用手挠着，大口大口喘着气。冉大贵用手一下一下帮她顺着。

"别装可怜。当初要不是我爸可怜你们，你娘俩早饿死了。我还上一巴掌，又怎么了？"石头歪着头，看着春花。

冉大贵脸色一片青紫，大骂着："畜生，你胡讲甚个？！"

眼看春花双眼翻呛着，就要窒息，冉大贵也顾不上再跟石头置气，连忙背起春花就往医院跑去。

医院诊断，春花操劳过度，得了重度哮喘，得终生服药。

冉大贵拉着病床上春花的手，这是怎样的一双手啊！关节粗大，青筋爆出，仿佛没有血肉，只附着一层凉薄的皮肤，瘦骨伶仃，很是硌人。冉大贵握着握着，眼泪竟流了下来，哽咽着："春花，对不起，跟着我，委屈你了。"

春花眼一热，用力握了下冉大贵："两口子，谈什么对不对的起啊。"

冉大贵说："那俩畜生人不像话了！我知道，你让我们把工资都放那存着不拿，留着一把结回去还债，一家五口人吃穿用的，全靠你和明月的工资。你每个月还背着明月悄悄塞给桃杏二百块钱，怕屈了她。春花……这我知道，我都知道。"冉大贵渐渐低下头去，留一个光光的瘌痢头对着春花，他直不起腰。

春花见了冉大贵的模样，虽对儿子媳妇还是有气，倒也不舍得再说什么重话。她叹息着，反过来安慰冉大贵："都是自家孩子……事后想想，吵架时哪有好话？我不会放在心上的，对孩子，我会一样疼的。"

冉大贵见春花这么一说，释然了许多，忙问春花现在身子怎么样，好点了没有。

"吸了氧气觉得顺畅多了。只心里还是火烧火燎的，像有心火一直在烧似的。你买点咸瓜子给我嗑嗑？"

冉大贵愉快地答应了，转身去买咸瓜子。

三十八

　　春花只在医院躺两天，开了些药，感觉稍微缓过来劲，趁冉大贵去上工了，自己收拾了东西，背着护士悄悄地出了医院大门。她要回小胡同去，在这里一天要花几百块，她可舍不得。她想自己应该记得路，不就是这一片地方吗？摸也能摸回去。

　　可是，她不知道的是，上海于她而言，太大太大了，光是浦东，就已经大到出乎她的想象。

　　天空是阴冷的，漫着粗粝的雾气。在这种晦暗底色的映衬下，浦东，更显繁华。鳞次栉比的摩天大楼，被擦得锃亮的商场玻璃，铺天盖地闪烁的 LED 屏巨幅广告，马路上数不清的车辆，街道边聚涌嘈杂的人流，几步一个岔道，盘旋的立交桥如巨大的蜘蛛网一般、纵横交错。这一切，使羸弱的春花更为渺小。她眼花缭乱地、一瘸一拐地走着，耳膜嗡嗡作响。

在春花眼里，每一条街，似乎不一样，又似乎都一样。春花想，小胡同好像在这条马路南边吧？她头晕目眩地想穿过马路，但马路上的车一辆接一辆，没完没了似的，个个来势凶猛，好像要把她吞没一般。春花踌躇了，犹豫半天，才敢抬脚探进去。抬脚的瞬间，她有着大冬天把脚探进潘塘的恍惚。一声呼啸的车笛带着疾风，很快让她缩了回来，真危险啊！她紧张得心扑通扑通地狂跳。奇怪，开车的人怎不看着点呢？她听见旁边一个低声："真没素质！"春花想，这是说谁呢？应该不是说她，她就是想回家啊！站了好一会儿，她看懂了，人们都沿前面的天桥过马路。春花随嘈杂的人群，一瘸一拐，扶着冰凉的铝合金扶手，一步一步，总算上了天桥。春花明明是想朝南，可从天桥上下来时，人已经在路的北面了。哪出错了呢？算了，再回去吧。春花叹口气，再次蹒跚着回到天桥，可她，再也找不到来时的路！春花迷失了方向。春花心底想，这里为什么跟潘园不一样呢？潘园哪怕有再大的雾，她闭着眼睛也能回家啊！

春花想找人问问路。对面走来一个夹公文包戴口罩的男人。春花喊住他："我想……"戴口罩的男人只是略缓了脚步，望了春花一眼，根本没给春花问路的机会，就匆匆走了。春花想，他应该是赶着急事呢。

见一个年轻的女人拉着五六岁的男孩，好像对母子，有说有笑。春花上前问："大妹子。"女人停下来。小男孩眨着乌黑的大眼睛好奇地看着春花。春花笑了，接着问，"我想问问，浦东的小胡同怎么走?"春花只知道她住在小胡同。

年轻的上海女人牵过孩子,紧紧揽在胸前,想了下,摇着头说:"吾伐晓得。"然后催促孩子往前走。春花听不懂,又问:"大妹子,怎么走啊?哎……"年轻的女人没回头,那小男孩回头了,奶声奶气地朝春花说:"奶奶,我妈妈说她不知道。"春花苦笑着,朝那男孩挥挥手。

这可怎么回去呢?春花愁苦地挨着楼梯坐下。石头是买了部翻盖的旧手机,可电话号码是多少呢?春花想了半天也没想全。春花是真的累了,她闭上眼睛让自己歇一会儿。天桥上,来往的行人匆匆忙忙,各样的鞋跟发出阵阵急促的"咔嚓、咔嚓"声。不知是谁的鞋跟磨损了,只剩光秃秃的铁钉敲打着水泥地面,刺耳又低沉。依稀中,春花好像听到了潘园遥远的压井声。

一对夫妻模样的人观察了春花一会儿,相互递个眼色,走了过来。男人对春花说:"大姐,我们外地的,钱包被偷了,没钱吃饭,您看,您能不能给我们几块钱买个馒头填肚子?"怕春花不给,女人跟上信誓旦旦地说:"我们不要多,买几个馒头就成。真的,不骗您。"

春花站起来叹道,唉,还有比她更可怜的。春花从兜里掏出二十块钱递过去。夫妻俩连连说:"大姐人真好,真好!"春花不好意思地笑了,说,要是在皖西老家,她一定会请他们到家里吃一顿呢。

钱给了他们,春花也觉得饿了,扶着天桥冰冷的扶手四下张望，老天啊，小胡同到底怎么走呢！咦，桥底下那两个不是刚才的那对夫妻吗？他们在跟路人说什么？为什么还不去买馒头呢？春花使劲挥手，张口喊："喂……"可是，天桥太高了，春花的声音轻飘飘地随雾霾四散，他们听不见她的声音。春花胸口闷得很，脸色灰白，靠着天桥栏杆，不停地吸着哮喘的药。戴口罩的行人匆匆经过她身边时，都侧身离她好远。

等冉大贵从天桥上找回春花时，上海的霓虹灯已不知疲惫地将整座城市变幻出梦一般的色彩。

回到出租屋，春花的脸色才好些。明月心疼极了，赶紧帮春花脱了棉布的夹袄，让她躺在床上。石头和桃杏正低头吃饭。

明月嗔责春花怎么不在医院多住几天。冉大贵也怪春花一个人乱跑，亏得找到了。

春花喘着气说："住院贵着呢。没什么大病，找医生开些药回来一样的。歇一天，就能去工地开电梯了。"

石头像是自语："没办出院手续偷跑出来不是一样要给钱……"

春花脸"噌"地红了，讷讷地，很是羞愧。

明月盛了饭端给春花。春花感觉肚子是空的，却吃不下去，胡乱地扒了两口。冉大贵说去工友那串门，石头和桃杏也去逛夜市了。春花问收拾碗筷的明月："今十号了，你这个月工资可拿了？乖，给我。"

明月噘着嘴，很不情愿地从兜里掏出刚发的一千块钱，嘟囔着："给你。你一天到晚只顾别人，就不知道心疼自己。大哥盖房

260

结婚欠的债，干吗要我们去还啊？"

春花知道明月还在生她哥嫂的气，那脸上被石头掌掴的指印还微微泛紫。春花揽过明月，伸手抚摸着："傻姑娘，一家人哪分你我啊？脸还疼吗？妈一会儿煮个鸡蛋给你在脸上滚滚啊。明月，妈知道你委屈，你大哥大嫂也是一时冲动，别怨他们了，可好？"

"知道了，我听你的。"明月很委屈地抓住春花的手，在脸上蹭着，顿了顿又说："妈，等我有钱了，你就不用这么辛苦了，我养活你。"

春花笑了，爬满皱纹的眼底却又涌起了无边的酸涩。春花抱过明月，把脸埋进女儿的肩膀，明月已经是亭亭玉立的大姑娘了。"还是明月贴心。"

等煮好鸡蛋，春花的胸又闷了，呼吸开始急促。春花赶紧起身，手忙脚乱地拿过哮喘的药，大口大口地吸着。瞳孔随着呼吸一紧一缩。几口药顺着气管灌进肺里，呼吸是顺畅些，心里却还是火烧火燎似的。她又抓了一把咸瓜子捂进嘴里，连壳一起，大口大口地嚼着，嚼碎了再一口咽下。好些了，好些了，可还是不过瘾。春花看着刚刚剥下的蛋壳，白里泛着红晕，温润剔透，她想，这个嚼下去，会不会好过些？春花想着就伸手拿起一块，尝试着放在嘴里嚼着，和着唾液，细细地嚼着，发出"咯吱咯吱"的响声。

"妈，你在干什么？"明月走过来。

春花慌忙扔掉没嚼完的蛋壳："没，没什么。我在嗑瓜子。"

"妈，你现在嗑瓜子怎么老连壳嚼啊？伤胃的。听爸说在医院你都嚼了好几斤了，不许那样吃了。"

"好，好，我记住了。"春花拿出雪白的鸡蛋在明月脸上滚着："我丫头就是好看。"明月笑着："那是。不看看是谁生的？别人说我长得像你。"其实，明月的眉眼还是有几分像死去的冉奎。但，春花从来不说，有意让这念头极快地溜过，就怕细究下去，那些陈年旧事，还是会让她孱弱的身心疼痛。过去了，就让它过去吧，就像做过的一场梦一样。

春花趁明月没注意，又瞟了一眼扔在犄角旮旯的鸡蛋壳：小巧清透，粉嫩嫩的，浑身散着极具诱惑的白光。春花望着望着，眼里泛起了一丝雾气，咽了口口水。

三十九

　　春花去包工头三喜那领工资。她掰着手指算着，冉大贵和儿子媳妇的工资加起来，今年过年至少可以带两万回去还债了，慢慢还着，这日子能过下去的。

　　三喜正捯饬一部新的诺基亚手机，把"大哥大"里存的电话号码移到新手机上。见了春花，三喜笑着说："春花，你家存的钱够过个肥年了！"

　　春花也笑盈盈地说："托您的福。希望早点把老家的欠债还了，不背账就阿弥陀佛啦。"

　　"都是老乡，不帮你们帮谁?"三喜用诺基亚点着工资簿："冉大贵工资一分没拿过呢，瞧瞧，这都快小万把了……只是，你儿子媳妇每个月都从我这预支，不仅没剩，哦，还超支好几千呢……"

　　"啊！"春花像是被人打了一个闷棍似的，脑袋发蒙，三喜又陆陆续续讲了什么，春花没听清，就像大脑被油纸糊住了，三喜的声音只能轻飘飘地打在油纸上，却渗不进耳朵里。春花嘴巴张得大大的，大口大口地喘着气，心里又溅起了火花，如一望无际干枯的草原上，星星点点地燃起了火星，"噼里啪啦"着，眼看火势就要燎原。

春花跌跌撞撞一步一拐地，跑回出租屋，摸起一个鸡蛋敲碎了，把蛋清蛋黄打在碗里，拿起蛋壳就嚼。混着生鸡蛋的腥味，春花细细地嚼着，她得赶在心火焚寂她五脏六腑之前，嚼些生鸡蛋壳去灭了它。

一个，两个……一连好几个蛋壳下肚，春花磕鸡蛋的动作停不下来，磕出的蛋壳跟不上她咀嚼吞咽的速度。她想，应该去外面找些蛋壳。

晚饭时，一家人下了班都坐齐了。破损的木桌上，摆的晚餐比平时丰盛了些，还有尾难得一见的红烧鱼。

冉大贵乐呵呵地问："今有啥喜事？"

春花心里重重地叹口气，拿过毛巾，帮冉大贵擦汗，抹去他脸上一道又一道夹着汗水流淌下的灰渍。冉大贵憨憨地笑着，秃头油光光的。他瞧着春花的脸色怎么怪怪的。

石头端起明月给他盛好的饭就吃，用筷子在鱼肉里翻捡着，嘴里发出"吧唧吧唧"的搭嘴声。桃杏也自然地接过春花递给她的米饭。平时，他们也都是吃现成的饭，吃完，嘴一抹碗一推，留春花和明月收拾。仿佛，这一切，都是那么天经地义，习惯了。

春花又叹了口气！想起自己这些年对石头的好，可结果换来了什么？这小两口始终都是捂不热的！她干枯的眼角，洇出了水渍。她放下碗，声音低沉："今儿一家老小都在，这顿饭吃完，石头和桃杏，你们就分家另过吧，要不……你们搬走，要不……我们搬走。"

"什么?"冉大贵没听清楚，停下筷子。

春花在石头和桃杏惊诧的目光中，垂下眼，夹了块鱼肉给明月。

冉大贵把碗重重撂在桌子上，看着春花，声音急促："刚还好好的，这又咋了?"

"我不想多说。就这么定吧。"春花抹了下眼角，表情木讷。

明月虽然不明白怎么回事，却咧着嘴笑得很开心。分家了！她不用交工资了，她可以买漂亮的花衣裳穿了！

石头"呼"地站了起来："我不同意！不就是打了明月一巴掌吗？你闷不吭声好几天，就挖个坑在这儿等我们啊?"

春花也站起来，灰白的脸因激动而有了颜色，她仰头看着石头："非要我讲？那好，我问你，你跟桃杏从三喜那预支的工钱呢?"一滴泪愤怒地落下，沿她脸上的沟壑爬到嘴角，苦苦的。

"预支？怎会预支?"冉大贵更是不解，着急地挠挠秃顶，他没听说孩子们预支工资的事啊?

"那个……花了，又怎么了?!"石头见瞒不下去，索性把脖子一擤，承认了。桃杏低下头去，装不关她事似的，接着吃她的饭。

"你!"冉大贵恼了,用手一指石头:"⋯⋯这样大了还不立事?你妈为这个家辛辛苦苦操劳,你居然背着我们把钱拿去花了?我,我捶死你!"冉大贵气极了,四处转身,寻到一根木棍,摸起来就朝石头打去。

"我妈说不定早死了。她才不是我妈!"石头一边瞪着春花,一边躲闪冉大贵,身强力壮地两三下就夺过了棍子。冉大贵气喘吁吁:"畜生,滚,收拾东西给我滚蛋!"

"爸?!"石头像看陌生人似的看着冉大贵,摇着头,赤红了眼:"你竟然真要撵⋯⋯撵我们走?"看着看着,石头杵着木棍竟哭了,越哭越伤心,拍着胸脯,"冉大贵,你搞清楚,我⋯⋯我才是你亲生的啊⋯⋯"

"分家吧。"春花一瘸一拐地拉过冉大贵站到一边,对着他说:"这种日子是没法过了。欠账一家背四万,让他们走吧⋯⋯"

"还要背账?"桃杏捂住嘴,瞪大双眼看着春花,她不相信。

石头一听,"哗啦"一下,掀翻了饭桌,菜汁四溅,锅碗摔落一地。石头抽泣着,咬牙盯着春花:"你,太狠了⋯⋯我打死你!"说着挥动木棍就朝春花劈下。明月下意识尖叫着跳起身去护,劈向春花的木棍重重地落在了明月的肩膀上,明月一个趔趄扑倒在春花怀里。

"啊⋯⋯老天爷啊⋯⋯"春花悲怆地搂住明月。这一棍,比落在她身上还要疼痛百倍、千倍、万倍!春花的心火,"噼里啪啦"四溅着,呼吸急促,整个人像条被扔上岸的鱼,鼓凸出眼泡,绝望

266

地蹦跶，逃不脱这要命的窒息！

冉大贵也拦在娘俩中间，生怕石头的木棍再次挥下。冉大贵无比绝望地看着儿子，目光中却又是满满的乞求："畜生啊！快把棍子放下啊……"

打架的声响惊动了胡同里的民工们，人们纷纷放下饭碗过来看看。有人已夺了石头的木棍，叱问："混账东西，你怎么能打你妈呢?!"

"唉，这后妈真难当。说是后妈，比对自己丫头还好呢。"

"啧啧，这小两口心啊，都叫狗给啃了……"

桃杏在民工们你一言我一语中，红着脸拖着石头，消失在众人的视线里。

好几天后，明月的肩上还是通红一片，肿得像发了面的馒头一样。春花心火时而燃得更旺，她要不停地找生鸡蛋壳来嚼。她已经开始满胡同里去寻。什么时候开始，春花的鼻子变得异常灵敏，她老远就能闻到蛋壳散发出的诱惑气息。当整条胡同如醉汉一般，在破旧中蜷缩着睡去，春花会爬起，像幽灵一样，瘸着腿猫着腰，在胡同的垃圾堆里翻翻捡捡。有时捡到的蛋壳还来不及冲洗，春花只在衣袖上擦擦，就开始大口咀嚼，囫囵着咽下。在蛋壳下咽的瞬间，她才觉得心火被灭了一些。

而春花随身携带的哮喘药，随时都能用得着。

春花给春兴打过几次电话，问潘园娘家的情况。偶尔一次说漏了嘴，说了石头的事，春兴一听，连夜要赶过来把石头腿打折。春花自是不会让他来的，慌忙解释："没事，没事，现在他们对我好得很，你在家好好的，大姐这会处理好的。"春兴这才作罢，只一再叮嘱春花，什么事都别瞒他，他们对你不好，我来揍他们。春花捏紧了手中嚼了一半的蛋壳，连声说"好，好"。

四十

当日子渐趋平稳，春花的心火也像是被生鸡蛋壳活活地给压灭了一般，好久没来扰她了。心火，来得毫无防备，走得也悄无声息。春花再也不会半夜三更、鬼魅般穿梭在这条漆黑的胡同里。春花脸色也恢复正常，甚至还泛着光泽，不再是焦郁成暗黄，眉眼间，年轻时的姿色依稀可辨。却因嚼了太多的蛋壳，羸弱的身子承受不了，她这哮喘，似又严重了许多，药量也增加了。

冉大贵自儿子媳妇搬去工棚后，经常会背着春花唉声叹气，上工时有意无意地打工棚经过，那工棚的条件，还不如这条胡同。冉大贵也进去看过几回，塞过几次钱。冉大贵好几次想跟春花说让他们回来吧，可话到嘴边，双唇就像是被糨糊粘住了似的，鼓足气力只微微挣开条缝，瞬间又合拢了。想想儿子干的事，他是没脸跟春花提这茬。可眼下，桃杏要生了，冉大贵快当爷爷了！冉大贵满溢了的喜悦里却掺杂了更多的忧愁：儿媳妇的月子谁伺候呢？将来孙子谁带呢？那两口子大手大脚的，从来挣得没有花得多，孙子的奶粉钱从哪来呢？……冉大贵觉得自己的秃头都快被挠出血了。

见冉大贵翻来覆去地睡不着，春花按亮了电灯，坐起来，用胳膊肘碰碰冉大贵："说说呗，你今儿咋了？"

"没啥，没啥呢。睡吧。"冉大贵手一伸关了灯泡。屋里一片漆黑。

春花伸手又按开了，光亮瞬间填充在出租屋里："我俩在一起也这么多年了，你有心事能瞒过我吗？是不是在想儿子媳妇的事？"

冉大贵挠了挠光头，"嘿嘿"笑着："你都知道啊？"

"别看我老了，我用脚趾头想想都知道。你这两头来来回回地跑，我是瘸子，又不是瞎子。"春花说着话，感觉又接不上气了，赶紧抓过哮喘药，"呼哧呼哧"吸着。春花灌了一些药进去，问冉大贵："是不是桃杏要生了，你这个当爷爷的操心孙子没人带啊？"

冉大贵搂过春花，晃动着瘌痢头："是啊，是啊，春花，别再跟孩子们怄气了可好？出去这段时间，那两口子吃了不少苦，早就知道错了，一直念叨着你的好。儿子跟我说，他偷偷来这条胡同好几趟了，想想，还是没脸进来见你。"冉大贵的声音低了，涩涩酸酸的。

春花轻叹口气，关上电灯，让屋里再次陷入一片乌黑："唉，谁叫他是你儿子呢？回来吧，我早就想过了，等孩子生下来长大些了，我就带孩子回迎水吧。你们安心在这里打工。"

虽然一下没了灯光，冉大贵心里却是一片光亮，他长舒了一口气，乐呵呵地在春花额头响亮地亲了一口："春花，就知道你最善。明儿带你四处逛逛。""去，老不正经的，让明月听见多不好，快睡吧！"暗中，春花嗔责着，背对着冉大贵躺下了。

稀疏的星光冷清地映着整条胡同，静谧中，唯有谁家屋檐下忘记收拾的衣物，被夜风鼓荡着，"簌簌"直响。

秋，深了。

那年腊月，桃杏在这条胡同里生了个男孩。冉大贵的嘴一直是咧着的，顶着个秃头很有劲地忙里忙外，生怕人不知道似的，在不长的胡同里逢人就说："我添孙子了，叫小宝。"民工们自然都是"恭喜、恭喜"，也有人俏皮地应他："冉大贵，我都听你讲过八百遍了，耳朵都起老茧子了。""哈哈……"冉大贵也不生气，依然笑呵呵地发着红鸡蛋。

已近年坎，民工们都已陆续返乡，工地缺了人手，上头又着急催活，三喜咬着牙把加班费也涨了，可愿意像冉大贵这样留下依然在脚手架上爬高下低干活的，还是寥寥无几。冉大贵什么活都接，搭脚手架、拌泥浆、抬钢筋……每天衣服上都能拍出厚厚的一层灰，头脸也是灰蒙蒙的，分不清哪是眉毛哪是眼。工友们问他干吗这样卖命，冉大贵挠着秃头："我要给孙子挣奶粉钱。"

春花在石头夫妻俩搬回来时就跟三喜辞了工，天天从巷口的临时菜摊买菜，每天都有鸡、鱼等荤菜。等到城管撵得紧了，撤了工友们的临时菜摊，春花又坐公交去大超市买菜。自那次迷路后，春花便花时间把浦东这一片摸熟了。桃杏在春花悉心照料下，生产后身子更加圆润，一边美美地享受春花的厨艺，一边跟明月嬉笑说要减肥。春花那年过年没回老家，只跟娘家人通过几次电话，报个平安，告诉他们自己很好，现在真的很好。

春花买菜回来，老远就听见宝宝的啼哭和争吵，开门一见，石头正压在桃杏身上，伸手要夺桃杏手里的手机。小宝在襁褓里哭得撕心裂肺。桃杏见了春花忙说："妈，妈，快把手机拿着。"

春花愣了，咋回事？正当她发愣的工夫，石头已经抢到手机，两三下就把信息删了。桃杏哭了，不干不净地骂着："石头，你个没娘养的，你怎么就趁我生孩子跟人家小丫头勾搭上了？"

石头犟着脖子，说："没有，没有，我说没有！"

桃杏跳起来，指着石头的鼻子："我都看见信息了，还不承认？有本事别删啊！"

春花弄明白了。她瘸着腿，抱起宝宝，一边抖一边哄，语重心长地说："石头，不能沾的事，别沾……把手机给我保管着，这几天别用了。"石头低头不说话，手里攥着手机。春花又喊了一声："给我！"石头才把手机递给春花。桃杏还在一个劲儿地抹眼泪。春花心里叹了口气。其实，当她把石头手机要过来时，并没想好怎么处理，只是觉得没了这个手机，石头就安稳了。

晚上，手机"嘀"的一声，惊得春花一颤。绿色的荧光屏闪烁了一下，来了条信息。春花捧着手机，像捧着一个炸弹似的，它好像随时能把这个家炸得粉碎。寂静了一会儿，突然，手机响了。她慌忙想挂掉，可不小心按了接听键，一个女孩嬉笑："石头，你怎么不理我?"春花沉默了下，想想还是说："……我是石头妈。"她刚说完，电话那头便传了长久的忙音。

春花想，石头应该会处理好的，会的。

石头和桃杏到底年轻，没多久，两人又好了。春花暗自松了口气。

四十一

　　冉大贵眼瞅着小宝一天比一天长大，粉嘟嘟的小嘴会喊爷爷了，他越忙越有劲。这天中午快到下班的点，三喜找到他，说有个脚手架工请假了，工期紧，问他可能给替一下，算加班。冉大贵咧着嘴说："行嘞，您放心。"

　　冉大贵要搭的是外墙脚手架。冉大贵对于三喜建筑队用的这种扣件式钢管脚手架，再熟悉不过了。别的建筑队陆续都换成价格高昂的新型脚手架，比如爬升式脚手架，盘扣式脚手架等，但三喜用的还是这个，因为这种脚手架装拆方便，搭设灵活，一次性投资少。虽然这种脚手架上的螺杆容易丢失，搭扣容易断裂，导致安全性能低，可三喜的建筑队这些年也没见出什么大事故。冉大贵要用搭扣把一根根钢管接起来。他从五米开始往上搭。不说这样的低层，就是五十米六十米高的，冉大贵也搭过。工期忙不过来时，大老板们会火烧屁股一样催三喜，三喜再催冉大贵他们。延误一天就会延误大老板们多少钱呵，工友们都理解。冉大贵他们有时饭都顾不上下去吃，就用塔吊带上来，实在倦极了，躺在高高的脚手架上，闭上眼睛眯个十来分钟也是正常的。

准确说，三喜建筑队的管理还是比较规范的。工地里的安全员经常进行安全检查，对于没戴安全帽、没穿防滑鞋、没系安全带、酒后作业等，查到了都会有一些相应的罚款措施。可是，又有多少执行力度？安全帽倒是每个工友是必戴，建筑群里高空坠物常有，谁也不会冒这个险，就好像哪怕天上下金砖，也不可以用头去接一样。这个道理工友们都懂。可大热天的，爬上爬下，身上多绑了根不知沾了多少人汗水的绳索，又黏又馊，极不自在，尤其像这种只有两层楼高的高度，工友们会偷偷解下这条拴着性命的细细绳索。此时，冉大贵也不例外。他算得上老架子工了，这点活，在他眼里，有什么呢？

上海三伏天的太阳，照在旁边那栋刚建成的不规则形状大楼上，从大片的蓝色玻璃镜面反射回来，更是明晃晃地刺眼。正午的热浪一波高过一波，使冉大贵面前的景物扭曲着变了形，他手中搭脚手架用的一截截钢管，也是滚烫的。被四十度的高温蒸煮，冉大贵脑袋晕乎乎的，眼皮很沉。他的确很困，昨夜小宝可闹腾了，让冉大贵也跟着一宿没睡好。想起孙子，冉大贵就乐了。那个好玩的小家伙，刚生下时就像个小老头，皱巴巴的，可几天就长开了，肉嘟嘟的，而且尽随他爹妈的优点长。只要冉大贵下工回家，伸手拿吃的东西一逗，他就乖乖地喊着"爷爷"，虽然口齿不是很清楚，但足以让冉大贵开怀大笑，扫去一天的疲惫。

想到这儿，冉大贵嘴角咧得更开，往耳朵后面提。

可是，冉大贵的眼皮依然很重。睡意从心底如湃河的河水一般，把冉大贵整个人都包裹了。他很想下去歇一会儿，不行不行，抓紧干完，这算加班呢。冉大贵的眼皮越来越重，始终在张与合之间纠缠，安放搭扣的动作缓慢了，好像两根钢管怎么也对不齐。冉大贵处于混沌中。蓦地被手中的钢管烫醒，想着脚下的防坠网都还慢腾腾地没拉上呢，不要出什么事才好，他擦擦脸上的汗水继续手中的活。

恍恍惚惚，他似乎听见脚下发出一声细微的响声，像有老鼠在鬼鬼祟祟地啃钢管。哪来的老鼠？冉大贵使劲地摇摇癫痫头，他想，刚才一定是做梦了。

然而，这不是做梦！冉大贵脚下的响声越来越大，脚手架在剧烈晃动，从不起眼的搭扣处开始断裂！眼看就要下坠的冉大贵，惊慌失措，拼命地伸手去抓，可什么也没抓住，冉大贵如棉絮一样失重，轻飘飘地从空中落下，再重重地摔在地上，溅起了厚厚的灰尘。

春花正哼着调儿哄宝宝睡觉，石头打电话回来说出事了，说他爸不小心从脚手架上摔了下来，现在人已被送到医院！

春花拿着电话的手一抖，呼吸又跟不上了。春花颤抖着摸索出药瓶，大口大口地吸药。天啊！春花哆嗦着，一步一瘸地往医院赶去。从小胡同到公交车站台只两里路左右，春花却走得磕磕绊绊。明明出口就在前头，可春花感觉怎么也走不到头。上海的雨，来得毫无征兆，说下就下，豆大的雨点砸下来，春花顾不上回家拿伞。短短的工夫，春花的藏青色上衣已被雨水浇透。等上了公交车，春花蜷着身子靠在车窗边直发抖。

万幸的是，冉大贵的内脏完好，除了右胳膊被工地上竖着的一根钢筋刺穿，断了筋骨，其他只是皮外伤，没有生命危险。

医院里，四处飘散着消毒水的味道，生、死被紧紧纠缠在一起，它们赤裸着，面对面地撕咬。这儿满是刺眼的白：白色的病房，白色的医生、白色的床单、白色的病人……在这片静谧到无法呼吸的白色，来往的人，全都略显低沉、阴郁。春花沿医院长长的走廊，走得胆战心惊，一见到躺在病床上、打着石膏吊着绷带的冉大贵，悲喜交加，扑上去抱头就哭。戴着白色口罩只露出一双大眼睛的年轻小护士，一边给冉大贵输液，一边说："离远点，别碰着伤口。"春花慌忙起身，抽泣着，唯唯诺诺退缩到一边，把白色被子给冉大贵掖了掖。春花湿漉漉的头发，还在滴水。

病房里有不少工友，石头跟三喜都在。石头眼眶红红的，而三喜正夹着厚厚的皮包，在和电话那头的大老板交谈。

三喜对春花说："唉，工地出了这事，真是倒霉……医药费你别担心，实报实销。工地忙我先走了，过几天我再来看他。"春花对三喜甚是感激，眼泪"啪嗒啪嗒"地直落。

冉大贵醒时，一家人都在病房里，小宝也被桃杏抱来看爷爷。

冉大贵挣扎着起身想看小宝，却不小心碰着疼处了，他痛苦地龇着牙。春花连忙说，不能动，不能动，你胳膊打了石膏，还不能使劲。春花拿枕头给他靠上。冉大贵眼睛湿漉漉的，他盯着医院的天花板，把事情从头到尾想了一遍。

他问石头："医生怎么说？这胳膊不会残废了吧？"

石头说："爸，我问了医生，医生说如果恢复不好，会影响，出院了可以评残。这完全是工地的责任，他们应该赔钱。"

桃杏抱着小宝，点头连声说："对对，应该赔钱。"

春花犹豫着，看看石头："听三喜说咱们也有责任……"

"哼，他倒是想推干净！是他脚手架质量有问题，我能有什么责任？"冉大贵咧着嘴，往右边翻个身，调整了姿势。他刚才已经想好了，怎么都得把账全算在工地上，也不枉断了条胳膊。

春花摸着床沿坐下，看着冉大贵，问："三喜说了医药费全报，依我看，治好就算了吧。都乡里乡亲的。"

桃杏把小宝递给明月抱着，然后用胳膊肘碰了下春花，眉眼倒吊："妈，那哪成？您可别老糊涂了。叫三喜跟大老板要钱，这是事故！"

冉大贵想想，咬牙说："至少要一万！对，就一万！少一个子儿我都不出院。"

正说着，三喜来了，夹着厚厚的皮包。冉大贵一见三喜，扯着嗓门就号起来："疼死我了，这以后不能干活了怎搞啊……"

三喜赶紧上前安慰："冉大贵，大贵哥，你好好养病，会痊愈的。"

石头说："三喜，你不要骗人。医生说了，我爸的胳膊肯定是废了。你和大老板看着办吧。"

冉大贵一听石头的话，哭声小了，眼泪却迸了出来："我残废了，我一家老小都指望我呢，我还有孙子要养活呢，这可怎么办啊！"冉大贵越说越哭，哭得很动情。一家人也都哭了。

三喜扶住他："大贵哥，如果真的定残了，你想怎么办？"冉大贵胳膊的情况，他早问过医生了，而且已经跟大老板电话汇报过。上海工地最近查得紧，出了这事，闹了出去，有可能被当作事故典型，罚款是次要的，要是被停工整顿可就耽误了大事，他这包工头恐怕也要卷铺盖回老家了。

大老板指示三喜，这事越早解决越好。

三喜说冉大贵可能会狮子大开口。大老板咆哮了："上次别的工地死个人才赔了十万呢！不就是民工的一条胳膊吗？能要多少？！医药费除外，再给你三万，抓紧给我打发了。你要是干不了，给我滚蛋，建筑队多得是！"

三喜哈巴狗似的连声说"是、是"。

这会儿，三喜希望冉大贵能讲出个数来。

冉大贵不哭了，脸迈过去。他得沉住气，不能先张口。春花一看吊瓶里的水没了，连忙一瘸一拐地去喊护士换吊瓶。

见冉大贵还在沉默，三喜试探说："这样吧，大贵哥，这事也不能只怪一方，你也是违规操作，可我们是乡亲，我跟大老板说破

279

了嘴皮，大老板才给了你这个数。"三喜拉开皮包。

病房里静静的，数双眼睛都盯着三喜的皮包。只有在明月怀里睡着了的小宝，发出醇纯干净的呼吸声。

三喜先掏出一拃钱——一万。冉大贵屏住气息，眼睛瞪着。桃杏踢了下石头。

等三喜再掏出一拃，整个病房更静了，冉大贵听见自己的心跳。三喜把两万往冉大贵面前一递说："大老板啊，一共给了两万。"

桃杏慌忙接过，双手紧紧捂着。石头拉过她，让她站到自己旁边。

冉大贵强忍着颤抖，点点头却说："就这么点儿？"

三喜已经捕捉到了冉大贵的表情，心里暗笑一声，面上却不减半分感情："大贵哥，这可是看在咱们都是皖西迎水人的分上。你摸着良心讲，我三喜可亏待过你？这可是我费了好大的劲老板才给的呢。"

春花喊来护士换吊瓶，听见三喜这句话，很是歉意："是啊，这些年多亏您照顾呢。"

三喜又拿出一张协议："嫂子，你们一家都是明事理的。这样，我刚给了两万的营养费，你替大贵哥在协议上签个字吧，这事儿，咱们两清。医药费另算。"

春花对三喜甚是感激，眼泪又出来了，"吧嗒吧嗒"滴落在厚厚的协议上，见打湿了，又歉意地用手抹了下，这才歪歪斜斜地签上字。

三喜刚走，石头就要从桃杏手里把钱拿过来给春花。桃杏不给："爸说的，要养活小宝。这当是给小宝的奶粉钱了。"

石头狠狠瞪了桃杏一眼，桃杏才拿出一拃给春花，剩下的一拃，是死活不肯给了。

那段时日，春花跛着脚在医院、出租屋两边跑，像是被鞭子不停抽动的陀螺，一刻不停歇。凌乱的花白短发，也顾不上梳理，只被她用手拢拢便好。

等冉大贵出院后，春花把孩子们都叫到跟前，从兜里掏出一个软巴巴的存折，捋平，交给石头："石头，你爸胳膊残了，不能再待在工地，我带他和宝宝回迎水，我可以再开裁缝铺，生活应该没问题。家里的所有积蓄都在这儿了，明月和桃杏，妈就交给你了。"

"妈。"石头喊"妈"时，舌尖一压，一卷儿带过。这个词，从他喉咙吐出，是模糊且僵硬的，很难一下喊清楚。这些年叫过几次？石头掰着手指能数得过来。

"咳……妈，这个存折我不能收，虽说家里账是还了，哎哟……"石头话没说完，大腿就被桃杏拧了一把。桃杏慌忙接过存折对春花说："妈，我们知道了，这里花销大，我们会好好的，不让您操心，您就安心带爸和宝宝回去吧。"

四十二

2015 年，政府治理漂河，将迎水村的堤坝加高，并向内扩张三十米，在原先土质的堤坝上铺条平整的水泥路。春花在迎水村盖给石头结婚用的小楼房被政府收购。冉大贵非要去找村支书，一定要问清为什么喂羊的一勺家没他家平方大，得到的拆迁补助却比他多。春花拉住他，说，算了吧，按国家规定，咱们该多少是多少，别去占便宜。春花，远离了迎水，远离了古老的漂河，在镇里租了间房，开着裁缝铺，里里外外一跛一跛地忙乎着。

二叔不知怎的，一夜间又将户口从城里转回了潘园。这可是个稀奇事，潘园人都巴不得进城呢，他怎得把户口给迁回来了？直到没多久，潘园被一老板看中，说潘园水质好，买了潘塘和周围大片的土地种果园，二叔和春兴都从村里分到不少钱，潘园人才恍然大悟。二叔让春兴回农村创业，说是政府惠农政策好，大有干头。春兴满怀希望，听了二叔的。

埋着四爹的那片玉米地也被收购了，四爹的坟被迁到远离潘塘的一隅，孤零零成一个不起眼的土包，不多时就长满了荒草。迁坟时，春花亲眼看见几条清白大蛇，从四爹的坟冢里窜出。

冉大贵残了的胳膊自是不能提重，裁缝铺里他又插不上手，因此闲得慌，整天捧着茶杯在镇里晃悠，慢慢地习惯了到点就去打牌。对此，春花是没有意见的，人都老了，再不让他打牌消遣，他干吗呢？只要不赌大，随他。

冉大贵拿到三十五万拆迁款后，三天三夜没见人影，电话也不接。这是从没有过的，春花着急地几夜未眠，寻遍了镇里所有冉大贵会去的地方，都没有。春花也不敢告诉孩子们，只能打电话央着春兴帮忙去寻。

"春兴，你人脉广，你回来帮我找找你姐夫，他带着那么多钱，我怕他出事了啊。"春花拖着哭腔，声音嘶哑。

电话那头的春兴倒是丝毫不担心："他一个大老爷们，能出啥事？放心，钱霍光他就回来了。"

"你姐夫不是那样的人。"春花急了。

"我听说，他天天都耗在镇上的棋牌室，而且赌得还不小呢，可是的？"

"你姐夫以前就喜欢打个小牌。现在他又不能干活，在家闲着也是着急。可我把镇上的麻将馆都找遍了，也不见他人影啊？"

此刻，冉大贵正在镇上一个地下赌场。隐秘又窄小的房间里，烟雾缭绕，十几个男男女女老老少少围着一张圆桌。这些人，有镇上暴富的老板，有打工回来的年轻人，有丈夫在外做生意、独自在家闲着的女人，也有像冉大贵一样，刚刚对这种刺激的赌博上瘾的人。不同的人，从不同的角落，用同样的目光，死死地盯着庄家手里的两枚一元硬币，押"对子"或"干子"。"对子"是指两枚硬币同一面，"干子"则反之。

　　冉大贵是第一次来这家。他已经三天三夜没合眼了，双眼布满血丝，眼底一片瘀青，黧黑的两颊深陷。眼见怀揣来的三万元现金越来越少，他焦枯的嘴角被燎起了水泡，一碰就是钻心地疼。刚进门，他是赢得不想走，现在，他是输得不能走。冉大贵每一次下注前，他都发誓这是最后一把，本钱赢上来，马上回家。一开始，旁边人还能淡定地取笑他："下次发誓前，一定要把手指先竖在你的光头上。"冉大贵茫然。那人又说："这是春天，容易打雷，提醒你竖个手指，当避雷针！"渐渐地，那人尚且自顾不暇，也就没工夫再顾他。这里的每个人，都想赢又怕输。

　　冉大贵的拳头被他攥紧又松开，松开又攥紧，手心黏黏的，全是黄渍渍的汗。冉大贵秃着的脑袋怎也想不明白，两枚小小的一元硬币，合在一起还没掌心大，怎么就能让自己输了这么多？已经连开四把"对子"，他就不信，这把还是！可当雪白的瓷碗揭开，两枚泛着银光的硬币，还是同一面！庄家哈哈大笑地拿走冉大贵押在桌上的钱。冉大贵的瞳孔渐渐放大，枯槁的面上没有一丝表情。

　　冉大贵瘦条条的个儿蜷缩成一小把，挤在圆桌的小角落。当他木然地把最后一沓钞票全押在赌桌上，继续买"干子"，"哗啦"一声巨响，门被撞开了，一群派出所的民警冲了进来。

等春花和春兴赶到派出所时，看见冉大贵居然趴在审讯室的桌上睡熟了。春花张口想说些什么，可心就像在不停翻滚着似的，堵住了所有可以呼吸的通道，憋得她脸色通红。春花颤抖着打开药瓶，大口大口地吸药。春花低下头的瞬间，滚烫的热泪滴落在紫色的药瓶上。

春兴走过去猛敲桌子："醒醒！醒醒！还真有你的，把这当宾馆了？"

冉大贵惊醒了！他刚梦见自己最后那一把押对了，秃着的脑袋里满是"干子"。冉大贵习惯性地想去挠挠瘌痢头，可残了的右臂举不高，他又改用左手去挠，一左一右轮换举起胳膊，模样甚是滑稽。

冉大贵抬起浑浊的眼，茫然望向春花，皲裂的嘴唇颤动半天，大脑沉重，太阳穴一鼓一鼓地跳动，他始终想不出如何给春花一个合适的交代。

春花本想给冉大贵一巴掌，可带着力度的手，只在空中画出半道弧线，便戛然而止，又轻飘飘地，颓然落下。钱已经输了，打他又怎样？一巴掌下去就能解恨吗？泪水，沿着春花皱如橘皮的脸颊，肆意流淌。春花木讷讷地看着冉大贵，所有的愁苦，只在一双渐已老去的眼睛里。

春花和冉大贵，这样静静地对望着，对望着，很久，很久。

最后，还是二叔打了一通电话，把人给捞了出来。冉大贵被罚两万。春兴见时候也不早了，开着他的现代小越野，带春花去田旭新的饭馆里吃一口。饭馆里已有好几桌客人。田旭新见他们来了，轻言细语交代漂亮的服务员，一定把他们招待好。

　　直到酒菜上桌，春花还像个雕塑似的，一动不动。

　　冉大贵端起酒杯，轻咳着，打破沉默："咳，春兴，我们喝。"

　　春兴没好气地回他："我开车呢。怎么着，二叔刚把你从派出所里捞出来，你就想我酒驾再进去待着啊？"

　　"没事，来，一杯，就喝一杯。"冉大贵依然很坚持劝着，用不能提重的右手端着酒杯。满溢的酒杯，微微摇晃着，眼看快洒了。春兴低下头吃饭，像没看见似的。他不能再看冉大贵，他真怕自己控制不住，会劈脸给他一拳。

　　春花终于拧起眉头，沉声说："要喝就自己喝，不喝算了。"在自家兄弟跟前，春花给足了冉大贵颜面。她对冉大贵的失望已经无以复加，除了流泪，她不知道再说什么。这把年纪了还能分开过吗？别人的笑话是次要的，只是两个人的生活早就细密地交融在了一起，打断骨头连着肉，怎么分也是分不开的。

　　"好，我喝，我喝。"冉大贵一仰脖子，一饮而尽。烈酒入喉，冉大贵眯着眼，舒坦地"啧"了声。

　　一餐饭，除了碗筷的碰撞声和冉大贵不时的"啧""啧"声外，似乎很安静。一瓶白酒，很快被喝了大半。冉大贵想靠酒精把自己麻醉，他不愿去想输钱的事。酒精，让他的秃顶渐显光亮，焦

286

黄的面上，泛起了潮红。冉大贵打着酒嗝，再次把酒杯斟满："春花，是我不对，但输了我这里也疼啊！"冉大贵指指自己的胸口。

春花搁下筷子，叹息一声，扭过脸去。昏黄的眼睛，涩涩涨涨的。输了三万罚两万，整整五万啊，不是不抱怨，只是春花已经不想讲话了。

"一年四季在地里干活，累得跟狗一样，盖房娶媳妇都还要背账。"冉大贵打了个酒嗝，接着说，"这辛辛苦苦在工地里卖命吧，到头来只落个残废胳膊。天阴下雨它就疼啊，你们讲，我这辈子，过过一天好日子吗？"现在的白酒比几十年前的，可烈多了。

"三十五万啊，我哪见过这么多钱啊？他妈的……我就想去好好玩一场啊！"冉大贵竟哭着抽泣了。

"你也不能拿去赌啊？那可是卖房的钱，给你赌掉了一家老小以后住哪？"春花一张口，泪水便决堤似的，也跟着流了出来，春花拽了些纸巾不停地擦拭，然后丢在地上。不多时，地上便开满了朵朵白色的残花。

春兴也摇着头，很是鄙夷："冉大贵，看看你这德行！"

冉大贵端起酒杯又是一口干，摇晃着秃头，酒劲上来了："春兴，你别埋汰我，你以前不就是痞子吗？噢，靠打架混世开了个搅拌站，以为有钱了，你就人模狗样了？嘿嘿……我告诉你，你还是个痞子！"

春兴霍地起身，却被春花拦腰抱住。春花连声央求："春兴，大姐求你了，别跟他计较，他喝多了。"

"来，你打，往这打，老子让你打，哈哈，被老子说中了吧？你啊，就是个痞子。"冉大贵竟手舞足蹈，弯身拍着秃顶。

春兴气愤地坐下，点燃一支烟，深吸一口，再悠悠吐出："真要人亲命！"

春花嘴唇青紫，哆嗦个不停，她没想到冉大贵这样丢人现眼！老天爷啊！春花又是大口大口地吸着哮喘药。冉大贵打着酒嗝上厕所，跌跌撞撞中，一脚深，一脚浅。

春兴把烟蒂扔在地上，用锃亮的皮鞋狠命地踩踏着："也不嫌丢人！"

春花自是羞得想找条裂缝钻下去，好像春兴骂的不是冉大贵，而是自己。她红肿着眼对春兴说："你别往心里去，他喝多了，等酒醒了，他都不记得自己讲过什么了。春兴，大姐跟你赔不是。"

等冉大贵一路踉跄走回来，餐厅里瞬间躁动，那两个漂亮的服务员也捂嘴笑着，对冉大贵指指点点。

春花寻声望去，天啊，冉大贵的裤子拉链没拉！猩红猩红的内裤像一簇燃烧的火焰，灼烧着春花干涩的眼，春花忙不迭地要去给他拉上。

春兴动作更快！他猛地起身迎上就是一拳，冉大贵哀号着弯腰捂着肚子。

火焰，不见了。春花跌坐在地上，白发凌乱地遮住了眼睛，悲怆地大喊一声："老天爷啊……"

四十三

皖西大地上的城镇都在不断扩张，潘园也在悄无声息中膨胀。潘园，也早已不是几十年前的模样，曾扎根在潘园这片土地上的人，七零八落，人们都从老屋搬迁，搬到马路边、镇上、城里，或是更远更远的地方，有些人，兴许一辈子都不会再见上一面。老村长家也早就搬走了，张小团在省报当编辑，老两口随他住在省城里。潘园人都说张务军失踪了，也有人说，曾在南方见过他。

潘园唯一没有散去的，依然是苍茫的青雾，连着天，连着地。

春花从学校接了小宝回马路边的春生家吃饭。那次挨了春兴一拳后，冉大贵已经不再跟春花回娘家，不愿见她娘家任何人。春花想，不见也好，自己夹在中间真不好做人。她一面埋怨冉大贵不争气，一面也不愿娘家人轻贱了冉大贵。

刚到，就遇上春生在呵斥四妈："你这老奶奶都七十多岁的人了，还不省心？东家长李家短的，挑是非，被人撵上门来了吧？害得我脸都没地搁!"

四妈坐在板凳上，拢着衣袖撇着嘴，把头扭一边，嘟囔地骂着。

看见春花提着菜进屋，春生又说："春花，家里的电费要交了!"

"哦，我下午去……大哥，春兴昨儿不是说给电费吗?"

"他？哼，只会耍嘴皮子，这几个月不都是你给的吗?"春生点燃一根金皖，站在水泥的大门口，斜视着天空。青雾，从远处潘园的残垣处幽然升腾。自家三个月大的小花狗不停地嗅着春生的裤脚，绕着他脚下打转儿玩耍。

"你今怎没去上班?"春花赶紧换个话题，生怕引来春生更多的牢骚。

"还上什么班？就因为昨晚上喝多了，没去看班，今早就被春兴一个电话给开除了。我是他大哥啊，居然开除我？我倒看看他今有脸回来吃饭。"春生腮帮鼓鼓的，一脚踢飞了脚下的小花狗："去!"小花狗带着疼痛，"嗷嗷"叫地跑远了。

"这……大哥，你也不对，一夜没去，万一春兴搅拌站里丢了什么机器怎么办？等春兴回来，你认个错吧。"春花好声劝着春生。可春生理都不理。春花又只好拎着菜，跛腿进了厨房，和哑巴大嫂一起做饭。

春玲骑着电瓶车也回来了。春花和春玲商量着，等春兴回来，好好说，还让大哥给他看大门。

饭菜刚一端上桌，春生已在餐桌上方端坐，太爷似的冷着脸。春花吆喝宝宝给春生摆上了酒瓶、酒杯，春生有条不紊地自斟自饮。

春兴的现代小越野直直开到了门口。春兴跟一屋人打招呼，唯独没有搭理春生，端起碗饭，夹了块红烧肉，坐下就吃。春花的厨艺一向很好，总是能轻易勾起春兴的食欲。春花做的都是油重味浓的大锅土菜，不像外面饭店，只注重花样，看着新鲜，吃到嘴里就寡淡无味了。

"你让大哥去你那上班吧？"春花劝着春兴。

"怎让他去？整个搅拌站给他搅拌得一塌糊涂，天天带员工们喝酒打牌，自己不干事，还耽误人家干活。你可知道好多人告状？"春兴很不满，这个大哥没少给他捅娄子，不开除他，他感觉在他的合伙人面前快挺不起腰杆了。

"我是皇亲国戚，还有人敢告我状，你告诉我是哪个？"春生放下酒杯，瞪起了眼。

"哈哈……"一屋子人都笑了，本是沉重的气氛被一句"皇亲国戚"驱赶得荡然无存。

"还皇亲国戚，你是电视看多了吧？"春兴又好气又好笑。

春花也笑了："大哥，搅拌站又不是春兴一个人开的，你这样会让他很难做人的。就算是他一个人的，你这皇亲国戚……就更不能拖他后腿了。"

春生低下头，气势一下就蔫了。不去春兴那看班，他还真不知道自己能干什么！人啊，就是这样，越是舒坦就越贪恋舒坦，庄稼活，春生已经不会再干了。

"春兴，让大哥去帮你看着吧，搅拌站里没个自己人，也不放心是不？"春花在桌子下踢踢春生的脚，示意他说几句。

春生感觉自己的脸被酒烧红了："嗯，嗯，你放心，我不会再误事，值班时不喝酒了……牌，也不打了。"

"这可是你自己说的啊？"春兴站起来，数着一屋老小："全家人可都听着呢，都是见孙子的人了，说话作数哈！"

"当然……"

"吃饭，吃饭，都吃饭了。"春花乐呵呵地给家人添饭添菜。

"大姐"，春兴对春花说，"站里想再添水泥车，我手上钱不够，你把拆迁款先借给我周转呗？要的时候还你。"

"哦，难怪刚才大哥的事你答应得那么干脆，是有求大姐吧？"春玲眼疾手快地从白斩鸡里夹了最嫩的一块，边啃边说。

春兴狠狠剜了春玲一眼："关你什么事？饭都堵不住你嘴，要不你借我？"

春玲顿时就息声了。

春花想想："嗯，这可不是小事……我回头跟冉大贵他们商量下。"

"还用得着商量？他们敢说不字试试？"春兴脖子一横。

春玲吃着饭菜含糊不清地说："大姐，我不是在和稀泥啊……冉大贵不喝酒时还像个人样，他又不当家，这事还不是你说了算？"

292

春花笑了："我再当家也不能说借就借啊，我总得问下他们的意见，是不？放心，我明个就给你回话。"

等春花将厨房洗刷干净后，家里冷冷清清、空荡荡的：上班的上班、打牌的打牌、串门的串门去了。屋外已飘起了雨丝。春花唤上小宝，送他去上学。

奶孙俩撑着两把雨伞，一大一小地沿潘园的马路边走着，踩出了串串深浅不一的脚印。雨，时而轻缓，时而急促。小宝很快活，净捡水多的地方走，用胶鞋不停地踢踏，不时地溅出白茫茫的一片水花。

小宝又踢出一片水花，他雀跃着。随着水花的溅落，小宝却突然顿住了，拉过春花的手，嫩嫩地问："奶奶，爷爷会同意借钱给舅爹吗？"

"啊……那你说呢？"春花暗自吃惊，她没留意小宝什么时候已经在意大人间的谈话了。

"您看啊，爷爷不喜欢他们，他们也不喜欢爷爷，爷爷怎么会借呢？您有什么办法？"小宝又踩出一个水花，他开心地拍着手，却不小心把红领巾抖落在地上，春花只得回首俯身去捡。

春花低头时看见自己刚才还清晰的脚印，不一会儿就被四周的雨水溢满，在眼底快速融合，等定睛再去寻时，路面只剩水汪汪的一片，脚印不见了。春花直起了腰，跛脚站立着，将目光沿着泥泞回望去，落在了潘园那片已绝了人烟的老屋。

烟雨迷蒙中，潘塘散发的苍茫青雾越发清幽，丝丝缕缕，模糊着那片土地的轮廓。而塘边那条羊肠小道也逐渐消失在雾色里，再也寻不着一丝踪迹。

春花苍凉的眼底，又起了水汽，透过水汽，她仿佛看见了曾郁郁葱葱的墨色竹林，也仿佛看见了塘边那些歪歪斜斜的柳树。

春花低下头告诉小宝："小宝安心读书。奶奶会有办法的，肯定会有的。"她紧紧牵起小宝的手，一步一瘸、一步一瘸地朝学校走去……

结尾，不是结束

2019 年 2 月 14 日，记于碧草轩

编 写 说 明

中医内科学是运用中医学理论和中医临床思维方法研究并阐明内科疾病的病因、病机、证候、诊断、辨证论治规律和转归预后以及预防、康复、调摄等问题的一门临床学科,它有较系统的辨证论治理论体系,是基础理论联系临床实践的桥梁,是中医临床各学科的基础。安徽省中医院中医内科是安徽省重点学科,其主干课程中医内科学是安徽省精品课程和重点课程,其三级学科呼吸内科是国家中医药管理局重点学科建设单位,心内科、肾内科、神经内科、感染科分别是国家中医药管理局和安徽省卫生厅重点专科;有5个三级学科具有硕士学位授予权,并与北京中医药大学、湖北中医学院联合培养中医内科学博士生。为全面反映近10年来我们在学科建设方面所取得的成就,系统总结本学科在内科疾病诊治方面的中医药诊疗特色和优势,促进中医内科学科的建设和发展,更好地为广大患者服务,特编写了本套"现代中医内科学临床精要丛书"。 ·1·

本套丛书分《呼吸病中医临床精要》《内分泌病中医临床精要》《风湿病中医临床精要》《肾脏病中医临床精要》《消化肝胆病中医临床精要》《神经系统疾病中医临床精要》6个分册。每个分册均以现代医学疾病分类的系统病名为纲目,中医病证与之对照。总论主要介绍了该系统疾病的共同病因病机和病证特点、辨证论治的步骤以及常见证候和常用治法等内容。其他各章详细介绍了该系统的常见病证,分别按病因病机、临床诊断、治法方药、临床保健、现代研究等分项叙述,重点突出临床实用性和科学性,并突出中医药治疗的特色和优势。与同类专著比较,本套丛书具有以下特点:

(1)系统性:在中医理论指导下,以辨证论治为核心,注重所

列病证的系统、完整,体现从证候→诊断→治疗→预防调摄的全过程;治法上包含分型治疗、固定方药治疗、非药物治疗、自我保健和预防的综合措施,既有理论又有实践。

(2)实用性:本套丛书由长期从事内科临床工作的医师,参照内科学的新理论、新疗法,结合临床实际需要编写而成。内容按疾病系统分类,囊括了百余种内科疾病,详细介绍了各系统常见病、多发病的诊疗常规,强调临床保健,还收纳了中医养生药膳,可操作性较强,是一套简明实用的内科常见病诊疗参考书。

(3)时代性:充分反映我院中医内科病证的学科建设、学术研究及临床疗效的最高水准。诊断标准和疗效评定标准同国际接轨,并评述与揭示其研究的发展趋势,富有时代气息。

本套丛书约150万字,适用于广大基层医院医生,各大医院住院、进修、实习医生及医学院校师生参考使用。临床医生可通过对本书中的每一内科病证的学习,密切联系临床实践,运用所学的理论知识,不断提高诊断、治疗疾病的能力。

丛书在编写过程中得到了我国著名中医老年病学专家、中华中医药学会延缓衰老专业委员会主任委员、博士生导师韩明向教授的具体指导和主审,安徽省教育厅、科技厅、卫生厅、中医药管理局及安徽中医学院、安徽省中医院的领导给予了大力的支持和鼓励,安徽科学技术出版社在编辑、出版方面给予了大力的协助,在此对所有帮助、支持本套丛书编写工作的单位和人士表示衷心的感谢!

前　言

　　中医药学作为具有独特理论体系和丰富实践经验的生命科学,通过吸取当代思想和科学技术新成就不断丰富和发展。中医学和西医学研究的范畴同是人类的疾病与健康,应互相借鉴。通过吸取、分析、消化相关学科的科学成就,逐步充实中医理论,要用中医理论不断解决新问题。

　　《现代中医内科学临床精要丛书·消化肝胆病中医临床精要》就是在系统总结历代中医有关消化肝胆病基础上,吸收现代研究的新技术、新方法、新理论、新成果的一部专著,为促进中医消化学科的进步,提供了有用的参考。

　　本册包括总论、慢性胃炎、反流性食管炎、功能性消化不良、消化性溃疡、胃癌、上消化道出血、慢性乙型肝炎、肝硬化、原发性肝癌、脂肪肝、溃疡性结肠炎十二个章节,按照病因病机、诊断、治疗、保健、现代研究等栏目编写,重点突出临床实用性、科学性,并突出中医药治疗的特色和优势。

　　本书主要以中医、中西医结合的内科临床医生、研究生为读者对象,对其他医务人员、中医院校学生及医疗科研人员亦有一定的参考价值。

　　限于编写人员的水平和参考资料的来源,书的错漏在所难免,希望广大读者指出,以便再版时修正。

编　者
2009年5月

目　　录

第一章 总 论

消化肝胆病是指由于感受外邪、内伤饮食、情志不遂、脏腑失调等,发生在肝胆、脾胃、肠道的疾病。临床常见病如急慢性肝炎、脂肪肝、重症肝炎、肝硬化、肝癌、反流性食管炎、胃炎、消化性溃疡、溃疡性结肠炎、功能性消化不良等,相当于中医的胁痛、黄疸、鼓胀、积聚、肝痈、胃痛、痞满、腹痛、呕吐、呃逆、泄泻等疾病。

【消化肝胆病病因病机】

消化肝胆病的基本病因病机为脾失健运、胃失和降,肝失疏泄、胆失通降。

1.肝郁气滞　情志不遂,郁怒伤肝,导致肝失疏泄,肝郁气滞,进而可病及于胆,肝胆疏泄无权,形成肝胆气滞,而成胁痛、胆胀等肝胆病证。肝郁气滞,肝木克脾土,脾失健运,中焦不利,故而痞满、胀痛。

2.外邪犯胃　由于感受风、寒、暑、湿、燥、火之邪,或秽浊之气侵犯脏腑,影响脾胃的运化功能,脾失健运,胃失和降,食物不化,而致脾胃受伤。

湿热阻胃　凡过饮烈酒或恣食肥甘、辛辣、油炸、煎烤之品,或久居湿地,湿邪内侵,郁久化热,可致湿热阻滞中焦,灼伤胃腑,引起胃脘灼痛、闷痛。

寒邪困脾　饮食生冷,久居湿地,湿邪内侵,可致寒湿困遏中阳,脏腑无阳气推动气化,以致清阳不升,浊阴不降,气机逆乱。

痰饮停胃　凡饮食不节,思虑劳累,致水谷不能运化,水反为湿,谷反为滞,聚湿生痰成饮,困阻中焦,胃腑气机凝滞,而生胀满、

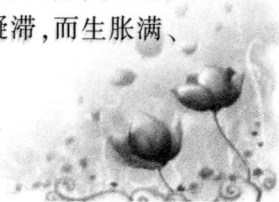

· 1 ·

疼痛、眩晕等。

瘀血阻滞 久病必瘀。脾胃病反复发作,气机不利,伤及胃络,瘀血阻滞,不通则痛,可致胃脘持续刺痛,痛有定处。

3.饮食不节 暴饮暴食、饥饱无常,或过食肥甘油腻,恣食生冷,过用煎炒炙煿之品或坚硬不易腐糜之物,均可损伤脾胃,运化失常,谷气不能化为精气,气机升降失调,导致食欲不振。

4.脾胃虚弱 素体脾胃虚弱者,因脾阳不振,寒自内生,或过食生冷,或过服寒凉药物,耗伤中阳,使胃络失于温养,则致胃凉隐痛。若脾胃虚弱,过食辛辣、油炸、煎炒之物,或肝郁化火生热,耗伤胃阴,可致胃脘隐隐灼痛。

5.肝火上炎 肝郁气滞,久郁化火,火热燔灼,气滞火灼于肝胆,而成胁痛等病证。

6.肝阴不足(阴虚胃热) 素体阴液不足,或久病耗伤,或肾水不足,水不涵木,或肝郁化火,火盛伤阴,以致肝阴不足,肝失所养,而成胁痛、鼓胀等病证;或胃病迁延不愈,或热病后阴液未复,虚热内生,胃气不和,脾胃气机不利而致胀满嘈杂吞酸。

7.肝血亏虚 久病体弱,或慢性失血,或思虑劳倦,脾伤失运,气血生化不足,以致肝血亏虚,引起胁痛等病证。

8.肝胆湿热 湿热侵袭,注于肝胆,或恣食肥甘厚味,或偏嗜醇酒辛辣,生湿蕴热,湿热熏蒸,致使肝胆失于疏泄,胆液不循常道,而成胁痛、黄疸、鼓胀等病证。

9.瘀血阻络 肝病迁延不愈,久病入络,或气郁日久,气滞血瘀,或跌仆闪挫,致使瘀血阻于肝胆,形成胁痛、黄疸、鼓胀等病证;脾胃病反复发作,气机不利,伤及胃络,瘀血阻滞,不通则痛,可致胃脘持续刺痛,痛有定处。

10.肾阳亏虚,脾失温煦 久病及肾,肾阳亏虚,中阳不足,精神委靡,手足不温,腰痛膝酸软,五更溏泻,完谷不化,纳食无味,食欲不振。肝郁日久可化火生热,郁火乘胃,可使胃脘灼热而痛;火灼胃

阴,胃络失于濡润,又致胃脘隐隐作痛。气郁既久,则血行不畅,血脉凝涩,瘀血内结,阻于胃络,可致胃脘疼痛如刺。年老多病、久病,脾阳不振,日久脾虚及肾,命门火衰,肾阳虚不能助脾胃腐熟水谷,水反为湿,谷反为滞,湿浊之邪内停,气机升降失调,清浊不分,而致食欲不振。

【消化肝胆病的常见证候】

一、肝气郁结证

[临床表现] 情志抑郁,胸胁或少腹、胃脘胀闷窜痛,善太息,得嗳气则舒,或见梅核气,或见瘿瘤,妇女可见乳房胀痛,月经不调,苔薄白,脉弦。

[治疗方法] 疏肝理气。

[代表方剂] 柴胡疏肝散(《景岳全书》)。方中用柴胡疏肝解郁为君药。香附理气疏肝,助柴胡以解肝郁;川芎行气活血而止痛,助柴胡以解肝经之郁滞,二药相合,增其行气止痛之功,为臣药。陈皮、枳壳理气行滞;芍药、甘草养血柔肝,缓急止痛,为佐药。甘草兼调诸药,亦为使药之用。诸药相合,共奏疏肝行气,活血止痛之功,使肝气条达,血脉通畅,营卫自和,痛止而寒热亦除。

二、寒邪客胃证

[临床表现] 胃脘暴痛,痛有定处,拒按,得温则减,遇寒痛增,口不渴,舌苔薄白,脉弦紧。

[治疗方法] 温胃散寒,理气止痛。

[代表方剂] 良附丸(《良方集腋》)。方中高良姜温胃散寒,香附理气止痛。

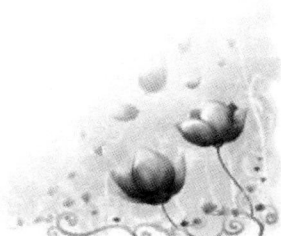

三、脾胃湿热证

[临床表现] 胃脘灼热胀痛,腹脘痞闷,渴不欲饮,口苦,口臭,尿黄,舌质红,边尖深红,苔黄厚或腻,脉滑紧。

[治疗方法] 清热化湿,理气和胃。

[代表方剂]

(1)化肝煎(《景岳全书》)。方中青皮疏肝行气,丹皮、山栀清泄肝经郁火,白芍柔肝,贝母、陈皮散结化痰,泽泻利水泄热,除致痰之本。

(2)清中汤(《医宗金鉴》)。方中黄连、栀子清热化湿,半夏、茯苓、白豆蔻健脾祛湿,陈皮、甘草理气和胃。

四、饮食停滞证

[临床表现] 脘腹胀满,嗳腐吞酸,呕吐不消化食物,呕吐及矢气后痛减,舌苔腐腻,脉濡滑。

[治疗方法] 消食导滞,和胃止痛。

[代表方剂] 保和丸(《丹溪心法》)。方中山楂、神曲、萝卜子消食导滞,半夏、茯苓、陈皮健脾和胃、化湿理气,连翘散结清热,共奏消食和胃之效。

五、脾胃虚弱证

[临床表现] 胃脘隐痛,胃痛喜按、喜暖,食后闷胀、痞满,纳呆少食,便溏或腹泻,乏力,四肢酸软,舌质淡红,苔薄白或白或有齿痕,脉沉细。

[治疗方法] 补气健脾,升清降浊。

[代表方剂]

(1)补中益气汤(《脾胃论》)。方中人参、黄芪、白术、甘草补中益气,升麻、柴胡升举阳气,当归、陈皮理气化滞。诸药合用使脾气

得复,阳气得升,气机得顺,虚痞自除。

(2)参苓白术散(《太平惠民和剂局方》)。方中以人参、白术、茯苓益气健脾渗湿为君药。配伍山药、莲子肉助人参健脾益气,兼能止泻;白扁豆、薏苡仁助白术、茯苓健脾渗湿,均为臣药。佐以砂仁醒脾和胃,行气化滞;桔梗宣肺利气,以通调水道,又载药上行,以益肺气。炒甘草健脾和中,调和诸药,为使。诸药合用,补其中气,渗其湿浊,行其气滞,恢复脾胃受纳与健运之职,则诸症自除。

(3)理中丸(《伤寒论》)。方中干姜温中祛寒,和胃止呕为君药。人参补中益气为臣药。白术健脾燥湿,炙甘草益气和中,调和诸药并为佐使。

六、肝火上炎证

[临床表现] 急躁易怒,失眠多梦,胁肋灼痛,面红目赤,头晕胀痛,耳鸣如潮,便秘尿黄,或见吐血、衄血,舌红苔黄,脉弦数。

[治疗方法] 泻肝胆实火,清湿热。

[代表方剂] 龙胆泻肝汤(《医方集解》)。本方是泻肝胆经实火、湿热的常用方。方中龙胆草苦寒,为泻肝胆经实火的专药,与栀子、黄芩相配,则泻火之力更强。柴胡疏肝解热,甘草解毒。再配泽泻、木通、车前子泻火利湿,使湿热从小便排泄。用当归、生地滋阴养血,其意义在于泻中有补,使泻火之药不致苦燥伤阴,亦可以补益因肝胆实火而耗伤之阴液。这样的配伍比较全面,使邪去而正不伤。

七、肝(胃)阴不足证

[临床表现] 胁肋(胃脘)隐痛或有灼热感,劳累则加重,头晕耳鸣,两目干涩,口干咽燥,五心烦热,舌红少津,脉弦细数。

[治疗方法] 滋阴柔肝(益胃),养血通络。

[代表方剂]

· 5 ·

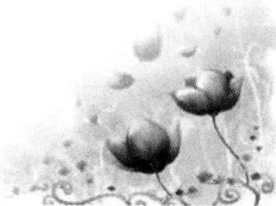

（1）一贯煎（《柳州医话》）。方中重用生地黄为君药,滋阴养血,补益肝肾。北沙参、麦冬、当归、枸杞子为臣药,益阴养血柔肝,配合君药以补肝体,育阴而涵阳。并佐以少量川楝子,疏肝泄热,理气止痛,遂肝木条达之性。该药虽性苦寒,但与大量甘寒滋阴养血药配伍,则无苦燥伤阴之弊。诸药合用,使肝体得以濡养,肝气得以条畅,胸脘胁痛等症得以解除。

（2）六味地黄丸（《小儿药证直诀》）。熟地黄滋阴补肾、养血生精,山茱萸温肝逐风,牡丹皮泻君相之伏火、凉血退蒸,山药清肺脾虚热、补脾固肾,茯苓渗脾中湿热、通肾交心,泽泻泄膀胱水邪、聪耳明目。六经备治,而功专肾肝,寒燥不偏,而兼补气血。

八、肝血亏虚证

[临床表现]　胁肋隐痛,头晕目眩,两目干涩,手足麻木,妇女月经不调甚至闭经,面色不华,眼睑唇舌色淡,脉弦细。

[治疗方法]　养血滋阴,柔肝舒筋。

[代表方剂]　补肝汤（《医学六要》卷七）。本方由四物汤加味而成。方中四物汤滋养阴血;酸枣仁、木瓜、甘草酸甘化阴,柔肝舒筋。合用共奏养血滋阴,柔肝舒筋之功。

九、肝胆湿热证

[临床表现]　胁肋胀痛灼热,脘腹胀满,厌食油腻,或进食油腻食物则病情加重,口苦泛恶,大便溏垢,小便短赤,或有黄疸,舌红苔黄腻,脉弦滑数。

[治疗方法]　清热化湿,利胆退黄。

[代表方剂]　茵陈蒿汤（《伤寒论》）。茵陈苦平微寒,寒能清热,苦能燥湿,既能发汗使湿热从汗而出,又能利水使湿热从小便而去,是治疗黄疸的要药。它与苦寒泻火、通利小便的栀子同用,则能直导肝胆湿热出小便外泄。大黄苦寒泄热,荡涤胃肠,不但能协

助茵陈、山栀以泄郁热,并能通大便以泄结实。三药都是苦寒泄利之品,所以主治身热、便秘的阳黄热证,三药相配,使湿热之邪从二便排泄,湿去热除,则发黄自退。

十、瘀血阻络证

[临床表现] 胁肋刺痛(或胃脘刺痛,伴有大便隐血试验阳性或有黑便),痛处固定而拒按,胁下积块,面色晦暗,或头颈胸臂等处可见红点赤缕,舌质紫暗或有瘀斑,脉涩。

[治疗方法] 活血祛瘀,疏肝通络。

[代表方剂]

(1)复元活血汤(《医学发明》)。方中重用酒制大黄,荡涤凝瘀败血,导瘀下行,推陈致新;柴胡疏肝行气,并可引诸药入肝经。两药合用,一升一降,以攻散胁下之瘀滞,共为君药。桃仁、红花活血祛瘀,消肿止痛;穿山甲破瘀通络,消肿散结,共为臣药。当归补血活血;栝楼根"续绝伤"(《神农本草经》),"消仆损瘀血"(《日华子本草》),既能入血分助诸药而消瘀散结,又可清热润燥,共为佐药。甘草缓急止痛,调和诸药,是为使药。大黄、桃仁酒制,及原方加酒煎服,增强活血通络之功。诸药配伍,特点有二:一为升降同施,以调畅气血;二是活中寓养,则活血破瘀而不耗伤阴血。瘀祛新生,气行络通,胁痛自平。

(2)丹参饮(《医宗金鉴》)。方用丹参活血化瘀,檀香、砂仁行气和胃。

(3)血府逐瘀汤(《医林改错》)。方用桃仁、红花、当归、生地黄、川芎、赤芍活血化瘀而养血,柴胡行气疏肝,桔梗开肺气,枳壳行气宽中,牛膝通利血脉,引血下行。

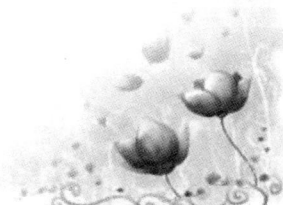

· 7 ·

【临床保健】

一、心理保健

1.心理支持 消化肝胆病,特别是乙型病毒性肝炎是目前最常见而又较难根治的疾病之一。由于病情易迁延、反复,而且传染性较强,给患者带来一定的经济及心理负担,部分患者甚至会出现不同程度的心理障碍,常常会产生抑郁和恐惧心理。随着患病时间的延长,医疗耗资增加,患者的心理负担会随之加重。心理障碍往往还会伴有其他相关症状,如头痛、头晕、记忆不良、失眠、胸闷、心跳加快和血压增高等。肝病患者不良心理情绪的变化,使大脑皮质处于抑制状态,不仅影响休息与饮食,还会引起内分泌-免疫功能紊乱。肝脏内分布着丰富的交感神经,气恼、忧愁会直接导致肝细胞缺血,影响肝细胞的修复和再生,可见心理状态对肝病患者的病情和预后起到举足轻重的作用。

良好的心理是肝病康复的关键。因此,患上肝病,要随遇而安,以豁达、乐观的心态对待疾病。对慢性活动性乙肝治疗的长期性、艰巨性要有一个心理准备,采取"既来之,则安之"的态度,要学好养生之道,积极地配合医护人员治疗,这样才能获得最佳的治疗效果。

2.家庭支持 消化肝胆病多数是慢性病,长期的疾病使患者身心处于一种非健康状态,蒙受着生理与心理的双重折磨。家庭成员中有人患病,其他成员的情感表露及行为,都会直接影响患者的情绪。家庭的温暖,各成员之间与患者的互为需要,情感的互相支持,即使在患者病重期间,通过各种交流形式,传递着对患者的深深情感,有力地调动患者生理的、心理的、信息的及知识的潜能,促进疾病康复。

二、运动保健

1.运动疗法的原则　运动可以增强机体的功能,促进新陈代谢,增强机体抵抗力,而且可以改善患者的心理状态,调节患者情绪。但是对肝病患者而言,一定要进行科学的适度运动。慢性肝病患者运动时一定要循序渐进,运动量不能太大,以不感觉疲劳为准,即在运动后感觉疲乏但在稍事休息后即可恢复为适宜运动量。如果患者肝功能异常,则必须减少运动量,症状较重则要多休息,但完全卧床休息对疾病恢复并无好处,应劳逸结合。运动既可锻炼身体,改善消化功能,又可以改善不良情绪、转移注意力,有利于疾病恢复。但是当病情严重时则必须卧床休息,从而增加肝脏血流量,利于肝细胞的修复。

2.运动疗法的项目　患了慢性消化肝胆病以后,除了注意药物治疗外,还要配合健身运动,这样可收到较为显著的效果。具体方法如下:

(1)按摩腹部:仰卧,用右手的掌心在腹部按顺时针方向作绕圈按摩,也可从上腹往下腹缓缓按摩。每天可进行3~4次,每次5分钟左右。腹部按摩可以促进胃肠的蠕动,增加胃液的分泌,有利于食物的消化和吸收,同时可以减轻腹部胀痛。

(2)太极拳:打太极拳可以促进腹腔的血液循环,从而增加肝脏血流量,利于肝细胞的修复;也可增加胃肠的蠕动,改善胃部的营养状况。慢性胃炎患者如果长期坚持打太极拳,可以促进炎症逐渐消失,使胃肠功能逐渐恢复正常。

三、饮食保健

首先要避免有害因素的侵袭:即戒烟,不饮烈酒、浓茶、咖啡等,少吃辛辣及粗糙的食物,不暴饮暴食,少服对胃肠有刺激性的药物等。饮食应遵循下述原则:宜少宜精、宜温宜洁、宜鲜宜淡、宜软宜缓,其次注意食用营养丰富的食物。

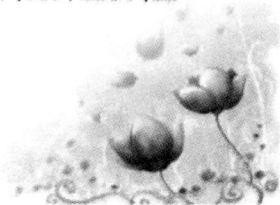

(一)辨证食疗

食疗方多随临床证候或主要的不适表现而有所不同，常用可选择的食疗方如下：

1.脾胃虚弱　主要表现为食欲不振,食后腹胀,大便稀溏等。

[八宝粥]

材料:党参、白术各15 g,茯苓、怀山药、芡实、莲子、薏苡仁各50 g,大枣10枚,糯米100 g,白糖适量。

制法:将莲子去心,诸药加水适量,煮30 min,滤去党参、白术药渣,加糯米、白糖煲粥。

功效:补脾益胃。

2.脾肾阳虚　主要表现为畏寒肢冷,小便清长,大便稀溏或者晨起腹泻等。

[枸杞蔻砂羊肉煲]

材料:枸杞子15 g,白蔻仁15 g,砂仁10 g,羊肉500 g,调味适量。

制法:羊肉整块入锅用开水煮透,再放冷水中洗净血沫,切成2~3 cm方块。将锅烧热,加入羊肉、姜片煸炒,烹入料酒炝锅。炒后将羊肉同姜片一起倒入大沙锅内,放枸杞子、白蔻仁、砂仁、清汤、盐、葱,小火炖1~1.5 h。

功效:补脾益肾。

3.肝肾阴虚　主要变现为腰膝酸软,低热,口干,盗汗等。

[贞杞瘦肉汤]

材料:女贞子30 g,枸杞子15 g,瘦肉250 g,大枣6枚,生姜3片,调味适量。

制法:女贞子、枸杞子、大枣(去核)用水洗净,猪肉切片后出水。将全部材料放入瓦煲内,加水煮约2 h,调味即成。

功效:滋补肝肾。

4.肝血不足　主要表现为视物昏花,头昏,失眠,多梦等。

[淮杞桂圆炖甲鱼]

材料:淮山药30 g,枸杞子15 g,桂圆肉15 g,莲子30 g,甲鱼1只,生姜3片,调味适量。

制法:淮山药、枸杞子、桂圆肉、莲子用水洗净。甲鱼洗干净,投入沸水中去薄膜后,用少许油煎香。将全部材料放入炖盅内,注入沸水,隔水炖约3 h,调味即成。

功效:益气养血。

5.随症施膳

(1)食欲减退

[鸡胗粉粥]

材料:鸡内金、山楂各10 g,橘皮6 g,砂仁1.5 g,粳米100 g。

制法:鸡内金研末,山楂、橘皮、砂仁洗净,加水200 ml,煎至100 ml去渣,加冷水,入粳米煲粥,粥成后加入鸡内金粉调匀。

功效:健脾开胃,增进食欲。

(2)恶心呕吐

[淮山半夏粥]

材料:淮山药30 g,半夏10 g,米100 g,白糖适量。

制法:淮山药研末,半夏洗去矾味,加水200 ml,煎半夏至100 ml去渣,加冷水,入淮山药末与米煲粥,粥成服用。 · 11 ·

功效:健脾益胃,降逆止呕。

(3)腹胀

[橘干莱菔粥]

材料:全橘干10枚,莱菔子10 g(炒后研末),米100 g。

制法:橘干洗净,与莱菔子、米同煮粥。

功效:疏肝理气,消食导滞。

(4)肝区痛

[桃仁麦枣粥]

材料:桃仁、大枣各10 g,生麦芽、山楂各15 g,陈皮5 g,米100 g。

制法:将诸药水煎取汁,加入米煮粥。

功效:疏肝理气,活血止痛。

(5)肝脏肿大

[淮山桂圆炖甲鱼]

材料:活甲鱼1只(约500 g),淮山药50 g,桂圆肉15 g,香菇15 g,调味适量。

制法:山药洗净切片,甲鱼宰杀,去头、爪及内脏,洗净,放入沙锅,加水浸没甲鱼,放入山药片、桂圆肉、香菇,武火烧开,改文火炖烂。

功效:软坚散结,回缩肝脾。

(6)失眠

[灵芝黄芪瘦肉汤]

材料:灵芝片30 g,黄芪30 g,瘦肉250 g,红枣6枚,生姜2片,调味适量。

制法:将灵芝、黄芪、大枣洗净;瘦肉切小丁,冷水洗去血沫,将肉丁放入沙锅,加水,放入灵芝片、黄芪、姜、枣,武火烧开,改文火炖至肉烂,加调味服食。

功效:补益气血,宁心安神。

(7)黄疸

[黄花菜煮泥鳅]

材料:黄花菜(金针菜)30 g,泥鳅100 g,食盐、生姜、葱、绍酒、味精适量。

制法:将泥鳅放盆中养1~2 d后,去头和内脏,洗净。黄花菜洗净去杂质。共煮汤至泥鳅熟烂,加调料服食。

功效:清热,利湿,退黄。

(8)腹水

[赤豆鲤鱼汤]

材料:活鲤鱼1条(500 g以上),赤小豆150 g。

制法:赤小豆洗净,用凉水浸泡半日。鲤鱼宰杀,剔取鱼肉洗净。将二物同入锅内,加足量水,旺火烧开,改小火煨至赤豆烂熟,滤取其汤。亦可加陈皮6 g同煨。勿放盐,可适量放白糖以调味。

功效:利水消肿。

(二)适当烹饪

消化肝胆病患者需要丰富的营养,食物经过适当的烹调可以使营养损失到最低程度,更利于患者的消化吸收和利用。

1.主食 米、面中的水溶性维生素和矿物质容易损失。如淘米时,淘洗次数过多、浸泡时间过长均会增加营养的丢失。丢弃米汤,就会造成大量维生素、矿物质、碳水化合物以及蛋白质的丢失。熬粥、蒸馒头加碱,可增加维生素B_1和维生素C的损失。油条加碱、高温油炸,烟酸损失50%,维生素B_1几乎全部丢失。吃捞面比吃面汤营养损失多。因此,做米饭淘米时应尽量用冷水或微温水,淘洗次数不超过3次,不用力搓洗、不丢弃米汤。面食尽量少用炸、煎、烤,多用酵母粉发面。煮面条时面汤尽量食用,不使其中的维生素流失。

2.副食 蔬菜含有丰富的水溶性B族维生素、维生素C和矿物质,不同的烹调加工方式对它们的吸收影响很大。如黄瓜切片凉拌,放置2 h,维生素损失33%~35%;放置3 h,损失41%~49%。炒青菜若加水过多,大量维生素溶于水里,吃菜弃汤,维生素也随之丢失。同时提倡蔬菜与肉食同时烹调,肉食中的各种谷胱甘肽可减少蔬菜中维生素的损失。炖制骨头时,最好将骨头敲碎,加少许食醋,使大量的钙等矿物质溶出,以利于吸收利用。选择新鲜蔬菜,切后即炒,减少放置时间,菜汁不要丢弃,煮或烫菜宜在沸水中烫1~2 min即出锅。

总之,烹调加工方式对食物营养的保存非常重要。在烹调时,应把食物良好的色、香、味、形与营养的保存兼顾统一起来,吃得好,才能尽早恢复健康。

(刘丽丽)

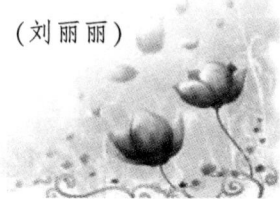

第二章　慢性胃炎

胃炎是指任何原因引起的胃黏膜炎症。胃黏膜对损害的反应涉及上皮损伤、黏膜炎症和上皮细胞再生三个过程，但有时仅有上皮损伤和细胞再生而无黏膜炎症，此时一般称为胃病，临床常将胃病归入胃炎范畴。胃炎是最常见的消化系统疾病，根据发病缓急以及病程长短，临床上将胃炎分为急性胃炎与慢性胃炎，本章主要讨论慢性胃炎。2000年全国慢性胃炎研讨会共识意见，将慢性胃炎分为慢性浅表性胃炎和慢性萎缩性胃炎。

慢性胃炎缺乏特异性症状，甚至在静止期无任何表现，患者常常以胃脘胀闷、吞酸、嘈杂或食欲不振等症状为主要表现而求治，临床诊断主要依靠电子胃镜肉眼及病理组织学检查来确定。

慢性胃炎是常见病、多发病，其发病率在各种胃病中居首位，占门诊接受胃镜检查患者的80%~90%，男性多于女性。年龄越大，发病率越高，特别是40岁以上的患者更为多见。慢性胃炎在我国有很高的发病率，无明显的地域差异，也无明显的城乡差异，而与饮食习惯和饮食卫生的关系较为密切。慢性胃炎的发作期往往与季节的更替有关，冬春多见。

本病相当于中医的"痞满""胃脘痛"等病范畴，自古早已有记载。如《素问·六元正纪大论篇》说："木郁之发，民病胃脘当心而痛。"《灵枢·邪气脏腑病形》篇指出："胃病者，腹䐜胀，胃脘当心而痛。"《外台秘要·心痛方》说："足阳明为胃之经，气虚逆乘心而痛，其状腹胀归于心而痛甚，谓之胃心痛也。"这里的心痛者是指胃脘痛。

若兼见反酸和烧心等症状，则可参照"吐酸""嘈杂"等相应病

证治疗。

【病因病机】

中医学认为,本病发生主要与感受邪气、饮食、情志因素、脾胃虚弱等有关。

1.外邪犯胃 外感寒、热、湿之邪,内客于胃,皆可导致胃脘气机不畅,造成疼痛、胀满等症状,其中尤以寒邪为甚。《素问·举痛论》云:"寒气客于肠胃之间,膜原之下,血不能散,小络急引,故痛。"

2.饮食不节 饮食不(节)洁,常常影响脾胃的纳、化、升、降。暴饮多食,胃之受纳太过,纳谷不下,腐熟不及,食谷停滞,阻碍气机,不通则痛;或饮酒过度,嗜食肥甘辛辣之品,则易耗损胃阴;或恣食生冷、寒凉药物,则易耗伤中阳。日积月累,则胃之阴阳失调,而出现偏胜,产生偏寒偏热或寒热错杂的胃痛证,如《医学正传》云:"致病之由,多由纵恣口腹,喜好辛酸……朝伤暮损,日积月深……故胃脘疼痛。"

3.七情失和 肝与胃是木土乘克的关系,若情志失调,忧思恼怒,气机乖乱,则可伤肝,肝气横逆,势必克脾犯胃,致气机阻滞,胃失和降而为痛。如肝气久郁,既可出现化火伤阴,又能导致瘀血内结,病情至此,则疼痛加重,每每缠绵难愈。思虑太过,则气结伤脾,脾虚胃弱,土虚木乘,而生痞闷胀满等肝胃不和之症。暴怒气逆伤肝,悲忧气郁伤肺,惊恐气乱伤肾等。五脏气机逆乱,皆可影响脾胃之运化。

4.误治失治 伤寒表邪,误治失治,由表及里,入于胸脘;或五脏疾病失于调治,影响于胃;或滥服药物,伤中害胃,以致脾胃乃伤,和降失司。

5.痰湿中阻 病之日久多有脾胃失健,不能运化水湿,酿生痰浊,壅塞中焦,使清阳不升,浊阴不降而生胀满。

6.脾胃虚弱 平素脾胃不健;或年老体弱,中气久虚;或饥饱不

· 15 ·

匀,或食生冷硬物,或肥甘厚味不节,或病中过用寒凉克伐之剂,重耗脾胃之气;或病后胃气未复,皆能导致胃纳呆钝,脾胃失健,而为窒塞、痞满、疼痛之症。

综上所述,本病病位在胃,与肝、脾两脏关系密切,晚期可以及肾,基本病机是胃气失和,气机不利,而造成这种病理变化可归纳为"不通则痛"和"不荣则痛"。病变初起以邪实为主,久则脾胃气阴受损,或脾气虚弱或胃阴损伤,进一步发展可因气不行血,或阴不荣络致胃络血瘀,可见吐血、黑便,亦可产生积聚等变证。

【临床诊断】

一、诊断标准

自1728年Stahl提出慢性胃炎这个病理概念以后,全球出现了若干个病理分类以及分级标准。本文主要引用了我国最新的2007年上海中国慢性胃炎共识意见并结合了在我国影响较广的2000年井冈山全国慢性胃炎研讨会共识意见。

慢性胃炎的临床诊断要点:

(一)病史和体检

1.评估胃炎对人体的影响程度　有无消化不良症状和严重程度。

2.找出可能的病因或诱因　药物、酒精或胆汁反流。

(二)内镜检查

1.分类　内镜下慢性胃炎分为浅表性胃炎和萎缩性胃炎,如同时存在糜烂、出血、粗大皱襞或胆汁反流,则诊断为浅表性胃炎或萎缩性胃炎伴糜烂或伴胆汁反流等。

2.病变的分布和范围　胃窦炎、胃体炎和全胃炎。

3.诊断依据　浅表性胃炎:红斑(点状、片状、条状),黏膜粗糙不平,出血点和/或斑,黏膜水肿及渗出等基本表现。萎缩性胃炎:黏膜红白相间,以白为主,呈颗粒状,黏膜血管显露,皱襞变平甚至消失。

4.活检取材 用于临床病理检查建议取2~5块标本。内镜医师应向病理科提供取材部位、内镜所见和简要病史等资料,以加强临床和病理的联系,取得更多反馈信息。

5.诊断书写格式 除表明胃炎类型和分布范围外,对病因也应尽可能加以描述。

(三) 组织学分级标准

1.活动性 慢性炎症背景上有中性粒细胞浸润。轻度:黏膜固有层有少数中性粒细胞浸润;中度:中性粒细胞较多存在于黏膜层,可见于表面上皮细胞、小凹上皮细胞或腺管上皮内;重度:中性粒细胞较密集,或除中度所见外还可见小凹脓肿。

2.慢性炎症 根据黏膜层慢性炎症细胞的密集程度和浸润深度分级,以前者为主。正常:单个核细胞每高倍视野不超过5个,如数量略超过正常而内镜下无明显异常,病理可诊断为基本正常;轻度:慢性炎症细胞较少并局限于黏膜浅层,不超过黏膜层的1/3;中度:慢性炎症细胞较密集,不超过黏膜层2/3;重度:慢性炎症细胞密集,占据黏膜全层。计算密度程度时要避开淋巴滤泡及其周围的小淋巴细胞区。

3.萎缩 萎缩指胃固有腺减少,分为两种类型:①化生性萎缩胃,固有腺被肠化或由假幽门腺化生的腺体替代;②非化生性萎缩胃,固有腺被纤维或纤维肌性组织替代,或炎症细胞浸润引起固有腺数量减少。萎缩程度以胃固有腺减少各1/3来计算。轻度:固有腺体数减少不超过原有腺体的1/3;中度:固有腺体数减少介于原有腺体1/3~2/3;重度:固有腺体数减少超过2/3,仅残留少数腺体,甚至完全消失。局限于胃小凹区域的肠化不能算萎缩。黏膜层出现淋巴滤泡不算萎缩,要观察其周围区域的腺体情况来决定。一切原因引起黏膜损伤的病理过程都可造成腺体数量减少,如溃疡边缘取的活检,不一定就是萎缩性胃炎。标本过浅未达黏膜肌层者,可以参考黏膜层腺体大小和密度、间质反应情况推断是否萎缩,同时加上

取材过浅的评注,提醒临床参考。

4.肠化　肠化区占腺体和表面上皮总面积1/3以下为轻度;1/3~
2/3为中度;2/3以上为重度。AB-PAS染色对不明显肠化的诊断很有
帮助。用AB-PAS和HID-AB黏液染色区分肠化亚型预测胃癌发生
危险性的价值仍有争议。

5.其他组织学特征

(1)幽门螺杆菌。

(2)不需要分级的组织学变化出现时需注明。分为非特异性和
特异性两类,前者包括淋巴滤泡、小凹上皮增生、胰腺化生和假幽
门腺化生等;后者包括肉芽肿、集簇性嗜酸性粒细胞浸润、明显上
皮内淋巴细胞浸润和特异性病原体等。假幽门腺化生是泌酸腺萎
缩的指标,判断时要核实取材部位。胃角部活检见到黏液分泌腺的
不宜诊断为假幽门腺化生,只有出现肠化生,才是诊断萎缩的标
志。有异型增生(上皮内瘤变)的要注明,分轻度和重度(或低级别
和高级别)2级。

二、鉴别诊断

· 18 ·

1.消化性溃疡　消化性溃疡常表现为慢性、周期性、规律性上
腹部疼痛,胃溃疡多于饭后发作,而十二指肠溃疡常于空腹发作,
进食时缓解。X线和胃镜检查可作出明确鉴别。

2.胃癌　胃癌患者临床常无特异性症状,尤其在早期阶段常常
在查体时意外发现癌肿位于贲门或胃底部时,可出现吞咽困难,而
位于幽门区时可有幽门梗阻的表现。通过仔细的胃镜检查、脱落细
胞检查及胃黏膜活组织检查可明确鉴别。

3.慢性胆管疾病　十二指肠引流液、胆管造影、超声和胃镜检
查可以鉴别。

4.钩虫病　钩虫病有消化不良以及贫血表现时,临床类似慢性
胃炎,粪便找虫卵以及驱虫治疗后的观察有助于鉴别。

5.**功能性胃肠病** 在排除胃肠等器质性疾病后可依症状作出诊断。

三、中医证型

1.**肝胃不和**

主症:①胃脘胀痛或痛窜两胁;②嗳气频作;③嘈杂反酸;④脉弦。

次症:①胸闷;②食少;③大便不畅;④舌质淡,苔薄白。

证候确定:主症第1项加其他主症1项或次症2项以上。

2.**脾胃湿热**

主症:①胃脘胀满或胀痛;②口苦口干;③恶心呕吐;④脘腹痞闷,渴不欲饮;⑤舌质红,苔黄腻。

次症:①胃脘灼热;②口臭;③尿黄;④胸闷;④脉滑数。

证候确定:主症第1项加其他主症1项;或主症第1项加次症2项。

3.**痰湿中阻**

主症:①胃脘痞满或隐痛;②恶心,呕吐清水或酸水;③不思饮食,食后胀甚;④舌质淡红,苔白腻。

次症:①身倦乏力;②脉濡。

证候确定:主症2项或主症1项加次症1项。

4.**胃络瘀血**

主症:①胃脘胀满、刺痛;②痛处拒按、痛有定处;③舌质黯红或有瘀点、瘀斑。

次症:①黑便;②面色黯滞;③脉弦涩。

证候确定:主症2项加次症1项。

5.**脾胃虚弱(虚寒)**

主症:①胃脘隐痛,胃痛喜按喜暖;②食后闷胀,痞满;③纳呆少食;④大便稀溏;⑤舌质淡,边有齿痕。

次症:①肢软乏力;②气短懒言;③呕吐清水;④脉细弱。

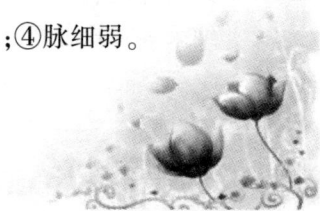

证候确定:主症第1项或第2项加其他主症1项或次症2项。

6.胃阴不足

主症:①胃脘胀满、灼痛;②胃中嘈杂,饥不知食;③舌红少津,苔少。

次症:①食少干呕;②大便干燥;③口干;④脉细。

证候确定:主症第1项加其他主症1项或次症2项.

四、辨证要点

1.辨邪之有无　胃病有虚实之异。有邪者为实,无邪者为虚,实者邪气实,虚者正气虚,辨证首当辨别邪之有无。如伤寒表邪未解,误下成痞;或寒邪外感,乘虚入腑,留于胸脘;或饮食无度,食积难消;或情志刺激,气机郁滞等,皆属有邪,此乃以邪气实为主要矛盾;若非因食滞、气滞、外感,而因脾胃阳微,胃纳呆钝,脾运不健,则属虚证痞满,以正气虚为其主要矛盾。

2.辨虚实　胃痞者不能食或食少化、大便利,痞满时减而喜按,脉弦,或沉弦,或涩,或虚大无力,气口为甚。此日久脾胃受伤,或过服克伐药物所致,皆为虚证;能食而大便秘,痞满时而或减或兼有疼痛拒按,脉弦急而滑,骤然胸痞闷;乃肝气与食滞而成,胸膈痞闷而寸口脉沉滑,或迟滑者,为有停滞,皆为实证。舌苔黄腻、黄燥,舌质红,脉滑数,恶心,口苦,渴喜饮而痞满者为热证;舌苔白腻或薄白,舌质淡,脉沉迟、沉涩,口不渴或渴不思饮而痞满者为寒证。

3.辨脏腑　本病病位在胃,但据脾胃相表里、肝脾相制约、"胆随胃降"的理论,本病亦不同程度地涉及脾、肝、胆等脏腑。"五脏六腑皆禀气于胃""五脏相通,皆移有次,五脏有病,则各传所胜",故本病与五脏六腑皆有关系:如肝气犯胃,肝胃郁热,则常兼见胸胁胀满,心烦易怒,嗳气频作,发病与情志有关等肝气郁滞的表现。如脾气虚弱,中阳不振,则兼见神疲乏力,大便溏薄,四肢不温,食少纳呆等脾胃虚寒之征象等。另外,有时亦与胆、肾等脏腑有关,当随

证辨之。

4.辨寒热 寒性凝滞收引,故寒邪犯胃之疼痛,多疼痛暴作,伴脘腹胀满而拒按,并有喜暖恶凉,苔白,脉弦紧等特点;若见隐隐作痛,喜暖喜按,遇冷加剧,四肢不温,舌淡苔薄,脉弱等症,多为脾胃阳虚之虚寒性胃痛;若疼痛剧烈,伴有烦渴思饮,恶热喜凉,溲赤,便结,苔黄少津,脉弦数等,多为热结火郁,胃失通降所致胃痛。

5.辨气血 初病在气,久病在血。凡属气分,多见既胀且痛,以胀为主,痛无定处,时作时止,聚散无形。凡属血分,多见持续刺痛,痛有定处,舌质紫暗。

6.辨急缓 早期的浅表性胃炎和活动性慢性胃炎,多表现为肝郁气滞、气滞湿阻、气滞湿热或肝胃不和证,其胃肠功能紊乱较明显。而急性炎症消退期的慢性胃炎或较重的萎缩性胃炎,则多表现为脾胃虚弱或脾胃虚寒证;少数患者表现为胃阴不足证。

7.辨善恶 需通过X线、内镜、病理等理化检查而确定,具体可参见消化性溃疡章节。

8.辨功能性与器质性病变 需通过X线、内镜等理化检查确定。

【临床治疗】

· 21 ·

清代李中梓在《证治汇补》中指出:"本病的治疗,初宜舒郁、化痰、降火,久之固中气佐以他药;有痰治痰,有火清火,郁则兼化。"本病在初期以邪气较盛,中焦枢机不利为主,病多在气分,以实为主,实中兼虚,治疗以祛邪为主,或攻中寓补;晚期则以脾胃受伤,化源不足为主,病以虚为主,虚中夹实,治疗多以补虚为主,或补中寓攻。

一、常见分型治疗

1.肝胃不和
治法:疏肝理气,和胃降逆。
方剂:柴胡疏肝散(《景岳全书》)加减。

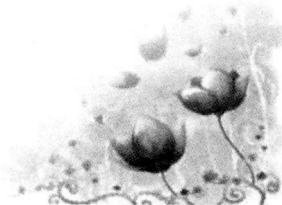

　　组成：柴胡、香附、川芎、陈皮、枳壳、炒白芍、厚朴、苏梗、当归、鸡内金。

　　加减：痛甚者，加延胡索、川楝子、佛手以增强理气解郁止痛之功；嗳气者，加沉香、旋覆花以顺气降逆；肝气郁结，日久化火，肝胃郁热而胃脘灼痛、嘈杂泛酸者，可加用丹皮、栀子、黄连、山茱萸等清肝泄热之品；肝火伤阴者，可加用生地、丹皮以滋阴泄热。

　　2.脾胃湿热

　　治法：清热化湿，和胃健脾。

　　方剂：温胆汤(《千金方》)加减。

　　组成：陈皮、半夏、茯苓皮、甘草、枳壳、竹茹、生姜、炒栀子、荷叶、冬瓜皮。

　　加减：痛甚者，加延胡索、川楝子、佛手以增强理气解郁止痛之功；嗳气者，加沉香、旋覆花以顺气降逆；肝气郁结，日久化火，肝胃郁热而胃脘灼痛、嘈杂泛酸者，可加用丹皮、栀子、黄连、山茱萸等清肝泄热之品；肝火伤阴者，可加用生地、丹皮以滋阴泄热。

　　3.痰湿中阻

　　治法：芳香化湿，健脾和胃。

　　方剂：藿朴夏苓汤(《感证辑要》)加减。

　　组成：藿香、厚朴、半夏、茯苓、杏仁、生薏苡仁、蔻仁、猪苓、泽泻。

　　加减：肝胃郁热而胃脘灼痛、嘈杂泛酸者，可加用丹皮、栀子、黄连等清肝泄热之品；肝火伤阴者，加用生地、丹皮以滋阴泄热。

　　4.胃络瘀血

　　治法：活血化瘀，和胃止痛。

　　方剂：丹参饮(《时方歌括》)合桃红四物汤(《医宗金鉴》)加减。

　　组成：紫丹参、檀香、砂仁、川芎、当归、桃仁、红花、沙参、炒白术、玉竹、半枝莲。

　　加减：血不足者，可加用当归、白芍以补血养阴；肝气郁结，日久化火，肝胃郁热而胃脘灼痛、嘈杂泛酸者，可加用丹皮、栀子、黄

连、郁金等清肝泄热之品。

5.**脾胃虚弱**

治法：补气健脾，消痞和胃。

方剂：香砂六君子汤(《医方集解》)加味。

组成：党参、炒白术、茯苓、法半夏、砂仁、炒白芍、炙甘草。

加减：泛吐清水较多者，可加陈皮、半夏、茯苓以降逆和胃，健脾燥湿；吐酸者，可去饴糖，加山栀、丹皮，或左金丸以止酸降呕；胃寒痛甚者，加良附丸以温中散寒，行气止痛；若久痛不止，可加红花、蒲黄、丹参以活血止痛；若阳虚较甚，可加吴茱萸、肉桂、细辛、附片等温经散寒；便黑者，加干姜炭、白及、地榆炭、伏龙肝温中止血。

6.**胃阴不足**

治法：养阴益胃，缓急止痛。

方剂：益胃汤(《温病条辨》)加减。

组成：南沙参、北沙参、生地、麦冬、炒薏苡仁、仙鹤草、白芍、陈皮、木香、玉竹、石斛、天花粉。

加减：吞酸嘈杂者可加煅瓦楞、海螵蛸等品以止酸；胃脘胀痛较剧，兼有气滞者，宜加厚朴、绿萼梅、佛手以行气止痛；大便干燥难解者，宜加火麻仁、栝楼仁等润肠通便；若阴虚有热可加石斛、知母、黄柏以养阴清胃。

以上各证型可互相兼夹，临证用药以辨证论治为主，若伴有幽门螺杆菌感染、重度萎缩、肠化、异型增生等，可结合辨病，适当选加一些清热解毒(如白花蛇舌草、半枝莲、半边莲、石见穿、藤梨根、龙葵等)及活血化瘀消痞(如丹参、三棱、莪术等)之品，以提高疗效。

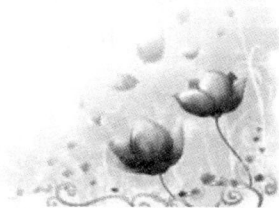

二、固定方药治疗

1.三九胃泰冲剂或胶囊

组成:三桠苦、九里香、白芍、生地、木香等。

功效:消炎止痛,理气健胃。

主治:用于浅表性胃炎、糜烂性胃炎、萎缩性胃炎等各类型慢性胃炎。

用法:每次1袋,每日3次,空腹服用。

2.温胃舒胶囊

组成:党参、白术、炒山楂、肉苁蓉、肉桂、砂仁、炙黄芪、制附子、肉桂、山药、补骨脂、乌梅。

功效:扶正固本,温胃养胃,行气止痛,助阳暖中。

主治:慢性萎缩性胃炎、慢性胃炎所引起的胃脘凉痛,饮食生冷,受寒痛甚。

用法:每次3粒,每日2次,空腹服用。适用于慢性胃炎胃阴亏虚型的患者。

3.养胃舒颗粒

组成:党参、陈皮、黄精(蒸)、山药、玄参、乌梅、山楂、北沙参、干姜、菟丝子、白术(炒)。

功效:滋阴养胃。

主治:用于慢性胃炎,胃脘灼热,隐隐作痛。

用法:开水冲服,一次1~2袋,每日2次。

4.复方陈香胃片

组成:陈皮、石菖蒲、木香、大黄等。

功效:疏肝和胃,理气止痛。

主治:肝胃不和、胃失和降所致的脘腹痞满、胃脘疼痛、嗳气吞酸等证。也可用于胃及十二指肠溃疡、慢性胃炎、胃酸过多等。

用法:口服。每片0.28 g。4片/次,3次/日。

5.香砂平胃丸

组成:苍术(炒)、陈皮、甘草、厚朴(姜炙)、香附(醋炙)、砂仁。

功效:健脾燥湿。

主治:用于胃脘胀痛。

用法:口服,一次1瓶,一日1~2次。

6.木香分气丸

组成:木香、砂仁、丁香、檀香、香附(醋炙)、广藿香、陈皮、厚朴(姜炙)、枳实、豆蔻、莪术(醋炙)、山楂(炒)、白术(麸炒)、甘松、槟榔、甘草。

功效:宽胸消胀,止呕。

主治:用于肝郁气滞,脾胃不和,胸膈痞闷,两胁胀满,胃脘疼痛,倒饱嘈杂,呕吐恶心,嗳气吞酸。

用法:口服,一次6 g,一日2次。

7.胃力康颗粒

组成:柴胡(醋炙)、赤芍、枳壳(麸炒)、木香、丹参、延胡索、莪术、黄连、吴茱萸、大黄(酒炙)、党参、甘草。

功效:行气活血,泄热和胃。

主治:用于胃脘痛气滞血瘀兼肝胃郁热证。症见胃脘疼痛、胀闷、灼热、嗳气、泛酸、烦躁易怒、口干口苦等,以及慢性浅表性胃炎及消化性溃疡见上述证候者。

用法:口服,一次10 g,一日3次,6周为1个疗程,或遵医嘱。

8.槟榔四消丸

组成:槟榔、大黄(酒炒)、牵牛子(炒)、香附(醋制)等。

功效:消食导滞,行气泄水。

主治:用于食积痰饮,消化不良,脘腹胀满,嗳气吞酸,大便秘结。

用法:口服,一次6 g,一日2次。

9.香砂枳术丸

组成:木香、砂仁、枳实(麸炒)、白术(米泔浸,炒)。

功效:健脾消痞,理气开胃。

主治:脾虚食少,或宿食不消,胸脘痞闷。

用法:口服,一次6 g,一日3次。

10.摩罗丹

组成:百合、茯苓、玄参、乌药、泽泻、麦冬、当归、白术(麸炒)、茵陈、白芍、石斛、九节菖蒲、川芎、三七、地榆、延胡索(醋炙)、蒲黄、鸡内金(炒香)。

功效:和胃降逆,健脾消胀,通络定痛。

主治:用于(慢性萎缩性胃炎)胃疼,胀满,痞闷,纳呆,嗳气,烧心等症。

用法:口服,大蜜丸一次1~2粒,小蜜丸一次55~110粒,一日3次,饭前用米汤或温开水送下,或遵医嘱。

三、名医验方

1.金延香附汤(董建华方)

组成:金铃子10 g,制延胡索10 g,香附10 g,陈皮10 g,枳壳10 g,大腹皮10 g。

主治:气滞血瘀型慢性胃炎。症见胃脘痞塞满闷,胀与痛并重者。

用法:每日1剂,水煎,分2次服。

按语:金铃子行气中之血滞;制延胡索行血中之气滞;香附入肝理气解郁止痛,主入气分,行气时,兼行血中气滞,为气中血药。上述三药既能活血止痛又能理气宽中。陈皮理气和胃化湿,与前三药既能活血止痛和胃,又能疏肝理气,配合枳壳、大腹皮,又可以下气消胀除满,通利大小肠。

2.竹茹清胃汤(姚子杨方)

组成:竹茹10 g,蒲公英10 g,芦根10 g,石斛10 g,煅石膏10 g,麦冬10 g,薄荷10 g,白芍10 g,甘草10 g。

主治:慢性浅表性胃炎偏热者,症见胃脘轻痛,口苦咽干。

用法:每日1剂,水煎成300 ml,分2次,饭前服。

按语:本方竹茹、芦根性味甘寒,善清胃热,止呕;蒲公英甘苦微寒,清热解毒,为清胃之要药;石膏煅用可减其寒,有收涩制酸之功;枳壳、薄荷、白芍疏肝和胃行气止痛,石斛、麦冬滋阴养胃,诸药合用清胃消炎,疏肝止痛,且对幽门螺杆菌有良好的杀灭作用。

3.萎胃复元汤(余绍原方)

组成:黄芪10 g,太子参10 g,生地10 g,三丫苦10 g,救必应10 g,七叶莲15 g,竹茹10 g,蒲公英10 g,三七1.5 g(冲服)。

主治:慢性萎缩性胃炎既有脾虚又见气滞、血瘀、湿阻、郁热者。

用法:水煎300 ml,每日1剂,饭前服。

按语:方中黄芪、太子参、生地益气养阴为主药;救必应、三七行气活血,三丫苦、七叶莲、竹茹、蒲公英清热解毒为佐使,使气滞解、湿阻化、郁热清、血瘀行,可选加石斛、麦冬、山楂、玉竹、乌梅等药。

· 27 ·

4.柴芍和胃汤(张镜人方)

组成:柴胡10 g,炙甘草6 g,生白术10 g,炒白芍10 g,桔梗10 g,平地木10 g,徐长卿10 g,连翘10 g,制香附10 g,八月札10 g。

主治:慢性胃炎肝胃不和证,症见胃痛、胃胀、嗳气、泛酸等。

用法:每日1剂,早晚分服,3个月为1个疗程。

按语:此方为三方合方。分别为《伤寒论》芍药甘草汤与局方香苏散以及张景岳柴胡疏肝散。芍药、甘草缓急止痛安中;苏梗、香附理气和胃;柴胡、白术调肝理脾。"肝欲散,急食辛以散之,甘补之,酸泻之",芍药酸收,苏梗辛香有敛木散肝之功,平地木、连翘清热,徐长卿止痛,八月札疏肝理气,寓温凉通补于一炉。

【临床保健】

胃病重在调养,祖国医学认为胃病"三分在治,七分在养"。

一、心理保健

现代医学的"脑-肠轴"学说与祖国医学"心脾相关"理论有着异曲同工之妙。临床实践中发现,不少胃病患者合并焦虑或抑郁症状,所以心理调节亦十分重要。

1.正确认知 慢性胃炎的形成有一个较长的过程,其中部分萎缩性胃炎有一定的癌变倾向,因此这部分患者常常心理负担较重。注意心理调节十分必要。首先要正确认识疾病,告诫患者萎缩性胃炎的癌变比例还是非常低的,帮助患者树立战胜疾病的信心。

2.注意交流沟通 情志活动是生命活动过程中不可缺少的组成部分,失去调节的情志活动,可对身心造成危害,引起身心疾病。萎缩性胃炎属癌前病变,故其患者大多有不同程度的精神压力,常表现出失望、忧心忡忡、思虑过度和烦躁易怒等不良心态。这些不良情绪反过来又会影响和加重原来的病情,形成恶性循环。因此,医务人员应该热情地对待患者,经常与患者谈心,安慰和鼓励患者保持乐观的情绪,让患者了解过度劳累、忧思恼怒、恐惧悲观对本病的影响和危害,注意自我调节,积极配合治疗,树立治愈疾病的信心。

二、运动保健

1.散步 散步是一种适合中老年慢性胃炎患者的运动疗法。散步时,机体的整个内脏器官都处于微微的颤动状态,配合有节奏的呼吸,可使腹部肌肉有节奏地前后收缩,膈肌上下运动,这对胃肠来说,可以起到一种有益的按摩作用,能够刺激消化液的分泌、促进胃肠的蠕动,从而收到提高胃肠消化功能的效果。

2.打太极拳 打太极拳可以促进腹腔的血液循环,改善胃部的

营养状况,增加胃肠的蠕动。如果长期坚持打太极拳,可以促进慢性胃炎患者炎症逐渐消失,使其胃肠功能逐渐恢复正常。

3.按摩腹部 仰卧,用右手的掌心在腹部按顺时针方向作绕圈按摩,也可从上腹往下腹缓缓按摩。每天可进行3~4次,每次5 min左右。腹部按摩,可以促进胃肠的蠕动,增加胃液的分泌,有利于食物的消化和吸收,同时可以减轻腹部胀痛。

三、饮食保健

脾胃乃仓贮运化之官,负责饮食的消化吸收,故胃病调养尤重饮食,饮食调理注重以下几个原则。

1.宜少宜精 宜少指不可过分饥饿时再吃东西,且吃东西一次不可过饱;晚饭宜少;宜精指少吃粗糙和粗纤维多的食物,尤其对有消化不良的患者,要求食物要精工细作,富含营养。

2.宜温宜洁 宜温指胃病患者不可过食生冷食物;宜洁是指胃病患者胃抵抗力差,应防止食物被污染,并注意食用器具的卫生。

3.宜鲜宜淡 宜鲜是指吃新鲜蔬菜和水果,新鲜蔬菜和水果可防癌;宜淡指宜吃清淡易消化的饮食。中医讲淡味是养胃的,清淡饮食既易于消化吸收,又利于胃病的恢复,新鲜蔬菜、五谷都为健胃佳品,但食用不可过量。

4.宜软宜缓 宜软指饭食、蔬菜、鱼肉之品宜软烂,不宜食油煎、油炸、半熟之品及坚硬食物;宜缓指细嚼慢咽,充分地咀嚼,唾液大量分泌,既有利于食物的消化吸收,又能防癌和抗衰老。

四、调摄护理

1.不良习惯的戒除 吸烟对胃功能的损伤很大,其中一些有害物质能使胃黏膜血管痉挛,导致胃黏膜缺血,同时还能使胃黏膜损害因子分泌增多,降低胃的自身保护功能,使胃黏膜受损,出现炎症。吸烟还能使幽门括约肌松弛,十二指肠液含有碱性物质,包括

胆汁,其能直接反流到胃腔,对胃黏膜造成严重损害,故慢性胃炎患者不能吸烟。

2.合理用药的指导　许多药物有刺激胃肠道的副作用,如非甾体抗炎药、吲哚美辛、炎痛喜康、某些抗生素、制霉菌素等,应避免使用。其他许多西药及部分中药也有不同程度的胃肠道刺激作用,要在医师指导下服用。尤其要注意许多抗感冒西药对胃刺激较大,故建议慢性胃炎患者感冒时要尽量服用中成药物。

3.生活调护的指导　春季易发怒,所以应情绪乐观,保持心胸开阔。春季多风邪,风寒之邪直中胃腑,会导致胃痉挛。临床上也经常会遇到胃肠型感冒患者,如慢性胃炎患者胃痛加重,在排除饮食、情志、服药、劳累、烟酒等因素外,伴有恶寒、鼻塞或脉浮,往往服用疏散解表药疗效很好,也证实六淫外袭对慢性胃炎的影响。故慢性胃炎患者一定要慎起居,避风寒。夏季是多汗季节,汗多心气易伤。所以,炎热的夏天,尤其要保持心境的平和,不要烦躁多虑,也不要给自己太多压力。夏季炎热,不可过食寒凉生冷。秋季人的情绪不太稳定,心情烦躁,也易忧愁伤感。尤其在草枯叶落、花木凋零时,常会勾起一些悲伤的往事,故秋季多给自己安排一些有意义的活动,使自己放松。到了冬季宜注意保暖,适当参加户外活动,晒晒太阳。要防止情志过激,以免扰阳。

· 30 ·

【现代中医研究】

一、病因病机研究

慢性胃炎属中医"胃脘病""痞满""嘈杂""腹胀""嗳气"等范畴,病位在胃。中医认为其与饮食、情志、感受邪气、脾胃虚弱等因素有关。病变初起以湿热阻滞、气机不畅为主;久则脾胃气阴受损,或脾气虚弱,或胃阴损伤;进一步发展,可因气不行血,或阴不荣

络,致胃络血瘀,痰湿瘀血互结而成毒。其演变加重过程可概括为由实至虚,由虚至热,由热至瘀,由瘀至毒。其病机与脾虚、寒湿、湿热、阴亏、气滞、血瘀紧密相关。

邓中光认为慢性胃炎实为本虚标实的虚损病。此病之虚,主要为脾胃亏虚,脾亏虚于阳气,胃亏虚于阴液,此为发病的前提和本质;此病之实,多为虚损之后所继发。首先,脾气亏虚,血失鼓动,血滞成瘀阻络;其次,脾失健运,湿浊不化,痰湿停聚;第三,是痰瘀湿郁,加之阴液亏损,则易引起虚火妄动。其中脾胃亏损是此病较为突出的病理表现,胃阴亏损加胃络瘀阻,胃失滋润濡养,是导致胃腺体萎缩的重要病机。

王爱云等认为病机关键在瘀血内阻,瘀阻胃络,可使胃黏膜腺体血运障碍,营养缺乏,促进此病的发生及腺体萎缩加重,甚至恶变。谢磊等强调血瘀是慢性萎缩性胃炎发生的重要原因,饮食不节致瘀,忧思恼怒致瘀,升降失调致瘀,化源异常致瘀,血溢脉外致瘀,阳气虚损致瘀为其发病的关键。王今英从病因、病理及临床表现等方面,探讨了血瘀与慢性胃炎的关系,认为血瘀可作为慢性胃炎的基本病机之一,血瘀与慢性胃炎可相互影响,形成恶性循环,活血化瘀可打破此恶性循环,是治疗慢性胃炎的重要环节,疗效已证实。

· 31 ·

王汝新等则认为肾气虚弱,加之饮食不节或因情志所伤,损伤脾胃,内外相合,脾胃不足,邪气久羁,入络及血,胃络瘀阻而发病。胡运莲认为,其病机常为气虚、血瘀、气滞、热毒并见,兼见痰浊和湿邪,是中焦虚实相兼、寒热错杂的病变。周文学则认为其病机不外乎脾胃虚弱、肝胃不和、脾胃湿热、胃阴不足、瘀血阻滞等几个方面,但基本病机是以脾胃虚弱、升降失常为本,热毒侵袭、肝胃郁热为标,久病入里、气血瘀滞为变。赵霞认为慢性萎缩性胃炎属中医痞满的范围,其发病与脾胃肝(胆)关系最为密切,以脾胃运化失常,脾胃虚弱为本,脾胃虚弱又以脾气虚、胃阴亏为多,而气滞血瘀

则贯穿病程始终。

刘启泉等认为基本病机是气机郁滞、湿浊中阻、热毒蕴结、瘀血停滞、阴液亏虚等相互影响,最终导致胃气失和,气机不利,胃失濡养,胃络瘀阻。赵军艳发现慢性胃炎多具有"痰瘀"的病因和症状,尊"百病皆由痰作祟"和"久病多瘀"等古训,从"痰瘀"论治取得了良好疗效。焦安钦从中西医生理、病理方面分析认为,湿、热、虚、瘀是慢性胃炎的主要病理因素,其中湿热毒邪是慢性胃炎初病及急性发作加重的因素,瘀血为迁延不愈之肇始,脾胃虚弱常贯穿于病程始终,临证时抓住这四种病理因素即能纲举目张,举一反三,融会贯通。李佃贵等认为浊毒是慢性萎缩性胃炎发生、发展及迁延难愈的关键因素,临床宜从浊毒论治,化浊利湿与清热解毒同时进行,使浊毒分离分消。又有医家分别从肺、肾论治慢性胃炎亦取得了较好的疗效。战文翔认为胃炎的病机特点为虚实夹杂,寒热交错。虚,重在脾胃气阴虚亏;实,主要是气滞、血瘀、湿阻等;寒,多因饮食生冷,积冷成寒,或脾胃阳气虚弱,寒从内生;热,缘因嗜食辛辣,湿热内蓄或脾胃阴分不足,阴虚而生内热等。基于上述认识,故治疗慢性胃炎崇尚辛散苦泄,甘缓和中或加酸收之法。

二、辨证论治

慢性胃炎病程长,病情复杂,迁延难愈,加之病因错综复杂,故临床上难以一法一方诊治,多数学者根据临床观察及实践经验,分为不同类型,选择不同的方药施治或依据证候性质采用多法联用,即健脾益气、疏肝理气、清热养阴、行气活血等药并用。

潘汀分三型治疗,胃阴虚型治宜滋阴养胃、培土健脾,用三酸汤加味(党参、乌梅、麦芽、香附、天冬、麦冬、山楂、砂仁、白芍、石斛、鸡内金、玉竹、神曲、五味子、甘草);胃阳虚型治宜温阳健脾、燥湿理中,用香砂六君子汤合理中汤加减(党参、炮姜、白术、茯苓、法半夏、砂仁、白豆蔻、枳壳、木香、陈皮、甘草);胃阴阳两虚型治宜调

理阴阳、和胃健脾,用益胃汤加减(党参、薏苡仁、白芍、白术、茯苓、白豆蔻、山药、莲子、石斛、天冬、麦冬、砂仁、甘草)。结果临床控制75例,临床好转26例,无效7例,总有效率93.5%。

李剑锋等认为,治疗慢性萎缩性胃炎当以酸甘化阴养胃为主,对阴液枯涸、胃失濡养者,宜酸甘化阴、甘凉养胃,药用生地黄、沙参、麦冬、乌梅、白芍、甘草、石斛、百合、天冬、天花粉、川楝子等;对胃阴衰少、脾失健运者,又要注意加强脾的运化功能,治当酸甘养胃、健胃助运,药用乌梅、白芍、甘草、石斛、沙参、党参、白术、山药、茯苓等,刚柔相济,养胃健脾;对肝失条达、气滞血瘀者,治宜酸甘濡润、活血通脉,药用生地黄、沙参、麦冬、乌梅、白芍、檀香、海螵蛸等。临床上按上述三个方面进行辨证施治,收到满意效果。

刘西峰将96例慢性萎缩性胃炎分为脾胃虚寒、肝胃不和、脾胃湿热、胃阴亏虚四型,分别予黄芪建中汤、柴胡疏肝散、藿朴夏苓汤合三仁汤、一贯煎加减治疗3~6个月,治愈59例,好转31例,无效6例,总有效率93.75%。

杨莉则提出治疗慢性萎缩性胃炎,当以健脾补气、养阴益胃、通络行瘀,辅以理气止痛为其治疗大法,故临床常用六君子汤、益胃汤、沙参麦冬汤合丹参饮加减,临床上获满意疗效。

· 33 ·

游涛等将慢性萎缩性胃炎分为五型治疗:脾胃湿热型治宜清热化湿、和胃止痛,用清中汤加减(黄连、栀子、半夏、枳实、茯苓、陈皮、豆蔻、蒲公英、甘草);肝胃不和型治宜疏肝和胃、行气消胀,用柴胡疏肝散合四逆汤加减(柴胡、枳壳、木香、当归、白芍、佛手、陈皮、川芎、香附、郁金、甘草);脾胃虚弱型治宜健脾益气养胃,用香砂六君子汤加味(党参、白术、茯苓、陈皮、半夏、木香、枳实、厚朴、砂仁、甘草);胃阴不足型治宜养阴益胃,用一贯煎加减(北沙参、麦冬、生地黄、石斛、当归、白芍、川楝子、佛手、蒲公英、甘草);胃络瘀血型治宜活血化瘀、通络止痛,用活络笑灵丹合失笑散加减(当归、丹参、五灵脂、蒲黄、陈皮、郁金、枳壳、乳香、没药)。共治疗30例,显

效21例,有效7例,无效2例,总有效率达93.3%。

李儒文在治疗慢性萎缩性胃炎伴异型增生,属脾胃气阴两虚,兼痰湿瘀毒者时,用黄芪、太子参、茯苓、生地黄、石斛、百合益气养阴为主药,辅以浙贝母、半夏、陈皮化痰浊,郁金、三七、血竭、穿山甲、半枝莲、白花蛇舌草、蒲公英、青黛活血行瘀,解毒防癌,收到一定的效果。

三、专病专方治疗

从目前研究资料看,专病专方治疗基本围绕益气活血、滋阴养胃、疏肝理脾及清脾胃湿热等法,用药多为益气健脾、活血化瘀及滋阴类药物。赵云桂等用健脾活血汤(太子参、白术、当归、薏苡仁、莪术等)治疗慢性萎缩性胃炎 56例,治愈11例,显效26例,有效10例,无效9例,总有效率为83.9%。谢守鹏等采用胃必灵胶囊(黄连、生鸡内金、白及、三七、白芍、阿胶)治疗慢性萎缩性胃炎,显示该药对胃黏膜萎缩、炎症、肠化生及非典型增生均有良好的治疗作用,能显著减轻临床症状。彭罗瑞等用理气活血益胃汤(党参、白术、山药、北沙参、香附、枳壳、丹参、三七、莪术、川芎、蒲黄、延胡索、白芍、甘草)治疗慢性萎缩性胃炎30 例,并与用胃复春片治疗30 例进行对照,结果总有效率达96.67%,疗效明显优于对照组($P<0.05$),显示该方能增强胃动力,疏通胃黏膜局部血液循环,从而促进胃黏膜腺体萎缩、上皮肠腺化生、细胞异型增生等病理改变的逆转作用。韩春华用益胃煎(太子参、沙参、当归、白芍、黄连、白花蛇舌草、三七、乌贼骨、白术、黄芪、砂仁)治疗慢性萎缩性胃炎56例,总有效率达89.3%。认为该方能明显增强胃黏膜屏障功能,促进气血流通,濡养胃黏膜,使萎缩的胃黏膜得以恢复。高鼎榕用胃复新(党参、茯苓、半夏、白术、藿香、厚朴、枳壳、柴胡、白芍、甘草、陈皮、砂仁、神曲、黄连、丹参)治疗慢性萎缩性胃炎69例,总有效率达88.5%。沈国林等用柴胡、香附、白豆蔻、炒白术、党参、鸡内金、茯苓、白芍、延

胡索、制半夏、厚朴、甘草,随证加减治疗慢性萎缩性胃炎110例,总有效率94.55%。刘海燕用香砂六君子汤(人参、白术、茯苓、甘草、木香、砂仁、陈皮、半夏)治疗慢性萎缩性胃炎42例,总有效率达95.24%。刘玲等用柴胡疏肝散合平胃散加减治疗慢性胃炎70例,并与西医常规治疗66例对照观察,2组均以7日为1个疗程,连服2个疗程观察疗效。治疗组总有效91.43%,对照组为72.72%,有统计学差异。

四、HP感染与慢性胃炎的关系

罗云坚等将117例分为实证组与虚证组,均进行内镜、HP及病理检查,结果实证组HP阳性率高于虚证组,HP阳性率脾胃湿热型86.5%,肝胃不和型79.4%,脾胃虚弱型50%,胃阴不足型40%。郑惠虹等通过对胃黏膜标本的HP检测、分析,探索HP感染者在慢性胃炎发生率并按中医分型。结果脾胃湿热型、肝郁气滞型HP感染率明显偏高,胃阴亏虚型次之,脾胃虚寒型最低,差异显著。冯莲君等对210例胃脘痛的不同中医证型与HP感染及胃黏膜的组织病理变化进行了观察,结果显示:脾胃湿热型HP阳性率(87.14%)明显高于肝胃不和型(42.85%)及胃阴亏虚型(54.05%)。其中脾胃湿热型中61.43%表现为慢性活动性胃炎,肝胃不和型中64.29%表现为浅表性胃炎,脾胃虚寒型中60.78%表现为消化性溃疡。张闽光等通过分析糜烂性胃炎的中医证型及HP的感染情况,发现脾胃湿热是其主要证型,并且HP感染率最高,提出了湿热之邪与HP在病因学上是同一致病原的观点。陈朝元等研究表明:HP感染在慢性萎缩性胃炎各中医证型分布的顺序是脾胃湿热(87.5%)>胃络瘀血(83.3%)>肝胃不和(76.9%)>脾胃虚弱含虚寒(50%)>胃阴不足(44.4%)。武和平等研究了120例符合诊断标准的慢性胃炎患者,将其中尿素酶和病理染色均呈阳性的HP感染的慢性胃炎进行了中医辨证分型,发现HP感染较高的证候组集中在肝胃不和型,占33.3%,其次为脾胃虚

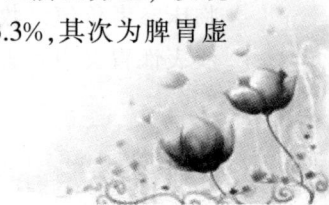

弱型组，占27.5%。赵立宇等研究了诊断明确的545例HP感染的患者，发现脾胃气虚型最高(63.3%)，其次为脾胃湿热型(57.1%)、湿浊中阻型(49.5%)、湿浊中阻兼脾胃气虚型(43.0%)、肝胃郁热型(42.3%)、肝气郁滞型最低(42.0%)；中、重度感染以脾胃气虚型最高(13.3%)，肝气郁滞型最低(3.7%)，各证型之间无显著性差异($P>0.05$)。故认为HP感染可能与湿证及虚证一定程度相关，湿证在慢性胃炎HP感染患者中具有非常显著的意义，湿浊、痰饮之邪阻滞中焦，是HP感染的有利条件。于鹤轩总结了多项研究，认为慢性胃病中HP感染率以脾胃湿热型最高，与同病脾虚证相比有非常显著的差异。

五、证的研究

张声生将960例慢性浅表性胃炎中医证候的出现频率分为肝胃不和证490例(51.0%)、肝郁脾虚证180例(18.8%)、脾胃虚弱证112例(11.7%)、脾胃湿热证98例(10.2%)、胃阴不足证80例(8.3%)；不同的分类证候症状出现频次各不相同。结论：与传统相比，慢性浅表性胃炎证候分布发生了变迁，以肝郁相关证候最为常见；分类证候症状出现频次各有不同模式特点，症状谱则与肝脾关系最为密切。刘卫红等采用放射免疫和比色法检测93例慢性浅表性胃炎患者(肝胃不和型60例，脾胃湿热型7例，肝郁脾虚型6例，脾胃虚弱型7例，胃阴不足型13例)血清及胃黏膜组织中一氧化氮(NO)、超氧化物歧化酶(SOD)及前列素E_2(PGE_2)活性。结果，浅表性胃炎伴出血、糜烂、反流症患者NO、SOD及PGE_2指标均低于浅表性胃炎单纯型；胃阴不足型、脾胃虚弱型及肝胃不和型患者的NO、SOD及PGE_2含量较低，脾胃湿热型和肝郁脾虚型患者的NO、SOD及PGE_2含量较高。慢性浅表性胃炎不同中医证型患者NO、SOD及PGE_2的水平具有显著性差异，为中医证候学提供病理学基础，具有重要的临床参考价值。牧童等采用舌象分析仪对经胃镜检查确诊为慢性浅表性胃炎患者进行舌象观察，并取其胃液，采用分光光度法检测

胃蛋白酶水平。结果180例慢性浅表性胃炎患者舌苔黄者,胃蛋白酶水平高;舌苔白者,胃蛋白酶水平低。180例慢性浅表性胃炎患者胃蛋白酶水平在舌苔厚度、舌质及舌色各组间无明显差异。认为慢性浅表性胃炎患者舌苔颜色变化可能与胃蛋白酶水平存在一定的相关性,即舌苔颜色随胃蛋白酶水平升高逐渐由白变黄;而舌苔厚度、舌质及舌色与胃蛋白酶水平可能不存在明显的相关性。尚文潘等观察69例慢性胃炎患者的中医证候分布,同时检测其胃动力学相关指标变化,对中医证候与功能检测指标进行多因素相关性分析。早期以实证居多,而虚证患者年龄较大,病程较长,提示中后期以虚证分布较多;实证组餐前正常慢波百分比(Th)与主频率(DF)、餐前主功率(DP)与餐后DF有较强的正相关;而餐前胃动过缓百分比(B)与餐前Th,餐前DF与餐前B、餐后B与餐后Th呈负相关;虚证组胃排空率与正常组比较有统计学意义,提示虚证患者存在胃排空率下降,随着消化期餐前胃动过速百分比(T)的增加而下降;餐后DP与餐前DP呈正相关。表明中医证候有其独特的客观依据,和慢性胃炎的疾病变化规律相比有其独立性。柯莹玲通过对入组患者收集详细的四诊资料,分析四诊结果,进行具体的辨证分型和病因归类。结果饮食不当者有496例,在各种病因中占第1位(91.5%);辨证分型观察表明胃阴不足只占17.3%,中虚气滞占44.7%。表明中虚气滞是慢性萎缩性胃炎的主要病机和证型,在治疗中应予注意;饮食习惯、情绪调控、饮酒与慢性感染均是主要病因。

· 37 ·

(查安生　张树卿)

参 考 文 献

[1] 叶任高,陆再英.内科学[M].第6版.北京:人民卫生出版社,2004:378-382.

[2] 中华医学会消化病学分会.全国慢性胃炎研讨会共识意见[J].胃肠病学,2000,5(2):77-80.

[3] 危北海,张万岱,陈治水.中西医结合消化病学[M].北京:人民卫生出版社,2003:553-572.

[4] 李乾构,周学文,单兆伟.实用中医消化病学[M].北京:人民卫生出版社,2003:192-205.

[5] 罗云坚,余绍源,黄穗平.消化科专病中医临床诊治[M].第2版.北京:人民卫生出版社,2005:75-114.

[6] 张万岱,陈治水,危北海,等.慢性胃炎的中西医结合诊治方案(草案)[J].中国中西医结合消化杂志,2004,12(5):314-317.

[7] 李乾构,周学文,单兆伟.中医消化病诊疗指南[M].北京:中国中医药出版社,2006:21-26.

[8] 邵文彬,朱丽红.慢性萎缩性胃炎的中医治疗研究进展[J].中医药学刊,2006,24(1):99-100.

[9] 中华医学会消化病学分会.中国慢性胃炎共识意见(上)[J].中华消化杂志,2007,27(1):45-50.

[10] 中华医学会消化病学分会,中国慢性胃炎共识意见(下)[J].中华消化杂志,2007,27(2):118-119.

[11] 林献.慢性胃炎病人的心理护理[J].蛇志,2007,19(1):74.

[12] 邓中光.邓铁涛教授临证中脾胃学说的运用(一)[J].新中医,2000,32(2):13-15.

[13] 王爱云,单兆伟.慢性萎缩性胃炎从瘀血论治[J].中国中西医结合脾胃杂志,2000,8(5):290-291.

[14] 谢磊,杨文轩.慢性胃炎与血瘀的关系探析[J].实用中医内科杂志,2005,19(5):401-402.

[15] 王今英.慢性胃炎与血瘀关系的探讨[J].陕西中医学院学报,2001,24(1):30-31.

[16] 王汝新,牛华珍.温阳补肾活血法治疗慢性萎缩性胃炎180例观察[J].实用中医药杂志,2000,16(11):11.

[17] 胡运莲,邹新蓉,夏瑾喻,等.程丽芳教授用加味左金丸治疗慢性萎缩性胃炎经验(附30例报告)[J].中国中西医结合消化杂志,2002,10(1):42-45.

[18] 刘启泉,刘晓明,刘坤.慢性萎缩性胃炎的中医治疗[J].河北中医,2002,24(7):557-557.

[19] 周学文.慢性萎缩性胃炎中医证治旨要[J].中医药学刊,2002,20(5):558-559.

[20] 赵霞.余绍源教授辨治慢性萎缩性胃炎经验[J].四川中医,2004,22(4):1-2.

[21] 赵军艳.姚树坤从痰瘀论治慢性胃炎[J].中国中医基础医学杂志,2000,12

　　(3):205-206.

[22] 焦安钦.湿热虚瘀与慢性胃炎[J].山东中医药大学学报,2004,28(1):18-19.

[23] 李佃贵,李海滨,裴林,等.慢性萎缩性胃炎从浊毒论治[J].四川中医,
　　2004,22(1):17-18.

[24] 董可宝,项华美,王丽云,等.论理肺以治胃肠病[J].安徽中医临床杂志,
　　2002,14(6):208.

[25] 邹立华,廖志锋.慢性胃炎从肺论治探析[J].湖北中医杂志,2002,24(10):22.

[26] 杨明会,窦永起,张海燕,等."肾为胃之关"理论探析及临床应用[J].中国
　　医药学报,2004,19(8):461-463.

[27] 战文翔,孙雪萍,李红.裴沛然教授治疗慢性胃炎的经验[J].中华中医药学
　　刊,2007,25(4):662-663.

[28] 潘汀.辨证治疗慢性萎缩胃炎108例[J].浙江预防医学,2001,13(4):63-64.

[29] 李剑锋,李建华.辨证治疗慢性萎缩性胃炎[J].中医研究,2002,15(5):42-43.

[30] 刘西峰,白丽萍.辨证治疗慢性萎缩性胃炎96例[J].陕西中医,2004,25
　　(1):8-12.

[31] 杨莉.贾斌教授治疗慢性萎缩性胃炎经验撷英[J].甘肃中医,2005,18(2):
　　13-14.

[32] 游涛,徐淑静.慢性萎缩性胃炎的中医辨治体会[J].吉林中医药,2006,26
　　(3):29-30.

[33] 李儒文.慢性萎缩性胃炎辨治的思路与方法[J].吉林中医药,2006,26(2):
　　12-13.

[34] 赵云桂,张爱焕.健脾活血汤治疗慢性萎缩性胃炎56例[J].陕西中医,
　　2000,21(6):246.

[35] 谢守鹏,单玉莲,胡涛.胃必灵胶囊治疗慢性萎缩性胃炎200例临床观察
　　[J].湖北中医杂志,2003,25(8):9-10.

[36] 彭罗瑞,李新华,许多文,等.自拟理气活血益胃汤治疗萎缩性胃炎60例
　　分析[J].甘肃中医,2006,19(4):19-21.

[37] 韩春华.益胃煎治疗慢性萎缩性胃炎56例疗效分析[J].齐齐哈尔医学院
　　学报,2006,27(1):31.

[38] 高鼎榕.胃复新治疗慢性萎缩性胃炎69例[J].福建中医药,2006,37(1):42.

[39] 沈国林,陈英苗,陈钧,等.中药治疗慢性萎缩性胃炎110例[J].中国中医
　　药科技,2006,13(2):134.

[40] 刘海燕.香砂六君子汤治疗慢性萎缩性胃炎42例[J].湖北中医杂志,2006,
　　28(6):43.

[41] 刘玲,崔晓红,李爱丽,等.柴胡疏肝散合平胃散加减治疗慢性胃炎疗效观察[J].河北中医,2006,28(8):602.

[42] 罗云坚,黄穗平,陈慧,等.慢性胃炎中医证候与胃窦十二指肠运动及胃炎程度的相关性[J].广州中医药大学学报,2000,17(3):241-244.

[43] 郑惠虹,王明如.消化性溃疡和慢性胃炎幽门螺杆菌感染与中医证候关系研究[J].浙江中西医结合杂志,2000,10(5):270-271.

[44] 冯莲君,延文.幽门螺杆菌与胃脘痛中医分型的关系[J].现代中西医结合杂志,2000,9(2):105.

[45] 张闽光,朱国曙.糜烂性胃炎中医分型与幽门螺杆菌感染的相关研究[J].现代中西医结合杂志,2002,11(1):7.

[46] 陈朝元,王岩.幽门螺杆菌与慢性萎缩性胃炎及其证型的关系[J].中医药学刊,2002,20(6):828.

[47] 武和平,郑昱,李萍,等.慢性胃炎中医辨证分型与内镜分类关系初探[J].上海中医药杂志,2004,38(9):15-16.

[48] 赵立宇,褚惠民,李福凤,等.慢性胃炎病理与中医证型的相关性研究[J].河北中医,2004,26(11):813-814.

[49] 于鹤轩,杨强.脾胃湿热证的研究进展[J].中国中医药信息杂志,2005,12(10):108-109.

[50] 尚文潘,罗云坚,黄穗平,等.慢性胃炎脾胃虚、实证候与相关指标的关系初探[J].新中医,2003,35(3):33.

[51] 柯莹玲,单兆伟.542例慢性萎缩性胃炎病人中医辨证分型与病因分析[J].辽宁中医杂志,2006,33(2):161-162.

[52] 张声生,牧童,汪红兵.慢性浅表性胃炎证候分布的研究[J].中华中医药杂志,2007,22(1):18-19.

[53] 刘卫红,李萍,张蕾,等.慢性浅表性胃炎中医证型与胃黏膜保护因子的相关性分析[J].北京中医,2007,26(1):21-22.

[54] 牧童,李萍,张会娜.慢性浅表性胃炎舌象变化与胃蛋白酶水平相关性探讨[J].北京中医,2007,26(2):83-84.

[55] 黄蓝洋.中医治疗慢性萎缩性胃炎临床近况[J].实用中医内科杂志,2005,19(3):202-203.

第三章　反流性食管炎

反流性食管炎(reflux esophagitis,RE)系指由于食管下括约肌和/或幽门括约肌功能障碍而导致胃和/或十二指肠内容物非一过性地反流入食管,引起食管黏膜的充血、水肿、糜烂、溃疡和纤维化病变,临床上主要表现为胸骨后灼热感与疼痛、吞咽困难、反酸、反食等主要症状以及咽喉、气道等食管以外的组织损伤。多数病人可与胃炎、消化性溃疡或食管裂孔疝等病合并存在,若反流长期存在最终会导致食管瘢痕狭窄、上消化道出血的发生。本病等同于胃食管反流病(gastror-esophageal reflux disease,GERD)概念。包含了非糜烂性反流病(non-erosive reflux disease,NERD),又名内镜下阴性反流病以及糜烂性食管炎(erosive esophagitis,EE)和Barrett 食管(Barrett's esophagus,BE) 三种类型。

本病在西方国家十分常见,以烧心作为衡量标准,每天发生率为7%,每月发生率为15%。RE占总人口的7%~15%,发病随年龄增加而增加,40岁以上多见。男性多于女性。我国的统计资料显示北京发病率为10.19%,上海发病率为7.76%,低于西方国家。

本病相当于中医"胸痛""噎膈""吞酸""反酸""嘈杂""呕吐""痞满"等病证范畴。

【病因病机】

中医认为本病主要病位在食管,食管属于胃,胃为水谷之海,与脾互为表里,一升一降,共司受纳,消化、运转和输布功能,而脾胃运化与肝疏泄有关,故食管炎病位虽在食管,但病机与肝、脾、胃关系密切。情志不畅、饮食失调、劳累过度或久病伤脾均可发病。其

总的病机即脾失健运,胃失和降。故此,病因大致有三:

(1)情志不畅,忧郁恼怒,气郁伤肝,肝失疏泄,横逆犯胃,以致气机升降失调,胃气上逆。或肝郁化火,灼伤胃阴,胃失濡润,食管干涩。

(2)饮食不节,过食辛辣热烫之物,或烟酒过度,或服用了对食管有损伤的药物,损伤脾胃,气机阻滞,胃失和降,胃气上逆。

(3)劳累过度,或久病伤脾,脾气虚弱,运化失职,痰湿内生,阻滞气机,痰气交阻,胃失和降,胃气上逆。

上述病因,损伤脾胃,气机阻滞,胃失和降,因而胃气上逆,升降失司,从而产生反胃、烧心、反酸、呃逆、胸膈痞满闷胀等证候。

【临床诊断】

一、诊断标准

1.根据GERD症状群作出诊断

(1)有典型的烧心和反流症状,且无幽门梗阻或消化道梗阻的证据,临床上可考虑为GERD。

(2)有食管外症状,又有反流症状,可考虑是反流相关或可能相关的食管外症状,如反流相关的咳嗽、哮喘。

(3)如仅有食管外症状,但无典型的烧心和反流症状,尚不能诊断为GERD。宜进一步了解食管外症状发生的时间,与进餐和体位的关系以及其他诱因。需注意有无重叠症状(如同时有GERD和肠易激综合征或功能性消化不良)、焦虑、抑郁状态、睡眠障碍等。

2.内镜诊断 在我国,影响较大的主要有1994年洛杉矶标准以及2003年的济南标准。

(1)洛杉矶分级法

A级:一个或几个非融合性黏膜破损,每个病变的长度< 5mm;

B级:一个或几个非融合性黏膜破损,每个病变的长度> 5mm;

C级:在2个或多个黏膜皱褶间存在1个或数个连续的黏膜破

损,但不超过食管壁周径的75%;

　　D级:一个或数个连续的黏膜破损,超过食管壁周径的75%。

　　(2)2003年中华医学会消化内镜学分会济南标准(表3-1)。

表3-1　反流性食管炎内镜分级

分级	内镜下表现
0	正常(可有组织学改变)
Ⅰa	呈点状或条状发红,糜烂处<2处,无融合现象
Ⅰb	呈点状或条状发红,糜烂处≥2处,无融合现象
Ⅱ	有条状发红,糜烂,并有融合,但非全周性,融合<75%
Ⅲ	病变广泛,发红,糜烂或溃疡融合呈全周性,融合≥75%

　　必须注明各病变部位(食管上、中、下段)和长度;若有狭窄应注明狭窄直径和长度;Barrett食管应注明其长度,有无食管裂孔疝。

　　3.病理诊断　反流性食管炎的病理分级见表3-2。RE的基本病理改变是:①食管鳞状上皮增生,包括基底细胞增生超过3层和上皮延伸;②黏膜固有层乳头向表面延伸,达上皮层厚度的2/3,浅层毛细血管扩张、充血及/或出血;③上皮层内中性白细胞和淋巴细胞浸润;④黏膜糜烂或溃疡形成,炎细胞浸润,肉芽组织形成和/或纤维化;⑤胃食管连接处以上出现Barrett食管改变。

　　本病可有鳞状上皮细胞加上皮瘤性增生或纤维母细胞和血

表3-2　基本病理改变与病理分级

病变	分级		
	轻度	中度	重度
鳞状上皮增生	+	+	+
黏膜固有层乳头延伸	+	+	+
上皮细胞层内中性粒细胞浸润	+	+	+
黏膜糜烂	-	+	+
溃疡形成	-	-	+
Barrett食管	-	-	+,+/-

　　注:+阳性;-阴性。

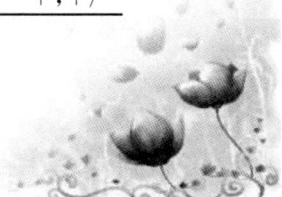

管内皮细胞增生,伴一定程度的细胞异型性,应防止误诊为癌或肉瘤。

4.质子泵抑制剂(PPT)试验　对拟诊患者或疑有反流相关食管外症状的患者,尤其是上消化道内镜检查阴性时,可采用诊断性治疗:标准剂量连用14 d或双倍剂量连用7 d,患者症状消失或显著好转,则支持酸相关GERD的诊断。

二、鉴别诊断

1.消化性溃疡　上腹部疼痛或不适是本病的主要临床表现。胃溃疡的疼痛多位于剑突下正中或偏左, 十二指肠溃疡则位于上腹部正中或稍偏右。胃溃疡的疼痛一般多在餐后0.5~2 h出现,十二指肠溃疡则多在餐后3~4 h出现,持续至下次进餐,进餐后可减轻或完全缓解。疼痛一般出现在午餐或晚餐前,也可在晚间睡前或半夜出现,并常兼有嗳气、反酸、恶心、呕吐等。上消化道钡餐、电子胃镜检查均可明确诊断。

2.冠心病心绞痛　心绞痛为心肌急剧的、暂时的缺血所引起的突然发生的疼痛,多于劳累、受寒、饱餐后发生。疼痛部位在胸骨后部,可放射至心前区与左上肢。疼痛性质多为压榨性、窒息性或胀闷性,每次发作历时1~5 min,偶可持续15 min之久,休息后或使用硝酸酯类制剂可缓解。有的患者夜间可发生疼痛, 发作时面色苍白,表情焦虑,不愿活动,严重者出冷汗。不典型的心绞痛,疼痛位于上腹部、颈、咽,并可伴有消化道的症状。心电图检查可有典型的心肌缺血表现。

3.食管裂孔疝　本病临床均可出现如烧心感、反酸、咽下困难等反流症状。诊断本病主要依靠X线所见。

4.食管贲门黏膜撕裂综合征　临床患者先有干呕或呕吐正常胃内容物一次或多次,随后呕吐鲜血,无显著上腹痛。内镜检查可发现黏膜或黏膜下有撕裂伤。

5.食管贲门失弛缓症 可出现反流症状,多发于20~40岁,发病常与情绪波动及饮食生冷有关。X线钡餐检查可见鸟嘴状及钡液平面等特征性改变。

6.食管癌 早期以咽下哽咽感最为多见。逐渐出现咽下食物时胸骨后或剑突下痛,其性质可呈烧灼样、针刺样,或牵拉样,以咽下粗糙灼热或刺激性食物为著。初期呈间歇性,当癌肿侵及附近组织或有穿透时,就有剧烈而持续的疼痛,伴有食物滞留感和异物感。有的病人有胸骨后闷胀不适,背痛和嗳气等。食管癌晚期有咽下困难,食物反流,身体消瘦,呈恶液质。一般进行食管X线钡剂摄片检查或内镜检查易明确。

三、中医证型

1.肝胃不和 多见于反流性食管炎的早期。以呃逆、反酸等为主要症状。

主症:①脘胁胀痛;②反酸烧心。

次症:①气怒症重;②喜太息;③嗳气呃逆;④胃脘嘈杂;⑤咽部异物感;⑥舌淡苔白;⑦脉弦。

证候确定:主症2项加次症2项。

2.肝胃郁热 多见于反流性食管炎的急性期。

主症:①反酸烧心;②胸痛连及两胁。

次症:①胃脘灼痛、嘈杂;②口干口苦;③大便不爽;④舌红苔黄;⑤脉弦数。

证候确定:主症2项加次症2项。

3.脾胃虚寒 多见于反流性食管炎慢性期,病程较长体质虚弱,以脾胃阳气虚弱为主要表现。

主症:①胃痛隐隐,绵绵不休,喜温喜按;②空腹或受凉时疼痛加剧,得饮食或温熨后减轻。

次症:①面色无华;②泛吐清水;③神疲纳差;④肢倦不温;

⑤大便溏薄;⑥舌淡胖,边有齿痕,苔薄白;⑦脉沉细无力。

证候确定:主症2项加次症2项。

4.胃阴不足 多见于反流性食管炎慢性期,且病程相对而言较长,以胃阴耗损,津液不足为主要表现。

主症:①口燥咽干,饥不欲食;②胃脘隐隐灼热;③舌红少津。

次症:①胃脘隐痛;②胃脘嘈杂;③脘痞不舒;④干呕呃逆;⑤大便干结;⑥脉细数。

证候确定:主症2项加次症2项。

5.气郁痰热 多见于反流性食管炎的急性期。

主症:①咽部不适,咽之不下,咯之不出;②泛吐酸水。

次症:①胃脘胀满不适;②胃脘疼痛;③口苦,咳痰黏滞;④舌红苔黄腻;⑤脉弦滑。

证候确定:主症2项加次症2项。

6.气滞血瘀 多见于反流性食管炎慢性期,其病理主要以食管黏膜糜烂后发生纤维化,甚至可造成瘢痕性狭窄。

主症:①反酸烧心,嗳气频作;②吞咽困难并呈持续性胸骨后疼痛;③舌黯苔白,或有瘀斑;④脉弦涩。

次症:①胃脘胀痛;②口干不欲饮;③胁闷不舒;④刺痛。

证候确定:主症2项加次症2项。

7.脾虚痰阻 多见于反流性食管炎亚急性期。

主症:①泛吐酸水,恶心;②胸骨后隐痛。

次症:①乏力身重;②纳差;③泛吐痰涎;④便溏;⑤舌淡胖,苔滑腻;⑥脉细滑。

证候确定:主症2项加次症2项。

四、辨证要点

1.辨主症 胸脘或胸膈烧灼感或烧灼痛,食不下咽,膈塞不通等是反流性食管炎的主症。病初较轻者,可能只有烧灼感,病久较

重者,则诉烧心,烧灼痛,此均系胃中痰湿之邪上逆食管。食不下咽,阻于胸膈,称之为噎;食停膈间,心下阻满,称之为膈。噎轻而膈重,其病在胃脘之气。胃气不降,气结胸脘,阻膈饮食,不能顺下,不通则痛,故见灼痛、烧心、反酸等症。

2.辨病程 本病初起,先觉食管梗阻,胸胁痞满,烧心反酸,然后发生气噎,为痰气郁结;病情进一步发展,可出现吞咽困难,谷食难下,水饮不入,或有吐血、便血、大便燥结,此为气郁化热,热灼伤阴,多属中期。若形体消瘦、肌肤枯燥、滴水难下、神疲气短,则为阴损及阳、气阴两伤或脾肾阳虚,多属后期。

3.辨虚实 本病胃阴不足,脾胃虚寒,多属虚证。肝郁化火证,气虚血瘀证多属标实本虚之候。

【临床治疗】

一、常见分型治疗

1.肝胃不和
治法:疏肝理气,和胃降逆。
方剂:柴胡疏肝散(《景岳全书》)加减。

· 47 ·

组成:柴胡、香附、陈皮、炒枳壳、白芍、炙甘草、乌贼骨、白及、鸡内金、清半夏、代赭石、旋覆花。
加减:反酸明显者加煅瓦楞、乌贼骨;疼痛较甚者加延胡索、杭白芍、银花、黄连。

2.肝胃郁热
治法:泻热清肝,降逆和中。
方剂:丹栀逍遥散(《校注妇人良方》)合左金丸(《丹溪心法》)加减。

组成:柴胡、黄连、山栀、丹皮、吴茱萸、白芍、当归、白术、茯苓、炙甘草、龙胆草、清半夏。

加减:疼痛较重者,加延胡索、川楝子;腹胀便结者,加大腹皮、枳壳;脘腹痞闷者,加赤茯苓、茵陈。

3.脾胃虚寒

治法:温中散寒,健脾益胃。

方剂:黄芪建中汤(《金匮要略》)合理中丸(《伤寒论》)加减。

组成:生黄芪、饴糖、干姜、桂枝、白芍、太子参、白术、炙甘草、茯苓、姜半夏、砂仁、吴茱萸、陈皮。

加减:呕吐清水不止者,加吴茱萸;久病肾阳亏虚者,加附片、肉桂。

4.胃阴不足

治法:益胃和中,养阴生津。

方剂:一贯煎(《续名医类案》)加减。

组成:生地、太子参、北沙参、麦冬、当归、炒川楝子、茯苓、枸杞子、鸡内金、陈皮、乌梅、半夏曲。

加减:阴虚之象较重者,加玉竹、石斛、玄参等;呕吐较重者,加竹茹;热象较显者,加黄连、银花;胸骨后疼痛较重者,加五灵脂、醋延胡索。

5.气郁痰热

治法:顺气降逆,清热化痰。

方剂:五磨饮子(《济生方》)合温胆汤(《伤寒论》)加减。

组成:清半夏、沉香粉、乌药、焦槟榔、木香、鲜竹沥、枳实、陈皮、茯苓、全栝楼、生甘草。

加减:津伤较甚者,加麦冬、玄参;大便不通者,加大黄、郁李仁;阴虚内热较重者,加生地、沙参、丹皮。

6.气滞血瘀

治法:活血祛瘀,疏肝理气。

方剂:血府逐瘀汤(《医林改错》)加减。

组成:当归、川芎、赤芍、桃仁、红花、牛膝、生地、柴胡、枳壳、延

胡索、炒川楝子、三七粉、九香虫。

加减:口干欲饮较甚者,加石斛、沙参、麦冬;有出血者,去桃仁、红花、赤芍,加三七、藕节、地榆。

7.脾虚痰阻

治法:健脾化湿,和中化痰。

方剂:参苓白术散(《太平惠民和剂局方》)加减。

组成:太子参、茯苓、炒白术、山药、白扁豆、陈皮、甘草、白蔻仁、薏苡仁、法半夏、制胆星、茵陈、浙贝母。

加减:脘腹痞闷者,加厚朴、大腹皮;久病肾阳亏虚者,加附片、肉桂。

二、固定方药治疗

1.山楂化滞丸

组成:山楂500 g,麦芽400 g,六神曲100 g,槟榔50 g,莱菔子50 g,牵牛子50 g。以上6味,粉碎成细粉,过筛,混匀。每100 g粉末加红糖25 g及炼蜜90~100 g制成大蜜丸,即得。

功效:消食导滞。

主治:偏食停滞,食少纳呆,大便秘结,脘腹胀满。

用法:每次2丸,每日1~2次。

2.木香顺气丸

组成:木香192 g,砂仁48 g,丁香48 g,檀香48 g,香附(醋炙)384 g,广藿香48 g,陈皮192 g,厚朴(姜炙)384 g,枳实192 g,豆蔻48 g,莪术(醋炙)384 g,山楂(炒)192 g,白术(麸炒)192 g,甘松192 g,槟榔96 g,甘草192 g。以上16味,粉碎成细粉,过筛,混匀,用水泛丸,干燥即得。

功效:宽胸消胀。

主治:肝郁气滞,脾胃不和,胸膈痞闷,两胁胀满,胃脘疼痛,倒饱嘈杂,呕吐恶心,嗳气吞酸。

用法:每次6 g,每日2次。

3.开胸顺气丸

组成:槟榔 300 g,牵牛子(炒)400 g,陈皮 100 g,木香 75 g,厚朴(姜炙)100 g,三棱(醋炙)100 g,莪术(醋炙)100 g,猪牙皂 50 g。以上8味,粉碎成细粉,过筛,混匀,用水泛丸,低温干燥,即得。

功效:消积化滞,行气止痛。

主治:用于饮食内停,气郁不舒导致的胸胁胀满,胃脘疼痛。

用法:口服,一次3~9 g,每日1~2次。

4.香砂六君丸

组成:木香70 g,砂仁80 g,党参100 g,白术(炒)200 g,陈皮80 g,茯苓200 g,甘草(蜜炙)70 g,半夏100 g。

功效:益气,健脾,和胃。

主治:脾虚气滞,消化不良,嗳气食少,脘腹胀满,大便溏泄。

用法:每次6~9 g,每日2~3次。

5.胃逆康胶囊

组成:柴胡(醋)、白芍、枳实、黄连、川楝子、半夏(制)、陈皮、吴茱萸、莪术、瓦楞子(煅)、蒲公英、甘草。

功效:疏肝泄热,和胃降逆,制酸止痛。

主治:用于肝胃不和郁热证引起的胸脘胁痛,嗳气呃逆,吐酸嘈杂,脘胀纳呆,口干口苦,舌红苔黄等症及反流性食管炎、功能性消化不良见上述证候者。

用法:饭前口服。一次4粒,每日3次,1个月为1个疗程或遵医嘱。

三、名医验方

1.加味香苏饮(董建华方)

组成:苏梗6 g,香附10 g,陈皮6 g,荜澄茄6 g,枳壳10 g,大腹皮10 g,香橼皮10 g,佛手6 g。

功效:疏肝理气。

主治:肝郁气滞之食管炎。症见胸脘胀闷疼痛,有气走窜胸胁,苔腻,薄白,脉弦。

按语:胃痛为古今临床之常见病、多发病。其中以气滞者为多,以胃脘作胀表现为主,治当理气和胃通降。本方以苏梗、香附、陈皮为主药,苏梗入胃,陈皮行气,和胃、化湿,为脾胃宣通疏利要药,具有能散、能燥、能泻、能补、能和之功,与苏梗、香附为伍,既能和胃理气,又可舒肝止痛。方中荜澄茄味辛,性微温,具有温中散寒、理气通降作用,兼以降逆而止嗳气,配枳壳可消胀除满,佐大腹皮下气行水,调和脾胃。香橼皮、佛手二药具有宽胸、除胀、止痛之功。诸药合用,共奏理气、和胃、通降之功。

2.银翘清膈汤(游佳斌方)

组成:银花30 g,连翘20 g,黄芩8 g,桔梗、延胡索各10 g,枳壳9 g,乌药12 g,甘草6 g。

功效:清热泻火,理气活血。

主治:肺胃郁热之胸痛嘈杂,症见口苦、口干、溲赤、便秘。

按语:食管损伤后出现胸痛,大便结,小便黄,舌质红苔黄,脉弦数等症,是为肺胃热甚,脉络损伤之证。而此类患者,多素体肺胃郁热。故治疗当以清热泻火,理气活血为法,方中银花、连翘、黄芩清热,桔梗、枳壳、乌药理气和血,延胡索理气活血、和络止痛。诸药配伍,共奏神奇。

3.三七贝连蜜糊(朱建华方)

组成:参三七、川黄连各30 g,象贝母50 g,蜂蜜1 000 ml。

功效:行气开郁,化痰祛瘀。

主治:肝胃郁热、气滞血瘀之嘈杂、吞酸、胃痛。症见胸脘刺痛,夜间痛甚,面色晦暗,舌红苔少,脉弦涩。

按语:本病多因饮食不节,嗜食辛辣肥甘、炙煿之品,或烟酒无度助湿生热,情感不畅致气机郁结,血络受损,痰气交阻为患。其病

理基础为气滞、痰结、血瘀。故治宜行气开郁,化痰祛瘀。方中参三七活血祛瘀,通络止痛;象贝母化痰散结;黄连苦寒清热,燥湿解毒;蜂蜜润燥养阴。全方共奏清热解毒、化痰祛瘀之功,药专力宏,疗效甚佳。注意服药后1小时内勿饮水及进食。

4.降气畅膈汤(余绍源方)

组成:香附12 g,沉香3 g,砂仁6 g,苏梗12 g,郁金12 g,佛手12 g,甘草8 g。

功效:降气宽胸畅膈。

主治:肝胃不和型食管炎、食管癌。症见胸膈痞塞,嗳气吞酸,苔薄白,脉弦。

按语:方中香附味辛、微苦,性平,理气解郁,有"气病之总司"之称,为君,得沉香之臣,使升降平衡;砂仁理气宽胸,有健胃作用,合苏梗、郁金、佛手可加强畅膈之力。

【临床保健】

一、心理保健

反流性食管炎的主要病因为情志内伤、饮食不当和过于劳累。因此,要特别注意避免七情内伤,保持心情舒畅、愉快乐观。对于情绪抑郁、不思饮食者,应予积极开导,鼓励其多进食,与病邪作斗争。患者进入"角色"后,对自己的身体特别敏感,一旦有不舒服,就要打针、吃药进行治疗,也会因为生病能解除某些责任或约束而得到某些利益而慢慢习惯这种生活,即长期依赖医生的治疗和他人的照顾,心安理得地休养下去。岂不知,这种依赖心理会成为康复的巨大障碍。所以,要鼓励患者做一些力所能及的工作,积极参加一些有意义的活动,摆脱依赖情绪,产生要康复的动机,这样才能调动身体的免疫功能,以尽早康复。同时要做好患者家属的思想工作,让家属给予患者关怀和体贴,使患者保持愉快心情,以促进康复。

二、运动保健

可以根据病情、体能和爱好选择垂钓、太极拳与慢跑。体质较弱的患者可选择垂钓或散步，每日1次，以不感觉疲劳为宜。体质较好的患者可选择打太极拳或慢跑，打太极拳可每日1次，每次锻炼量以不疲劳、微微出汗为宜；选择慢跑也是每日1次，每次锻炼时应注意调整呼吸，最佳呼吸状态是呼吸加深、加长，频率虽增快，但节奏均匀，没有气喘现象，锻炼量以不疲劳、舒适为宜。另外，还应加强营养以补充锻炼后身体的消耗。严禁餐后锻炼，以免加重患者的病情。

三、饮食保健

反流性食管炎睡前4 h不宜进食，以免胃内容物反流入食管。食管炎慢性期，除各种症状加重外，情绪抑郁，不思饮食，有的有反食现象，进食不久又将食物吐出，少数还有出血症状，因此必须注意保证每天饮食供应足够的热量。对吞咽困难、口干、大便秘结者，可给予少量蜂蜜水、橄榄油或麻油进食，既保护食管黏膜又可润肠。频服梨汁、藕汁可防止口干咽痛、吞咽疼痛。具体食疗简单介绍如下：

(1)鲜藕、鲜茅根各120 g,煮汁频服,可用于本病出血者。

(2)五汁安中饮:韭菜1份,牛乳6份,姜汁1份,梨汁3份,藕汁3份,混匀后煮沸,然后温服。每次20 ml,每日3次。适用于食管炎有梗阻感者。

(3)薤白30 g,薏苡仁60 g,煮烂熟透,频频喝下,用于食管炎初起。

(4)猪肚1个,蒲公英100 g,生地100个,麦冬100 g,加水煮烂熟,再加佐料,吃猪肚,饮汤。

· 53 ·

四、调摄护理

反流性食管炎的发病原因，有很多是与不良的生活习惯和嗜好有关，如长期嗜好烈性酒和烟、辛辣的调味品，或进食时狼吞虎咽，或吃粗糙较硬的食物及过热的食物，对食管黏膜都会产生物理性的或化学性的刺激作用，引起食管的炎症或外伤的发生。因此，改变不良的生活习惯及饮食方法，可防止本病的发生。同时，对于反流性食管炎的预防应该避免导致食管下端括约肌功能减弱的有关因素(即减低胃内的或腹内的压力)。

(1)肥胖需要减轻体重，因为肥胖后腹内压力明显增大，特别在仰卧时尤甚。

(2)减少增加腹内压的活动，如不要穿太紧的内衣裤，避免大便时过度用力，避免经常弯腰及体力劳动等。

(3)将床头提高10~20 cm，以减少夜间食物反流。

(4)要戒烟，因吸烟可降低食管下端括约肌的张力。

(5)避免暴饮暴食，忌酒和浓茶等有刺激性食物，慎用对食管黏膜有刺激性的药物。

【现代研究】

一、中医病机研究

戴晓萍等认为胃酸的分泌、排泄和发挥作用，主要依靠肝的疏泄功能来控制和调节。若肝的疏泄功能正常，则胃酸分泌正常，并能正常发挥消化饮食的作用，使脾胃受纳运化、升降功能正常；反之，若肝失疏泄，气机阻滞，横逆犯胃，肝胃不和，则胃酸过多，并随胃气上逆反流食管而吐酸，引起胸骨后灼热或疼痛。RE与肺脏亦有一定关系。肺与肝有乘克关系，与脾胃有土金相生关系，肺主气，主肃降，肺气肃降有利于胃气和降；肺气上逆可影响中焦气机升降，

胃气不和,则酸水上泛。

二、辨证分型研究

本病目前还没有一个统一、公认的中医辨证分型方法和标准,临床医生多根据各自的经验来辨证分型。田波将38例患者辨证分为四型:脾胃虚寒型用香砂六君子汤加减;肝气犯胃型用柴胡疏肝散加减;肝胃郁热型用化肝煎合左金丸;胃阴不足型用一贯煎加减,结果总有效率为89.47%。张琼英等引用涂福音教授的观点,将RE辨证分为胃失和降、肝胃不和、脾胃湿热、胃阴不足、脾胃虚寒五型,临床治疗取得很好的疗效。李文把106例患者分为肝胃不和、脾胃湿热、痰气交阻、脾胃虚寒和脾胃阴虚五型。其中肝胃不和型采用疏肝理气、降逆和胃治疗;脾胃湿热型采用清热通降、芳香化湿治疗;痰气交阻型采用开胸理气、化痰畅咽治疗;脾胃虚寒型采用健脾益气、和胃降逆治疗;脾胃阴虚型采用养阴益胃、甘凉濡润治疗,总有效率达到94.3%。

三、经方临床研究

刘玉萍采用半夏泻心汤加减治疗反流性食管炎40例,并与西药吗丁啉、奥克治疗40例对照观察,两组均治疗4周,停药3个月后观察疗效。结果:治疗组痊愈19例,好转18例,无效3例,总有效率为92.5%。对照组痊愈18例,好转17例,无效5例,总有效率为87.5%。有效病例中复发28例,复发率80.0%。两组总有效率比较无显著差异($P>0.05$)。复发率比较有显著差异($P<0.01$)。结论:半夏泻心汤加减治疗反流性食管炎疗效较好,可明显降低复发率。寇琼运用启膈散合栀子豉汤化裁治疗反流性食管炎40例,经4周治疗,痊愈26例,有效10例,无效4例,总有效率90%。燕东等将76例病人随机分为2组,治疗组40例,采用四逆散合乌贝散加味治疗;对照组36例,采用奥美拉唑联合吗丁啉治疗。疗程2个月,观察治疗前后临床症状、胃镜

及复发率等变化情况。结果:两组临床症状积分及内镜下疗效比较均无显著性差异($P>0.05$);停药后半年的复发率比较,治疗组明显低于对照组($P<0.05$)。结论:四逆散合乌贝散加味治疗反流性食管炎具有较好的临床疗效,且复发率较低。高成芬等采用中药四逆散辨治反流性食管炎63例,结果显效29例,有效23例,无效11例,总有效率82.53%。李忠等运用小陷胸汤加味治疗反流性食管炎33例,其中显效18例,占54.55%;有效11例,占33.33%;无效4例,占12.12%,总有效率为87.88%。对照组32例中,显效14例,占43.75%;有效14例,占43.75%;无效4例,占12.50%;总有效率87.50%。2组总有效率比较无显著性差异($P>0.05$)。复发情况6个月、12个月复发患者治疗组分别为13例(39.39%)、19例(57.58%);对照组分别为15例(46.88%)、27例(84.38%)。2组复发率比较有显著性差异($P<0.05$)。高宇华用小陷胸汤加味治疗反流性食管炎34例,对照组28例口服三九胃泰冲剂。结果:治疗组总有效率85.29%,对照组总有效率60.71%,治疗组优于对照组($P<0.05$)。结论:小陷胸汤加味治疗反流性食管炎疗效确切。黎建德等将126例患者随机分为两组,治疗组73例在西药常规治疗基础上加服左金丸合四君子汤,对照组53例单纯给予西药常规治疗。结果:治疗组治愈率为95.89%,对照组治愈率为84.90%,两组差异有显著性意义($P<0.05$)。治疗组平均疗程为20.3±12.8天,对照组为42.3±13.6天,两组差异有显著性意义($P<0.05$)。结论:中西医结合治疗反流性食管炎有确切疗效。许凤莲将患者随机分为治疗组和对照组各50例,治疗组用左金丸合四逆散加减治疗,对照组用西药治疗,4周后观察疗效。结果:治疗组总有效率为94%,对照组总有效率为78%。提示:左金丸合四逆散治疗反流性食管炎,疗效确切,具有疏肝清热、降逆和胃之功效。杨俊将反流性食管炎患者102例随机分为两组,治疗组52例采用纯中药旋覆代赭汤加味治疗,对照组50例口服吗丁啉加雷尼替丁。治疗4周后,观察患者症状的变化及停药3个月后的总体疗效。结果:治疗组总有效率为92.3%,1~3年

复发率25%;对照组总有效率61%,1~3年复发率60%。两组有效率和复发率比较有极显著性差异($P<0.01$)。旋覆代赭汤加味治疗反流性食管炎疗效显著,不易复发,优于西药治疗。陈芳瑜给予184例反流性食管炎患者具有清宣郁热、畅利气机作用的栀子豉汤,对照组184例运用质子泵抑制剂奥美拉唑治疗。治疗组愈显率为91.30%,总有效率92.39%,治疗组明显优于对照组($P<0.01$)。结论:用中医清宣郁热、畅通利气的法则治疗本病,可明显改善患者的症状及体征,对修复食管黏膜皱襞有裨益,值得临床应用。

四、专病专方研究

周小琳采用自拟加味乌贝散治疗反流性食管炎138例,并设奥美拉唑对照组,治疗15天,结果治疗组总有效率87.69%,症状消失时间平均为5.6天;对照组总有效率69.34%,症状消失时间平均为7.5天。表明加味乌贝散治疗反流性食管炎起效快,效果显著。朱生樑等将80例患者随机分为治疗组50例,予丁香降气汤治疗和对照组30例,予奥美拉唑治疗,两组疗程均为8周,结果:治疗组临床症状总有效率为92.0%,胃镜下食管炎症总有效率80.0%;对照组临床症状总有效率为80.0%,胃镜下食管炎症总有效率83.3%,提示丁香降气汤治疗单纯酸反流与酸碱混合反流性食管炎均有良好疗效。黎军等运用导滞汤治疗41例反流性食管炎患者,对照组(35例)予吗丁啉治疗,疗程均为8周。结果:治疗组总有效率87.8%,对照组总有效率54.4%,两组总有效率比较,有显著差异($P<0.05$)。徐国峰等观察柴夏汤与雷尼替丁、硫糖铝对反流性食管炎的临床疗效。结果:治疗组34例,总有效率88.24%,对照组33例,总有效率87.87%,两组差异不显著($P>0.05$);治疗组副反应发生率0,对照组副反应发生率12.50%,两组差异显著($P<0.05$);随访6个月治疗组复发率20%,对照组复发率75.86%,两组差异显著($P<0.001$)。结论:柴夏汤和雷尼替丁、硫糖铝治疗反流性食管炎疗效相似,但副反应发生率和复

发率更低。同时观察到柴夏汤适用于肝胃不和型反流性食管炎,而
该类患者多属轻、中度反流性食管炎。王捷虹等用滋阴降气汤(太
子参、麦冬、法半夏、黄连、吴茱萸、焦栀子、苏梗等)治疗46例反流
性食管炎;对照组46例,服西药吗丁啉,2组均以4周为1个观察周
期。治疗组总有效率89.1%,对照组总有效率71.7%,2组比较(P<
0.05)。提示:滋阴降气汤对本病有滋阴养胃、润降化痰的功效。张春
娜等将78例患者分为2组,治疗组42例,对照组36例。治疗组以疏肝
和胃汤为基础方,随证加减,与采用奥美拉唑和吗丁啉治疗的对照
组比较。结果:治疗组与对照组治愈率分别为64.3%、30.5%,治疗组
治愈率明显优于对照组(P<0.05)。随访1年,治疗组与对照组复发率
分别为8.3%、28.6%,治疗组复发率明显低于对照组(P<0.05)。结论:
疏肝和胃汤治疗反流性食管炎的疗效好,值得研究利用。张宏亮等
用疏肝清胃饮治疗反流性食管炎24例。治愈18例,占75.00%;显效3
例,占12.5%;有效2例,占8.33%;无效1例,占4.17%,总有效率
95.83%。朱春沁等将42例患者随机分为2组,治疗组22例,采用舒胸
通降汤治疗;对照组20例,采用奥美拉唑联合吗丁啉、硫糖铝治疗。
疗程3个月。结果:治疗组有效率为86.0%,对照组为85.0%,2组疗效
相似(P>0.05)。表明舒胸通降汤是治疗反流性食管炎的有效方剂。

齐兴江用中药自拟顺气降逆汤治疗48例反流性食管炎患者,并以
西药治疗组对照,按临床症状及胃镜积分进行疗效评价。结果:治
疗组临床有效率为89.58%,对照组为75%。表明中药治疗比西药治
疗具有更大的优势。邓茜等给予36例治疗组患者肝胃百合汤,对
照组25例常规给予雷尼替丁及多潘立酮治疗。结果:对照组及治疗
组内镜复查的总有效率分别为60.0%、86.1%;临床疗效的总有效率
分别为68.0%、91.7%,差别均具有显著学意义(P<0.05)。提示肝胃百
合汤不仅具有良好的抑酸作用,还具有促胃肠动力的作用。王石红
等用旋覆降逆汤治疗反流性食管炎60例,对照组30例运用西
药,2组治疗2个月、4个月的临床症状改善总有效率均无显著性差

异($P>0.05$);内镜改善总有效率均有显著性差异($P<0.05$)。

五、中西医结合治疗

宋海波将156例RE患者随机分为3组:西药组30例,中药组30例,中西药组96例。中药组中脾胃虚寒型用自拟方食管炎1号(丁香、白豆蔻仁、党参、白术、干姜、甘草、九香虫随症加减);胃内积热型用食管炎2号(酒黄连、吴茱萸随症加减)。西药组用洛赛克20 mg,每日1次;反酸明显者加用吗丁啉10 mg,每日3次。中西药组用以上中药及西药,4周后复查,中西药组总有效率为93.2%,高于中药组(76.9%)和西药组(80.0%),并有明显差异($P<0.01$)。陈培琼等将60例RE患者随机分为2组,I组予乌贝散加味和西沙必利,Ⅱ组单予西沙必利,疗程4周。I组疗程结束时和治疗后8周症状改善均优于Ⅱ组,且8周后两组症状有显著性差异。I组的治愈率和总有效率分别为40%和87%;Ⅱ组为13%和70%。两组的治愈率有显著性差异($P<0.05$)。

六、证的研究

郭玉青从2 923例行胃镜检查的患者中选取62例具有胃食管反流症状且胃镜检查结果阳性(EE)的病例进行分析。脾胃湿热证24例:EE分级在Ⅱ级以上;寒邪客胃证5例:EE分级为Ⅰ级;肝胃不和证12例:除EE表现外,多伴胆汁反流;脾胃虚弱证17例:EE分级在Ⅱ级以上,伴贲门松弛或食管裂孔疝;痰瘀互结4例:EE分级在Ⅲ级以上,伴十二指肠球部溃疡。彭卓嵛认为反流性食管炎应从肝胃两脏进行论治,并以疾病的病程与证候相联系。病变的早期,正气未伤,其人多忧思恼怒,每因情志不遂发病,属肝气犯胃证。治宜疏肝理气,和胃降逆,主方用柴胡疏肝散、四逆散、柴芍六君汤。肝胃郁热型多在病变早、中期,治宜疏肝清热,和胃降逆,主方用化肝煎、左金丸、济生橘皮竹茹汤、大黄黄连泻心汤、丹栀逍遥散等加

减。肝郁痰结型多在病变中、后期,邪实既成,正气已伤。其人多抑郁多虑,或见形体肥胖。治宜疏肝解郁,化痰散结,和胃降逆,主方用半夏厚朴汤、小陷胸汤、温胆汤、清膈降逆汤、旋覆代赭汤等加减。疾病后期多见肝胃血瘀证,邪实正亏,邪深入里。治宜疏肝行气活血,和胃降逆止痛,主方选用血府逐瘀汤、启膈散、仙方活命饮、丹参饮、旋覆花汤等加减。肝胃阴虚型患者病在恢复期,邪未尽,正气已亏,主方选用一贯煎、益胃汤等加减。

(查安生　张树卿)

参 考 文 献

[1] 叶任高,陆再英.内科学[M].第6版.北京:人民卫生出版社,2004:369-373.

[2] 中华医学会消化内镜学分会.反流性食管炎诊断及治疗指南(2003年)[J].中华消化内镜杂志,2004,21(4):221.

[3] 危北海,张万岱,陈治水.中西医结合消化病学[M].北京:人民卫生出版社,2003:501-512.

[4] 李乾构,周学文,单兆伟.实用中医消化病学[M].北京:人民卫生出版社,2003:112-124.

[5] 罗云坚,余绍源,黄穗平.消化科专病中医临床诊治[M].第2版.北京:人民卫生出版社,2005:1-25.

[6] 李乾构,周学文,单兆伟.中医消化病诊疗指南[M].北京:中国中医药出版社,2006:5-11.

[7] 胃食管反流病共识意见专家组.中国胃食管反流病共识意见[J].中华内科杂志,2007,46(2):170-173.

[8] 国家药典委员会.中华人民共和国药典2005版一部[M].北京:化学工业出版社,2005.

[9] 张丰强,郑英.首批国家级名老中医效验秘方精选[M].北京:国际文化出版公司,1996:71.

[10] 李佃贵,张彬彬,刘建平,等.妙用古方治疗反流性食管炎[J].辽宁中医杂志,2008,35(2):258-259.

[11] 戴晓萍,阎西丽,王博.反流性食管炎中医病名、病机及治疗探讨[J].安徽中医临床杂志,2002,14(4):223-224.

[12] 田波.中医辨治反流性食管炎[J].甘肃中医学院学报,2000,17(4):20-21.

[13] 张琼英,林娜,涂志红.涂福音教授治疗反流性食管炎经验[J].中国中西医结合脾胃杂志,2000,8(1):36-37.

[14] 李文.反流性食管炎的中医辨治体会[J].云南中医中药杂志,2002,23(2):13.

[15] 刘玉萍.半夏泻心汤治疗反流性食管炎40例[J].山西中医,2006,22(4):20.

[16] 寇琼.启膈散合栀子豉汤化裁治疗反流性食管炎40例[J].内蒙古中医药,2006,25(5):9-10.

[17] 燕东,刘绍能.四逆散合乌贝散加味治疗反流性食管炎76例临床观察[J].北京中医,2007,26(7):389.

[18] 高成芬,郭学梅.四逆散治疗反流性食管炎63例疗效观察[J].四川中医,2002,20(12):29.

[19] 李忠,潘正文,黄立武.小陷胸汤加味治疗反流性食管炎33例临床观察[J].河北中医,2003,25(4):287-288.

[20] 高宇华.小陷胸汤加味治疗反流性食管炎34例临床观察[J].四川中医,2006,24(9):56-57.

[21] 黎建德,温燕,刘文辉,等.左金丸合四君子汤治疗反流性食管炎73例总结[J].湖南中医杂志,2005,21(4):11-12.

[22] 许凤莲.左金丸合四逆散治疗反流性食管炎50例[J].陕西中医,2006,27(1):35-36.

[23] 杨俊.旋覆代赭汤加味治疗反流性食管炎52例[J].陕西中医,2006,26(9):1044-1045.

[24] 陈芳瑜.栀子豉汤治疗反流性食管炎184例临床观察[J].海峡药学,2004,16(5):132-133.

[25] 周小琳.加味乌贝散治疗反流性食管炎138例[J].四川中医,2004,22(2):53.

[26] 朱生樑,马淑颖,王晓素.丁香降气汤治疗反流性食管炎50例临床观察[J].上海中医药杂志,2005,39(1):19-20.

[27] 黎军,郭翠平.导滞汤治疗反流性食管炎41例[J].四川中医,2004,22(10):54.

[28] 徐国峰,王有鹏,许燕春,等.柴夏汤治疗反流性食管炎67例分析[J].中医药学刊,2003,21(7):1200-1201.

[29] 王捷虹,沈舒文.滋阴降气汤治疗反流性食管炎46例[J].陕西中医,2008,
　　 29(1):36-37.

[30] 张春娜,吴正平,谭为.疏肝和胃汤治疗反流性食管炎临床观察[J].辽宁中
　　 医杂志,2007,34(2):187.

[31] 张宏亮,李素琴.疏肝清胃饮治疗反流性食管炎24例[J].河北中医杂志,
　　 2003,25(3):169.

[32] 朱春沁,薛西林,马骏,等.舒胸通降汤治疗反流性食管炎临床观察[J].中
　　 医临床杂志,2006,18(3):275-276.

[33] 齐兴江.顺气降逆汤治疗反流性食管炎48例[J].浙江中医学院学报,2005,
　　 29(1):33.

[34] 邓茜,蒋红玉.肝胃百合汤治疗反流性食管炎36例[J].陕西中医,2007,28
　　 (1):30-31.

[35] 王石红,杨倩,冯玉彦.旋覆降逆汤二联疗法治疗反流性食管炎的临床观
　　 察[J].河北中医,2005,27(4):266-267.

[36] 宋海波,李栓德,杨来启,等.中西医结合治疗反流性食管炎15例[J].中国
　　 中西医结合脾胃杂志,2000,8(5):313.

[37] 陈培琼,陈慧,曹穗平.乌贝散加味联合西沙必利治疗反流性食管炎[J].广
　　 东医学,2000,21(5):435.

[38] 郭玉青.反流性食管炎的中医证型与胃镜表现分析[J].现代中西医结合杂
　　 志,2006,15(14):1890.

[39] 彭卓嵛,李桂贤.从肝胃论治反流性食管炎探微[J].吉林中医药,2007,27
　　 (6):6.

[40] 于强,袁红霞,代二庆.中西医治疗反流性食管炎近况[J].山东中医杂志,
　　 2006,25(5):353-355.

第四章　功能性消化不良

功能性消化不良（functional dyspesia, FD）是指具有持续性腹痛、腹胀、早饱、恶心呕吐、嗳气、反酸烧心、食管异物感等临床表现的病因未明、经检查排除引起这些症状的胃肠道器质性病变或全身疾病的一组临床症候群。FD就诊患者占门诊人数的10%~30%，消化专科门诊的40%左右。

本病相当于中医学的"胃脘痛""痞满""嘈杂""呃逆""反胃""呕吐""郁证"等范畴。

【病因病机】

中医学认为外感或误治内传、饮食劳倦、七情内伤等是本病的主要病因。外感病邪或内伤七情导致肝胃不和，通降失司；肝郁气滞日久则郁热伤阴，耗损脾气。

1.禀赋不足，脾胃虚弱　多因素体禀赋不足，脾胃虚弱，或因劳倦过度，或久病脾胃受损后脾肾阳虚，失于温煦而致脾胃虚弱，健运失司，致使上腹胀闷疼痛。

2.饮食不节，胃失通降　饮食不节，日久损伤脾胃，内生食滞，阻滞气机，脾胃失和，升降失常，而见脘闷疼痛、痞满、吐酸、呃逆等。

3.情志不舒，肝郁气滞　多因情志抑郁，久郁伤肝犯胃；或因脾虚土不生木，而致肝失疏泄，横逆犯胃，胃失和降而出现脘腹痞痛、嗳气痞满等症。

4.内伤外感，湿热中阻　多因外感湿热或因过食辛辣皆可致湿热内阻胃腑，气机不畅，胃失和降，出现痞满、胃灼热等症。

5.日久失治,寒热错杂　感邪后失治、误治,邪气入里,客于脾胃;或因久患胃病,寒热杂投;或因辛辣生冷之物,均可化寒化热,即作痞满疼痛。

6.水湿不化,痰热内滞　素体痰湿内盛,加之嗜酒、肥甘厚味过度致损伤脾胃,运化不利,气机壅滞,水湿内停,湿聚成痰,痰郁化火。

7.胃阴不足,虚火内炽　素体阴虚,胃阴不足;或脾胃久病,累及胃阴;或过食辛辣燥烈之物灼伤津液致胃阴不足,虚火内盛,升降失常。

本病的基本病机可概括为肝郁犯土、胃失和降、脾运无权三大类型,其中脾虚是发病的基础,肝郁是发病的条件,胃气不降是引发诸症的原因。肝为刚脏,主疏泄,畅情志,调气机,脾胃运化升降功能的正常,有赖于肝木的疏泄条达。若情志异常,郁怒伤肝,肝气怫郁,则致肝气横逆犯脾胃,引起脾胃升降失常。脾居中州,主司运化,为后天之本,与胃共主升清降浊,是人体升降运动之枢机。先天脾胃虚弱,或饮食不当,或感受外邪,均可损伤脾胃,以致脾失健运,胃失和降,清阳不升,浊阴不降,纳运失常,气机阻滞而发病。

【临床诊断】

一、诊断标准

根据罗马Ⅲ标准,FD诊断依据为无可解释症状的器质性疾病的证据(包括内镜),诊断前症状至少出现6个月,近3个月症状符合以下1点以上:餐后饱胀不适、早饱、上腹痛、上腹烧灼感。其分型为:

1.餐后不适综合征　进正常食量出现餐后饱胀不适感,每周至少数次。早饱感抑制了正常进食,每周至少数次。

2.上腹疼痛综合征　中等程度以上间断性上腹部疼痛烧灼感,

每周至少1次。排便或排气后不能缓解。不符合胆囊或Oddi括约肌疾病诊断标准。支持条件：疼痛可能为烧灼样但不包括胸骨后疼痛。通常由进食诱发或缓解，但也可能在禁食时发生。

诊断功能性消化不良之前需排除器质性疾病引起的消化不良，特别是存在以下报警症状：45岁以上、近期发病、吞咽困难、进行性贫血、消瘦、近期体重明显下降、呕血和/或便血、黄疸、血沉快等需做上消化道钡餐或胃镜检查、肝胆胰影像和肝肾功能试验及血糖、甲状腺功能测定。

罗马Ⅲ标准与罗马Ⅱ标准比较不同之处为：症状时间由12个月缩短为6个月；分型由原来动力障碍型、溃疡型和非特异型改为餐后不适综合征及上腹痛综合征。强调上腹烧灼感为FD的主要症状之一，但上腹烧灼感不向胸部及腹部其他部位放射，此可与胃食管反流病（GERD）相鉴别。FD的症状可与多种其他功能性胃肠病（FGID）如肠易激综合征（IBS）、慢性便秘、GERD等的症状相重叠。

二、鉴别诊断

1.消化性溃疡　消化性溃疡是指发生在胃或十二指肠球部的溃疡。在临床上消化性溃疡也可以表现为上腹部疼痛、饱胀感、嗳气、反酸、烧心、恶心、呕吐、食欲减退等消化不良的症状，但上消化道钡餐透视可发现有突出到胃壁内的叫做"龛影"的不透光影，胃镜检查更能直接看到溃疡病灶的大小及溃疡周围炎症的轻重。

2.慢性胆囊炎和胆石症　慢性胆囊炎或胆石症者常有右上腹部的疼痛和饱胀感、嗳气等消化不良的症状，有些患者可有反复发作的急性上腹部绞痛史（此即所谓胆绞痛）。通过腹部B型超声检查以及胆囊造影，结合曾经反复发作的上腹部绞痛常能作出诊断。

3.胃癌　胃癌的早期常无特异的症状，只有胃镜和病理检查才能发现。但随着肿瘤的不断增长，影响到胃的功能时会出现消化不良的类似症状，在临床上主要表现为上腹部疼痛或不适感，食欲减

退,恶心、呕吐等。但胃癌的发病年龄多在40岁以上,会同时伴有消瘦、乏力、贫血等提示恶性肿瘤的所谓"报警"症状,通过胃镜检查及活组织病理检查不难确诊。

三、中医证型

功能性消化不良多由情志不遂、饮食伤胃、劳倦伤脾、寒温失调等因素导致脾胃气机升降失常。病位在胃,涉及肝、脾两脏。以肝郁气滞、脾运失职、胃失通降为基本病机。病初常以肝郁气滞为主,继之以肝郁胃热或肝郁湿阻为多,久病则出现肝郁脾虚、气滞血瘀等证型。

1.饮食停滞 脘腹痞闷,嗳腐吞酸,恶心欲吐,矢气臭秽,大便夹不消化食物,气味腐臭;舌苔白厚腻或腐腻,脉弦滑。

2.肝胃不和 胃脘胀闷,攻窜作痛,痛连两胁,嗳气频作,恶心或呕吐,胸闷善太息,常因情志因素而加重,大便不爽,舌质淡红,苔薄白,脉弦。

3.肝胃郁热 胃脘灼痛,痛势急迫,心烦易怒,泛酸嘈杂,口干口苦,舌红苔黄,脉弦数。

4.脾胃湿热 脘腹痞满,食少纳呆,口干口苦,身重困倦,恶心呕吐,小便短黄,舌红苔黄腻,脉滑数。

5.肝郁脾虚 胸胁胀闷,嗳气食少,每因抑郁恼怒或紧张出现腹痛泄泻,舌淡红,脉弦。

6.胃阴不足 胃脘隐痛,嘈杂似饥,灼热不适,痞满,口干舌燥,纳呆干呕,消瘦乏力,大便干结,舌红少津,脉细数。

7.痰湿中阻 脘腹痞满,闷塞不舒,头晕、恶心、身重肢倦,不思饮食,口淡不渴,早饱食少,舌苔白腻,脉滑或濡。

8.瘀血阻络 胃痛较剧,痛如针刺或刀割,疼痛固定,拒按,食后或入夜痛重,早饱食少,脘痞腹胀,口干不欲饮,或大便色黑,舌质紫暗或见瘀斑,脉涩。

9.脾虚气滞　胃脘痞闷,胸胁胀满,嗳气,食欲不振,喜温喜按,得食稍缓,食多反剧,嗳气方舒,大便易溏,舌淡苔薄白,脉细弦。

10.寒热错杂　胃脘痞满,嘈杂反酸,遇冷加重,口干口苦,肢冷便溏,嗳气纳呆,舌淡苔薄白,脉弦数。

11.脾胃虚寒　胃痛隐隐或痞满,绵绵不休,喜暖喜按,空腹痛甚,得食则缓,劳累或受凉后发作或加重。泛吐清水,神疲纳呆,四肢倦怠,手足不温,大便溏薄,舌淡苔白,脉细弱或迟缓。

12.脾胃虚弱　早饱食少,脘腹痞满,食后疲倦,时缓时急,喜温喜按,纳呆乏力,肢软乏力,大便溏薄,舌质淡、苔薄白,脉缓无力。

四、辨证要点

1.辨寒热　痞满绵绵,得热则舒,口淡不渴,舌淡苔白,脉沉迟者属寒;痞满急迫,得冷则舒,渴喜冷饮,舌红苔黄,脉滑数者为热证。

2.辨虚实　痞满能食,痛而胀,大便闭结者为实;痞满不能食或食少不化,不胀而痛,大便溏薄者为虚。喜凉者多实;喜温热者多虚。痞满不减,按之满甚者为实;痞满时减,喜揉喜按者为虚。食后痛者多实;饥饿痛者多虚。痛剧而坚,固定不移者为实;痛徐而缓, · 67 ·
通处不定者为虚。

【临床治疗】

一、常见分型治疗

1.饮食停滞

治法:消积导滞,和胃降逆。

方剂:保和丸(《丹溪心法》)加味。

组成:山楂、神曲、半夏曲、陈皮、茯苓、连翘、莱菔子。

加减:食积较重,脘腹胀痛者,加枳实、厚朴;食积脾虚,大便溏

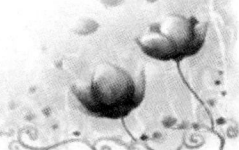

薄者,加白术、黄芪;脾虚食积,稍多食则脘腹痞满加重者,加枳术丸;食积化热,大便秘结者,加大黄、槟榔。

2.肝胃不和

治法:疏肝解郁,和胃降逆。

方剂:越鞠丸(《丹溪心法》)合枳术丸(《内外伤辨惑论》)加减。

组成:川芎、苍术、香附、炒山栀、神曲、枳实、白术。

加减:气郁明显,胀满较甚者,加柴胡、郁金、厚朴;肝郁化火,口苦而干者,加黄连、黄芩;呕恶明显者,加半夏、生姜;嗳气者,加竹茹、沉香。

3.肝胃郁热

治法:清肝理气,泄热和胃。

方剂:丹栀逍遥散(《医统》)。

组成:当归、白芍、白术、柴胡、茯苓、甘草、煨姜、薄荷、丹皮、山栀。

加减:泛酸嘈杂者可加左金丸;脘腹痞满胀痛者可加香橼、佛手;口苦而兼呕吐苦水者,可合小柴胡汤去人参或柴芩温胆汤;大便秘结者可加芦荟少许。

4.脾胃湿热

治法:清热化湿,理气和胃。

方剂:三仁汤(《温病条辨》)加减。

组成:杏仁、白蔻仁、薏苡仁、厚朴、半夏、通草、滑石、竹叶。

加减:恶心呕吐明显者加竹茹、生姜、旋覆花;纳呆不食者加鸡内金,谷、麦芽;嘈杂不适者合用左金丸;便溏者加扁豆、陈皮。

5.肝郁脾虚

治法:疏肝理气,健脾和胃。

方剂:逍遥散(《太平惠民和剂局方》)加减。

组成:柴胡、白术、白芍、当归、茯苓、炙甘草、薄荷、煨姜。

加减:胀闷较甚者加郁金、厚朴;纳呆食少者加鸡内金,谷、麦

芽;脾胃虚弱明显者加党参、砂仁、山药、甘草。

6.胃阴不足

治法:滋阴益胃,行气除痞。

方剂:益胃汤(《温病条辨》)加减。

组成:沙参、麦冬、生地黄、玉竹、冰糖。

加减:津伤较重者加石斛、天花粉;腹胀较著者加枳壳、厚朴、川楝子;食滞者加谷麦芽;便秘者加火麻仁、玄参。

7.痰湿中阻

治法:除湿化痰,理气和中。

方剂:二陈汤(《太平惠民和剂局方》)合平胃散(《太平惠民和剂局方》)加减。

组成:半夏、陈皮、茯苓、苍术、厚朴、生姜、甘草。

加减:痰湿盛而胀满甚者加枳实、苏梗、桔梗,或合用半夏厚朴汤;气逆不降,嗳气不止者加旋覆花、代赭石、沉香、枳实;兼脾胃虚弱者加党参、白术、砂仁。

8.瘀血阻络

治法:活血化瘀,和胃止痛。

方剂:失笑散(《太平惠民和剂局方》)合丹参饮(《时方歌括》) ·69·
加减。

组成:五灵脂、蒲黄、丹参、檀香、砂仁。

加减:胃痛甚者加延胡索、木香、郁金、枳壳;四肢不温,舌淡脉弱者加党参、黄芪;便黑加三七粉、白及粉;口干咽燥,舌光无苔,脉细者加生地、麦冬。

9.脾虚气滞

治法:益气健脾,理气消胀。

方剂:香砂六君子汤(《时方歌括》)加减。

组成:木香、砂仁、陈皮、半夏、党参、白术、茯苓、甘草。

加减:夹食滞,嗳腐吞酸者加神曲、麦芽、山楂;气短乏力者加

黄芪;形寒肢冷,腰膝酸软者加肉桂、紫石英、补骨脂、山茱萸。

10.寒热错杂

治法:清热散寒,调中和胃。

方剂:半夏泻心汤(《伤寒论》)加减。

组成:黄连、黄芩、干姜、半夏、人参、甘草、大枣。

加减:呕甚而痞,中气不虚,或舌苔厚腻者,可去人参、甘草、大枣、干姜,加枳实、生姜以下气消痞止呕。

11.脾胃虚寒

治法:温中健脾,和胃止痛。

方剂:黄芪建中汤(《金匮要略》)加减。

组成:黄芪、白芍、桂枝、炙甘草、生姜、大枣、饴糖。

加减:泛吐清水较多者加干姜、吴茱萸、半夏、茯苓、陈皮;泛酸者去饴糖,加左金丸、乌贼骨、煅瓦楞;胃脘冷痛,虚寒较甚,呕吐、肢冷者合理中汤;兼见形寒肢冷,腰膝酸软者可加附子、肉桂、巴戟天、仙茅,或合用肾气丸、右归丸之类。

12.脾胃虚弱

治法:益气健脾,升清降浊。

方剂:补中益气汤(《脾胃论》)加减。

组成:人参、黄芪、白术、甘草、当归、陈皮、升麻、柴胡。

加减:胀闷较重者加枳壳、木香、厚朴;阳虚明显,四肢不温者加制附子、干姜,或合理中丸;纳呆厌食者加砂仁、神曲;湿浊内蕴,舌苔厚腻者加半夏、茯苓,或改用香砂六君子汤。

二、固定方药治疗

1.保和丸

组成:山楂(焦)、六神曲(炒)、半夏(制)、茯苓、陈皮、连翘、莱菔子(炒)、麦芽(炒)。

功效:消食,导滞,和胃。

主治:食积停滞,脘腹胀满,嗳腐吞酸,不欲饮食。

用法:一次1~2丸,一日2次。

2.气滞胃痛冲剂

组成:柴胡、枳壳、甘草、香附等。

功效:疏肝理气,行气止痛。

主治:脘腹胁部胀满、疼痛,恼怒则胀痛加重。纳谷不香,或肠鸣腹泻后重。

用法:一次10 g,一日3次,开水冲服。

3.胃苏冲剂

组成:紫苏梗、香附、陈皮、佛手等。

功效:理气消胀,温中和胃,解痉止痛。

主治:气滞胃痛症见胃脘作痛,窜及两胁,嗳气则舒,情绪郁怒则发作加重,苔白脉弦等。

用法:一次15 g,一日3次,温开水冲服。

4.六味安消胶囊

组成:土木香、大黄、山奈、寒水石(煅)、诃子、碱花。

功效:健脾和胃,导滞消积,行气止痛。

主治:用于胃痛胀满,消化不良,大便秘结。

用法:一次3~6粒,一日2~3次。

5.四磨汤口服液

组成:木香、枳壳、乌药、槟榔。

功效:顺气降逆,消积止痛。

主治:脘腹胀满、腹痛、便秘。

用法:一次20 ml,一日3次。

三、名医验方

1.健中调肝方(梁乃津方)

组成:黄芪、党参、沙参、白芍各20 g,麦冬、郁金、佛手、延胡索

各15 g。

功效:健脾养胃,调肝理气。

主治:脾气虚弱,胃阴不足,肝失疏泄之功能性消化不良。症见上腹痛,饱胀感,嗳气,泛酸,恶心或呕吐,烧心感等。

按语:方中黄芪、党参补中健脾益气,沙参、麦冬养阴益胃生津。四药相配,健脾益胃并举,阴中求阳,阳中求阴。郁金、延胡索善入肝经,辛散苦降,疏解肝气,行气活血;佛手亦入肝经,功专理气快膈,肝脾胃气滞者尤宜;白芍主入肝,以敛阴柔肝见长,取酸以抑肝之旺。四药相伍,辛散解郁且酸柔敛肝,刚中寓柔,柔中寓刚,疏敛并用,调肝疏泄。全方共奏健脾养胃、调肝理气之功。

2.舒肝健脾和胃方(田德禄方)

组成:柴胡、当归、白芍、茯苓、白术、陈皮、枳壳、郁金、神曲、甘草。

功效:舒肝健脾,和胃通降。

主治:肝郁脾虚,肝胃气滞之功能性消化不良。症见胃脘胀满不适,胸闷或喜太息,恶心,嗳气,胃中嘈杂或泛酸,乏力,大便稀溏,舌淡红苔薄白,脉弦或缓。

按语:以柴胡之疏肝解郁而遂其用;以当归、白芍之养血柔肝,健其体而涵其用;茯苓、白术、甘草补土健脾,培其本而强其运;陈皮、枳壳理气和胃,顺其和降之性;郁金行气活血,既能助柴胡散肝郁,又因本病病程久长,久病多兼瘀;神曲消食和胃。舒肝健脾和胃方肝脾胃同治,气血共调,共奏舒肝健脾、和胃通降、理气和血之功。

3.胃力方(肖汉玺方)

组成:党参15 g,白术10 g,茯苓15 g,砂仁10 g,木香10 g。

功效:健脾助运,理气行滞。

主治:功能性消化不良症见脘痛痞胀,隐痛绵绵,喜温喜按,纳呆,乏力,便溏,嗳气,呕吐,苔薄白,脉细弦等症。

按语:该方补脾不壅中,理气能助运。如以胃脘痛为主,偏寒者可加良附丸;偏热者常加金铃子散。

【临床保健】

一、心理保健

目前认为患者的心理、精神因素在FD的发病机制中起作用,是导致其症状顽固的主要原因之一。焦虑、抑郁可通过体液和自主神经途径改变胃肠敏感性及产生胃动力障碍,它们还往往使患者对躯体症状过分关注,从而强化了症状,造成病症的反复、顽固。因而为FD患者提供心理干预,通过转变患者的心理应对策略、减少负性生活事件的影响,有助于改善这类患者的预后。

1.掌握患者各种心理,加强心理健康宣教 从FD患者的社会心理因素调查中可以发现,这类患者具有神经质倾向,情绪不稳定,人格特征易于内倾,容易出现负性的认知和情绪体验。要了解当前的心理状态,存在的心理问题,严重程度及对疾病的影响,针对患者不同境况下的心理状态,掌握个体化原则,加强心理健康知识的宣教,消除患者治疗过程中的疑虑,帮助其正确认识疾病的性质,采取积极的应对策略,从而有效减轻心理压力。

2.鼓励与安慰,帮助患者克服自卑心理 由于FD患者经历较多的负性心理刺激,情绪多为焦虑紧张、烦躁不安、抑郁消沉,人际沟通较为敏感,缺乏自信,因此,医护人员在患者面前应表现出严谨的态度,以得到患者的信任。可通过主动、耐心、热情、真诚的关注与沟通,有效帮助患者解除被动、多疑、紧张、孤僻、自卑的心理状态,转移患者的消极情绪,引导他们讲心里话,把压抑的情绪讲出来,以便于进行积极的疏导,提高他们的自信心,有利早日康复。

3.解释病因,提供认知疗法 心理认知治疗是医生通过改变患者不正确的认知方式,来达到解决患者心理问题的一种治疗方法。

通过给患者讲解相关疾病知识，特别是向患者讲清癌与功能性消化不良的区别，指导患者改善生活饮食习惯，以减轻患者对于FD错误的认识，消除恐癌心理，增强患者治疗疾病的信心；行为疗法能通过有规律的放松与想象，很有效地减轻患者的焦虑情绪，改善患者某些强迫症状。注意向患者耐心解释所患疾病的病因、发病机制、转归预后，认识疾病自然病程，强调药物治疗与调整心态结合的重要性，启发患者正确认识疾病，在心理上给患者以鼓励和支持，引导患者打破心身交织的恶性循环。向患者讲解功能性消化不良的发病是生理、心理、社会三方面因素综合作用的结果，其中心理社会因素起重要作用。

4.**转移注意，启动社会支持系统** FD患者中很多人病程较长，社会支持系统较弱，与患者家属、朋友和同事等沟通，把其注意力引向外部世界，使其体验到自己越关注病情，症状就会越重，鼓励为患者提供精神或物质支持，指导患者对亲友可能提供的关心和帮助，要勇敢并乐于接受。要协助患者克服疑病心理，树立顺其自然的思想，并适时帮助调整饮食和生活方式，以言语指导患者转移注意力，从事力所能及的工作，积极参加体育锻炼，注意在工作和锻炼中寻找乐趣，忘却躯体症状，保持心情舒畅，多与人交流，以缓解精神压力，减轻心理负担。适应社会及家庭生活，通过整体药物与心态调理促使疾病康复。

二、运动保健

功能性消化不良以持续性腹痛、腹胀、早饱、恶心呕吐、嗳气、反酸烧心、食管异物感等为主要临床表现。如果能强化自我锻炼，使腹肌及胃肠保持一定的张力，则功能性消化不良可得到一定程度的改善。功能性消化不良患者的自我锻炼，是以腹肌练习为主，多在卧位进行。因为患者锻炼时取卧位比较舒服，同时卧位是腹肌锻炼的最佳准备姿势，在卧位时可用躯干和肢体自身重量作为腹

肌锻炼时的负荷,比较方便。动作要求简单有效。如平卧,休息片刻后作腹式呼吸。两手分别放在胸腹部,缓慢呼吸,呼时腹部凹陷,吸时腹部鼓出。可帮助膈肌上升和下降,对腹腔脏器起到按摩作用,从而促进胃肠肌的运动。运动量可根据自己的体能状况逐渐增加。可每日上、下午锻炼一次,每次不少于20 min。长期锻炼可收到良好效果。开始自我锻炼时,必须掌握适宜的运动量,由少到多逐渐增加,要防止过度疲劳。自我锻炼之前,最好先取得医生的同意。若有腹腔脏器急性炎症、活动性溃疡病、肠结核、腹痛、出血、腹泻等应暂停锻炼。平时还应注意全身锻炼,如参加游泳、慢跑、各种拳操运动等,以增强体质。通过锻炼食欲增加时,还应适当加强营养。进食后严禁跑、跳等剧烈活动,以免加重病情。

三、饮食保健

因功能性消化不良多为饮食不节引起,因此对FD患者来说饮食调养至关重要。一方面要纠正不良饮食习惯,控制饮食,限制对胃黏膜有强烈刺激的食物,避免个人生活经历中会诱发症状的食物,避免产气食物如乳制品、大豆等。一方面要补充胃易消化的食物,另外,还可利用饮食来减少或增加胃酸的分泌,调整胃的各项功能。指导患者平时多注意自己的饮食习惯,规律进餐,定时定量,可形成条件反射,有助于消化腺分泌、利于消化。

1.少食多餐,宜少而精 功能性消化不良患者不可过饥再吃东西,且吃东西一次不可过饱;不宜过渴时饮水,饮水一次不宜多。少吃粗糙和纤维多的食物,食物要精要细,富含营养。所以每次用餐量宜少,且次数可适当增加,最好要定时就餐,以保证供给体内足够的营养及能量。

2.饮食宜温而洁 FD患者不可过食冷瓜果,也不能因畏凉食而吃热烫饮食,否则会对食管和胃造成损伤。不要喝冷水,要多饮温开水。食物要干净无污染,并注意饮食器具的卫生。

· 75 ·

3.饮食宜鲜而淡 宜鲜是指吃适量新鲜蔬菜和水果,新鲜蔬菜、水果可防癌;宜淡是指宜吃清淡的素食,清淡素食既易于消化吸收,又利于胃病患者的康复,并有益于长寿。

4.饮食宜软,细嚼慢咽 饭食、蔬菜、鱼肉之类要煮软烂。多食易消化的蛋白质类,胃肠功能较弱,要慢慢康复,易消化的蛋白质是不可缺少的,如嫩子鸡、鱼肉、里脊肉、半熟蛋等。少吃质地较硬的东西,如牛排、炸丸子、蚕豆、花生、棒子等。不宜食油煎、油炸食品,因为这些食品既难于消化,又易伤及肠胃。用餐速度要缓慢,充分咀嚼,促进唾液大量分泌,以利于食物的消化吸收。用餐后不要立即躺下,并避免睡前吃东西。

5.杜绝浓茶和咖啡,防止便秘 尽量避免烟、酒、茶、咖啡、碳酸饮料等刺激之物。茶叶与咖啡中含有茶碱、咖啡因。咖啡因类物质能刺激胃的腺体,使胃酸及胃蛋白酶等消化液分泌增加。浓茶、浓咖啡会引起胃酸分泌增多,可直接加重胃病,不利于疾病的康复。便秘会加重腹胀、嗳气的程度。

【现代研究】

· 76 ·

一、理论研究

本病属中医学"胃脘痛""痞满""嘈杂""呃逆""反胃"等病的范畴。目前关于功能性消化不良病因病机的探讨非常多,归纳起来,有如下共性:多数作者都认为本病病位在胃,涉及肝脾两脏,多因饮食不节,损伤脾胃;或忧思伤脾,恼怒伤肝,肝木乘土;或中气不足,外邪内侵等,使脾失健运,胃失和降,中焦气机不利,升降失常而发病。田德禄认为,其发生与情志不畅、外邪内积、脾胃虚弱有关。归纳FD的基本病机为木郁克土,胃失和降,脾运无权。其病机核心为胃失通降,气机阻滞贯穿疾病始终。病位在胃,与肝脾密切相关。病性属本虚标实之证,脾虚为本,气滞、血瘀、食积、痰湿为

标;病初以邪实为主,久则虚实夹杂,寒热错杂。治疗大法上,田氏根据FD的病机特点,提出"理气和胃"是治疗FD的基本大法。理气和胃包括多方面的含义:一方面是调理脾胃之气。当脾不升清、胃不降浊,则出现诸多病症。脾胃升降失调是病之关键,脾主运化升清,胃主受纳腐熟,以通降为顺,脾升胃降这个基本形式是整个人体气机升降之枢纽,因此调理脾胃之气机,使其升降相因,才能使脾胃受纳腐熟和传输运化功能恢复正常,则诸症皆去;另一方面是疏畅肝气。本病病变部位虽在脾胃,但与肝密切相关。脾胃同居中焦,为后天之本,胃主受纳,脾主运化,吸收水谷之精微,并顺降于肠,其间有赖于肝的疏泄条达,三者功能失调可致气机郁滞升降失职,出现水谷不腐之痞满证。临床上肝郁脾虚、肝胃不和、肝胃郁热都是比较常见的。因此治疗上,和胃必先调肝,理肝即以安胃。田氏指出,肝与脾胃功能失调可互为因果,如肝失疏泄,气机郁滞,横逆犯胃,胃失和降,为木强乘土,可出现胃脘饱胀、嗳气、呕吐等症状,属实;脾胃虚弱运化失常,肝气乘脾,脾土受伐,为土虚木乘,亦可出现上述症状,属虚。临床辨证时,虽症状、病位相同,但其病理性质有虚实之分,治疗前者当以抑木为主,后者当以培土为先。在强调肝与本病的密切关系时,田氏还指出一部分患者,尤其是老年患者,可表现为肺脾两虚、脾肾两虚。肺为脾之子,脾胃之纳化,依赖于肺之宣发肃降,肺主气,肺气不足,治节不利,使脾胃运化功能失调。老年人肾气自虚,日久气虚及阳,由于肾中真阳乃奉生化之主,脾之纳化赖此火以助之,神机鼓动纳化正常,若火衰而温煦无权,则纳化失常。故治疗时当兼顾肺、肾两脏。另外,在强调气机升降的同时,也不可忽略瘀血这一重要病机。由于本病部分患者病程长,病情常反复,久病必有瘀,久病入络,瘀阻胃络,胃气郁滞,气机不畅,和降失常,且二者可互为因果,故治疗时应根据病情,在调理气机时酌加活血化瘀之品,以助病情恢复。徐珊强调"肝气郁结、脾虚失运、胃失和降"是FD主要发病机制,并将其分别与"胃肠节律紊

· 77 ·

乱,精神焦虑和紧张""消化吸收功能减退,胃肠激素分泌紊乱"和"胃排空障碍"相联系,以便于临床应用。梅国强等指出情志失调、饮食不节为本病的主要病因,肝失疏泄为本病的病理基础,肝胃不和为本病的主要病变。古学文等提出肝胃不和是导致FD的主要原因。李寿山认为,脾胃中虚是本病的病理基础,而气机不畅、壅滞不行,则是病机关键。壅滞形成之因,不外气滞、湿阻、食积、火郁、血瘀。总之,标在胃,本在肝脾,脾虚是发病的基础,肝郁是致病的条件,胃气不降是引发症状的因素。王卫国认为,本病的主要病机是脾虚气滞,以升清降浊为主要治则。张光奇等认为,本病主要病因病机是木郁土亏,以疏肝调脾和胃为法。康铃珍等认为,本病属中医心下痞、胃脘痛范畴,辨证为虚实夹杂,寒热错杂,在治疗上应以和胃降逆,开结除痞为主。

二、辨证论治研究

辨证论治是中医治病的基本特点之一。中医诊疗规范将该病辨证分为肝郁气滞、肝郁脾虚、脾虚痰湿、饮食积滞、寒热错杂5型。分别选用柴胡疏肝散、积术丸、陈夏六君子汤、枳实导滞丸、半夏泻心汤加减治疗。2003年中西医结合消化专业委员会则定为4型诊治:肝气郁结证治以柴胡疏肝散合越鞠丸;脾胃气虚证治以香砂六君子汤;肝气犯胃证治以四逆散合沉香降气散;湿热滞胃证治以三仁汤。

但国内多数学者对本病有不同的认识,范汉淮认为辨证论治较一方统治更能切合临床实际,更能取得满意效果,他将FD分为3型治疗(45例):肝胃郁热型治以疏肝泄热和胃,用化肝煎合乌贝散;中虚气滞型治以健中理气,用香砂六君子汤;脾胃虚寒型治以温中健脾,用黄芪建中汤合异功散。治疗1个月总有效率91%,优于吗丁啉对照组($P<0.05$)。陈福如认为,对FD的治疗应以中医辨证为核心,结合西医辨病,病证结合。并提出把恢复脾胃运化功能贯穿

治疗全过程、维持脾胃升降功能、调理肝之疏泄条达功能和久病及肾者当从肾论治等四大原则。赵凤莲将FD分为肝郁脾虚、脾虚胃热、湿阻脾虚、胃阴不足、脾胃虚寒、饮食积滞和瘀血阻络7型,用健脾调气、化湿降浊法,以自拟方(党参、白术、茯苓、枳壳、升麻、炙甘草、焦三仙、陈皮、木香)为基础方治疗。张淑英提出,肝郁气滞用柴胡疏肝散合金铃子散;饮食停滞用保和丸;寒中胃脘用良附丸;阴虚胃热用益胃汤;脾胃虚寒用黄芪健中汤合香砂六君子汤;湿热中阻用三仁汤合甘露消毒饮。李淑贞认为,肝失疏泄为FD的病理基础,将该病分为肝气犯胃、肝胃郁热、肝郁湿阻、肝郁脾虚、肝胃阴虚、肝胃瘀血6型,在治疗上,予疏肝和胃汤(柴胡疏肝散合二陈汤),随症加减。王杰等将FD辨证分为肝郁气滞、食滞胃肠、胃热湿浊、脾胃虚寒4型。分别用柴胡疏肝散、附桂理中丸、竹茹汤、保和丸加减。刘静将本病分为肝胃不和、脾虚肝郁、肝胃郁热、胃阴不足4型,并自拟疏肝和胃汤为基础方随证加减,进行论治。古学文则将本病分为肝胃不和、寒热错杂、脾胃虚弱3型,分别采用"疏肝理气,和胃降逆""开结除痞,和胃降逆""健脾清肝,养胃降逆"论治。钱祥夕将本病分为肝胃郁热、寒热中阻、胃虚痰阻、肝胃虚寒4个证型,并应用大柴胡汤、半夏泻心汤、旋覆代赭汤、吴茱萸汤等"经方"分别进行辨证施治,取得良效。 · 79 ·

三、专方治疗研究

祁宏等用健功合剂(柴胡、郁金、枳壳、茯苓、厚朴、党参、莱菔子、鸡内金、白术、制半夏)治疗FD患者119例,并设西沙比例对照组109例,用ATL-UA9彩超测定胃液排空时间,治疗4周后结果:从临床疗效方面,治疗组显效69例,有效44例,无效6例,总有效率95.0%;对照组显效38例,有效49例,无效17例,总有效率83.7%。两组治疗前后症状、积分比较差异均有显著性($P<0.05$或$P<0.01$),且治疗后两组积分情况比较,差异有显著性($P<0.01$),治疗组优于对

照组。在胃液排空情况,两组治疗前后胃液排空$T_{1/2}$比较差异均有显著性($P<0.01$)。认为健功合剂有整体和双向调节作用,使肠神经系统(ENS)与胃肠运动激素之间的协调性得到调节。

厉兰娜等用沉香化气胶囊(沉香、木香、陈皮、藿香、砂仁、莪术、神曲、麦芽、甘草),对40例FD患者进行治疗,同时应用二维实时超声显像技术进行治疗前后胃排空时间、收缩频率、收缩幅度等测试,结果:治疗3天后,各主要症状单项比较均在明显改善($P<0.01$);治疗后症状总积分变化,痊愈27.5%,显效42.5%,有效22.5%,无效7.5%,总有效率92.5%。治疗后在胃半排空时间、胃全排空时间、收缩频率、收缩幅度等方面比治疗前有较明显改善($P<0.01$)。本方以疏肝和胃、行气止痛、化积醒脾为功,在动物试验中有增强胃肠运动、促胃液分泌、镇痛作用。

潘金辉等用免煎中药柴平舒胃汤加减(柴胡、枳壳、厚朴、白术、半夏、莪术、槟榔、藿香、佛手、党参、桔梗、砂仁)治疗本病100例,对照组50例用吗丁啉、谷维素、维生素B_1,结果:两组分别显效37例、10例,有效53例、26例,无效10例、14例,总有效率90%、72%($P<0.01$)。胃窦排空率及收缩幅度两组治疗前后自身及治疗后组间比较均有显著差异($P<0.05$)。

赵海顺用调胃消胀汤(枳实、白术、郁金、厚朴、半夏、柴胡、大黄等)治疗FD患者69例,并设吗丁啉对照组,治疗4周。结果:治疗组总有效率为88.4%,对照组72.2%,有明显差异($P<0.05$)。治疗组在改善餐后饱胀、恶心、呕吐方面明显优于对照组($P<0.05$),在改善上腹疼痛、食欲减退方面更为明显($P<0.025$)。方中大黄、木香、枳实、厚朴能促进胃肠动力,促进胃排空;白芍、甘草抗炎、缓解胃肠平滑肌痉挛作用;活血化瘀药郁金、莪术现代研究能扩张血管,改善微循环,增加胃黏膜血流量,调节免疫、抑制细菌和修复胃黏膜作用;大黄、黄连还有明显抑杀HP作用。

陆敏用消痞冲剂(制半夏、党参、黄芪、白花蛇舌草、黄芩、草豆

蔻、莪术、枳实、厚朴、制大黄、白芍、徐长卿、甘草)治疗FD患者60例,并设30例吗丁啉对照组,15 d为1个疗程。结果:治疗组显效率为80%,总有效率93.33%;对照组显效率为40%,总有效率73.33%,两组比较,差异非常显著($P<0.01$)。本方除改善胃肠动力障碍外,还从整体出发针对HP感染进行遣方用药,抑杀HP,化浊导滞。现代研究认为白花蛇舌草、黄芩、大黄、半夏、厚朴、枳实、生黄芪等对HP有抑制作用,本方作用机制广泛,具有多元多靶点效应。

朱莹等用疏肝解郁法(柴胡、枳壳、香附、白芍、川芎、甘草),并随症加减治疗伴有抑郁焦虑症状FD患者80例,随机分2组,在常规抗消化不良服吗丁啉基础上,治疗组加疏肝解郁中药,疗程6周,结果:两组患者的消化不良症状评分、ZUNG自评量表评分和HAMD量表评分均较治疗前下降,治疗组消化不良症状控制有效率为92.8%。HAMD量表评分达常模有效率为85.7%。显著高于对照组的81.6%和16.7%($P<0.05$),说明中药疏肝解郁法能明显提高伴有抑郁焦虑症状的FD患者疗效。本方中柴胡、枳壳、川芎、香附能行气解郁、理气止痛外,柴胡还有增强胃排空及小肠推进功能,白芍能抑制胃液分泌,促进胃排空作用。

四、单味中药研究

邹百仓等研究槟榔对FD大鼠胃运动的影响,认为其水煎液可增强FD大鼠胃平滑肌收缩振幅,作用时间持续40 min以上。魏兰福等研究莪术对实验性FD大鼠胃排空影响,认为低浓度莪术水煎剂可调节胃电节律,提高胃窦部运动增加胃排空率。董艳平等对隔山消对FD大鼠NO和AchE的影响,认为其可使NO降低,AchE升高。朱金照等对15味中药促胃肠动力作用的筛选研究,其中木香、槟榔以增加胃排空作用为显著,枳实、藿香则以加快肠传输作用为明显,大腹皮、砂仁、白术促进胃排空及肠传输作用均非常显著,等等。现代药理研究证实,党参有抗胃黏膜损伤,调节应激状态下大鼠胃电

活动基本电节律紊乱的作用，对胃底收缩有显著的促进作用；柴胡、川朴对平滑肌有双向调节作用，能加强胃、十二指肠排空。大剂量白术水煎剂能促进动物的胃肠运动；枳实可使胃壁平滑肌的电活动幅值和频率明显增大，有兴奋和增强运动节律作用；半夏能减轻胃液储留，对胃肠各种激素的分泌起调节作用；槟榔能明显增加胃窦和空肠组织中胃动素，从而增强胃肠运动。一些活血药和理气药具有促胃动力作用，而促进肠运动的中药多在润肠通便或健脾消食类中，其机制可以分为神经调节和脑肠肽调节等途径。

五、实验研究

动物实验的研究方面，基于FD的发病与"情志失调"和"饮食不节"有密切关系，因此大多数学者采用郭海军等"夹尾刺激法"或"不规则喂养法"建立FD动物模型，另有"苦寒番泻叶法"，但应用较少。

中药治疗作用方面，刘松林应用放射免疫法发现疏肝和胃汤（柴胡、枳实、砂仁、焦白术等）可增加FD大鼠血胃动素（MOT）和胃泌素（GAS），这可能是其促胃动力作用机制之一，作用与莫沙比利无显著差异。时邵红等动物实验证实FD大鼠胃黏膜降钙素基因相关肽（CGRP）表达正常，而P物质（substance P）表达明显增强，二者比例失调，可能是引起胃动力障碍的重要因素，给予胃必欢颗粒（姜半夏、黄连、炮姜、太子参、厚朴等）获取良效，其作用机制可能与调节内脏感觉阈值有关。李蕙对肝胃不和型FD大鼠胃动素和P物质的表达及中药情志舒的干预作用的研究表明，胃肠MMCⅢ相异常、胃肠协调运动障碍可能是肝胃不和型FD的发病机制之一；肝胃不和型FD大鼠血浆MOT含量的降低和胃肠壁P物质表达的降低可能是肝胃不和型FD发病的神经生物学基础。情志舒可能通过增加MMCⅢ相血浆MOT的释放和胃肠壁P物质的表达，从而改善胃肠运动功能来治疗肝胃不和型FD。伍早安等对FD大鼠胃窦幽门十二指

肠乙酰胆碱脂酶(AchE)表达的变化及中药情志舒的治疗作用的研究结果,与对照组相比,模型组大鼠胃窦、十二指肠AchE的表达都显著升高($P<0.01$),经中西药治疗后,AchE的表达都明显下降($P<0.01$),中药组下降更加显著($P<0.05$);而模型组幽门括约肌AchE的表达比对照组显著减少 ($P<0.01$)。中药组与西药组幽门括约肌AchE的表达比模型组显著升高($P<0.05,P<0.01$);中药组高于西药组($P<0.05$)。表明功能性消化不良大鼠胃窦、十二指肠Ach均升高,幽门Ach下降,Ach在胃窦幽门十二指肠的表达异常是胃窦幽门十二指肠协调收缩障碍的神经生物学基础,中药对Ach有双向调节作用。叶仁群等研究二金汤对FD大鼠胃窦肥大细胞数和血清一氧化氮含量的影响等。与正常组相比,模型组大鼠血清NO和胃窦黏膜肥大细胞计数增多($P<0.05$),二金汤大剂量组血清NO和胃窦部肥大细胞数较模型组显著降低($P<0.05$),与正常组相仿。表明二金汤方具有降低血清NO和胃窦部肥大细胞数的作用,可能是其治疗FD的机制。

(王翼洲　杨桂芳)

参 考 文 献

[1] 罗马委员会.功能性胃肠病的罗马Ⅲ诊断标准[J].现代消化及介入诊疗, 2007,12(2):137.

[2] 王翼洲,张琳,高健.健脾调理汤治疗功能性消化不良的疗效观察[J].安徽医药,2004,8(5):337.

[3] 王立春,程军,陈孔斌,等.疏肝悦脾汤治疗功能性消化不良122例[J].中国中西医结合消化杂志,2003,11 (1): 45-46.

[4] 陈俊尊,程建.健胃消痞方治疗脾虚型功能性消化不良疗效观察[J].中国中西医结合消化杂志,2005,13(6):382-384.

[5] 武敬,潘志恒,李永伟.调胃汤治疗功能性消化不良的临床及实验研究[J].中国中西医结合消化杂志,2005,13 (6):354-356.

[6] 赵琦,何鲜平,游绍伟.消痞通降汤治疗功能性消化不良55例临床观察[J].贵州医药,2007,31(8):756.

[7] 陶琳,张声生,汪红兵.健脾理气活血方治疗功能性消化不良临床研究[J].中国中医药信息杂志,2005,12(7):11-12.

[8] 刘汶.李乾构治疗功能性消化不良的经验[J].北京中医,2004,23(3):145.

[9] 李丰衣,孙劲晖.田德禄治疗功能性消化不良的经验[J].湖北中医杂志,2006,28(1):23-25.

[10] 肖芳,肖霞.肖汉玺治疗功能性消化不良经验[J].中国中医药学报,2003,18(9):547-549.

[11] 程彬彬.谢昌仁教授辨治功能性消化不良经验[J].中国中医药,2005,5(3):21-23.

[12] 徐珊.功能性消化不良的诊治[J].浙江中西医结合杂志,2004,14(11):661-663.

[13] 梅国强.功能性消化不良的中医临床辨证规律研究[J].中国医药学报,2004,19(8):499~501.

[14] 古学文,李文晞.辨证治疗功能性消化不良120例疗效观察[J].成都中医药大学学报,2002,25(1):22-24.

[15] 于家军,李寿山.调理脾胃验方撷萃[J].辽宁中医学院学报,2002,4(3):205-206.

[16] 王卫国.辨证分型治疗功能性消化不良[J].中华今日医学杂志,2003,3(4):59.

[17] 张光奇,叶仁群.二金汤治疗功能性消化不良48例临床观察[J].贵州医药,2003,27(8):763.

[18] 康玲珍,王荀珠,赵海龙.半夏泻心汤加味治疗功能性消化不良40例[J].现代中医药,2003,4:40.

[19] 张声升,汪红兵,李乾构.功能性消化不良中医诊疗规范(草案)[J].中国中西医结合脾胃杂志,2002,10(4):封4.

[20] 张万岱,危北海,陈治水,等.功能性消化不良的中西医结合诊治方案(草案)[J].中国中西医结合消化杂志,2004,12(6):381-382.

[21] 范汉淮.辨证分型治疗功能性消化不良45例总结[J].四川中医,2006,24(3):52-53.

[22] 陈福如.功能性消化不良的辨证论治体会[J].中医药学刊,2003,21(8):1394.

[23] 赵凤莲.中医治疗功能性消化不良83例[J].中国中西医结合消化杂志, 2001,9(1):55.

[24] 张淑英.功能性消化不良的中医辨证分型及机制探讨[J].吉林中医药, 2001,21(1):11.

[25] 李淑贞.浅论从肝论治功能性消化不良[J].河北中医,2001,23(3):196.

[26] 王杰,周伟星.辨证治疗功能性消化不良51例分析[J].实用中医内科杂志, 2005,19(3):226.

[27] 刘静.辨证分型与功能性消化不良的治疗[J].实用中医内科杂志,2004,18 (4):812-813.

[28] 钱祥夕.经方治疗功能性消化不良体会[J].实用中医药杂志,2002,18(12): 34-35.

[29] 祁宏,许定仁,张洪俊,等.健功合剂治疗功能性消化不良的临床观察[J]. 中国中西医结合杂志,2003,23(3):215-216.

[30] 厉兰娜,戴蕾,朱惠芳,等.沉香化气胶囊治疗功能性消化不良的临床研究 [J].浙江中医杂志,2002,37(10):454-455.

[31] 潘金辉,宗林娜,黄坚,等.免煎中药柴平舒胃汤加减治疗功能性消化不良 的临床研究[J].中医杂志,2001,42(5):285-286.

[32] 赵海顺.调胃消胀汤治疗功能性消化不良69例[J].陕西中医,2002,23(4): 326-327.

[33] 陆敏.消痞冲剂治疗运动障碍型功能性消化不良60例[J].山东中医杂志, 2001,20(2):84-85.

[34] 朱莹,袁伟建,毛以林,等.疏肝解郁法治疗功能性消化不良42例临床研究 [J].中医杂志,2002,43(9):681-682.

[35] 邹百仓,魏兰福,魏睦新.槟榔对功能性消化不良模型大鼠胃运动的影响 [J].中国中西医结合消化杂志,2003,11(1):6-8.

[36] 魏兰福,邹百仓,魏睦新.莪术对实验性功能性消化不良大鼠胃排空的影 响[J].南京医科大学学报(自然科学版),2003,23(4):350-352.

[37] 董艳平,屈克义,李文胜,等.隔山消对功能性消化不良大鼠一氧化氮和胆 碱酯酶的影响[J].现代中西医结合杂志,2005,14(1):23-24.

[38] 朱金照,冷恩仁,陈东风,等.15味中药促胃肠动力作用的筛选研究[J].第 三军医大学学报,2000,22(5):436-438.

[39] 单要军,薛松.消痞健胃合剂对功能性消化不良胃动素胃泌素的影响[J].中医药学刊,2005,23(1):140-141.

[40] 魏睦新,魏兰福,邹百仓.胃肠动力中药作用机制研究[J].中西医结合学报,2004,2(3):163-164.

[41] 郭海军,林洁,李国成.功能性消化不良的动物模型研究[J].中国中西医结合消化杂志,2001,9(3):141-142.

[42] 刘松林,梅国强,赵映前,等.疏肝和胃汤对功能性消化不良大鼠血胃动素和胃泌素的影响[J].中国中西医结合消化杂志,2004,12(4):198-199.

[43] 时昭红,毛德华,郝建军,等.胃必欢颗粒对功能性消化不良大鼠胃窦黏膜CGRP和SP影响的实验研究[J].现代中西医结合杂志,2005,14(9):1134-1135.

[44] 李蕙,李国成.肝胃不和型功能性消化不良大鼠胃动素和P物质的表达及中药情志舒的干预作用[J].中国中西医结合消化杂志,2003,11(1):12-15.

[45] 伍早安,李国成.功能性消化不良大鼠胃窦幽门十二指肠AchE表达的变化[J].中华实用中西医杂志,2004,4(1):113-115.

[46] 叶仁群,张光奇.二金汤对功能性消化不良大鼠胃窦肥大细胞和血清一氧化氮的影响[J].中国中西医结合消化杂志,2004,12(6):334-336.

第五章　消化性溃疡

消化性溃疡是一种常见的具有反复发作倾向的慢性胃肠道疾病,简称溃疡病,因溃疡的形成和发展与胃液中胃酸及胃蛋白酶的消化作用有关,故称为消化性溃疡。本病多发生于胃或十二指肠球部,分别称之为胃溃疡和十二指肠溃疡。其实,本病可以发生在与酸性胃液相接触的其他胃肠道部位,包括食管下端、胃肠吻合术后的吻合口及其附近的肠襻以及含有异位胃黏膜的憩室。

本病为常见病、多发病,总发病率占总人口的10%~12%。可发生于任何年龄,消化性溃疡的发病呈"三多"趋势,即青壮年发病较多;男性多于女性;十二指肠溃疡发病率高于胃溃疡,两者之比约为4:1。若防治不当可引起大出血、胃穿孔或幽门梗阻等严重并发症。

消化性溃疡临床上以长期反复周期性发作并有节律性的上腹部疼痛为主要症状,可伴有泛酸、流涎、恶心、呕吐、嗳气等,属于中医的"胃脘痛""吞酸"等的范畴。

【病因病机】

《内经》对该病做了颇为详细的记载,指出胃脘痛的病因有寒邪、热邪、木郁、饮食失节等。清代叶天士认为"胃痛久而屡发,必有凝痰聚瘀",丰富了胃痛的病机学说。

一、病因

1.寒邪犯胃　外寒侵袭胃腑,寒性凝滞,气机郁滞,胃失通降,故疼痛暴作。若寒邪稽留不散,郁而化热,亦可致胃热而痛。而《丹

溪心法·心脾痛》说:"若明知身受寒气……而得病者。于初得之时,当与温散或温利之药。若曰病得之稍久则郁,久郁则蒸热,热久必生火。"

2.饮食伤胃

(1)饮食过量,胃纳过盛,脾运不及,日久则宿食停滞,胃失和降,气机郁阻,故发为胃痛。《素问·痹论》说:"饮食自倍,肠胃乃伤。"又如《杂病广要·胸痹心痛》引孙文胤所说:"饮食过多,不能克化,伤乎胃脘,病根常在,略伤饮食,即闷闷作痛。"

(2)过食生冷,或食后受凉,寒积胃脘,则成胃寒而痛。故《医方考·腹痛》有"客寒犯胃,胃脘当心而痛……盖客寒犯胃,多是饮食寒冷,或因食后呼吸冷气所致,脉来沉者为里,迟者为寒"之说。

(3)过食肥甘厚味或辛辣,或饮烈酒,以致湿热中阻,或素食不化,郁而化热,使胃失和降,气机阻滞,故可见胃热而痛。如《医学正传·胃脘痛》所说:"致病之由,多因纵恣口腹,喜好辛酸,恣饮热酒煎熬……日积月深……故胃脘疼痛。"

(4)饥饱失常,饮食无规律,以致胃失和降,脾失健运,日久损及脾胃,脾胃气机不和,遂成胃痛。

3.情志不畅

(1)恼怒伤肝,肝失疏泄,气失条达;肝气郁结,横逆犯胃,气机阻滞,故致胃痛。肝郁日久化火,郁火乘胃,肝胃郁热,可致胃脘灼热而痛。气滞日久,血行不畅,血脉凝涩,瘀血内结,遂成胃脘刺痛,其病势缠绵难愈。《增评柳选四家医案·评选继志堂医案上卷·脘腹痛门》说:"肝胃气痛,痛久则气血瘀凝。"

(2)忧思伤脾,脾弱肝旺,木贼土虚,胃腑受克,故脘痛而胀。另外,思则气结,胃气不得宣通,故郁而作痛。

4.体虚久病

(1)素体脾胃虚弱,或久病脾胃受损,或劳倦过度,均可致中焦虚寒,寒从内生,脉络失于温养,故胃脘隐隐作痛。若脾胃虚寒,复

因感受外寒,内外合邪,则成寒积胃痛。

(2)热病伤阴,或胃热郁火日久耗伤胃阴,胃阴不足,胃络失其濡养,亦可致胃痛。

二、病机

1.胃气郁滞,不通则痛 "不通则痛",这是中医对所有痛证机制的高度概括,也是胃痛的病理机制。胃禀冲和之气,其气宜宣通,不宜郁滞。凡诸种原因导致胃气失于和降,或气滞血瘀,或素食停滞,胃气郁滞等皆可导致胃痛。阳气不足,中焦虚寒,胃络失于温养;或胃阴不足,胃失濡养,皆可引起脉络拘急,气血运行失畅,亦能形成胃痛。

2.病变在胃,与肝脾关系密切 胃病的基本病变部位在胃,但与肝脾的关系极为密切。

(1)胃与肝:肝属木,为刚性,性喜条达而主疏泄;胃属土,为多气多血之腑,喜濡润而主受纳。肝胃之间,木土相乘,故肝气郁结,易于横逆犯胃,以致气机痞阻,发为胃痛。《医学正传·胃脘痛》说:"木气被郁,发则太过,故民病有土败木贼之候。"

(2)胃与脾:脾与胃互为表里,经脉互相络属,同居中焦,皆系后天之本。脾主湿土,以升为顺;胃为燥土,以和为降。脾湿胃燥,脾升胃降,燥湿相继,升降得条,则水谷得以受纳腐熟,精微转输运化。故两者在生理上相辅相成,而在病理上往往互相影响。如《脾胃论·卷上·脾胃胜衰论》说:"饮食不节则胃病……胃即病,则脾无所禀受……故亦从而病焉。形体劳役则脾病……脾既病,则其胃不能独行津液,故亦从而病焉。"说明脾病可及胃,胃病也可及脾。临床所见脾病及胃所致胃痛者,多以虚证为主。

· 89 ·

3.病理属性以虚实为常,而演变多异 胃痛虽有寒热虚实及在气、在血之分,但六者皆可从虚实两个方面概括:其中寒积胃脘、肝郁气滞、饮食停积、肝胃郁热、湿热中阻及瘀血内阻等属实证范畴。

中焦虚寒,胃阴不足为虚证胃痛。

实证与虚证:胃痛初起多属实证,若久痛不愈,或反复发作,脾胃受损,可由实转虚;若因寒而痛者,寒邪伤阳,脾阳不足,可呈脾胃虚寒证;如因热而痛,热邪伤阴,胃阴不足,则致阴虚胃痛。虚证胃痛,又易受邪,如脾胃虚寒者,易受寒邪,或健运无权,又可饮食停滞,故临床表现为虚实兼夹之证。

寒证与热证:外寒或者饮食生冷,致寒积胃脘,其疼痛日久,寒邪可郁而化热,可致胃热证;若因热而痛,复因生冷过度,以致寒热不调,两者夹杂,互结胃脘,亦可形成寒热错杂之证。

气滞与血瘀:气为血帅,气行则血行,气滞则血行不畅,故因气滞而病者,日久必见瘀血内结;反之,瘀血内结,则必然阻遏气机,故气郁更甚。因此,气滞与血瘀可互为因果。

胃痛一般预后尚好。倘若胃热过盛,热迫血行,或瘀血阻滞,血不行经,而出现呕血之症;或脾胃虚寒,脾虚不能统血,而见便血之症,皆为病情发展的严重阶段。若吐血量多或反复不止者,则属危证,若不能及时止血以断其流,常可危及生命。

【诊断标准】

一、诊断标准

(1)慢性病程,周期性发作,常与季节变化、精神因素、饮食不当有关;或有长期服用能致溃疡的药物如阿司匹林等病史。

(2)上腹隐痛、灼痛或钝痛,服碱性药物后缓解。典型者胃溃疡常于剑突下偏左,好发于餐后30 min到1~2 h;十二指肠溃疡常于中上腹偏右,好发于餐后3~4 h或半夜痛醒。疼痛常伴反酸、嗳气等。

(3)基础泌酸量及最大泌酸量测定有助诊断。胃溃疡的基础泌酸量正常或稍低,但不应为游离酸缺乏;十二指肠溃疡的最大泌酸量增高,但应小于60 ml/h。

(4)溃疡活动期大便隐血试验阳性。

(5)X线钡餐检查可见龛影及黏膜皱襞集中等直接征象。单纯局部压痛、激惹或变形等间接征象仅作参考。

(6)胃镜检查,可于胃和/或十二指肠球部、球后部见圆形或椭圆形、底部平整、边缘整齐的溃疡。根据溃疡面所见,可分为:

1)活动期(A期) 为发病的初期阶段,溃疡边缘炎症、水肿明显,组织修复尚未发生。

A_1期:底披厚白苔,可污秽,苔在某些部位可以超出溃疡周边,苔上可有出血点或凝血块附着,周围黏膜隆起成堤状,充血、水肿、糜烂,呈明显炎症表现。

A_2期:此期溃疡周边的炎症水肿明显减轻,白苔清洁,边界鲜明,边缘部分开始出现红色的再生上皮,开始出现皱襞集中的表现。

2)愈合期(H期) 溃疡缩小,炎症消退,再生上皮及皱襞集中明显。

H_1期:溃疡缩小,变浅,白苔边缘光滑,周边水肿消失,边缘再生上皮明显,呈红色栅状,皱襞集中,到达溃疡边缘。

H_2期:溃疡明显缩小,白苔变薄,再生上皮范围加宽。

3)瘢痕期(S期) 溃疡已完全修复,为再生上皮覆盖。

S_1期:黏膜缺损已完全为再生上皮覆盖,再生上皮发红呈栅状,向心性呈放射状排列,称为红色瘢痕期。

S_2期:再生上皮增厚,红色缩小,与周围黏膜大致相同,皱襞集中不明显,但可见黏膜集中相,称为白色瘢痕期。

(7)病原学诊断依据:

1)^{13}C-尿素呼气试验结果阳性,或ELISA法检测血中抗幽门螺旋杆菌(HP)抗体阳性。

2)胃黏膜活检标本快速尿素酶实验阳性。

3)胃黏膜活检标本微氧环境下培养可见HP生长。

4)胃黏膜活检标本组织切片经Giemsa染色或Warthin-Starry等

特殊染色后可发现HP。

具备以上临床诊断依据中(1)(2)(5)或(2)(6)项者可诊断为胃或十二指肠球部溃疡。对诊断为胃溃疡者需与恶性溃疡鉴别,凡能进行胃镜检查者应做黏膜活检予以确诊。同时具备病原学诊断指标者,可诊断为HP相关性消化性溃疡。

二、鉴别诊断

1.慢性胃炎　本病患者常有上腹部不规则的疼痛和其他消化不良的临床表现,易与消化性溃疡相混淆,两者的鉴别主要依靠胃镜检查。

2.功能性消化不良　本病的特点是有上腹痛、饱胀、嗳气、食欲减退、泛酸、烧心等消化不良症状,但无明显消化系统器质性病变。有些患者的临床表现酷似溃疡病,但胃镜检查并无溃疡病灶。鉴别诊断主要依靠胃镜检查。

3.慢性胆囊炎和胆石症　本病患者常有右上腹疼痛和饱胀、嗳气等消化不良症状,有些病人既往有上腹绞痛史。其疼痛与进食油腻有关,位于右上腹,可放射至背部,伴发热、黄疸的典型病例不难与消化性溃疡作出鉴别。对不典型者,通过详细询问病史、腹部B超检查、口服胆囊造影、逆行胆管造影和胃镜检查,一般不难明确诊断。

4.Zollinger-Ellison综合征　胰腺或胰外G细胞瘤(ZES Ⅱ型)或胃窦G细胞增生或残留胃窦综合征(ZES Ⅰ型),可以分泌大量促胃液素导致大量胃酸分泌,引起严重的消化性溃疡。溃疡常为多发,易并发出血、穿孔,有难治性特点。G细胞往往<1 mm,生长慢,半数为恶性,及早手术可取得良好疗效。对难治、多发、不典型部位、胃大部切除后迅速复发或伴有腹泻的消化性溃疡,应警惕胃泌素瘤的可能性。胃液分析、血清促胃液素测定、促胰液素或钙输注激发试验等阳性有助于胃泌素瘤的定性诊断,蛋白餐试验阳性有助于

胃窦G细胞增生的诊断。

5.急性胃黏膜损伤 急性胃黏膜损伤有比较明确的病因,如应激状态(烧伤、激烈情绪波动等)、服用非甾体抗炎药、酗酒等,可发生胃出血。内镜检查常见胃黏膜有比较广泛的糜烂、出血及浅溃疡等;有时其溃疡周边水肿明显、隆起,底有出血,似深溃疡,水肿消失后,则可见溃疡并不深。因黏膜损伤不深,愈合后不留瘢痕。而消化性溃疡常有反复发作病史,内镜下有较典型的表现,不难鉴别。

6.胃癌 胃溃疡和胃癌必须明确加以鉴别,一般来讲胃癌的病程短,病情进展快,溃疡灶较大,但很难从临床症状来区别良性和恶性溃疡,必须依赖胃肠钡餐造影和胃镜检查,尤其在胃镜下采取黏膜活检做病理组织学检查非常重要。对于临床怀疑胃恶性溃疡而一次活检没有找到癌细胞的病例,必须重复取胃黏膜活组织送病理检查。对尚未证实为胃癌而又不能排除的患者,亦应严密随访。

7.其他 食管炎、慢性胰腺炎或肠易激综合征,以及心绞痛、心肌梗死、心包炎、胸膜炎等有时都可能与消化性溃疡相混淆或相伴随,应仔细识别。

三、中医证型

1.肝郁气滞

主症:①胃脘胀痛,两胁胀闷;②每遇情感不遂则加重;③嗳气或矢气则舒。

次症:①泛吐酸水;②舌苔薄白;③喜怒,喜太息;④胸闷食少;⑤脉弦。

证候确定:主症2项加次症2项。

2.肝胃郁热

主症:①胃脘痛热急迫,有灼热感;②食入疼痛无明显缓解,或食入易痛;③口干而苦。

次症：①喜冷饮；②吞酸，嘈杂；③烦躁易怒；④便秘；⑤舌红苔黄；⑥脉弦或数。

证候确定：主症2项加次症2项。

3.胃阴亏虚

主症：①胃脘隐隐灼痛，空腹时加重；②似饥不欲食，口干不欲饮；③舌红少津，有裂纹，少苔或花剥苔。

次症：①口干舌燥，纳呆干呕；②大便干结；③手足心热。

证候确定：主症2项加次症2项。

4.脾胃虚寒

主症：①胃痛隐隐，喜暖喜按；②每遇冷或劳累易发作或加重；③空腹痛重，得食痛减，食后腹胀。

次症：①倦怠乏力，神疲懒言；②畏寒肢冷；③大便溏薄；④舌质淡嫩，边有齿痕，苔薄白；⑤脉沉细或迟。

证候确定：主症2项加次症2项。

5.胃络瘀血

主症：①胃痛如刺如割，痛处不移；②舌质紫黯或有瘀点、瘀斑，脉涩。

次症：①疼痛剧烈，可痛彻胸背；②或伴有肢冷，汗出；③呕血或黑便史。

证候确定：主症2项加次症2项。

四、辨证要点

1.辨分期　消化性溃疡活动期临床往往有如下特点：胃脘痞满，疼痛较重，嘈杂泛酸，胃脘有灼热感，恶心欲呕，食少纳呆，舌质偏红，苔多黄腻或偏黄，脉多弦数。胃镜下溃疡是活动期表现并伴有炎症，其病理特点以瘀热为主；愈合期临床往往有如下特点：胃脘冷痛，喜暖喜按，得食痛减，纳差，泛吐清水，四肢乏力，舌质淡胖，苔薄白润，脉沉或缓。胃镜下溃疡呈愈合期表现，其炎症轻微，其病

理特点为脾胃虚寒。

2.辨疼痛 痛处喜按,隐隐作痛,病程长的多为虚证;痛处拒按,病程短的多为实证。痛处喜热熨、喜热饮食的多为寒证;腹部喜凉爽、喜冷饮食的多为热证。病程短的病邪较浅,多影响气分;病程长的病邪较深,已影响血分。胀多痛少的多为气滞、新病、气分病;痛多胀少的多为气滞血瘀;只痛不胀、痛处固定的多为瘀血证。

3.辨虚实 消化性溃疡的临床证候往往随着病情不同阶段而有虚实之别。在发病初期和活动期以气滞证、郁热证为多见,属实证;在愈合期和病程后期以阴虚证、虚寒证为多见,属虚证;而瘀血可见于发病的任何阶段,以中后期为主,属本虚标实证。

【临床治疗】

一、常见分型治疗

本病的治疗应在辨证与辨病相结合的基础上,审证求因,辨证施治。根据寒、热、虚、实、在气、在血的不同,分别施以温、清、补、泻、行气、活血等法。

1.肝郁气滞

治法:疏肝理气,和胃止痛。

方剂:柴胡疏肝散(《景岳全书》)加味。

组成:柴胡、白芍、香附、广木香、陈皮、延胡索、川楝子、甘松、枳壳、甘草。

加减:嗳气较重者,可加沉香、旋覆花以顺气降逆;化热者,加黄连、栀子以清肝泻火;兼瘀者,加川芎、赤芍、丹参等以活血化瘀;吐酸者,加乌贼骨、浙贝母、煅瓦楞以制酸和胃。

2.肝胃郁热

治法:疏肝泻热,和胃止痛。

方剂:化肝煎(《景岳全书》)。

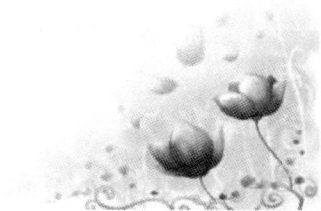

组成:白芍、青皮、陈皮、丹皮、栀子、泽泻、贝母。

加减:口干苦、胁痛甚者,加龙胆草、柴胡、川楝子以泻肝解郁;吞酸者,可加煅瓦楞、浙贝母、乌贼骨以制酸止痛。

3.胃阴亏虚

治法:养阴益胃。

方剂:一贯煎加味(《续名医类案》)。

组成:沙参、麦冬、当归、生地、枸杞、川楝子。

加减:纳差者,可加少量陈皮及神曲、麦芽之类以助胃气通降;吞酸者,可加煅瓦楞、贝母以制酸止痛;疼痛较甚者,可加白芍、甘草、延胡索以柔肝缓急止痛;兼有瘀滞者,可加丹参、桃仁活血化瘀。

4.脾胃虚寒

治法:温中健脾,和胃止痛。

方剂:黄芪建中汤(《金匮要略》)合良附丸(《良方集腋》)。

组成:黄芪、饴糖、桂枝、芍药、甘草、生姜、大枣、高良姜、香附。

加减:泛吐清水明显者,加半夏、陈皮、干姜以温胃化饮;泛吐酸水明显者,加吴茱萸、乌贼骨、益智仁以温中制酸;大便色黑隐血阳性者,加炮姜炭、白及、伏龙肝、仙鹤草等以温中止血。

5.胃络瘀血

治法:活血化瘀,通络止痛。

方剂:失笑散(《太平惠民和剂局方》)合丹参饮加味(《时方歌括》)。

组成:丹参、檀香、砂仁、生蒲黄、五灵脂、当归、赤芍、白芍、香附、延胡索、乌贼骨、三七、甘草。

加减:疼痛较甚者,加乳香、没药、九香虫、大黄以增强化瘀止痛作用;兼气滞者,加柴胡、枳壳以疏肝理气止痛;瘀血日久,耗伤正气者,加黄芪、白术以益气健脾;兼呕血、黑便者,加生大黄、白及粉、藕节等以化瘀止血。

二、固定方药治疗

1.安胃疡

组成:甘草提取有效成分,为粉末剂。

功效:和中缓急。

主治:消化性溃疡。

用法:每次0.4 g,每日4次。

2.元胡止痛颗粒剂

组成:延胡索、白芷。

功效:理气止痛。

主治:消化性溃疡。

用法:每次1 g,每日3次,孕妇慎用,阴虚火旺者慎用。

3.六味木香胶囊

组成:木香、栀子、荜拨、石榴、闹羊花等。

功效:行气清热,抑酸止痛。

主治:消化性溃疡。

用法:每次6粒,每日2次。

4.荆花胃康胶丸

组成:土荆芥、水团花。

功效:理气散寒,清热化瘀。

主治:用于寒热错杂证、气滞血瘀所致的胃脘胀闷、疼痛、嗳气、反酸、嘈杂、口苦;十二指肠溃疡见上述证候者。

用法:每次2粒,每日3次。

5.乌贝颗粒

组成:海螵蛸(去壳)、浙贝母、陈皮油。

功效:制酸止痛,收敛止血。

主治:用于胃痛泛酸、胃及十二指肠溃疡。

用法:饭前口服,一次1袋,每日3次。十二指肠溃疡者可加倍

服用。

6.六味安消胶囊

组成:土木香、大黄、山柰、寒水石(煅)、诃子、碱花(蒙古族、藏族验方)。

功效:和胃健脾,导滞消积,行血止痛。

主治:用于胃痛胀满,消化不良,便秘,痛经。

用法:口服,一次3~6粒,每日2~3次。

三、名医验方

1.脘腹蠲痛汤(何任方)

组成:延胡索9 g,生甘草9 g,白芍9 g,海螵蛸9 g,川楝子9 g,制香附9 g,白及15 g,蒲公英15 g,沉香曲12 g。

功效:疏肝和胃,行气止痛。

主治:消化性溃疡,证属肝郁气滞者。

按语:该方用白芍平肝缓急止痛,甘草甘缓调和,芍甘相合名曰芍药甘草汤,能于土中泻木,缓急和中而止痛。川楝子、延胡索名曰金铃子散,有行气、活血、止痛之效。制香附、沉香曲、乌药行气和胃,乌贼骨制酸止痛,白及生肌而有利于溃疡愈合,蒲公英为清热解毒药,抗菌谱较广,常用于消化道炎症和溃疡,消化性溃疡病多伴有胃黏膜炎症,清热解毒药有抑菌消炎、保护胃黏膜的作用。全方有疏肝和胃、行气止痛、促进溃疡愈合的作用。

2.肝胃百合汤(夏度衡方)

组成:百合15 g,甘草6 g,柴胡10 g,郁金10 g,乌药10 g,川楝子10 g,黄芩10 g,丹参10 g。

功效:调肝和胃活血。

主治:上消化道溃疡,慢性胃炎,证属肝胃不和者。

按语:方中以百合、甘草调中利气,而扶土抑木,柴胡疏肝解郁,调畅气机;郁金属血药与川楝子为伍,疏肝降胃,顺气止痛;黄

芩性味虽属苦寒,但与辛温之乌药相配,能避寒凉之性而取苦降之用,以降胃气;丹参、郁金活血通络,以治血而调气。综观全方,从调畅肝胃气机入手,以复其脾胃之升降,从而达到治肝安胃之功。

3.理脾愈疡汤(李振华方)

组成:党参15 g,白术10 g,云苓15 g,桂枝6 g,白芍12 g,砂仁8 g,厚朴10 g,甘松10 g,刘寄奴15 g,乌贼骨10 g,生姜10 g,延胡索10 g,炙甘草6 g,大枣3枚。

功效:健脾温中,活血止痛。

主治:胃、十二指肠球部溃疡,糜烂性胃炎等病。证属脾胃虚寒、气滞血瘀者。

按语:本方以《伤寒论》小建中汤合《太平惠民和剂局方》四君子汤为基础,通过临床实践化裁而成。用于治疗因饮食生冷不节,损伤中阳,或久病脾胃阳虚,复加饮食寒冷所伤,中阳不振,虚寒凝滞,气血不畅而成溃疡者。方中党参、白术、云苓、炙甘草益气健脾;桂枝、白芍、生姜、大枣配炙甘草调和营卫,温中补虚,缓急止痛;砂仁、厚朴、甘松、刘寄奴、延胡索疏肝和胃,理气止痛活血;乌贼骨生肌收敛,制酸止痛。共奏健脾温中、活血止痛、生肌愈疡之效。

4.加味芍药甘草汤(祝伯权方)

· 99 ·

组成:杭白芍15 g,甘草31 g,香附子15 g。

功效:疏肝理气,和胃止痛。

主治:肝胃气滞型上消化道溃疡。

按语:方中杭白芍味苦酸微寒,性平无毒,可泻肝火,安脾和血,缓中止痛;甘草味甘,性平无毒,生肌止痛,疗诸痈疮疡,通行十二经。故芍药甘草汤可酸以收之,甘以缓之,柔肝理脾,缓急止痛。加以香附,味辛微苦,性平,入肝、三焦二经,有理气解郁,调经止痛之功用,乃血中之气药,与芍药甘草汤合用,以达心痛合营,治胃脘久痛不愈之目的。

5.健中调胃汤（李寿山方）

组成：党参15 g，白术10 g，姜半夏6 g，陈皮6 g，降香10 g，公丁香6 g，海螵蛸15 g，炙甘草6 g。

功效：益气健中，调胃止痛，愈疡制酸。

主治：消化性溃疡，慢性胃炎。证属脾气虚偏寒夹饮者。

按语：本方系由《外科发挥》六君子汤加减组成，方中党参、白术益气健中，调补脾胃；姜半夏、陈皮理气化痰，降逆和胃；降香化瘀止血；公丁香温中降逆；海螵蛸制酸愈疡；炙甘草和中缓急，共奏健中调胃、愈疡止痛之功。对脾胃虚弱，气滞停饮，偏虚偏寒之胃痛、嘈杂、泛酸诸症有良好效果。

【临床保健】

一、心理保健

消化性溃疡属于典型的心身疾病范畴，心理-社会因素对发病起着重要作用，如长期精神紧张、焦虑或情绪波动的人，可使胃酸分泌增加和胃运动功能增强，肠血管收缩使黏膜血流下降，削弱黏膜自身防御功能，尤其在精神处于应激状态时，更不利于消化性溃疡的愈合。因此，心理保健非常重要。要保持乐观情绪，树立战胜疾病的信心，加强普及有关消化性溃疡的基本知识，使患者对溃疡病及其治疗措施有充分的认识，以提高对治疗的顺应性。根据不同的精神类型采取不同的心理保健方式，如外向型患者要支持治疗并作监督；内向型患者要放下疾病的包袱，积极配合治疗。患者要保持心情愉快，避免过度精神紧张和情绪不宁等不良情绪，不要给自己太大压力，学会减压，生活规律、不熬夜。对少数焦虑、紧张、失眠的患者适当使用某些抗抑郁和抗焦虑药物，或用一些镇静药也是必要的。

二、运动保健

患者可以根据自己的爱好选择合适的锻炼方式，尽量使精神得到放松，使身体得到舒展，养成规律的生活习惯。锻炼身体强度不需太大，但贵在坚持，合理安排工作、生活、休闲。体力劳动者应注意休息，自我调节生活强度，做到生活规律；脑力劳动者应指导精神放松，适当进行体育锻炼；对一些特殊工种如司机要保证三餐规律，适当休息等，以加快溃疡愈合及减少复发。

三、饮食保健

1.一般情况　注意饮食调理治疗，古来就有"药食同源"的说法，这个观点对消化性溃疡十分适用。在预防复发方面主要靠饮食妥善调理，饮食要定时，避免暴饮暴食或饥饱无常，或进粗糙、生冷、过热和刺激性食品，戒烟酒，慎用阿司匹林、保泰松、利血平、糖皮质激素等药物。

饮食原则：少刺激，质柔软，不过饥，不过饱，细咀嚼，易消化，和胃酸，常忌口。

(1)尽可能选用营养丰富的食物，特别是含有较高蛋白质、维生素C、维生素B_1和维生素A的食物，以利于修复受损伤的组织和促进溃疡面愈合。

(2)避免进食化学性和物理性刺激过强的食物，如促胃酸分泌的浓缩肉汁、肉汤、香料、浓茶、浓咖啡、酒类以及其他过甜、过咸、过酸、过辣、过硬或含纤维素过多的食物，如糙粮、整粒大豆、芹菜、泡菜、老菜帮等。

(3)为补充营养，中和胃酸，可以常吃牛奶、豆浆及奶酪、奶油等，但不耐受者不宜多吃。

(4)在烹调方法上应以蒸、烧、煮、烩、炖为主，煎、炸、烟熏、腌腊、生拌等法烹制的菜不易消化，故不宜多吃。

· 101 ·

（5）在饮食制度上，应采取定时、定量、少食多餐的方法，这样既可减轻胃的负担，又可使胃中常有适量食物以中和胃酸，减少对病灶的不良刺激。此外，生、冷、硬和易产气的食物应少吃或不吃。食物过热会使血管扩张，容易导致胃出血，应避免。吃饭时要细嚼慢咽，不看书报，要保持精神愉快。

（6）经常吃纤维较少或无渣食物易引起便秘，为避免便秘，宜常吃些香蕉、蜂蜜等润肠的食物。

2.若溃疡出现并发症时要特别注意

（1）少量出血时，适当用一些牛奶、米汤类流质饮食，但不宜多加糖，并应少量多餐。待病情稳定后，逐渐改食面糊、稀粥、蛋羹等食物。

（2）大量出血（一次出血在60 ml以上）者应禁食，通过静脉输液补充营养。一般在止血后24 h才可给予少量温凉流质饮食，待病情稳定后可逐渐加量，逐渐改半流质、软食，直到正常饮食。

（3）并发不完全性幽门梗阻，可予少量清淡流质饮食，禁止刺激性饮食，如发展为完全梗阻，则需完全禁食，通过静脉输液补充营养，至梗阻解除，才能逐渐由少量流质到软食等。

（4）急性穿孔者应禁食，及时手术治疗。

（5）少数溃疡患者吃面食反而有症状加重感，是因为此类患者对碱性刺激敏感，宜以粥或软米饭为主。

四、调摄护理

本病初起，多与情感不遂、饮食不节、劳役过度等有关。因此，要重视精神与饮食的调摄。病人要愉快、开朗，饮食切忌暴饮暴食，或饥饱不匀，一般可少食多餐，以清淡易消化的食物为宜。舌苔黄腻或灰腻，久而不化者，应限制肥甘厚味，烈性酒尤当禁忌；舌质光红无苔或舌红苔少者，要忌食辛辣刺激性食物；疼痛持续不已者，应在一定时间内进流质或半流质饮食。

在护理方面,如疼痛较剧烈且持续不已者,应卧床休息,缓解后始可下床活动。出现大量黑便或吐血、便血者,应及时住院治疗,以防不慎。内服汤药,对虚寒性溃疡,宜温服,并宜在疼痛发作前服药;对虚热性胃痛,则宜稍凉服。如患者呕吐,可在服药前用鲜生姜擦舌面,汤药改作多次分服。有的丸药质地较硬,则需用温开水化开服用。

【现代研究】

一、理论研究

中医认为消化性溃疡的发生,脾胃虚弱是根本,胃络瘀阻是关键,寒热虚实是标象。本病的主要病因常包括情志因素和饮食因素两方面,情志不遂致肝气郁结或情志过激致肝气疏泄太过,均会影响脾胃升降功能,使气机不利而发生本病。若饮食不节、饥饱不时、过食肥甘辛酸之品,致食滞、气滞或生寒湿、或酿湿热,使中焦壅滞,肝失疏泄,亦可渐生溃疡,这两方面不但是本病发生的原因,而且是本病反复发作的诱因。目前多数人认为溃疡病的病因病机,主要是由于频繁的七情刺激,特别是忧思恼怒,引起肝胃不和,土虚木郁、气滞血瘀,以及长期饮食不节,劳倦内伤导致脾胃虚弱,气血失调而成。在病机转化方面,认为肝气犯胃,迁延不愈,既可化火伤阴,迫血妄行;又可久痛入络,血分瘀滞,或胃络受损,而致吐血黑便。肝气乘脾,可致湿浊内生;或经久不愈,损伤脾胃之阳。饮食不节,损伤脾胃,可致湿热内生;日久中气不足,脾不统血,而致出血。脾胃病,无论证候虚实,均以脾胃气虚,邪滞胃腑,胃失和降为其根本病机。本虚标实,虚实夹杂,经久不愈为其病理特点。有学者认为消化性溃疡是一个虚实夹杂的病证,以虚为本,以实为标,脾虚是其根本病机,而在外邪、饮食、情志等因素下形成一个虚实夹杂证。脾虚运化无力则湿热内燥,或寒湿困脾,或脾虚犯胃,或脾不为胃

行其津,有肝火犯胃型或胃阴不足型、寒湿困脾型等。脾虚因推动无力可引起上消化道出血,这是消化性溃疡的常见并发症;脾虚升清无力,则中焦转运失司,易引起气滞血瘀,最后变成一个寒热虚实夹杂症。在治疗上以健脾益气为主,托里升清为辅,以达"陷清升之"的目的,从而最终调理全身。有学者通过多年的临床观察,总结出溃疡复发的病理机制有如下几个方面:胃气壅滞、肝胃积热、邪毒未尽、瘀血阻络、脾胃虚寒,这5种病理机制在临床上可以单独存在,也可能相兼出现。

二、辨证论治研究

目前国内分型尚未完全统一,大致有以下几种观点:有学者分为气郁阻滞型、脾胃虚弱型、脾胃虚寒型、气滞血瘀型。汶明琦等根据消化性溃疡的胃气壅滞、肝胃积热、邪毒未尽、瘀血阻络、脾胃虚寒5种病因机制,把溃疡分为5型,采取相应的通降胃气法、清肝泻胃法、清解邪毒法、化瘀通络法、温中健脾法5种治法,在截断、扭转其病理态势,防止疾病复发方面,取得良好疗效。国内多数学者将其分为脾胃虚寒、胃阴不足、气滞血瘀、肝胃不和4型。一般认为本病虚寒者居多,虚证多于实证,阳虚多于阴虚。

关于辨证分型的病理学研究:很多学者认为胃溃疡和十二指肠壶腹部溃疡在中医辨证上存在显著差异,胃溃疡的活动期以实证、热证居多;十二指肠壶腹部溃疡活动期以本虚标实居多,本虚为脾气虚或脾阳虚,标实为气血瘀滞或湿浊内阻。有学者通过对大量的消化性溃疡患者胃镜检查观察和中医证型的对照研究,认为消化性溃疡患者中脾胃湿热证型逐渐增多,并从湿热入手进行治疗获得了较好疗效。认为对消化性溃疡患者临床应分为肝胃不和、脾胃湿热、脾胃虚寒、胃阴不足、气滞血瘀5型进行论治。现代医学表明:消化性溃疡普遍存在微循环障碍,研究大鼠醋酸溃疡模型发现血管及微循环的改变是溃疡形成的关键因素。以活血化瘀为治

则能增加黏膜组织的循环灌溉,促进其能量代谢,保证黏膜上皮及溃疡底部和边缘腺体迅速再生及保持黏膜微环境的酸碱平衡,从而提高胃黏膜屏障功能, 增强黏膜修复能力, 提高溃疡愈合质量(QOUH)。另外,尚可作用于全身,疏通气机,调节情志,以达到气逆者顺之,瘀滞者通之,治病求本的目的。脾虚不仅是溃疡发病与转归的关键,也是溃疡愈合与复发的关键,这点已成为大多数学者的共识。脾虚则气血生化乏源,机体抗病能力下降而易患病,局部则为胃部膜络抵御邪气的能力下降, 故健脾益气实际上就是提高机体免疫功能,保护胃黏膜屏障,以抵御各种损伤因素的侵袭。益气健脾类中药可提高PU患者的细胞和体液免疫功能,抑制H$^+$反渗而加强PU的修复和防止复发。现代研究认为黄芪建中汤等健脾益气方剂可增强消化性溃疡患者的免疫功能,增强免疫细胞的吞噬能力,改善胃黏膜血循环,促进胃黏液分泌,明显降低胃及十二指肠溃疡复发率。

三、专方治疗研究

1. **分型治疗** 目前国内对常用分型使用的方法是:脾胃虚寒型,以温中健脾法,用黄芪建中汤加减;肝胃不和型,以疏肝和胃法,用柴胡疏肝散加减;脾胃湿热型,以清化湿热法,用小陷胸汤或半夏泻心汤加减;气滞血瘀型,以理气化瘀法,用失笑散加减;寒热夹杂型,以寒、热药并用法,用左金丸加味;胃阴不足型,以滋养胃阴法,用一贯煎加减等。有学者把消化性溃疡分为胃气壅滞、肝胃积热、邪毒未尽、瘀血阻络、脾胃虚寒5型,分别采取相应的治法,以二陈汤合枳实导滞丸化裁通降胃气;以化肝煎合左金丸化裁清肝泻胃;以黄连解毒汤、灭HP煎剂清解邪毒;以桃红四物汤、丹参饮、失笑散化裁化瘀通络;选附子理中汤、黄芪建中汤化裁温中健脾。辨证论治,以促进消化性溃疡的愈合,防止复发。

2.**自拟方药** 现代研究认为黄芪建中汤等健脾益气方剂可增强

消化性溃疡病人的免疫功能,增强免疫细胞的吞噬能力,明显降低胃及十二指肠溃疡复发率。古有"四季脾旺不受邪"之说,健脾益胃法实为治疗消化性溃疡复发的治本之法。吕登仕等自拟温中止痛汤(桂枝、细辛、干姜、吴茱萸、陈皮、没药、五灵脂、砂仁、黄芪、大枣、炒白芍、延胡索、炙甘草)治疗128例十二指肠球部溃疡患者,统计总有效率99.32%,溃疡愈合率87.12%,2年复发率30.28%。王洪京等用抗溃疡复发合剂(含黄芪、白术、党参、蒲公英、黄连、丹参、延胡索、郁金、甘草等)治疗消化性溃疡70例。通过临床观察可知1年溃疡总复发率明显低于雷尼替丁组,抗溃疡复发合剂维持治疗防止消化性溃疡复发具有良好的疗效。钟炳武等观察了30例加味柴芍六君汤(黄芪、白术、茯苓、柴胡、白芍、郁金、川楝子、三七粉、黄芩、蒲公英、陈皮、枳壳、甘草)对消化性溃疡的治疗作用,结果表明:治疗组复发率6.6%,对照组复发率36.6%。证明该方具有抗复发效果、无明显副作用等优点,较常用于维持治疗的H_2受体阻滞剂雷尼替丁疗效优越。中医药从整体调节出发,利用复方多环节、多途径的作用机制及副作用小的优势,在抗PU复发治疗中取得一定成绩。

四、辨病用药

1.清热解毒类药 中医学认为:"邪之所凑,其气必虚。"幽门螺杆菌(HP)属外邪之一,侵犯人体导致脾胃虚弱,正气不能抗邪,溃疡容易复发,故根除HP为祛邪之法。随着对HP研究的深入,人们对清热解毒药治疗溃疡病的作用愈加重视。现大量实验提示,大黄、黄连、黄芩、丹参、土茯苓、虎杖、金银花、半枝莲、白花蛇舌草、蒲公英等药物对HP具有高度敏感和抑菌作用,在临证中可以酌情运用。在中药复方研究方面,石美雅等观察芪连汤(黄芪30 g,三七5 g,甘草5 g,黄连5 g,蒲公英15 g,白芍15 g,乌贼骨15 g,白及10 g)对十二指肠溃疡的治疗作用,其有效率、治愈率与西米替丁对照组无明

显差异,但6个月、12个月后溃疡复发率低于对照组,对幽门螺旋杆菌(HP)根除率高于对照组。治疗组治疗后氧含量明显下降,SOD活性升高,认为此方有胃黏膜保护作用。游小苇等通过半夏泻心汤(半夏15 g,黄芩10 g,黄连6 g,干姜10 g,党参10 g,大枣4枚,甘草10 g)合法莫替丁预防消化性溃疡复发的临床观察,2年内治疗组总复发率为7.9%,远低于总复发率为25.0%的法莫替丁对照组。孟繁春等以内服中成药双金胃肠胶囊(海螵蛸、白及、川楝子、延胡索、黄连、吴茱萸、香附、甘松、郁金等)治疗165例消化性溃疡患者,结果临床总有效率及HP清除率分别为98.1%、64.5%,均高于胃康灵胶囊对照组。但不可忽视的是,HP的侵犯和生长是机体免疫能力下降的结果,欲促进HP的阴转,必须清热解毒和调整免疫并举,调整胃肠的免疫能力,则多从补气健脾入手。

2.制酸药 溃疡病的形成主要原因之一是胃酸分泌过多,西医曾提出"无酸无溃疡"的观点,即使胃溃疡胃酸不一定增加,但H^+离子的反渗亦是形成溃疡的重要因素。因此,制酸药物的运用是治疗本病的重要方法。目前临床上常用的海螵蛸、瓦楞子、螺蛳壳,以及乌贝散、左金丸有较好的制酸作用。江民将中药制酸剂,按中医药理论分寒、热两类使用,有一定的参考价值,虚寒证用乌贼骨、牡蛎、螺蛳壳等,实热证用左金丸、浙贝母、黄鹤丹(黄连、香附)等。童玉梅等以宁胃汤(黄芪25 g,吴茱萸20 g,白术、海螵蛸、延胡索各15 g,白及、三七、炙甘草各10 g)用于抗溃疡复发。经过3个月的治疗,1年后复查,溃疡复发率由78.1%降至25%,HP根除率为76.67%。

3.化瘀敛疮药 中医认为"久病入络,久痛留瘀"。消化性溃疡病势缠绵、病程较长符合这一理论。胃镜下观察溃疡,大多有局部黏膜隆起、肿胀、充血糜烂,易出血等改变,这与中医的"热毒瘀结"理论有相似之处。随着内镜和病理技术的发展,发现溃疡中央区和边缘血流量降低,血管壁纤维增厚,或有透明性改变,管腔狭窄,局部血运障碍,供血不足等,因而认为血瘀阻络是溃疡病发生及缠绵

难愈的病理关键。消化性溃疡愈合后溃疡局部组织纤维化、瘢痕化必然导致微血管结构的减少、紊乱，这与中医临床的血瘀征象是一致的。而活血化瘀药能增加胃黏膜组织的循环、灌注，促进其能量代谢，保证黏膜上皮及溃疡底部和边缘腺体迅速再生及保持黏膜微循环的酸碱平衡等，从而能提高溃疡愈合质量，减少消化性溃疡的复发。常用丹参、莪术、丹皮、红花、三棱等。郑昱通过蒲公英胶囊（蒲公英、三棱、莪术、白及等）对照三联疗法抗消化性溃疡复发的临床研究发现，其有效率两组无显著差异，但复发率蒲公英胶囊组（8%）明显低于对照组（66%）。何善明等治疗气滞血瘀型消化性溃疡方用健胃Ⅲ号方（延胡索、丹参、莪术等），收到良好的效果，对于患者临床症状的减轻或消除、病理组织学的改善均有良好的促进作用。有学者通过临床观察认为辨证为脾胃虚寒而瘀血征象不明显的患者，当以黄芪建中汤、良附丸等为主组方，在此基础上酌加辛温之当归养血和血甚为合拍。丹参虽亦可活血，因其性凉阴柔恐其伤胃，故暂缓应用。当虚寒之证渐除而瘀血征象明显时，则当以丹参饮、金铃子散等为主组方。在本病巩固治疗阶段，若临床表现不明显，出现"无证可辨"时，可侧重于辨病，根据"脾旺四季不受邪"的理论，以健脾益气方药为主组方，适当佐以丹参、延胡索、当归等活血化瘀药物。总之，在强调辨证论治和整体治疗方法前提下，加用一些具有活血化瘀、敛疡生肌的药物，如三七、青黛、乳香、没药、血竭等品可提高临床疗效，活血化瘀、敛疡生肌中药可能是通过改善胃黏膜微循环，加速黏膜细胞的再生，促进黏液分泌，促进溃疡愈合的。

上述治疗溃疡病的方药，目前不外乎健脾温中、疏肝理气、养阴清热、活血化瘀、收敛制酸、清热解毒等方面。其作用机制，如健脾方药可能是通过调理脾胃功能，使胃黏膜屏障功能恢复正常，减少酸性离子的回渗，从而促进溃疡的愈合。疏肝理气药可能有调整下丘脑-自主神经功能的作用，从而抑制迷走神经兴奋，减少胃酸

分泌,因此对疼痛的改善、减少泛酸有一定的作用;理气开郁药能明显减低胃液分泌量和游离酸碱度及解除胃肠道平滑肌痉挛作用,有拮抗乙酰胆碱的作用。活血化瘀药有扩张血管、改善微循环、增强组织器官的血氧供应等作用,故可通过促进局部血液循环,维持胃黏膜充足的血供,以促进溃疡的愈合。制酸剂能中和胃酸。

五、单味中药研究

现代药理研究表明,黄芪、白芍、甘草均有扩张胃血管,改善局部微循环的作用,有利于炎症的消除和溃疡面的愈合;另外,甘草主要成分生胃酮有保护胃黏膜屏障的作用。"三七止血不破血,活血不留瘀",现代药理证实三七能对抗毛细血管的渗透性,抑制炎症的渗出,改善胃黏膜循环,促进组织创面的修复,有利于溃疡愈合。香附、木香等为理气药,药理学研究表明,理气药可以调节胃肠蠕动及幽门括约肌功能,减轻胆汁反流,缓和黏膜下血管痉挛和缓解胃肠平滑肌的痉挛,能排除胃肠积气、积物。梅武轩等实验证明乳香提取物组使再生黏膜厚度增加、囊状扩张腺体数量减少和黏液高碘酸无色品红(PAS)含量增加;肉芽组织胶原含量增加,炎症细胞浸润数量减少。乳香能提高溃疡再生黏膜结构和功能成熟度,提高溃疡愈合质量。延胡索活血止痛可以增加胃黏膜血流量,改善微循环,加速炎症的吸收和溃疡的愈合。蒲公英对幽门螺杆菌(HP)有抑制和杀灭作用。海螵蛸抑制胃酸,白及含白及胶,两者都对黏膜有保护作用。在辨证的同时加重蒲公英用量或加黄连等清热解毒之品,不仅能尽快改善症状,还能促进糜烂和溃疡面的修复和愈合。现代药理学研究证实,蒲公英、黄连对幽门螺杆菌均有杀灭作用。

大量实验研究表明,中药治疗消化性溃疡,其复发率低于西药组。徐信杰等通过研究愈疡止痛煎剂(黄芪30 g,白芍30 g,白及10 g,延胡索10 g,乌贼骨30 g,炙甘草5 g)对十二指肠溃疡大鼠溃疡愈合质

量的影响,发现其是通过减少胃酸分泌、升高血清表皮生长因子(EGF)、促进再生黏膜成熟来提高溃疡愈合质量的,并且该煎剂对溃疡愈合时再生黏膜组织学成熟度的影响优于自然病程及雷尼替丁。刘建平等实验发现胃喜康煎剂(含党参、丹参、茯苓、三七等)通过增加一氧化氮含量、降低内皮素含量、提高胃黏膜组织前列腺素含量、增加胃黏膜的血流量、改善胃黏膜微循环,可以使再生黏膜厚度增加,黏膜肌层缺损宽度减少,有促进上皮组织再生和改善瘢痕修复能力,提高再生黏膜结构成熟度的作用,且优于雷尼替丁。周志刚等研究表明愈疡散(山羊矢、鲫鱼、延胡索等)能显著提高大鼠胃溃疡再生胃黏膜厚度和血浆6-酮-前列腺素$F_{1\alpha}$的含量,增加胃黏膜血流量,促进肉芽组织转化为成熟瘢痕组织,加快腺体结构重构,促进上皮组织再生和改善瘢痕修复,从而维护胃黏膜的完整性,促进溃疡愈合。王奕珊等通过研究胃灵颗粒(黄芪、蒲公英、白及、延胡索、冰片等)对大鼠乙酸慢性胃溃疡愈合质量的影响,证明胃灵颗粒能改善胃黏膜的组织损伤和提高黏膜的瘢痕修复能力,并提高胃壁结合黏液量,减少胃酸的排出,因而提高了再生黏膜的组织成熟度和功能成熟度。有学者通过大鼠实验发现健胃愈疡颗粒可通过增强巨核细胞(MK)的上增性表达而刺激纤维细胞增生、微血管生成,从而促进肉芽组织的形成和改善纤维排列,增加表皮生长因子受体(EGFR)的上增性表达而促进黏膜上皮增殖,从而加速溃疡重新上皮化和增加黏膜厚度,最终促进溃疡愈合和提高溃疡愈合的质量。

六、抗复发

抗消化性溃疡复发是当前医学研究的主要课题之一,许多研究已表明,中药在提高溃疡愈合质量、降低复发率、改善临床症状方面,明显优于西药,中药抗溃疡复发比单纯西药治疗更具有广阔前景。大量统计学表明,本病1年内65%~80%的溃疡均要复发,2年

内几乎100%复发。国外大量研究表明,消化性溃疡的复发机制为致溃疡的损害因素和保护因素失调所致。当损害因素增强或保护因素削弱时即可致溃疡复发,其中损害因素增强主要有胃酸高分泌状态、HP感染,保护因素削弱主要有前列腺素缺乏、微循环障碍、免疫功能低下等所致的胃肠黏膜屏障功能的改变。因此,理想的抗复发药物应包括持久地抑制胃酸分泌和增强胃肠黏膜屏障功能等作用。现代药理研究表明,许多抗溃疡方药如黄连、蒲公英、积雪草、鬼针草、黄芪、党参等及补中益气汤、半夏泻心汤、左金丸、柴胡疏肝散等方均能抑制胃酸分泌,降低胃蛋白酶活性,从而改善胃内高酸状态。此外,黄芪建中汤及以黄芪为主的一批方药能提高溃疡病人的细胞和体液免疫功能,加强溃疡的修复和防止复发;行气活血方药主要作用还有抗凝、改善胃肠黏膜微循环障碍,从而增加胃黏膜血流量,加强胃黏膜屏障功能。黄连、大黄等中药能有效地杀灭HP,且长期服用,无抗药性产生。张炜宁等进行了健胃愈疡颗粒(柴胡、党参、白芍、延胡索、白及、青黛、珍珠粉、甘草)治疗消化性溃疡的临床观察,结果证实其能有效治疗消化性溃疡,溃疡愈合率及临床有效率分别为80.0%、93.3%,治愈后1年复发率为14.3%,有效抗溃疡复发。其动物实验研究表明其作用机制为:抑制胃黏膜上皮细胞过度凋亡,促进细胞增殖,提高胃黏膜EGFR、MK、hTFF1水平,降低TNF-α水平。增加EGFR的上增性表达而促进黏膜上皮增殖,从而加速溃疡重新上皮化和增加黏膜厚度,最终促进溃疡愈合。总之,中药抗溃疡作用机制与单纯制酸药不同,它能针对消化性溃疡复发的各个环节而调整,从而为抗溃疡复发创造了先决条件。因此,比较一致的看法是在溃疡愈合后再延续治疗一阶段,半年到1年,并改变患者的体质(虚寒)。

（查安生 马 燕）

参 考 文 献

[1] 王吉耀,廖二元,胡品津.内科学[M].北京:人民卫生出版社,2005:419-430.

[2] 李乾构,周学文,单兆伟.中医消化病诊疗指南[M].北京:中国中医药出版社,2006:33-37.

[3] 周仲英.中医内科学[M].北京:中国中医药出版社,2004:196-214.

[4] 孙传兴.临床疾病诊断依据治愈好转标准[M].北京:人民军医出版社,1987:120~121.

[5] 郑筱萸.中药新药临床研究指导原则[M].北京:中国医药科技出版社,2002:153.

[6] 潘国宗.现代胃肠病学[M].北京:科学出版社,1994:912-913.

[7] 国家药典委员会.中华人民共和国药典2005版一部[M].北京:化学工业出版社,2005.

[8] 张丰强,郑英.首批国家级名老中医效验秘方精选[M].北京:国际文化出版公司,1996:16-50.

[9] 李绍荣.复发性消化性溃疡的治疗探讨[J].中国民族民间医药杂志,2006,2:98-99

[10] 牛久旺.半夏泻心汤加减治疗消化性溃疡临床观察[J].中国医药学报,2004,19(9):547.

[11] 汶明琦,马姬郎.中医药抗消化性溃疡复发的临证探讨[J].辽宁中医杂志,2004,31(8):658-659.

[12] 王洪京,张春梅,王陵.抗溃疡复发合剂抗消化性溃疡复发70例[J].中医研究,2004,17(5):35.

[13] 王洪京,张春梅.消化性溃疡中医证型及客观化研究进展[J].山东中医杂志,2005,2(2):124-127.

[14] 曹名波,邹百仓,秦斌.荆花胃康胶丸对实验性胃溃疡大鼠黏膜愈合和EGF、EGFR表达的影响[J].新乡医学院学报,2006,23(5):478-480.

[15] 莫剑波.运用黄芪建中汤加减治疗消化性溃疡复发的疗效观察[J].广西医药,2002,22(3):624-625

[16] 吕登仕,张继河,郭晓明.温中止痛汤治疗十二指肠球部溃疡128例[J].陕西中医,2005,26(9):911.

[17] 钟炳武,朱伟光.加味柴芍六君汤抗消化性溃疡复发30例[J].湖南中医杂

志,2002,18(3):39-40.

[18] 周丽雅.根除HP对溃疡复发及再感染的五年随访研究[J].中华消化杂志,2002,22(7):76-78.

[19] 石美雅,查安生.芪连汤治疗十二指肠溃疡60例[J].安徽中医学院学报,2000,19(3):10-11.

[20] 游小苇,李翠红,童昌珍.半夏泻心汤合法莫替丁预防消化性溃疡复发的临床观察[J].中医药导报,2006,12(3):19.

[21] 孟繁春,韩柳.双金胃肠胶囊抗消化性溃疡复发165例[J].陕西中医,2005,26(9):910-911.

[22] 危北海.中医脾胃学说应用研究[M].北京:北京出版社,1993:201.

[23] 童玉梅,程砚田,郭立茹.宁胃汤抗消化性溃疡复发机制的临床探讨[J].中医药学刊,2005,23(5):943.

[24] 周福生,胡玲,黄志新,等.抗消化性溃疡复发机制的中医药研究[J].中国中西医结合消化杂志,2001,9(2):108.

[25] 郑昱.蒲公英胶囊抗消化性溃疡复发及其对外周血T淋巴细胞亚群的调节作用[J].中国中医药信息杂志,2003,10(5):14-15.

[26] 何善明,牛豫洁.辨证用药抗消化性溃疡复发的临床观察[J].广西中医药,2001,24(6):27-28.

[27] 戴霞.活血化瘀治法防治消化性溃疡复发浅议[J].山东中医药大学学报,2001,25(5):333-334.

[28] 梅武轩,曾常春.乳香提取物对大鼠乙酸胃溃疡愈合质量的影响[J].中国中西医结合消化杂志,2004,12(1):34-36.

[29] 刘建平,王文智,白建乐,等.胃喜康提高大鼠胃溃疡愈合质量及抗复发的实验研究[J].中国中医基础医学杂志,2004,10(4):29-31.

[30] 查安生,石美雅,章小平,等.健胃冲剂联合西药对幽门螺杆菌初次根除失败后的疗效影响[J].南京中医药大学学报,2006,22(5):328-329.

[31] 张炜宁,李家邦,王霞.健胃愈疡颗粒抗消化性溃疡复发的临床研究[J].湖南中医药导报,2003,9(9):15-16.

[32] 胡丽娟,周福生.消化性溃疡复发机制的研究思路与方法[J].中医药学刊,2004,22(1):122-124.

[33] 陈文红,李家邦.健胃愈疡颗粒对胃溃疡大鼠胃组织MK和表皮生长因子

受体表达的影响[J].中国中西医结合消化杂志,2001,9(6):341-344.

[34] 王奕珊,陈奕昭,何成龙,等.胃灵颗粒对大鼠乙酸胃溃疡愈合质量的影响 [J].中国中西医结合消化杂志,2002,10(6):343.

[35] 周志刚,姜国平,范慧珍.愈疡散对大鼠实验性胃溃疡愈合质量的影响[J]. 江西中医学院学报,2004,16(1):60-62.

[36] 徐信杰,周建龙.愈疡止痛煎剂对十二指肠溃疡大鼠溃疡愈合质量的影响 [J].中国中西医结合消化杂志,2006,14(1):36-39.

第六章 胃 癌

胃癌是指发生在胃上皮组织的恶性肿瘤。在胃恶性肿瘤中,胃癌占95%以上。临床早期70%以上患者无明显症状,中晚期出现上腹部疼痛、消化道出血、穿孔、幽门梗阻、消瘦、乏力、代谢障碍以及癌肿扩散转移而引起的相应症状。近年来,尽管在一些国家和地区胃癌的发病率和病死率有所降低,但到目前为止,该病仍然是一种常见的恶性肿瘤,居全球肿瘤发病率和病死率的第二位。胃癌的发病在不同性别、不同年龄、不同国家和地区,甚至同一地区不同时期都有很大差别。男性胃癌的发病率和病死率均高于女性,男女之比约为2:1。发病年龄以中老年居多,35岁以下较低,55~70岁为高发年龄段。大致上有色人种比白色人种易患本病。在美国,非洲裔、土著居民和西班牙裔人发病率是白种人的2倍。北美、西欧、澳大利亚、新西兰及以色列的发病率较低;而日本、中国、智利、爱尔兰及俄罗斯发病率较高。

我国胃癌的发病率在不同地区之间有很大差异。北方地区的甘肃、宁夏、青海及东北等地高发,湖南、广西、广东以及云南、贵州、四川发病率较低。全国平均年病死率约为16/10万(男性21/10万,女性10/10万)。胃癌属于中医学的"伏梁""积聚""胃脘痛""噎塞""反胃"等范畴。

【病因病机】

中医认为正虚与邪实是其发病的两个重大因素。初起多由情志不遂,忧郁气结或恼怒伤肝,肝气不舒或饮食不节,损伤脾胃,致肝胃不和,食滞胃中,动扰胃气,气郁上逆阻塞食管。肝失疏泄而致

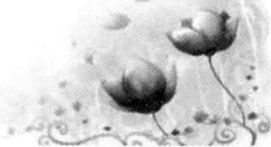

胃失和降,肝郁气滞;肝郁气滞,气机失宣;或因痰湿阻遏气机,阻于血络,血不能随气而行于脉络,血滞成瘀,阻于胃腑致上下不通,瘀血阻络,日渐成积;或因脾胃虚弱,运化失职,津液输布失常,停滞于内而为湿邪,聚而成痰;或因素体湿胜,又嗜食肥甘厚味,蕴湿生痰,或因忧思伤脾,脾伤则气结,气机阻滞,津液输布失调,聚而为痰。气滞则血瘀、食积、痰阻,复又加重气滞。气滞日久则加重血瘀,与毒邪顽痰阻结,日久而成癥块。

1.饮食失宜　饮食过冷过热、饥饱不匀、过食肥甘、嗜烟好酒等均能损伤脾胃或致脏腑功能失调,脾失健运,胃失和降,聚湿生痰,血行不畅,化生瘀毒,阻于胃脘,日久形成积聚。

2.情志失调　忧思抑郁过度,致情志失调,气机逆乱,津液运行失常,凝聚成痰;顽痰阻结日久更致气滞、血瘀而生肿块。

3.劳累过度　中医学认为"劳则伤脾",过度劳累致脾气虚弱,饮食水谷不能化生精微被吸收而反成痰浊水湿,可以引起气机不畅,气滞则血瘀、食积、痰阻,化为癥块。

4.脾肾两虚　年老体衰或久病体弱,脾肾两虚,气血失调。脾虚运化失常,痰湿内聚,肾虚命门火衰,水湿停滞发为本病。

本病的基本病机是素体本虚,脾肾亏虚,气血失调,气滞血瘀,食积痰阻。本病的病位在胃,与脾肾相关。

本病早期以邪实为主,以气、血、食、痰、湿、热互结等标实为主;中期正虚邪盛、邪正相持为主;晚期以气血亏虚、津液枯槁、脏器虚弱等本虚为主。

【临床诊断】

一、诊断标准

胃癌的诊断主要依据内镜检查加组织活检及X线钡餐检查。早期诊断是根治胃癌的前提。对下列情况应定期行胃镜检查:①40岁

以上,特别是男性,近期出现消化不良、呕血或黑便者;②慢性萎缩性胃炎伴胃酸缺乏,有肠化生或不典型增生者;③良性溃疡但胃酸缺乏者;④胃溃疡经正规治疗2个月无效,X线钡餐检查提示溃疡增大者;⑤X线检查发现大于2 cm的胃息肉,应进一步做胃镜检查;⑥胃切除术后10年以上者。

二、鉴别诊断

1.**胃溃疡**　良性胃溃疡一般在中青年多见,病程长,上腹部疼痛有节律性及周期性,未扪及腹部包块,抗酸药物治疗有效。溃疡呈圆形或椭圆形,边缘光滑,底平滑有白苔或灰白苔,边缘黏膜柔软,皱襞向溃疡集中,直径多小于 2.5 cm。而溃疡型癌胃痛无规律,抗酸治疗无效,溃疡形状不规则,底凹凸不平,有坏死组织覆盖,边缘呈结节状隆起、僵硬,常有糜烂出血,溃疡的周围黏膜内出血,表面不规则,溃疡常大于2.5 cm。

2.**胃平滑肌瘤**　最常见的胃良性肿瘤,好发于胃幽门附近,大小不一,一般多在0.5~5 cm,绝大多数为单发,肿瘤可在黏膜下层生长(黏膜下型),亦可在浆膜下层生长(浆膜下型),向胃外突出,又可向两面突出呈哑铃状。肿瘤常呈圆形、椭圆形或分叶状,表面光滑,但瘤顶部可发生溃疡、出血,常借助 X 线和胃镜检查及活检进行诊断,超声内镜有助于确诊。

3.**胃腺瘤**　最常见于胃窦部,单个或多个,多有蒂与胃黏膜相连,呈息肉状,故又称腺瘤性息肉。一般症状不明显,但有腺瘤破溃、出血及恶变可能,X 线、胃镜检查多显示外形光整息肉状肿物向胃腔突出。

4.**胃巨皱襞症**　好发于胃大弯,胃黏膜皱襞增粗,X 线钡餐检查显示胃黏膜皱襞及胃腔伸缩良好,可与之鉴别。

5.**胃息肉**　临床表现也可酷似胃癌,但 X 线钡餐检查显示充盈缺损大小一般在1 cm左右,带蒂,可移动。常需经胃镜活检才能

确诊。

6.胃部其他恶性肿瘤 如胃平滑肌肉瘤、胃原发性淋巴瘤等。胃平滑肌肉瘤发病率较低,占胃恶性肿瘤的1%以下,主要表现为胃壁内的肿块,发展缓慢,肿块大,其表面的黏膜可发生溃疡出血,经X线胃镜检查可以鉴别。胃原发性淋巴瘤常与胃癌相混淆,但其表现除胃部疼痛、肿瘤溃疡外,常伴有不规则发热及上消化道出血,经病理组织学检查可以鉴别。

此外,胃癌有腹膜转移产生腹水时与门脉高压性腹水、结核性腹膜炎相鉴别,有肝转移时应与原发性肝癌相鉴别。

三、中医证型

胃癌临床表现复杂而多变,目前尚无公认的辨证分型标准。尽管临床分型不尽一致,但实质不外乎本虚、标实,实以气滞、食结、痰凝、瘀结、湿热为主,虚以气虚、阴虚、阳虚、气血两虚为主。综合各家所言,辨证分型当以下列证型为主。

1.肝胃不和 胃脘胀满疼痛,可触及肿块,痛引两胁,情志不舒则痛愈剧,嗳气酸腐,或呃逆,呕吐,舌淡,苔薄黄,脉弦细。

2.胃热阴虚 胃脘灼热疼痛,嘈杂,食后痛剧,舌红绛,少苔,甚则舌面如镜,脉细数。

3.脾胃阳虚 胃脘隐痛,喜温喜按,朝食暮吐,或食入良久复行吐出,面色淡白无华,神疲肢凉,或便溏水肿,舌胖淡,边有齿痕,苔薄白,脉沉缓。

4.气滞血瘀 腹痛剧烈,固定不移,胃脘刺痛拒按,痛有定处,或可扪及肿块,腹满不欲食。呕吐宿食,或见柏油便,唇舌青紫,舌质紫暗或有瘀斑,脉细涩。

5.痰瘀互结 胃脘胀痛,痛处不移,泛吐黏痰,或吐褐色秽浊之物,大便色黑如漆,舌质紫暗见瘀斑,苔白腻,脉沉涩或弦滑。

6.痰食互结 胸膈满闷,食欲不振,厌恶肉食,吞咽困难,泛吐

黏痰,呕吐宿食,腹胀便溏,舌苔白腻,脉弦滑。

7.脾胃湿热 胃脘痞满,胀闷,嗳气不畅,口中黏腻或口干不欲饮,大便黏滞不爽,舌质偏红或淡红,舌苔黄厚腻,脉弦滑或滑数。

8.气血双亏 全身乏力,心悸气短,头晕目眩,面色无华,畏寒身冷,纳少乏味,虚烦不寐,自汗盗汗,甚至阴阳两虚,舌淡苔薄,脉沉细无力。

四、辨证要点

1.辨标本 本病以脾肾两虚、气血亏虚、津液不足、脏气衰微为本,以气、血、食、痰、湿、热互结为标。

2.辨虚实 新病以邪实为主,久病以正虚为主。

【临床治疗】

一、常见分型治疗

1.肝胃不和
治法:疏肝理气,和胃降逆。
方剂:柴胡舒肝散(《景岳全书》)加减。
组成:柴胡、枳壳、郁金、半夏、川芎、丹参、白芍、炙甘草。
加减:恶心重,见舌苔腻者加藿香、陈皮;泛酸者宜加吴茱萸、黄连;胁痛或胃脘痛甚者,或舌质见瘀斑隐现或舌质暗者可酌加川楝子、延胡索、砂仁、三七粉。

2.胃热阴虚
治法:清胃滋阴。
方剂:麦门冬汤(《金匮要略》)合竹叶石膏汤(《伤寒论》)加减。
组成:麦冬、沙参、生地、竹叶、石斛、淮山药、薏苡仁、茯苓、仙鹤草、白花蛇舌草、甘草、焦三仙。
加减:津少口渴甚者加芦根、天花粉、知母、白芍、乌梅;热毒内

蕴甚者,加金银花、玄参、竹茹、黄连;热灼胃络出血者加仙鹤草、侧柏叶或生地榆。

3.脾胃阳虚

治法:温补脾胃。

方剂:黄芪建中汤(《金匮要略》)合附子理中汤(《阎氏小儿方论》)加减。

组成:黄芪,附子,干姜,茯苓,白术,半夏,陈皮,吴茱萸,橘皮,薏苡仁,仙鹤草,白花蛇舌草,甘草,谷、麦芽。

加减:寒凝血瘀者加鸡血藤、桃仁、红花、桂枝,或三七粉冲服;寒凝气滞者加乌药、木香;肾阳虚甚者加肉苁蓉、墨旱莲、杜仲;水湿内停明显,苔白腻水滑者可酌加茯苓、泽泻、车前子、桂枝。

4.气滞血瘀

治法:疏肝理气行滞,活血化瘀止痛。

方剂:膈下逐瘀汤(《医林改错》)加减。

组成:当归、川芎、桃仁、红花、延胡索、香附、枳壳、郁金、丹皮、赤芍药、炙甘草。

加减:肿块明显者,去川芎、牡丹皮,加三棱、莪术;呕吐宿食者去香附、郁金,加厚朴、莱菔子、山楂;痰湿郁阻而致气滞血瘀者,加陈皮、半夏、白术、木香、茯苓、桃仁、红花;若见吐血及柏油样便,加三七粉、白及、仙鹤草。

5.痰瘀互结

治法:祛痰化瘀,软坚散结。

方剂:膈下逐瘀汤(《医林改错》)合二陈汤(《太平惠民和剂局方》)加减。

组成:桃仁、红花、五灵脂、丹参、赤芍、延胡索、法半夏、陈皮、茯苓、黄芪、淮山药、仙鹤草、白花蛇舌草、焦三仙。

加减:疼痛较剧者可加川楝子、徐长卿、九香虫。

6.痰食互结

治法:化痰消食。

方剂:海藻玉壶汤(《医宗金鉴》)合健脾丸(《证治准绳》)加减。

组成:海藻、昆布、制半夏、浙贝母、陈皮、炒白术、茯苓、当归、川芎、木香、淮山药、仙鹤草、白花蛇舌草、焦三仙。

加减:如气短、乏力,加黄芪、党参;呕恶频繁者,加生姜、藿香。

7.脾胃湿热

治法:清热利湿。

方剂:藿朴夏苓汤(《医原》)合三仁汤(《温病条辨》)加减。

组成:藿香、佩兰、杏仁、蔻仁、厚朴、黄连、半夏、茯苓、竹叶、二丑、薏苡仁、滑石、通草。

加减:湿邪较重者可加苍术、白术;热邪重者加金银花、白花蛇舌草、蚤休;腹胀明显者加枳壳;有黄痰者加栝楼、浙贝母。

8.气血双亏

治法:益气养血,健脾补肾。

方剂:十全大补汤(《太平惠民和剂局方》)加减。

组成:党参,白术,茯苓,炙甘草,黄芪,地黄,当归,川芎,白芍,淮山药,薏苡仁,枸杞子,白花蛇舌草,甘草,炒谷、麦芽。

加减:身体较弱,伴有畏寒、四肢发凉者可去党参,换红参,加附子、干姜;阴虚甚者加熟地。

二、固定方药

1.贞芪扶正胶囊

组成:黄芪、女贞子。

功效:补气养阴。

主治:久病虚损,气阴不足。配合手术、放射治疗、化学治疗,促进正常功能的恢复。

用法:一次6粒,一日2次。

2.扶正消症胶囊

组成:冬虫夏草、人参、三七、黄连、菟丝子等。

功效:解毒消症,活血化瘀,消肿止痛,扶正固本,益气养阴。

主治:适用于肝癌、肺癌、胃癌、食管癌、肠癌、乳腺癌、卵巢癌、前列腺癌、白血病、脑瘤、骨肉瘤等各种肿瘤,及手术或放、化疗的正气恢复治疗。

用法:一次4粒,一日3次。

3.安替可胶囊

组成:蟾皮、当归。

功效:软坚散结,解毒定痛,养血活血。

主治:用于食管癌、肝癌、胃癌、肺癌、肾癌等。

用法:一次2粒,一日3次。饭后服用。

4.复生康胶囊

组成:蒲葵子、喜树果、莪术、绞股蓝、柴胡、黄芪、香菇、甘草。

功效:活血化瘀,健脾消积。

主治:用于胃癌、肝癌,能增强放、化疗的疗效,增强机体免疫功能。

用法:一次4粒,一日3次。

5.平消片

组成:郁金、仙鹤草、五灵脂、白矾、硝石、干漆(制)、枳壳(麸炒)、马钱子粉。

功效:活血化瘀,止痛散结,清热解毒。

主治:用于肺癌、鼻咽癌、胃癌、食管癌等,对不同部位的中晚期癌瘤和可能癌变的良性疾患有一定疗效,可配合放、化疗及手术治疗。

用法:一次4~8片,一日3次。

三、名医验方

1.降浊化瘀汤(李建新方)

组方:栝楼、半夏、黄连、茵陈、鸡内金、蒲黄、五灵脂、三棱、败酱草、仙鹤草、三七粉(冲服)。

功效:降胃化浊,化瘀定痛。

主治:癌肿之疼痛,可使胀痛迅速缓解。

按语:方中栝楼、半夏、黄连、茵陈、鸡内金均入胃经,降胃化浊。栝楼、半夏、黄连有降逆泄浊、消瘀散结之功,重用栝楼治疗痰浊郁结之痞满、呕吐效果显著。

2.自拟方合丹栀逍遥散(周维顺方)

组方:藤梨根、水杨梅根、蒲公英、半枝莲、白花蛇舌草、三叶青、猪苓、茯苓、灵芝、炒薏苡仁、柴胡、青皮、陈皮、栀子、白芍、浙贝母、丹皮。

功效:疏肝清热。

主治:胃癌肝胃郁热型。症见胃脘灼痛,两胁胀满不舒,口苦咽干、嗳气呃逆、嘈杂泛酸、舌质红,苔薄黄,脉弦数。

按语:因胃癌在其进展过程中,病机错综复杂,症状变化多端,所以在临床上用清热法治疗胃癌时要注意以下几点:要辨清病证之寒热,不可固执己见而滥用清热解毒法,只有热证方能用清法。清热之药多苦寒败胃,故在使用中要特别注意对胃气的养护,故可加用炒谷麦芽、鸡内金等健脾开胃之品。

3.健脾益气抗癌方(孙桂芝方)

组方:太子参15 g,炒白术15 g,茯苓10 g,陈皮10 g,生黄芪30 g,当归10 g,血余炭15 g,白芷10 g,生蒲黄10 g,蜂房5 g,半枝莲15 g,白花蛇舌草30 g。

功效:健脾益胃,佐以抗癌。

主治:胃癌经手术,放、化疗治疗积块已去,正虚显著。主要表

现为胃脘部胀满、隐痛、泛酸、嗳气、恶心呕吐、食欲减退或有黑便等症状,伴有面色无华、头晕、少气懒言、倦怠乏力、消瘦或肌肤甲错、便秘、舌淡或暗淡有瘀斑、苔薄白、脉沉细。

按语:治胃必先调其胃气,健其脾气。正气亏虚,虚则致积,积而易虚,可促进胃癌的复发与转移,故临床中以健脾益气,佐以抗癌为基本原则。

4.胃肠安(邱佳信方)

组方:太子参、白术、茯苓、红藤、白扁豆、生牡蛎、夏枯草。

功效:健脾益气,清热解毒,软坚化痰。

主治:胃癌疾病后期、迁延日久、出现转移或复发的患者。

按语:胃癌属本虚标实之证,正虚是本,邪实是标,而脾虚可能是胃癌患者的主要矛盾,贯穿于胃癌疾病的始终,故对术后又出现转移或复发的胃癌患者,在健脾益气为主的基础上辅以清热解毒、软坚散结治疗。

【临床保健】

一、心理保健

胃癌患者容易出现恐惧、焦虑、抑郁、悲观、绝望、被动、多疑、感情脆弱等心理障碍,这些心理障碍往往会影响治疗效果。因此,首先应了解患者发病开始时的各种心理,让患者理清自己的思路,弄清自己发病开始时的思维、情感、心理需求,然后采取相应的措施从心理上给予疏导、支持和帮助,以解除患者的心理障碍,对患者的预后可以起到一些良好的作用。

二、运动保健

运动主要是改善胃癌患者因长期不活动所造成的心脏功能减弱,肌肉萎缩,体力下降等不良状况。运动要遵循几个原则:①量力

而行:患者在锻炼中要根据自己的体质和体能做到循序渐进,掌握运动量的适度甚为重要,要做到既让患者的身体各部位都能得到充分的活动,又不致使器官、组织缺氧。最好每次锻炼到自我感觉最舒服时,就结束锻炼为好。②持之以恒:患者进行锻炼时,各器官都有一个逐渐适应的过程。要使各器官功能恢复并逐渐增强,必须有一个过程。因此,锻炼要持之以恒。③身心结合:锻炼时要保持愉快的心情,身心结合,有利于加强锻炼的效果。

三、饮食保健

因胃癌的发病与饮食有很大关系,且胃癌患者本身的消化吸收功能很差,甚至会出现严重的营养不良,因此,对患者来说饮食调养至关重要。

1.饮食调养原则 ①少食多餐:补充营养、防止体重下降及术后并发症发生。胃大部切除,特别是胃全切除,胃容积变小或缺损,而致进食受限。每日定时、定量进餐6~7次,使残胃适应其功能,同时增加总热量,防止低血糖的发生。②细嚼慢咽:由于胃黏膜搅拌混合食物功能减弱,因此用细嚼慢咽代替胃的功能。③干稀分食:为使食物在胃内停留时间延长,进食时只吃较干食物,不喝水,进餐后30 min喝水,从而避免食物被快速冲入小肠,并能缓慢进入小肠,促进食物的进一步吸收。④进食易消化食物:不宜食用粗糙的硬食或油炸食物。⑤适当忌口:不宜进生冷及刺激食物,如生拌冷菜及辣椒等。忌烟、烈性酒。⑥改变饮食习惯:食物的贮存用冷冻代替盐腌及烟熏的方法,禁止食用诱发或加重胃癌的食物,如熏制食品、腌制食品、油炸食品、腐败食品、含亚硝酸盐的食品等。进低盐饮食,增加新鲜蔬菜及水果。⑦多食用具有抗癌作用的新鲜食物:经临床验证,常见的抗癌食品有香菇、灵芝、猴头、薏苡仁、木耳、人参、蜂蜜、山药、无花果、海带、紫菜、沙丁鱼、大蒜、海参、带鱼等。⑧逐步增加食物量和食物种类:饮食多样化、提高食欲,有助于患

者的康复。

2.辨证食疗　用饮食疗法防治胃癌是祖国传统医学的一大特色,中医抗癌食疗,是在传统食物疗法的基础上,以中医药理论为指导,将某些具有防癌、抗癌作用的食物与某些中药配伍,并采用了独特的饮食烹调技术,制作出具有一定色、香、味、形的食品,应用于肿瘤患者,因而形成了具有中医特色的抗癌食物疗法。食疗的主要特点是辨证食疗。辨证食疗是中医的辨证论治在药膳中的具体运用。具体有以下几方面:

(1)因证施膳:如脾气虚可食山药肉麻丸;脾气下陷可食黄芪蒸鸡;脾不统血可食归脾鸡汤;脾阳虚可食壮阳狗肉汤;寒湿困脾可食砂仁粥;脾胃湿热可食茅根饮。

(2)因时施膳:根据天时的变化做出相应的饮食调整,春天适宜升补,可食首乌肝片、人参米肚;夏天适宜清补,可食清暑益气汤、银花露;长夏适宜淡补,可食雪花鸡汤、薏苡仁肘子;秋天适宜平补,可食参麦团鱼、二仁全鸭;冬天适宜温补,可食附子羊肉汤。

(3)因地施膳:食疗中,必须注意到地域的不同,采取适宜该地域的饮食。另外,所选用的食品,要充分考虑到产地的不同,注意产地不同对食物性味的影响等多方面的问题。

(4)因人施膳:不同人体的素质禀赋、体质强弱、性格类型各不相同,即使是同一个人,在不同的时候,其体质及气血盛衰也有所变化。进行食疗时,必须充分考虑到这些情况,采取最适宜的食疗方案。不同性别、不同年龄的人,其饮食宜忌有所不同,不同形体的人,其饮食宜忌也有差别。例如体胖的人多痰湿,适宜多食清淡化痰的食物;体瘦的人多阴虚,血亏津少,宜多吃滋阴生津的食物。

3.常用药膳

(1)健胃防癌粥:取向日葵芯秆或向日葵托盘30 g,粳米50 g。先将向日葵秆或向日葵托盘洗净,切碎,置沙锅中,加清水适量煎煮,煮沸约20 min后,过滤去渣,取汁备用;粳米洗净,置锅中,加水

适量煮粥,先用武火烧开后,再用文火慢煮,至粥熟后,倒入药汁即可。每日1剂,1次食完,连续服食5~7日。具有祛瘀散结、抗癌的功效。适用于气滞血瘀之胃癌。

(2)乌贼瘦肉粥:取乌贼骨12 g,广陈皮10 g,猪瘦肉50 g,粳米100 g,食盐适量。先将猪瘦肉去筋膜,洗净切碎备用;乌贼骨、广陈皮置沙锅中,加适量水煎煮,煮沸约30分钟后,过滤去渣取汁;粳米洗净后放入锅内,加水适量,再加入瘦肉末一并煮粥,先用武火烧沸,再用文火煎煮,至肉粥熟后,倒入药汁,再煮两三沸即成。趁热服食。每日1剂,分3次食完,连续食用5~7日。具有行气止痛、健胃益气、收敛止血的功效。适用于胃阴亏耗之胃癌。

(3)猪肚槐玉粥:取猪肚1个,槐花12 g,玉竹20 g,粳米100 g,生姜6 g,食盐适量。将猪肚翻洗干净,切成片备用,生姜切成末;槐花、玉竹放沙锅中,加适量水煎煮,煮沸约30分钟后,过滤去渣,取汁备用;粳米洗净,放锅中,加入猪肚片和适量清水一并炖煮,先用武火煮沸,再用文火煨炖,炖至熟烂后,加入药汁、食盐等调味服食。每日1剂,分2次食完,连续服食5~7日。具有补脾益胃、养阴生津的功效。适用于胃阴亏耗之胃癌。

(4)八宝鸡汤:取党参、熟地各8 g,白芍、炒白术各6 g,茯苓10 g,炙甘草3 g,全当归9 g,川芎3 g,母鸡1只,约1 000 g,猪肉、猪杂骨各750 g,生姜、葱、料酒、食盐、味精各适量。中药配齐后放入纱布包好,扎口备用。母鸡宰杀后,去毛及肠杂,洗净待用。杂骨、生姜拍碎。将猪肉、鸡肉、药袋一并放入沙锅内,加清水适量,先用武火烧沸后,去掉浮沫,加入食盐、生姜、料酒等,用文火炖至熟烂。捞出药袋不用,取出猪肉、鸡肉切成片,再放入锅内稍煮,加入调料调味后即可食用。食肉、饮汤,隔3日服食1剂,连续服食3~5剂。具有气血双补的功效。适用于气血两亏之胃癌。

· 127 ·

【现代研究】

一、理论研究

目前关于胃癌的病因病机探讨非常多，归纳起来，有如下共性：本病病位在胃，与肝脾有关。本病的性质是本虚标实，本虚以脾胃两虚为主，标实有气滞、湿阻、血瘀、热毒蕴胃等。魏品康认为"痰"是胃癌产生的重要病理基础，并以此提出"痰-污染学说"，强调"痰"对于局部细胞的浸淫，导致细胞突变，是胃癌产生与发展的关键。对于"痰"形成的有形包块，提倡以"消痰散结法"为治疗大法。自拟消痰散结方治疗胃癌及抗转移，取得了较好的效果。卜平等认为肿瘤侵袭、手术创伤等加重了患者正气亏虚，气虚可致血瘀；阴（血）不足也可导致血脉不利而致血瘀。使用自拟扶正化瘀方药辨证论治胃癌，不仅降低了局部复发及转移率，而且血液流变学异常指标有明显改善。王瑞平等认为脾胃虚弱、气滞血瘀是晚期胃癌的基本病理变化，故益气健脾、活血化瘀为晚期胃癌的主要治疗大法。朱国先认为，瘀既可作为致病因素，又可成为病理产物同时存在，瘀癌之间存在着互为因果，交互为病的"瘀-癌-瘀"的恶性病理循环过程，癌潜瘀内，瘀渗癌中，癌瘀交结，瘀深癌剧。在遣方用药上必须癌瘀同治，攻癌勿忘化瘀，散瘀更须抑癌。因此"从瘀论治"亦是中医辨治胃癌的一个重要法则。柴可群认为毒既是致人各种细胞的基因与外基因改变的因素，也是致癌因素与促癌因素，其引起的癌症性质、种类也是多样的，临床表现也各异。故抗癌解毒是临床上胃癌治疗的又一重要法则。癌邪为患，必夹毒伤人，且由于癌毒留结，又可以产生痰、瘀等病理产物，癌毒与痰瘀搏结，则形成肿块。因此治疗上提出以"抗癌解毒"为基本大法。邱佳信认为胃癌的主要病机为脾虚，且与"虚""痰""瘀""毒"有关。脾胃虚弱为胃癌发生与发展的一个基本因素；中医治疗原则是扶正祛邪。治法以治

脾为基础并辨证结合清热解毒、软坚散结、活血化瘀、益气养阴、补肾培本等治法。孙桂芝认为本病之本是脾、胃、肾虚,治疗本病应始终坚持健脾益肾、扶正祛邪的指导思想。刘嘉湘教授认为胃癌的主要病机是正气虚损,阴阳失衡,脏腑功能失调,留滞客邪,以致痰凝毒聚,相互胶结,蕴郁成肿块。中医治则为扶正祛邪。谢广茹认为脾胃虚弱是肿瘤发生的主要因素。临证当顾护脾胃,补养胃阴。用药当升清降浊同施,补通兼顾,清化湿热,并多用甘味补益。周维顺认为胃癌病机主要为忧思恼怒日久,情志不遂,或饮食不节,导致肝失疏泄,胃失和降;或久病损及脾胃,运化失职,痰凝阻滞,热毒血瘀,交结于胃,积成块而发病。而其中"火"与"热"又是十分关键的病机。

二、辨证论治研究

临床上胃癌表现形式多样,众医家学者的辨证分型各有不同,可谓百家争鸣,各抒己见。杨金坤将胃癌分为肝胃不和、气滞血瘀、痰气交阻、脾胃气虚、胃阴不足、脾胃虚寒、气血双亏7型。孙桂芝将该病分为脾胃气虚型、痰热互结型、胃热气阴两虚型、胃虚气逆型、湿热郁阻型、肝胃不和型,分别选用四君子汤、小陷胸汤、生脉散和玉女煎、橘皮竹茹汤、三仁汤、柴胡疏肝散治疗。陈郭君将91例患者辨证分为气阴两虚型、痰郁气滞型、瘀毒内阻型、脾肾阳虚型,并分别采用益气养胃,理气化痰、软坚散结,清热解毒、凉血祛瘀,健脾益气、温中散寒法治疗。经统计分析发现经中医辨证分型治疗后,其生存期和生存质量均明显增高,4型病例中以气阴两虚型及脾肾阳虚型为多见,分别占40%及28.5%。前者多见于癌症早期、中期,后者多见于晚期。

三、专方治疗研究

近年来,很多医家对胃癌进行了专方治疗研究,现分别介绍

如下：

俞勇等用半夏泻心汤加味(半夏15 g,黄芩9 g,干姜9 g,党参15 g,黄连6 g,大枣15 g,白术12 g,茯苓12 g,甘草9 g,陈皮6 g,竹茹9 g,麦芽12 g,麦冬12 g,苍术12 g,黄芪30 g)加5-Fu、阿霉素、丝裂霉素方案治疗胃癌患者39例。并设对照组44例,用5-Fu、阿霉素、丝裂霉素方案治疗。疗程结束后,治疗组的食欲症状疗效为痊愈27例,显效5例,有效5例,无效2例;对照组为痊愈17例,显效8例,有效10例,无效9例。2组比较有显著性差异($P<0.05$)。2组缓解恶心症状的疗效比较也有显著差异($P<0.05$)。2组呕吐症状疗效比较有显著差异性($P<0.05$)。综合全方,寒温并用,补消兼施,升降共行,可治疗化疗期间以恶心、呕吐为主的严重消化道反应,故治疗组在食欲、恶心、呕吐等方面疗效均优于对照组($P<0.05$)。

郭兆平等用参苓白术散(人参20 g,白术15 g,薏苡仁10 g,茯苓15 g,砂仁10 g,桔梗6 g,扁豆10 g,麦冬15 g,麦芽10 g,谷芽10 g,佛手10 g,三棱5 g,莪术5 g,白花蛇舌草30 g。加减治疗胃癌患者50例,每日1剂,一剂两煎,分次服用,4周为1个疗程。服药期间忌食生冷油腻之品,停用其他药物;并设对照组50例:口服吗丁啉,每次10 mg,每日3次,疗程同上。经中医证候调查分析,总的临床疗效为:治疗组显效39例,有效9例,无效2例,总有效率96.0%;对照组显效29例,有效8例,无效13例,总有效率74.0%。两组组间比较有明显差异($P<0.05$)。表明参苓白术散加减可改善胃癌术后消化不良。

杜艳茹等用解毒活血方[蒲公英、佛手各15 g,连翘、茵陈、当归、郁金、丹参各12 g,黄连、延胡索、川芎、枳实各9 g,石菖蒲、八月札、仙鹤草各20 g,三七粉(冲服)2 g]治疗胃癌患者66例,每天1剂,水煎2次。第1煎加水400 ml,浸泡1 h,煎30 min,取汁200 ml;第2煎加水400 ml,取汁200 ml。将2次药液混合后,分早晚2次空腹服,疗程为3个月。对照组60例采用胃复春片治疗,每次4片,每天3次,饭前30 min服用,疗程为3个月。结果:临床疗效、胃镜疗效总有效率及

HP根除率治疗组分别为89.39%、62.12%、86.21%，对照组分别为65.00%、43.33%、40.38%，2组分别比较，均有显著差异（$P<0.05$）。以上解毒活血方能有效改善PLGC患者的临床症状，可促进胃黏膜修复，改善微循环，并有根除HP的作用。

陈小东等用复方丹参滴丸加FAM方案［氟尿嘧啶（5-Fu）、阿霉素（ADM）、丝裂霉素（MMC）］治疗中晚期非小细胞胃癌患者46例，对照组44例采用单纯FAM方案化疗，化疗方案、剂量范围同治疗组，不加用复方丹参滴丸。2组均于每天化疗前常规静注地塞米松10 mg、氯普胺20 mg。2组治疗3周后，治疗组和对照组近期疗效（完全缓解加部分缓解加好转）分别为67.4%和43.2%（$P<0.05$），治疗组生活质量高于对照组（$P<0.05$），而白细胞减少、恶心呕吐反应及心脏毒性均低于对照组（$P<0.05$）。这说明化疗期间使用复方丹参滴丸有改善生活质量、减轻化疗某些不良反应的作用。

四、虫类药物研究

陈谦等人应用肌氨酸乙酯盐酸盐和亚硝酸钠灌胃建立小鼠前胃癌及癌前病变模型；免疫组化ELPS法测定单纯诱癌组（32只）、单纯中药组（20只）及中药阻断组（48只）cyclinD$_1$和VEGF的表达。结果发现，在单纯诱癌组中，癌及癌前病变发生率显著高于中药阻断组（$P<0.05$）；cyclinD$_1$表达阳性率及其强度随组织学分级进展呈现增高趋势，在癌及癌前病变间存在显著差异；其表达在诱癌组和阻断组间无显著差异。VEGF表达阳性率及其强度随组织学分级变化同cyclinD$_1$；诱癌组表达阳性率及其强度显著高于阻断组。证明蟾皮、全虫、蜂房对小鼠前胃癌及癌前病变具有阻断作用，并与对VEGF表达的调控可能相关；VEGF及cyclinD$_1$是参与形成小鼠前胃癌及癌前病变的分子事件之一。梁枫等人应用MTT法及流式细胞仪检测、分析斑蝥酸钠对人胃癌BGC823细胞的生长和凋亡的影响。不同剂量斑蝥酸钠作用24 h均可使人胃癌BGC823细胞生长明显抑制

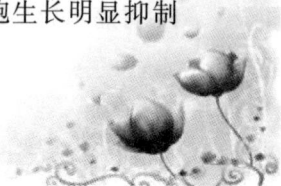

($P<0.01$),并出现典型的凋亡峰,细胞增殖阻滞于G_1期。从而得出斑蝥酸钠对人胃癌BGC823细胞生长有抑制作用,可诱导胃癌细胞凋亡。黄智芬等把59例中晚期胃癌患者随机分成2组,治疗组31例用蟾酥注射液配合化疗治疗,对照组28例单纯化疗治疗。治疗组总缓解率为80.6%,生存质量变化改善率为87.1%,临床证候变化改善率为83.9%;毒副反应:治疗组治疗后血白细胞计数低于$10\times10^9/L$者占3.2%,呕吐Ⅱ级占12.9%。对照组总缓解率为60.7%,生存质量变化改善率为57.1%,临床证候变化改善率为64.3%;毒副反应:治疗后血白细胞计数低于$10\times10^9/L$者占39.3%,呕吐Ⅱ级占21.4%,Ⅲ级占42.8%。组间比较均有显著性差异($P<0.05$或$P<0.01$)。这证明蟾酥注射液可拮抗抗癌化疗所引起的毒副反应,具有增效减毒作用,并可改善患者全身状态,提高生活质量,延长生存期。

五、单味中药研究

于庆生等人把136例胃癌术后患者分为EPIC、早期静脉化疗(EPVC)、对照3组。EPIC组胃癌切除术后2~3 d以丹参、5-FU腹腔注射;EPVC组胃癌切除术后2~3 d以丹参、5-FU静脉注射;对照组术后早期不用任何方式化疗,术后3周常规化疗。分别观察:①EPIC组和EPVC组消化道反应、骨髓抑制和肝肾功能损害等毒副反应;②EPIC组和对照组及EPVC组术后切口感染或裂开、吻合口瘘、腹腔脓肿或出血、化学性腹膜炎和粘连性肠梗阻等并发症发生;③3组术后近期生存率及腹腔复发率。结果:①和EPVC组比较,EPIC组消化道反应、骨髓抑制和肝肾功能损害等毒副反应明显降低($P<0.05$);②和对照组及EPVC组比较,EPIC组切口感染或裂开、吻合口瘘、腹腔脓肿或出血、化学性腹膜炎和粘连性肠梗阻等各项并发症无明显增加($P>0.05$);③EPIC组1年、2年生存率明显高于另外2组($P<0.01$),而术后2年腹腔复发率明显低于另2组($P<0.05$)。结论:丹参联合5-FU胃癌术后早期腹腔化疗不仅是安全可行的,而且较静脉化疗毒

副反应小,腹腔复发率低,近期生存率满意,有较大治疗上的优势。王海燕等人采用MTT法观察不同质量浓度及作用不同时间大蒜素对胃癌SGC-7901及MGC-803细胞的影响。流式细胞术分析100 mg/L大蒜素分别作用4 h和8 h后,两种肿瘤细胞增殖周期的变化。荷胃癌SGC-7901裸鼠模型随机分成4组,每组4只,分别于荷瘤7 d和14 d,用20 g/L的大蒜素0.1 ml和PBS0.1 ml对瘤体进行局部注射治疗,每隔2 d一次,共3次,观察瘤体增殖及裸鼠生存状况的变化。结果:大蒜素作用后SGC-7901及MGC-803细胞S期比例有增高趋势。荷瘤7 d局部注射治疗组有3只裸鼠瘤体消失,余下1只瘤体组织切片可见大量淋巴细胞聚集,肿瘤血管较少。荷瘤14 d局部注射治疗组4只荷瘤裸鼠的瘤体生长延缓,生存状态较好,瘤体组织切片中可见大片肿瘤组织坏死。得出大蒜素可能通过直接杀伤胃癌细胞,提高机体免疫等方面的综合作用来抑制胃癌细胞生长的结论。王兵等人用MTT法检测不同浓度的人参皂苷Rg3对VEC、胃癌MKN-45细胞增殖及MKN-45细胞诱导VEC增殖的影响。结果:Rg3浓度为0.0313~0.5 mmol/L时,对VEC及MKN-45细胞增殖没有影响($P>0.05$);经0.0313~0.5 mmol/L Rg3作用后的MKN-45细胞条件培养液对VEC增殖没有影响($P>0.05$);Rg3浓度为0.125~0.5 mmol/L时,对MKN-45细胞条件培养液诱导的VEC增殖有抑制作用($P<0.01$),抑制率为13.10%~77.38%。得出人参皂苷Rg3对胃癌细胞条件培养液诱导的VEC增殖具有抑制作用的结论。石雪迎等人研究了三七对胃癌前病变大鼠胃黏膜癌基因蛋白异常表达的影响。研究者采用幽门弹簧插入加热糊复合方法,用16周复制大鼠胃癌前病变模型,免疫组化法检测三七粉0.6 g/(kg·d)治疗12周对胃癌前病变大鼠胃黏膜上皮细胞表皮生长因子受体(EGFR)、C-erbB-2、H-ras、Bcl-2等癌基因蛋白表达水平的影响。结果显示大鼠癌前病变胃黏膜上述4种癌基因蛋白阳性表达细胞较正常组大鼠明显增多,表达强度显著增强($P<0.01$),而三七治疗组4种癌基因蛋白阳性细胞数和表达强度均显著低于模

型组和蒸馏水组($P<0.01$)。提示胃癌前病变大鼠胃黏膜上皮细胞存在着EGFR、C-erbB-2、H-ras、Bcl-2等癌基因表达的异常增高现象，三七则有可能通过降低上述癌基因的异常表达而发挥治疗胃癌前病变的作用。

六、实验研究

王建平等人研究了消痰散结方(半夏15 g,胆南星15 g,茯苓15 g,枳实10 g,陈皮10 g,炙甘草6 g)对MKN-45人胃癌细胞E-Cad表达的影响,制备消痰散结药物血清,体外培养MKN-45人胃癌细胞,拟消痰散结方药物血清干预培养细胞,采用免疫组化ABC法检测胃癌组织中E-Cad的表达。结果中药组胃癌组织中E-Cad表达水平明显高于空白对照组。消痰散结方抑制胃癌细胞转移的环节可能和影响黏附分子的表达,从而影响细胞的黏附性机制有关。此研究说明了消痰散结方有抗肿瘤转移的作用。徐晓峰等人用免疫组化S-P法检测蔡氏扶正消症汤(黄芪、人参、莪术、藤梨根、露蜂房、八月札、白毛藤、徐长卿、全蝎)对肿瘤血管内皮细胞生成因子(VEGF)表达的影响。其结果为:蔡氏扶正消症汤浓度为111 mg/ml时其平均吸光度分别为0.096±0.004,与空白对照组平均吸光度0.125±0.025相比,有显著性差异($P<0.01$),并且VEGF平均吸光度随蔡氏扶正消症汤的浓度增加而降低。表明蔡氏扶正消症汤能抑制VEGF的表达。郭喜军等人采用N-甲基-N-硝基-N-亚硝基胍(MNNG)法建立大鼠胃黏膜异型增生模型,用胃痞颗粒(柴胡12 g,黄芩9 g,当归9 g,白芍30 g,蒲黄9 g,五灵脂20 g,栝楼30 g,半夏9 g,黄连6 g,茵陈12 g,鸡内金9 g,三棱12 g,败酱草15 g,苦参9 g,蒲公英15 g,仙鹤草20 g,茯苓20 g,麦冬20 g,荔枝核20 g,半枝莲12 g,白花蛇舌草12 g,三七粉2 g)治疗,通过对胃黏膜进行常规病理检测、TUNEL细胞凋亡检测及胃黏膜上皮细胞凋亡及调控基因Bcl-2、Fas、p53(突变型)蛋白表达水平的观察,结果胃黏膜组织病理学变

化、中、重度异型增生率,胃痞颗粒Ⅰ、Ⅱ组与模型组相比明显降低(均$P<0.05$);p53(突变型)、Bcl-2基因蛋白表达,胃痞颗粒Ⅰ、Ⅱ组明显低于模型组(均$P<0.05$);Fas蛋白表达,胃痞颗粒Ⅰ、Ⅱ组均高于模型组($P<0.05$)。研究表明,胃痞颗粒可抑制Bcl-2、p53基因蛋白表达,促进Fas基因蛋白表达,使AI增加,从而有利于促进胃黏膜异型增生的上皮细胞发生正常程序性死亡,这可能是该药治疗胃癌前病变的作用机制之一。研究还揭示在胃黏膜中、重度异型增生的癌前病变中,已经存在细胞凋亡的异常和相关基因的改变。Bcl-2、p53基因蛋白表达增高,Fas基因蛋白表达减低,细胞凋亡受到抑制,这可能是胃黏膜中、重度异型增生向胃癌发展的机制之一。杨金坤等人将造模后小鼠随机分成3组,每组10只,四君子汤组每天予四君子汤煎剂0.5 ml灌胃(1 ml含生药0.16 g);胃肠安方剂组(由炒白术、茯苓、白扁豆、红藤、生牡蛎、夏枯草等组成)每天予胃肠安煎剂0.5 ml灌胃(1 ml含生药0.24 g);对照组每天予生理盐水0.5 ml灌胃,共40 d。采用TUNEL法、电镜、流式细胞仪分析技术进行检测分析。研究表明:胃肠安和四君子汤均能抑制人胃癌细胞裸小鼠移植瘤的生长;诱导人胃癌细胞凋亡,胃肠安抑瘤率高于四君子汤,对肿瘤细胞凋亡的作用两者相同。

· 135 ·

(任金星　王翼州)

参 考 文 献

[1] 叶任高,陆再英.内科学.第6版.北京:人民卫生出版社,2005:397.

[2] 吴焰林.扶正攻坚胶囊治疗晚期胃癌疗效分析[J].镇江医学院学报,2000,10(4):656-657.

[3] 蒋民主,张兰,曾英.健脾活血清热方治疗胃癌前病变的临床疗效观察[J].中国中西医结合消化杂志,2001,9(6):369.

[4] 张学民,钱钢,戚毅韵,等.健脾和胃消积方加减治疗胃癌的临床观察[J].湖北中医杂志,2006,28(7):28.

[5] 叶人,徐晓峰,项祖闰,等.治萎化异汤治疗胃癌癌前病变35例临床观察[J].

浙江中医杂志,2007,42(6):327.

[6] 蔡锦莲,黄明河,陈秀凤,等.萎胃散治疗慢性萎缩性胃炎及胃癌前病变的研究[J].中国中西医结合消化杂志,2002,10(1):15.

[7] 郭亚平,江红革.保胃防癌散治疗胃癌癌前病变236例[J].中国民间疗法,2000,8(12):32.

[8] 郭喜军.李建新治疗胃癌经验[J].中医杂志,2006,47(6):426.

[9] 钱钧,唐娟.周维顺教授善用清热法治疗胃癌经验[J].长春中医药大学学报,2007,23(4):10.

[10] 石怀芝.孙桂芝辨证治疗中晚期胃癌的经验[J].北京中医,2003,22(2):13.

[11] 赵海磊.邱佳信治疗胃癌临床经验探析[J].上海中医药杂志,2006,40(8):21.

[12] 郑国静,魏品康."消痰散结法"治疗胃癌的研究[J].中医药学报,2004,32(5):14-15.

[13] 卜平,周荣卿,陈齐鸣.扶正化瘀方对胃癌转移及血液流变学的影响[J].中国中西医结合脾胃杂志,2000,8(4):193-195.

[14] 王瑞平,潘宇,叶志超.健脾化瘀合剂配合化疗治疗晚期胃癌24例临床观察[J].江苏中医药,2004,25(11):22-23.

[15] 朱国先.癌瘀相关初探[J].浙江中医杂志,2000,5(12):533-534.

[16] 柴可群.毒与癌症发病关系探讨[J].浙江中医杂志,2002,37(7):304-307.

[17] 赵爱光.邱佳信治疗胃癌学术思想初探[J].江苏中医药,2004,2(7):12.

[18] 李和根.刘嘉湘治疗胃癌经验述要[J].辽宁中医杂志,2005,32(7):642.

[19] 张霆.谢广茹从脾胃论治肿瘤经验举要[J].上海中医药杂志,2004,38(3):18-20.

[20] 杨金坤.现代中医肿瘤学[M].上海:上海中医药大学出版社,2004:293.

[21] 吴洁,孙桂芝.孙桂芝教授防治胃癌复发转移临床药证研究[J].中华中医药学报,2007,25(5):916.

[22] 陈郭君.中医辨证分型治疗胃癌[J].湖北中医杂志,2000,22(3):19.

[23] 俞勇,张竝,蔡乾荣,等.半夏泻心汤加味治疗胃癌术后化疗消化道反应疗效观察[J].浙江中医药大学学报,2006,30(4):401-402.

[24] 郭兆平,陈泽民.参苓白术散加减治疗胃癌术后消化不良[J].肿瘤防治研究,2005,32(9):601.

[25] 杜艳茹,刘启泉,白海燕,等.解毒活血方治疗胃癌前病变(热毒癖血证)66

例疗效观察[J].新中医,2005,37(10):20.

[26] 陈小东,梁启廉.复方丹参滴丸配合FAM方案治疗胃癌临床观察[J].中国中西医结合消化杂志,2004,12(1):42.

[27] 陈谦,连小云,张晓智,等.蟾皮、全蝎、蜂房对小鼠前胃癌及癌前病变的干预试验研究[J].陕西中医,2003,24(1):84-86.

[28] 梁枫,王明艳,许冬青.斑蝥酸钠诱导人胃癌BGC823细胞凋亡的实验研究[J].南京中医药大学学报,2006,22(3):171.

[29] 黄智芬,施智严,罗勇,等.蟾酥注射液配合化疗治疗中晚期胃癌31例临床观察[J].河北中医,2002,24(3):163-165.

[30] 于庆生,王炜,汪小明,等.丹参及5-氟尿嘧啶胃癌术后早期腹腔化疗的临床应用[J].中国中西医结合外科杂志,2002,8(6):393-396.

[31] 王海燕,许才级,王庆莉,等.大蒜素对胃癌细胞株及裸鼠移植瘤的抑制作用[J].肿瘤防治研究,2001,28(2):94-97.

[32] 王兵,王杰军,徐钧,等.人参皂苷Rg3对胃癌诱导血管内皮细胞增殖的抑制作用[J].肿瘤防治杂志,2001,8(3):234-236.

[33] 石雪迎,赵凤志,戴欣,等.三七对胃癌前病变大鼠胃黏膜癌基因蛋白异常表达的影响[J].北京中医药大学学报,2001,24(6):37-39.

[34] 王建平,魏品康,许玲.消痰散结方对MKN-45人胃癌细胞E-Cad表达的影响[J].北京中医,2001,20(4):51-52.

[35] 徐晓峰,王海波,蔡慎初.蔡氏扶正消症汤对胃癌血管生成影响的实验研究[J].浙江中医杂志,2007,42(3):171.

[36] 郭喜军,梅建强,刘启泉.胃痞颗粒治疗胃癌前病变的实验研究[J].中国中西医结合消化杂志,2006,14(4):237.

[37] 杨金坤,赵爱光,赵海磊.胃肠安诱导人胃癌细胞凋亡的实验研究[J].中医药学刊,2003,21(6):908-909.

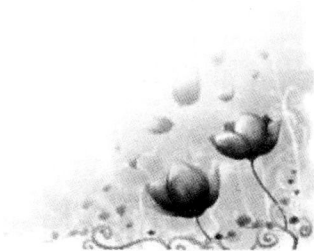

第七章　上消化道出血

　　上消化道出血是指屈氏韧带以上的消化道部位出血，临床表现为呕血和/或黑便，可伴有血容量减少引起的急性周围循环障碍，是消化系统疾病中常见的急症。出血量大，病情严重者可危及生命。本病属中医血证中的"吐血""便血"等范畴。

【病因病机】

　　明代医家张景岳将血证病机概括为气、火两端，急性上消化道出血亦不例外。多因饮酒过度，过食辛辣炙煿之品，或过服辛热药物，或素体阳盛，恼怒气逆，损伤胃之阳络，则见吐血，病情严重，阴阳络俱伤则吐血、便血同见。

　　根据以上论述，结合现代临床资料，按中医病因辨证观点，急性上消化道出血的病因病机可以归纳为以下3点：

　　1.热灼胃络　临床资料显示，本病在发病初期除吐血或黑便外，均不同程度地伴有口干、口苦、小便短赤、舌红、苔薄黄、脉数等一系列火热炽盛、伤津耗液之表现。追述病史，患者或平素恣食辛辣煎炸肥厚之品，热蓄于胃，助火动血；或嗜酒如命，酒热伤胃；或伤于暑热，热扰营血；或性情急躁，肝气横逆，郁而化火，灼伤胃络。凡此种种，皆致热灼胃络，血溢脉外。按脏腑辨证，此热邪主要有胃热、肝火和心火之别。《病因证治·内伤吐血》中明确指出："内伤吐血之因，或积热伤血，血热妄行，或失饥伤饱，胃气伤损，或浩饮醉饱，热聚于中，或盐醋辛辣，纵口不忌，或恼怒叫喊，损伤膈膜，则血从口出，而内伤吐血之症作矣。"

　　2.胃脘瘀血　上消化道出血，病位在胃，胃络受损，络伤血溢，

瘀血壅滞胃内,积于肠道,气机壅塞,胃络难愈,使新血不能安行无恙,更溢胃中。正如《血证论》所谓:"凡有所瘀,莫不壅塞气道,阻滞气机。"

3.心脾不足 大量临床资料显示,上消化道出血在发病前或发病时并无头晕、心慌、周身乏力、汗出肢冷等症,而在吐血或黑便后才逐渐出现头晕、心慌,动则尤甚,面色苍白,神疲乏力等心脾不足之症。如出血不止则出现汗出肢冷、形寒欲寐、少气懒言、舌淡脉细弱等心脾不足、脾肾阳虚之候。因此我们认为心脾不足是上消化道出血失治、误治后病情进一步发展的必然转归。《景岳全书》也指出:"暴吐暴衄,失血如海,多致血脱气亦脱,危在顷刻。"

【临床诊断】

一、诊断标准

临床上根据呕血、黑便和血容量减少引起的周围循环衰竭,呕吐物及大便隐血试验呈强阳性,血红蛋白浓度、红细胞计数下降的实验室依据即可作出上消化道出血的诊断。但对于出血量估计和出血是否停止以及出血病因的判断对指导治疗更为重要。

· 139 ·

1.出血量的估计 每日出血量5~10 ml,大便颜色不变,但大便隐血试验可为阳性;出血量50 ml以上时出现黑便。胃内积血达250~300 ml,可引起呕血。出血早期以呕血、便血量作为估计失血量的依据往往不够准确。因为呕血与便血常分别混有胃内容物与粪便,另一方面部分血液尚贮留在胃肠道内,暂时未排出体外。这时可以根据周围循环体征的改变做出判断。

(1)脉搏、血压:当失血量在400 ml以下,可由组织液及脾贮血补偿,血容量仅轻度减少,循环血量能在1 h内得到改善,故可无全身症状。当出现头晕、心慌、冷汗、乏力、口干等症状时,提示急性失血量在400 ml以上;如果有晕厥、四肢冰凉、尿少、烦躁不安、脉搏增

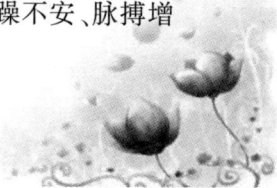

至100次/分以上时可能进入休克状态,收缩压可降至70~80 mmHg,脉压小,表示出血量至少在1 200 ml以上(占总血量的20%~40%);若继续出血,除晕厥外,脉搏细弱,甚至消失,收缩压可降至50~70 mmHg;血压降至零,患者无尿时,急性失血已2 000 ml以上(占总血量30%~50%)。

(2)血红蛋白、红细胞计数测定:血红蛋白、红细胞计数、血细胞比容测定也有助于估计失血量大小。但在急性失血的早期,由于血液浓缩及重新分布等代偿,上述检查指标暂时无明显变化。当组织间液渗入血管内补充血容量,出血后3~4 h可出现血红蛋白下降。血红蛋白在短时间内下降至7 g以下,表示出血量大,在1 200 ml以上。

临床上将血压、脉搏的变化,血红蛋白、红细胞计数、血细胞比容测定作为估计失血量的可靠指标。

2.判断是否继续出血　临床上出现下列表现应认为有继续出血或再出血。

(1)大便情况:反复呕血,黑便次数增多,暗红甚至鲜红色,伴肠鸣音亢进。

(2)心率、血压:经补液、输血未见改善或虽暂时好转而又恶化。

(3)实验室检查:血红蛋白、红细胞计数、血细胞比容继续下降,网织红细胞计数持续增高。

(4)胃管抽出物有较多新鲜血液,如果患者自觉症状好转,无冷汗及烦躁不安,脉搏及血压恢复正常并稳定不再下降,可认为出血减少甚至停止。

3.出血的病因诊断

(1)病史:患者腹痛、饮酒、肝炎等病史可提示出血的病因。

(2)胃镜检查:目前是诊断上消化道出血病因的首选检查方法。在出血后48 h内进行检查,阳性率可达80%以上,尤其能明确诊断X线钡餐检查不易发现的贲门黏膜撕裂症、糜烂性胃炎、胃浅表性溃疡。

(3)X线钡餐造影:在活动性出血后不宜早期进行钡餐造影检查,

因为有引起再出血或加重出血的可能。一般主张在出血停止、病情稳定数天后进行。但延迟检查也可降低诊断的阳性率。

(4)选择性动脉造影:经内镜和X线检查未能发现病变时,应做选择性腹腔动脉造影。该项检查对小肠的血管畸形、平滑肌瘤等有诊断价值。当活动性出血时进行此项检查阳性率增加。

二、鉴别诊断

下消化道出血 屈氏韧带以下的小肠或大肠出血。一般来说,出血部位越高,则便血的颜色越暗;出血部位越低,则便血的颜色越鲜红,或表现为鲜血。两者的鉴别需通过胃、肠镜来进行。

三、中医证型

1.胃热壅盛 以呕血为主,表现为呕血鲜红或紫,便干而黑,腹满胀痛,口渴思饮,舌红苔黄,脉象滑数。

2.肝经湿热 以吐血为主,表现为脘闷胁痛,心烦易怒,嗳气吞酸,吐血红紫,黑便。热盛则兼见口干而苦、怕热喜凉、目赤头晕、尿红便干等症状,脉常弦数,舌尖边红,舌苔薄黄。

3.脾胃虚寒 以黑便为主,症见便色紫黑,腹痛喜按,得食痛减,热熨则舒,四肢不温,神疲懒言,尿清便溏,舌胖质淡,脉缓而弱。

4.气不摄血及气血暴脱 以大量黑便为主,少数人伴有呕血。当气不摄血时,表现为大便黑亮,气短食少,神疲乏力,面色无华,舌淡苔薄,脉细弱。如进一步发展,可引起气血暴脱,除原有症状外,还有面白肢凉,冷汗淋漓,头晕心悸,气短眼黑,出血难止,脉微而数,或脉芤而数。

5.气滞血瘀 表现为吐血紫黑,内夹血块,便色黑紫,脘腹胀痛,或痛如刀割,腹内痞块,面色青黯,舌有紫斑,脉象沉涩。

四、辨证要点

辨咯血、呕血　指喉以下呼吸道出血经口腔咯出,多因肺部或支气管出血。呕血患者多有胃、十二指肠溃疡,肿瘤或肝硬化等病史;而咯血患者一般有结核、支气管扩张或心肺疾病等。呕血多随呕吐引起,咯血一般是咳嗽后吐出。呕血的颜色呈紫红或咖啡色,无泡沫,咯血的颜色则为鲜红,有泡沫。呕血常夹有食物残渣及胃液,咯血则混有痰液。呕血前常先发生上腹疼痛,饱胀不适;咯血前常有喉痒、咳嗽、胸闷。呕血的血液呈酸性;咯血的血液呈弱碱性。呕血患者常拉柏油(黑色)样便,大便隐血试验阳性;咯血患者大便隐血试验常阴性,除非吞下血液外,一般粪便正常。

【临床治疗】

一、常见分型治疗

1.胃热壅盛

治法:清胃泻火,凉血止血。

方剂:泻心汤(《金匮要略》)合十灰散(《十药神书》)加减。

组成:生大黄、黄连、黄芩、生地黄、茜草炭、代赭石、丹皮、白及。

加减:胃气上逆而见恶心、呕吐者,可加竹茹、旋覆花;热伤胃络而表现口渴、舌红而干、脉象细数者,加麦冬、石斛、天花粉。

2.肝经湿热

治法:柔肝清热止血。

方剂:龙胆泻肝汤(《太平惠民和剂局方》)或丹栀逍遥散(《内科摘要》)加减。

组成:地黄、当归、龙胆草、黄芩炭、丹皮、栀子、茜草炭、花蕊石、三七粉。

加减:胁痛甚者,加郁金、香附理气活络止痛;血热妄行者,加犀角、赤芍清热凉血止血。

3.脾胃虚寒

治法:温中健脾止血。

方剂:黄芪建中汤(《金匮要略》)加减。

组成:黄芪、当归、肉桂、炒白芍、甘草、附片、炮姜炭、灶心土、白及。

加减:寒凝血瘀者加桃仁、红花,或三七粉冲服;寒凝气滞者加乌药、木香;肾阳虚甚者,加肉从蓉、杜仲;水湿内停明显,苔白腻水滑者,可酌加泽泻、车前子。

4.气不摄血及气血暴脱

治法:益气摄血。

方剂:归脾汤(《正体类要》)加减。

组成:黄芪、党参、当归、白术、炮姜炭、小蓟、墨旱莲、藕节、白及。

加减:气虚下陷而且少腹坠胀者,可加升麻、柴胡,从而起到益气升阳的作用。

5.气滞血瘀

治法:祛瘀止血。

方剂:失笑散(《太平惠民和剂局方》)加减。

组成:蒲黄、五灵脂、延胡索、香附、大蓟、小蓟、地榆炭、白及、乌贼骨。

加减:胃脘痛甚者加延胡索、郁金、九香虫、大黄以增强行气止痛作用;兼气滞者加柴胡、枳壳以疏肝理气止痛;舌淡脉弱者加党参、黄芪;便黑者加三七粉、白及粉;口干咽燥、舌光无苔、脉细者加生地、麦冬。

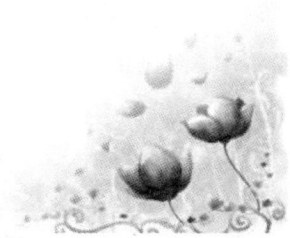

二、固定方药治疗

1.云南白药胶囊

组成:三七、重楼等。

功效:消炎止痛,通络止血。

主治:用于肝硬化所致呕血、黑便。

用法:每次4片,每日3次。

2.乌贝散

组成:海螵蛸、浙贝母、陈皮油等。

功效:止酸止痛,收敛止血。

主治:慢性萎缩性胃炎、慢性浅表性胃炎所引起的轻度便血。

用法:每次3 g,每日3次,饭前口服。

3.槐角地榆丸

组成:槐角(炒)、地榆(炭)、荆芥(炒)、山栀(炒)、地黄(炒)、白芍(炒)等。

功效:消肿止痛,清热止血。

主治:各种慢性胃炎、胃溃疡所致便血。

用法:每次1丸,每日2次,口服。

三、名医验方

1.七乌松仙汤(尤荣辑方)

组成:三七25 g,乌贼骨50 g,嫩松叶50 g,仙鹤草50 g。

功效:收敛固涩止血。

主治:用于各种急性出血证。

按语:方中重用苦咸性涩,入肝经之乌贼骨、仙鹤草,以收敛止血,民间俗称仙鹤草为"脱力草",多用于治疗脱力劳伤及贫血之疾,有止血补益之功;又以苦涩入肝之三七收敛止血兼以化瘀,以防血止瘀留;以苦温入心脾二经之嫩松叶止血祛风。四药合用可达

收敛止血之功,对急性出血可收立竿见影之效。

2.念君止血方(周炳文方)

组成:红参10 g,当归30 g,茜草15 g,生大黄10 g,生地15 g,旱莲草10 g。

功效:补血活血,凉血止血。

主治:肝硬化并发大出血。

按语:方中重用人参以大补元气、摄血固脱为主药;配当归补血和血、祛瘀生新;茜草凉血止血、活血祛瘀;大黄活血化瘀,以收补气固脱、止血而不留瘀之效。是方治疗大呕血、大咯血,急性出血如涌,可防其瘀血窒息或血尽气脱。经临床验证,实为急救止血之妙方。

【临床保健】

一、心理保健

由于患者本身的心理素质、文化程度、生活习惯、性格及对疾病的认识、敏感性、耐受性不同,产生的心理反应也各不相同。我们根据不同的心理特征进行观察分析以达到最佳的心理治疗状态。对紧张、恐惧心理患者,首先应判断其产生恐惧的原因,在生活上关心体贴,取得其信任,消除其恐惧心理;对忧虑、抑郁心理患者,应耐心解释,注意其心理变化,必要时采取保护性措施;对焦虑型患者,应创造良好的病室环境,使其情绪安定,减轻心理压力。

二、运动保健

剧烈运动和体力活动时,人体处于应激状态。有人证实,应激时,脑α-内啡肽释放与运动强度有关,并可调节儿茶酚胺的变化。加之精神紧张、脱水、耗能、低血糖等均使体内儿茶酚胺升高,致胃、十二指肠黏膜局部血管痉挛。如发现运动后呕血及黑便者应立即

停止活动,并急诊胃镜检查确诊,予以足够的药物剂量及疗程的治疗。

三、饮食保健

饮食教育干预是健康教育的重要组成部分,对肝硬化失代偿期患者采取饮食教育干预具有重要意义。由于食管胃底静脉曲张常因饮食不当而致破裂出血,造成出血的原因是由于患者缺乏饮食知识。曾有过出血史的患者进食要有规律,宜少食多餐,细嚼慢咽,进食易消化吸收的温热食物,如面片、面条、蛋羹、稀饭、肉泥、少渣无刺激性食物,忌食粗糙、生冷、油腻、煎炸、辛辣、多纤维、坚果类食物等。

四、调摄护理

为防止出血患者发生意外,应嘱其静卧休息,多采取侧卧位,以防呕血引起窒息或吸入性肺炎,不随便喝开水、吃食物。一旦呕血后应及时清洗污染衣被,给予漱口以保持清洁卫生。为减轻患者精神紧张,医护人员的言行要镇静,要关心体贴患者。在饮食管理上,大出血者宜暂时禁食48 h;小量出血者,可饮温流质饮食。不主张禁食,以免胃饥饿收缩引起再次出血,可给予藕粉、米汤、鸡蛋羹,以及无酸果汁,应尽量遵照少量多餐原则,一般以每日5~6次为宜。病情稳定、大便色转黄者可进食少渣半流质饮食;切忌过酸、甜、辣、刺激胃酸分泌的食物。

【现代研究】

一、病因病机研究

中医认为上消化道出血的本质是络伤血溢。多数学者认为引起络伤血溢的病机主要责之于"热"与"虚"。热者因于胃热、肝火、

阴虚火旺,并由饮食不节、情志不和等诱发;虚者多因于脾虚、劳倦过度、久病失养等导致脾虚不摄、胃络瘀血,从而血不循经而外溢。然而瘀血的存在是导致本病的一个重要机制,热煎津液为瘀,血得寒则凝,气虚血行无力,均可导致血瘀阻络,血不归经而溢出脉外。临床通过对患者血液流变学指标、血浆纤维蛋白及其降解产物、血浆黏度、甲皱微循环等进行检测,表明血液存在浓、黏、聚的变化。有临床报道,对不同病因所致的上消化道出血患者血清促胃液素水平进行测定,发现均不同程度高于正常值,此外上消化道出血还与微量元素改变有关。

二、辨证分型治疗

辨证论治是中医治疗疾病的精髓和特色,因而上消化道出血的辨证治疗占有重要的位置,临床疗效亦较好。王敏等将本病分4型论治:肝郁脾虚型治以健脾益气、疏肝解郁,用香砂六君子汤、柴胡疏肝散、左金丸加减;肝火犯胃型治以清肝泻火、理气和胃,方用泻心汤、金铃子散合左金丸加减;脾失统摄型治以益气摄血,急则用独参汤,缓则以归脾汤加减;脾胃虚寒型治以温中散寒、活血止血,以黄土汤加减。结果肝郁脾虚型、肝火犯胃型疗效均为100%,脾失统摄型为80%,脾胃虚寒型为75%。徐国祥等将本病分2型论治:胃热伤络型以大黄黄连泻心汤加减;脾气虚弱型治以益气健脾、养血止血,以归脾汤加减治之并随症加减。结果胃热伤络型有效率为97.9%、脾气虚弱型为91.7%。杨秀芬将本病按中医辨证分为4型:胃中积热型治以清胃泻火、降逆止血,以泻心汤合犀角地黄汤加减;肝火犯胃型治以清肝泻火、降逆止血;脾虚不摄型治以健脾益气、温中止血,以归脾汤或黄土汤加减;气衰血脱型治以益气摄血、回阳固脱,方用独参汤或参附汤合生脉散加减。结果总有效率达94.1%。陶双友将本病分为4型:胃热壅盛型用升麻、当归各8 g,生地黄、丹皮、黄芩各12 g,黄连5 g,生石膏30 g,大黄粉3 g(分冲);肝火

犯胃型用龙胆草、当归、木通、甘草各8 g,栀子、柴胡各10 g,黄芩12 g,生地黄、泽泻、夏枯草各15 g;脾虚不摄型用阿胶(烊化)、黄芩各10 g,熟地黄、白术、茯苓、党参各15 g,甘草6 g;气虚血脱型用西洋参(另煎)、当归、甘草、远志、五味子各6 g,白术、茯苓各15 g,黄芪30 g,大枣10 g。结果总有效率89.13%。余幼鸣将本病分为3型:脾不统血型用黄土汤加减;胃热壅盛型用三黄泻心汤加减;胃肠湿热型用地榆散加减。结果总有效率为80.83%。

三、专方治疗

韩新峰以止血合剂(人参20 g,加水300 ml,煎煮30 min,取液200 ml后,加入云南白药2 g、大黄粉3 g、白及粉3 g,摇匀备用),每次100 ml,每日2次,口服或鼻饲。7 d为1个疗程,共治本病32例,痊愈28例,显效2例,无效2例,总有效率93.75%。欧阳星自拟健脾摄血汤(黄芪、三七、白及、炒白术、山药、茯苓、生甘草)治疗上消化道出血40例,每日1剂,煎2次,分2次服,7 d为1个疗程,结果治愈23例,好转16例,未愈1例,总有效率97.5%。杨月艳以"芪蕊摄血散"(黄芪、花蕊石、乌贼骨、炒地榆、莲房)为主随症加减治疗老年上消化道出血37例,37例全部治愈。苏廷如应用大黄三七粉(大黄粉、三七粉。1日3剂,每服用冷开水100~120 ml冲服)治疗上消化道出血100例,结果痊愈88例,显效8例,无效4例,总有效率96%。黄桂荣用自拟补气摄血汤:炙黄芪24 g,党参、当归、地榆炭、槐花炭各12 g,炒蒲黄10 g,阿胶20 g(烊化),紫珠草30 g。每日1剂,水煎取液,并用海螵蛸粉10 g,大黄粉1 g,三七粉2 g,每日3次汤剂送服。治疗62例,显效52例,有效6例。罗卫东用泻心汤加味(黄连、黄芩、陈皮各9g,代赭石30 g,三七片、白及各12 g,海螵蛸、大黄各15 g)治疗本病,并随症加减。结果总有效率93.48%。高雪玲等用大黄三七乌及散(大黄、三七、白及、乌贼骨按2∶2∶1∶1配方共研细末)治疗本病42例,每次6 g加冰生理盐水20 ml,2 h一次,连服3次后改为4~6 h一次;对照组39例,将

凝血酶1 000 U加冰生理盐水10~20 ml,2 h一次,连服3次后改为4~6 h一次。结果治疗组有效率为92.9%,优于对照组的89.7%。

四、单味药治疗

1.大黄　早在明代就有"用单味大黄水泛为丸,名将军丸,治疗吐血"的记载,清代唐容川称赞大黄"止血不留瘀,尤为妙药"。由于其具有良好的止血效果而历年来被用做治疗上消化道出血的重要药物之一。大黄具有行积导滞、泻火凉血、逐瘀通经之效。现代药理研究证实,大黄的蒽醌类衍生物可促进血小板生成,显著增加纤维蛋白原,缩短凝血时间,并能降低毛细血管通透性,减少溃疡面渗出,改善血管脆性。此外,大黄的止血作用还与抑制胃蛋白酶、促进血小板在血管破裂处凝集有关。如周洪兰等以生大黄粉5~7 g,每4~6 h口服或经胃管注入,配全甲氰咪胍0.8~1.2 g/d,分两次静脉注射。对照组采用甲氰咪胍0.8~1.2 g分两次静脉注射,12 h后再口服凝血酶2 000~4 000 U,4~6 h服1次。结果总有效率达96%,优于对照组70%($P<0.01$)。林平以生用大黄粉治疗231例上消化道出血患者,总有效率为93.3%。冯全英以单味大黄粉治疗上消化道出血患者48例,亦取得良好效果。黄梓平选择中、轻度上消化道出血患者60例,随机分为两组,治疗组30例口服生大黄粉,对照组30例口服云南白药。结果治疗组平均止血时间(3.50±0.80)d,对照组为(5.25±1.70)d,两组有显著差异。作者认为,对中、轻度上消化道出血,生大黄粉比云南白药止血效果更佳。王晓俐治疗本病用生大黄粉每次5~10 g,每日3次;西药组予安络血10 mg肌注,每日2次,止血环酸0.4 g静滴,每日1次;中药组总有效率88.83%高于西药组的22.38%($P<0.05$)。

2.白及　白及质极黏腻,性极收涩,能清血热,涩血络,破瘀血,生新血,同时有消肿生肌之效,因而为收敛止血之主药,临床上亦常用单味药治疗上消化道出血。如张春香以白及粉510 g,以水调成糊状,饭前30 min服,每日3次,治疗上消化道出血48例,常规给予根

除幽门螺杆菌、抑酸治疗及对症处理,经7~28 d治疗,结果显效39例,有效4例,无效5例。悦随士等以白及散剂每次5 g,用生理盐水50 ml调成糊状,经胃管迅速给药,每4 h一次,血止24 h后改为口服,剂量不变,每日3次,治疗上消化道出血57例;对照组给凝血酶,每次1 000 U,4 h一次,用生理盐水溶解,经胃管给药,血止后改为口服,每次600 U,每日3次。总有效率为96.49%,与凝血酶组疗效(94.55%)比较无显著差异。孟淑红选择非静脉曲张性上消化道出血病例62例,随机分为治疗组32例与对照组30例,均予奥美拉唑等西药常规治疗,治疗组加用白及、三七粉口服(白及、三七粉按3:1比例混合配制,每次15 g,用凉开水调成糊状吞服,每3~4 h一次,每次服药前后1 h禁饮水)。治疗组总有效率为96.97%,对照组83.33%,两组比较有显著差异。

五、中西医结合治疗

刘乡治疗消化性溃疡并消化道出血45例,中药:乌贼骨、地榆、川贝、白及、三七粉、五倍子。肝胃郁热者加川楝子、延胡索、龙胆草;气虚不摄者加黄芪、党参;胃中积热者加生地、栀子、大黄。每日1剂,水煎服。与对照组25例,均用西米替丁0.4 g加葡萄糖液静滴,每日2次,连用5 d。结果:两组分别显效(<3 d止血)38例、15例,有效各6例,无效1例、4例,总有效率97.7%、84%($P<0.05$)。赵复金等中西医结合治疗消化道出血50例。治疗组分型用药;脾虚不摄和脾虚寒热相夹型用四君子汤和半夏泻心汤化裁;脾胃积热型用用三黄泻心汤加味;胃阴损伤型用养胃汤加减。随证加减,每日1剂,水煎服。对照组38例,用止血芳酸0.6~0.8 g,止血敏3 g静滴,每日1次;去甲肾上腺素16 mg,加生理盐水200 ml;每次50 ml,每日2次口服。两组均用雷尼替丁0.15 g静滴或静注,每日2次。结果:两组分别显效35例、15例,有效12例、15例,无效3例、8例,总有效率94%、78.95%($P<0.05$)。梁光好将80例消化性溃疡出血患者随机分治疗组和对照组各40例,对照组给予西医抑酸、补液等治疗;治疗组在此基础上

加用大黄8 g,白及5 g,田七3 g,一起研粉,以生理盐水4℃稀释口服或灌入,每日3次;疗程均7 d;治疗组有效率为92.5%,明显优于对照组的70.0%(P<0.01)。马安荣等将112例消化性溃疡出血患者随机分为治疗组与对照组,两组均用奥美拉唑,治疗组加服消溃止血饮(丹参20 g,白芍12 g,三七粉4 g,大黄10 g,紫珠草20 g,白及10 g,炙甘草5 g);对照组加用安络血、止血芳酸;疗程均为2周;治疗组粪OB转阴时间为3.55 d,显著优于对照组的6.67 d(P<0.01)。刘鲁明将98例本病患者随机分为治疗组和对照组,两组均用洛赛克40 mg静滴,每日2次;治疗组加用止血散(大黄粉、白及粉、三七粉、乌贼骨粉各等分)20 g,凉开水冲服,每日3次,对照组加云南白药1 g口服,每日3次,疗程均为1周;治疗组总有效率94%,明显优于对照组的68.75%(P<0.01)。朱简等将106例本病患者随机分为治疗组和对照组,对照组予奥美拉唑40 mg及止血敏5 g静滴,每日1次;治疗组在此基础上加三七3 g,白及6 g,加蜂蜜30 ml和冷开水至100 ml调匀,经胃管注入,闭管2 h,每日3次;治疗组显效率73.58%,优于对照组的50.95%(P<0.05)。

六、实验研究

· 151 ·

三黄泄心汤为一著名的古代经方,出自汉代《金匮要略》一书,具有泄心解毒、燥湿除痞等功效,主治吐衄便血、黄疸痞满、疮疡痈肿等证。刘保林等用三黄泻心汤(大黄、黄连、黄芩)给予经过乙醚麻醉行幽门结扎术的大鼠,发现三黄泻心汤能缩短小鼠的出、凝血时间和家兔血浆复钙时间,且可明显减少小鼠利血平或水浸应激性溃疡模型的出血点数;大鼠幽门结扎溃疡模型实验中,其溃疡点数和溃疡总面积亦较对照组低,表明该方对化学、物理或应激性刺激所致的胃黏膜损伤均具有一定的保护作用。刘保林等研究三黄泻心汤对凝血系统和胃黏膜损害的影响,方法是以毛细管法和割尾法分别测定三黄泻心汤对小鼠的凝血和出血时间的影响;以利

血平腹腔注射造成小鼠胃黏膜损害观察三黄泻心汤对抗胃黏膜损害的作用；体外实验中观察三黄泻心汤对家兔血浆复钙时间、ADP诱发的血小板聚集和离体胸主动脉条收缩力的影响。结果三黄泻心汤可缩短出、凝血时间和血浆复钙时间，促进血小板聚集，增加家兔离体胸主动脉条的收缩力，并具有对抗胃黏膜损伤和降低胃蛋白酶的作用。

综上所述，以上各种方法均体现了中医药治疗上消化道出血有较好的疗效，但也存在不少问题需要解决。如目前对本病的辨证缺乏统一的标准，不少研究仍欠缺规范，不符合严谨的科研要求。疗效判定中，大便潜血试验作为一个重要指标，但其受排便习惯、进食、药物应用等因素影响，增大了疗效判定的差异。因此，今后应重视本病辨证的统一标准化，临床研究方案应严格规范化、客观化、标准化。目前来说，开发一种疗效确切、给药方便、止血迅速的中药剂型是今后可以突破的领域，若能充分利用胃镜结合中医药进行迅速止血亦是可以研究的方向。还有，虽然中医治疗消化性溃疡、胃炎所致出血疗效很好，但对食管、胃底静脉曲张破裂、肿瘤等导致的出血，疗效欠佳，危重病例的抢救亦有不足，尚需结合西医治疗，这也是有待于进一步研究解决的问题。

（杨晓军）

参 考 文 献

[1] 金魁莺.上消化道出血150例血清促胃液素测定分析[J].世界华人消化杂志,2000,8(8):10.

[2] 王敏,颜勤,韩秋艳,等.中医辨证治疗上消化道出血70例临床探讨[J].贵阳中医学院学报,2002,24(1):13.

[3] 徐国祥,丁文娟.辨证治疗上消化道出血[J].山东中医杂志,2000,19(1):20.

[4] 杨秀芬.中医辨证治疗上消化道出血68例小结[J].云南中医中药杂志,2002,23(2):15.

[5] 陶双友.中西医结合治疗上消化道大出血疗效分析[J].江西中医药,2005,

36(5):41-42.

[6] 余幼鸣.中医辨证配合云南白药治疗上消化道出血193例疗效观察[J].新中医,2004,36(7):19.

[7] 韩新峰.止血合剂治疗急性上消化道出血32例[J].山东中医杂志,2002,21(8):476.

[8] 欧阳星.健脾摄血汤治疗上消化道出血40例[J].广西中医药,2002,25(6):46.

[9] 钟新林,彭红卫,刘雄.大黄白及散治疗急性上消化道出血37例疗效观察[J].湖南中医药导报,2003,9(2):22.

[10] 杨月艳."芪蕊摄血散"为主治疗老年上消化道出血37例[J].江苏中医药,2002,23(8):20.

[11] 苏廷如.大黄三七粉治疗上消化道出血100例[J].国医论坛,2002,17(2):40.

[12] 黄桂荣.自拟补气摄血汤治疗上消化道出血62例[J].实用中医内科杂志,2004,18(6):496.

[13] 高雪玲,刘民山.大黄三七乌及散治疗急性上消化道出血临床观察及护理[J].河南中医,2006,26(5):49-50.

[14] 罗卫东.泻心汤加味治疗上消化道出血92例[J].江西中医药,2005,36(3):52.

[15] 周洪兰,韦颖福,蒋万玲,等.生大黄治疗急性上消化道出血疗效观察[J].贵阳医学院学报,2002,27(2):169.

[16] 林平,伍德娜,邱二金,等.生大黄粉治疗上消化道出血的临床研究[J].中国中西医结合急救杂志,2000,7(1):26.

[17] 冯全英.单味大黄粉治疗上消化道出血48例临床观察[J].山西临床医药杂志,2000,9(7):553.

[18] 黄梓平,林汉楠.生大黄粉与云南白药治疗上消化道出血疗效比较[J].中国中医急症,2007,16(9):1070-1071.

[19] 孟淑红,李良玉.中西医结合治疗非静脉曲张性上消化道出血疗效观察[J].中国中医急症,2007,16(4):414-415.

[20] 王晓俐.生大黄治疗上消化道出血88例临床分析[J].中华中西医学杂志,2007,5(6):81-82.

[21] 张春香.白及粉治疗上消化道出血48例[J].中国民间疗法,2002,10(12):36.

[22] 悦随士,高丛军,王晓丽.白及散剂治疗上消化道出血疗效观察[J].中国中医急症,2002,11(5):345.

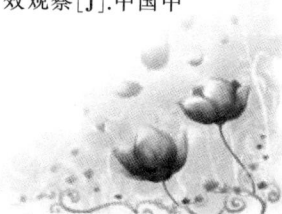

[23] 赵利君,谢方利.白及粉治疗新生儿上消化道出血疗效观察[J].河北中医,2000,22(4):259.

[24] 梁光好.中西医结合抢救消化性溃疡出血的疗效[J].实用中西医结合临床,2007,7(4):40-41.

[25] 马安荣,董晓利.中西医结合治疗消化性溃疡出血56例[J].陕西中医学院学报,2006,29(3):28-29.

[26] 刘鲁明.中西医结合治疗上消化道出血50例[J].湖北中医杂志,2006,28(1):32.

[27] 朱简,靳宝兰.中西医结合治疗急性上消化道出血53例[J].中国中西医结合外科杂志,2006,12(4):362-364.

[28] 刘保林,宣园园,王晓虎,等.三黄泻心汤治疗上消化道出血的药效学研究[J].中药药理与临床,2003,19(3):1-3.

第八章　慢性乙型肝炎

慢性乙型肝炎是由乙型肝炎病毒引起的肝脏发生炎症及肝细胞坏死持续6个月以上的疾病。临床多以右胁不适、腹胀、纳差、乏力为主要临床表现，一般隶属祖国医学"肝郁""胁痛""积聚""黄疸"等范畴。

乙型肝炎病毒(HBV)感染呈世界性流行,但不同地区HBV感染的流行强度差异很大。据世界卫生组织报告,全球约20亿人曾感染过HBV,其中3.5亿人为慢性HBV感染者,每年约有100万人死于HBV感染所致的肝衰竭、肝硬化和原发性肝细胞癌(HCC)。我国属HBV感染高流行区,一般人群的HBsAg阳性率为9.09%。接种与未接种乙型肝炎疫苗人群的HBsAg阳性率分别为4.51%和9.51%。

HBV主要经血和血制品、母婴、破损的皮肤和黏膜及性接触传播。围生期传播是母婴传播的主要方式,多为在分娩时接触HBV阳性母亲的血液和体液传播。经皮肤黏膜传播主要发生于使用未经严格消毒的医疗器械、注射器、侵入性诊疗操作和手术,以及静脉内滥用毒品等。其他如修足、文身、扎耳环孔、医务人员工作中的意外暴露、共用剃须刀和牙刷等也可传播。与HBV阳性者性接触,特别是有多个性伴侣者,其感染HBV的危险性明显增高。由于对献血员实施严格的HBsAg筛查,经输血或血液制品引起的HBV感染已较少发生。

日常工作或生活接触,如同一办公室工作(包括共用计算机等办公用品)、握手、拥抱、同住一宿舍、同一餐厅用餐和共用厕所等无血液暴露的接触,一般不会传染HBV。经吸血昆虫(蚊、臭虫等)传播未被证实。

【病因病机】

结合临床实际，慢性乙型肝炎的病因病机可以概括为四个方面：

1.正气虚弱,邪气留恋　正气不足是发病基础。禀赋不足,或平素体质虚弱,或重病久病之后,正气亏虚,或气血津液不足,脏腑功能失调等原因,无力抗邪,病邪入侵,正如《素问·遗篇·刺法论》中曰:"邪之所凑,其气必虚。"而正气不足中以脾肾不足为关键。脾为后天之本,气血生化之源;肾为先天之本,为生命的原动力。因此,无论先天禀赋不足,还是后天失养,均致机体免疫功能下降,正气无力拒邪,病邪易于入侵。且乙肝病程绵长,使脾肾更虚,经年不愈,肝阴暗耗,终致肝、脾、肾俱虚,正气愈虚。就如吴又可所说:"本气充满,邪不易人,本气适逢亏欠,呼吸之间,外邪因而乘之。"此处所说的"本气"就是指正气。

2.湿困中州,脾土虚弱　本病发生以正气亏虚为本,一方面素体脾肾亏虚而致病邪入侵,另一方面邪毒的入侵,又进一步导致正气亏虚。素体脾肾虚,外感疫毒,由表入里,郁而不达,内阻中焦。或情志不舒,肝失疏泄,气机郁滞,木旺乘土,或土虚木乘,脾胃受损,运化失司,水湿内生,郁而化热,而致湿热为患,湿热中阻,胆液不循肠道,溢于肌肤而致黄疸。疫毒湿热日久伤阴,或郁而化火,耗伤阴液,阴损及阳,或脾胃亏虚日深,气血阴津乏源,渐致气血两亏、阴阳并虚;乙癸同源,肝病日久,必累及肾,致肾亦虚,渐致肝、脾、肾俱虚,正所谓"久病多虚";肝气郁结,气机失调,乃气滞血瘀,或久病气虚,无力助血行,气虚血瘀,此乃"久病多瘀",故郁瘀并见,虚瘀并见。

3.酒食不节,损伤脾胃　慢性乙肝患者本来就有湿热内蕴,然不少人却嗜酒成性。酒毒伤肝,酿湿生热。又因饮食不节,恣食膏粱厚味,辛辣炙煿,损伤脾胃,脾失健运,酿湿生痰,湿热内生,熏蒸肝

胆,或痰瘀阻络,胆汁外溢,渗入血中,发为黄疸或胁下痞块(肝脾肿大)。

4.劳欲过度,耗气伤阴　不少慢性乙肝患者不知劳逸结合,经常劳累过度,耗伤气阴,或恣情纵欲,阴精暗耗,以致肝脾亏虚,日久肝病及脾"见肝之病,知肝传脾"。后天乏源,必穷及肾而发展为脾肾阳虚。本病由于病程长,缠绵难愈,以致患者紧张焦虑,忧心忡忡,导致气机升降失常、脏腑功能失调而发生肝气郁结、气滞血瘀、脉络瘀阻等。

总之,乙肝的病理变化在于疫毒、湿热、虚、郁、瘀,并相互胶着,互为因果,相互影响。肝脾肾的亏虚,既是本病的发病基础,又是本病的病变结果。

【临床诊断】

一、诊断标准

有乙型肝炎或HBsAg阳性史超过6个月,现HBsAg和/或HBV-DNA仍为阳性者,可诊断为慢性HBV感染。根据HBV感染者的血清学、病毒学、生化学试验及其他临床和辅助检查结果,可将慢性HBV感染分为:

(一)慢性乙型肝炎

1.HBeAg阳性慢性乙型肝炎　血清HBsAg、HBV-DNA和HBeAg阳性,抗-HBe阴性,血清ALT持续或反复升高,或肝组织学检查有肝炎病变。

2.HBeAg阴性慢性乙型肝炎　血清HBsAg和HBV-DNA阳性,HBeAg阴性,抗-HBe阳性或阴性,血清ALT持续或反复异常,或肝组织病理学检查有肝炎病变。

根据生化学试验及其他临床和辅助检查结果,上述两型慢性乙型肝炎也可进一步分为轻度、中度和重度。

· 157 ·

(二)乙型肝炎肝硬化

乙型肝炎肝硬化是慢性乙型肝炎发展的结果，肝组织病理学表现为弥漫性纤维化及假小叶形成，两者必须同时具备才能作出肝硬化的病理诊断。

1.代偿期肝硬化　一般属Child-Pugh A级。可有轻度乏力、食欲减退或腹胀症状，ALT和AST可异常，但尚无明显肝功能失代偿表现。可有门静脉高压症，如脾功能亢进及轻度食管胃底静脉曲张，但无食管胃底静脉曲张破裂出血、无腹水和肝性脑病等。

2.失代偿期肝硬化　一般属Child-Pugh B、C级。患者常发生食管胃底静脉曲张破裂出血、肝性脑病、腹水等严重并发症。多有明显的肝功能失代偿，如血清白蛋白<35 g/L，胆红素>35 μmol/L，ALT和AST不同程度升高，凝血酶原活动度(PTA)<60%。

亦可参照2000年《病毒性肝炎防治方案》，将代偿期和失代偿期肝硬化再分为活动期或静止期。

(三)携带者

1.慢性HBV携带者　血清HBsAg和HBV-DNA阳性，HBeAg或抗-HBe阳性，但1年内连续随访3次以上，血清ALT和AST均在正常范围，肝组织学检查一般无明显异常。对血清HBV-DNA阳性者，应动员其做肝穿刺检查，以便进一步确诊和进行相应治疗。

2.非活动性HBsAg携带者　血清HBsAg阳性、HBeAg阴性、抗-HBe阳性或阴性，HBV-DNA检测不到(PCR法)或低于最低检测限，1年内连续随访3次以上，ALT均在正常范围。肝组织学检查显示，Knodell肝炎活动指数(HAI)<4或其他的半定量计分系统病变轻微。

(四)隐匿性慢性乙型肝炎

血清HBsAg阴性，但血清和/或肝组织中HBV-DNA阳性，并有慢性乙型肝炎的临床表现。患者可伴有血清抗-HBs、抗-HBe和/或抗-HBc阳性；另约20%隐匿性慢性乙型肝炎患者除HBV-DNA阳性外，其余HBV血清学标志均为阴性。诊断需排除其他病毒及非病毒

因素引起的肝损伤。

二、病理学诊断

慢性乙型肝炎的肝组织病理学特点是：明显的汇管区炎症，浸润的炎症细胞主要为淋巴细胞，少数为浆细胞和巨噬细胞。炎症细胞聚集常引起汇管区扩大，并可破坏界板引起界面肝炎（interface hepatitis），又称碎屑样坏死（piecemeal necrosis）。汇管区炎症及其界面肝炎是慢性乙型肝炎病变活动及进展的特征性病变。小叶内肝细胞变性、坏死，包括融合性坏死和桥形坏死等，随病变加重而日趋显著。肝细胞炎症坏死、汇管区及界面肝炎可导致肝内胶原过度沉积，肝纤维化及纤维间隔形成。如进一步加重，可引起肝小叶结构紊乱，形成假小叶并进展为肝硬化。

免疫组织化学法检测可显示肝细胞中有无HBsAg和HBcAg表达。HBsAg胞质弥漫型和胞膜型，以及HBcAg胞质型和胞膜型表达提示HBV复制活跃；HBsAg包涵体型和周边型及HBcAg核型表达则提示肝细胞内存在HBV。

慢性乙型肝炎肝组织炎症坏死的分级（G）、纤维化程度的分期（S），可参照2000年《病毒性肝炎防治方案》。目前国际上常用Knodell HAI 评分系统，亦可采用Ishak、Scheuer 和Chevallier 等评分系统或半定量计分方案，了解肝脏炎症坏死和纤维化程度，以及评价药物疗效。

· 159 ·

三、鉴别诊断

1.酒精性肝损害　因过量摄入乙醇而引起的肝功能损害。临床一般以转氨酶轻度升高为主，一般不会出现黄疸。如未戒酒，5年以后则演变为肝硬化。酒精性肝损害的乙肝病原学阴性，两者不难鉴别。

2.药物性肝损害　因滥服药物引起，临床表现多样，可表现为

轻度的肝损害,也可以表现为病死率极高的急性肝功能衰竭。患者往往近期内有滥服药物史,但乙肝病原学阴性,两者不难鉴别。

3.血吸虫肝损害　有明确的血吸虫疫区接触史,乙肝病原学阴性,两者不难鉴别。

四、中医证型

1.肝气郁结　两侧胁肋胀痛,走窜不定,甚则连及胸肩背,且情志激惹则痛剧,胸闷,善太息而得嗳气稍舒,伴有纳呆,脘腹胀满,舌淡、苔薄白,脉弦。

2.瘀血阻络　两侧胁肋痛如针刺或刀割,疼痛固定,拒按,食后或入夜痛重,或面色晦暗,舌质紫暗或见瘀斑,脉涩。

3.湿热蕴结　两侧胁肋胀痛,触痛明显而拒按,或牵及肩背,伴有纳呆恶心,厌食油腻,口干口苦,腹胀尿少,或有黄疸,舌红苔黄腻,脉弦滑。

4.肝肾阴虚　胁肋隐痛,绵绵不已,遇劳加重,口干舌燥,心中烦热,两目干涩,头晕目眩,舌红少苔,脉弦细数。

五、辨证要点

1.辨在气、在血　大抵胀痛多属气郁,且疼痛游走不定,时轻时重,症状轻重与情绪变化有关;刺痛多属血瘀,且痛处固定不移,疼痛持续不已,局部拒按,入夜尤甚。

2.辨属虚属实　实证之中以气滞、血瘀、湿热为主,多病程短,来势急,症见疼痛较重而拒按,脉实有力。虚证多有阴血不足,脉络失养,症见其痛隐隐,绵绵不休,且病程长,来势缓,并伴见全身阴血亏耗之证。

【临床治疗】

一、常见分型治疗

1.肝气郁结

治法:疏肝理气。

方剂:柴胡疏肝散(《景岳全书》)加减。

组成:柴胡、川芎、白芍、枳壳、陈皮、甘草、香附。

加减:恶心呕吐者,可加藿香、陈皮;纳呆气胀者,宜加莱菔子、厚朴;胁痛甚或舌质见瘀斑隐现或舌质暗者,可酌加川楝子、延胡索、砂仁、三七粉。

2.瘀血阻络

治法:活血化瘀,通络止痛。

方剂:血府逐瘀汤(《医林改错》)加减。

组成:当归、生地、赤芍、红花、桃仁、连翘、柴胡、牛膝、甘草。

加减:痞块不消者,可加鳖甲煎丸1丸化服;病久体衰者,可加黄芪、党参、鸡内金;阴血暗耗、隐痛不止者,加女贞子、乌梅以柔肝止痛。

3.湿热蕴结

治法:清化湿热。

方剂:茵陈四逆散(《卫生宝鉴》)加减。

组成:黄芩、滑石、白蔻仁、猪苓、茯苓、大腹皮、茵陈、藿香、升麻、通草。

加减:湿热中阻者加半夏、黄连;胁下胀痛者加金铃子散;热毒未清者加连翘、板蓝根。

4.肝肾阴虚

治法:滋补肝肾,和血养血。

方剂:一贯煎(《柳州医话》)加减。

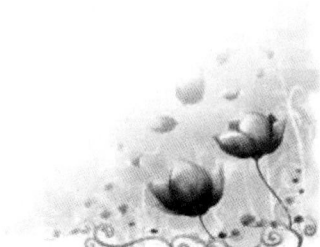

组成:北沙参、麦冬、生地黄、当归、枸杞子、制首乌、川楝子、乌梅。

加减:若胁痛明显加延胡索、郁金;大便秘结、干燥者加栝楼仁、麻子仁;有低热者加银柴胡、地骨皮、知母。

二、固定方药治疗

1.肝乐冲剂

组成:柴胡、黄芪、白芍、白术、茯苓、薏苡仁、猪苓、泽兰等。

用法:温开水冲服,每日3次,每次1袋。

功效:疏肝理脾,活血解毒。

主治:急、慢性乙型肝炎,肝纤维化,肝硬化活动期。

2.赤茵糖浆

组成:茵陈、大黄、赤芍、丹参、苦参、甘草等。

用法:口服,一日3次,每次40 ml。

功效:清热利湿,活血解毒,保肝退黄。

主治:各种黄疸型肝炎。

3.护肝胶囊

组成:柴胡、五味子、茵陈、板蓝根、绿豆、甘草等。

用法:口服,每日4粒,每日3次。

功效:疏肝理气,健脾消食。

主治:慢性乙型肝炎、肝纤维化、肝硬化。

4.清肝颗粒

组成:茵陈、板蓝根、甘草等。

用法:口服,每次15 g,每日3次。

功效:疏肝退黄,清热解毒。

主治:急、慢性肝炎证属肝胆湿热者。

三、名医验方

1.荣肝汤(关幼波方)

组成:党参、白芍、当归、王不留行、炒白术、炒苍术、木香、香附、佛手各10 g,山楂、茵陈、泽兰、生牡蛎各15 g。

功效:疏肝健脾,活血化瘀,清利湿热。

主治:慢性迁延性肝炎。

按语:方中用党参、白术健脾益气,培土荣木;苍术、木香醒脾化湿;茵陈清热解毒、利湿退黄;香附、佛手舒肝理气;当归、白芍养血柔肝;山楂、泽兰、王不留行活血化瘀;牡蛎软坚散结。诸药合用,脾土得健,湿邪得化,热毒得清,瘀血得解,故可收本固标去、正复邪除之效。

2.益肝饮(陆少武方)

组成:醋炙柴胡10 g,京赤芍15 g,紫丹30 g,五味子10 g,甘枸杞10 g,灵芝10 g,炙黄芪30 g,焦山楂10 g,白花蛇舌草30 g,贯众12 g,左秦艽10 g,炙甘草10 g。加水适量,文火煎服,每日1剂,1个月为1个疗程。服药期间,饮食宜清淡,忌辛辣油腻刺激之物。

加减:口干加粉葛根15 g;牙出血加白茅根30 g,旱莲草30 g;鼻出血加粉丹皮10 g;腰酸加怀牛膝15 g;腹胀加炒枳壳15 g,炙鸡内金10 g;黄疸加茵陈30 g,虎杖30 g;失眠加炒枣仁20 g,花龙骨15 g;纳呆苔腻加法半夏10 g,陈皮10 g;胁痛加郁金10 g,醋炙延胡索10 g;脾肿大加炙鳖甲20 g,石见穿20 g。

功效:疏肝理气健脾,活血化瘀。

主治:各种急、慢性肝炎,早期肝硬化。

按语:方中黄芪、灵芝、炙甘草益气健脾,能增加肝糖原、保护肝细胞并对人体免疫功能有双向调节作用。丹参、赤芍养血凉血,活血化瘀,改善肝脏血液循环,促进肝功能恢复;柴胡、山楂疏肝健脾和胃;五味子、甘枸杞柔肝益肾;白花蛇舌草、贯众、秦艽清热解

毒。故本方能标本兼治,具有益气健脾、滋养肝肾、活血化瘀、清热解毒之功。

3.调肝清解汤(梁如庆方)

组成:白花蛇舌草15 g,仙鹤草30 g,虎杖20 g,土茯苓15 g,薏苡仁15 g,女贞子20 g,淫羊藿15 g,白头翁15 g,白术15 g。

功效:益气健脾,滋养肝肾,活血化瘀。

主治:慢性肝炎、肝纤维化。

按语:方中以白花蛇舌草、仙鹤草、虎杖、土茯苓、白头翁清解毒邪,薏苡仁化浊祛湿,女贞子养阴柔肝,白术、淫羊藿健脾益肾。诸药合用,共奏清解化浊、健脾益肾的作用。

4.复肝饮(陈伯咸方)

组成:柴胡15 g,当归20 g,白芍15 g,黄芪30 g,茯苓15 g,鸡内金15 g,丹参20 g,延胡索15 g,砂仁15 g,枳壳15 g,紫河车15 g,茵陈15 g。

功效:疏肝健脾,益气养阴。

主治:慢性肝病。

按语:方中柴胡疏肝解郁、疏导肠胃,并率诸药以肝经为通道直达病所;当归、白芍、紫河车、丹参养血和营以柔肝、活血以祛邪;黄芪、茯苓、砂仁、鸡内金补脾悦胃;枳壳、延胡索行气消胀、通络止痛,茵陈专清肝胆湿热。全方贯穿养血舒肝、益气健脾、化瘀清浊、扶正祛邪的整体思想。现代药理研究证实,以上诸药具有诱生干扰素、增强免疫、抗御病毒、改善肝血循环、促进肝细胞炎性消退和细胞活化新生的作用。

5.壮医验方"黄龙汤"

组成:黄皮15 g,龙叶15 g,嗅藤15 g,鬼草15 g,僵蚕15 g,地柏15 g,决明20 g,黄芪20 g,丹参15 g。

功效:疏肝健脾,利胆祛湿,活血退黄。

主治:急、慢性肝炎,肝纤维化。

按语:方中重用黄皮、龙叶、嗅藤健脾和胃,培补后天之本,增强机体免疫力及抗病力。配以僵蚕、决明、鬼草、地柏抗病解毒,利水祛湿。佐以黄芪、丹参补气祛疲,促进肝细胞恢复。服用黄龙汤同时配用壮药舒肝散外敷肝区,使药效直达病所,消炎利胆,软坚散结,促进肝脏回缩。

【临床保健】

一、心理保健

《素问·举痛论》说:"百病生于气也。"就是针对情志所伤,影响气机的调畅而言的,而肝脏的主要生理功能就是疏泄,包括调畅气机、调畅情志、促进脾胃的运化等。《素问·举痛论》又说:"怒则气上。"《素问·阴阳应象大论》说:"怒则伤肝。"因此肝病患者情绪的变化,对其能否康复起着重要的作用。

临床中有不少慢性乙型肝炎的患者由于病程长、治疗效果不显著而出现焦虑不安、悲观失望的情绪,从而使病情反复,失去治疗信心,因此要时时开导患者,使其正确认识和对待疾病,积极参加文娱活动,稳定情绪,保持心情愉快,这样才有利于肝病的康复。 · 165 ·

二、运动保健

体育锻炼,强身治病,也是传统医学特色,早在《内经》即有导引术的发明,东汉华佗创造五禽戏,唐代有八段锦、十二段锦,宋代有坐功,明代有太极拳等。这些运动锻炼对强身治病起了良好的作用。对于肝脏而言,运动可以增加肝脏血运,促进肝脏的新陈代谢。

1.运动疗法原则 肝炎患者每次运动时间不要过长,不要强调运动量,应该在疲劳出现之前结束运动,因为肝炎患者的耐力较差,而且易发生低血糖、疲劳。每天医疗体育运动的总量(气功和散步时间不包括在内),不要超过30 min,可在上、下午各进行1次。同

时要注意从小运动量开始,循序渐进,在逐渐适应的基础上逐步增加活动量。不要在饭后或饥饿时运动。

2.**运动疗法项目** 慢性肝病患者须在医生的指导下选择适当的锻炼方法,要根据患者的体质、原来是否运动、运动的强度等来决定运动量的大小。每次运动要由静到动,由动到静,动作由慢到快,由易到难,由简到繁,逐渐过渡。一般慢性乙型肝炎的恢复期或静止期以太极拳、八段锦最为适合,此外可散步、慢跑、打羽毛球等,但要适可而止。

三、饮食保健

肝炎除肝脏本身的病变外,胃肠道也会受累,消化吸收功能会受到影响,使营养物质的吸收减少,从而影响肝脏病变的恢复。一般来说,肝炎患者宜进食易消化吸收又富有营养的清淡饮食,如新鲜蔬菜、豆制品、瘦肉、鱼、蛋、鸭、牛奶、水果等;不宜过多摄入糖及脂肪类食品,以防脂肪肝等病变的发生。不宜进食油炸、熏炙、辛辣等刺激性食物,严禁饮酒,避免腐败毒素进一步损害肝脏。可食用药膳如黄芪山药羹、枸杞蛋、薏仁绿豆粥等,既是食中佳品,又是治疗良药。

1.**辨证食疗**

(1)**外感疫毒**:除脾胃失和、运化失健外,往往有右胁隐隐作痛,或皮肤黄染,或无黄疸,全身倦怠乏力,尿少而色深,腹部稍胀,便干,夜寐欠安,全身光泽欠佳,舌质红,苔薄黄,脉浮。相当于肝病早期阶段。

治法:祛邪解毒。

膳方:蜂蜜五味子。蜂蜜1 000 g,五味子250 g,虎杖50 g。先将五味子、虎杖洗净,用沙锅加水适量浸泡30 min,以中火煎开后,改为文火煎30 min,滤出药液,再加适量水煎煮,滤出药液。将两次药液与蜂蜜倒入沙锅内,用微火煎5 min即可。每日3次,每次1勺,用开

水冲服,可服30~60 d。

(2)巩膜、皮肤黄染,发热恶寒,胁痛口苦,胸闷,食欲不振,或伴有恶心呕吐,小便黄或赤,舌质红,苔黄腻,脉象浮或弦数。

治法:清利湿热,疏肝理气,兼以止痛。

膳方:①茵陈栀子仁粥。茵陈30~60 g,栀子仁3~5 g,香附6 g,鲜车前草30 g,粳米50~100 g,白糖适量。将四味药加水共煎为汤液。与粳米一起加水煮成粥,最后加糖。每日2~3次,适量服用。必要时可连续2~3周。②田基黄煮鸡蛋。田基黄60 g(鲜品120 g),木香6 g,鸡蛋3枚。药物与鸡蛋加水适量同煮,待蛋熟后,剥去壳皮再煮15 min。饮汤食蛋,每日1次,可连服1周左右。

(3)肋胁胀痛与情志有关,疼痛走窜不定,并且胸闷不舒,食少,嗳气,舌红苔薄,脉弦。

治法:疏肝理气。

膳方:①柴胡疏肝饮。柴胡、白芍、香附、枳壳、生麦芽各3 g,甘草、川芎各10 g,白糖适量。将以上各味洗净,加水2 000 ml,煎汁去渣,留药液约1 500 ml,加入白糖。每服30~50 ml。每日3次,所剩药液应冷藏,以免变质。②炒猪肝萝卜。鲜猪肝、白萝卜各250 g,植物油、香油、食盐、大葱、味精、淀粉适量。将猪肝、萝卜洗净切片。适量植物油烧成八成热,先炒萝卜片至八成熟、加入盐搅拌后,盛出置盘中。再加入植物油适量,旺火爆炒猪肝2~3 min。再将萝卜与肝片并在一起,同锅快速翻炒2~3 min,加入调料,最后淋入香油少许。可分4顿佐餐用。

· 167 ·

(4)胁痛如刺,痛位固定,夜间尤剧,胁下痞块,舌质黯紫,脉象沉涩。

治法:通络祛瘀,活血行气。

膳方:桃仁粥。桃仁20 g,粳米100 g,白糖适量。将桃仁去皮,捣烂如泥,加水取其汁液去渣。米淘净加水煮粥,待粥熟后,兑入桃仁汁液,稍煮片刻即成。临食前加适量白糖,每日3次,可连服10~15 d。

(5)胁肋隐痛,悠悠不休,口干咽燥,心中烦热,头晕目眩,舌红少苔,脉弦细。

治法:滋阴养肝,健脾理气。

膳方:①清蒸甲鱼。甲鱼1只(重200~300 g),生姜15 g,食盐适量。将甲鱼活着诱头出而杀之,剖腹留肝,去肠杂,洗净沥干,然后置于碗盘中,背朝下,腹向上,腹内放入生姜片,撒上精盐;用旺火隔水蒸30~45 min后离火。可以分数次佐餐,每日3次,食肉饮汁。②沙参枸杞粥。沙参、枸杞子各20 g,玫瑰花3~5 g,粳米100 g,冰糖适量。先煎沙参,取其汁液去渣,再与粳米、枸杞子同煮成粥,待粥快熟时,把玫瑰花加入稍煮片刻,调以适量的白糖。每日服1~2次,可连服1个月。

四、调摄护理

1.饮食调摄　①糖的摄入:应该摒弃那种"糖能保肝、多多益善"的观点。糖固然能促使肝细胞修复再生,但大量摄入糖类,由于肝功能差,不能完全吸收利用,则以脂肪的形式贮存于肝脏,形成脂肪肝,从而加重病情。因此,慢性乙型肝炎患者应适当摄入糖类饮食,特别是食用糖,勿长期过食,以每日不超过50 g为宜。②忌酒:酒精的主要成分是乙醇,正常状态下,肝脏可将其处理成无害的物质排出体外。肝炎患者肝细胞受损,乙醇不能完全氧化分解,使肝细胞负担加重,不利于修复,反而造成肝细胞进一步损伤,加重病情。因此,肝炎患者须绝对禁酒。

2.合理休息　《素问·五脏生成篇》曰:"肝藏血,心行之,人动则血运于诸经,人静则血归于肝。"说明休息时肝脏血运丰富,有利于肝损害修复;人体剧烈运动时,肝脏的血流量可下降40%左右。因此,急性肝炎患者应绝对卧床休息。慢性乙型肝炎患者须根据病情来决定,以有规律的生活为原则,保证足够睡眠。可以适当进行各种体育锻炼或参加劳动,以不疲劳为度,禁止繁重的体力和脑

力劳动。

【预防】

一、乙型肝炎疫苗预防

接种乙型肝炎疫苗是预防HBV感染的最有效方法。我国卫生部于1992年将乙型肝炎疫苗纳入计划免疫管理，对所有新生儿接种乙型肝炎疫苗，但疫苗及其接种费用需由家长支付；自2002年起正式纳入计划免疫，对所有新生儿免费接种乙型肝炎疫苗，但需支付接种费；自2005年6月1日起改为全部免费。

乙型肝炎疫苗的接种对象主要是新生儿，其次为婴幼儿和高危人群(如医务人员、经常接触血液的人员、托幼机构工作人员、器官移植患者、经常接受输血或血液制品者、免疫功能低下者、易发生外伤者、HBsAg阳性者的家庭成员、男同性恋或有多个性伴侣和静脉内注射毒品者等)。乙型肝炎疫苗全程接种共3针，按照0、1个月、6个月程序，即接种第1针疫苗后，间隔1个月及6个月注射第2及第3针疫苗。新生儿接种乙型肝炎疫苗越早越好，要求在出生后24 h内接种。新生儿接种部位为大腿前部外侧肌肉内，儿童和成人为上臂三角肌中部肌肉内。单用乙型肝炎疫苗阻断母婴传播的保护率为87.8%。

对HBsAg阳性母亲的新生儿，应在出生后24 h内尽早注射乙型肝炎免疫球蛋白(HBIG)，最好在出生后12 h内，剂量应≥100 IU，同时在不同部位接种10 μg重组酵母或20 μg中国仓鼠卵母细胞(CHO)乙型肝炎疫苗，可显著提高阻断母婴传播的效果。也可在出生后12 h内先注射1针HBIG，1个月后再注射第2针HBIG，并同时在不同部位接种1针10 μg重组酵母或20 μgCHO乙型肝炎疫苗，间隔1个月和6个月分别接种第2及第3针乙型肝炎疫苗(各10 μg重组酵母或20 μgCHO乙型肝炎疫苗)。后者不如前者方便，但其保护率高

· 169 ·

于前者。新生儿在出生12 h内注射HBIG和乙型肝炎疫苗后,可接受HBsAg阳性的母亲哺乳。

对HBsAg 阴性母亲的新生儿可用5 μg重组酵母或10 μgCHO乙型肝炎疫苗免疫。对新生儿时期未接种乙型肝炎疫苗的儿童应进行补种,剂量为5 μg 重组酵母或10 μgCHO乙型肝炎疫苗;对成人建议接种20 μg 重组酵母或20 μgCHO乙型肝炎疫苗。对免疫功能低下或免疫无应答者, 应增加疫苗的接种剂量和针次;3针免疫程序无应答者可再接种3针,于第2 次接种3针乙型肝炎疫苗后1~2个月检测血清中抗-HBs。接种乙型肝炎疫苗后有抗体应答者的保护效果一般至少可持续12年,因此, 一般人群不需要进行抗-HBs监测或加强免疫。但对高危人群可进行抗-HBs 监测, 如抗-HBs<10 mIU/ml,可给予加强免疫。

二、传播途径预防

大力推广安全注射(包括针刺的针具),对牙科器械、内镜等医疗器具应严格消毒。医务人员应按照医院感染管理中标准预防的原则,在接触患者的血液、体液及分泌物时,均应戴手套,严格防止医源性传播。服务行业中的理发、刮脸、修脚、穿刺和文身等用具也应严格消毒。注意个人卫生,不共用剃须刀和牙具等。进行正确的性教育,若性伴侣为HBsAg阳性者,应接种乙型肝炎疫苗;对有多个性伴侣者应定期检查,加强管理,性交时应用安全套。对HBsAg阳性的孕妇,应避免羊膜腔穿刺,并缩短分娩时间,保证胎盘的完整性,尽量减少新生儿暴露于母血的机会。

三、意外暴露后预防

在意外接触HBV感染者的血液和体液后, 可按照以下方法处理:①血清学检测。应立即检测HBsAg、抗-HBs、ALT等,并在3个月和6个月内复查。②主动和被动免疫。如已接种过乙型肝炎疫苗,且

已知抗-HBs≥10 mlU/ml者,可不进行特殊处理。如未接种过乙型肝炎疫苗,或虽接种过乙型肝炎疫苗,但抗-HBs<10 mIU/ml或抗-HBs水平不详,应立即注射HBIG200~400 IU,并同时于不同部位接种1针乙型肝炎疫苗(20 μg),于1个月和6个月后分别接种第2和第3针乙型肝炎疫苗(各20 μg)。

四、对患者和携带者的管理

各级医务人员诊断急性或慢性乙型肝炎患者时,应按照中华人民共和国传染病防治法,及时向当地疾病预防控制中心(CDC)报告,并应注明是急性乙型肝炎或慢性乙型肝炎。建议对患者的家庭成员及其他密切接触者进行血清HBsAg、抗-HBc和抗-HBs检测,并对其中的易感者(该3种标志物均阴性者)接种乙型肝炎疫苗。

对急性或慢性乙型肝炎患者,可根据其病情确定是否住院或在家治疗。患者用过的医疗器械及用具(如采血针、针灸针、手术器械、划痕针、探针、各种内镜及口腔科钻头等)应严格消毒,尤其应加强对带血污染物的消毒处理。

对慢性HBV携带者及HBsAg携带者,除不能献血及从事国家法律规定的特殊职业(如服兵役等)外,可照常生活、学习和工作,但要加强随访。 · 171 ·

【现代研究】

一、病因病机研究

中医往往从宏观上认识和分析慢性乙型肝炎的病因和病机,尽管有毒邪说、正虚说、瘀血说和多因说等不同认识,但一般认为乙肝的病因有内因和外因两个方面,外因为湿热疫毒,内因与禀赋薄弱、正气不足相关,二者互为关联,互为因果。湿热疫毒内侵,邪伏血分,正虚邪恋,缠绵迁延,以致正气亏损,气血失调是慢性乙型

肝炎的基本病机,但不同学者认识问题的角度会有所不同。

陈增潭认为,疫毒之邪对机体的损害表现为:①邪必作乱,导致机体出现各种失调性变化;②邪必伤正,邪留体内日久必然引起机体正气的损伤,出现衰退性变化;③邪必遗患,邪留体内除了引起失调性变化和虚损性变化外,还会导致肝硬化和肝癌。并把慢性乙型肝炎的病机分成三种情况:①湿邪困脾-脾阳虚(脾气虚)-脾肾阳虚;②热邪伤阴-肝阴虚(肝血虚)-肝肾阴虚;③邪踞于肝-肝郁气滞-气滞血瘀。每种情况均有病程演变快慢的不同、病变程度轻重的差别,从而形成各种非常复杂的临床症状。金实认为慢性乙肝为疫毒之邪入侵,蕴伏日久,损伤肝、脾、肾,导致正虚邪实。若正气亏虚,无力逐邪,久而难复。李培生认为慢性乙肝乃"湿热疫毒"所致,发病取决于疫毒与人体正气相互作用的状态。实证多见于肝、胆、脾,湿热明显,正气虚则多见于脾、肾,气血亏损。并认为湿热疫毒为病因,肝、脾、肾同病为病位,湿、毒、瘀、滞是其基本病理。曹月英认为慢性肝炎多因急性肝炎恢复不利而湿热未尽,迁延不愈。因病情反复波动,患者多出现肝郁气结,日久则气滞血瘀,加之久病入络,湿热瘀滞于血分,瘀血内阻。由于病久精气内耗,以及治疗过程中过用苦寒乃致化燥,致使肝阴内耗,甚则肝肾阴虚;因肝郁而脾虚不运,精血来源不足,导致肝脾两虚;如果湿困脾胃,可引起脾阳不足,甚至脾肾两虚。因此,慢性肝炎过程中湿热未尽,正气亏损,瘀血内阻,临床多见虚中夹实,正虚邪恋。周有信认为乙型肝炎以湿热、虚、瘀为主,表现为正虚邪实的特点。湿热夹毒,邪毒留恋;乙型肝炎病毒持续存在是致病的主要病因;正气虚损、免疫功能紊乱低下是发病的重要病机;肝失调达、气滞血瘀、微循环障碍是基本病理变化。黄贤樟认为乙型肝炎的病因为感受瘟疫毒邪,湿邪、火热、气滞、血瘀等仅是兼夹之邪,而饮食不节、劳倦过度、情志失调等均不是引起乙型肝炎的直接原因,只是损伤内脏功能,损伤正气,导致脏腑功能失调,正气不足以抗邪,或导致蕴湿生热,湿热

留恋,成为兼夹之邪,致使乙型肝炎发病必须要同时有感受瘟疫毒邪这一因素。认为乙型肝炎总的病机是邪实正虚,主要是湿热疫毒蕴伏肝脏,直入血分,瘀毒互结,肝脾肾亏虚。但是,正虚与邪实因病程长短不同,或患者个体的差异而各有侧重。一般而言,急性肝炎或携带病毒时间较短者,多以邪实为主;慢性肝炎或携带病毒时间长者,邪毒留恋,正气更伤,多为邪实正虚并重或正虚为主。肝炎若久治不愈,则毒瘀久聚而成癥积,可发展为肝硬化、肝癌。

二、辨证论治研究

金洪元提出了分期论治、有的放矢的治疗方法。早期:湿热壅盛,治疗方法为清热解毒、疏肝行气,方选茵陈蒿汤、甘露消毒丹化裁,解毒化湿常选用垂盆草、虎杖、白花蛇舌草,退黄选用茵陈蒿、大黄;中期:肝郁脾虚为主,治以疏肝运脾、解毒化瘀,常在柴胡疏肝散、五味异功散的基础上加茵陈蒿、虎杖、白花蛇舌草、赤芍、郁金、丹参等以达肝脾同调、毒瘀并治之效,选方用药反对大剂苦寒戕伐之品,尤其注重运用顾护后天运脾之药;后期及晚期:肝肾阴亏,瘀热互结,部分患者进入早期肝硬化阶段,故治疗当滋补肝肾、化瘀软坚,缓缓图治,方选一贯煎、四逆散化裁,酌情加黄精、山药、丹参、郁金、茜草、白茅根、益母草等药。曹月英提出了分类分型治疗的方法。对于急性肝炎或慢性肝炎活动期转氨酶和胆红素增高的患者,肝胆湿热型,治以清化肝胆湿热,利胆退黄,施以急肝汤加减,主药如龙胆草、茵陈、栀子、大黄、黄芩、板蓝根、半夏、茯苓、玉米须、白茅根、生甘草,使患者大小便通畅,黄疸消,湿热去,舌苔退,则酶自降;肝肾阴亏型,治以清利肝胆湿热,配以滋养肝阴之品,如天冬、麦冬、女贞子、旱莲草、丹皮、地骨皮、生地、乌梅等药,使肝阴复,舌苔生,酶自降。周有信提出了清解、补虚、祛瘀综合运用,整体调节的治疗方法。清解祛邪是针对湿热邪毒,有清除病因,抑制肝炎病毒和促使乙肝表面抗原转阴的作用;补虚扶正的目的

· 173 ·

是增强正气,提高机体免疫力;活血祛瘀是针对"瘀"而施治,活血化瘀具有扩张肝脏血管、改善血液流变学、改善微循环和抑制纤维化形成的多方面作用。遣方用药遵循清解、补虚、祛瘀综合应用的治疗原则。基本方为柴胡、茵陈、板蓝根、当归、丹参、莪术、党参、炒白术、黄芪、女贞子、五味子、茯苓。方中以柴胡调达肝气,茵陈、板蓝根、茯苓等清解利湿,抑制肝炎病毒,当归、丹参、莪术等养血调肝、和血祛瘀,防止肝细胞损害变性和肝纤维组织增生,进而防止肝病的发展,并促使肝病恢复,当归、党参、白术、黄芪、女贞子、五味子等为扶正补虚之品,党参、白术、黄芪健脾益气,有利于血浆蛋白提高,改善肝功能,女贞子、五味子补益肝肾,促使肝细胞功能恢复,其中五味子酸收入肝,可降低转氨酶。许鑫梅提出了健脾益气、清热化湿、活血化瘀三个辨证治疗环节。①健脾益气环节:认为肝病治脾是治疗关键所在,健脾益气为治疗的根本。脾属土,主运化水湿,脾土强,可协同清热利湿药物发挥作用,脾胃为后天之本,气血生化之源,气血充足则抗病力增强,加强机体对病毒的清除。除选用黄芪、党参、白术、炒扁豆、炒山药外,尤其善用陈皮、法半夏、茯苓等寓通于补。陈皮理气健脾,使气顺痰消,法半夏降逆和胃,一升一降相辅相成,茯苓健脾渗湿,湿去则脾自旺。②清热化湿环节:认为慢性乙型肝炎的病因为湿热之邪,湿与热有轻重之别,临证应辨清孰轻孰重,清热化湿要分清主次。热蒸湿郁之热重于湿者,治宜清热化湿,常用茵陈蒿汤合葛根芩连汤加减;湿阻热伏之湿重于热者,湿浊内盛,治宜利湿化浊兼以清热解毒,常用三仁汤或甘露消毒丹化裁。③活血化瘀环节:认为脾虚是慢性乙型肝炎发病的内因,湿热毒邪侵袭是外因,血瘀是病机关键所在,因此活血化瘀要贯穿始终。湿热邪毒侵袭肝脏,肝为藏血之脏,故湿热毒邪常易深入血分,瘀滞肝络,活血化瘀能祛瘀生新,疏通肝内血液循环,有利于肝细胞的再生和修复,抑制肝纤维化,改善肝功能。治疗上多选用凉血活血药,如丹皮、丹参、水红花子、小蓟等,但活血化瘀应求

缓图,不可过用、久用峻猛、攻伐之品,以免耗伤肝体,瘀血未去而正气已伤。同时,应用疏肝、健脾、清热利湿等治法,使气行则血行,脾健则肝旺,湿热清则瘀血无所依附。黄贤樟针对单纯辨证治疗、单纯辨病治疗和分期治疗的局限性,提出了"辨病结合辨证治疗"的方法,可兼顾无证可辨与有证可辨两种情况,而且既不违背辨证论治的原则,又符合现代倡导的循证医学精神;既可照顾到本病的共性,又可针对患者的个性治疗。

三、单味中药研究

1.甘草 甘草在中药中有通经脉、利血气、解百毒、调和诸药之功,是我国著名传统中药材。甘草具有糖皮质激素样作用,有抗菌、抗病毒、抗溃疡、保肝、解毒等药理作用。甘草的主要成分是甘草酸及其苷元甘草次酸等,甘草制剂具有较强的抗炎、抗氧化、保护肝细胞膜、改善胆红素代谢、抗肝纤维化等作用,还能诱导干扰素的产生,激活巨噬细胞等功能。对大鼠四氯化碳、氨基半乳糖引起的肝脏损伤具有防治作用,促进血清ALT复常,并能减轻和改善肝脏的形态损伤。秦刚等对甘草酸二铵治疗慢性乙型肝炎的临床疗效及安全进行了系统分析。检索1995~2004年发表的以慢性乙型肝炎为研究对象, 比较甘草酸二铵与其他护肝药物治疗效果的随机对照试验文献,并对此进行分析,结果甘草酸二铵的有效率高于基础治疗组。甘草甜素(Glycyrrhizin,GL)是甘草根的提取物,日本学者发现GL能抑制TNF的分泌, 抑制Fas系统介导的肝细胞凋亡与CTL的细胞毒活性,而CTL介导的肝细胞损伤是病毒性肝损伤的主要机制,这提示GL具有一定的肝细胞保护作用。现投放市场的产品有知肝保、甘草酸单铵、甘草酸二铵(趋力康、甘利欣)、异甘草酸镁(天晴甘美)等注射液。

2.丹参 丹参是常用中药,具有多种药理作用,广泛应用于心血管疾病的治疗,近年来已成为治疗肝病的常用药物,现代研究证

明,丹参能抑制和减轻急慢性肝损伤时肝细胞变性、坏死以及炎症反应、降低丙氨酸转氨酶含量,促进肝细胞再生及恢复肝功能,促进肝内胶原蛋白的降解,加速纤维组织重吸收而具有抗肝纤维化、改善肝脏血液循环、防止肝硬化发生的作用。临床用于急慢性黄疸性肝炎、重症肝炎、肝硬化、肝纤维化等肝病的治疗。研究发现,丹参单体IH763-3可减轻大鼠四氯化碳性肝纤维化程度,降低肝Ⅰ、Ⅲ型前胶原mRNA含量,呈现良好的抗肝纤维化作用;丹酚酸A具有良好的抗氧化作用,可抑制成纤维细胞增生及胶原的合成率,但对细胞外胶原的分泌无明显影响。丹酚酸B可显著降低血清丙氨酸(ALT)、血清天冬氨酸转换酶(AST)活性,减轻肝细胞坏死,抑制纤维增生,降低肝内羟脯氨酸含量,并通过抑制脯氨酸羟化酶和赖氨酸羟化酶的活性,限制成纤维细胞的胶原分泌,但不影响DNA或非胶原蛋白的合成。体外可抑制肝星形细胞增殖,减少其胶原合成与分泌。现投放市场的有香丹注射液、丹参酮A磺酸钠注射液等。

3.五味子　联苯双酯是从中药五味子中提取的药物,具有较强的降低肝炎患者血清丙氨酸(ALT)的作用,而对天冬氨酸转移酶(AST)的作用较小,对谷氨酰转肽酶(GGT)、碱性磷酸酶(AKP)则无明显影响。其抑制作用起效快,在肝组织中炎症仍然存在时,ALT已经下降,停药后,ALT容易反弹。长期应用联苯双脂有保护肝细胞膜的结构和功能的作用,能增强肝脏的解毒功能,抑制肝细胞脂质过氧化。北五味子粗多糖多次灌胃,对四氯化碳中毒小鼠肝中丙二醛含量有明显降低作用,亦能显著抑制小鼠肝匀浆脂质过氧化反应,促进正常小鼠的胆汁分泌和部分肝切除后肝的再生。

4. 水飞蓟素　水飞蓟素为菊科植物水飞蓟的种子脱脂后分离出的总黄酮苷。主要成分为水飞蓟宾(Silybin)、水飞蓟宁(Silydianin)以及水飞蓟亭(Silychristin)等,是目前公认的具有保肝作用的天然活性成分,具有抗过氧化,明显的保护及稳定肝细胞膜,促进肝细胞恢复,改善肝功能的作用,对四氯化碳、D-氨基半乳

糖和其他肝毒素引起的肝损害有不同程度的保护和治疗作用。其主要机制为水飞蓟素可刺激DNA依赖的核糖体RNA聚合酶，增加蛋白质的合成，从而增加肝细胞的再生能力；可改变肝细胞外膜的流动性，抑制各种异生物质进入，阻断毒素的结合位点，清除自由基、抗脂质过氧化作用。此外还有抗炎及免疫调节作用。水飞蓟宾可抑制TNF-α，INF-γ，IL-4，IL-2和可诱导型一氧化氮合酶在肝内的表达，增加IL-10的合成，从而抑制T细胞介导的肝损伤；水飞蓟素制剂利加隆进入肝细胞后可与雌二醇受体结合并激活，活化的受体可增强肝细胞核内RNA聚合酶I活性。Pradeep K等人报道水飞蓟素对二乙基亚硝胺诱导的脂质过氧化的保护作用，指出水飞蓟素具有防止二乙基亚硝胺的代谢激活生成的自由基和对这些自由基有消除作用。

5.姜黄　姜黄素是姜黄主要的活性成分之一，是一种黄色酸性酚类物质，作为一种色素被广泛用做食品添加剂。但近年来其作为具有多种活性的化合物亦被应用于对多种疾病的防治。姜黄素具有抗免疫缺陷病毒(HIV)、抗利什曼原虫、抗细胞畸变、抑制血小板凝集和血栓形成及抗肾损害和抗炎、保护肝细胞、抗脂质过氧化、抗自由基作用。研究表明，姜黄素在体外可抑制大鼠肝线粒体脂质过氧化。Soudamini等发现口服姜黄素能够显著抑制四氯化碳、百草枯和环磷酰胺诱导的小鼠肝、肺、肾和大脑中脂质过氧化作用以及血清和组织中的胆固醇水平。

四、临床及实验研究

王奕等将99例慢性乙型病毒肝炎YMDD变异患者分为治疗组52例，对照组47例。对照组用清肝解毒降酶汤(蒲公英、大青叶、虎杖、丹参、苦参、五味子、黄精)治疗，对照组用益肝灵片治疗。结果：治疗组总有效率88.46%，对照组总有效率68.09%，治疗组疗效优于对照组($P<0.05$)。张诗军等将CHB患者45例随机分为2组，治疗组30

· 177 ·

例用和解汤治疗(柴胡、黄芩、法半夏、党参、炙甘草、大枣、虎杖、巴戟天、白花蛇舌草)。对照组15例采用常规西药治疗,观察治疗后$TCR\beta_7$基因表达变化,经过6个月治疗,两组ALT水平平均显著下降($P<0.01$),治疗组5例测$TCR\beta_7$基因表达,HBV-DNA、HBeAg阴转;对照组无一例测出$TCR\beta_7$基因表达,无一例出现HBV-DNA、HBeAg阴转。说明和解汤对$TCR\beta_7$基因表达有调节作用,可能是抑制病毒复制、清除病毒的重要途径。谢朝良等观察中药制剂愈肝颗粒治疗CHB基本核心区启动子(BCP)变异患者的疗效。结果证实愈肝颗粒能够显著改善CHB患者的症状,降低血清ALT和TBil水平,同时具有抗CHB作用,且对于BCP变异株感染与野生株感染同等有效。陈锦芳等选择CHB患者124例,辨证为湿热蕴脾证64例,脾胃气虚证60例,两证型均随机分为常规治疗组和加服中药组,另设健脾对照组30例,分别在治疗前后空腹抽取静脉血检测血清肿瘤坏死因子-α(TNF-α)、白细胞介素-6(IL-6)水平。结果湿热蕴脾证和脾胃气虚证 TNF-α、IL-6均升高,与对照组比较有显著性差异($P<0.01$)。通过观察结果说明 CHB湿热蕴脾证较脾胃气虚证病情严重,CHB结合中医辨证治疗可明显改善 TNF-α、IL-6水平的变化。张诗军等探讨化湿中药对CHB湿证患者T细胞受体($TCR\beta_7$)基因表达的影响,结果说明化湿中药对 CHB 湿证患者 $TCR\beta_7$基因表达有调节作用,可能是清除病毒的重要途径。

(杨晓军)

参考文献

[1] 王洪坤.慢性肝炎的病因学说及其辨证论治最新概况[J].中华中医药学刊,2007,25(2):334-337.

[2] 罗云坚,余绍源,黄穗平.消化科专病中医临床诊治[M].第2版.北京:人民卫生出版社,2005:310-311.

[3] 陈增潭.慢性乙型肝炎的中医治疗[J].中西医结合肝病杂志,2003,13(4):

193-195.

[4] 阮公实.金实教授辨治慢性乙型肝炎经验[J].吉林中医药,2003,23(7):
728.

[5] 吕文亮,李家庚.李培生教授治疗乙肝心法管窥[J].光明中医,2002,17(6):
29-30.

[6] 丁继霞.曹月英治疗乙型肝炎经验[J].吉林中医药,2007,27(6):8217.

[7] 张毅,李金田.周信有教授辨治乙型肝炎的临证思路与经验[J].云南中医药
杂志,2006,27(6):4.

[8] 黄贤樟.乙型肝炎中医治疗之思考[J].中医药临床杂志,2006,18(5):446-
447.

[9] 王春芳.金洪元辨证治疗慢性乙肝临床经验[J].上海中医药杂志,2005,39
(1):22-23.

[10] 邝卫红.许鑫梅教授治疗慢性乙型肝炎经验介绍[J].新中医,2006,38(9):
13-14.

[11] 王佩,吴锡铭.异甘草酸镁对大鼠四氯化碳慢性肝损伤的治疗作用[J].中
国新药与临床杂志,2004,23(12):833-835.

[12] 杨宝山,马英骥,陈立艳,等.复方甘草酸苷对小鼠暴发性肝功能衰竭保护
作用及机制研究[J].中华传染病杂志,2005,23(1):19-23.

[13] 秦刚,施光,宋艳艳,等.甘草酸二铵治疗慢性乙型肝炎3201例荟萃分析
[J].中华传染病杂志,2005,23(5):333-337.

[14] 李谌,蒲小平.丹参粉针剂对四氯化碳致大鼠慢性肝纤维化的保护作用
[J].中国新药杂志,2006,15(12):968-971.

[15] 王晓玲,崔云化,胡旭东,等.丹酚酸B对大鼠肝星形细胞增殖周期的抑制
作用[J].中华消化杂志,2004,24(1):59-60.

[16] 余恩欣,王芳,王强.水飞蓟素磷脂酰胆碱复合物对实验性肝损伤作用[J].
中国新药杂志,2004,13(11):993-995.

[17] 王奕,张玮,邢练军,等.清肝解毒降酶汤治疗慢性乙型病毒性肝炎YMDD
变异患者 52 例临床观察[J].广西中医药,2005,28(5):6-7.

[18] 张诗军,陈泽雄,李俊彪,等.和解汤对慢性乙型肝炎T细胞受体$TCR\beta_7$基因
表达的影响[J].中药材,2002,25(6):72-74.

[19] 谢朝良,邵泽勇.愈肝颗粒治疗慢性乙型肝炎基本核心区启动子变异患者

的疗效观察[J].中国中西医结合杂志,2002,22(7):502.

[20] 陈锦芳,吴成,柳丽娟.慢性乙型肝炎湿热蕴脾证和脾胃气虚证与 TNF-α 及IL-6 相关研究[J].中国中西医结合杂志,2003,23(1):28-31.

[21] 张诗军,陈泽雄,黄必军.化湿中药对慢性乙型肝炎(湿证)患者 TCRβ₇ 基因表达的影响[J].中医杂志,2002,52(10):61-62.

第九章 肝 硬 化

肝硬化(hepatic cirrhosis)是一种常见的慢性肝病,是由一种或多种病因引起的肝脏慢性、进行性、弥漫性病变。其特点是在肝细胞广泛变性和坏死的基础上产生肝脏纤维组织弥漫性增生,并形成再生结节和假小叶,导致肝小叶结构和血管解剖的破坏。临床上以肝功能损害及门脉高压为主要表现,晚期常出现肝功能衰竭、门静脉高压和多种并发症,是严重和不可逆的肝脏疾病。引起肝硬化的原因很多,西方发达国家主要以酒精性肝硬化为主。在我国由病毒性肝炎引起的肝硬化居首位,其中以乙型和丙型肝炎后肝硬化占绝对多数。该病一般起病缓慢,症状隐匿,临床表现常不明显,无特异性,且多不典型。约60%患者因腹水、黄疸等主诉症状得以诊断,而20%的患者是在与肝硬化无关的检查中确诊的。我国城市50~60岁男性肝硬化年病死率为112/10万。

本病属中医学的"胁痛""积聚""癥积""鼓胀"等范畴。

【病因病机】

中医认为本病多因酒食不节、情志所伤、感染血吸虫、劳欲过度以及黄疸积聚失治,使肝、脾、肾功能失调,气、血、水、瘀积腹内而成。历代医家对于本病的论述颇多,从络病角度认识本病。一般认为,在肝硬化的病机中,关键是肝、脾、肾三脏功能失常。首先,肝气不疏,肝络气滞,进而由气及血,以致肝之脉络瘀阻,这是形成本病的主要病机;其次,脾不运化,水湿停聚,气血生化不足;第三,肾之功能失司,蒸腾气化无力,导致水液停蓄,又是肝硬化的另一重要因素。随着病情的发展,可见肾之阴阳亏虚,肝之阴液不足之证。

肝络郁滞、肝络瘀阻、水湿内停是形成本病的重要病理因素,故喻嘉言在《医门法律·胀病论》中说:"胀病也,不外水裹、气结、血瘀。"痰瘀阻滞肝络,导致络息成积的病理变化,是发生肝硬化的关键病理环节。《难经·五十五难》记载了五脏阴络留而成积的病变类型,涵盖了络病引起的继发性病理改变。其中肝积肥气即包括西医学肝纤维化所致的肝硬化。

结合临床实际,肝硬化的病因病机可以概括为五个方面:

1.情志不遂 肝为藏血之脏,性喜条达,若情志不舒,所愿不遂,肝失疏泄,气机不利,肝络郁滞。肝气横逆犯胃,克伐中土,运化失职,水液运化发生障碍,导致水湿停留,与瘀血蕴结,日久不化,痞塞中焦,便生本病。正如《杂病源流犀烛》所谓:"鼓胀……或由怒气伤肝,渐蚀其脾,脾虚之极,故阴阳不交,清浊相混,隧道不通,郁而为热,热留为湿,湿热相生,故其腹胀大。"

2.酒食不节 饮食失常,湿热内生,损伤脾胃,日久不辍,体气渐衰,酒湿、食积之浊气蕴而不化,清浊相混,壅塞中焦;脾土壅滞而肝失疏泄,气血阻滞,水湿滞留,痰湿瘀血致肝络瘀阻而发本病。即《素问·腹中论》所说:"此饮食不节,故时有病也。"

3.劳欲太过 肾为先天之本,脾为后天之源。劳欲过度,伤及脾肾,脾伤不能运化水谷精微,气血不足,水湿内生;肾伤则气化不利,不能温化水液,因而湿聚水生,气血壅滞,邪气稽留肝络,肝之脉络瘀阻,络息成积,而成肝硬化之疾。《风劳鼓膈四大证治》说:"劳倦所伤,脾胃不能运化而胀",此之谓也。

4.感染血吸虫 在血吸虫疫区接触疫水,遭受血吸虫感染,治疗不及时,伤及肝脾,肝气郁滞,脉络不畅,脾不运化,湿邪留滞,以致脉络瘀阻,升降失司,清浊相干,瘀血与痰浊凝聚,阻塞脉络,渐而成为本病。正如《诸病源候论》所说:"此由水毒气结聚于内,令腹渐大,动摇有声,常欲饮水,皮肤粗黑,如似肿状,名水蛊也。"

5.黄疸、积聚失治误治 黄疸日久,治不及时,久羁不去,湿热

伤脾,中气亏耗,斡旋失职,水湿停滞。进一步影响肝之条达,遂使气血不畅,肝络瘀阻,而成本病。

此外,在疾病的发展过程中若影响其他络脉,亦可出现不同病理转归。若脾虚失于统摄之权,脉络不能裹血,血不归经而外溢;或湿热、或瘀热、或阴虚火旺,灼伤脉络,血液外溢,则可见各种出血症状。若水湿之积,郁而化热,湿浊上扰,脑之气络功能失常,又可卒生神昏、痉厥诸症。总之,鼓胀的病变部位在肝、脾、肾,基本病机是肝、脾、肾三脏功能失调,气滞、血瘀、水停于腹中。病机特点为本虚标实。

【临床诊断】

一、诊断标准

中国中西医结合学会消化系统疾病专业委员会于1993年11月在洛阳召开的第五届学术交流会上制订的肝硬化临床诊断、中医辨证和疗效标准,自1994年公布后执行了10年,2003年经过专业委员会专家的多次反复讨论,现重新修订如下。

（一）诊断依据

1.主要指征

（1）内镜或食管吞钡X线检查可见食管胃底静脉曲张。

（2）B超提示肝回声明显增强、不均、光点粗大;或肝表面欠光滑,凹凸不平或呈锯齿状;或门静脉直径>1.4 cm;或脾脏增大,脾静脉直径≥1.0 cm。

（3）腹水,伴腹壁静脉怒张。

（4）CT检查显示肝外缘结节状隆起,肝裂扩大,尾叶/右叶比较>0.05,脾大。

（5）腹腔镜或肝穿刺活组织检查诊为肝硬化。

以上除最后一项外,其他任一项结合部分次要指征,可以确诊。

2.次要指征

(1)化验:一般肝功能异常(血清白蛋白含量下降,A/G倒置,血清胆红素升高,凝血酶原时间延长等),或血清透明质酸(HA)、Ⅳ型胶原(IV-C)、Ⅲ型前胶原肽(PAP)、层连蛋白(LN)增高。

(2)体征:肝病面容(脸色晦暗无华),可见多个蜘蛛痣、肝掌、黄疸、下肢水肿、肝脏质地偏硬、脾大、男性乳房发育。

以上所列化验指标及体征不必悉备。

(二)病因诊断依据

(1)肝炎后肝硬化需有 HBV-M(任何一项)或HCV-M(任何一项)阳性,或有明确重症肝炎病史。

(2)酒精性肝硬化需有长期大量嗜酒史(80 g/d,10年以上)。

(3)血吸虫性肝纤维化需有慢性血吸虫病史。

(4)其他病因引起的肝硬化需有相应的病史及诊断,如长期右心衰或下腔静脉阻塞;长期使用损肝药物;自身免疫性疾病,代谢障碍性疾病等。

(三)分期、分级判断依据

1.分期　分为代偿期和失代偿期。凡具有较明显的肝功能损害(血浆白蛋白降低、直接胆红素升高、凝血酶原时间延长等)及门静脉高压表现(脾肿大、脾功能亢进、腹水等)者,可定为失代偿期。

2.分级　Child-Pugh改良分级法是迄今国际上通用的肝储备功能的分级标准,对指导治疗(如是否手术)、判断预后和药物疗效,均有很重要的参考价值(表9-1)。

表 9-1　肝硬化 Child-Pugh 分级

临床生化指标	分　　数		
	1	2	3
白蛋白（g/L）	>35	28~35	<28
胆红素（μmol/L）	<34	34~51	>51
凝血酶原时间（活动度%）	>50	30~50	<30
腹水	无	轻度	中、重度
肝性脑病	无	1~2 级	3~4 级

注：A 级：总分 5~6 分；B 级：总分 7~9 分；C 级：总分 10 分。

二、鉴别诊断

（1）肝肿大时需与慢性肝炎、原发性肝癌、肝包虫病、血吸虫病、慢性白血病、肝豆状核变性等鉴别。

（2）腹水时需与心功能不全、腹膜癌肿、肾脏病、结核性腹膜炎、缩窄性心包炎及卵巢癌等鉴别。卵巢癌中特别是假黏液性囊腺癌，常以慢性腹水为主要表现，腹水为漏出液性质，有时可造成鉴别诊断上的困难，腹腔镜检查对诊断很有帮助。

（3）其他原因引起的脾肿大，特别是所谓特发性门脉高压（斑替综合征），其病理为肝内窦前性门脉纤维化与压力增高，临床表现为脾肿大、贫血、白细胞与血小板减少、胃肠道反复出血等。晚期血吸虫病也有窦前性肝内门脉阻塞与压力增高、脾功能亢进和腹水等表现，应注意鉴别。

（4）急性上消化道出血应和消化性溃疡、糜烂出血性胃炎、胃癌并发出血相鉴别。

（5）其他原因引起的神经、精神症状如尿毒症、糖尿病、酮症酸中毒所引起的昏迷，需与肝性脑病相鉴别。

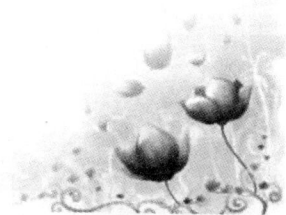

三、中医证型

1.**肝气郁结（含肝胃不和、肝脾不调）** 胁肋胀痛或窜痛，烦躁易怒，善太息，口干口苦，或咽部有异物感，纳差或食后胃脘胀痛，腹胀，乳房胀痛或结块，便溏，舌质淡红，苔薄白或薄黄，脉弦。

2.**水湿内阻** 腹胀如鼓，按之坚满或如蛙腹，胁下痞胀或疼痛，脘闷纳呆，恶心欲吐，小便短少，大便溏薄，下肢水肿，舌苔白腻或白滑，脉细弱。

3.**湿热内蕴** 皮目黄染，黄色鲜明，脘闷纳呆，腹胀，恶心或呕吐，口干苦或口臭，胁肋灼痛，小便黄赤，大便秘结或黏滞不畅，舌苔黄腻，脉弦滑或滑数。

4.**肝肾阴虚** 腹大胀满不舒，面色灰滞，形体消瘦，潮热心烦，手足心热，唇干口燥，失眠多梦，鼻衄牙宣，舌红瘦而干或光剥，脉细数无力。

5.**脾肾阳虚** 纳差或脘闷腹胀，神疲乏力，形寒肢冷，腰膝酸软，阳痿，早泄，耳鸣耳聋，下肢水肿，小便清长或夜尿频数，便溏或五更泻，舌质淡胖，苔润，脉沉细或迟。

6.**瘀血阻络** 胁痛如刺，痛处不移，脸色晦暗或面部红纹赤缕，面颈胸部蟹爪纹，朱砂掌，或腹壁青筋暴露，胁下积块，或大便色黑，舌质紫暗或瘀斑，脉弦或沉涩。

四、辨证要点

1.**辨新旧缓急** 本病虽然病程较长，但在缓慢发病当中又有缓急之分。若肝硬化在半个月至1个月中不断进展，为缓中之急，多为阳证、实证；若肝硬化迁延数月，则为缓中之缓，多属阴证、虚证。

2.**辨虚实** 本病虽属虚中夹实，虚实错杂，但虚实在不同阶段各有侧重。一般初起为肝脾失调，肝郁脾虚；继则肝脾损伤，正虚邪实，终则肝、脾、肾三脏俱损。所以实证以气滞、水湿、湿热、血瘀为

主,同时与正气的强弱有密切关系,虚证多见肝肾阴虚、脾肾阳虚。

【临床治疗】

肝硬化是由于毒邪深入肝经血脉,反复破坏肝脏,损伤脾肾,导致气滞、血瘀、水停而成"鼓胀"。因此,用攻下利水法只能治标,而不能治本。中医从"本"治疗肝硬化,在于调肝气、通血脉、化脾积、清毒邪,益肾行水,整体调治,激活免疫,清除病毒,促气血再生。

一、常见分型治疗

1.肝气郁结

治法:疏肝理气。

方剂:柴胡疏肝汤(《景岳全书》)加减。

组成:柴胡、白芍、枳壳、香附、川芎、陈皮、炙甘草。

加减:兼脾虚证者加四君子汤;伴有苔黄,口干苦,脉弦数,气郁化热者加丹皮、栀子;伴有头晕、失眠,气郁化热伤阴者加制首乌、枸杞、白芍;胁下刺痛不移,面青、舌紫者加延胡索、丹参;精神困倦,大便溏,舌质白腻,质淡体胖,脉缓;寒湿偏重者加干姜、砂仁。

2.水湿内阻

治法:运脾化湿,理气行水。

方剂:实脾饮(《济生方》)加减。

组成:白术、熟附子、干姜、木瓜、大腹皮、茯苓、厚朴、木香、草果仁、槟榔、车前子、甘草。

加减:水湿过重者加肉桂、猪苓、泽泻;气虚明显者加人参、黄芪;胁满胀痛者加郁金、青皮、砂仁。

3.湿热蕴结

治法:清热利湿,攻下逐水。

方剂:中满分消丸(《兰室密藏》)合茵陈蒿汤(《伤寒论》)加减。

组成:黄芩、黄连、知母、厚朴、枳实、陈皮、茯苓、猪苓、泽泻、白术、茵陈蒿、栀子、大黄、牵牛子(研末冲)、甘草。

加减:热毒炽盛、黄疸鲜明者加龙胆草、半边莲;腹胀甚、大便秘结者加商陆;小便赤涩不利者加陈葫芦、马鞭草;热迫血溢,吐血、便血者,去厚朴,加水牛角、生地、丹皮、生地榆;昏迷属热入心包者鼻饲安宫牛黄丸。

4.肝肾阴虚

治法:滋养肝肾,活血化瘀。

方剂:一贯煎(《柳州医话》)合膈下逐瘀汤(《医林改错》)加减。

组成:生地、沙参、麦冬、阿胶(烊)、丹皮、当归、赤芍、白芍、枸杞子、川楝子、丹参、桃仁、红花、枳壳。

加减:内热口干,舌红少津者加天花粉、玄参;腹胀明显者加莱菔子、大腹皮;阴虚火旺者加知母、黄柏;鼻出血甚者加白茅根、旱莲草;神志异常者,可加鲜菖蒲、郁金;潮热起伏者,加银柴胡、地骨皮;津伤渴甚者,加知母、天花粉;神志不清者,急用安宫牛黄丸凉营清热开窍;气随血脱者,用独参汤益气固脱。

5.脾肾阳虚

治法:温补脾肾。

方剂:偏于脾阳虚者用附子理中丸(《太平惠民和剂局方》)合五苓散(《伤寒论》);偏于肾阳虚者用济生肾气丸(《济生方》)合五苓散(《伤寒论》)加减。

组成:熟附子、干姜、党参、白术、猪苓、茯苓、泽泻。

加减:腹部胀满,食后较甚,在附子理中丸合五苓散基础上加木香、砂仁、厚朴;如面色灰暗,畏寒神疲,脉细无力可在济生肾气丸合五苓散基础上加巴戟天、淫羊藿;如腹壁青筋显露加赤芍、桃仁。

6.瘀血阻络

治法:活血行气,化瘀软坚。

方剂:膈下逐瘀汤(《医林改错》)加减。

组成:当归、川芎、赤芍、桃仁、红花、丹参、乌药、延胡索、丹皮、郁金、炒五灵脂、枳壳。

加减:瘀积明显者加炮山甲、䗪虫、水蛭;腹水明显者加瞿麦、槟榔、大腹皮;兼见气虚者加白术、人参、黄芪;兼见阴虚者加鳖甲(研末冲服)、石斛、沙参等;兼见湿热者加茵陈、白茅根等。

二、固定方药治疗

1.赤茵糖浆

组成:茵陈30 g,赤芍30 g,葛根30 g,丹参15 g,苦参10 g,生大黄10 g,生甘草5 g。

用法:口服,一日3次,每次40 ml。如有少量沉淀,可摇匀服用,不影响疗效。糖尿病患者请在医生指导下应用。脾肾阳虚者慎用,对中药成分过敏者禁用。

功效:清热利湿,活血解毒,保肝退黄。

主治:各种肝炎、肝硬化黄疸型患者。

2.肝乐冲剂

组成:柴胡、黄芪、白芍、白术、茯苓、薏苡仁、猪苓、茵陈、板蓝根。

用法:温开水冲服,每日3次,每次1袋。服用期间忌食辛辣、刺激食物。

· 189 ·

功效:疏肝理脾,活血解毒。

主治:急慢性肝炎、肝纤维化、肝硬化活动期转氨酶升高者。

3.注射用甘利欣

用法:甘利欣注射液30 ml加入5%或10%葡萄糖液250~500 ml中静滴,每日1次,疗程1~3个月(以上为成人量,儿童酌减,下同)。其降酶作用迅速而明显。为防停药后转氨酶反跳,可采取逐渐减量法。

功效:抗炎、保护肝细胞膜及改善肝功能。

主治:适用于谷丙转氨酶升高的肝炎、肝硬化患者。

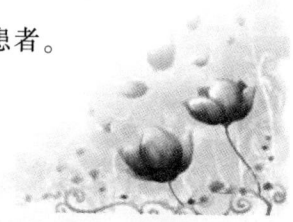

4.苦参碱注射液

用法:静脉滴注。一次0.15 g,临用前稀释于10%葡萄糖注射液或0.9%氯化钠注射液500 ml中,缓慢静脉滴注,一日1次,2个月为1个疗程。本品不宜直接静脉注射,应稀释后静脉滴注,滴速以每分钟不超过60滴为宜,且妊娠妇女禁用。

功效:清热解毒,退黄利湿。

主治:主要用于急、慢性活动性肝炎,慢性迁延性肝炎,病毒性黄疸型肝炎,还可用于肝硬化及其他肝胆疾病的治疗,推荐用于肿瘤放、化疗治疗。

5.鳖甲煎丸

组成:鳖甲胶、阿胶、蜂房、鼠妇虫、土鳖虫、蜣螂、硝石、柴胡、黄芩、半夏、党参、干姜、厚朴、桂枝、白芍、射干、桃仁、丹皮、大黄、凌霄花、葶苈子、石韦、瞿麦。

用法:口服。大蜜丸每次2丸,小蜜丸每次6 g,水蜜丸每次3 g,一日2~3次,温开水送服。

功效:适用于胁下癥块。

主治:慢性肝炎、肝硬化、肝癌。

6.十枣丸

组成:大枣、红大戟(炒)、芫花、甘遂(制)。

用法:每次1.5~3 g。早上服,服药次数依病情而定。忌食盐。得快利后应止服,药后以糜粥自养。孕妇、年老体弱者忌服。不可与甘草同服。

功效:攻逐水饮。

主治:现代多用于肝硬化腹水、渗出性胸膜炎、胸腔积液等见有上述表现者。

7.复方鳖甲软肝片

组成:鳖甲、三七、赤芍、冬虫夏草、紫河车等。

用法:口服。一次4片,一日3次,6个月为1个疗程,或遵医嘱。孕

妇禁服。

功效:软坚散结,化瘀解毒,益气养血。

主治:慢性肝炎肝纤维化,以及早期肝硬化属瘀血阻络,气血亏虚,兼热毒未尽证。

8.大温中丸

组成:厚朴(制)、山楂(炒)、香附(制)、青皮(炒)、白芍(炒)、苦参、茯苓、甘草、苍术(炒)、陈皮、白术(炒)、六神曲(炒)、针砂。

用法:口服,一次6~9 g,一日2次。

功效:健脾祛湿,理气消胀。

主治:肝硬化属脾虚湿阻,气滞腹胀者。

9.大黄䗪虫丸

组成:熟大黄300 g,土鳖虫(炒)30 g,水蛭(制)60 g,蛴螬(炒)45 g等。

用法:口服,水蜜丸一次3 g,小蜜丸一次3~6丸,大蜜丸一次1~2丸,一日1~2次。孕妇禁用;皮肤过敏者停服。

功效:活血破瘀,通经消痞。

主治:用于肝硬化血阻络证,正气不虚。

四、名医验方

· 191 ·

1.柴胡鳖甲汤(刘渡舟方)

组成:柴胡、川楝子、鳖甲、牡蛎、麦冬、玉竹、生地、丹皮、白芍、红花、茜草、土元。

主治:慢性肝炎晚期、肝硬化。

按语:刘老认为慢性肝炎晚期、肝硬化期,可见肝脾肿大、白蛋白球白比例倒置,或澳抗阳性,或急性肝坏死,表现为阴虚内热者,治疗宜滋阴软坚,活血化瘀,柔肝养胃;若疼痛不解加炮山甲软坚活血化瘀。

2.柴胡解毒汤(刘渡舟方)

组成:柴胡10 g,黄芩10 g,茵陈蒿12 g,土茯苓12 g,凤尾草12 g,草河车6 g。

主治:病毒性肝炎、肝硬化,表现为谷丙转氨酶显著升高,证见口苦、心烦、胁痛、厌油食少、身倦乏力、小便短赤、大便不爽、苔白腻、脉弦者。

按语:方中柴胡既能清解肝胆邪热,又能疏肝解郁,《本经》谓:"主心腹胀,胃中结气,寒热邪聚,推陈致新。"《本经》谓黄芩"主治诸热黄疸",清热利湿,故共为君药。茵陈蒿功擅清热化湿、利胆退黄,为治疗黄疸之要药;土茯苓清热解毒,淡渗利湿,引邪毒由小便而解;凤尾草利水解毒,泻热凉血;草河车清热解毒功胜蒲公英、地丁,且有消炎止痛之能,故共为柴胡、黄芩之佐。现代研究表明,方中柴胡有抗肝炎病毒引起的细胞病变,促进机体免疫、利胆、保肝等作用;黄芩也有护肝、利胆的作用;茵陈蒿利胆、保肝作用显著;草河车、凤尾草、土茯苓均有不同程度的抗病毒作用,则为本方治疗病毒性肝炎提供了药理学依据。急性肝炎或慢性肝炎活动期总以病邪为主,正邪斗争激烈,故应以祛邪为主。须指出的是,这里的邪与普通的邪完全不同,系指"毒邪""疫气",所以治疗的关键是解毒。但"见肝之病,知肝传脾,当先实脾",解毒勿伤脾胃,邪衰之后当顾正气。切忌一味祛邪,忽视后天,损伤正气。

3.舒理乙肝汤(关幼波方)

组成:党参、当归、白芍、王不留行各12 g,白术、炒苍术、木香、香附、佛手各10 g,茵陈、山楂、泽兰、生牡蛎各15 g,鲜白参15 g,甘草5 g。

主治:慢性肝炎、早期肝硬化,证属肝郁脾虚未清者。

按语:关老认为,慢性乙肝、肝硬化与肝、脾、肾密切相关,可由脾阳不振,寒湿凝聚而成,或脾虚气弱,肝肾不足,湿热未清而致。治以补脾益气,或调补肝肾,合清热利湿之剂。

4.补阴利水汤(林鹤和方)

组成:龟板15 g,鳖甲20 g,白芍15 g,淮山药18 g,石斛15 g,白茅根30 g,泽泻15 g,生地15 g,麦冬9 g,车前子15 g,丹参15 g,泽兰15 g,田三七10 g,鲜白参15 g,甘草5 g。

主治:肝硬化腹水之阴虚水湿内停之证。

按语:林老认为这类肝硬化腹水,应十分重视滋阴养血与利水并用的法则,以养阴为主、利水为辅。但养阴之药不宜过于滋腻,以龟板、鳖甲、石斛、淮山药、白芍之类为佳,使养阴而不呆滞。

5.行气活血逐瘀汤(罗克聪方)

组成:五灵脂15 g,赤芍10 g,桃仁10 g,红花10 g,川芎10 g,当归10 g,枳壳12 g,乌药20 g,柴胡15 g,制香附15 g,延胡索12 g,川楝子12 g,水蛭4 g(研粉冲服)。

主治:肝硬化之气滞血瘀。

按语:本方以膈下逐瘀汤加减而得,方中五灵脂、延胡索、川楝子疏肝理气、活血止痛。桃仁、红花、赤芍活血祛瘀,当归补血活血。柴胡疏肝解郁而升清,枳壳行气散结而降浊,二药合用达升清降浊之功。乌药、制香附理气止痛。水蛭一味,是罗老的用药之妙,罗老在多年治疗本病过程中曾经用过鳖甲、阿魏等活血祛瘀之品。但经临床观察比较,认为水蛭的疗效较为满意。恰与有人认为祛肝肾之瘀血"水蛭有奇功"巧合。

· 193 ·

【临床保健】

一、心理保健

肝硬化患者由于疾病迁延、反复发作以及对预后的过分担忧,常常精神负担较重,情绪不稳定。期间有的患者甚至对治疗失去信心,对生活失去希望,情绪低落、心情悲观。现代医学已发现,肝脏内分布着丰富的交感神经,气恼、忧愁会直接导致肝细胞缺血,影

响肝细胞的修复和再生，可见心理状态对肝病患者的病情和预后起到举足轻重的作用。因此，作为医护人员，要善于引导肝硬化患者，以豁达、乐观的心态对待疾病，对肝硬化治疗的长期性、艰巨性要有一个心理准备，采取"既来之，则安之"的态度，要学好养生之道，积极地配合治疗，这样才能获得最佳的治疗效果。

二、运动保健

生命在于运动。运动可以增强机体功能，促进新陈代谢并增加机体抵抗力，可以改善患者的心理状态，调节患者情绪。肝硬化患者根据疾病的不同时期，调整活动方式：如肝功能明显异常、合并有肝硬化并发症时应以卧床休息为主；肝硬化稳定期，则应动静结合，培养成有规律的生活习惯，循序渐进增加运动量，打拳、舞剑、慢跑、散步、登山等，但均以不引起疲乏感为原则，重在持之以恒。

三、饮食保健

肝硬化是常见病，病从口入，故对饮食应十分注意。首先饮食以易消化、清淡、富含蛋白质和维生素的食物为宜，少量多餐；有腹水时应限制膳食中的水与钠；禁酒；避免进食粗糙、坚硬食物；禁用损害肝脏的药物。

中医认为药食同源，药以祛之，食以随之，药食都有四性五味，按寒者热之、热者寒之、实则泻之、虚则补之的原则，对肝硬化患者进行辨证选食，在疾病康复过程中配合抗病毒等药物治疗，发挥了较好的临床效果，现介绍如下：

1.湿热蕴结　宜选滑利渗湿之品。有腹水者忌食辛辣、香燥、肥甘之品，以免助湿生热而加重病情。

宜食：冬瓜50 g，鲤鱼250 g炖汤，可清热利水消肿，下气通乳；薏苡仁粥健脾利湿，清热，薏苡仁30 g，大米30~60 g，煮粥，一次食用，每天1次；赤小豆粥亦可利水消肿。

2.寒湿困脾　宜选温阳利水、健脾之品。忌食寒凉、生冷之品，以免伤及脾阳、胃阳。

宜食茯苓、扁豆、山药、红枣，煮粥或炖汤，或多食鸡、羊、南瓜、牛、狗肉、鳝鱼等甘温之品，以健脾胃、扶正气。其中茯苓具有抗肝损伤(降低转氨酶)、抗肿瘤、利尿、增强免疫力等作用;山药具有补脾养胃、益肺生津、补肾涩精的作用。

3.气滞湿阻　应选理气或健脾渗湿之品。此型忌食寒凉生冷之品，以免气滞更甚。如不可饮冰冻饮食，不宜大量喝冷开水。同时忌食肥甘厚味之品(如肥肉、猪油、动物内脏等)，以免壅脾生湿。

宜食栝楼、丝瓜、菠菜、茄子、陈皮、山楂、蘑菇、赤小豆、茯苓、冬瓜、西瓜、山药等。

4.肝脾血瘀　宜多进食行气活血之品，且应食细软、易消化饮食，少食多餐，勿过饱。忌食辛辣、香燥、硬固、粗糙、炙煿之品，以免损伤食管胃底曲张之脉络，引起出血。如辣椒、花椒、生姜、核桃、花生、蚕豆，油炸、油煎之品等。

宜食萝卜、陈皮、山楂、橘子等。

5.脾肾阳虚　宜食温热之品。忌食寒凉之品，以免伤及阳气。

宜食牛、羊、鸡、狗肉、鳝鱼、南瓜、扁豆、对虾、韭菜等，也可用黄芪20 g或党参20 g,煮粥加水 100 g炖汤。此型在临床上推荐重用党参和黄芪。

6.肝肾阴虚　宜食润燥生津之品。忌食温热香燥之品，以免耗伤阴液，阴亏更甚。

宜食番茄、梨、荸荠、百合、桑葚、芝麻、猪肝、山药、枸杞等，可重用枸杞15 g煮粥，滋补肝肾。

四、整体调摄

肝硬化目前仍然是严重危害人类健康的疾病，但只要治疗保健得当，大多数患者还是可以改善病情，提高生活质量的。代偿期

患者应适当减少活动,注意劳逸结合;失代偿期的患者应以卧床休息为主。饮食以富含蛋白质、维生素和低盐食物为宜;另外以乐观的心态客观面对疾病尤为重要。

【现代研究】

一、理论研究

中医在肝硬化病因、病机等方面的研究,是多年来的薄弱环节,各家认识不一。喻长远等认为病因当为毒、痰、瘀三者相互滋生、搏结为患,肝郁络阻是肝纤维化的病理基础。初则气结在经,久则血瘀入络。赵明志从不同角度和层面阐述了对肝硬化的认识:杂气(病毒)致病说、精气亏虚说、血瘀阻络说、内外相召说、伏邪致病说、络病说等,多数都是从"湿-热-毒-瘀-虚"来理解和阐释本病病机。刘为民认为肝纤维化除瘀血候外,痰浊作为一种病理因素,也参与了肝纤维化的病程。在肝纤维化的发病过程中,肝郁气滞,横逆犯脾,脾失健运,水湿不化,酿生痰浊;饮食所伤,素体湿盛,嗜甘厚腻,过度饮酒,更伤脾胃,水湿内停,聚为痰饮;正虚邪恋,毒邪内蕴,日久化热,煎熬津液,凝聚成痰;正气亏虚,水湿难运,聚湿生痰,均可导致痰浊内生,痰瘀互结,阻于肝络。因此痰浊瘀血是肝纤维化的最终病理产物,同时可阻滞气机,使气血运行不畅,津液输布不利。痰浊瘀血沉积更甚,加速肝纤维化的发生和发展。周大桥认为肝纤维化是一个"由实转虚、由聚至积、由气入血及络"的动态病变过程。湿热疫毒残留难尽是启动因子和持续因素,正气虚弱是内因和转归,肝血瘀阻是病理基础,并随病程、病性、病情的不同而兼有寒热虚实的表现。

二、临床研究

(一)辨证论治

1.疏肝理气法 尚建中根据疏肝理气、解郁散结、活血化瘀的

理论,自拟舒肝汤:柴胡10 g,赤芍10 g,川芎10 g,枳壳10 g,香附10 g,当归12 g,桃仁10 g,郁金10 g,丹参25 g,鳖甲15 g,土鳖虫10 g,水蛭10 g。加水500 ml,浸泡20 min,文火煎20 min,将药浓缩至200 ml,每日分2次口服。46例乙型肝炎肝硬化患者分为2组,分别给予舒肝汤和一般治疗,疗程12周。治疗组服药6周和12周后,门静脉内径、脾静脉内径及门静脉血流量与脾静脉血流量分别与对照组比较差异有显著性,说明活血化瘀中药为主组成的舒肝汤可降低肝硬化患者的门静脉压力。

2.益气养阴法　洪宁用中药(丹参、黄芪、赤芍、女贞子、桑寄生、何首乌、板蓝根、白花蛇舌草,水煎服,每日1剂,分两次口服,疗程3个月)治疗慢性丙型肝炎患者78例,结果显示,中药可明显减轻肝细胞损伤,促进肝功能恢复及较好的抗肝纤维化作用。

3.软坚散结法　李刚通过软肝汤(鳖甲、赤芍、当归、黄芪、黄芩、垂盆草等,每日1剂,水煎分两次口服,6个月为1个疗程)治疗慢性肝炎肝纤维化的临床观察,治疗组症状、体征有明显改善,肝功能指标和肝纤维化指标的改善治疗前后有明显差异。

4.健脾补肾法　马羽萍研究薛泼洪经验方肝疏通胶囊(蚂蚁、鹿衔草、旱莲草、全蝎、三七、败酱草、柴胡)治疗慢性肝炎肝硬化患者100例,结果显示,在改善临床症状、脾脏回缩及肝纤维化指标方面,显效率明显优于常规治疗对照组。

(二)专方论治

潘博认为本病病机主要是肝、脾、肾三脏功能失调,气滞、瘀血、水饮互结于腹中。其应用四君五皮饮(茯苓皮15 g,人参10 g,黄芪30 g,白术10 g,大腹皮15 g,桑白15 g,陈皮15 g,泽兰10 g,丹参30 g,甘草5 g)治疗乙型肝炎后肝硬化腹水患者30例,有黄疸者加茵陈10 g,山栀10 g;肝肾阴虚者加女贞子10 g,旱莲草20 g;脾肾阳虚者加制附子5 g,巴戟天10 g;血瘀者加桃仁5 g。3个月为1个疗程。对多次出现腹水者,总有效率为80%。王玉慧等认为本病治疗关键

在于健脾益气利湿,扶正祛邪,应用香砂六君子汤为基础方:人参15 g,白术25 g,茯苓30 g,炙甘草15 g,白芍30 g,半夏15 g,陈皮、香附各20 g,砂仁15 g,川楝子、厚朴各20 g。并根据患者具体情况增减药物或增减相关剂量,治疗肝硬化腹水30例,总有效率为93.3%。王玉慧等认为本病病理关键为肝脾肾亏虚、气虚血瘀水聚,病机特点为本虚标实、虚实交错,应用逐水行瘀汤(太子参、黄芪、赤芍、炙鳖甲、炒白术、茯苓、车前子各30 g,大腹皮20 g)治疗,阳虚者加附子、桂枝;阴虚者加生地黄、女贞子;湿热盛者去太子参、黄芪,加茵陈、虎杖;鼻、齿出血者加茜草、白茅根;肝区疼痛者加延胡索、川楝子;腹水消退后加山药、黑大豆。疗程3个月,总有效率为95%。黄贵华认为本病病机为肝虚瘀结,宜壮肝逐瘀为要,应用壮肝逐瘀煎(灵芝20 g,当归10 g,黄芪20 g,巴戟天10 g,鳖甲20 g,地鳖虫10 g,三七5 g,绞股蓝20 g)配合西药护肝、利尿,总有效率为90.63%。段占全认为腹水是由于肝失疏泄,气滞血瘀,脾失健运,清浊不分,水湿停滞,肾阴肾阳亏损,气化不利而形成,予自拟三七白术散治疗(三七15 g,生白术35 g,茯苓30 g,山药30 g,猪苓30 g)治疗。上药共研细粉(过100目筛),每次15 g,每日3次。用五皮大枣汤(茯苓皮、大腹皮、生姜皮各30 g,桑白皮15 g,陈皮10 g,泽兰20 g,大枣5枚)煎汤内服。黄疸重者在五皮大枣汤中加茵陈、赤芍各30 g;对于顽固性重度腹水可辅助口服螺内酯120~240 mg/d。1个月为1个疗程,总有效率为86.1%。何文绍等运用自拟软肝消水丸治疗肝硬化腹水56例,且设立对照组,对照组常规保肝、利尿(HCT 25~50 mg、螺内酯20~40 mg口服,每日3次,必要时加服速尿20~40 mg,每人1~2次)。总有效率达85.7%,优于对照组腹水消退时间,消退疗效巩固亦明显优于对照组。宋绍如等以益气化瘀利水为法,自拟益气消水汤(黄芪30~60 g,党参、茯苓、益母草、炙鳖甲各15~30 g,白术15~100 g,泽泻、土元、莪术、三棱各6~10 g,炮山甲、甘草各6~10 g)治疗肝硬化腹水患者160例,总有效率96.8%。张学斌等以健脾逐瘀利水法,运用健脾消

鼓汤(党参、猪苓、白术、黄芪、大腹皮、白茅根、泽兰、益母草、丹参、茵陈、甘遂、泽泻)治疗35例肝硬化腹水患者,每日1剂,与30例对照,总有效率分别为94.29%和66.67%,对治疗组半年后随访,总有效率为85.6%。

三、单味药的药理研究

1.丹参 丹参系唇形科植物,味苦,性微寒,无毒。中医认为丹参的主要功能是活血化瘀。近代药物化学研究发现,丹参的主要成分为多种呋喃屏菲醌类色素丹参酮I、ⅡA、IB,异丹参酮I、Ⅱ,隐丹参酮,异隐丹参酮,丹参新酮,丹参酚,羟基丹参酮ⅡA,此外还有维生素E。现代药理研究证明:丹参具有多方面的药理作用,如改善微循环障碍,改变血液流变学,抗凝抗炎耐缺氧,提高免疫功能等。近年来,实验与临床研究均表明丹参治疗肝病及防治肝纤维化的确有明显效果。崔云华等研究表明丹参酸乙(SA-B)可抑制体外培养大鼠肝星状细胞(HSC)的增生,这种抑制作用与SA-B的抗氧化作用有一定的关系。

2.黄芪 黄芪是豆科植物蒙古黄芪或膜荚黄芪的干燥根,具有补中益气、升阳固表等功效。通过对大鼠免疫性肝纤维化的研究发现,黄芪可以明显减少总胶原及Ⅰ、Ⅲ、Ⅴ型胶原在大鼠肝脏的病理性沉积,降低胶原蛋白含量,对实验性肝纤维化具有明显的治疗作用。体外实验表明,黄芪可明显抑制体外激活的HSC增殖及胶原的产生 。宋少刚研究发现,在正常肝组织中肝细胞不表达细胞间黏附分子-1(ICAM-1),在肝纤维化时肝细胞的ICAM-1表达呈阳性,ICAM-1表达越强,肝纤维化越明显。黄芪不仅能抑制肝纤维化的形成,还能抑制纤维化肝细胞、成纤维细胞的ICAM-1的表达,进而抑制肝纤维化时的免疫反应,起到抗肝纤维化作用。

3.苦参素 苦参素是从中药苦豆子及苦参根中提取出来的有效成分,研究显示,苦参素可以通过降低肝纤维化大鼠血清中的ALT、

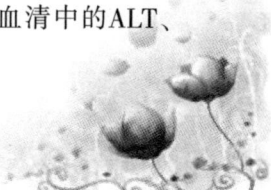

· 199 ·

AST、TBA及GGT,保护肝细胞,改善肝功能;通过减轻肝细胞变性、坏死,抑制结缔组织增生,减少胶原的表达,减轻肝脏的病理改变,对实验性肝纤维化具有良好的预防与治疗作用。周爱玲等认为苦参素通过减少肝组织中MMP-2 mRNA、MMP-2活性蛋白的表达,促进ECM沉积,从而减轻或逆转肝纤维化。施光峰等认为通过影响肌成纤维细胞的功能,使其分泌胶原和表达金属蛋白酶组织抑制因子-1(TIMP-1)的量减少,从而达到干预肝纤维化的作用。

四、实验研究

张国梁等在以人血白蛋白(HSA)诱导的免疫损伤性肝纤维化大鼠模型基础上,自拟软肝饮(丹参、川芎、莪术、鳖甲、黄芪、柴胡)小剂量(1 g/kg),大剂量(2 g/kg)灌胃给药,连续8周,以鳖甲软肝片和秋水仙碱为阳性对照药;放射性免疫方法测定大鼠血清中透明质酸(HA)、层粘连蛋白(LN)、Ⅲ型前胶原(PCⅢ)含量;化学法测定肝脏羟脯氨酸含量。结果发现软肝饮可明显降低肝纤维化大鼠模型血清中HA、LN、PCⅢ的含量,同时可降低大鼠肝脏中羟脯氨酸的含量。张国梁等还发现软肝饮可显著降低模型大鼠血清TNF-α、IL-1、TGF-β_1含量,并可保护模型大鼠肝细胞超微结构。梁润英等用由鳖甲、地鳖虫、柴胡、丹皮、大黄、葶苈子、人参、芍药组成的鳖甲抗纤方观察免疫损伤性肝纤维化大鼠。结果显示鳖甲抗纤方可抑制胶原合成,防治肝纤维化的作用优于鳖甲煎丸和秋水仙碱,而且其预防效果优于治疗效果。鳖甲抗纤方抗肝纤维化的作用机制可能是抑制肝细胞损伤,减轻炎症反应,促进白蛋白合成,抑制细胞外间质的合成。丁体龙等用丹参、鳖甲、白术、藿香、白芍、佩兰、苏梗组方成抗纤汤,观察对CCl$_4$致肝损伤的肝纤维化大鼠模型的治疗效果。结果显示抗纤汤在抗纤维化治疗中有确切疗效,其抑制肝内纤维增生作用的机制,可能是通过减轻肝细胞变性坏死、抑制炎症反应、促进肝细胞再生而实现的。杨玲等研究抗纤软肝颗粒(海

藻、鳖甲、牡蛎、丹参、莪术等)对血小板源生长因子(PDGF)诱导的HSC增殖的影响，采用细胞计数法及流式细胞仪测定细胞增殖，发现抗纤软肝颗粒对于PDGF诱导的细胞增殖具有抑制作用，并呈剂量依赖性。多项研究发现，HSC细胞内含有多个介导凋亡发生的分子家族，包括Fas/Fas-L、TNF受体和Bcl/Bax，中药对于这些分子也有影响。蔡永江等研究了鳖甲煎丸抗肝纤维化的作用，发现鳖甲煎丸具有抑制细胞外基质的合成、提高胶原酶活性、促进胶原降解的作用。马宏伟等用虎杖、茵陈、柴胡、红花等组方成肝纤灵观察CCl_4诱导的肝纤维化模型大鼠，发现肝纤灵抗肝纤维化作用与TNF、IL-1和IL-6等细胞因子直接相关。李长秦等观察加味四逆散对肝脏 Ⅰ、Ⅲ型胶原的影响，探讨其抗肝纤维化的药理机制和作用环节，发现加味四逆散对肝纤维化大鼠肝脏 Ⅰ、Ⅲ型胶原沉积有显著的改善作用，并且在一定范围内，治疗时间越长，效果越佳。其作用机制可能是促进 Ⅰ、Ⅲ型胶原降解。

(刘丽丽)

参 考 文 献

[1] 中国中西医结合学会消化系统疾病专业委员会.肝硬化中西医结合诊治方案[J].中国中西医结合杂志,2004,24(10):869-871.

[2] 蒋燕.刘渡舟教授治疗肝病的辨证用药经验[J].陕西中医,2005,26(1):52-53.

[3] 关幼波.全国名老中医治病经验谈系列——关幼波治慢性肝炎经验[J].家庭医药,2007,4:25.

[4] 杨建辉.林鹤和治肝硬化腹水经验[J].江西中医药,2001,32(5):8-9.

[5] 项楠.罗克聪老中医治疗肝硬化腹水经验[J].贵阳中医学院学报,2001,23(3):8.

[6] 喻长远,李家邦.肝纤维化的中医药研究进展[J].世界科学技术-中药现代化,2002,4(2):75-77.

[7] 赵明志,牛卫理,侯瑞方.浅论慢性乙肝纤维化的诊治.光明中医,2004,19(3):9-10.

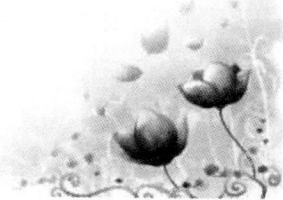

[8] 刘为民,姚乃礼.络病理论与肝纤维化临床.中医药学报,2003,31(1):2-3.

[9] 周大桥.中医药治疗肝纤维化现状[J].江苏中医药,2007,39(5):6.

[10] 尚建中,张正行.舒肝汤治疗乙型肝炎后肝硬化门静脉高压症23例临床研究[J].中医杂志,2001,42(3):167-168.

[11] 洪宁,郑健.丙肝1号抗纤维化的临床研究[J].江西中医学院学报,2002,14(3):36.

[12] 李刚.软肝汤治疗慢性肝炎后肝纤维化的临床观察[J].上海中医药杂志,2002,36(5):15-17.

[13] 马羽萍,赵玲.薛浃洪主任医师治疗慢性肝炎肝硬变的经验[J].陕西中医,2001,22(1):35-36.

[14] 潘博.加味四君五皮饮治疗乙型肝炎后肝硬化腹水30例临床观察[J].湖南中医杂志,2004,20(1):12-13.

[15] 王玉慧,张光辉,邬金迪.加味香砂六君子汤治疗肝硬化腹水30例[J].辽宁中医药杂志,2004,31(7):571.

[16] 马翔华.逐水行瘀汤治疗顽固性肝硬化腹水临床观察[J].浙江中医学院学报,2004,28(6):31-32.

[17] 黄贵华.壮肝逐瘀煎为主治疗肝硬化腹水疗效观察[J].广西中医药,2004,27(4):9-10.

[18] 段占全.三七白术散为主治疗肝硬化腹水36例疗效观察[J].河北中医,2004,26(1):30.

[19] 何文绍,王从学.软肝消水丸治疗肝硬化腹水56例疗效观察[J].四川中医,2003,21(12):30-31.

[20] 宋绍如,段连友.益气消水汤为主治疗肝硬化腹水16例[J].四川中医,2003,21(5):35-36.

[21] 张学斌,张北半.以健脾逐瘀利水法为主治疗肝硬化腹水的临床观察[J].广州中医药大学学报,2002,19(4):272-274.

[22] 崔云华,王晓玲,刘晴,等.丹参酸乙的抗氧化作用对大鼠肝星状细胞增生的影响[J].世界华人消化杂志,2002,10(3):317-319.

[23] 宋少刚,杨雁,陈敏珠.黄芪总提物对大鼠肝星状细胞增殖及产生胶原的影响[J].中国临床药理学与治疗学,2001,6(2):111-113.

[24] 周爱玲,罗琳,茅家慧,等.苦参素对实验性肝纤维化的防治作用及对MMP-

2表达的影响[J].中国临床药理学与治疗学,2004,9(10):1096-1100.

[25] 施光峰,李谦,翁心华,等.苦参素对大鼠纤维化肝脏金属蛋白酶-1和α-平滑肌肌动蛋白表达的影响[J].中华肝脏病杂志,2004,12(1):56.

[26] 张国梁,戴敏,许钒,等.软肝饮对免疫性肝纤维化大鼠胶原代谢水平的影响[J].安徽中医学院学报,2005,24(1):17-19.

[27] 张国梁,戴敏,许钒,等.软肝饮对免疫性肝纤维化大鼠细胞因子及肝细胞超微结构的影响[J].中医杂志,2006,47(3):219-221.

[28] 梁润英,路嵘.鳖甲抗纤方抗肝纤维化作用的实验研究[J].中国中医药科技,2004,11(1):16-18.

[29] 丁体龙.抗纤汤治疗四氯化碳致肝纤维化大鼠模型的实验研究[J].东南国防医药,2004,6(3):175-176.

[30] 杨玲,张赤志,朱清静.抗纤软肝颗粒对血小板源生长因子诱导的肝星状细胞增殖的影响[J].中国中西医结合消化杂志,2004,12(2):80-82.

[31] 蔡永江,刘红春,刘旺根,等.鳖甲煎丸抗肝纤维化作用的实验研究[J].中医研究,2007,20(11):21-23.

[32] 马宏伟.肝纤灵对肝纤维化大鼠血清细胞因子水平的影响[J].中国中医药科技,2002,9(2):81-82.

[33] 李长秦.加味四逆散对肝纤维化大鼠肝脏Ⅰ、Ⅲ型胶原含量的影响[J].陕西中医,2004,25(9):852-854.

第十章　原发性肝癌

　　原发性肝癌(primary carcinoma of the liver,HCC)在我国是第三位常见的恶性肿瘤，且近几年发病率有上升的趋势。目前认为HCC的发生主要与乙肝病毒的感染、丙型肝炎、黄曲霉毒素、肝硬化、酒精等关系较密切。HCC起病隐匿,早期缺乏典型临床症状,经甲胎蛋白(AFP)普查检出的早期病例可无任何症状和体征,称为亚临床肝癌。自行就诊患者多属于中、晚期,常有肝区疼痛、食欲减退、乏力、消瘦和肝肿大等症状。因此对高危人群(肝炎史5年以上,乙型或丙型肝炎病毒标记阳性,35岁以上)应定期进行AFP检测和B型超声检查。原发性肝癌病死率高,在恶性肿瘤死亡顺位中仅次于胃、食管而居第三位,在部分地区的农村中则占第二位,仅次于胃癌。我国每年死于肝癌者约11万人，占全世界肝癌死亡人数的45%。本病属中医学的"黄疸""鼓胀""积聚""癥瘕"等范畴。

【病因病机】

　　中医认为本病多因酒食不节;六淫邪毒入侵,邪凝毒结;情志所伤;感染血吸虫;脾虚湿聚,痰凝血瘀;劳欲过度以及黄疸积聚失治等,使肝、脾、肾功能失调,气、血、湿、热、瘀、毒互结腹内而成。感受邪毒、肝气抑郁、饮食损伤是主因,正气亏虚、脏腑失调是内在条件。

　　结合临床实际,原发性肝癌的病因病机可以概括为四个方面:

　　1.情志久郁　肝为藏血之脏,性喜条达,若情志不舒,所愿不遂,肝失疏泄,气机不利,肝络郁滞,气滞血瘀。在营养缺乏或饮食不节、寒温不时、嗜酒过度、邪毒外侵等因素下诱发。

　　2.脾虚湿聚　饮食不当、饥饱无常、肥甘厚腻,损伤脾胃,气血

化源告竭,后天不充,致使脏腑气血亏虚。脾失健运,运化失常,则饮食不能化为精微,而变为痰浊,痰湿凝聚,致生痞块,久而不消,阻塞肝脉,痰血互结,形成肝癌。

3.湿热结毒　肝郁日久,化热化火,火郁成毒;肝郁乘脾,痰湿内生,湿热结毒,郁阻胆道,形成肝积,多伴胆汁外溢。

4.肝阴亏虚　热毒阻于肝胆,久耗肝阴,肝血暗耗,导致气阴两虚,邪毒内蕴,此为本虚标实。

总之,肝癌病位在肝,与脾、胆、胃有关,早期与湿阻、气滞有关,体质以脾虚为主;中期表现为气滞、血瘀、湿热、热毒;后期阴虚、津亏。早期癌变的关键是脾虚,晚期见肝肾诸脏虚象。因虚致病,本虚标实,表现以全身为虚,局部为实。

【临床诊断】

一、诊断标准

中国抗癌协会肝癌专业委员会于1999年11月29日至12月1日在四川成都召开了第四届全国肝癌学术会议, 经与会代表充分讨论,修订并通过了原发性肝癌诊断标准,提出了原发性肝癌临床分期标准,并广泛征求意见。现将修订后的诊断标准刊出,供临床医师参考。

1.病理诊断　肝内或肝外病理学检查证实为原发性肝癌。

2.诊断标准

(1)AFP>400 μg/L,能排除活动性肝病、妊娠、生殖系胚胎源性肿瘤及转移性肝癌, 并能触及坚硬和有肿块的肝脏或影像学检查具有肝癌特征性占位性病变者。

(2)AFP≤400 μg/L, 有两种影像学检查具有肝癌特征性占位性病变或有两种肝癌标志物(AFP异质体、异常凝血酶原、γ-谷氨酰转肽酶同工酶Ⅱ及α-L-岩藻糖苷酶等)阳性及一种影像学检查具有

肝癌特征性占位性病变者。

(3)有肝癌的临床表现并有肯定的肝外转移病灶(包括肉眼可见的血性腹水或在其中发现癌细胞)并能排除转移性肝癌者。

3.原发性肝癌分期标准

Ⅰa 单个肿瘤最大直径≤3 cm,无癌栓、腹腔淋巴结及远处转移;肝功能分级Child A。

Ⅰb 单个或两个肿瘤最大直径之和≤5 cm,在半肝,无癌栓、腹腔淋巴结及远处转移;肝功能分级Child A。

Ⅱa 单个或两个肿瘤最大直径之和≤10 cm,在半肝或两个肿瘤最大直径之和≤5 cm,在左、右两半肝,无癌栓、腹腔淋巴结及远处转移;肝功能分级Child A。

Ⅱb 单个或两个肿瘤最大直径之和>10 cm,在半肝或两个肿瘤最大直径之和>5 cm,在左、右两半肝,或多个肿瘤无癌栓、腹腔淋巴结及远处转移;肝功能分级Child A。肿瘤情况不论,有门静脉分支、肝静脉或胆管癌栓和/或肝功能分级Child B。

Ⅲa 肿瘤情况不论,有门静脉主干或下腔静脉癌栓、腹腔淋巴结或远处转移之一;肝功能分级Child A或B。

Ⅲb 肿瘤情况不论,癌栓、转移情况不论;肝功能分级Child C。

二、鉴别诊断

1.继发性肝癌(secondary liver cancer) 肝脏血源丰富,其他癌肿可转移至肝脏。我院病理解剖资料显示,继发性肝癌为原发性肝癌的1.2倍,其中以继发于胃癌的最多,其次为肺、结肠、胰等的癌肿。继发性肝癌大多为多发性结节,临床以原发癌表现为主,少数可仅有继发性肝癌的征象,如肝肿大、肝结节、肝区痛、黄疸等。除个别来源于胃、结肠、胰的继发性肝癌外,血清AFP多呈阴性。

2.肝硬化、肝炎 原发性肝癌常发生在肝硬化基础上,两者鉴别常有困难。鉴别在于详细病史、体格检查,并联系实验室检查。肝

硬化病情发展较慢有反复,肝功能损害较显著,血清AFP阳性多提示癌变。少数肝硬化、肝炎患者也可有血清AFP升高,但通常为"一过性",且往往伴有转氨酶显著升高,而肝癌则血清AFP持续上升,往往超过500 ng/ml,此时与转氨酶下降呈曲线分离现象。甲胎蛋白异质体LCA非结合型含量>75%,提示非癌肝病。

3.肝脓肿　临床表现为发热、肝区疼痛和压痛明显,反复多次超声检查常可发现脓肿的液性暗区。超声导引下诊断性肝穿刺有助于确诊。

4.其他肝脏良性肿瘤或病变　如血管瘤、肝囊肿、肝包虫病、胆管癌、结肠肝曲癌、胃癌、胰腺癌及腹膜后肿瘤等易与原发性肝癌相混淆。除甲胎蛋白多为阴性可助区别外,病史、临床表现不同,特别是超声、CT、MRI等影像学检查、胃肠道X线检查等均可作出鉴别诊断。目前与小肝癌相混淆的肝脏良性病变如腺瘤样增生、肝硬化再生结节、局灶性结节性增生等鉴别尚有一定困难,定期随访、必要时做实时超声引导下穿刺活检可有助于诊断。不能排除恶性肿瘤时,为不失早期根治机会,必要时亦可考虑剖腹探查。

三、中医证型

· 207 ·

1.肝气郁结(含肝胃不和、肝脾不调)　右胁部胀痛,胸闷不舒,烦躁易怒,善太息,口干口苦,或咽部有异物感,纳差或食后胃脘胀痛,腹胀,乳房胀痛或结块,便溏,右胁下肿块,舌苔薄腻,脉弦。

2.气滞血瘀　胁下痞块巨大,胁痛引背,拒按,入夜更甚,脘腹胀满,食欲不振,大便溏结不调,倦怠乏力,舌质紫暗或瘀斑,脉弦或沉涩。

3.湿热结毒　心烦易怒,皮目黄染,黄色鲜明,脘闷纳呆,腹胀,恶心或呕吐,口干苦或口臭,胁肋刺痛,小便黄赤,大便秘结或黏滞不畅,舌质紫暗,苔黄腻,脉弦滑或滑数。

4.肝阴亏虚　胁肋疼痛,五心烦热,或低热,头晕眼花,口干咽

燥,眼干涩,食少腹胀大,青筋暴露,甚则呕血、便血、皮下出血,舌红少苔,脉细或细数。

四、辨证要点

1.辨虚实　患者本虚标实极为明显,本虚表现为乏力倦怠、形体急剧消瘦,甚至面色萎黄、懒言等;而右上腹有坚硬肿物而拒按,甚至伴黄疸、腹水、水肿、脘腹胀满而闷等属标实的表现。

2.辨疼痛性质　本病疼痛常有刺、胀、隐、灼、牵引痛等。隐痛绵绵,劳后痛加,喜温喜按,为血气不荣,肝失濡养;刺痛,局部灼热,触之更甚,为肝胆湿热,瘀血痹阻;当肝破裂时,骤发疼痛伴面青紫,汗出如油。又因肝为血腑,血为阴,痛在夜为甚。

3.辨危候　晚期可见昏迷、吐血、便血、胸腹水等危候。

【临床治疗】

原发性肝癌是我国常见的恶性肿瘤之一，其发病隐匿进展迅速。恶性程度高,生存期短,病死率高,当前对原发性肝癌的治疗仍以手术为首选,但在临床病例中,大多数患者已无手术指征,不适宜根治性切除。近年来，中医药治疗原发性肝癌取得了可喜的成果,其在改善患者的生存质量、延长生存期、控制病情发展等方面起到重要作用,日益受到重视和肯定。

肝癌患者虚实错杂,急则治其标,当以祛邪为主,常用活血化瘀、消积消结、逐水破气等法;一般则宜攻补兼施,扶正祛邪,常用健脾益气、养血柔肝、滋补阴液、活血化瘀、理气破气、逐水消肿等法。

一、常见分型治疗

1.肝气郁结

治法:疏肝健脾,活血化瘀。

方剂:柴胡疏肝汤(《景岳全书》)加减。

组成:柴胡、白芍、枳壳、香附、川芎、陈皮、炙甘草。

加减:可酌加广郁金、薏苡仁、白术、黄芪健脾。尚可配用香砂六君子丸。

2.气滞血瘀

治法:行气活血,化瘀消积。

方剂:复元活血汤(《医学发明》)。

组成:柴胡、栝楼根、当归、红花、甘草、穿山甲(炮)、大黄(酒浸)、桃仁。

加减:瘀积明显者加炮山甲、䗪虫、水蛭;腹水明显者加瞿麦、槟榔、大腹皮;兼见气虚者加白术、人参、黄芪;兼见阴虚者加鳖甲(研末冲服)、石斛、沙参等;兼见湿热者加茵陈、白茅根等。

3.湿热聚毒

治法:清热利胆,泻火解毒。

方剂:茵陈蒿汤(《伤寒论》)。

组成:茵陈蒿、栀子、大黄。

加减:热毒炽盛、黄疸鲜明者加龙胆草、半边莲;腹胀甚、大便秘结者加商陆;小便赤涩不利者加陈葫芦、马鞭草;热迫血溢,吐血、便血者,加水牛角、生地、丹皮、生地榆;昏迷属热入心包者鼻饲安宫牛黄丸。

4.肝阴亏虚

治法:养血柔肝,凉血解毒。

方剂:一贯煎(《柳州医话》)。

组成:生地、沙参、丹皮、当归、白芍、枸杞子、川楝子、丹参、桃仁、红花、枳壳。

加减:可酌加生鳖甲、生龟板、丹皮、女贞子、旱莲草凉血解毒,龟板胶、鹿角胶补益精血。尚可配用六味地黄丸或杞菊地黄丸。

二、固定方药治疗

1.鳖甲煎丸

组成:鳖甲胶、阿胶、蜂房、鼠妇虫、土鳖虫、蜣螂、硝石、柴胡、黄芩、半夏、党参、干姜、厚朴、桂枝、白芍、射干、桃仁、丹皮、大黄、凌霄花、葶苈子、石韦、瞿麦。

用法:口服。大蜜丸每次2丸,小蜜丸每次6 g,水蜜丸每次3 g,一日2~3次,温开水送服。

功效:适用于胁下癥块。

主治:慢性肝炎、肝硬化、肝癌。

2.新癀片

组成:肿节风、三七、牛黄、珍珠粉、猪胆汁膏、肖梵天花、水牛角浓缩粉、吲哚美辛、红米曲。

用法:口服,一次2~4片,一日3次。个别患者空腹服药会有眩晕、咽干、倦怠、胃部嘈杂不适、轻度腹泻,停药后自行消失。

功效:清热解毒,活血化瘀,消肿止痛。

主治:各种疼痛,包括肝癌疼痛。

三、名医验方

1.柴胡止痛汤(刘渡舟方)

组成:柴胡、川楝子、延胡索、刘寄奴、姜黄、茜草、海螵蛸、皂角刺、炙甘草。

主治:肝癌疼痛。

按语:本方疏肝活血通络止痛,适用于邪入血分,证见肝区痛重;兼瘀热者加丹皮、丹参;白球比例倒置者,增加茜草。

2.肝癌方(钱伯文方)

组成:莪术、白术各12 g,苦参、白花蛇舌草各20 g。

主治:各种证型肝癌基本方。

按语:脾虚湿阻型加生黄芪、扁豆、薏苡仁、山楂;气血阻滞型加柴胡、川芎、当归、大黄;热毒内蕴型加田基黄、龙胆草、蒲公英;气阴两虚型加熟地、枸杞子、麦冬、北沙参等。

3.肝癌汤(顾振东方)

组成:生地黄15 g,麦冬20 g,白芍15 g,山茱萸 15 g,枸杞子15 g,柴胡12 g,郁金15 g,砂仁10 g,白花蛇舌草40 g,半枝莲30 g,党参15 g,白术15 g,茯苓10 g,甘草5 g。

主治:肝癌之阴血亏虚。

按语:肝癌发病急,病情重,死亡快。临床就诊者多有腹中积块坚实,胁痛牵掣后背,心下痞满,少食或不食,满腹撑胀或胀痛,甚黄疸色鲜,肢体水肿,腹水如鼓,二便难下,一派邪实壅盛之象。然顾师临诊不祛邪为主,认为"壮人无积,虚人则有之。一积之成也,正气不足,而后邪气踞之"。本病患者发病前大多有肝炎、肝硬化病史,且病史越长,乏力少气、纳呆、咽干、盗汗、五心烦热、消瘦脱形、舌光无苔、脉细数等症越明显。肝藏血主疏泄,体阴而用阳。体阴者,肝血易亏,肝阴易损;用阳者,肝气易郁、易滞,故治当以柔肝养肝、疏肝理气为要。常用肝癌汤为基本方。痛甚者加细辛(最大量用至9 g)、全蝎、蜈蚣;黄疸者加茵陈、黄柏;肿块坚硬者加穿山甲、水蛭,无出血现象可加三棱、莪术以攻坚破积;腹水、下肢水肿者加薏苡仁、泽泻,重用茯苓等。

· 211 ·

【临床保健】

一、心理保健

癌症患者在意识到或知道自身患病的可能时,在心身上会产生各种不同的症状,并可影响到病程的进展。其良好的心理治疗对延长病人生存期有积极意义。

怀疑心理:患者一旦得知自己得了癌症,坐立不安,多方求证,

心情紧张,猜疑不定。因此,医务人员应言行谨慎,要探明患者的询问的目的,科学而委婉地回答患者所提的问题,不可直言,减轻患者受打击的程度,以免患者对治疗失去信心。

恐惧心理:患者确切知道自己患有癌症,常表现为害怕、绝望、失去生的希望,牵挂亲人。医务人员应同情患者,给予安慰,鼓励患者积极接受治疗,以免耽误病情,并强调心理因素对病情的作用,鼓励患者以积极的心态接受治疗。

悲观心理:患者证实自己患癌症时,会产生悲观、失望情绪,表现为失望多于期待,闷闷不乐,郁郁寡欢。此时医务人员应给予关怀,说明疾病正在得到治疗,同时强调心情舒畅有利于疾病预后。

认可心理:患者经过一段时间后,开始接受自己患有此病的事实,心情渐平稳,愿意接受治疗,并寄希望于治疗。医务人员应及时应用"暗示"疗法,宣传治疗的意义,排除对治疗的不利因素,如社会因素、家庭因素等。

失望或乐观心理:因为各人的体质和各人的适应程度不一样,治疗效果也不尽相同,有的患者病情得到控制,加上善于调适自己的心情,同时生活在和谐感情的环境中,这样患者长期处于一种乐观状态;有的患者病情逐渐恶化,治疗反应大,经济负担重,体力难支等各种因素,导致患者精神委靡,消极地等待死亡。医务人员对消极的患者要分析原因,做好心理安慰,及时调整患者的心态,做好生活指导;对于乐观的患者,要做好康复指导,留心观察心理变化,以便及时发现问题及时解决。另外,医务人员也要有良好的心理品质,富有同情心,能使患者感到心理满足。同时要情绪愉快,冷静热情,耐心和果断,有敏锐的观察力,对于不同年龄、不同性格和地位的患者应一律平等,公平公正,取得患者的信赖,建立良好的医患关系。善于谅解患者的过失,不与患者顶撞,宽宏大量。在交谈过程中,要注意保护性语言,对患者的诊断、治疗及预后要严谨,要有科学依据,切不可主观武断,胡乱猜想。

二、饮食保健

1.饮食原则 肝癌是一种消耗性疾病,丰富的营养能进一步增强癌症患者的抵抗力和免疫力,从而起到防癌抗癌的作用。

饮食应注重适度,早吃好、午吃饱、晚吃少,并做到少油、少脂、少糖、少粮、多吃豆制品(几乎天天吃)、奶制品、青菜水果等,保证大小便通畅。对鸡、鸭、鱼、肉、蛋不求多食,不吃发霉的食物,不多吃盐腌、熏炸、烤的食物,不偏食高脂肪、高蛋白食物,不吸烟,不饮酒,同时对盐严加控制。对于补品,如人参、西洋参、蜂王浆等,最好不用。

2.食物选择要点 维生素A的防癌、抗癌作用在近代的大量医学研究中已得到证实。蔬菜含维生素A较高的有胡萝卜、青菜、油菜、芹菜、菠菜、香菜、芥菜、紫菜、小葱、韭菜、南瓜、红薯等,可供肝癌患者选择食用。

维生素C的防癌、抗癌作用在大量的研究中也得到了证实。蔬菜和水果中含维生素C较高含维生素A也较高的有:小白菜、芹菜叶、油菜、苋菜、菠菜、香菜、韭菜、青蒜、荠菜、红薯、草莓、山楂、猕猴桃等,可供肝癌病人选择。总之,多吃以上的蔬菜水果对肝癌患者有益。 · 213 ·

三、运动保健

进行有规律的康复运动,根据自身的病情,可适当选择散步、气功、太极拳等活动量较小的运动进行锻炼,以提高机体的抗病能力,避免因长期卧床而出现的肌肉萎缩、组织退化和脏器功能减退。保持足够的睡眠时间,合理安排运动与休息的时间,以不感到疲劳为宜。

四、调摄护理

肝癌是一种严重疾病,但绝不是不治之症,甚至能够治愈。国

内外均有经手术治疗后,生存20年以上的肝癌患者。在饮食起居方面,应注意休息,如体力允许的话,也可做适当活动,但以不感觉到疲劳为度。要多吃含蛋白质丰富的食物和新鲜的蔬菜、水果。除非是治疗上的需要,患者不必忌口,以免导致营养不良,于治病不利。食物应以清淡、易消化为原则,避免食用霉变、腌制、熏烤食品。

【现代研究】

一、理论研究

陶泽明认为中医辨证施治,要继承传统不守旧、研究发扬不离宗。原则上扶正不助邪,祛邪不伤正。注重调理气血,治当以健脾、活血、破积、化瘀、清毒药物为主。刘应柯等认为晚期肝癌出现恶病质的患者由于肝病日久,肝木乘脾,以致脾胃虚弱,气血生化乏源,故采用疏肝健脾和胃法为主治疗,结果显示对延长生存时间、改善症状及肝功能、纠正贫血、降低AFP含量、提高生存质量等方面均明显优于单纯西医治疗。黄金昶等认为肝癌合并门静脉癌栓者辨证属阴虚血瘀水停,故采用以养阴活血、温阳利水法为主治疗,观察结果显示在癌栓消失、肝脏肿物、AFP及平均生存时间方面有一定疗效。王锦鸿指出,中医治疗肝癌,是在整体观念的指导下,调整失调的脏腑功能,纠正气血阴阳的失衡状态,增强抗病能力,减轻消除临床症状,抗癌瘤以及治疗肝癌并发症,配合放、化疗发挥减毒增效的作用,而并不在于直接杀灭癌细胞。于尔辛从20世纪70年代开始研究以健脾理气法治疗肝癌,临床与动物实验表明,健脾理气方可以抑制肿瘤增殖,诱导肿瘤凋亡,抑制端粒酶活性,上调p53的蛋白表达水平,对人体有广泛调节作用,与放、化疗结合,能明显延长患者生存期。吴良村等认为肝癌实热错杂,虚实共存,虚证与湿热瘀毒杂现,药物使用上较多地运用清热解毒药。林盛毅以健脾疏肝、扶正散结法治疗中晚期肝癌,也取得了一定的经验。

二、临床研究

1.辨证论治 王沛将肝癌分为4型论治:肝郁脾虚型,常用逍遥散、异功散、参苓白术散等加减;气血瘀滞型,常用血府逐瘀汤、桂枝茯苓丸等加减;湿热蕴结型,常以茵陈蒿汤、五苓散、五皮饮等加减;气阴两虚型,常用一贯煎、大补阴丸、生脉散、六味地黄丸等加减。杨传标等对不宜手术的中晚期肝癌采用扶正祛邪的治疗方法。扶正法有:健脾益气法,方用补中益气汤加减;滋养肝肾法,方用一贯煎合六味地黄汤加减;益气养阴法,方用四君子汤加旱莲草、生地黄、龟板、鳖甲等。祛邪法有:清热利湿法,方用茵陈蒿汤加味;疏肝理气法,方用柴胡疏肝散加减;活血化瘀法,方用桃红四物汤加莪术、牛膝、郁金等。张岳正等以中药辨证配合介入法治疗中晚期肝癌,分为3个证型:气郁血阻型,以金铃子散合失笑散加减,药用金铃子、延胡索各12 g,蒲黄、五灵脂、郁金各10 g,茯苓15 g,白花蛇舌草、料姜石各30 g;瘀血内结型,以膈下逐瘀汤加减,药用五灵脂、桃仁、红花、当归、川芎、香附、延胡索各10 g,鳖甲、牵牛子各15 g,半枝莲、半边莲、牡蛎、料姜石各30 g,乌药、甘草各6 g;正虚瘀结型,八珍汤加减,药用川芎、三棱、莪术、当归、芍药、玉片、白术各10 g,茯苓、党参、地黄各15 g,瓦楞子(先煎)、白花蛇舌草、半枝莲、半边莲、料姜石各30 g。王天保等治疗153例中晚期肝癌患者,气滞血瘀型治以行气活血健脾(柴胡、赤芍药、党参、牡蛎等);瘀毒伤阴型治以养阴化瘀解毒(解瘀阳毒1号);脾虚湿困型治以健脾化湿解毒(理泻汤);正气亏虚型治以益气养阴解毒(扶正解毒汤)。结果完全缓解(CR)有7例,部分缓解(PR)有42例,肿瘤缩小率为32.01%。何锡方探讨了121例肝癌中医辨证与B超、CT、MRI分型的关系。中医辨证分气滞血瘀、湿热结毒、肝阴亏损及肝气郁结4型,分别有50例、36例、26例、9例;影像学表现分巨块、结节、弥漫及早癌4型,分别有63例、33例、25例、0例。其中气滞血瘀及肝气郁结多

见于巨块型,湿热结毒多见于结节型,肝阴亏损多见于弥漫型;死亡22例,肝阴亏损型占77%,弥漫型占41%。

2.专方论治　刘朝霞等采用肝积方治疗中晚期肝癌36例,结果病情稳定24例(66.67%),治疗后体重及Karnofsky评分较治疗前明显增加,AFP值明显降低。肝积方基本组成为柴胡、莪术、清半夏、陈皮、砂仁各12 g,田基黄、生黄芪、白花蛇舌草、蒲公英各30 g,党参、茯苓各20 g,炒白术、八月札各15 g,蜈蚣2条,焦山楂、焦神曲、焦麦芽各10 g,甘草6 g。随症加减:伴黄疸者加茵陈蒿、赤小豆各30 g,大黄6 g;伴腹胀、双下肢水肿、尿少者加茯苓皮、猪苓、泽泻、冬瓜皮各30 g;伴呕血、黑便者加三七粉3 g(冲服),白及12 g,地榆炭15 g。余水园采用荡邪软坚补肝方治疗中晚期肝癌,结果癌灶近期缓解率为8%,癌体稳定率为85%,生活质量明显改善,生存期延长。荡邪软坚补肝方的药物组成为:白花蛇舌草、玳瑁、丹参、半枝莲、海藻、仙鹤草、陈葫芦、泽兰、灵芝各30 g,穿山甲(先煎)、天冬、炙鳖甲(先煎)、石斛各20 g,三七粉3 g(冲服),守宫、柴胡各6 g,莪术、太子参、党参各10 g。韩建国用软肝汤治疗弥漫性肝癌患者51例,显效11例,有效26例,无效14例,总有效率为72.6%。软肝汤组成为黄芪、太子参、茯苓、龟板、鳖甲、柴胡、茵陈、泽泻各15 g,丹参、白术、三棱、莪术、炒山楂、炒神曲、炒麦芽、炙甘草各10 g,白花蛇舌草30 g。章永红等采用补虚化毒颗粒治疗原发性肝癌100例,主要成分为灵芝孢子粉、虫草菌丝、七叶胆、全蝎等中药提取物,观察结果在癌灶稳定、患者生存质量、疼痛缓解及延长生存期方面有良好的疗效,且无毒副反应。王俊显等采用慈丹胶囊治疗原发性肝癌325例,在改善临床症状、提高患者生活质量方面有较好疗效。慈丹胶囊药物组成有莪术、山慈姑、制马钱子、蜂房、鸦胆子、人工牛黄、黄芪、当归、丹参、冰片等。邵静等采用积消胶囊治疗原发性肝癌患者242例,观察发现远期疗效比单纯化疗好,与化疗药合用有增效作用,能有效地改善症状,提高患者生存质量,有控制瘤体增大的

作用,并能提高患者的免疫功能。积消胶囊的主要组成药物有金刚藤、水蛭、三白草、薏苡仁等。林永康采用宁肝合剂治疗晚期原发性肝癌6例,取得了一定疗效,宁肝合剂主要由绞股蓝、黄芪、白术、白花蛇舌草、丹参、香附等组成。唐由君等采用田柴合剂治疗转移性肝癌22例,结果显示患者生活质量评分明显改善,症状有不同程度的减轻或消失。田柴合剂组成为柴胡、田基黄、黄芩、郁金、佛手各12 g,茵陈、白花蛇舌草、鸡内金、猪苓各24 g,山栀、甘草各6 g,炒莱菔子、枸杞子各15 g,陈皮9 g,延胡索18 g,薏苡仁30 g,蜈蚣2条(研粉口服)。刘姣林等以扶正抑癌方配合化疗治疗中晚期肝癌33例,结果表明扶正抑癌方对中晚期肝癌通过增强机体抗病能力和抗癌抑癌而有抑制肿瘤生长的作用,同时可减轻消化道不良反应,减轻或防止骨髓抑制,改善症状,提高生活质量,有效地控制了病情的发展。扶正抑癌方基本组成为:黄芪、虎杖各10~15 g,党参、半枝莲各15~20 g,茯苓、炒谷芽各15 g,白术、枳壳、绿萼梅、砂仁各10 g,厚朴9 g,生薏苡仁20 g,白花蛇舌草20~30 g。临床随症进行加减:恶心呕吐明显者加竹茹、旋覆花各10 g;便秘腹胀者加大黄6~10 g,槟榔10 g;潮热烦躁者加胡黄连、白薇各10 g,知母10~15 g。李薇等用扶正抑瘤汤配合化疗治疗原发性肝癌患者54例,结果总有效率达到62.22%,而且恶心、呕吐、血细胞下降等化疗毒副反应明显轻于对照组,患者的生存质量与生存期较对照组为好。扶正抑瘤汤主要由黄芪、肉桂、黄精、熟地黄、生地黄、太子参、薏苡仁等组成。余新富研究丹芪抗癌散治疗50例原发性肝癌患者,采用超声显像检查观察肝癌瘤体声像学特征变化的情况和与临床治疗效果的关系,并采用肝动脉化学栓塞治疗34例原发性肝癌为对照组。经治疗后,中药组的瘤体消失5例,缩小43例,无变化4例,瘤体缩小率96%,瘤内光点改变率50%,回声改变率44%,声晕改变率40%,与对照组相比差异显著($P<0.01$),显示丹芪抗癌散治疗组的疗效明显优于肝动脉化学栓塞对照组。从中药组的治疗后生存率≥3个月100%,

· 217 ·

≥6个月82%,≥12个月75%,≥24个月52%,和甲胎蛋白恢复正常30例及肝外转移0例,与对照组比有显著差异($P<0.05$)。丹芪抗癌散由丹参、黄芪、白花蛇舌草、水蛭、三棱、莪术配制成胶囊,每粒相当于生药10 g,每次5~8粒。傅理琦以扶正抑瘤汤作为基本方治疗晚期肝癌42例,15 d为1个疗程,连续治疗2~5个疗程。结果完全缓解2例,部分缓解7例,稳定18例,缓解率为24.89%,生存质量也有明显改善。扶正抑瘤汤组成为:黄芪、半枝莲、白花蛇舌草各30 g,当归、薏苡仁、茯苓各15 g,白术、龙葵、白英、重楼各12 g,三棱、莪术各9 g。总的来看,基本方多以健脾益气立法者多,配合理气化瘀软坚法,体现肝癌本虚标实的基本病机特点。

3.肝癌合并症治疗 原发性肝癌出现合并症,是影响其生存质量和预后的关键因素。近年来应用中医中药治疗肝癌合并症,已有可喜疗效。

(1)肝癌腹水:腹水多因气滞水停所致。于尔辛等用行气利水方(木香、大腹皮、地骷髅、车前子、茯苓皮、枳壳)有消除肝癌轻中度下腹、全腹胀和腹水的作用,使气行水行。

(2)肝癌疼痛:控制肝癌疼痛是提高肝癌生存质量的重要一环。于尔辛等用疏肝理气健脾方(延胡索,川楝子,枳壳,厚朴,党参,白术,茯苓,生山楂,炒谷、麦芽,炙鳖甲,八月札,广木香)治疗1例肝癌疼痛,服药7剂,疼痛消失,纳食增加。王庆才等用蟾雄膏(蟾酥、雄黄、冰片、铅丹、皮硝各30 g,乳香、没药、血竭各50 g,硇砂10 g,麝香1 g,大黄100 g,研末)以米醋或温开水或猪胆汁调敷治疗103例癌性疼痛患者,其中原发性肝癌44例,总有效率91.26%,获完全缓解54例,部分缓解40例,无效9例。徐文雄等对40例癌痛(包括3例肝癌)患者,以自身对照法观察,认为巴布型蟾酥膏的疗效(总有效率92.5%)较氧化锌剂蟾酥膏(总有效率87.5%)为更好。

(3)肝癌黄疸:肝癌黄疸约占39.8%,多由湿热留滞所致。使黄疸消退是治疗肝癌的重要环节。于尔辛等用清热利湿、利胆退黄方

(茵陈,山栀,金钱草,猪苓,茯苓,泽泻,郁金,车前子,党参,白术,神曲,炒谷、麦芽,半枝莲,白花蛇舌草)治疗1例肝内胆管细胞癌所致黄疸者,服药21剂,溲黄、白睛黄染消退,复查肝功能正常。

(4)肝癌发热:肝癌发热约19.8%,多系阳明有热所致。于尔辛等用清热化湿消导方(生石膏,知母,寒水石,苍术,半夏,厚朴,生山楂,生谷、麦芽)治疗1例肝细胞肝癌发热40℃,不恶寒、有汗、腹满患者。服药5剂,体温降至38℃,10剂后体温正常。

三、单味药的药理研究

1.白花蛇舌草　白花蛇舌草具清热解毒、消肿镇痛的功效。于春艳等研究发现白花蛇舌草提取物对BEL-7402细胞生长和多药耐药性的作用机制,可能是通过直接影响肿瘤细胞能量代谢,且呈剂量依赖关系来实现的。

2.苦参　苦参常用于肝病和抗病毒治疗,其抗肿瘤作用也日益受到关注。司维柯等对苦参碱抑制肝癌细胞(HepG2)增殖的时效、量效进行了全面的研究。采用MTT法、H3-TdR掺入法、细胞计数法检测细胞存活率、DNA合成抑制率和细胞数量的变化,以确定苦参碱抑制HepG2增殖及诱导其分化、凋亡、坏死的作用浓度和时间,结果表明苦参碱对肝癌细胞分化、凋亡的调控与其作用浓度密切相关。

·219·

3.柴胡　柴胡疏散退热,舒肝升阳,常用于湿热蕴结、热毒壅盛的肝癌。宋景贵等报道柴胡提取物对人肝癌SMMC-7721细胞线粒体代谢活性、细胞增殖以及小鼠移植S-180实体肿瘤有明显抑制作用。韩晓红等研究发现柴胡提取物可使Bel-7402细胞内游离钙离子浓度下降,提示其钙通道阻滞作用为柴胡逆转Bel-7402多耐药机制之一。

四、实验研究

中药直接杀伤肝癌细胞和抑制肝癌细胞增殖作用：有些中药可通过直接杀伤肝癌细胞和抑制其增殖而发挥抗癌效应。陈小义等发现0.01 μmol/L及以上浓度蟾蜍灵对S-7721细胞有显著细胞毒作用，细胞生长相关基因p21在蟾蜍灵诱导下表达上调，同时受p21调控的增殖细胞核抗原(PCNA)的表达下降,两者呈负相关。魏志霞研究发现川芎嗪可提高SMMC-7721/多柔比星(ADM)细胞内化疗药物的浓度，增加ADM等化疗药物对SMMC-7721/ADM的毒性作用。司维柯等发现一定浓度苦参碱处理HepG2后,在代谢水平和基因水平上均抑制了HepG2的恶性增殖。李红喆等发现参杞合剂不仅可明显抑制荷H22小鼠肿瘤细胞的生长,诱导肿瘤细胞凋亡,同时能明显提高荷 H22小鼠 NK细胞和巨噬细胞的杀伤活性,还可诱导激活巨噬细胞产生IL-12、TNF-α等而发挥抑瘤作用。参杞合剂可改善机体免疫状态,激发其抗肿瘤免疫效应,以阻止肿瘤的生长、播散。李起等分析了中药复方肝癌-1号(茯苓、白术、黄芪、茵陈)逆转ADM诱导的HepG2/ADM细胞多药耐药性的机制，发现肝癌-1号通过抑制HepG2/ADM耐药细胞MDR-1mRNA的表达及P糖蛋白合成，能部分逆转HepG2/ADM的耐药性。殷飞等观察发现清肝化瘀方(含黄芩、苦参、半枝莲、白花蛇舌草、三棱、莪术、黄芪等)和苦参素对癌前病变及癌变期病理改变较模型组明显减轻,VEGF和TGF-β_1表达明显低于模型组,清肝化瘀方TNF-α水平显著低于模型组和苦参素组,表明清肝化瘀方具有抑制肝癌血管形成的作用。

（刘丽丽）

参 考 文 献

[1] 抗癌协会肝癌专业委员会.原发性肝癌诊断标准[J].中华肝脏病学杂志,
2000,6(8):135.

[2] 蒋燕.刘渡舟教授治疗肝病的辨证用药经验[J].陕西中医,2005,26(1):52-53.

[3] 陈伟."钱氏肝癌方"加减治疗53例原发性肝癌临床观察[J].上海中医药杂志,1998,4:11.

[4] 周晓明,陶凯.顾振东治疗肿瘤的经验[J].山东中医杂志,1999,18(4):186-188.

[5] 陶泽明.原发性肝癌辨证施治3则[J].南通医学院学报,2001,21(1):121.

[6] 刘应柯,祁广生,刘雪华.疏肝健脾和胃法为主治疗晚期原发性肝癌24例[J].中医研究,2006,19(1):29-31.

[7] 黄金昶,崔慧娟,王立森,等.养阴活血、温阳利水法为主治疗门静脉癌栓10例[J].中日友好医院学报,2005,19(2):111-112.

[8] 王锦鸿.中医在治疗恶性肿瘤中的作用与地位[J].江苏中医,2001,22(11):1-3.

[9] 于尔辛.肝癌的健脾胃理气方治疗[J].中国肿瘤,2000,9(8):344.

[10] 叶蕾.吴良村治疗原发性肝癌临床经验拾贝[J].四川中医,2002,20(4):7-8.

[11] 林盛毅.中医治疗中晚期肝癌的体会[J].辽宁中医杂志,2001,28(7):425.

[12] 何秀兰,周而复,袁尚华.王沛教授治肝癌临床经验总结[J].中国中医基础学杂志[J],2004,10(3):70-71.

[13] 杨传标,郭子倩,左建生,等.不宜手术的中晚期肝癌中医药治疗方法探析[J].新中医,2005,37(9):6-7.

[14] 张岳正,吕爱林.中医辨证配合介入疗法治疗中晚期肝癌30例[J].陕西中医,2004,25(9):774-775.

[15] 王天保,范言磊.辨证施治原发性肝癌153例[J].中医研究,2001,12(6):46.

[16] 何锡方.原发性肝癌中医辨证与B超、CT、MRI分型关系探讨121例分析[J].江西中医学院学报,1996,8(3):3.

[17] 刘朝霞,周延峰,李秀荣.肝积方治疗中晚期肝癌36例[J].四川中医,2004,22(8):44-45.

[18] 余水园.荡邪软坚补肝方治疗中晚期肝癌疗效观察[J].现代中西医结合杂志,2005,14(6):744-745.

[19] 韩建国.软肝汤治疗弥漫性肝癌51例[J].辽宁中医杂志,2004,31(8):662.

· 221 ·

[20] 章永红,金树文,彭海燕,等.补虚化毒颗粒治疗原发性肝癌100例[J].辽宁中医杂志,2005,32(7):651-652.

[21] 王俊显,周超凡,郑伟达.应用慈丹胶囊治疗原发性肝癌325例临床疗效观察[J].中国肿瘤临床,2005,32(21):1255-1256.

[22] 邵静,褚玉英,周晓静.积消胶囊治疗原发性肝癌242例临床观察[J].河南中医,2004,24(11):27-28.

[23] 林永康.宁肝合剂治疗晚期原发性肝癌6例[J].福建中医药,2004,35(5):55-56.

[24] 唐由君,刘寨东,许云.田柴合剂治疗22例转移性肝癌的临床研究[J].中国中西医结合影像学杂志,2004,2(2):122-123.

[25] 刘姣林,王晓林,郭晓光,等.化疗伍用扶正抑癌方法治疗中晚期肝癌33例[J].中医研究,2005,18(4):34-36.

[26] 李薇,李象霖.扶正抑癌汤对中晚期原发性肝癌化疗解毒增效作用[J].中Z国中医药信息杂志,2001,8(5):52-53.

[27] 余新富.丹芪抗癌散对肝癌瘤体声像特征变化的影响[J].中西医结合肝病杂志,2001,8(1):17.

[28] 傅理琦.扶正抑瘤汤治疗晚期肝癌42例临床观察[J].浙江中医杂志,2001,36(9):375-376.

[29] 于尔辛.于尔辛对中晚期肝癌常见症状的治疗经验[J].中医杂志,2003,34(13):718.

[30] 于春艳,李薇,刘玉和,等.白花蛇舌草提取物体外抗肿瘤作用及机制研究[J].北华大学学报(自然科学版),2004,5(5):412-416.

[31] 司维柯,潘静,陆华,等.苦参碱抑制HepG2细胞增殖及其剂量与抑制方式关系的研究[J].世界华人消化杂志,2001,9(2):185-199.

[32] 宋景贵,肖正明.柴胡提取物对人肝癌细胞和小鼠肉瘤的抑制作用[J].山东中医药大学学报,2001,25(4):299-301.

[33] 韩晓红,盖晓东.中药柴胡提取物对人肝癌细胞内游离钙离子浓度的影响[J].北华大学学报(自然科学版),2004,5(4):323-325.

[34] 陈小义,呼文亮,徐瑞成,等.蟾蜍灵对肝癌细胞SMMC-7721的细胞毒作用及生长相关基因表达的影响[J].中国药理学与毒理学杂志,2001,15(4):293-296.

[35] 魏志霞.川芎嗪对肝癌多药耐药株SMMC27721/ADM的逆转作用[J].江苏医药,2005,31(5):371-372.

[36] 司维柯,李鹏,姚婕.苦参碱对HepG2细胞代谢水平和基因水平的影响[J].第三军医大学学报,2002,24(11):1346-1349.

[37] 李红喆,范晓磊,李庆,等.参杞合剂对小鼠腹水型肝癌细胞株H22细胞周期及凋亡的影响[J].细胞与分子免疫学杂志,2003,19(4):361-363.

[38] 李起,刘作金,张俊,等.中药复方肝癌-1号逆转肝癌多药耐药的实验研究[J].消化外科,2006,5(1):70-73.

[39] 殷飞,姚树坤,吴新满,等.清肝化瘀方对大鼠肝癌血管形成的影响[J].中药药理与临床,2005,21(1):29-32.

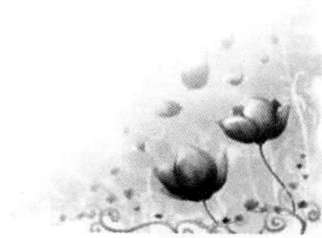

第十一章　脂　肪　肝

脂肪性肝病(fatty liver disease,FLD)简称脂肪肝,又称肝内脂肪变性，是指由各种原因引起的以肝实质细胞脂肪变性和脂肪贮积为特征的临床病理综合征。临床上可无任何症状或者见右上腹轻度不适、隐痛,上腹胀痛,食欲不振,恶心呕吐等非特异性症状,甚则身目黄染、肝大。脂肪肝已成为常见肝病之一,疾病谱随病程的进展表现不一，按病理学改变可分为单纯性脂肪肝、脂肪性肝炎、脂肪性肝纤维化和肝硬化,按病因可分为酒精性脂肪肝和非酒精性脂肪肝。肝炎性脂肪肝一般不纳入脂肪肝范畴,在临床上又将非酒精性脂肪肝分为原发性和继发性,前者主要与肥胖有关,后者则与很多危险因素如糖尿病、高脂血症、空肠回肠短路手术、静脉高能营养、体重骤减等有关。不同种族和不同年龄组男女均可发生脂肪肝,在40~49岁发病率最高。持续酗酒10年以上的人,90%可产生脂肪肝。本病属中医学的"积证""疸病""痞满""胁痛""痰癖""眩晕""瘀血""痰湿""积聚"等范畴。

【病因病机】

饮酒过度、嗜食肥甘厚味、饱食无度、久坐久卧、体丰痰盛、酒湿过盛、情志失调、感受湿热疫毒、食积气滞、久病体虚等均可引起脾肾不足、瘀血和痰浊内停,最终导致本病发生。病机可以从脾虚肝郁、肝肾阴虚、痰瘀互结以及他病迁延几方面探讨。

1.肝气郁结　情志抑郁,肝主疏泄,肝气郁结,气滞湿阻,气滞血运失畅。气机运行失常,脏腑功能均受害,出现精血津液功能的改变,又使气机不利,痰浊内停,血行失畅而瘀成,痰瘀互结。同时

肝气郁滞,横逆犯脾,肝脾不和,致气血失和,痰浊丛生,久则痰瘀互阻,阻滞血脉,使之痹阻于肝脉。

2.脾失健运　各种原因使脾失健运,不能运化津液,水湿停聚成痰,痰湿互结,流注血脉,使体内血脂升高。肝主藏血,脂质积聚于肝,则成脂肪肝。痰饮的输布虽与肺、脾、肾和三焦均有关,但脾失健运是主因,因为脾为生痰之源,《证治准绳》曰:"脾虚不分清浊,停留津液而痰生。"而脾失健运有内外二因:①脾气虚弱,水谷精微不布,聚而成痰浊,流注血脉,以致痰瘀互结。②湿邪困脾,恣食不节,伤及脾胃,外感湿热、寒湿,内舍脾胃,脾不能正常运化水湿,停聚而成痰浊,脂肪肝与痰浊密不可分。痰浊阻滞,肝失疏泄,而成胁痛、胁胀、脘闷、纳差诸证。

3.痰瘀互结　湿热久羁而化生痰浊,痰浊阻络,血行不畅,遂成血瘀。血积既久亦能化为痰水。互为因果,痰瘀互结,胶着不解。

4.肝肾阴虚　肝脏疾患迁延不愈,日久伤及肝阴,津液不足,脉管不充,血运失畅而成瘀。肝阴不足必然导致肾阴不足。气郁日久化火可劫阴伤血,如《杂病源流犀烛·肝病源流》云:"气郁,由大怒气逆,或谋虑不决,皆令肝火动甚。"肝肾阴虚,加之其他因素,痰瘀更易积聚于肝而成脂肪肝。

· 225 ·

5.他脏病变,迁延及肝　人体为一整体,脏腑之间相互影响,相互传变,如《景岳全书·胁痛》云:"胁痛之病,本属肝、胆二经,然而心、肺、脾、胃与膀胱亦皆有胁痛之病,但以邪在诸经气逆不解,必次相传。"说明他脏疾病日久,尤其消渴、胸痹等病,易引起体内血脂失于正常运化,积于血中则为痰为瘀,形成高脂血症,痹阻于肝,则为脂肪肝。

总之,本病病位在肝,与脾、胃、肾均有关。过食肥甘厚味,过度肥胖,饮酒过度,感受湿热疫毒,情志失调,久病体虚等均可引发本病。肝失疏泄,脾失健运,湿热内蕴,痰浊内结,瘀血阻滞,而最终形成湿、痰、瘀互结,痹阻于肝脏脉络是脂肪肝病机演变的基本规律;

气血亏虚、肝失调养及肾精亏耗、水不涵木是脂肪肝预后转归的关键。

【临床诊断】

一、诊断标准

包括非酒精性脂肪肝和酒精性脂肪肝。

(一)非酒精性脂肪肝诊断标准

非酒精性脂肪肝是一种无过量饮酒史,以肝实质细胞脂肪变性和脂肪贮积为特征的临床病理综合征。疾病谱随病程的进展表现不一,包括单纯脂肪肝、脂肪性肝炎、脂肪性肝纤维化和肝硬化。

1.临床诊断标准　凡具备下列第1~5项和第6或第7项任一项者即可诊断为非酒精性脂肪肝。

(1)有易患因素如肥胖、2型糖尿病、高脂血症和女性等。

(2)无饮酒史或饮酒折合酒精量每周<40 g。

(3)排除病毒性肝炎、药物性肝病、Wilson病、全胃肠外营养和自身免疫性肝病等。

(4)除原发病临床表现外,可出现乏力、肝区隐痛等症状,伴肝脾肿大。

(5)血清转氨酶可升高,并以ALT为主,可伴有GGT、铁蛋白和尿酸等增高。

(6)肝脏组织学有典型表现。

(7)有影像学诊断依据。

2.影像学诊断

(1)单纯性脂肪肝B超表现为:①肝区近场弥漫性点状高回声,回声强度高于脾脏和肾脏,少数表现为灶性高回声;②远场回声衰减,光点稀疏;③肝内管道结构显示不清;④肝脏轻度或中度肿大,

肝前缘变钝。

仅具备第①项者作为疑似诊断;具备第①项加其余1项以上者可确诊为脂肪肝。CT平扫表现为肝脏密度普遍低于脾脏或肝/脾CT比值≤1。肝脏密度降低,CT值稍低于脾脏,肝/脾CT比值≤1.0者为轻度;肝/脾CT比值≤0.7,肝内血管显示不清者为中度;肝脏密度显著降低甚至呈负值,肝/脾CT比值≤0.5,肝内血管清晰可见者为重度。

(2)脂肪性肝炎除上述影像学表现外,可出现肝实质密度和信号改变,脾增厚或肿大,胆囊壁增厚或胆囊形态改变等。

(3)脂肪性肝纤维化和肝硬化影像学主要表现为肝裂增宽,肝包膜厚度增加,肝表面不规则,肝内回声/密度/信号不均匀,各肝叶比例失常,门静脉主干管径增粗,门静脉每分钟血流量参数增加,脾脏体积指数增大,胆囊壁增厚或胆囊形态改变等。

3.组织学诊断　非酒精性脂肪肝病理改变主要为大泡性或大泡性为主伴小泡性的混合性肝细胞脂肪变性,组织学诊断可分为单纯性脂肪肝、脂肪性肝炎、脂肪性肝纤维化和肝硬化。

(1)单纯性脂肪肝:低倍镜下1/3以上的肝细胞脂肪变性和脂肪贮积,但无其他明显组织学改变,即无炎症、坏死和纤维化。脂肪变性和脂肪贮积的肝细胞<1/3者为肝细胞脂肪变性。占肝小叶1/3~1/2者为轻度脂肪肝;占肝小叶1/2~2/3者为中度脂肪肝;占肝小叶2/3以上者或肝细胞弥漫脂肪变性呈鱼网状者为重度脂肪肝。

(2)脂肪性肝炎:主要表现为肝细胞内有大泡性脂肪滴贮积,伴肝细胞气球样变,甚至肝细胞不同程度的坏死,以及小叶内和门管区混合性炎症细胞浸润。可伴有肝纤维化、糖原核、小叶内脂肪性肉芽肿、嗜酸小体和脂肪囊肿等表现,少数病例可见Mallory小体和肝细胞巨大线粒体。

(3)脂肪性肝纤维化和肝硬化:根据肝腺泡3区纤维化、门静脉纤维化、架桥纤维化的程度和肝硬化的有无,可将脂肪性肝纤维化

· 227 ·

分为4期:S1为局灶或广泛的肝腺泡3区窦周纤维化;S2为上述病变+局灶性或广泛性门静脉周围纤维化;S3为S2病变+局灶性或广泛桥接纤维化;S4为脂肪性肝硬化,形成的纤维隔从中央静脉到门管区分隔肝小叶,形成假小叶。在肝硬化发生后,肝细胞脂肪变性和炎症可减轻,有时可完全消退。

4.临床分型诊断　符合非酒精性脂肪肝临床诊断标准者,其临床分型如下:

(1)单纯性脂肪肝:凡具备下列第①~②项和第③或第④项任一项者即可诊断。①具备临床诊断标准(1)~(4)项;②肝功能检查基本正常;③影像学表现符合轻、中度脂肪肝;④肝脏组织学表现符合单纯性脂肪肝,无明显肝内炎症和纤维化。

(2)非酒精性脂肪性肝炎:凡具备下列第①~②项和第③或第④项任一项者即可诊断。①具备临床诊断标准(1)~(4)项;②血清ALT和/或GGT高于正常值上限的1.5倍,持续时间大于4周;③有影像学诊断依据;④肝脏组织学诊断证实。

(3)脂肪性肝纤维化和/或肝硬化:凡具备下列第①~②项和第③或第④项任一项者即可诊断。①具备临床诊断标准(1)~(4)项;②肝功能和血清肝纤维化标志可正常或异常;③影像学提示脂肪肝伴肝纤维化或肝硬化;④肝脏组织学诊断证实。

(二)酒精性肝病临床诊断标准

目前,我国乙型肝炎病毒(HBV)和丙型肝炎病毒(HCV)感染较为常见,因此,在诊断上应区分为单纯酒精性肝病抑或酒精性肝病合并HBV和HCV等病毒感染。

1.酒精性肝病

(1)有长期饮酒史,一般超过5年,折合酒精量>40 g/d,女性略低;或2周内有暴饮史。酒精量换算公式为:饮酒量(ml)×酒精含量(%)×0.8(酒精相对密度)=g。

(2)禁酒后血清ALT和AST明显下降,4周内基本恢复正常,即在

2倍正常上限值(ULN)以下。如禁酒前ALT和AST<2.5ULN者,则禁酒后应降至1.25ULN以下。

(3)下列2项中至少1项阳性:①禁酒后肿大的肝脏1周内明显缩小,4周内基本恢复正常;②禁酒后GGT活性明显下降,4周后降至1.5ULN以下,或小于禁酒前40%。

(4)排除病毒感染、代谢异常和药物等引起的肝损伤。

2.酒精性肝病合并肝炎病毒感染

(1)肝炎病毒现症感染标志阳性。

(2)禁酒后除血清ALT和AST下降可能不明显外,其他符合酒精性肝病诊断标准。

(3)通常禁酒4周后ALT和AST均应下降至3ULN以下,禁酒前<3ULN者则应至少下降70%。未能符合上述条件者,应取得组织学诊断证据。下列项目可供诊断参考:AST/ALT>2,血清糖缺失转铁蛋白(CDT)增高,平均红细胞容积(MCV)增高,酒精性肝细胞膜抗体阳性,血清谷氨酸脱氢酶(GDH)/鸟氨酸氨甲酰转移酶(OCT)>0.6,以及早期CT测定肝体积增加(>720 cm³/m²体表面积)。应注意在Ⅱ型醛脱氢酶(ALDH2)活性低下者,即使饮酒折合酒精量<40 g/d也会发生酒精性肝病。

3.酒精性肝病的组织学诊断 酒精性肝病的组织学诊断可分为酒精性脂肪肝、酒精性肝炎、酒精性肝纤维化和酒精性肝硬化4型。

(1)酒精性脂肪肝:在酒精性肝病的组织学改变中,酒精性脂肪肝出现最早,出现率也最高。形态学上尚不能与其他原因引起的脂肪肝区别,因此诊断须依靠临床资料。低倍镜下,脂肪变性和脂肪贮积的肝细胞占肝小叶1/3~1/2者为轻度脂肪肝;占肝小叶1/2~2/3者为中度脂肪肝;占肝小叶2/3以上者或肝细胞弥漫脂肪变性呈鱼网状者为重度脂肪肝。部分可表现为泡沫状特殊类型的小滴型脂肪化。

(2)酒精性肝炎:①肝细胞明显肿胀呈气球样变,尤其是小叶

中央的肝细胞,气球样变性的肝细胞内有时可见巨大的线粒体,甚至有不同程度的坏死;②门管区和小叶内有明显嗜中性多型核细胞浸润,有聚集在坏死和含酒精透明小体(alcohol hyaline body)的肝细胞周围的倾向;③肝细胞浆内有凝集倾向,酒精透明小体出现率高。

(3)酒精性肝纤维化:表现为细胞外间质,包括Ⅰ、Ⅲ、Ⅳ型胶原和层粘连蛋白在肝中央静脉周围和肝细胞周围沉积,形成所谓肝细胞周围纤维化。随着纤维化进展,门管区原为轻至中等程度的纤维沉积增加并扩展,并有细长纤维向小叶内延伸,形成所谓"星芒状纤维化"。

(4)酒精性肝硬化:形成的纤维隔从中央静脉到门管区分隔小叶。假小叶纤维隔一般细窄,结节较小,大小较均匀,为小结节性肝硬化,少数以小结节为主混有大结节。同时肝细胞明显脂肪变性,酒精性肝炎的表现仍可存在。肝界板不清,但无碎屑样坏死。

4.酒精性肝病临床分型诊断　符合酒精性肝病临床诊断标准者,其临床分型诊断如下。

(1)轻型(亚临床型)酒精性肝病:有长期饮酒史,但肝功能检查基本正常,肝组织学表现为非特异性变化或基本正常,缺乏酒精透明小体和中性粒细胞浸润。

(2)酒精性脂肪肝:病变主要在肝小叶,低倍镜下肝小叶中1/3以上肝细胞脂肪变性,无其他明显组织学改变,未做肝活检者影像学检查(CT或B超)有脂肪肝特异性表现。

(3)酒精性肝炎:如未做肝活检,临床酒精性肝炎应符合下列诊断标准和附加项目中3项或以上。诊断标准:①饮酒量增加可作为发病或恶化的诱因;②AST为主的血清转氨酶升高;③血清胆红素升高(>34.2 μmol/L)。附加项目:①腹痛;②发热;③外周血白细胞增加;④ALT增高>1.5 ULN;⑤GGT增高>2 ULN。

(4)酒精性重型肝炎(肝功能衰竭):酒精性肝炎合并肝性脑病

等肝功能衰竭表现,或出现严重内毒素血症、急性肾衰竭和消化道出血等,尽管禁酒,肝脏仍持续肿大,凝血酶原活动度<40%,白细胞明显增高,组织学可见多数酒精透明小体和严重肝细胞变性坏死。本型包含合并肝硬化者,但晚期肝硬化除外。

(5)酒精性肝纤维化和/或肝硬化:据临床和实验室检查很难诊断酒精性肝纤维化。在未做肝活检情况下,应结合临床影像学检查结果。血清学检查,如透明质酸、Ⅲ型前胶原肽、层粘连蛋白和Ⅳ型胶原等标志物有助于临床诊断。在诊断为肝硬化时应区分为代偿性和失代偿性。

二、鉴别诊断

脂肪肝需与慢性病毒性肝炎(特别是丙型肝炎)、自身免疫性肝炎、早期Wilson病等鉴别。根据脂肪肝肝细胞损害、炎症和纤维化主要位于肝小叶内,且病变以肝腺泡3区为重,而其他疾病的肝组织学改变主要位于门静脉周围等病理特征,不难作出鉴别诊断。详细的病史资料、肝炎病毒标志、自身抗体和铜蓝蛋白等检测有助于疾病的明确诊断,还要注意有无肝炎后脂肪肝的诊断。

三、中医证型

1.肝郁气滞　精神委靡,情绪抑郁,形体肥胖,胸闷善太息,胁肋胀满,偶有刺痛,脘痞,稍进油腻则便溏,舌质淡或稍暗,舌苔薄白腻,脉弦。

2.脾虚湿滞　体胖虚浮,面色苍白,神疲短气,动则多汗,胃纳不佳,大便溏泄,晨起恶心,舌质淡胖,舌苔白腻,脉细弱。

3.湿热中阻　嗜酒或过食肥甘厚味,形体肥胖,中脘痞满,恶心呕吐黄苦水。口苦纳呆,甚则右胁绞痛拒按,或见乍寒乍热,大便秘结,小便黄赤,身目黄染,舌质偏红,舌苔黄腻,脉弦滑。

4.痰瘀互结　胁肋刺痛,乏力,纳差口黏,脘腹痞闷,胁下痞块,

便溏不爽,舌胖大,有瘀斑、瘀点,苔白腻,脉细涩。

5.肝肾阴虚 形体瘦削,面色憔悴,头昏目眩,口燥咽干,烦躁少寐,或伴消渴,面色潮红,腰膝酸软,右胁隐痛,女子经闭,蜘蛛痣,手掌发红,舌质红燥,舌苔薄黄而少,脉弦细。

四、辨证要点

1.辨标本 本病以气滞、血瘀为本,以肝胆湿热为标。

2.辨虚实 本病实证以气滞、痰湿、血瘀为主,同时与正气的强弱亦有密切关系,属虚实夹杂之证,以邪实为主。

【临床治疗】

一、常见分型治疗

1.肝郁气滞

治法:疏肝解郁,理气化湿。

方剂:柴胡疏肝散(《景岳全书》)合二陈汤(《太平惠民和剂局方》)化裁。

组成:柴胡、枳实、白芍、甘草、陈皮、半夏、茯苓、香附、郁金、川芎、白芥子、泽泻、生山楂、灵芝、荷叶、丹参等。

加减:胁痛明显者酌加川楝子、青皮;心急烦躁、口苦口干、尿黄便干者酌加栀子、黄连、龙胆草;腹泻者加薏苡仁、淮山药;情志抑郁者加合欢花、制香附。

2.脾虚湿滞

治法:健脾燥湿,化痰散结。

方剂:四君子汤(《太平惠民和剂局方》)合参苓白术散(《太平惠民和剂局方》)加减。

组成:党参、白术、黄芪、茯苓、山药、扁豆、薏苡仁、半夏、苍术、厚朴、陈皮、菖蒲等。

加减:便溏加薏苡仁、淮山药;纳谷不香加焦三仙、鸡内金;胃失和降而呕逆便秘者,加生代赭石、旋覆花、柿蒂、生大黄。

3.湿热中阻

治法:清利湿热,运脾降浊。

方剂:大承气汤(《伤寒论》)合茵陈蒿汤(《伤寒论》)加减。

组成:生大黄、芒硝(冲服)、枳实、厚朴、茵陈、生栀子、明矾、草决明、生山楂、柴胡、青黛(包煎)、泽兰、六一散(包煎)、郁金、金钱草、牛鸡内金。

加减:高热烦躁者加银花、连翘、大青叶清热解毒;恶心呕吐者加苍术、半夏、竹茹;肝热扰心,心悸、失眠多梦者加炙鳖甲、远志。

4.痰瘀交阻

治法:理气活血,化瘀通络。

方剂:复元活血汤(《医学发明》)或旋覆花汤(《伤寒论》)加减。

组成:新绛(或用茜草代替)、旋覆花、柴胡、当归、穿山甲、大黄、桃仁、丹参、蒲黄等。

加减:痞块大而坚硬者加穿山甲、地骨皮、三棱、莪术、生牡蛎、炙鳖甲;血小板少者加阿胶、女贞子、旱莲草。

5.肝肾阴虚

治法:滋养肝肾,凉血活血。

方剂:六味地黄丸加减(《小儿药证直决》)。

组成:熟地、淮山药、萸肉、泽泻、丹皮、茯苓、女贞子、何首乌、生山楂、天花粉、枸杞子、怀牛膝。

加减:出血者加白茅根、仙鹤草、三七粉;烦躁失眠者加酸枣仁、夜交藤;大便干者加火麻仁。

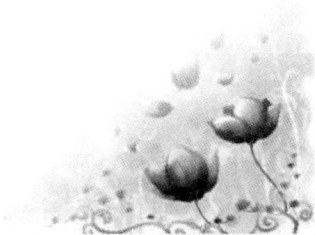

二、固定方药治疗

1.赤茵糖浆

组成:茵陈30 g,赤芍30 g,葛根30 g,丹参15 g,苦参10 g,生大黄10 g,生甘草5 g。

用法:口服,一日3次,每次40 ml。如有少量沉淀,可摇匀服用,不影响疗效。糖尿病患者请在医生指导下应用。脾肾阳虚者慎用,对中药成分过敏者禁用。

功效:清热利湿,活血解毒,保肝退黄。

主治:各种急慢性肝炎、肝硬化黄疸型。

2.肝乐冲剂

组成:柴胡、黄芪、白芍、白术、茯苓、薏苡仁、猪苓、茵陈、板蓝根。

用法:温开水冲服,每日3次,每次1袋。服用期间忌食辛辣、刺激食物。

功效:疏肝理脾,活血解毒。

主治:急、慢性肝炎,肝纤维化,肝硬化活动期。

3.丹参注射液

剂型:水针剂,一支10 ml。

用法:1个月1个疗程,予丹参注射液30 ml加入5%葡萄糖液500 ml中静滴,一日1次。

功效:活血化瘀,防止肝脏脂肪沉积。

主治:脂肪肝。

4.当飞利肝宁胶囊

组成:本品为当药提取物与水飞蓟提取物科学配制而成。

用法:口服4粒,每天3次,口服;12周为1个疗程。治疗期间除忌酒、低脂饮食外,不加用与本病有关的其他任何药物。

功效:保肝降酶,减轻肝脏脂肪沉积。

主治:脂肪肝。

5.绞股蓝口服液

剂型:每支10 ml,含绞股蓝总皂苷20 mg。

用法:每次40 mg,每日3次;疗程为2个月。

功效:提高机体免疫力,减轻肝脏脂肪沉积。

主治:脂肪肝。

6.肝苏颗粒

组成:主要成分是扯根菜。

用法:每次6 g,每日3次。3个月为1个疗程。治疗期间停服其他降脂、降酶药物,并嘱患者注意饮食控制及戒酒。

功效:保肝降酶,退黄,健脾化湿。

主治:脂肪肝血脂较高者。

三、名医验方

奇脉调经方(王灵台方)

组成:益母草30 g,王不留行15 g,制香附15 g,川芎15 g,鸡血藤15 g,路路通15 g。

用法:经前1~2 d服用,连服5剂,宜坚持服用3~4个月。

主治:慢性肝炎女性患者伴有持久或间歇性月经异常。

按语:慢性肝病患者多见内分泌功能失调,女性患者常有月经异常,肝源性月经不调主要表现为月经量少、衍期、闭经、月经先后无定期、痛经,此乃肝经气滞血瘀所致。

· 235 ·

【临床保健】

一、心理保健

对脂肪肝患者要耐心讲解发病的机制、转归及预后,提高战胜脂肪肝的信心,使其放下思想包袱,端正心态,避免情绪过于激动,

克服沮丧、焦急、恐惧、忧郁、愤怒等各种消极情绪,保持乐观从容的心境。部分脂肪肝患者,尤其是症状不明显、不影响吃喝、又不影响工作和学习的患者,迟迟不愿进入患者角色,存侥幸心理,认为无需治疗或不按医嘱行事,这样往往贻误病情,导致不良后果。针对这种心理,要向患者仔细解释,耐心说服,使之树立对脂肪肝的科学态度,克服侥幸心理,修正不良行为,提高治疗依从性。

二、运动保健

1.体育锻炼　运动能提高脂蛋白脂酶的活性,加速脂质的运转、分解和排泄。运动和体力活动可以使热能的消耗大大增加,有利于脂肪肝、肥胖症、高脂血症的预防和治疗。减轻体重和锻炼运动不仅促进胆固醇水平的下降,而且会带来其他益处,如降低甘油三酯,升高高密度脂蛋白;运动能促进神经、内分泌系统对新陈代谢的管理,促使脂肪分解,以补充肌肉运动中消耗的能量;肌肉运动时对血液中游离脂肪酸和葡萄糖的利用率增高,促使脂肪细胞释放大量游离脂肪酸,使脂肪细胞内的含脂量减少而细胞变小,因而减少了脂肪的形成。

2.原则　锻炼适量、措施严谨、循序渐进、持之以恒,不可求之过急。

掌握适当的运动量、运动时间和频率。运动量以中等强度为适宜,即最大强度的50%左右,运动时呼吸、心率增快(心率:40~50岁120次/分,60~70岁110次/分),并感轻度疲劳,轻微出汗,但不应感到头昏、呼吸困难或呕吐等。在运动后疲劳感可很快消失,精力、体力和食欲均保持良好。运动时间每次不少于30 min,每周运动3~4次。

3.选择以有氧代谢为主的运动项目　如中快速度散步、慢跑、骑车、游泳、太极拳、爬坡、呼啦圈、跳舞和广播体操等。步行是最好的有氧运动,符合人体的生理需要,同样的速度和距离,步行的减肥作用比跑步更强。

三、饮食保健

1.饮食原则 饮食是治疗脂肪肝的重要环节。合理的膳食要注意：①三餐要合理，切忌暴饮暴食、偏食、挑食。三餐热量比例为：早餐30%、中餐40%、晚餐30%。②饥饱要适当：饮食适度、饥饱适当，食不过量，达到营养适度。③为保证低脂肪，烹调方法应讲究，少用煎、炒、炸，以蒸、煮、炖、拌为主。

2.食物选择要点 食物选择要点有：①食物多样，谷类为主；②多吃蔬菜、水果和薯类；③每天吃奶类、豆类或其制品；④经常吃适量鱼、禽、蛋、瘦肉，少吃肥肉和荤油；⑤食量与体力活动要平衡，保持适宜体重；⑥吃清淡少盐的膳食；⑦饮酒应限量；⑧吃清洁卫生、不变质的食物。

经科学实验证明大部分蔬菜所含物质成分能促使脂肪加速分解，有的对胆固醇有溶解作用，可有效地促使体内过多的胆固醇溶解并排出体外；有的物质能降低胆固醇和脂质在器官上的沉积；有的可抑制机体吸收动物食品所含胆固醇；有的能直接清除氧自由基，并有较强的抑制肝脂质过氧化反应的作用。下面列举有以上一种或多种作用的蔬菜和食物，供脂肪肝患者选用：

燕麦 含极丰富的亚油酸和丰富的皂苷素，可降低血清胆固醇、甘油三酯含量。

玉米 含丰富的钙、硒、卵磷脂、维生素E等，具有降低血清胆固醇的作用。

牛奶 因含有较多钙质，能抑制人体内胆固醇合成酶的活性，可减少人体内胆固醇的吸收。

大蒜 含硫化物混合物，可减少血中胆固醇，阻止血栓形成，有助于增加高密度脂蛋白含量。

海带 含丰富的牛磺酸，可降低血中的胆固醇；食物纤维褐藻酸，可以抑制胆固醇的吸收，促进其排泄。

　　苹果　含丰富的钾，可排出体内多余的钾盐，维持正常的血压。苹果富含果胶、纤维素和维生素C，有非常好的降脂作用。苹果可以降低人血液中的低密度胆固醇，预防动脉硬化。

　　甘薯　能中和体内因过食肉食和蛋类所产生的过多的酸，保持人体酸碱平衡。甘薯含有较多的纤维素，能吸收胃肠中较多的水分，润滑消化道，起通便作用；并可将肠道内过多的脂肪、糖、毒素排出体外，起到降脂作用。

　　洋葱　所含的烯丙二硫化物和硫氨基酸，不仅具有杀菌功能，还可降低人体内的血脂，防止动脉硬化；可激活纤维蛋白的活性成分，能有效防止血管内血栓的形成。

　　银耳　银耳中含酸性异多糖，不仅能改善人的肝、肾功能，还能使部分高脂血症的血胆固醇、甘油三酯下降，促进肝脏蛋白质与核酸的合成，增强人体的免疫力。

　　无花果　含有苹果酸、柠檬酸、脂肪酶、蛋白酶、水解酶等，能帮助人体对食物的消化，促进食欲。所含的脂肪酶、水解酶等成分有降低血脂和分解血脂的功能，可减少脂肪在血管内的沉积。

　　胡萝卜　含有丰富的胡萝卜素和多种营养素，实验证明可增加冠状动脉血流量，降低血脂，促进肾上腺素合成，因此具有降血压、降血脂等功效。

　　黄豆芽　黄豆芽可以降低胆固醇，减少动脉硬化，黄豆芽含钙、磷、铁与维生素A、B族维生素、维生素D、维生素E等，是高血脂症、脂肪肝、高血压、冠心病患者的良好蔬菜。

　　黑木耳　黑木耳含有大量的碳水化合物，还有蛋白质、脂肪、胡萝卜素及钙、磷、铁等，尤以含铁量为高，是防治缺铁性贫血的最佳食品。国内外医学研究认为，黑木耳有降血脂，阻止心肌、肝、主动脉组织脂质沉积的良好作用。

　　黑芝麻　它可以降低血液中的胆固醇与中性脂肪含量，可以促进肝脏脂肪代谢。经常食用，可预防脂肪肝。

脂肪肝患者应少用、禁用的食物：肥肉、动物内脏(如猪脑、牛髓)、鸡蛋黄、禽肉皮及各种动物油制品,忌吃河蟹、蟹黄、虾子、鱿鱼、带鱼、鱼子等高胆固醇食品,各类加工肉制品(火腿肠等)。少吃荔枝、桂圆、蜜饯、果脯等高糖食品,因过多的糖分也可转变为脂肪。

四、调摄护理

药物治疗的同时,必须坚决戒酒,严格控制肥甘、高脂肪饮食,应以低糖、低脂肪、高蛋白及高维生素为原则,选择适合自己身体状况的体育运动,合理减轻体重。

【现代研究】

一、理论研究

张国梁对脂肪肝的发生率、危险因素、发病机制、治疗方法进行了回顾,指出了脂肪肝研究中存在的问题,强调应加强临床人员科研素质的培养,掌握脂肪肝的临床规律,制订脂肪肝中医临床诊断和疗效评价体系。许新认为本病多由饮食不节,嗜食肥甘厚味,或嗜酒成性,情志失调等所致,病变部位在肝,与胆、脾、胃、肾等密切相关。病机主要责于痰瘀互结,气滞血瘀,加之患者形体肥胖、懈怠多卧,久则气血运行不畅,使瘀血痰浊滞塞于肝而形成。王振卿认为本病是由于饮食过度或嗜食肥甘厚味,酒食内伤,积热内蕴,或久坐久卧,体丰痰盛,致肝疏泄失职,脾运化乏力,水湿内停,痰浊内生,瘀阻肝络而成。张传科等认为脂肪肝的病机主要是脾虚肝郁,日久酿生痰瘀,为本虚标实之证。朱红英等认为,本病是湿浊内生,肝失疏泄,脾失健运以致水谷精微不能输布,湿聚为痰,阻滞经络,以致气滞血瘀。何小琦等认为肝郁、脾虚、痰瘀是导致脂肪肝发生的病机之一。危义兵认为素体禀赋异常、饮食失节、七情失常与

本病密切相关,表现为虚实夹杂,虚责于脾肾,实则为血瘀、痰湿。吴沛国认为脂肪肝形成于正气先虚,病机特点是肝肾功能受损,湿浊痰瘀互结,气滞痰瘀内阻,肝失疏泄,气机郁滞,气血运行失常。

二、临床研究

1.辨证论治 罗军将本病辨证分为4型。脾虚痰湿型,治以健脾化湿,方以参苓白术散或二陈平胃散加减;肝郁气滞型,治以疏肝理气,方以柴胡疏肝散加减;湿热蕴结型,治以清热化湿,方以龙胆泻肝汤加减;瘀血阻络型,治以活血化瘀通络,方以旋覆花汤或复元活血汤加减;肝肾亏虚型,治以补益肝肾,方以六味地黄丸加减,可取得良好效果。

2.临床观察 方杰等用参苓白术散加味(由生晒参、茯苓、炒白术、炙甘草、淮山药、莲子肉、白扁豆、薏苡仁、砂仁、桔梗、绞股蓝、生山楂、泽泻、灵芝、丹参组成。转氨酶高者加垂盆草;黄疸者加茵陈。水煎服)治疗脂肪肝患者36例。设对照组20例,给予易善复胶囊口服,2组均用药2个月为1个疗程。结果治疗组治愈20例,好转13例,无效3例,总有效率为92%;对照组治愈7例,好转8例,无效5例,总有效率为75%。王珩用化脂方(由白术、苍术、泽泻、赤芍、丹参、柴胡、荷叶、山楂、大黄、枳壳、鸡内金、野菊花、白蒺藜、郁金、茵陈、决明子组成。兼阴虚者加枸杞子、首乌;血瘀者加泽兰、姜黄;湿热者加虎杖、绞股蓝。水煎服)治疗脂肪肝患者36例,设对照组27例,口服益肝灵、垂盆草颗粒剂。2组均以8周为1个疗程。结果治疗组治愈9例,有效20例,无效7例,总有效率为80.6%;对照组治愈4例,有效11例,无效12例,总有效率为55.5%。冯蓉用活血降脂调肝汤(由柴胡、枳壳、陈皮、半夏、茯苓、泽泻、丹参、三七粉、生山楂、生首乌、决明子组成。兼右上腹疼痛者加延胡索、郁金;脾虚倦怠者加党参、白术、淮山药、黄芪;肝功能异常者加虎杖。水煎服)治疗脂肪肝39例,设对照组21例,口服脂必妥片。2组以60 d为1个疗程。结果治疗组显

效9例,有效28例,无效2例,总有效率为94.9%;对照组显效2例,有效13例,无效6例,总有效率为71.4%,2组总有效率有显著性差异(*P*<0.01)。蒋兰君等用加味导痰汤(由姜半夏、胆南星、枳实、茯苓、甘草、生黄芪、炒白术、山楂、郁金、丹参、泽泻、大黄、绞股蓝组成。转氨酶升高者加茵陈、柴胡、五味子、虎杖;饮酒者加葛根;高血压者加天麻、葛根;糖尿病者加鬼箭羽。水煎服)治疗脂肪肝患者45例,设对照组31例,口服多烯康胶丸。2组均用药8周。结果治疗组治愈5例,显效18例,有效20例,无效2例;对照组治愈2例,显效7例,有效17例,无效5例。认为加味导痰汤具有疏肝健脾、化痰利湿、活血通络的作用。武建华等用健肝消脂片(由柴胡、炒白芍、陈皮、丹参、葛根、苍术、泽泻、山楂、决明子组成)治疗脂肪肝患者46例。设对照组46例,口服凯西莱片。2组均以1个月为1个疗程。结果治疗组显效16例,有效25例,无效5例;对照组显效7例,有效23例,无效16例,2组总有效率有显著性差异(*P*<0.01)。认为健肝消脂片具有护肝降脂作用。

三、单味药的药理研究

1.山楂 林秋实等通过大鼠实验发现,山楂及山楂黄酮能显著升高喂高脂胆固醇饲料大鼠的血清总胆固醇和低密度脂蛋白胆固醇的浓度;显著升高高密度脂蛋白胆固醇的浓度。认为山楂及黄酮主要是通过调节大鼠肝脏低密度脂蛋白受体(LDLR)转录水平和提高抗氧化能力,抑制过氧化物质,预防脂质代谢紊乱。

2.虎杖 江庆澜以高脂饲料饲养wistar大鼠12周,诱发大鼠脂肪肝,用水提物进行灌胃给药,设对照组给予等量蒸馏水灌胃,为期4周。结果虎杖组大鼠的肝组织和血清甘油三酯、总胆固醇和葡萄糖的含量均低于对照组,其中肝、血清总胆固醇和血清甘油三酯含量的差异显著(*P*<0.05)。证明虎杖水提液能够改善大鼠的脂肪和糖代谢,降低肝组织和血清甘油三酯、总胆固醇和葡萄糖水平。

3.柴胡　邵淑丽等运用四氧嘧啶和75%乳液造成小白鼠实验性高脂血症,研究柴胡对血脂的影响。结果柴胡能显著降低小白鼠血清总胆固醇、甘油三酯及低密度脂蛋白胆固醇的含量,并能升高血清高密度脂蛋白胆固醇的含量。

4.三七　贺小琼等用三七水提物对大鼠高脂血症的预防和治疗作用进行研究,发现三七水提物对大鼠外源性高脂血症具有明显预防作用;对已形成高脂血症的大鼠,三七水提物具有明显治疗作用,能使血清总胆固醇和甘油三酯明显下降。陈芝芸等用三七抗大鼠酒精性脂肪肝的实验研究显示,三七小剂量组能明显减轻大鼠肝脂肪变性程度及肝细胞损伤,降低大鼠血清甘油三酯、游离脂肪酸及谷丙转氨酶和谷氨酰转酞酶的浓度,认为三七可阻止肝细胞的脂肪变性和肝损伤,促进大鼠的脂质代谢。

5.银杏叶　戴伟等用银杏叶提取黄酮类化合物掺入饲料中喂养大鼠4周,与对照组比较,能显著降低大鼠的总胆固醇和甘油三酯含量。

四、实验研究

孙蓉等用乙硫氨酸性脂肪肝、酒精性脂肪肝模型,观察脂肝清颗粒(黄芪、生白术、葛根、枸杞子、泽泻、地鳖虫)等对血脂代谢、肝内脂代谢、肝组织改变、肝功能和肝内脂肪变细胞百分比等的影响。结果脂肝清颗粒可使乙硫氨酸大鼠血胆碱类化合物(CHO)显著升高,肝内CHO显著降低,肝脏脂肪变性和颗粒变性显著改善;可使酒精性脂肪肝大鼠血CHO、TG、LDL显著降低,HDL显著升高,肝内TG、TC含量显著降低,肝脏脂肪变性、颗粒变性、纤维组织增生显著改善。马晓燕等采用高脂饮食加灌注白酒建立脂肪肝大鼠模型,以东宝肝泰作对照组,观察肝脂消煎剂对脂肪肝大鼠肝微粒体膜流动性及心肌黄酶(DTD)、丙二醛(MDA)的影响。结果肝脂消煎剂能降低脂肪肝大鼠肝脏微粒体后上清中过氧化脂质(LPO)含量,

增强DTD活性,在降低血清、肝脏总胆固醇及肝功能酶活性等方面均明显优于东宝肝泰($P<0.05$)。其中降低血清、肝脏总胆固醇方面疗效尤为突出($P<0.01$)。同时病理结果显示,肝脂消煎剂在改善大鼠肝细胞变性方面优于东宝肝泰($P<0.01$),提示肝脂消煎剂可抑制肝微粒体脂质过氧化,并可拮抗因其脂质过氧化所致的膜流动性降低,从而恢复、稳定生物膜的正常功能。蒋莉等以壳聚糖为主,配合中药何首乌、人参加牛膝的复方,可明显降低四氯化碳肝损伤合并脂肪肝大鼠肝细胞中TG、TC含量,使肝细胞中脂滴减少,表明该方有保护肝脏、促进脂质过氧化与转运功能,对脂肪肝有明显预防作用。苗宇船等用复方中药(丹参、泽泻、生山楂、大黄按3:3:3:1的比例自行煎制)防治大鼠脂肪肝,结果大鼠血清TC、TG含量均明显低于模型组,血脂蛋白分类中药组HDL–C显著高于模型组。何东仪等研究肝脂消方(丹参、白术、郁金、泽泻等)对四氯化碳诱导大鼠脂肪肝变性时琥珀酸脱氢酶(SDHase)、三磷酸腺苷酶(ATPase)的影响发现,调节三羧酸循环,促进脂肪酸的氧化,抑制TG合成和促进肝内的TG转运是该方抗脂肪变性的重要作用机制。汪晓军等采用复合方式建立脂肪肝大鼠模型,通过肉眼、血液生化、病理学检查,观察清肝活血饮对脂肪肝大鼠血脂、肝酶、肝体比、病理改变等的影响。结果清肝活血饮能明显降低脂肪肝大鼠血脂,减轻肝脏脂肪变性、肝细胞坏死程度,调整血脂蛋白比例和肝体比,与对照组比较有显著性差异($P<0.05$或$P<0.01$)。杨莉娟等用调脂保肝胶囊(柴胡、山楂、白术等)防治大鼠脂肪肝,结果能明显改善脂肪型大鼠的肝脏病理情况,减轻肝脏的脂肪变性;降低血和肝组织中MDA含量($P<0.05$);增加血和肝组织中SOD活力($P<0.05$);降低血TC和LDL含量($P<0.05$);降低肝脏指数($P<0.01$)。李文彪等用清源调脂胶囊(茵陈、泽泻、穿山甲、首乌、薏苡仁、青荷叶等)治疗脂肪肝大鼠,结果大鼠的血清转氨酶有不同程度的下降,血脂TC、TG均有明显降低。鲍家忠等对复元愈肝胶囊对脂肪肝大鼠的作用机制进行实验性研

· 243 ·

究,通过实验证明复元愈肝胶囊通过促进Bcl-2的表达和抑制Bax的表达,阻断脂肪肝大鼠肝细胞凋亡,达到治疗脂肪肝的作用。

(刘丽丽)

参 考 文 献

[1] 中华医学会肝脏病学分会脂肪肝和酒精性肝病学组.酒精性肝病诊疗指南[J].中华肝脏病杂志,2006,14(3):164-166.

[2] 中华医学会肝脏病学分会脂肪肝和酒精性肝病学组.非酒精性脂肪性肝病诊疗指南[J].中华肝脏病杂志,2006,11(3):68-70.

[3] 高月求,孙学华.王灵台教授治疗慢性肝病临床经验[J].中医药通报,2003,4(2):86-88.

[4] 张国梁.脂肪肝研究的思考[J].安徽中医学院学报,2003,22(2):5-9.

[5] 许新.复方降脂煎剂治疗脂肪肝的疗效观察[J].中医药学刊,2006,24(1):191-192.

[6] 王振卿.虎甘口服液治疗脂肪肝疗效观察[J].湖北中医杂志,2006,28(11):20-21.

[7] 张传科,滕爱萍.肝脂合剂治疗高脂血症合并脂肪肝46例疗效观察[J].山西中医,2006,22(4):18-19.

[8] 朱红英,王新莉,李和平.化痰祛瘀调肝健脾法治疗脂肪肝60例临床观察[J].新疆中医药,2006,24(4):33-34.

[9] 何小琦,罗承锋.健脾疏肝汤治疗脂肪肝42例疗效观察[J].现代医院,2006,6(10):63-64.

[10] 危义兵.降脂片治疗脂肪肝的临床观察[J].湖北中医杂志,2006,28(8):27-28.

[11] 吴沛田.补泻兼施在脂肪肝治疗中的应用[J].中医杂志,2001,42(12):719-720.

[12] 罗军.脂肪肝的辨证施治[J].陕西中医,2005,26(12):1339-1340.

[13] 方杰,王文文.参苓白术散加味治疗脂肪肝疗效观察[J].现代中西医结合杂志,2006,15(24):3368.

[14] 王珩.化脂方治疗脂肪肝36例[J].实用中医内科杂志,2006,20(6):649-

650.

[15] 冯蓉.活血降脂调肝汤治疗脂肪肝39例临床观察[J].四川中医,2006,24(12):61-62.

[16] 蒋兰君,陈亚萍.加味导痰汤治疗脂肪肝45例[J].江西中医药,2006,11(37):25.

[17] 武建华,虢孟瑜.健肝消脂片治疗脂肪肝46例临床观察[J].中医药导报,2006,12(10):32-33.

[18] 林秋实,陈吉棣.山楂及山楂黄酮预防大鼠脂质代谢紊乱的分子研究机制[J].营养学报,2000,22(2):131-136.

[19] 江庆澜,马军,徐邦牢,等.虎杖水提取液对非酒精性脂肪肝大鼠的干预效果[J].广州医药,2005,36(3):57-59.

[20] 邵淑丽,徐兴军,马德滨,等.柴胡、姜黄对小白鼠实验性高脂血症的预防作用[J].中医药学报,2002,30(4):59-60.

[21] 贺小琼,张丽芳,陈平,等.三七提取物防治大鼠高脂血症作用研究[J].云南中医中药杂志,2004,25(1):32-33.

[22] 陈芝芸,严茂祥,蔡丹莉,等.三七抗酒精性脂肪肝的实验研究[J].中华中医药杂志,2006,21(10):614-616.

[23] 戴伟,陈学智,王小莉,等.银杏提取物及银杏黄酮调节大鼠血脂的效果研究[J].上海预防医学杂志,2003,15(6):262-263.

[24] 孙蓉,赵志远,王平,等.脂肝清颗粒对脂肪肝大鼠的影响[J].中药药理与临床,2005,21(3):56-59.

[25] 马晓燕,季雅玲,杨扬,等.肝脂消煎剂对脂肪肝大鼠肝微粒体膜流动性及心肌黄酶、丙二醛的作用[J].中国中西结合消化杂志,2002,10(5):284-286.

[26] 蒋莉,戚晓红,吴翠贞,等.壳聚糖和中药复方对实验性大鼠脂肪肝的防治作用[J].中西医结合肝病杂志,2001,11(1):33-35.

[27] 苗宇船,李瑞华.复方中药防治大鼠脂肪肝的实验研究[J].山西中医学院学报,2003,4(2):15-17.

[28] 何东仪,胡义扬,刘平.肝脂消方对CCl_4诱导大鼠肝脂肪变性时SDHase、ATPase的影响[J].中国中西医结合消化杂志,2001,9(3):133-135.

[29] 汪晓军,张晓刚,张学文,等.清肝活血饮抗大鼠脂肪肝的实验研究[J].中

国中西医结合消化杂志,2003,11(2):70-72.

[30] 杨莉娟,孟宪丽,王张,等.调脂保肝胶囊防治大鼠脂肪肝的实验研究[J].中药新药与临床药理,2006,17(1):33-35.

[31] 李文彪,王毅仁.清源调脂胶囊治疗高血脂症性脂肪肝实验研究[J].中西医结合肝病杂志,2001,11(3):159-161.

[32] 鲍家忠,黄骏.复元愈肝胶囊对脂肪肝大鼠肝细胞凋亡的影响[J].郧阳医学院学报,2006,25(1):16-21.

第十二章　溃疡性结肠炎

溃疡性结肠炎(ulcerative colitis,UC)又称非特异性溃疡性结肠炎，是一种病因尚不十分清楚的直肠和结肠慢性非特异性炎症性疾病。临床表现为腹泻、黏液脓血便、腹痛。病变主要限于大肠黏膜与黏膜下层，以溃疡为主。欧洲20个中心调查显示UC的年发病率为11.2/100 000。该病可发生于任何年龄，与结肠癌的发病有关，且病程长，病变程度轻重各异。由于病因不明，临床常常表现为反复发作而治愈难度大，被世界卫生组织列为现代难治病之一。由于溃疡性结肠炎在我国的发病率有逐年上升的趋势，因此研究其病因病机及治疗是当前中医药界在消化胃肠领域所关注的热点之一。本病相当于中医"痢疾""泄泻""便血""肠风""肠澼"或"脏毒"等范畴。

【病因病机】

中医学认为寒湿、湿热、疲劳、情志失调、饮食所伤、吸烟等均可成为本病诱因。肾阳虚衰、肝气郁结、湿热滞肠、瘀血阻络是本病发生的主要因素。

1.外感六淫　六淫之邪皆与本病的发病有关，以风、寒、湿、热等较为多见，其中又与湿邪的关系尤为密切。脾脏喜燥而恶湿，湿邪最能引起本病。其他寒邪或暑热之邪，往往与湿邪相兼，直接影响脾胃，使脾胃功能障碍，大肠传导功能紊乱，清浊混杂而下，见腹泻、腹痛、黏液脓血便、里急后重等。

2.饮食不节　饮食不节，宿食内停；过食肥甘厚味，呆胃滞脾；嗜酒伤中，酿生湿热；过食生冷，损伤脾阳，皆可使脾胃传导失职，

升降失调,以致水湿内停,气血凝滞,与肠中腐浊之气相搏,发为腹痛、腹泻。

3.情志失调　肝喜条达而恶抑郁,平时脾胃素虚,复因情志影响,忧思恼怒,精神紧张,可导致肝气郁结,横逆犯脾,导致脾失健运,运化功能失常,湿滞肠胃,日久气血壅滞,损伤脉络而化为脓血,故便下赤白黏液。

4.禀赋不足　先天遗传或素体中焦虚弱,脾虚不运,易发本病。

5.肾阳虚衰　肾阳与脾阳密切相关,命门之火能帮助脾胃腐熟水谷,助肠胃消化吸收。如久病损伤肾阳,或年老体衰,肾阳不足,命门火衰,不能温煦脾阳,虚寒内生,运化无能,易发本病。

6.血瘀肠络　病久入络,湿热、寒凝等邪壅塞肠络,气血与之相互搏结,肠道传导失司,损伤肠络,气滞血瘀而发病。

本病病位虽在大肠,但与脾、肝、肾三脏关系密切。病初为实,责之于湿热壅滞、肝气郁结或气滞血瘀;病久及肾致虚,责之于脾气虚或阳虚,为脾肾两虚。脾虚湿盛是本病的病理基础。可分三期论述本病病机演变过程:初发期为湿热蕴积大肠(湿热证)→慢性间歇发作期为脾虚湿热并存(虚实夹杂)→慢性持续严重期为脾肾气血俱亏(虚证)。宏观与微观互参辨证,泻为湿盛,当责之于脾,脾虚贯穿始终。本病发病机制还与七情内伤等有关。精神紧张、忧郁恼怒等情志不遂均使肝气郁结,肝气横逆脾胃,脾胃运化失职,大肠传导失节,水谷并下而致泄泻。现代医学研究也证实了精神刺激的因素,可通过精神-神经体液-免疫网络,影响炎症的过程和活动性,从而加重溃疡性结肠炎的病变。

【临床诊断】

一、诊断标准

1993年在山西省太原市召开的全国慢性非感染性肠道疾病学

术研讨会上,根据国际标准,结合国内的情况,提出了我国的试行诊断标准。

1.临床表现 有持续或反复发作的腹泻、黏液脓血便伴腹痛、里急后重和不同程度的全身症状。

2.结肠镜检查 ①病变多从直肠开始,呈连续性、弥漫性分布;②黏膜充血水肿、易脆、出血及脓性分泌物,亦常见黏膜粗糙,呈细颗粒状。病变明显处可见多发性糜烂或溃疡;③可见结肠袋囊变浅、变钝或消失,假性息肉及桥形黏膜等。

3.钡剂灌肠检查 主要改变:①黏膜粗乱及/或颗粒样改变;②肠管边缘呈锯齿样或毛刺样肠壁多发性小充盈缺损;③肠管短缩,袋囊消失呈铅管样等。

4.黏膜病理学检查 活动期:①固有膜内弥漫性慢性炎细胞和中性粒细胞浸润;②隐窝炎症或脓肿形成,黏膜糜烂溃疡;③隐窝上皮增生,杯状细胞减少等;④可见黏膜表层糜烂,溃疡形成,肉芽组织增生。缓解期:①中性粒细胞消失,慢性炎性细胞减少;②隐窝大小形态不规则,排列紊乱;③上皮与黏膜肌层间隙增大;④潘氏细胞化生等。

5.手术切除标本病理检查 可发现肉眼和组织学上UC的上述特点。在排除细菌性痢疾、阿米巴痢疾、慢性血吸虫病、肠结核等感染性结肠炎及结肠克罗恩病(CD)、缺血性结肠炎、放射性结肠炎等疾病的基础上,可按下列标准诊断:①根据临床表现和结肠镜检查3项中任何1项及黏膜活检可肯定诊断;②根据临床表现和钡剂灌肠检查3项中任何1项可诊断本病;③临床表现不典型而有典型的结肠镜或钡剂灌肠改变者可以拟诊为本病;④临床表现典型而结肠镜和钡剂灌肠检查并无典型改变,应列为疑诊随访;⑤初发病例、临床表现与结肠镜改变均不典型者,暂不诊断,可随访3~6个月。

诊断内容包括临床类型、严重程度、病变范围、病情分期、肠外表现和并发症(五定):①临床类型指慢性复发型、慢性持续型、暴

发型和初发型。②严重程度分为轻、中、重3度,轻度患者腹泻每日4次以下,便血轻或无,无发热、脉搏加快或贫血,血沉正常;重度病人腹泻每日6次以上,明显黏液血便,体温在37.5 ℃以上,脉搏>90次/分,血红蛋白(Hb)<100 g/L,血沉>30 mm/h;中度介于轻、重度之间。③病变范围分为直肠、直乙状结肠、左半结肠、广泛性全结肠或区域性结肠受累。④病情分期指活动期、缓解期。提倡用疾病活动指数(DAI)显示疾病活动度。0:黏膜正常;1:轻度脆性增加;2:中度脆性增加;3:渗出、自发性出血。⑤肠外表现可有关节、皮肤、眼部、肝胆等系统受累;并发症可有大出血、穿孔、中毒性巨结肠、癌变等。

二、诊断步骤

(1)大便常规与大便培养不少于3次,根据流行病学特点,为排除阿米巴痢疾、血吸虫病等疾病应做相关的检查。

(2)结肠镜检查,兼做活检。暴发型患者可暂缓检查。

(3)钡剂灌肠检查可酌情使用。

(4)常规实验室检查,如血常规、血浆蛋白、血沉、C反应蛋白、腹部平片、超声检查,有助于确定疾病的严重度和活动度。

三、诊断举例

说明诊断应包括的内容:溃疡性结肠炎初发型、中度、直乙结肠受累、活动期。

四、鉴别诊断

1.慢性细菌性痢疾 常有急性菌痢病史,粪便检查可分离出痢疾杆菌,结肠镜检查时取黏液脓性分泌物培养的阳性率较高,抗菌药物治疗有效。

2.阿米巴肠炎 病变主要侵犯右侧结肠,也可累及左侧结肠,

结肠溃疡较深,边缘潜行,溃疡间的黏膜多属正常。粪便或结肠镜取溃疡渗出物检查可找到溶组织阿米巴滋养体或包囊。抗阿米巴治疗有效。

3.血吸虫病 有疫水接触史,常有肝脾大,粪便检查可发现血吸虫卵,孵化毛蚴阳性。直肠镜检查在急性期可见黏膜黄褐色颗粒,活检黏膜压片或组织病理检查发现血吸虫卵。

4.克罗恩病(Crohn disease,CD) 克罗恩病的腹泻一般无肉眼血便,结肠镜及X线检查病变主要在回肠末段和邻近结肠,且呈非连续性、非弥漫性分布并有其特征改变,与溃疡性结肠炎鉴别一般不难。但要注意,克罗恩病有时可表现为病变单纯累及结肠,此时鉴别诊断十分重要。CD和UC临床表现、内镜及病理特征类似,均可表现为腹痛、腹泻、发热、贫血及合并肠外表现,两者在腹痛及肠外表现方面无显著性差别,但CD表现为发热、贫血,因合并严重肠道并发症并需要手术治疗更多见,其中肠梗阻、瘘管形成多见。而UC表现为腹泻、血便较多见,仅有少数病例需要手术治疗。在病变分布特征上,CD好发于末段回肠、右半结肠及上消化道,累及直肠者少见,而UC好发于直肠,累及回盲部较少见,因此CD以右下腹痛多见,有阑尾炎手术病史多见。而UC以左下腹痛多见,有阑尾炎手术病史较少。CD以破坏及增生性病变并存,发生梗阻、瘘管和穿孔概率高,故需要手术治疗比例较高。内镜联合病理检查具有重要的诊断价值。CD内镜下病变呈节段性分布,肠腔狭窄相对多见,因此由于梗阻而手术病例较多。在病理组织中发现非干酪样肉芽肿、裂隙样溃疡、淋巴细胞聚集、全层炎支持CD诊断。CD病例中裂隙样溃疡及全层炎也导致肠穿孔和瘘管发生率远较UC病例多见。若病变呈连续性分布,病理组织中弥漫性黏膜炎症、隐窝脓肿,黏膜糜烂及溃疡均支持UC诊断,相应UC病例中脓血便及合并消化道大出血较多见。

5.大肠癌 多见于中年以后,经直肠指检常可触到肿块,结肠

镜与X线钡剂灌肠检查对鉴别诊断有价值,须注意和溃疡性结肠炎引起的结肠癌变区别。

6.肠易激综合征 粪便有黏液但无脓血,显微镜检查正常,结肠镜检查无器质性病变证据。

7.其他 其他感染性肠炎(如肠结核、沙门菌结肠炎、耶尔森杆菌肠炎、空肠弯曲菌肠炎、抗菌药物相关性肠炎、真菌性肠炎等)、缺血性结肠炎、放射性肠炎、胶原性结肠炎、白塞病、结肠息肉病、结肠憩室炎等应和本病鉴别。

五、中医证型

因为本病为本虚标实之病,在活动期以邪实为主,在缓解期则以本虚为主,总结前人经验,将本病辨证分型综述如下:

(一)活动期

1.湿热壅盛 大便黏滞不爽,脘痞腹胀,肛门灼热,里急后重,烦热口渴,舌苔黄腻,脉濡数。

2.肝气乘脾 腹痛肠鸣,泻痢交作,泻后痛减,伴胸胁胀满,不欲饮食,情志波动后加重,舌红苔薄微腻,脉细弦滑。

3.血瘀肠络 腹痛、痛处固定不移,便下脓血,舌紫暗,或有瘀斑、斑点等。

4.内外合邪,湿注大肠 大便溏滞不爽,胸闷脘痞不知饥,身困倦怠嗜卧,面色晦垢不洁,舌苔厚腻,脉濡滑。

5.寒热错杂 上热下寒,口干苦、烦渴、纳呆、四肢不温、腹痛喜温,下痢脓血或赤白黏冻,里急后重,舌质暗淡,苔白或黄腻,脉弦细。

(二)缓解期

1.脾胃虚弱 大便时溏时泻,水谷不化,稍进油腻之物,则大便次数增多,饮食减少,脘腹胀闷不舒,面色萎黄,肢倦乏力,舌淡苔白,脉细弱。

2.脾胃虚寒　大便稀薄夹有黏液,腹部冷痛喜温按,饮食减少,四肢不温,舌淡苔白,脉濡弱。

3.脾肾阳虚　下痢稀薄,带有白冻,腹部隐痛,腰酸怕冷,神疲少食,舌淡,苔薄,脉沉细而缓。

综上所述,溃疡性结肠炎以脾虚为发病的根本,在病变发展中有湿阻、气滞、血瘀、气虚、阳虚之不同,病机虽然复杂,但总以本虚标实、虚实夹杂为主。

六、辨证要点

1.辨虚实　痢疾者,最当察虚实,辨寒热。一般来说,初痢及年轻体壮患痢者多实;久痢及年高体弱患痢者多虚。腹痛胀满,痛而拒按,痛时窘迫欲便,便后里急后重暂时减轻者为实;腹痛绵绵,痛而喜按,便后里急后重不减,坠胀甚者为虚。

2.辨寒热　大便排出脓血,色鲜红,赤白甚于紫黑,浓厚黏稠腥臭,腹痛,里急后重感明显,口渴喜冷饮,或口臭小便黄或短赤,舌红苔黄腻,脉滑数者属热;大便排出赤白,色晦暗,清淡无臭,腹痛喜按,里急后重不明显,面白肢冷形寒,舌淡苔白,脉沉细者属寒。

【临床治疗】

· 253 ·

一、常见分型治疗

(一)活动期

1.湿热壅盛

治法:清化湿热、理肠导滞为主,兼以健脾。

方剂:葛根芩连汤(《伤寒论》)合香连丸(《太平惠民和剂局方》)加减。

组成:内服方为黄连6 g,葛根30 g,黄芩12 g,地榆30 g,茯苓15 g,白术15 g,银花炭15 g,丹参12 g,枳壳15 g,甘草6 g。灌肠方为

黄柏20 g,白头翁20 g,青黛20 g,五倍子15 g。

　　加减:腹胀者加大腹皮、木香、厚朴;腹痛者配以白芍20 g,延胡索15 g。

　　2.肝气乘脾

　　治法:调肝理气,扶脾助运。

　　方剂:痛泻要方(《医学正传》)加减。

　　组成:白术、白芍、陈皮、防风。

　　加减:里急后重甚者,加薤白;腹痛剧者,加延胡索、丹参;血便多者,加田三七、地榆炭。

　　3.血瘀肠络

　　治法:行气活血化瘀。

　　方剂:桃红四物汤(《医宗金鉴》)加减。

　　组成:内服方为炒白术12 g,茯苓15 g,陈皮12 g,赤芍12 g,白芍12 g,丹参12 g,柴胡10 g,地榆炭12 g,甘草6 g。灌肠方为赤石脂20 g,蒲黄15 g,白及15 g,青黛20 g,枯矾9 g。

　　加减:活血化瘀加桃仁、红花;黏液血便或大便次数多者可酌加乌梅、五味子。

　　4.内外合邪,湿注大肠

　　治法:芳香化湿,燥湿泻浊。

　　方剂:藿香正气散(《太平惠民和剂局方》)加减。

　　组成:半夏、苏叶、桔梗、陈皮、白术、白芷、茯苓、大腹皮、藿香、厚朴。

　　加减:里急后重者,加广木香;脓血便多,滑泄不禁者,加赤石脂、生山药;血便多者,加田三七、地榆炭。

　　5.寒热错杂

　　治法:寒热并用,辛开苦降,标本兼顾。

　　方剂:半夏泻心汤(《伤寒论》)加减。

　　组成:半夏12 g,黄连10 g,黄芩12 g,干姜6 g,党参20 g,炙甘

草5 g,生姜4片。

加减:伴脾气虚弱者加山药30 g,黄芪20 g,白术15 g,茯苓15 g;肝旺加痛泻要方;伴肾阳虚弱者加吴茱萸8 g,补骨脂15 g,肉豆蔻15 g,诃子10 g。

(二)缓解期

1.脾胃虚弱

治法:健脾益气为主,若久泻致中气下陷者,应益气升清,健脾止泻。

方剂:参苓白术散(《太平惠民和剂局方》)加减。

组成:党参15 g,焦白术15 g,砂仁10 g,陈皮10 g,扁豆10 g,黄芪20 g,白芍15 g,白及10 g,石榴皮15 g,炙甘草10 g,乌梅10 g,山药15 g。

加减:大便溏薄者重用薏苡仁;腹胀不舒者,可加肉豆蔻,并可配合乌药以运气机,配焦三仙、鸡内金以助消化。

2.脾胃虚寒

治法:温中健脾益气。

方剂:理中丸(《伤寒论》)加减。

组成:人参、白术、干姜、甘草。

· 255 ·

加减:下利赤白脓血,白多赤少,脘腹胀满,苔厚腻,湿邪阻滞明显者,选加薏苡仁、藿香、佩兰、苍术等化湿之品;里急后重、脘腹胀满等症状严重者,属气滞明显,可选加枳壳、大腹皮、香附、川楝子等理气通降药物;便中有不消化食物者可选加鸡内金、焦三仙、莱菔子等消食导积之品。

3.脾肾阳虚

治法:温补脾肾,收涩固脱。

方剂:四神丸(《内科摘要》)加减。

组成:补骨脂、肉豆蔻、吴茱萸、五味子、生姜、大枣。

加减:脾虚有湿者加用薏苡仁20 g;五心烦热者去黄芩,加生

地、熟地12 g。

二、固定方药治疗

1.固本益肠片

组成:党参、白术、补骨脂、黄芪、当归、白芍、山药、炮姜等。

功效:健脾温肾,涩肠止泻。

主治:脾虚或脾肾阳虚所致久泄、久痢,适用于慢性腹泻、慢性结肠炎、溃疡性结肠炎等。症见慢性腹痛、腹泻、大便清稀或有黏液及黏液血便,食少腹胀、腰酸乏力,形寒肢冷,舌淡苔白,脉虚。

用法:口服,一次4片,一日3次,小儿酌减或遵医嘱。30 d为1个疗程,连服2~3个疗程。

2.虎地胶囊

组成:虎杖、地榆(炭)、北败酱、朱砂七等。

功效:清热、利湿、凉血。

主治:溃疡性结肠炎。

用法:口服,一日3次,每次4粒,疗程4~6周。

3.鹿耳散

组成:鹿角胶、黑木耳、山药、赤石脂、血竭等。

功效:补益脾肾,活血止血,止泻收敛。

主治:溃疡性结肠炎。

用法:每次5粒,每日3次,4周为1个疗程。

4.肠安胶囊

组成:人参、血竭、土虫草、白术、鹿胶、三七等。

功效:补肾温阳,益气健脾,化瘀解毒。

主治:各型结肠炎、肠功能紊乱、腹泻便秘交替或脓血便、便不成形、腹胀、腹痛、纳差。

用法:口服,一次6 g,一日3次,饭后半小时服用,1个月为1个疗程,孕妇忌服。

5.舒肠丸

组成:焦马齿苋、地榆炭等。

功效:健脾和胃,清热利湿,活血行滞。

主治:溃疡性结肠炎、慢性肠炎等肠道疾病。

用法:口服,一次6 g,一日3次。

三、名医验方

1.芍药汤加味(姜树民方)

组成:芍药15 g,当归9 g,黄连9 g,槟榔6 g,木香6 g,甘草6 g,黄芩9 g,桂枝6 g,苦参15 g,槐花15 g,枳实9 g,厚朴15 g等。

功效:化湿解毒,通腑泻热。

主治:溃疡性结肠炎,湿热蕴结大肠型。症见泻下脓血,伴有发热,心烦口燥咽干,舌红苔黄腻,脉滑数。

按语:苦参善清湿热,兼利小便,使湿热从小便排出。槐花苦寒,泻热清肠,凉血止血。厚朴苦温下气,枳实苦辛破结,配少量大黄推荡积滞,攻下邪毒,以达祛瘀生新之用。

2.加味四君子汤(钟一棠方)

组成:当归15 g,白芍30 g,党参、茯苓(各)20 g,谷芽、麦芽、炒白术各15 g,炮姜、陈皮各3 g,甘草2 g等。

· 257 ·

功效:健脾调肝。

主治:溃疡性结肠炎,肝郁脾虚型。

按语:四君子汤加炮姜健脾温中,扶正固本。陈皮,谷、麦芽健脾消导,使邪不留滞。方中重用当归、白芍以柔肝、疏肝,使肝之疏泄不致太过或不及,以保持全身气机调畅,通而不滞,散而不郁之作用。综观全方,强调以健脾温中为基础,同时参以调肝,使脾气得复,运化有权,气血流畅而肠道传道功能复常。

3.加味半夏泻心汤合黄连汤(于己百方)

组成:半夏10 g,黄芩10 g,黄连6 g,党参12 g,炙甘草10 g,炮姜

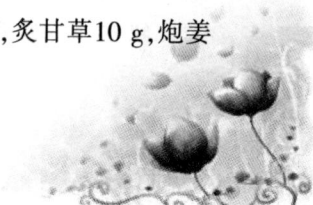

10 g,桂枝10 g,焦山楂15 g,白术10 g,茯苓12 g,芍药30 g,白芷12 g,椿根皮12 g,乌梅10 g,补骨脂12 g,吴茱萸10 g等。

功效:清热利湿,温中散寒,补脾益肾,止泻止痢。

主治:溃疡性结肠炎,寒热错杂型。

按语:半夏泻心汤平调寒热,和胃降逆,宜于寒热互结、升降失常、虚实错杂之痞满疼痛、呕吐泄泻的治疗。黄连汤是在半夏泻心汤的基础上去黄芩加桂枝而成,桂枝在本方一则与干姜为伍以散脾胃之寒,二则温经通阳以降寒气之上逆,故本方可治上焦有热、胃热肠寒所致呕吐嗳气、腹痛腹泻诸证。全方合用即有平调寒热、燥湿止泻、行气和血、脾肾双补的功效,所以溃疡性结肠炎患者服之有效。

【临床保健】

一、心理保健

由于溃疡性结肠炎反复发作,部分患者存在悲观、失望心理,对疾病的治疗失去信心。医务人员在工作中应多与患者进行交流与沟通,了解患者的心理情况,建立良好的医患关系,把握时机将心理疏导、饮食调节及健康指导有机地结合起来,把患者心理的消极因素转化为促进康复的动力。对患者情感方面的变化及时给予关心和鼓励,指导其适当参加社会活动,积极配合治疗,在心理、生理两方面都达到康复的状态。

二、运动保健

在急性发作期或病情严重时均应卧床休息,其他一般病例也应适当休息,注意劳逸结合。随病情好转可逐渐增加活动量,但一般应避免重体力活动。最好的运动是太极拳,选二十四式简化太极拳比较好。其次是散步,每天散步1 h。步行时背要直,肩要平,挺胸

收腹,目光平视,不宜穿高跟鞋,鞋底以软底为好。

三、饮食保健

合理膳食是恢复肠道功能的重要手段。指导患者食用易消化、少纤维素又富营养、有足够热量的食物,以利于吸收,减轻对肠黏膜的刺激,供给足够的热量维持机体代谢的需要。避免食用冷饮、多纤维的蔬菜及其他刺激性食物,如冰淇淋、汽水、韭菜等,忌食牛乳及乳制品,虾、蟹等海产品。禁食硬质食物,选用无糖、产气少、刺激性小的食品,如米粉、炒米等,口服药均磨成粉末后服用。少量多餐,严格观察食后反应,随时调整食量。食物要清、淡、稀、烂,要易消化,先试用米汤、米粉糊,逐渐增加蔬菜泥、稀饭、肉末等。腹泻次数减少、症状缓解后,增加高蛋白、高热量食物。严格消毒餐具诊治仪器,防止肠道再次感染。

四、调摄护理

1.肛门周围皮肤护理指导 由于腹泻次数多,肛周皮肤多次受刺激,容易沾染细菌、病毒及不洁之物,如果便后不及时清洁干净,容易引起这些部位的炎症,甚至糜烂。因此腹泻患者便后要用温水充分洗净肛门,然后用卫生纸或软布擦干。

2.用药指导 督促患者按时服药,并讲解药物的用法,如柳氮磺吡啶宜饭后服,可减轻胃肠道症状,如金双歧不能与抗生素同时服,同时告诉患者药物的不良反应,如服用柳氮磺吡啶患者可能会出现头晕、胃肠道反应、白细胞减少等。要定期复查血常规,不要随便停用药物,以减少复发。

· 259 ·

【现代研究】

一、理论研究

本病属于中医学"泄泻""痢疾""便血""肠风""脏毒"等范畴。目前该病病因尚未明确,但关于本病的病因病机探讨颇多,归纳起来,有如下共性:脾虚乃发病之根本,湿热为发病之标,无论是初发期,抑或反复发作期,多见湿热标实证,其与脾虚本证互相影响,互为因果。血瘀是UC的重要环节。本病的发生乃综合因素使然,只是某时期以某方面的影响为主。王希利等总结指出,中医学研究认为多种致病因素,包括外感六淫、饮食不节、情志失调、脾胃虚弱、肾阳虚衰、血瘀肠络等均可使脾胃功能失职,大肠功能紊乱,清浊混杂而下,故而引发本病。溃疡性结肠炎以脾虚为发病的根本,在病变发展中有湿阻、气滞、血瘀、气虚、阳虚之不同,病机虽然复杂,但总以本虚标实、虚实夹杂为主。赵树平认为本病的主要致病因素为湿邪,湿伤于下,病位在大肠,与脾胃关系密切,久病多及肝肾。初病多实,久病多虚,虚责之于脾、肾气或肾阳虚;实责之于湿热壅滞、肝气郁结或气滞血瘀。叶柏认为脾肾两虚是发病之本。王蕊认为脾虚日久,气虚不摄,膏脂下流是本病的主要病机,湿热贯穿本病始终。脾虚与湿热疫毒的胶结是本病的特点。高树中认为,本病病位在大肠,病本在脾、肾,与脾、肾、肝三脏密切相关。以脾气阴两虚、肾阳不足为本,以肝郁、湿热、血瘀为标,为本虚标实之证。王希利等提出,肺脾功能失调、痰瘀阻络为溃疡性结肠炎(活动期)的主要病机之一。脾虚、肺气不利为发病的内在依据,当致病因素侵袭人体,脾气虚、肺气不利,气机运动失常致瘀血内生;同时肺气不利,肺失宣发肃降,及脾气亏虚,脾失运化,可造成津液代谢障碍、聚湿成痰,痰流大肠,终致痰瘀互结、阻于肠络,血败肉腐、内溃成疡而致溃疡性结肠炎的发生。李军祥指出,溃疡性结肠炎急性发作

期病理变化主要是湿热之邪壅滞肠间,与气血相搏结,脂膜和血络受伤,腐败化为脓血,出现下利赤白脓血;气机不畅,腑气不通故腹痛、里急后重。病机关键是气血失调,治疗当调气和血,通过清热化湿以祛除病邪而使气血调畅,并配合理气活血,凉血止血。本病慢性缓解期病机关键为气血亏虚,湿热之邪未清。治疗当调气和血,通过健脾益气,养血止血,佐以清热化湿。刘桂兰等认为病机以脾虚肠弱为本,风寒湿热毒邪在正虚(饮食失调、饮食不洁、七情内伤、劳倦、妊娠损伤、先天不足等引起脾虚肠弱)的基础上内袭,当邪气盛时则发病,成为急性暴发型、初发型;邪气微则伏于内,日损脾肠,成为慢性溃疡性结肠炎。急性暴发型、初发型病理变化主要分为邪气损伤脾肠,清浊不分,酿成湿热、邪浊滞肠,与气血搏结、血败肉腐;气阴两伤而邪气未尽,常可发展成慢性溃疡性结肠炎。范恒等认为溃疡性结肠炎主要是由于先天禀赋不足,在此基础上更有湿热邪气侵袭肠胃、饮食失节、过食生冷、损伤脾胃、或嗜酒肥甘等,致湿热毒邪与肠胃之气血相搏,化为脓血与黏液,且因失治、误治、寒温不适、饮食不节、七情郁结致正虚邪恋,病情缠绵,经久不愈。病位虽然在肠,但肠与胃密切相连,痢久不愈,反复发作,不但损伤脾胃而且影响及肾,导致脾肾亏虚,中医辨证以脾胃等脏腑病理改变为主,尤以脾虚为中心,湿和瘀血是主要致病邪气,证属本虚标实。

· 261 ·

二、辨证论治研究

溃疡性结肠炎从六经辨证:首以阴阳为纲,病分三阳、三阴;再以六经分证为目,分三阳热利、太阴少阴寒利、少阴痛利、厥阴热利、厥阴久利等5个证型。临床观察可见:本病初发型或急性暴发型多见于六经的三阳证,而慢性复发型、慢性持续型又以三阴证为常见。病在三阳,反映邪实正气不衰;病居三阴,体现正虚邪恋不去。三阳之利:重心在阳明,太阳、少阳之证均需影响大肠功能方成泄

利；三阴之利：关键在太阴，少阴、厥阴之证都与太阴脾密切相关。三阳热利证病机多为太阳、少阳邪热内迫阳明而见下利；三阴之利病在太阴脾，若从寒化则易伤少阴肾阳而致太阴、少阴寒利证，从热化又可内耗厥阴肝血而成厥阴热利证。厥阴上热下寒，正虚邪实可见厥阴久利不止。太阴脾虚，易招致厥阴肝气来犯，而见少阴痛利时作。故可认为：本病的发展变化规律与六经传变理论"实则阳明，虚则太阴"相符，应用六经辨证可以执简驭繁，便于指导临床治疗。三阳热利治以清热利湿，方选黄芩汤合葛根汤加减，是方君以黄芩苦寒清燥湿于里。葛根解表祛邪于外为臣。佐使以白芍、炙甘草柔肝敛阴，缓急止痛。太阴少阴寒利治以温补脾肾，方用附子理中汤加减，方中附子、干姜温养脾肾；党参、白术、炙甘草健脾益气。厥阴热利治以清热养阴泻火，方用白头翁汤加减，药用白头翁、黄芩、黄连、黄柏、秦皮清热燥湿；生地凉血养阴。厥阴久利治以清上温下、攻补兼施，方用乌梅丸加减，方中重用乌梅酸涩，辅以干姜、细辛、附子辛热；黄连、黄柏苦寒；党参、当归甘温，共奏清上温下，攻补兼施之功。少阴痛利治以扶土抑木，方选四逆散加味，方中柴胡、枳壳、薤白疏肝理气；白芍、炙甘草平肝抑木以扶土。本病治疗关键在太阴脾虚阶段，本病规律为"始为热中，末传寒中，最后导致脾肾虚寒"，中间阶段是关键，"一定要截断寒中之传"。

中国中医药学会内科学会提出的辨治方法是：湿热蕴结证治以清利湿热，佐以理气行滞的白头翁汤加减；脾虚湿滞证治以健脾化湿，佐以理气行滞的香砂六君子汤加减；肝旺脾虚证治以抑肝扶脾，理气行滞的痛泻要方加减；脾肾阳虚证治以温肾暖脾，固涩止泻的附子理中丸合四神丸加减；气滞血瘀证治以行气活血，佐以健脾运湿的少腹逐瘀汤合桃红四物汤加减。

目前许多医家根据各自临床经验及对该病的认识有各自不同的临床辨证施治方法。如陆霞等用加味香连汤(木香、黄连、丹皮、白术、赤芍、薏苡仁)随症加减治疗30例，总有效率90%。焦君良等提

出了"从痈论治"溃疡性结肠炎的辨治观点,制定出解毒消痈、调营和血、托疮生肌、扶正固本的治疗方案。其中以解毒调营为要务。解毒调营方药,可用四妙勇安汤、银花解毒汤化裁;若兼以扶正生肌,可合用神效托里散。于翠杰等运用《伤寒论》的理法方药进行辨证施治30例,获得了较好疗效。笔者根据临床脉证,结合病因病机共分2型:①肝脾不和,气滞湿郁型。治以疏肝理气,和脾化湿法,四逆散加减。②脾虚湿盛,寒热夹杂型。治以温运脾湿,调和寒热。理中汤加减。吕迎春将本病分为肝脾不和、气郁湿滞和脾虚湿盛、寒热夹杂2型,分别采用小柴胡汤加味及理中汤加味治疗。观察31例患者,总有效率93.5%。张正荣将本病分为大肠湿热、肝脾不和、脾肾两虚3型,分别采用白头翁汤、痛泻要方合四君子汤、四神丸加减治疗。观察36例患者,总有效率86.11%。

三、专方治疗研究

张学民等用振脾汤(组成:黄芪、党参、茯苓、炒白术、桂枝、干姜、炒白芍、煨葛根等,临床随证加减,上药研细末装入胶囊,每粒含生药0.7 g),10粒/次,4次/日。温开水送服。对60例UC患者进行治疗,对照组60例用柳氮磺胺吡啶片,每片0.25 g,0.5 g/次,3次/日。两组在治疗期间均停服任何药物及其他治疗方法,15 d为1个疗程,治疗4个疗程结束后复查肠镜、病理及有关检测指标,统计疗效。病例跟踪随访1年,结果治疗组复发17例,复发率为28.30%,无癌变患者;对照组复发22例,复发率为36.67%,有1例发生癌变。两组复发率比较,有显著性差异($P<0.05$),治疗组复发率明显低于对照组,说明治疗组远期疗效优于对照组。

· 263 ·

程燕萍等用中药免煎颗粒剂(黄连20 g,鱼腥草20 g,蒲公英20 g,锡类散0.6 g,参三七3 g,马齿苋60 g)加37~39 ℃温开水100~150 ml灌肠治疗30例UC患者,半个月为1个疗程,用药2~3个疗程后观察疗效,显效23例,有效6例,无效1例,总有效率为96.8%。

刘万里、沈洪、单兆伟等用肠安胶囊(黄芪、白术、黄芩、半夏、陈皮、桔梗等)治疗本病,并与补脾益肠丸对照,结果治疗组临床总有效率为93.80%,肠镜、病理有效率分别为81.30%、84.40%。对血清免疫球蛋白、补体C3、SOD、LPO也有明显的改善和阻抑作用,与对照组比较有显著性差异($P<0.05$或$P<0.01$)。认为肠安胶囊对UC的机制可能与抑制结肠黏膜损伤、促进溃疡修复、增强机体清除自由基和抗氧化能力、调节免疫有关。

王有鹏等用结肠灵囊(白头翁、黄连、赤石脂、干姜、当归、人参、黄芪、地榆等)治疗本病,并与柳氮磺胺吡啶对照。结果治疗组和对照组在主要症状变化、总疗效、肠黏膜变化、肠黏膜主要病理变化、对UC患者免疫功能的影响、IgG、CIC变化细胞百分率变化情况方面均有明显差异,治疗组明显优于对照组。说明结肠灵胶囊能有效纠正T细胞亚群异常,降低外周血IgG、IgM水平,增强NK活性。

张尚华、黎玉林用健脾肠饮(黄连6 g,白头翁12 g,蒲公英12 g,薏苡仁12 g,党参18 g,延胡索12 g,槐花10 g,肉豆蔻12 g,补骨脂10 g,白芍12 g,甘草3 g)治疗本病,并与诺氟沙星、小檗碱对照,结果治疗组总有效率95.2%, 对照组总有效率64.5%,两组差异显著($P<0.01$)。

吴彩娥等采用清洁灌肠方(黄柏10 g,生大黄10 g,生黄芪10 g)和保留灌肠方(白及10 g,制乳香、制没药各10 g,秦皮10 g,三七粉3 g)两步灌肠治疗本病30例,结果治愈10例,好转17例,无效3例,总有效率90%。认为两步灌肠法(先清洁后保留的深部给药法)实际上是一种全结肠保留灌肠, 目的是维持肠腔药物浓度, 扩大弥散面积,延长保留的时间,增强药物利用度。

四、单味中药研究

1.铁苋菜 铁苋菜是大戟科植物铁苋(Acalyphaaustralis)的全草,其性微苦涩、平,具有清热解毒、利湿、收敛、止血的作用,《内

经》云："苦能燥湿""涩能固泄"，故认为铁苋菜具有固肠止泄之用。民间常用于治疗慢性肠炎及小儿慢性迁延性腹泻。

实验研究显示，铁苋菜中、高剂量给药可以显著降低模型组大鼠肠组织中MDA的水平，显著升高SOD、GSH-Px的水平，显著降低模型组大鼠NO及iNOS水平。并且铁苋菜中剂量给药组的iNOS、mRNA的表达显著低于模型组。可见，铁苋菜具有抗氧化和抗NO作用，铁苋菜通过抑制iNOS基因表达抑制iNOS，减少NO过量生成，是铁苋菜发挥抗UC作用的机制之一。

2.仙鹤草 仙鹤草别名脱力草、金顶龙芽、狼牙草，为蔷薇科植物龙芽草的茎叶。性味苦涩平，入肺、肝、脾经。有止血、强壮、消肿作用。临床常规用于咳血、吐血、衄血等。笔者在长期的临床实践中重用、单独用仙鹤草治疗以下病证疗效明显。用仙鹤草治疗慢性非特异性溃疡性结肠炎患者的大便次数增多或便溏，有脓血便，粪检以红细胞为主时在中医辨证辨病的基础上，处方重用仙鹤草60~120 g入方，服用5副后患者脓血便消失，腹痛、腹泻不作。或单独用仙鹤草120 g煎汤送服，鲜藕汁适量拌三七粉5~10 g蒸熟，同时服下，一般连用1周后临床症状基本消失，而且不易复发。

3.血竭 采用血竭口服及保留灌肠治疗UC患者81例，并与柳氮磺胺吡啶口服及保留灌肠治疗UC患者81例对照，结果显示，治疗组完全缓解率为24.69%，总有效率为67.90%。对照组中9例因不良反应未完成疗程，完全缓解率为25.00%，总有效率为72.22%，两组无显著差异($P>0.05$)，但两组不良反应有显著差异($P<0.05$)。结论：血竭与柳氮磺胺吡啶治疗溃疡性结肠炎，疗效相近，但前者不良反应明显少于后者。与血竭合用能活血止血，双向调节血液流变学指标，改善机体高凝状态，促进溃疡愈合。

· 265 ·

五、实验研究

（1）热瘀散（黄芪15 g，白术12 g，茯苓12 g，黄芩15 g，黄连9 g，

败酱草30 g，丹参15 g，三七粉3 g，赤勺15 g，木香9 g，白芍12 g，炙甘草6 g)。对溃疡性结肠炎胃肠湿热型大鼠模型MDA、SOD、IL-6的影响如下：

本实验通过建立胃肠湿热型溃疡性结肠炎大鼠复合模型，观察热瘀散对胃肠湿热型溃疡性结肠炎大鼠模型的治疗作用，并探讨其作用机制。模型组大鼠结肠组织大体评分、病理组织学的变化表明模型复制成功，热瘀散明显改善结肠组织的大体评分和病理组织学损伤，降低IL-6的活性，升高SOD活性，降低MDA的含量，优于柳氮磺胺吡啶(SASP)组($P<0.01$)。可见热瘀散通过抗氧自由基损伤，抑制炎性介质生成，减轻炎细胞浸润并可改善免疫反应，对胃肠湿热型溃疡性结肠炎大鼠模型有明显的治疗作用。

(2)芪仙汤(由黄芪、白术、仙鹤草、乌梅、五倍子、细辛六味组成)制成灌胃浸膏剂(黄芪、白术、仙鹤草)和灌肠浸膏剂(乌梅、五倍子、细辛)。治疗大鼠溃疡性结肠炎的药效学机制探讨如下：

本实验通过观察芪仙汤治疗大鼠溃疡性结肠炎的效果并探讨其作用机制。模型组结肠可见黏膜充血、水肿、炎症细胞浸润、溃疡形成，各治疗组溃疡减少，黏膜充血、水肿、炎症细胞浸润程度减轻，伴轻度肉芽组织增生。与模型组比较，各治疗组肉眼及光镜下损伤评分均明显下降($P<0.05$或$P<0.01$)，同时结肠黏膜局部CD4淋巴细胞升高，CD8淋巴细胞减少，TNF-α阳性细胞表达降低及IL-4阳性细胞表达升高($P<0.05$或$P<0.01$)可见芪仙汤在一定剂量下通过调节结肠局部淋巴细胞亚群的平衡及炎症因子的表达治疗溃疡性结肠炎。

(3)溃结灵对溃疡性结肠炎大鼠结肠黏膜Toll样受体2、4基因表达的影响。实验药物：溃结灵药材购于采芝林连锁药店，经广州中医药大学中药学院中药标本中心张秋镇老师鉴定，所购药材均符合中华人民共和国药典标准。按组方比例称取药材，常规方法制备水煎液大鼠低、中、高剂量按成人用量的5倍、10倍、20倍计算，即4.6 g/kg、

9.2 g/kg、18.4 g/kg,药物用蒸馏水配成460 g/L、920 g/L、1 830 g/L。

本实验通过观察溃结灵对溃疡性结肠炎(UC)大鼠模型结肠黏膜样Toll受体(TLR)2、4基因表达的作用。模型组TLR2、TLR4基因相对表达量均明显高于正常组($P<0.01$);溃结灵中、高剂量组TLR2相对表达量明显低于模型组($P<0.05$);溃结灵高剂量组TLR4相对表达量明显低于模型组($P<0.05$)。可见,UC大鼠结肠黏膜TLR2、TLR4基因高表达,溃结灵对TLR2、TLR4基因表达有抑制作用,这可能是其抗UC作用的机制之一。

(4)青白栓抗大鼠溃疡性结肠炎的实验研究。药物:青白栓(由白头翁、青黛、白及、三七、冰片等药物组成,黑龙江省中医研究院制剂室生产,批号050201,分别按每枚含生药0.0267 g、0.0133 g、0.0067 g制成高、中、低剂量的梭形栓剂)。

本实验探讨青白栓对大鼠溃疡性结肠炎(UC)的治疗作用,采用二硝基氯苯和乙酸复合方法制备大鼠UC模型,结果显示青白栓高、中剂量组动物组织中SOD显著降低,MDA显著下降($P<0.01$),青白栓高剂量组动物血清中IL-2、IL-6、TNF-α均显著降低 ($P<0.05$,$P<0.01$)。可见,青白栓可有效地用于实验性UC的治疗。

(杨　辉　王翼洲)

参 考 文 献

[1] 欧阳钦.溃疡性结肠炎临床诊断指南[J].临床消化病杂志,2007,19(1):4-6.

[2] 卓红曼,孙前林.红藤败毒汤灌肠治疗慢性溃疡性结肠炎42例[J].浙江中医杂志,2007,42(3):152.

[3] 付春芳.三黄合剂灌肠治疗溃疡性直肠炎95例[J].中国社区医师,2007,9(2):58.

[4] 胡永学.香连乌梅散治疗溃疡性结肠炎208例[J].中国民间疗法,2007,15(1):24.

[5] 刘必荣.黄艾海棠汤治疗溃疡性结肠炎48例[J].湖北中医杂志,2007,29(1):43.

[6] 苑珍珍,张国霞,王万刚,等.真人养脏汤治疗溃疡性结肠炎25例[J].实用中

医内科杂志,2007,21(1):65.

[7] 胡伟飚,肖群益.痛泻要方加味治疗溃疡性结肠炎疗效观察[J].光明中医,2006,21(12):39.

[8] 张春冬,张耕,王振民.鹿耳散治疗慢性溃疡性结肠炎的临床观察[J].辽宁中医药大学学报,2007,9(1):89.

[9] 李王莹,周莉莉.灌肠1号方配合补脾益肠丸治疗溃疡性结肠炎62例临床观察[J].长春中医药大学学报,2007,23(2):66.

[10] 张磊,陈雪清,李静君.乌梅败酱方治疗溃疡性结肠炎的临床研究[J].四川中医,2007,25(3):65.

[11] 刘兵."肠宁灌肠剂"保留灌肠治疗溃疡性结肠炎130例临床观察[J].江苏中医药,2007,39(7):33.

[12] 邓程国,叶发期.整肠饮治疗溃疡性结肠炎43例疗效观察[J].长春中医药大学学报,2007,23(4):54.

[13] 刘岩,吴立明.自拟肠复汤治疗慢性非特异性溃疡性结肠炎42例[J].辽宁中医杂志,2007,34(8):1105.

[14] 刘建吉.升阳止泻汤治疗溃疡性结肠炎临床研究[J].中外健康文摘,2007,4(4):374.

[15] 杨卓.王长洪治疗溃疡性结肠炎经验[J].中医杂志,2006,47(12):903-904.

[16] 任江,单静喜,付瑜.姜树民治疗溃疡性结肠炎经验[J].辽宁中医药大学学报,2007,9(3):105-106.

[17] 周男华.钟一棠治疗溃疡性结肠炎的经验[J].浙江中医药大学学报,2007,31(3):281-282.

[18] 崔庆荣,邓沂,李金田,等.于己百教授诊治慢性溃疡性结肠炎的经验[J].中华中医药学刊,2007,25(6):1123-1124.

[19] 王希利,彭艳红,孙明祎,等.中医对溃疡性结肠炎的病因认识[J].辽宁中医杂志,2007,34(5):572-573.

[20] 赵树平.溃疡性结肠炎中医药治疗进展[J].临床研究进展,2004,21(6):6-7.

[21] 叶柏.溃疡性结肠炎证治管见[J].南京中医药大学学报,2005,21(4):266-268.

[22] 王蕊.中医综合疗法治疗溃疡性结肠炎30例[J].湖北中医杂志,2005,27

(12):23.

[23] 于岩瀑.内外合治慢性非特异性溃疡性结肠炎经验[J].中医外治杂志,
2007,16(1):47.

[24] 王希利,彭艳红,孙明祎,等.溃疡性结肠炎以肺脾痰瘀论治研究[J].辽宁
中医杂志,2007,34(6):747.

[25] 李军祥.溃疡性结肠炎的治疗重在调气和血[J].江苏中医药,2006,27(1):
12.

[26] 刘桂兰,石少波,黄笃高,等.中医治疗溃疡性结肠炎的思路[J].湖南中医
药导报,2001,7(2):61.

[27] 范恒,邱明义,段雪云,等.理肠四方治疗溃疡性结肠炎病机探讨[J].贵阳
中医学院学报,2004,26(4):17.

[28] 章浩军,范文东,罗颖.应用六经理论指导肠道疾病诊治[J].江西中医药,
2007,38(2):16.

[29] 中国中医药学会内科学会.临床中医内科学(下)[M].北京:北京出版社,
1994:1807-1809.

[30] 陆霞,伊春锦.加味香连汤治疗溃疡性结肠炎30例[J].福建中医药,2000,
31(4):28.

[31] 焦君良,要丽瑛,李士军,等.从痈论治溃疡性结肠炎初探[J].中国中西医
结合脾胃杂志,2000,8(2):100-101.

[32] 于翠杰,石志刚,魏学军.溃疡性结肠炎辨治体会[J].辽宁中医药大学学报,
2007,9(2):85-86.

[33] 吕迎春,宋怀春,王玉新,等.中医辨证分型治疗慢性溃疡性结肠炎37例
[J].现代中西医结合杂志,2005,14(8):1047.

[34] 张正荣.中西医结合治疗慢性溃疡性结肠炎36例[J].中国临床医生,2000,
28(6):37.

[35] 张学明,李勇,范立桥,等.振脾汤对溃疡性结肠炎缓解期远期疗效的研究
[J].中华中医药杂志,2007,22(3):191-192.

[36] 程燕萍,林嘉鳞.中药灌肠治疗溃疡性结肠炎[J].江苏中医药,2002,23
(4):6.

[37] 刘万里,沈洪,单兆伟,等.肠安胶囊治疗溃疡性结肠炎32例临床研究[J].
中医杂志,2002,43(2):119.

[38] 王有鹏,张鸿婷,刘英宏,等.结肠灵治疗溃疡性结肠炎临床研究[J].中国中医药科技,2000,7(4):206-207.

[39] 张尚华,黎玉林.健肠饮治疗慢性溃疡性结肠炎[J].湖南中医药学报,2002,8(3):115.

[40] 吴彩娥,伍永娟,潘文姣,等.中药两步灌肠治疗溃疡性结肠炎30例[J].河北中医,2002,24(9):648.

[41] 邓莉,胡晋红,鲁莹,等.铁苋菜对溃疡性结肠炎模型大鼠抗氧化和抗NO自由基作用[J].中成药,2007,29(1):36-40.

[42] 林朴.仙鹤草的药用心得[J].中国医药导报,2006,3(33):108.

[43] 李敏,唐学贵,吴至久,等.血竭治疗溃疡性结肠炎临床研究[J].中成药,2007,29(7):956-957.

[44] 杨辉,王翼洲.热瘀散对溃疡性结肠炎胃肠湿热型大鼠模型MDA、SOD、IL-6的影响[J].广西中医药,2007,30(4):54-55.

[45] 赵海梅,刘端勇,陈爱民,等.芪仙汤治疗大鼠溃疡性结肠炎的药效学机制探讨[J].中国中医基础医学杂志,2007,13(3):203-205.

[46] 李红,杜群,王文君,等.溃结灵对溃疡性结肠炎大鼠结肠黏膜Toll样受体2、4基因表达的影响[J].中药材,2007,30(1):56-59.

[47] 潘洋,张洪娟,吴屹波,等.青白栓抗大鼠溃疡性结肠炎的实验研究[J].中国中西医结合消化杂志,2007,15(1):21-24.

图书在版编目(ＣＩＰ)数据

消化肝胆病中医临床精要/李泽庚,张国梁主编.
--合肥:安徽科学技术出版社,2009.10(2025.6重印)
(现代中医内科学临床精要丛书)
ISBN 978-7-5337-4514-1

Ⅰ.消… Ⅱ.①李…②张… Ⅲ.①消化系统疾
病-中医学临床②肝病(中医)-中医学临床③胆病(中
医)-中医学临床 Ⅳ.R259.7 R256.4

中国版本图书馆 CIP 数据核字(2009)第 182190 号

消化肝胆病中医临床精要　　　　　李泽庚　张国梁　主编

出　版　人：王筱文　　　选题策划：吴　玲　　　责任编辑：吴　玲
责任印制：梁东兵　　　封面设计：朱　婧
出版发行：安徽科学技术出版社　　　http://www.ahstp.net
(合肥市政务文化新区翡翠路 1118 号出版传媒广场,邮编:230071)
电话：(0551)63533330
印　　制：河北晔盛亚印刷有限公司　　电话:15811513201
(如发现印装质量问题,影响阅读,请与印刷厂商联系调换)

开本：880×1230　1/32　　　印张：8.75　　　字数：235 千
版次：2009 年 10 月第 1 版　　2025 年 6 月第 2 次印刷

ISBN 978-7-5337-4514-1　　　　　　　　　定价：68.00 元

现代中医内科学临床精要丛书

消化肝胆病中医临床精要

主　编　李泽庚　　张国梁

主　审　韩明向

副主编　王翼洲　　查安生

编　委　（按姓氏笔画为序）

　　　　马　燕　　王翼洲　　刘丽丽　　任金星

　　　　李泽庚　　张国梁　　张树卿　　杨晓军

　　　　杨桂芳　　杨　辉　　查安生

时代出版传媒股份有限公司
安徽科学技术出版社

第五辑　竹林的故事

第 一 辑
小时读书

　　我自己是能不受损害的，即是说教育加害于我，而我自己反能得到自由。但我决不原谅它。我们小时所受的教育确是等于有期徒刑。我想将我小时读《四书》的心理追记下来，算得儿童的狱中日记，难为他坐井观天到底还有他的阳光哩。

立志

我从前写了一些小说，最初写的集成为《竹林的故事》，自己后来简直不再看它，是可以见小说之如何写得不好了。它原是我当学生时的试作，写得不好是当然的。不但自己"试作"如此，即是说写得不好，我看一些作家的杰作也是写得不好的，是可以见写文章之难了。而古人的文章（包括诗在内）每每有到现在（这是说我现在的标准甚高）令我不厌读的，是可见古人如何写得好了。本来人生短而艺术长，文章是应该写，令它在人生当中不朽，古人能令我们现在人喜欢，我们现在人也应该令后来人喜欢，无奈现代的排印容易出版，而出版可以卖钱又更要出版，结果作家忘记自己的幼稚，（这是说你的年龄幼稚！）也忘记出版的意义，（古人出版不是卖钱的而是自己花钱刻的是为得不朽的）大家都是著作家了。我自己也是现代的著作家之一，我却是惭愧于我自己的著作了。我是责己重而待人轻的人，我决没有要别人惭愧的意思，我倒是爱惜任何人的任何作品，只是自己不大有工夫去看它罢了。这是我的实在心情，不大有工夫看今人的著作。说老实话，我不急急乎要看的著作，则此著作必速朽矣，古人谓之灾梨祸枣。那么我本着立己立人的意思，还是劝人不要急急乎做著作家。

我有一个侄子，他常写文章，从前本来是我教他作文的，那是学生作文功课，是另一件事，现在他写文章是想"印出来"了，想做作家了，我虽然十分同情于他，因为我从前做学生时正是如此，但我心里甚不赞成他作文章，赞成他学孔夫子"志于学"。这话我同他谈过，把我自己对于从前的惭愧告诉他了，然而言者谆谆，听者藐藐，他还是喜欢写文章。做大人的总是拿自己的经验教孩子，而孩子总喜欢他的一套，故陶渊明亦曰"昔闻长者言，掩耳每不喜"了。我敢说一句绝对不错的话，少年人贪写文章，是不立志。原因是落在习气之中。

（一九四八年）

小时读书

现在我常想写一篇文章，题目是"四书的意义"，懂得《四书》的意义便真懂得孔孟程朱，也便真懂得中国学问的价值了。这是一回事。但《四书》我从小就读过的，初上学读完《三字经》便读《四书》，那又是一回事。回想起来那件事何其太愚蠢、太无意义了，简直是残忍。战时在故乡避难，有一回到一亲戚家，其间壁为一私塾，学童正在那里读书，我听得一个孩子读道："子谓南容！子谓南容！"我不禁打一个寒噤，怎么今日还有残害小孩子的教育呢？我当时对于那个声音觉得很熟，而且我觉得是冤声，但分辨不出是我自己在那里诵读呢，还是另外一个儿童学伴在那里诵读？我简直不暇理会那声音所代表的字句的意义，只深切地知道是小孩子的冤声罢了。再一想，是《论语》上的这一句："子谓南容，邦有道不废，邦无道免于刑戮，以其兄之子妻之。"可怜的儿童乃读着："子谓南容！子谓南容！"了。要说我当时对于这件事愤怒的感情，应该便是"火其书"！别的事很难得激怒我，谈到中国的中小学教育，每每激怒我了。

我自己是能不受损害的，即是说教育加害于我，而我自己反能得到自由。但我决不原谅它。我们小时所受的教育确是等于有期徒刑。我想将我小时读《四书》的心理追记下来，算得儿童的狱中日记，难为他坐井观天到底还有他的阳光哩。

"子曰，视其所以，观其所由，察其所安，人焉廋哉！人焉廋哉！"我记得我读到这两句"人焉廋哉"，很喜悦，其喜悦的原因有二，一是两句书等于一句，（即是一句抵两句的意思）我们讨了便宜；二是我们在书房里喜欢廋人家的东西，心想就是这个"廋"字罢？

读"大车无輗，小车无軏"很喜悦，因为我们乡音车猪同音，大"猪"小"猪"很是热闹了。

先读"林放问礼之本"，后又读"曾谓泰山不如林放乎？"仿佛知道林放是一个人，这一个人两次见，觉得喜悦，其实孔子弟子的名字两次见的多得很。不知何以无感触，独喜林放两见。

读子入太庙章见两个"入太庙每事问"并写着，觉得喜悦，而且有讨便宜之意。

读"赐也尔爱其羊"觉得喜悦，心里便在那里爱羊。

读"一则以喜，一则以惧"觉得喜悦，不知何故？又读"是可忍也，孰不可忍也"亦觉喜悦，岂那时能赏识《论语》句子写得好乎？又读"左丘明耻之，丘亦耻之"亦觉喜悦。

先读"哀公问弟子孰为好学"，后又读"季康子问弟子孰为好学"，觉得喜悦，又是讨便宜之意。

读"暴虎冯河"觉得喜悦，因为有一个"冯"字，这是我的姓了。但偏不要我读"冯"，又觉得寂寞了。

读"子钓而不网"仿佛也懂得孔子钓鱼。

读"鸟之将死"觉得喜悦，因为我们捉着鸟总是死了。

读"乡人傩"喜悦，我已在别的文章里说过，联想到"打锣"，于是很是热闹。

读"山梁雌雉子路共之"觉得喜悦，仿佛有一种戏剧的动作，自己在那里默默地做子路。

读"小子鸣鼓而攻之"觉得喜悦，那时我们的学校是设在一个庙里，庙里常常打鼓。

读"君子之德风，小人之德草，草上之风必偃"觉得喜悦，因为我们的学校面对着城墙，城外又是一大绿洲，城上有草，绿洲又是最好的草地，那上面又都最显得有风了，所以我读书时是在那里描画风景。

读"在邦必闻，在家必闻"，"在邦必达，在家必达"，觉得好玩，又讨便宜，一句抵两句。

读樊迟问仁"子曰，举直错诸枉"句，觉得喜悦，大约以前读上论时读过"举直错诸枉"句。故而觉得便宜了一句。底下一章有两句"不仁者远矣"，又便宜了一句。

读"其父攘羊而子证之"仿佛有一种不快的感觉，不知何故。

读"斗筲之人"觉得好玩，因为家里煮饭总用筲箕滤米。

读"子击磬于卫"觉得喜欢，因为家里祭祖总是击磬。又读"深则厉，浅则揭"喜欢，大约因为先生一时的高兴把意义讲给我听了，我常在城外看乡下人涉水进城，（城外有一条河）真是"深则厉，浅则揭"。

读"老而不死是为贼"喜欢。

读"子曰，不曰如之何如之何者，吾未如之何也已矣"觉得奇怪。又读上论"觚不觚，觚哉觚哉"亦觉奇怪。

读"某在斯某在斯"觉得好玩。

读"割鸡焉用牛刀"觉得好玩。

读"子路拱而立"觉得喜欢，大约以前曾有"子路共之"那个戏剧动作。底下"杀鸡为黍"更是亲切，因为家里常常杀鸡。

上下论读完读《大学》《中庸》，读《大学》读到"秦誓

曰，若有一个臣……"很是喜欢，仿佛好容易读了"一个"这
两个字了，我们平常说话总是说一个两个。我还记得我读"若
有一个臣"时把手指向同位的朋友一指，表示"一个"了。读
《中庸》"鼋鼍蛟龍魚鱉生焉" 觉得这么多的难字。

　　读《孟子》⋯⋯⋯⋯的，大家对于《孟子》的感情
⋯⋯⋯⋯！告子告，打一头的砲"！是
⋯⋯⋯⋯我读孟子时也有过讨便宜的欢
喜⋯⋯⋯⋯一大段文章，有两次读到，
到⋯⋯⋯⋯了。

（一九四七年）

废名 著

跟大师来读书

小时读书

追记小时阅读历程，
揭示文章精妙之处。

志学

　　孔子说他"十有五而志于学"，三十，四十，五十，六十，一直说到七十岁的进步。十年以来，我好读《论语》，懂得的我就说我懂得，不懂得的我就觉得我不能懂得，前后的了解也有所不同，到得现在大致我总可以说我了解《论语》了。有趣的最是"志学"这一章。前几年我对于孔夫子所作他自己六十岁七十岁的报告，即"六十而耳顺，七十而从心所欲不逾矩。"不能懂得，似乎也不想去求懂得，尝自己同自己说笑话，我们没有到六十七十，应该是不能懂得的。那时我大约是"三十"，那么四十五十岂非居之不疑吗？当真懂得了吗？这些都是过去了的话，现在也不必去挑剔了。大约是在一二年前，我觉得我能了解孔子耳顺与从心的意思，自己很是喜悦，谁知此一喜悦乃终身之忧，我觉得我学不了孔夫子了，颇有儿女子他生未卜此生休的感慨。去年夏间我曾将这点意思同吾乡熊十力先生谈，当时我大约是有所触发，自己对于自己不满意。熊先生听了我的话，沉吟半晌，慢慢说他的意思，大意是说，我们的毛病还不在六十七十，我们乃是十五而志于学没有懂得，我们所志何学，我们又何曾志学，我们从小都是失学之人。此言我真是得益不少。去年"重九"之后，在我三十五生日的时候，我戏言，我现在大约才可以说四十岁的事情了，这个距离总很不远。是的，今日我可以说"不惑"。回转头来，对于十五志学，又很觉有趣。自己的好学，应自即日问学，自即日起也无妨做一个蒙师，首先我想教读自己的孩子。金圣叹为儿子批《水浒》的意思是很可敬重的，孔子问伯鱼学没有学过《周南》《召南》，我自己还想从头读《周南》《召南》也。

去年"腊八"我为我的朋友俞平伯先生所著《槐屋梦寻》作序，《梦寻》的文章我最佩服，不但佩服这样的奇文，更爱好如此奇文乃是《周南》《召南》。我的序文里有一句话，"若乱世而有《周南》《召南》，怎不令人感到奇事，是人伦之美，亦民族之诗也。"我曾当面同俞先生谈，这句话恐怕有点缠夹，这里我很有一点感慨，《周南》《召南》系正风，但文王之世不亦为乱世乎？小时在私塾里读《了凡钢鉴》，有一句翻案文章我还记得，有人劝甲子之日不要兴兵，理由是"纣以甲子亡"，那位皇上答道，"纣以甲子亡，武王不以甲子兴乎？"我说"乱世而有《周南》《召南》"，不仅是赞美《国风》里的诗篇，是很有感慨的，很觉得《周南》《召南》是人伦之美，民族之诗也。

（一九三六年）

教训

代大匠斫　必伤其手

当我已经是一个哲学家的时候——即是说连文学家都不是了，当然更不是小孩子，有一天读老子《道德经》，忽然回到小孩子的地位去了，完完全全地是一个守规矩的小孩子，在那里用了整个的心灵，听老子的一句教训。若就大人说，则这时很淘气，因为捧着书本子有点窃笑于那个小孩子了。总而言之，这真是一件有趣的事情。我的教训每每是这样得来的。我也每每便这样教训人。

是读了老子的这一句话："夫代大匠斫，希有不伤其手者矣。"

　　小孩子的事情是这样：有一天我背着木匠试用他的一把快斧把我的指头伤了。

　　我做小孩子确是很守规矩的，凡属大人们立的规矩，我没有犯过。有时有不好的行为，如打牌，如偷父亲的钱，那确乎不能怪我，因为关于这方面大人们没有给我们以教育，不注意小孩子的生活，结果我并不是犯规，简直是在那里驰骋我的幻想，有如东方朔偷桃了。然而我深知这是顶要不得的，对于生活有极坏的影响，希望做大人的注意小孩子的生活，小孩子格外地要守规矩了。我记得我从不逃学，我上学是第一个早。关于时间我不失信。我喜欢蹚河，但我记得我简直没有赤足下一次水，因为大人们不许我下到水里去。我那时看着会游泳的小孩子，在水里大显其身手，真是临渊羡鱼的寂寞了。我喜欢打锣，但没有打锣的机会，大约因为太小了，不能插到"打年锣"的伙里去，若十岁以上的小孩子打年锣便是打锣的一个最好的机会。说是太小，而又嫌稍大，如果同祖父手上抱着的小弟弟一样大，便可以由祖父抱到店里去，就在祖父的怀里伸手去敲锣玩，大人且逗着你敲锣玩。那时我家开布店，在一般的布店里，照例卖锣卖鼓，锣和鼓挂在柜台外店堂里了。我看着弟弟能敲锣玩，又是一阵羡慕。我深知在大人们日中为市的时候只有小弟弟的小手敲锣敲鼓最是调和，若我也去敲敲，便是一个可诧异的声响了。我们的私塾设在一个庙里，我看着庙里的钟与鼓总是寂寞，仿佛倾听那个声音，不但喜欢它沉默，简直喜欢它响一下才好。这个声响也要到时候，即是说要有人上庙来烧香便可以敲钟敲鼓，这时却是和尚的职事。有时和尚到外面有事去了，不在庙里了，进香的来了，我们的先生便命令一个孩子去代替和尚敲钟敲鼓，这每每又是年龄大的同学，没有我的分儿了，我真是寂寞。有的大年纪的同学，趁着先生外出，和尚也外出的时候，（这个时候常有）把钟和鼓乱打起来，我却有点不屑乎的神气，很不喜欢这个声音，仿佛响得没有意思了，简直可恶。在旧历七月半，凡属小康人家请了道士来"放施"（相当于和尚的焰口），我便顶喜欢，今天就在我家里大打锣而特打锣，大打鼓而特打鼓了，然而不是我自己动手，又是寂寞。有时趁着道士尚未开坛，或者放施已了正在休息吃茶的时候，我想我把他的鼓敲一下响罢——其实这也并没有什么不可以的，博得道士说一声淘气罢了，我却不如此做，只是心里总有一个一鸣惊人的技痒罢了。所以说起我守规矩，我确是守规矩得可以。

有一次，便是我代大匠斫的这一次，应是不守规矩了。推算起来，那时我有七岁，我家建筑新房子，是民国纪元前四年的事，我是纪元前十一年生的，因为建筑新房子所以有许多石木工人作工，我顶喜欢木匠的大斧，喜欢它白的锋刃，别的东西我喜欢小的，这个东西我喜欢它大了，小的东西每每自己也想有一件，这把大斧则认为决不是我所有之物，不过很想试试它的锐利。在木匠到那边去吃饭的时候，工作场没有一个人，只有我小小一个人了，我乃慢慢地静静地拿起大匠的斧来，仿佛我要来做一件大事，正正经经地，孰知拿了一块小木头放在斧下一试，我自己的手痛了，伤了，流血了。再看，伤得不厉害，我乃口呿而不合，舌举而不下，且惊且喜，简直忘记痛了。惊无须说得，喜者喜我的指头安全无恙，拿去请姐姐包裹一下就得了，我依然可以同世人见面了。若我因此而竟砍了指头，我将怎么出这个大匠之门呢？即是怕去同人见面。我当时如是想。我这件事除了姐姐没有别人知道了。姐姐后来恐怕忘记了罢，我自己一直记着，直到读了老子的书又是且惊且喜，口呿而不合，舌举而不下，不过这时深深地感得守规矩的趣味，想来教训人，守规矩并不是没出息的孩子的功课。

多识于鸟兽草木之名

孔子命小孩子学诗，说诗可以兴，可以观，可以群，可以怨，迩之事父，远之事君，还要加一句"多识于鸟兽草木之名"。没有这个"多识于鸟兽草木之名"，上面的兴观群怨事父事君没有什么意义；没有兴观群怨事父事君，则"多识于鸟兽草木之名"也少了好些意义了，虽然还不害其为专家。在另一处孔子又有犹贤博奕之义，孔子何其懂得教育。他不喜欢那些过着没有趣味生活的小子。

我个人做小孩时的生活是很有趣味的，因为良辰美景独往独来耳闻目见而且还"默而识之"的经验，乃懂得陶渊明"怀良辰以孤往"这句话真是写得有怀抱。即是说"自然"是我做小孩时的好学校也。恰巧是合乎诗人生活的缘故，乃不合乎科学家，换一句话说，我好读书而不求甚解，对于鸟兽草木都是忘年交，每每没有问他们的姓名了。到了长大离乡别井，偶然记起老朋友，则无以称呼之，因此十分寂寞。因此我读了孔子的话，"多识于鸟兽草木之名！"我佩服孔子是一位好教师了。倘若我当时有先生教给我，这是什么花，那么艺术与科学合而为一了，说起来心向往之。

故乡鸟兽都是常见的，倒没有不知名之士，好比我喜欢野鸡，也知道它就是"山梁雌雉"的那个雉，所以读"山梁雌雉子路拱之"时，先生虽没有讲给我听，我自己仿佛懂得"子路拱之"，很是高兴，自己坐在那里跃跃欲试了。我喜欢水田白鹭，也知道它的名字。喜欢满身有刺的猬，偶然看见别的朋友捉得一个，拿了绳子系着，羡慕已极，我害怕螳螂，在我一个人走路时，有时碰着它，它追逐我；故乡虽不是用"螳螂"这个名字，有它的土名，很容易称呼它，遇见它就说遇见它了。现在我觉得庄子会写文章，他对于螳螂的描写甚妙，因为我从小就看惯了它的怒容了。在五祖山中看见松鼠，也是很喜欢的，故乡也有它的土名，不过结识松鼠时我自己已是高小学生，同了百十个同学一路旅行去的，它已不算是我个人的朋友了。再说鱼，却是每每不知道它的名字，只是回来向大人说今天我在河里看见一尾好鱼而已。后来做大学生读《庄子》，又是《庄子》！见其说"鯈鱼出游从容"，心想他的鱼就是我的鱼罢，仿佛无从对证，寂寞而已。实在的，是庄子告诉我这个鱼的名字。

　　在草木方面，我有许多不知名，都是同我顶要好的。好比薜荔，在城墙上挂着，在老树上挂着，我喜欢它的叶子，我喜欢它的果实，我仿佛它是树上的莲花——这个印象决不是因为"木莲"这个名字引起来的，我只觉得它是以空为水，以静穆为颜色罢了，它又以它的果实来逗引我，叫我拿它来抛着玩好了。若有人问我顶喜欢什么果，我就顶喜欢薜荔的果了，它不能给人吃，却是给了我一个好形状。即是说给了我一个好游戏，它的名字叫做薜荔，一名木莲，一直到大学毕业以后才努力追求出来的，说起来未免见笑大方。还有榖树，我知道它的名字，是我努力从博学多能躬行君子现在狱中的知堂老人那里打听出来的，我小时只看见它长在桥头河岸上，我望着那红红的果子，真是"其室则迩，其人则远"，可望而不可即了，因为我想把它摘下来。在故乡那时很少有果木的，不比现在到处有橘园，有桃园，有梨园，这是一个很好的进步，我做小孩子除了很少很少的橘与橙，而外不见果树了。或者因为如此，我喜欢那穀树上的几颗红果。不过这个理由是我勉强这么说，我不懂得我为什么喜欢它罢了，从现在看来它是没有什么可喜欢。这个令我惆怅。再说，我最喜欢芭茅，说我喜欢芭茅胜于世上一切的东西是可以的。我为什么这样喜欢它呢？这个理由大约很明白。我喜欢它的果实好玩罢了，像神仙手上拿的拂子。这个神仙是乡间戏台上看的榜样。它又像马尾，我是怎样喜欢马，喜欢马尾呵，正如庾信说的，"一马之奔，无一毛而不动"，我喜欢它是静物，我又喜欢它是奔放似的。我当时不知它是芭茅的果实，只以芭茅来代表它，后来正在中学里听植物学教师讲蒲公英，拿了蒲公英果实给我们看，说这些果实乘风飞飘，我乃推知我喜欢芭茅的果实了，在此以前我总想说它是花。故乡到处是芭茅做篱笆，我心里喜欢的芭茅的"花"便在蓝天之下排列成一种阵容，我想去摘它一枝表示世间一个大喜欢，因为我守规矩的缘故，我记得我没有摘过一枝芭茅。只是最近战时在故乡做小学教师才摘芭茅给学生做标本。

（一九四七年）

谈用典故

作文用典故本来同用比喻一样，有他的心理学上的根据，任何国的文学皆然。在外国文学里头用典故这件事简直不成问题，只看典故用得好不好，正如同比喻用得好不好。他们的作家，在他们的作品里头，典故不常用，正如同比喻不常用，若用之则是有必要，这时文章的意思格外显豁，感人的效果格外大。中国的事情每不可以常理论，他没有文章而有典故！于是典故确乎应该在排斥之列。我说中国是因为没有文章而有典故，这话一点也不错，只看中国的文章里头没有比喻便可以知道。若用比喻则非有意思不可了，有意思才叫做文章。只看周秦的文章连篇累牍用的是比喻，而后来的文章则只有典故，中国确乎是从周秦以后没有文章了。有典故没有文章，这样的文学不应该排斥吗？那么照意义说起来，我们反对典故，并不是反对典故本身，乃是反对没有意思的典故罢了。因为反对典故的缘故，我曾赞美宋儒的文章，我读朱子《四书集注》，文章都很能达意，在他许多文字里头只有两个典故，即"枉尺直寻"与"胶柱鼓瑟"，实在这也不能算是典故，只是成语罢了。其解释"欲罢不能"云："如行者之赴家，食者之求饱。"这样有力量的文章要什么典故呢？二程子称大程子"盖自孟子之后，一人而已。然学者于道不知所向，则孰知斯人之为功；不知所至，则孰知斯名之称情也哉？"这是多么能达意的文章，何暇用典故？这样的文章，应该算是理想的"古文"。即是韩愈所提倡的古文的古文。那么我平常反对古文也只是反对他没有意思罢了。

我今天的本意是作典故赞的，开头却说了上面一段话无非是表示我很公平，我说话向来没有偏见。那么我来赞典故乃是典故真可赞了。中国的坏文章，没有文章只有典故。在另一方面，中国的好文章，要有典故才有文章！这真是一件奇事。我所赞美的，便是这种要有典故才有文章的文章了。那么倘若没有典故岂不就没有文章了吗？是不然。是必有文章的，因此也必有典故，正如外国文章里必有风景，必有故事。换一句话说，中国的诗人是以典故写风景，以典故当故事了。中国文学里没有史诗，没有悲剧，也不大有小说，所有的只是外国文学里最后才发达的"散文"。于是中国的散文包括了一切，中国的诗也是散文。最显明的征象便是中国的文章里（包括诗）没有故事。没有故事故无须结构，他的起头同他的收尾是一样，他是世界上最自由的文章了。这正同中国的哲学一样，他是不需要方法的，一句话便是哲学。所以在中国文章里，有开门见山的话。其妙处全在典故。下面是庾信《谢滕王赉马启》的全文：

　　某启：奉教垂赉乌骝马一匹。柳谷未开，翻逢紫燕，陵源犹远，忽见桃花。流电争光，浮云连影。张敞画眉之暇，直走章台；王济饮酒之欢，长驱金埒。谨启。

　　第一句等于题目。接着是无头无尾的文章，同时也是完完全全的文章，不多不少的文章。所用的全是马的典故，而作者的想象随着奔流出来了。柳谷句，张掖之柳谷，有石自开，其文有马；紫燕是马名。接着两句，"流电""浮云"俱系马名，"争光"与"连影"则是想象，写马跑得快。争光犹可及，连影则非真有境界不可，仿佛马在太阳底下跑，自己的影子一个一个的连着了，跟着跑了。那么争光亦不可及，作者的笔下实有马的光彩了。我并不是附会其说，只看作者另外有这样一句文章，"一马之奔，无一毛而不动"，他的句子确不是死文章了。画眉之暇，走马章台；饮酒之欢，长驱金埒，可不作解释。读者试看，这样一篇文章不是行云流水吗？不胜过我们现在一篇短篇小说吗？他没有结构而驰骋想象，所用典故，全是风景。他写马，而马的世界甚广，可谓杂花生树，群莺乱飞！时间与空间在这里都不成问题，连桃花源也做了马的背景了。在任何国的文学里没有这样的文章的。我们不能说他离开典故没有文章，乃是他有文章自然有典故了。外国的文章靠故事，我们不能说他离开故事没有文章，他是有文章自然有故事了。莎士比亚在他的剧本里写一个公爵给国王流放出去，舞台上自白道：

Now no way can I stray,

Save back to England, all the world's my way,

这样的文章写得多容易。真是同庾信的文章一样容易！这样写"流放"是伟大的文章，借故事表现着作者的境界。中国的诗人则是藉典故表现境界了。我这话也决不是附会，有时也有等于藉故事表现境界的，也正是庾信的文章，如皇帝赐给他东西谢皇帝而这样写一个"谢"字："直以物受其生，于天不谢。"这完全是英国莎士比亚的写法了。不过这是偶然的，中国文章本来不以表现情节见长，而诗人伟大的怀抱却是可以以同样尺度去度量的了。我顶喜欢庾信这两句写景的文章："龟言此地之寒，鹤讶今年之雪。"大约没有典故他不会写这样的美景，典故是为诗人天造地设的了。"草无忘忧之意，花无长乐之心"，"非夏日而可畏，异秋天而可悲"，都是以典故为辞藻，于辞藻见性情。是的，中国有一派诗人，辞藻是他的山川日月了。庾信的《象戏赋》有这样两句话，"昭日月之光景，乘风云之性灵"，正是他自己的文章。我最佩服这种文章，因为我自己的文章恰短于此，故我佩服他。我大约同陶渊明杜甫是属于白描一派。人说"文章是自己的好"，我确是懂得别人的好。说至此，我常常觉得我的幸运，我是于今人而见古人的。亡友秋心君是白话文学里头的庾信，只可惜死得太早了，我看他写文章总是乱写，并不加思索，我想庾信写文章也一定如此。他们用典故并不是抄书的，他们写文章比我们快得多。有一回我同秋心两人在东安市场定做皮鞋，一人一双，那时我住在西山，后来鞋子他替我取来了，写信告诉我，"鞋子已拿来，专等足下来穿到足上去。"他写文章有趣，他的有趣便在于快。庾信的《枯树赋》有这两句："秦则大夫受职，汉则将军坐焉。"我想他的将军坐焉同秋心的足下足上是一样写得好玩的，此他的文章所以生动之故。

我今天写这个题目，本来预备了好些"典故"，但写至此已觉得可以成一短文，其余的只好暂不写，否则文章恐怕长了。然而这样又不能说典故之长于万一了。此决非夸大之辞，实乃缩小之论。

（一九四八年）

再谈用典故

今天我再来谈用典故罢。

上回我说庾信写文章写得非常之快，他用典故并不是翻书的，他是乱写，正同花一样乱开，萤火虫一样乱飞。而且我举出我的朋友秋心为证。我这话当然说得很切实，但反对者如反对我，"你究竟是乱说！人家的事情你怎么能知道呢？"那我只好学庄子诡辩，子非我，安知我不能知道呢？话不要游戏，我还是引杜甫的话，"文章千古事，得失寸心知"，是可以知道的。今天我再来说用典故比庾信稍为慢一点儿的，至少要慢五分钟。且听我慢慢道来。

我第一想起陶渊明。陶渊明作诗是很正经的，决没有乱写的句子，有一回用了一个太阳的典故，不说太阳而说"乌"，却是写得好玩的。这首诗题作"怨诗"，诗确是有点怨，然而因为这一只"乌"的缘故，我觉得陶公非常之可爱了，他思索得这一个典故时，他一定自己笑了，觉得好玩，于是诗的空气缓和好些了。诗是这样的，"天道幽且远，鬼神茫昧然。结发念善事，僶俛六九年。弱冠逢世阻，始室丧其偏。炎火屡焚如，螟蜮恣中田。风雨纵横至，收敛不盈廛，夏日长抱饥，寒夜无被眠。造夕思鸡鸣，及晨愿乌迁。……"造夕思鸡鸣当然是真的光景，老年人冬夜睡不着，巴不得鸡鸣，天便亮了，而"及晨愿乌迁"决然是一句文章，意思是说清早的日子也难过，巴不得太阳走快一点，因为写实的"鸡鸣"而来一个典故的"乌迁"对着，其时陶公的想象里必然有一支乌，忘记太阳了。这是很难得的，在悲苦的空气里，也还是有幽默的呼息，也便叫做"哀而不伤"。这样的用典故确是同庾信的用典故不同，乌是从作者的文思里飞出来的，不是自己飞出来的所以要来得慢，可以令我们读者看得出了。虽然慢这支乌确是活的不是死的，仿佛"犹带昭阳日影来"了。总之陶渊明偶尔用典故不是死典故，我想谁都不能否认我的话。到了后来的李商隐完全弄这个把戏，他比庾信慢一点，比陶渊明又要快一点，介乎二者之间。庾信不自觉，李商隐自觉，庾信是"乘风云之性灵"，李商隐则是诗人的想象了。他写唐明皇杨贵妃"此日六军同驻马，当时七夕笑牵牛"，六军驻马等于陶渊明的造夕思鸡，七夕牵牛则是及晨望乌了，是对出来的，是慢慢地想了一会儿的，是写得好玩的，虽是典故，而确是有牵牛的想象的。不知者每每说李诗纤巧，而陶渊明独不纤巧乎？不知诗人的想象便不能谈诗，谓陶句不纤巧者，是以乌迁为一死典故而已耳。

"于今腐草无萤火，终古垂杨有暮鸦"，这是李商隐写隋宫的，上句是以典故写景，真是写得美丽，下一句则来得非常之快，真写得苍凉。上句貌似庾信，下句是神似。多一个自觉，故说貌似。来得不由己，故曰神似。没有典故便没有腐草没有萤火。没有腐草没有萤火也没有垂杨没有暮鸦，那时世界上也没有诗人。

杜甫的诗有感情有图画，是白描一派，无须乎用典故的。但杜甫有时也拿典故来写想象。他咏明妃诗句，"一去紫台连朔漠，独留青塚向黄昏。"便很见功夫见想象。紫台是汉宫名，"一去紫台连朔漠"意思是由汉宫出发到匈奴那里去，这么大的距离给他一句写了，妙处便在紫台，由紫台连得起朔漠于是"一去紫台连朔漠"，仿佛是对对子，读之觉其自然，事实却很不自然，比李白的"千里江陵一日还"还要快过多少倍了，比我们现在坐飞机还要快。一句还不自然，接着"独留青塚向黄昏"句则文章是天生的，非常之自然。而事实杜甫是"语不惊人死不休"的，他费了很大的气力。妙处在青塚这个故事，相传明妃塚草独青，而这个美的故事只当作一个典故用。"向黄昏"是诗人的想象，是文生情，也正是情生文，于是这两句真是活的了，而是从典故的死灰里复燃的。换一句话说，没有典故便没有诗。其余如咏宋玉"江山故宅空文藻，云雨荒台岂梦思"以及写他自己漂泊西南大地之间，"三峡楼台淹日月，五溪衣服共云山"，俱是以典故写想象。五溪衣服句很费力，却能生动。五溪蛮的衣服是染色的，这是典故，我们在避难时也有此情景，同着当地土人邀游山水，尤其是过年过节看了他们男妇老幼穿着新衣服花花绿绿的，我们与之共天上的云眼前的山光水色了，热闹的很，故杜甫曰，"五溪衣服共云山"。有这一句则"三峡楼台淹日月"一点也不空，都是诗人的实景了。"云雨荒台岂梦思"这一句我最佩服，把朝云暮雨的梦真拿来写景，不愧是大诗人了。然而无论怎么说杜甫的典故是来得非常之慢的，较之庾信是小巫见大巫。

作文叙事抒情有时有很难写的地方，每每借助于典故。这样的用典故最见作者思想的高下，高就高，低就低，一点也不能撒谎的。陶渊明《命子诗》有云："厉夜生子，遽而求火，凡百有心，奚特于我，既见其生，实欲其可。……"我很喜欢这个厉生子的典故。《庄子》，"厉之人，半夜生其子，遽取火而视之，汲汲然惟恐其似己也。"厉之人大概生得很寒伧，庄子的文章是幽默，陶公用来则真显出陶公的大雅与真情了。

人谁不爱其子，谁不望自己的儿子好，但不能像陶公会说话了，因为陶公人品高。陶公在说他穷的时候也用了一个很好的典故。因为家贫没有酒喝他这样写："尘爵耻虚罍，寒华徒自荣。"这个诗题是"九日闲居"，寒华句是说菊花，当然写的好，尘爵句更佳。典故出自《诗经》"瓶之罄矣惟罍之耻"。《诗经》这两句文章也真是有趣，然而不是陶渊明告诉我，我未曾注意了。总而言之家里没有酒罢了，瓶子里是空的。瓶子说："这不能怪我，是他可耻，是他里头没有酒。"瓶子指着一个更大的盛酒的家伙说。所以酒真是没有了，这里也是空的，那里也是空的。陶公连米也没有大的东西盛，故曰："瓶无储粟"，何况酒。他大约是望着空杯子，杯子说，"不怪我是酒瓶子里没有。"故诗曰"尘爵耻虚罍"。不懂得《诗经》，便不知陶诗之佳了。陶渊明真会读书。他说他好读书不求甚解，孰知他是神解。

有时有一种伟大的意思而很难表现。用典故有时又很容易表现。这种例子是偶尔有之，有之于李商隐的诗里头，便是我常称赞的这两句："我是梦中传彩笔，欲书花叶寄朝云。"这是写牡丹的诗，意思是说在黑夜里这些鲜花绿叶俱在，仿佛是诗人画的，寄给朝云，因为明天早晨太阳一出来便看见了。没有梦中五色笔的典故，这种意境实在无从下笔。朝云二字也来得非常之自然，而且具体。

有时用典故简直不是取典故里的意义，只是取字面。如李商隐《华山题王母祠绝句》云："莲花峰下锁雕梁，此去瑶池地共长。好为麻姑到东海，劝栽黄竹莫栽桑。"诗写得很快，很美丽，很有悲情，他不喜欢沧海变桑田这一件事于是叫人家不要栽桑树好了。不栽桑栽什么呢？随便栽什么都可以，只要天地长不没！恰好穆天子有"黄竹"之诗，那么就栽你们的黄竹好了。是叫这个老太太。（我假设是老太太，其实照陶渊明"王母怡妙颜"的话未必是老太太）对那个老太太说的话。其实黄竹是个地名，作者乱借字面而已。庾信也常借字面，但感情没有李诗的重。李的感情重而诗美，庾信生平最萧瑟。用典故却不宜感情重，感情重愈生动愈晦涩。

我在上回的文章里说过，外国文学重故事，中国文学没有故事只有典故，一个表现方法是戏剧的，一个只是联想只是点缀。这是根本的区别，简直是东西文化的区别。中国文学里如有故事，则其故事性必不能表现得出，反不如其典故之生动了。因为有故事必有理想，有理想必要表演出来的，非用典故暗示所能行的。李商隐咏常娥有云："常娥应悔偷灵药，碧海青天夜夜心。"这是作者的理想，跑到天上去是非常之寂寞的，而人间又不可以长生不老，而诗人天上的布景仍是海阔与天空，即咱们的地球，头上有青天，眼下有碧海，正同美人的镜子一样，当中有一个人儿了。中国没有戏剧，这个故事如

编剧，一定很成功，当典故真可惜了。李诗另有咏月绝句云，
"过水穿楼触处明，藏人带树远含清……"这是说月亮里头有
一女子而且有树，都藏在里头看不见了，而且光照一处明一
处，只是藏了自己。这都是适宜于写故事，而作者是用典故，
故晦涩了。总之典故好比是一面镜子，他只宜照出你来，你
不宜去照他。

（一九四八年）

如切如磋

子贡曰：贫而无谄，富而无骄，何如？子曰，可也。未若贫而乐，富而好礼者也。子贡曰，诗云，如切如磋，如琢如磨，其斯之谓欤？子曰，赐也始可与言诗已矣，告诸往而知来者。

右《论语》之一章。我觉得孔子与子贡师生二人谈话的空气很好，所谈的话我们也没有不懂的地方，因为谈的话本来不令人难懂，只是在生活上未必容易学得到。子贡的意见本来也颇高明，所以孔子许之曰"可也"。但孔子到底是孔子，他把子贡的话修改一些，不，不是修改子贡口头上的话，是做人的态度再进一步。子贡到底是孔门高足，听了先生的话，引诗如切如磋如琢如磨咏之。孔子乃又称赞一番，"赐也始可与言诗已矣，告诸往而知来者。"这一番称赞之词用白话恐怕翻译不好。

我从前在武昌上中学的时候，因为校长是讲王学的，我也跟着读王阳明的书。因为一个字的缘故，王阳明到现在留了一个不好的印象给我。孔子说，"君子疾没世而名不称焉。"这句话本来很好，很像孔子的话，然而王阳明说"称"字应该读去声，即是说恐怕死了以后名不相称，怕死后之名誉乃过誉。此殊不合如切如磋如琢如磨之道，有点近乎乡下人拿称来称，未免可笑。

去年有一天我无意间默读《论语》，"子曰，富与贵，是人之所欲也，不以其道得之，不处也。贫与贱，是人之所恶也，不以其道……"默读至此，不记得原文，于是我有点着恼，怎么读不下去。我又有点好奇，心想，如果这以下的字句要我来替孔子补足起来，或者孔子当时的说话叫我来记录，应该怎么记？这一来我又很是喜悦，一心想得一百分。结果我只好交白卷，因为我实在想不好，难得适当的字句。再从书架上拿了《论语》来翻阅，孔子乃是这样说下去，"贫与贱，是人之所恶也，不以其道得之，不去也。"我读之甚为喜悦。此事我在北京大学国文系一年级作文班上曾向学生谈及，不知诸生感兴趣否。

（一九三六年）

读《论语》

　　小时读熟的书，长大类能记得，《论语》读得最早，也最后不忘，懂得它一点却也是最后的事。这大约是生活上经验的响应，未必有心要了解圣人。日常之间，在我有所觉察，因而忆起《论语》的一章一句，再来翻开小时所读的书一看，儒者之徒讲的《论语》，每每不能同我一致，未免有点懊丧。我之读《论语》殆真是张宗子之所谓"遇"欤。闲时同平伯闲谈，我的意见同他又时常相合，斯则可喜。二十三年三月二十三日。

一

子曰，诗三百，一言以蔽之曰，"思无邪"。愚按思无邪一言，对于了解文艺是一个很透彻的意见，其意若曰，做成诗歌的材料没有什么要不得的，只看作意如何。圣保罗的话，"凡物本来没有不洁净的，惟独人以为不洁净，在他就不洁净了"，是一个意思两样的说法，不过孔丘先生似乎更说得平淡耳。宋儒不能懂得这一点，对于一首恋歌钻到牛角湾里乱讲一阵，岂知这正是未能"思无邪"欤，宁不令人叹息。中国人的生活少情趣，也正是所谓"正墙面而立"，在《中庸》则谓"人莫不饮食也，鲜能知味也"。愚前见吾乡熊十力先生在一篇文章里对于"人而不为周南召南其犹正墙面而立"很发感慨，说他小时不懂，现在懂得，这个感慨我觉得很有意义。后来我同熊先生见面时也谈到这一点，我戏言，孔夫子这句话是向他儿子讲的，这不能不说是一位贤明的父亲。

二

《中庸》言"诚"，孟子亦曰"反身而诚，乐莫大焉。"《论语》则曰"直"。我觉得这里很有意义。"直"较于"诚"然自平凡得多，却是气象宽大令人亲近，而"诚"之义固亦"直"之所可有也。大概学问之道最古为淳朴，到后来渐渐细密，升堂与入室在此正未易言其价值。子曰，"人之生也直"，又曰"斯民也三代之所以直道而行也"，又曰"以直报怨，以德报德"，从以直报怨句看，直大约有自然之义，便是率性而行，而直报与德报对言，直又不无正直之义。吾人日常行事，以直道而行，未必一定要同人下不去，但对于同我有嫌怨的人，亦不必矫揉造作，心里不能释然，亦人之情也。孔子比后来儒者高明，常在他承认过失，他说"直"，而后来标"诚"，其中消息便可寻思。曰"克己复礼为仁"，曰"观过斯知仁"，此一个"礼"与"过"认识不清，"克己"与"仁"俱讲不好，礼中应有生趣，过可以窥人之性情。愚欲引申"直"之义，推而及此，觉得其中有一贯之处。

三

陶渊明诗曰，"遥遥沮溺心，千载乃相关。"愚昔闲居山野，又有慨于孔丘之言，"鸟兽不可与同群也，吾非斯人之徒与而谁与。"此言真是说得大雅。夫逃虚空者，闻人足音，跫然而喜，人之情总在人间。无论艺术与宗教，其范围可以超人，其命脉正是人之所以为人也。否则宇宙一冥顽耳。孔子栖栖皇皇，欲天下平治，因隐居志士而发感慨，对彼辈正怀无限之了解与同情，故其言亲切若此，岂责人之言哉。愚尝反复斯言，谓古来可以语此者未见其人。若政治家而具此艺术心境，更有意义。因此我又忆起"吾岂匏瓜也哉，焉能系而不食"之句，这句话到底怎么讲，我也不敢说，但我很有一个神秘的了悟，憧憬于这句话的意境。大约匏瓜之为物，系而不给人吃的，拿来做"壶卢"，孔子是热心世事的人，故以此为兴耳。朱注，"匏瓜系于一处，而不能饮食，人则不如是也"，未免索然。

（一九三四年）

我怎样读《论语》

我以前写了一篇《读〈论语〉》的小文，那时我还没有到三十岁，是刚刚登上孔子之堂，高兴作的，意义也确是很重要。民国二十四年，我懂得孟子的性善，于是跳出了现代唯物思想的樊笼，再来读《论语》，境界与写《读〈论语〉》时又大不同，从此年年有进益，到现在可以匡程朱之不逮，我真应该注《论语》了。今天我来谈谈我是怎样读《论语》的。

我还是从以前写《读〈论语〉》时的经验说起。那时我立志做艺术家，喜欢法国弗禄倍尔以几十年的光阴写几部小说，我也要把我的生命贡献给艺术，在北平香山一个贫家里租了屋子住着，专心致志写一部小说，便是后来并未写完的《桥》。我记得有一天我忽然有所得，替我的书斋起了一个名字，叫做"常出屋斋",自己很是喜悦。因为我总喜欢在外面走路,无论山上,无论泉边,无论僧伽蓝,都有我的足迹,合乎陶渊明的"怀良辰以孤往",或是"良辰入奇怀",不在家里伏案,而心里总是有所得了。而我的书斋也仿佛总有主人,因为那里有主人的"志",那里静得很,案上有两部书,一是英国的《莎士比亚全集》,一是俄国的《契诃夫全集》英译本,都是我所喜欢读的。我觉得"常出屋斋"的斋名很有趣味,进城时并请沈尹默先生替我写了这四个字。后来我离开香山时,沈先生替我写的这四个字我忘记取下,仍然挂在那贫家的壁上,至今想起不免同情。我今天提起这件事,是与我读《论语》有关系。有一天我正在山上走路时,心里很有一种寂寞,同时又仿佛中国书上有一句话正是表现我这时的感情,油然记起孔子的"鸟兽不可与同群"的语句,于是我真是喜悦,只这一句话我感得孔子的伟大,同时我觉得中国没有第二个人能了解孔子这话的意义。不知是什么缘故我当时竟能那样的肯定。是的,到现在我可以这样说,除孔子而外,中国没有第二个人有孔子的朴质与伟大的心情了。庄周所谓"空谷足音"的感情尚是文学的,不是生活的已经是很难得,孔子的"鸟兽不可与同群,吾非斯人之徒与而谁与"的话,则完全是生活的,同时也就是真理,令我感激欲泣,欢喜若狂。孔子这个人胸中没有一句话非吐出不可,他说话只是同我们走路一样自然要走路，开步便是在人生路上走路了，孔子说话也开口便是真理了，他看见长沮桀溺两个隐士，听了两人的话，便触动了他有话说，他觉得这些人未免狭隘了，不懂得道理了，你们在乡野之间住着难道不懂得与人为群的意思么？恐怕你们最容易有寂寞的感情罢？所以"鸟兽不可与同群，吾非斯人之徒与而谁与？"是山林隐逸触起孔子说话。我今问诸君，这些隐逸不应该做孔子的学生么？先生不恰恰是教给他们一个道理么？百世之下乃令我，那时正是五四运动之后，狂者之流，认孔子为不足观的，崇拜西洋艺术家的，令我忽然懂得了，懂得了孔子的一句话，仿佛也便懂得了孔子的一切，我知道他是一个圣人了。我记得我这回进北平城内时，曾请友人冯至君买何晏《论语集解》送我。可见我那时是完全不懂得中国学问的，虽然已经喜欢孔子而还是痛恶程朱的，故读《论语》而决不读朱子的注本。这是很可笑的。

民国二十四年，我懂得孟子的性善，乃是背道而驰而懂得的，因为我们都是现代人，现代人都是唯物思想，即是告子的"生之谓性"，换一句话说以食色为性，本能为性，很以孟子的性善之说为可笑的。一日我懂得"性"，懂得我们一向所说的性不是性是习，性是至善，故孟子说性善，这时我大喜，不但救了我自己，我还要觉世！世人都把人看得太小了，不懂得人生的意义，以为人生是为遗传与环境所决定的，简直是"外铄我也",换一句话说人不能胜天,而所谓天就是"自然"。现代人都在这个樊笼的人生观之中。同时现代人都容易有错处,有过也便不能再改,仿佛是命定了,无可如何的。当我觉得我自己的错处时,我很是难过,并不是以为自己不对,因为是"自然"有什么不对呢?西谚不说"过失就是人生"吗?但错总是错了,故难过。我苦闷甚久。因为写《桥》而又写了一部《莫须有先生传》,二十年《莫须有先生传》出版以后我便没有兴会写小说。我的苦闷正是我的"忧"。因为"忧",我乃忽然懂得道理了,道理便是性善。人的一生便是表现性善的,我们本来没有决定的错误的,不贰过便是善,学问之道便是不贰过。"人不能胜天",这个观念是错的,人就是天,天不是现代思想所谓"自然",天反合乎俗情所谓"天理",天理岂有恶的吗?恶乃是过与不及,过与不及正是要你用功,要你达到"中"了。中便是至善。人懂得至善时,便懂得天,所谓人能弘道。这个关系真是太大。现代人的思想正是告子的"生之谓性",古代圣人是"天命之谓性"。天命之谓性,孟子便具体的说是性善。从此我觉得我可以没有错处了,我的快乐非言语所能形容。我仿佛想说一句话。再一想,这句话孔子已经说过,便是"朝闻道,夕死可矣"。我懂得孔子说这话是表示喜悦。这是我第二回读《论语》的经验。

我生平常常有一种喜不自胜的感情,便是我亲自得见一位道德家，一位推己及人的君子，他真有识见，他从不欺人，我常常爱他爱小孩子的态度，他同小孩子说话都有礼！我把话这样说，是我有一种实感，因为我们同小孩子说话总可以随便一点了，说错了总不要紧了，而知堂先生——大家或者已经猜得着我所说的是知堂先生了，他同小孩子说话也总是有礼，这真是给了我好大的修养，好大的欢喜，比"尚不愧于屋漏"要有趣得多。他够得上一个"信"字，中国人所缺少的一个字。他够得上一个"仁"字，存心总是想于人有益处。我说知堂先生是一位道德家，是我最喜欢的一句话，意味无穷。但知堂先生是唯物论者，唯物论者的道德哲学是"义外"，至多也不过是陶渊明所说的"称心固为好"的意思。陶渊明恐怕还不及知堂先生是一位道德家，但"信"字是一样，又一样的是大雅君子。两人又都不能懂得孔子。此事令我觉得奇怪，不懂得道德标准来自本性，而自己偏是躬行君子，岂孔子所谓"盖有不知而作之者欤？"于是我大喜，《论语》这章书我今天懂得了！"子曰：盖有不知而作之者，我无是也。多闻择其善者而从之，多见而识之，知之次也。"我一向对于这章书不了解，朱注毫无意义，他说，"不知而作，不知其理而妄作也。孔子自言未尝妄作。盖亦谦辞。然亦可见其无所不知也。"孔子为什么拿自己与妄作者相提并论？如此"谦辞"，有何益处？孔子不如此立言也。是可见读书之难。我不是得见知堂先生这一位大人物，我不能懂得孔子的话了。我懂得了以后，再来反复读这章书，可谓学而时习之不亦说乎。孔子这个人有时说话真是坚决得很，同时也委婉得很，这章书他是坚决的说他"知"，而对于"不知而作之者"言外又大有赞美与叹息之意也。其曰"盖有"，盖是很难得，伯夷柳下惠或者正是这一类的人了。孔子之所谓"知"，便是德性之全体，孔子的学问这章书的这一个"知"字足以尽之了，朱子无所不知云云完全是赘辞了。总之孔子是下学而上达的话，连朱子都不懂，何况其余。朱子不懂是因为朱子没有这个千载难遇的经验，或者宋儒也没有这个广大的识见，虽然他们是真懂得孔子的。我首先说我常常有一种喜不自胜的感情，是说我生平与知堂先生亲近，关于做人的方面常常觉得学如不及，真有意义。及至悟得孔子"不知而作"的话，又真到了信仰的地位，孔子口中总是说"天"，他是确实知之为知之的。儒家本来是宗教，这个宗教又就是哲学，这个哲学不靠知识，重在德行。你要知"天"，知识怎么知呢？不靠德行去经验之吗？我讲《论语》讲到这里，有无上的喜悦，生平得以知堂先生大德为师了。

抗战期间我在故乡黄梅做小学教师，做初级中学教师，卞之琳君有一回从四川写信问我怎么样，我觉得很难答复，总不能以做小学教员中学教员回答朋友问我的意思，连忙想起《论语·学而》一章，觉得有了，可以回答朋友了，于是我告诉他我在乡间的生活可以"学而"一章尽之，有时是"不亦悦乎"，有时是"不亦乐乎"，有时是"不亦君子乎"。"有朋自远方来"的事实当然没有，但想着有朋自远方来应该是如何的快乐，便可见孔子的话如何是经验之谈了，便是"不亦乐乎"了。总之我在乡间八九年的生活是寂寞的辛苦的。我确实不觉得寂寞不觉得辛苦，总是快乐的时候多。有一年暑假，我在县中学住着教学生补习功课，校址是黄梅县南山寺，算是很深的山中了，而从百里外水乡来了一位小时的同学胡君，他现在已是四十以上的一位绅士了，他带了他的外甥同来，要我答应收留做学生。我当然答应了，而且很感激他，他这样远道而来。我那里还辞辛苦。要说辛苦也确是辛苦的，学生人数在三十名左右，有补习小学功课的，有补习初中各年级功课的。友人之甥年龄过十五岁，却是失学的孩子，国语不识字不能造句，算术能做简单加减法，天资是下愚。慢慢地我教他算乘法，教他读九九歌诀，他读不熟。战时山中没有教本可买，学生之中也没有读九九歌诀的，只此友人之甥一人如此，故我拿了一张纸抄了一份九九歌诀教给他读。我一面抄，一面教时，便有点迁怒于朋友，他不该送这个学生来磨难我了。这个学生确是难教。我看他一眼，我觉得他倒是诚心要学算术的。连忙我觉得我不对，我有恼这个学生的意思，我不应该恼他。连忙我想起《论语》一章书："子曰：有教无类。"我欢喜赞叹，我知道圣人之所以为圣人了。这章书给了我很大的安慰。我们不从生活是不能懂得圣人了。朱子对于这章书的了解是万不能及我了，因为他没有这个经验。朱注曰，"人性皆善，而其类有善恶之殊者，气习之染也。故君子有教，则人皆可以复于善，而不当复论其类之恶矣。"这些话都是守着原则说的，也便是无话想出话来说，近于做题目，因为要注，便不得不注了，《论语》的生命无有矣。

（一九四八年）

孔门之文

棘子成曰，君子质而已矣，何以文为。子贡曰，惜乎夫子之说君子也。驷不及舌。文犹质也。质犹文也。虎豹之鞟，犹犬羊之鞟。

《论语》这一章书，令我很有所触发。我很爱好子贡这一番说话。孔门与以后的儒家高下之别，我们不妨说就在这一个"文"字。孟夫子的文章向来古文家是很佩服的了，我却觉得孟夫子的毛病就在乎有点"野"，即是孔子说的质胜文则野。同时孟轲也就有点纵横家的习气，或者也就是孔子说的文胜质则史罢。孟轲总还不失为深造自得的大贤，到了唐朝的韩愈，他说孟轲功不在禹下，他又以唐朝的孟轲自居，是子贡所谓"犬羊之鞟"者乎。宋儒的毛病也就在乎缺乏一个"君子"的态度，即是不能文质彬彬，或者因为他们正是韩愈以后的人物罢。子贡听了棘子成的话，给他那么一个严重的修正，说着一言既出驷马难追，其言又何其文也。他大约是有得于"夫子之文章"者也。我再引子贡的说话，同孟子的说话，同是关于商纣的，读者诸君比较观之可以分别高下。子贡曰，纣之不善，不如是之甚也。是以君子恶居下流，天下之恶皆归焉。孟子曰，尽信书则不如无书，吾于武成取二三策而已矣，仁人无敌于天下，以至仁伐至不仁而何其血之流杵也。孟轲先生的话真是有点霸道，简直可恶。朱熹对于血流漂杵又加一番解释，"武成言武王伐纣，纣之前徒倒戈，攻于后以北，血流漂杵，孟子言此则其不可信者。然书本意乃谓商人自相杀，非谓武王杀之也。"是又说得更下流，不堪卒读。

（一九三六年）

047

陈亢

陈亢问于伯鱼曰，子亦有异闻乎？对曰，未也。尝独立，鲤趋而过庭，曰，学诗乎？对曰，未也。不学诗，无以言。鲤退而学诗。他日，又独立，鲤趋而过庭，曰，学礼乎？对曰，未也。不学礼，无以立。鲤退而学礼。闻斯二者。陈亢退而喜曰，问一得三，闻诗，闻礼，又闻君子之远其子也。

《论语》这章书我很喜欢，觉得孔门真是诚实切实。陈亢这个人很老实。伯鱼亦殊可爱，不愧为孔子之子，孔子亦不愧为其父。父亲问他学诗没有，他说没有学，退转来他就学诗。有一天父亲又问他学礼没有，他说没有学，退转来他就学礼。他很有礼貌地把这些话告诉陈亢，临了还要诚恳地说一句："闻斯二者。"陈亢起初像一个乡下人，问着世兄"子亦有异闻乎?"临了又像大学里的旁听生,偷听了一堂课,喜不过,还要说一点自己老实的心得。不过他喜不过告诉给什么人,我们却无从知道。宋儒却真不令人喜欢,在"子亦有异闻乎"句下朱熹注曰,"亢以私意窥圣人,疑必阴厚其子。"在"闻斯二者"句下注曰,"当独立之时所闻不过如此,其无异闻可知。"是何伧父口吻也。

在另一章书里也可以见陈亢对于孔子的神气,他问于子贡曰,"夫子至于是邦也,必闻其政,求之与? 抑与之与? "子贡回答他,"夫子温良恭俭让以得之。夫子之求之也,其诸异乎人之求之与。"观子贡说话的神气,不免有点鄙陈亢的意思,然而我们都如闻其语如见其人,我们又可以看得出孔门的真面目也。

(一九三六年)

读朱注

　　我以前读《论语》总没有读注解，也并不拿着《论语》的书读，因为小时在私塾读熟了，现在都还记得，本着生活的经验有所触发，便记起《论语》来，便是我的读《论语》了。十年以来，佩服程朱，乃常读朱注。在故乡避难时期，有两回读《论语》朱子注解，给了我甚大的喜悦，至今印象不忘，而且感激不尽。一是朱子注"季文子三思而后行"章，他引程子之言曰："为恶之人未尝知有思，有思则为善矣。然至于再则已审，三则私意起而反惑矣，故夫子讥之"。程子的话差不多做了我做事的标准，我阅历了许多大人物，我觉得他们都不及我了，因为他们都是"私意起而反惑矣"，我则像勇士，又像小孩，做起事来快得很，毫不犹疑，因之常能心安理得了，都是程子教给我的，也就是我读《论语》的心得了。我记得避难时有一穷亲戚的孩子到我家里来，我想筹点钱给他，连忙又想，这不怕他养成倚赖性吗？连忙我想起程子的话，我第一个想头是对的，应该筹点钱给穷孩子，第二个想头，其实就是"三思"，是自己舍不得了。我不知怎样喜欢程子的话哩。孔子也就真是圣人，"季文子三思而后行，子闻之曰：'再，斯可矣。'"你看这个神气多可爱，然而不是程子给我们一讲，我们恐怕不懂得了，这是朱注给我的一回喜悦，还有一回是朱子注这一章书："子曰，不仁者不可以久处约，不可以长处乐，仁者安仁，知者利仁"，朱注有云，"约，穷困也，利犹贪也，盖深知笃好而必欲得之也"，我读之大喜，给了我好大的安慰，好大的修养了，那是民国三十四年春，我本来在黄梅县中学当教员，新来的校长令我不能不辞职，我失业闲居，一心想把已经动手而未完成的《阿赖耶识论》完成，正是朱子所谓"贪也"，一日我读到这个注解，像小学生见了先生的面，一句话也没得说了，我们原来都是知者好学，较之颜回"一箪食，一瓢饮，在陋巷，人不堪其忧，回也不改其乐"，愧不如了，因此我很喜欢孔子"仁者安仁，知者利仁"的话，然而利仁毕竟是仁，知者也终于安仁了，大约世间终于还是有两种人格，一种是不忧，一种是不惑，故孔子曰"仁者不忧，知者不惑"，又曰"好学近乎知，力行近乎仁"。

今年暑假，看《朱子语类》，关于《论语》子使漆雕开仕章第一条是：

"陈仲卿问子使漆雕开仕章。曰，此章当于斯字上看，斯是指个甚么，未之能信者，便是于这个道理见得未甚透彻，故信未及，看他意思便把个仕都轻看了"。

这话我乍看颇出乎意外，因为这章书我向来没有看朱注，也不十分注意这章书，只是觉得漆雕开这个人对于出去做官的事情不敢相信罢了，"吾斯之未能信"的"斯"字便是指上面的"仕"字。今朱子曰，"此章当于斯字上看，斯是指个什么"，可见朱子的意思要深一层了，连忙我觉得朱子的话大概是对的，于是我再打开《论语》看：

"子使漆雕开仕，对曰，'吾斯之未能信。'子说。"（"说"同"学而时习之不亦说乎"的"说"字是一样，就是"悦"字。）

这一来我很喜欢这章书，诚如朱子所说，"此章当于斯字上看，斯是指个什么。"我还不是就意义说，我是就文章说，《论语》的文章真是好文章，令我读着不亦说乎了。懂得《论语》的文章，《论语》的意义也就懂得了。这章书，把先生的神气，把学生的神气，表现得真是可爱。先生的神气在"子说"二字传神。学生的神气便是这个"斯"字传神。好像漆雕开正在那里好学，手上捧一个什么东西的样子，所谓得一善则拳拳服膺，故曰"吾斯之未能信"了。你看他的话答得多快，好像不暇顾及的样子。你看先生看着这个学生该是多高兴，故"子说"。我记得我小时在私塾里读书读到这里的"子说"，很觉奇怪，为什么忽然两个字就完了？好像小孩子不能住口似的。今日乃懂得《论语》文章之佳了。这真是一件有趣味的事。因为这章书的一个"斯"字，我乃想起《论语》里面好几个斯字，都是善于传神。我们先看这一章：

"或问禘之说。子曰：'不知也。知其说者之于天下也，其如示诸斯乎？'指其掌。"

这个"斯"字是指孔子自己的手掌，孔子说话时把自己的手掌一指了，故记者接着说明"指其掌"。这里不加说明千秋万世之后便不知道"斯是指个甚么"了。

又如这章书：

"子在川上曰，'逝者如斯夫，不舍昼夜。'"

　　记者要传孔子说话的神情，故先说明"子在川上"，其实孔子当时只说着"逝者如斯"，是他自己眼前有所指罢了。所以漆雕开之"斯"也必是当下实有所指，显得他正在那里用功了。

　　又如这一章：

　　"子谓子贱，'君子哉若人！鲁无君子者，斯焉取斯？'"

　　朱注，"上斯，斯此人；下斯，斯此德。"此下斯同朱子注"吾斯之未能信"之斯徒在句子里头找都找不着何所指了。

　　此外孔子说话，常常前无所指，而直呼曰："斯道"，曰"斯文"，我们读着都觉其自然。"子曰：'谁能出不由户，何莫由斯道也！'"这或者是孔子站在门前说——一面指着门说"谁能出不由户"，一面指着门口的路说："何莫由斯道也"亦未可知，总之神情非常之亲切可爱。至于"斯文"二字，自从孔子说话之后，我们大家现在都习用了，如说你是"斯文中人"。

（一九八四年）

第 二 辑
中国文章

　　中国人生在世，确乎是重实际，少理想，更不喜欢思索那"死"，因此不但生活上就是文艺里也多是凝滞的空气，好像大家缺少一个公共的花园似的。延陵季子挂剑空垅的故事，我以为不如伯牙钟子期的故事美。嵇康就命顾日影弹琴，同李斯临刑叹不得复牵黄犬出上蔡东门，未免都哀而伤。

中国文章

　　中国文章里简直没有厌世派的文章，这是很可惜的事。我这话虽然说得有点儿游戏，却也是认真的话。我说厌世，并不是叫人去学三闾大夫葬于江鱼之腹中，那倒容易有热中的危险，至少要发狂，我们岂可轻易喝彩。我读了外国人的文章，好比徐志摩所佩服的英国哈代的小说，总觉得那些文章里写风景真是写得美丽，也格外的有乡土的色彩，因此我尝戏言，大凡厌世诗人一定很安乐，至少他是冷静的，真的，他描写一番景物给我们看了。我从前写了一首诗，题目为"梦"，诗云：

　　我在女子的梦里写一个善字，

　　我在男子的梦里写一个美字，

厌世诗人我画一幅好看的山水，

小孩子我替他画一个世界。

我喜读莎士比亚的戏剧，喜读哈代的小说，喜读俄国梭罗古勃的小说，他们的文章里却有中国文章所没有的美丽，简单一句，中国文章里没有外国人的厌世诗。中国人生在世，确乎是重实际，少理想，更不喜欢思索那"死"，因此不但生活上就是文艺里也多是凝滞的空气，好像大家缺少一个公共的花园似的。延陵季子挂剑空垅的故事，我以为不如伯牙钟子期的故事美。嵇康就命顾日影弹琴，同李斯临刑叹不得复牵黄犬出上蔡东门，未免都哀而伤。朝云暮雨尚不失为一篇故事，若后世才子动不动"楚襄王，赴高唐"，毋乃太鄙乎。李商隐诗，"微生尽恋人间乐，只有襄王忆梦中"，这个意思很难得。中国人的思想大约都是"此间乐，不思蜀"，或者就因为这个缘故在文章里乃失却一份美丽了。我常想，中国后来如果不是受了一点儿佛教影响，文艺里的空气恐怕更陈腐，文章里恐怕更要损失好些好看的字面。我读中国文章是读外国文章之后再回头来读的，我读庾信是因为了杜甫，那时我正是读了英国哈代的小说之后，读庾信文章，觉得中国文字真可以写好些美丽的东西，"草无忘忧之意，花无长乐之心"，"霜随柳白，月逐坟圆"，都令我喜悦。"月逐坟圆"这一句，我直觉的感得中国难得有第二人这么写。杜甫《咏明妃诗》对得一句"独留青塚向黄昏",大约是从庾信学来的,却没有庾信写得自然了。中国诗人善写景物,关于"坟"没有什么好的诗句,求之六朝岂易得,去矣千秋不足论也。

庾信《谢明皇帝丝布等启》,篇末云"物受其生,于天不谢",又可谓中国文章里绝无而仅有的句子。如此应酬文章写得如此美丽,于此见性情。

(一九三六年)

三竿两竿

中国文章，以六朝人文章最不可及。我尝同朋友们戏言，如果要我打赌的话，乃所愿学则学六朝文。我知道这种文章是学不了的，只是表示我爱好六朝文，我确信不疑六朝文的好处。六朝文不可学，六朝文的生命还是不断的生长着，诗有晚唐，词至南宋，俱系六朝文的命脉也。在我们现代的新散文里，还有"六朝文"。我以前只爱好六朝文，在亡友秋心居士笔下，我才知道人各有其限制，"你不能做我的诗，正如我不能做你的梦"，此君殆六朝才也。秋心写文章写得非常之快，他的辞藻玲珑透彻，纷至沓来，借他自己《又是一年芳草绿》文里形容春草的话，是"泼地草绿"。我当时曾指了这四个字给他看，说他的泼字用得多么好，并笑道，"这个字我大约用苦思也可以得着，而你却是泼地草绿。"庾信文章，我是常常翻开看的，今年夏天捧了《小园赋》读，读到"一寸二寸之鱼，三竿两竿之竹"，怎么忽然有点眼花，注意起这几个数目字来，心想，一个是二寸，一个是两竿，两不等于二，二不等于两吗？于是我自己好笑，我想我写文章决不会写这么容易的好句子，总是在意义上那么的颠斤簸两。因此对于一寸二寸之鱼三竿两竿之竹很有感情了。我又记起一件事，苦茶庵长老曾为闲步兄写砚，写庾信《行雨山铭》四句，"树人床头，花来镜里，草绿衫同，花红面似"。那天我也在茶庵，当下听着长老法言道，"可见他们写文章是乱写的，四句里头两个花字。"真的，真的六朝文是乱写的，所谓生香真色人难学也。

（一九三六年）

响应"打开一条生路"

　　杨振声先生在本刊第一期有一篇《我们要打开一条生路》，并引了"周虽旧邦，其命维新"作题辞，我一看到题目就自己振作了起来，我觉得我要来响应这个号召。

　　首先要认定我们都是"生于忧患"的，今日要来说话必是不得已，不得已而为国家民族说话。那么我说"打开一条生路"，一定是有一条生路了。这一条生路是什么呢？很简单，我们要自信。从态度上说，我们不妨自居于师道；从工作上说，我们要发扬民族精神，我们的民族精神表现于孔子，再说简单些，我们现在要讲孔子。

　　一句话，"我们现在要讲孔子"就是了，何以先要委曲地说几句呢？这里又有一个很大的缘故，即是说我们要讲孔子是经过新文化运动来的。当初胡适之先生提倡新文化运动，声明是"但开风气不为师"，那时我在学校里做学生，很喜欢这个口号，觉得我们真是抱着一个开风气的使命似的，不知道什么叫作"为师"，师正是偶像，是要打倒的。于今则我感觉得要为师，所以我说我们要自居于师道不是偶然说出来的，是很有一番考虑。接着我说发扬民族精神，我们的民族精神表现于孔子，当然都是经过了考虑，是以为师的资格而说话。老实说，我们今日而不为师的话，便是自私，便是不凭良心，那样自己便不说话了。

为师便要讲孔子。

这里是讲文艺的，所以我在这里只说文艺。我在民国二十三年写了一篇《读论语》，佩服孔子"诗三百，一言以蔽之曰'思无邪'"的话，以为"思无邪"是了解文艺一个很透彻的意见。那时我对于这三个字的解释倾向于圣保罗"凡物本来没有不洁净的，惟独人以为不洁净，在他就不洁净了"，一方面，虽然解释得不算错，却还是由于解放的态度来的，即今思之恐不是孔子立言的本旨。我们当时对于文艺都是从西方文艺得到启示，懂得西方文艺的"严肃"，若中国不是"正经"便是"下流"，即是一真一伪，最表现这个真与伪的莫过于男女问题，恋爱问题，中国人在这些事情上面都缺乏诚意，就男子说自己不尊重自己的人格，也不尊重女子的人格，只是好色而已，西洋人好色也不失其诚，因之也不失其美，意大利邓南遮的小说 The Child of Pleasure，真正的意思便是"登徒子"，其艺术的价值还是一个美字，中国文学关于好色则是丑态百出，所以要我举一部书给小孩子读，我简直不敢举，《水浒》罢，《红楼梦》罢，《西厢记》罢，都有丑态，在我由西方文学而回头读中国文学的时候真是痛恨之。西方文艺关于性欲的描写也都是严肃，中国人只是下流。在下流的对面是"正经"，而正经亦是下流，下流是下流的言行一致，正经则是言行不一致，只有这个区别。我们讨厌正经，反而甚于讨厌下流，对于那些假道学家认为"不洁净的"，只看得出假道学家自己的不洁净，文艺的材料则没有什么叫作不洁净。因此我佩服孔子思无邪的话，我当时解释这三个字的意思是，"做成诗歌的材料没有什么要不得的，只看作意如何"。这是我们自己解放自己。然而作我们自己生活的准则呢？我们是不是牺牲了自己的生活呢？在别的主义上做了牺牲，牺牲是应当的，若自己牺牲自己的生活则不健康，正如少年人手淫不健康是一样。这里不是道德问题，而是卫生问题。正确的说，也只有卫生问题才是道德问题了。我们那时有逛窑子的朋友，有爱一个女子又爱一个女子的朋友，自己如果患了梅毒，或是博得许多女子的欢喜，便以外国作家如叔本华据说也害了性病引来安慰自己，或以凯沙诺伐不曾伤过女人的心认自己亦为不错。我那时读雪莱的诗，见他说"爱情不像金子同泥土，把它分开了并不就把它拿走了，爱情简直像学问一样，在认识许多真实之后大放光明"，很是喜欢，仿佛诗人之言是真理。现在想来，雪莱的话恐不对，至少从没有宗教的中国人看应该是不对的。那样可以说母爱，不能说恋爱。恋爱里头总有好色的成分，而且恋爱连忙就是生活，不只是一个人的生活。恋爱是人生之一阶段，在它以后还有许多阶段，正如一个文学家所说："恋爱这个大学要早点毕业才好，毕业之后还要到社会服务。"那么我们何必把恋爱同母爱一样看得那么绝对神圣呢？孔子曰，"吾未见好德如好色者也。"我告诉青年，好德是绝对的，从少年以至于不知老之将至；好色则如做梦一样，一会儿就过去了。中国诗曰，"结发为夫妻，恩爱两不离"，我觉得男女之间应该用恩爱两个字，彼此要认定情分，要知道感激，真是"相亲相爱"，这一来便是中国所谓中庸之道，夫妇之道了。中庸之道里头难道就没有诗歌么？难道不是有趣的生活吗？孔子问伯鱼学过《周南》《召南》没有，孔子又赞美《关雎》乐而不淫哀而不伤，这便是告诉少年人要懂得"生活的艺术"。否则生活是"正墙面而立"。正墙面而立的意思便是生活没有意义，便是生活无味。我在乡间曾同着学生说，像乡下人的结婚可以说是正墙面而立，新姑娘同新郎彼此不相识，而且洞房花烛夜新姑娘不敢抬头，坐在床上，对着墙壁，直到夜深，然后，两人见面第一句话不知说什么，这不是正墙面而立吗？在另一面，中国理学家处处我佩服他，独于男女之事他也是正墙面而立。我们真应该学孔子对于生活的态度，对于文艺的见解。孔子曰：

"小子何莫学夫《诗》，诗可以兴，可以观，可以群，可以怨，迩之事父，远之事君，多识于鸟兽草木之名。"

这叫作诗的生活，生活的诗。这个诗是中国民族的诗。这里也就是道，因为孔子的道是伦常，离开伦常就没有道。这个伦常之道又正是中国的民族精神。中国的文学，从《三百篇》以至后代，凡属大家，都不出兴观群怨君父国家鸟兽草木的范围，屈原是如此，杜甫是如此，杜甫所推崇的庾信也是如此。后来还有《牡丹亭》罢。可惜在散文方面没有成就，论其可能，这散文方面的成就该是多么广呢，鸢飞戾天鱼跃于渊都是的，然而从古以来的英雄豪杰都没有这个意识，等到我们的新文学运动起来，知道文学至上，知道外国的小说戏剧都是正式的文学，我们也要来写小说，写剧本，写散文，而关于文学的内容却还没有民族的自觉，于是还是没有根本的文学，学西洋则西洋是艺术，科学，宗教并行的，哪里学得来呢？中国没有科学，没有宗教，若说宗教中国的宗教是伦常，这不足为中国之病，中国作家如不本着伦常的精义，为中国创造些新的文艺作品来则中国诚为病国，这里的小孩子没有一滴精神养料，如何能长得大呢？孔子叫小孩子学诗，我们做了许多年的文学家却没有什么给小孩子学的，想起来真是惭愧而且惶恐。我们还是从今日起替中国打开一条生路罢。我愿大家都当仁不让，鲁迅先生的《狂人日记》嚷着"救救孩子！"我到今日乃真找着了救救孩子的道路了。

临了还得补说一句，关于孔子"思无邪"的解释，还是以程朱为得孔子的真意，程子曰，"思无邪者，诚也。"朱子曰，"其用归于使人得其性情之正而已。"是的。我们所理想的文艺是要"使人得其性情之正"。

（一九四六年）

关于派别

　　林语堂先生在《人间世》二十二期《小品文之遗绪》一文里说知堂先生是今日之公安，私见窃不能与林先生同。据我想，知堂先生恐不是辞章一派，还当于别处去求之。因此我想到陶渊明。陶渊明以诗传于后代，然而陶渊明的诗实在不能同魏晋六朝的诗排在一起，他本来是孤立的。知堂先生的散文行于今世，其"派别"也只好说是孤立，与陶诗是一个相似的情形。且让我道出究竟。我读陶诗亦可谓久矣，常常感得一个消息而又纳闷，找不着电码把这个消息传出去，有一天居然于他人口中传出我自己的心事，而我与这说话人又可谓之同衾而隔梦。此人为北齐杨休之，我一日读到他的这几句话，"余览陶潜之文，辞采虽未优，而往往有奇绝异语，放逸之致，栖托仍高"，杨休之去渊明未远，他的话没有成见在胸，只是老实说他自己所感触的，他从陶渊明的作品里感到"辞采未优"，这确是一个事实，只看我们怎样认识这个事实。陶诗原来是一个特别的产物，他虽然同魏晋六朝人一样的是写诗，他的诗却不是诗人骚士一样的写景抒情，而他又有诗人骚士一样的成功，因此古今的诗人骚士都可以了解他，而陶诗又实在是较难了解。杨休之提出的"辞采"二字，很能帮助我们说话，陶诗比起《文选》上那些诗人的诗篇，不正是少辞采吗？陶诗像谢灵运的诗吗？像鲍照的诗吗？甚至于像阮籍的《咏怀》吗？我们直觉的可以答曰不像。原来陶诗不是才情之作，陶渊明较之那些诗人并不是诗人，那些诗人的情感在陶诗里头难有，因此那些诗人的辞采在陶诗里头难有。陶诗不但前无古人，亦且后无来者，后之论唐诗者每将王维韦应物柳宗元等人同陶渊明说在一起，以为他们学陶而得陶之一体，这样的说法其实未必公平，王维等人其辞采亦多于陶，与其说他们与陶公接近，还不如说与鲍谢更为接近，唐诗写山水之胜，求之陶诗无有也。这个事实我以为并不稀罕，陶渊明在某一意义上本不是诗人，虽然他的诗写得那么恰好。我由杨休之的话再想到陶公自己的话，他仿张衡蔡邕诸文士而作《闲情赋》，序有曰，"余园闾多暇，复染翰为之，虽文妙不足，庶不谬作者之意乎？"我想"文妙不足"或者本不是一句闲话，其知己知彼情见于词乎？昔年读《饮酒》诗，其第十首云，"在昔曾远游，直至东海隅，道路回且长，风波阻中途，此行谁使然，似为饥所驱，……"我很为"似为饥所驱"之一"似"字所惊住，觉得这实在是有道之君子，对于自己的事情未能相信，笔下踌躇，若使古今文人为之，恐要写得华丽，所谓下笔不能自休也。陈师道曰，"鲍照之诗华而不弱，陶渊明之诗切于事情，但不文耳"，虽然这所谓"切于事情"的含义怎么样我们不能妄为之推测，观其"不文"一语，总也是他的真实的感觉罢。今天我特意把《昭明文选》所录的诗翻阅一过，翻到挽歌项下见其将陶诗《挽歌》三首只选了第三首，此诗曰：

荒草何茫茫，白杨亦萧萧，

严霜九月中，送我出远郊。

四面无人居，高坟正嶕峣，

马为仰天鸣，风为自萧条。

幽室一已闭，千年不复朝。

千年不复朝，贤达无奈何。

向来相送人，各自还其家，

亲戚或余悲，他人亦已歌。

死去何所道，托体同山阿。

于是我掩卷而想，萧统为什么只选这一首？其以此首有
"荒草何茫茫，白杨亦萧萧"等萧瑟的描写乎？陶诗之佳却不
以此，在其唯物的中庸心境，因其心境之佳，而荒草茫茫乃
益佳耳。《挽歌》第二首曰：

在昔无酒饮，今但湛空觞。

春醪生浮蚁，何时更能尝。

肴案盈我前，亲旧哭我傍。

欲语口无音，欲视眼无光。

昔在高堂寝，今宿荒草乡。

一朝出门去，归来良未央。

这样的文章，大约算得"古幽默"，写的是自己死后的情
景，从前没有酒喝，现在酒菜都摆在面前，喝不到嘴了。曰
"死去何所道，托体同山阿"，又曰"一朝出门去，归来良未
央"，好像是老头儿哄孩子的话，说得蕴藉之至。又想着自己
死后亲戚朋友来吊丧的情形，后来各人又都回家过日子去了。
我的这些话只是对于萧统的选诗起了一点好奇心，他大约不
能看出陶渊明的本来面目，同选旁人的诗是一副眼光，这仿
佛可以证明我上面的说话似的。话又说回来，我草这篇文章
的本意，是因为我觉得知堂先生的文章同公安诸人不是一个

笔调，知堂先生没有那些文采，兴酣笔落的情形我想是没有的，而此却是公安及其他古今才士的特色。在这一点上我觉得知堂先生恰好与陶渊明可以相提并论，故不觉遂把一向我读了陶诗所感触者写出一些，而将要说到知堂先生这方面来，话一开头即有告收束之势，未知已足以见我之意乎？我这篇小文的范围，只着重在文章的派别这一个意思，因此把我以为应该算是孤立的两个人连在一起，实在这两个古今人并不因此是一派，此事今日真未能详言也。

上文于昨日写完了，在篇首加了"关于派别"四个字算是题目，打算就寄给《人间世》发表，但心里总觉得有点不安，文章刚刚写到一半就结束——我越想越觉得我还应该把后半篇的意思补足起来，因为我的初意虽只是想说出我自己所感得的知堂先生的散文与陶诗又是怎样的不同，而这文章上的不同乃包含了一个很有意义的事实，我好像有一个要说话的责任似的，当仁而让，恐是自己懒惰。近日身体小有不适，家里的人劝我莫多用心思，昨夜我乃又戏言曰，"这篇文章恐怕还要多得几块钱稿费，两千字还不够。"妻乃又很不以我为然了，说我在病中来了客偏偏爱说话，又写什么文章。我说，这是要紧的话，不能不说。今天早起我的心里很感着一种闲情，因为我很少有一个懒散作文的快乐，今早再来补写这篇文章，很是一个轻巧的工作的意味了。近人有以"隔"与"不隔"定诗之佳与不佳，此言论诗大约很有道理，若在散文恐不如此，散文之极致大约便是"隔"，这是一个自然的结果，学不到的，到此已不是一般文章的意义，人又乌从而有心去学乎？我读知堂先生的文章，每每在这一点上得到很大的益处，这益处我并不是用来写文章，只是叹息知堂先生的德行。我在本刊十三期今人志《知堂先生》一文里有一节关于文章的话我觉得我可以完全抄来。"我常记得当初在《新月》杂志读了他的《志摩纪念》一文，欢喜慨叹，此文篇末有云，'我只能写可有可无的文章，而纪念亡友又不是可以用这种文章来敷衍的，而纪念刊的收稿期又迫切了，不得已还只得写，结果还只能写出一篇可有可无的文章，这使我不得不重又叹息。'无意间流露出来的这一句叹息之声，其所表现的人生之情与礼，在我直是读了一篇寿世的文章。他同死者生平的交谊不是抒情的，而生死之前，至情乃为尽礼。知堂先生待人接物，同他平常作文的习惯，一样的令我感兴趣，他作文向来不打稿子，一遍写起来了，看一看有错字没有，便不再看，算是完卷，因为据他说起稿便不免于重抄，重抄便觉得多无是处，想修改也修改不好，不如一遍写起倒也算了。他对于自己是这样的宽容，对于自己外的一切都是这样的宽容，但这其间的威仪呢，恐怕一点也叫人感觉不到，反而感觉到他的谦虚。"我的这篇文章是去年七月写的，到现在为时虽然不到一年，我自知也不无进益，我觉得我更能了解知堂先生的宽容。去年刘半农先生去世，我同刘先生不甚相识，只能算是面熟，但我听了他死的消息为之哀思，正同另一不相识的人徐志摩先生数年前死了我在故乡报纸上看见消息不觉怅念是一样，不过徐先生好像是以其才华动我的感情，这点感情好像是公的，刘先生则令我一个同他没有交情的人忽然认识他的德行似的，我觉得他的声音笑貌很可亲近，虽然北大上课时休息室里遇见刘先生我总有点窘，想不出话来说。我本着我的朴素的感情作一副挽联，"学问文章空有定论，声音笑貌愈觉相亲"，抄给胡适之先生看，适之先生说上联的"空"字人家了有褒贬的意思，那么这就很非我的本意了，所以这对子我没有用。北大举行半农先生追悼会时我另外写了一副送去，"脱俗尚不在其风雅，殁世而能称之德行"，我自己还是觉得不好。后来我看见知堂先生有一挽对，我的私心觉得这也是不好的，及至我读到他的《半农纪念》一文，那里面也引了这副挽对，我乃很有所得。我们总是求把自己的意思说出来，即是求"不隔"，平实生活里的意思却未必是说得出来的，知堂先生知道这一点，他是不言而中，说出来无大毛病，不失乎情与礼便好了。知堂先生近来常常戏言，他替人写的序跋文都以不切题为宗旨。有时会见时他刚写好一篇文章就拿出来给我们看，笑着道，"古文。"他说古文，大约就好比搭题的意思。去年他替李长之君的文集写的序，我拿了原稿读到篇末，忽然眼明，原文的句子怎么样我不记得，大意是说他的那些不切题的话就不当论文而当论人罢，这里除一个诚实的空气之外，有许多和悦，而被论者（其实并没有被论）的性格又仿佛与我们很是亲近，不知长之君以为何如，我确是感到一个春风。不久以前我又看到《关于画廊》的原稿，这是为李曦晨君的《画廊集》写的序，我看了很是惭愧，但一点也不觉得怯弱，很有更近乎勇的神气，因为我也应该为《画廊集》写一点序跋之类，但当时觉得写不出就没有写，知堂先生的序《画廊》，曦晨君不知以为何如，我感到一个奋勉的空气，又多苍凉之致。（特别我同曦晨较常接近，故有此感。）其实这都不是知堂先生文章里面字句与意义直接给我们的。这种文章我想都是"隔"，（不知郑振铎先生的"王顾左右而言他"是不是这个意思？）却是"此中有真意"存乎其间也。严格的讲起来，散文这东西本来几几乎不是文学作品，你说你顶爱好这样的文学作品也未始不可，我尝以为《论语》一书最是散文的笔调，这个笔调就是隔，"子曰，富而可求也，虽执鞭之士吾亦为之"，"陈司败问昭公知礼乎，孔子曰知礼"，其他答门人之问无一是孔子的非说不可的那一句话，这句话又每每说得最可爱，千载下徒令我们想见其为人。此外如诸葛孔明的《出师表》，一篇公文那么见人的态度，若求之于字句意义，俱为心思以外的话也。若陶渊明之诗则不然，一部陶诗是不隔，他好像做日记一样，耳目之所见闻，心意之所感触，一一以诗记之。陶渊明之诗又与《论语》是一样的分量，他的写景与"子在川上曰，逝者如斯夫，不舍昼夜"是一样的质朴，非庄子的秋水不辨牛马也。古今其他的诗人关乎景物的佳句，多为诗人的想象，犹如我们记忆里的东西也。田园诗人四个字照我的意义说起来确可以如之于陶渊明，他像一个农夫，自己的辛苦自己知道，天热遇着一阵凉风，下雨站在豆棚瓜架下望望，所谓乐以忘忧也。我曾同朋友们谈，陶诗不是禅境，乃是把日常天气景物处理得好，然此事谈何容易，是诚唯物的哲人也。然而他较之孔子，较之诸葛，较之今人如知堂先生，陶公又确是诗人。这一点我曾熟思之，觉得我不无所见，我在这半篇文章的开头说有一个很有意义的事实者此也。原来诗人都是表现自己的，大约他天生成的有这表现的才能，他在这表现之中也有着匠人制作的快乐，这是诗之所以"不隔"之故，而诗也要愈是自己的事情愈是表现得好，陶诗虽不能同乎其他诗人之诗，而陶诗固皆是以自己为材料也。陶公之所以必为隐逸，古今诗人只有陶公是真正的隐逸，均是由此而生的有趣的问题。他做彭泽令是为得糊口，"自量为己必贻俗患"又不得不"挽辞世"。若在孔子，虽然仕非为贫而有时乎为贫，然而为委吏要会计当，为乘田要牛羊茁壮，"敬其事而后其食"，"执御执射"大约也真是"多能鄙事"，这里头我想也总有一个快乐，不能老早等着做一个"万世师表"。我很爱他自己的话，"吾少也贱，故多能鄙事。君子多乎哉，不多也。"从前我喜欢上半句，后来我爱"君子多乎哉，不多也"，他对于绅士们的谦让很有情趣。我的意思是想说陶公与孔子很有一个性格上的不同。陶公对于生活的写实，又是他与中国文人最大的不同，"人生归有道，衣食固其端，孰是都不营，而以求自安？"所以他结果非思慕长沮桀溺不可，这一来这个"田园诗人"反而令人奇怪，因为难得找例子，他是一个农工，我们不能说他是"隐逸"了。有人怀疑他的"乞食"只是一句诗，大约也怀疑他的耕田，因为我们大家没有亲眼看见。陶诗《归园田居》第三首云，"种豆南山下，草盛豆苗稀。晨兴理荒秽，带月荷锄归。道狭草木长，夕露沾我衣。衣沾不足惜，但使愿无违！"此诗我曾经爱读，觉得亲切，有一回平伯我兄也举了"衣沾不足惜，但使愿无违"两句，以为正是孔子之徒，现在我想陶公或者还是农人的写实罢，见面时再问平伯以为何如。再来说散文一派，也就是我所说的儒家。我说诗人都是表现自己的，诗的表现是不隔（我在这里说诗的表现是"不隔"，特别是就我这篇文章的意思立论，而不是就一般诗的艺术说，若就一般诗的艺术说则不隔二字还很得斟酌。）若散文则不然，具散文的心情的人，不是从表现自己得快乐，他像一个教育家，循循善诱人，他说这句话并非他自己的意思非这句话不可，虽然这句话也就是他的意思。又如我前面所说的，具散文的心情的人，自己知道许多话说不出，也非不说出不可，其心情每见之于行事，行事与语言文字之表现不同，行事必及于人也。这里便是吾意着重之点，行事亦何莫而非自己之表现，只是他同诗人不一样，诗人虽不与鸟兽为群，诗人确是有他自己的一个"自然"，因此他自己也有一个"樊"，（用陶诗"久在樊笼里，复得返自然"语，）孔子的诗情则偶见于"吾非斯人之徒与而谁与"也。这或许还有环境上的原因，然而性格的不同我想是一个重要的原因。诗人因为"为己"，他恐有不自在的地方，陶公虽然自谦"总角闻道，白首无成"，这里或者也足以见他的真情，自己辛苦数十年，临死还以小儿辈饥寒念之在心。孔子一生与人为徒，有志于老安少怀朋友信之，有许多情感因此恐怕还要淡漠一点，我想这里很有点心理学上的问题，然而我怕我胡乱说话，我只能说我好像懂得一个"礼"字。孔子的经验见于"仁""礼"二词，仁的条目是礼，仁之极致也是礼，除开仁而言礼不是孔子的意思，举仁而礼之义可在其中，我说这些话是记起《论语》一章，"颜渊死，颜路请子之车以为之椁。子曰，才不才亦各言其子也，鲤也死有棺而无椁，吾不徒行以为之椁，以吾从大夫之后不可徒行也。"这章书很有意思。没有颜渊这一死，颜路这一请，孔子不说到他的鲤，孔子说到他的鲤又是当着人家的父亲面前说的，孔子对于这个人的短命又是那么哀恸，这人又"视予犹父"，所以我觉得孔子答颜路的话可谓有情有礼。有人注重"才不才"，拿来做注解，我想未必罢，这三个字的口气是因为"各言其子"罢，是孔子说话的心情态度好罢。后来的人不但不会读"经"，也不会读"传"，他们如果会读《左传》，看看古人对答词令之佳，他们就不会只在"意义"里头去找了。我提起这章书的本意却是因为我们可以想伯鱼死时的情形，在自己小孩子的事情上面见孔子的礼的态度，也就是仁的极致，宋儒则谓之"化"。大凡旷达的人，我想旷达只是禅境，未必无普通人的烦恼，他们对于日常生活有点厌烦，虽然他们有他们自己的很好的境界，到得俗事临头，他们也"未能免俗"，倒是能近取譬修己安人的人，从实生活上得到经验，"恕"本来是及于人的，"恕"亦可以宽己也。陶公不是一般的旷达，他过的是写实的生活，这是他的挽歌写得那么好的缘故，不但庄子没有这样的文章，孔子也似乎没有这个冷静，但关于儿女辈常抱一个苦心，可谓不达孔子之礼，而在陶公又最为自然也。写到这里我记起一件事，中国读书人都是士大夫阶级，我们现在也都是，有一天内人同我讲一句话，我甚有所启发，她说，"我们生了小孩子，我只盼望孩子身体健康，至于孩子将来做什么事情那却没有一定，我带到乡间去学手艺也好，我喜欢同他们常聚在一块儿，反正手艺也总是人做的。"庸言庸行，我得一善。然而这话我那里配说，徒有惭愧之情，若陶公一农夫耳，四体诚乃疲，饮酒赋诗，又何害乎职业，至于子孙不能饱食暖衣，实在应非自己的责任。千载下之今日我来讲这些空话，只能算是妄语，读者恕之。话又说回来，我的这一段话的意思，是想说明陶公到底还是诗人，孔子真是儒者的代表，各人性格上的不同，因而生活的状况不一样，两方便又都是写实的生活，都是"尽性"，性情不可有一个解脱的统一，吾辈慕其生活，又爱其性情也。再来说今之人如知堂先生。或者有人要问，知堂先生自己出文集，陶渊明还未必自己出诗集，而你的意思仿佛还认知堂先生是儒家？是的，我在这篇文章的开始，不知不觉的以知堂先生的文章与陶渊明的诗相提并论，并没有想到要说《论语》，大约就因为文集与诗集的缘故。然而我以为知堂先生是儒家。其实我的意思从上文已可以寻绎出来，兹不惮再繁言。今之人每每说知堂先生是隐逸，因之举出陶渊明来，连陶渊明一齐抹杀，据我的意见陶渊明其实已不是隐逸，已如上述，夫隐逸者应是此人他能做的事情而他不做，如自己会导河，而躲在沙滩上钓鱼，或者跑到城里来售买黄灾奖券，再不然就是此人消极，自己固然不吃饭去求长生不老，而让小孩子也在家里饿死，纵然大家不责备这些人，这些人亦自可耻矣。社会还是古今这样的社会，非隐逸的条件其实只是一句话，此人尚在自己家里负责任。若在古不谈正统，不谈治国平天下，在今不谈大众文学，较之你们乱谈，其不同正在一个谈字上面，自己知道没有什么罪过。孔子曰，未知生，焉知死。未能事人，焉能事鬼。此言何其慨乎言之。我们生在今日之中国，去孔子又三千年矣，社会罪孽太重，于文明人类本有的野蛮而外，还不晓得有许多石头压着我们，道学家，八股思想，家族制度等等，我们要翻身很得挣扎。名誉，权利，爱情，本身应该是有益的东西，有许多事业应该从这里发生出来，在中国则是一个变态，几乎这些东西都是坏事的。我们今日说"修身齐家"，大家以为落伍，不知这四个字谈何容易，在这里简直要一个很大的知者。孔子曰，"己欲立而立人，己欲达而达人，能近取譬可谓仁之方也已"，孔子说这话恐怕还要随便一点，在今日这句话简直令我们感到苦痛，然而这却是知者的忧愁也。我在《知堂先生》那一篇小文里最后说到科学是道德，意思恐很不明白，然而我当时也就算了，因为我只是记着我自己的一点心情，从知堂先生那里得的智慧，如果我真有好些科学知识，我想我本着这个意思要多写文章，我却是没有科学知识的，不想再多说空话。在知堂先生的《夜读抄》出版的时候，我拿来翻阅，随处感得知者之言，仁者之声，如中华民国二十二年十月九日北京大学西斋有一女子吊死的事情，知堂先生写了一篇《缢女图考释》，读者以为是一篇

幽默的文章乎？这个幽默却是与《论语》的"师冕见""子见
齐衰者"那几章的文章一样的有意义。因此我又记起一件事，
有一天平伯同我谈笑话，他说孔子这人真有趣，"子见齐衰者，
冕衣裳者，与瞽者，见之虽少必作，过之必趋"，齐衰者冕衣
裳者，大约是有目共见，若夫瞽者，则孔子看见他，他不看
见孔子，孔子这人很可爱了。平伯这话又令我记起《莫须有
先生传》第二章莫须有先生下乡遇见算命的先生，后来我把
《莫须有先生传》再翻开一看，觉得莫须有先生这人也还可爱。
《夜读抄》里有《论泄气》一文，大约是幽默的杰作，我在这
里完全抄两段：

　　中国的修道的人很像是极吝啬的守财奴，什么一点东西都
不肯拿出去，至于可以拿进来的自然更是无所不要了。大抵
野蛮人对于人身看得很是神秘，所以有吃人种种礼俗，取敌
人的心肝脑髓做醒酒汤吃，就能把他的勇气增加在自己的上
面。后代的医药里还保留着不少的遗迹，一方面有孝子的割
股，一方面有方书上的天灵盖紫红车，红铅秋石，人中白人
中黄，至今大约还很有人爱用，只是下气通这一件因为无可
把握，未曾被收入药笼中，想起来未始不是一桩恨事。唯一
的方法只有不让他放出去，留他在腹中协佐真气，大有补剂
的效力，这与修道的咽自己的吐沫似是同样的手段，不过更

是奇妙，却也更为难能罢了。（废名谨按，此段前文系转引俞曲园先生《茶香室三钞》引明李日华《六砚斋三笔》"李赤肚禁人泄气"云云。）

　　在某种时地泄气算是失仪。史梦兰的《异号类编》卷七引《乐善录》云："邵麓以上殿泄气，出知东平。邵高鼻圈鬈发，王景亮目为泄气师子。"记得孙中山先生说中国人坏的脾气，也有两句云："随意吐痰，自由放屁。"由此看来，在礼仪上这泄气的确是一种过失，不必说在修道求仙上是一个大障碍了。但是，仔细一想，这种过失却也情有可原，因为这实在是一种毛病。吐痰放屁，与吐呕遗矢溺原是同样的现象，不过后者多在倒醉或惊惶昏瞀中发现，而前者则在寻常清醒时，所以其一常被宽假为病态，其他却被指斥为恶相了。其实一个人整天到晚咯咯的吐痰，假如不真是十足好事去故意训练成这一套本领，那么其原因一定是实在有些痰，其为呼吸系统的毛病无疑，同样的可以知道多泄气者亦未必出于自愿，只因消化系统稍有障害，腹中发生这些气体，必须求一出路耳。上边所说的无论那一项，失态固然都是失态，但论其原因可以说是由于卫生状况之不良，而不知礼不知清洁还在其次。那么归根结蒂神仙家言仍是不可厚非，泄气不能成为仙人，也就不能成为健全国民，不健全即病也。病固可原谅，然而不能长生必矣。

我抄这两段文章，除略略有点介绍幽默的嫌疑之外，我是爱好知堂先生心境的和平，我们只看他这一句，"上边所说的无论那一项，失态固然都是失态，但论其原因可以说是由于卫生状况之不良，而不知礼不知清洁还在其次"，我觉得很能看出知堂先生气象，他很少有责备人的意思，看见人家很好就很好。我曾举了《夜读抄》里《兰学事始》这篇文章同知堂先生说，"这种文章给中学生看了很有益处。"知堂先生点首，又踌躇着道，"我们做文章恐怕还应该做明白一点。"有一回我们几个人计议，想办一个杂志给中学生看，知堂先生又提出"严正"二字。有一回我举《论语》"学而"三章，我说，"这样的话真记得好，其实是人人都难做到的事情，却记得那么像家常话。"知堂先生也点头，又接着道，"有许多事大家都承认的，也不必二加二等于四，这些话我们以前都觉得不必说，以后要看怎么说的好。"言下都令我有所得。我再把《夜读抄》后记里所引的与侵君的信抄在这里：

惠函诵悉。尊意甚是，唯不佞亦但赞成而难随从耳。自己觉得文士早已歇业了，现在如要分类，找一个冠冕的名称，仿佛可以称作爱智者，此只是说对于天地万物尚有些兴趣，想要知道他的一点情形而已。目下在想取而不想给。此或者亦正合于圣人的戒之在得的一句话罢。不佞自审日常行动与许多人一样，并不消极，只是相信空言无补，故少说话耳。大约长沮桀溺辈亦是如此，他们仍在耕田，与孔仲尼不同者只是不讲学，其与仲尼之同为儒家盖无疑也，匆匆。六月十日。

这里令我感得兴趣的是这两句："目下在想取而不想给。此或者亦正合于圣人的戒之在得的一句话罢。"我觉得这很见知堂先生的心情，不知不觉的写出"戒之在得"这句话，殊幽默之至，老年人总是想于人有点益处也。至此我的意思大约已经都说了，只是题目扯得太大，我总怕我有妄语。现在又回转头来，原来我写这篇文章的意思只是想说明文章笔调之不同，文章有三种，一种是陶诗，不隔的，他自己知道；一种如知堂先生的散文，隔的，也自己知道；还有一种如公安派，文采多优，性灵溢露，写时自己未必知道。我们读者如何知之？知之于其笔调。

（一九三五年）

二十五年我的爱读书

（一）三百篇

（二）左传

（三）周易

民国二十五年我的爱读书可以提出三种，一是《三百篇》，一是《左传》，一是《周易》。不凑巧这三部书都是经，与北平尊经社的人冲突——因为他们同我雷同，故我说与他们冲突。《三百篇》与《左传》最表现着一种风趣，这风趣是中国的，中国后来所没有的也正是没有这个风趣了。可惜这两部书我还没有工夫仔细读。《周易》我也只是稍为翻了一翻，还没有仔细读，我读《易》的宗旨同江绍原先生处于反对的方向，即是说我是注重"微言大义"的，不过此事亦甚难，是孔夫子的话"人能弘道非道弘人"也。

（一九三七年）

《水浒》第十三回

　　我尝劝学生读金圣叹第五才子书，对于自己作文总很有益处。只可惜中国小说于男子妇人间的事情总写不好，此盖是民族精神的致命伤，缺乏健全思想，无可如何也。《红楼梦》的空气要算是最好的，虽然贾宝玉的名誉太大，我不想替他宣传，然而《红楼梦》尊重女子人格这一点，又怎不令我们佩服。据考证家的报告，这又却是满洲人的光荣。《水浒》所写的是英雄好汉，但中国的绿林同文人士大夫也还是一个传统，故秋心君曾向我发泄其愤怒，他说他最讨厌武松，理由是"武松杀丫环"！此君大约是熟读欧洲中世纪骑士的故事，其愤怒我可以同情也。金圣叹第五才子书《水浒传》我总劝学生们读读，可以启发文思，我记得我从前读到杨志在黄泥冈上生辰纲被打劫了的时候，眼看着十四个伙计软倒地下，起来不得，"树根头拿了扑刀，挂了腰刀，周围看时，别无物件，杨志叹了口气，一直下冈子去了，"在周围看时，别无物件，句下有批："只有满地枣子！写来绝倒。"金圣叹先生这一笔，我当时很得到喜悦，仿佛把黄泥冈再描写了一遍，满地枣子，又足以现得黄泥冈寂静矣。第五才子书第十三回下，圣叹有一段文章，至今我很是佩服。这一回晁盖盖始出名，"我因是而想，有全部书在胸而始下笔著书者，无全书在胸而姑涉笔成书者。如以晁盖为一提纲挈领之人，而欲第一在便先叙起有，此所谓无全书在胸而姑涉笔成书者也。若既以晁盖为第一部提纲挈领之人，而又不得不先放去一十二回，直至第十三回方与出名，此所谓有全书在胸而后下笔著书者也。"这样的著书之人，这样的批书之人，都可以做我们的老师者也。我们虽不必学著书，却无妨学这一点安闲的态度，即是预备好好的做工作。唐人诗句，"闭户著书多岁月，种松皆作老龙鳞，"其实是无全书在胸而姑涉笔成趣者也，不如金圣叹的话亲切而有味。在鲁智深倒拔垂杨柳那一回，批书之人曾将"施耐庵"之名，作一句文章，"发愤作书之故，其号耐庵不虚也。"这个作书之故我们不管他，这个批书之人，"予日欲得见斯人矣。"

（一九三六年）

百十五回本《水浒》替我们
解决了一个问题

我认为百十五回本《水浒》替我们解决了一个问题。这个问题就是,《水浒传》的著者应该不成问题,我们简单地说它是民间文学好了。对于民间文学,我们如果追问它的著者,那是一点意义没有的。施耐庵很可能是最有名的一个编写人,他的本子就成为后来最流行的本子,而《水浒传》决不是施耐庵"著"的。这件事是中国文学史上一件有趣的事,关系很大的事。这件事百十五回本《水浒》亲切地告诉了我们。

鲁迅《中国小说史略》就说百十五回本《水浒》"虽非原本,盖近之矣"。最近何心《水浒研究》把这个意思又发挥了一些。我对于这些事向来少研究,但觉得何心的话(关于百十五回本《水浒》）有道理。适逢有人给我送来《英雄谱》，我就打开百十五回本《水浒》翻阅，结果引起我很大的注意，增加我学习的兴趣。下面简单地说明几点。

百十五回本《水浒》第三回写鲁达给金老父女盘缠回东京，自己"取出三两银子，放在桌上。对史进曰，'你有银子，借些与洒家，洒家就还。'史进便去包裹内取出十两银子，放在桌上。又对李忠曰，'你也借些。'李忠只有二两。鲁达就将这十五两银子与金老儿。"这同我们平常所熟悉的情节不一样，我们平常所熟悉的，这十五两银子里面，没有李忠的二两，因为鲁达嫌李忠出得少，说李忠"是个不爽利的人"，把他的二两银子退还了他。鲁达自己是从身边摸出五两银子。因为这个不同，我就有心去查花和尚大闹桃花山的情节。我们平常所熟悉的，是李忠在桃花山做大王，他是一个不爽利的人，鲁达来山，他舍不得现有金银送与鲁达作路费，必得下山去打劫，所以鲁达笑他"是把官路当人情，只苦别人。洒家且教这厮吃俺一惊"。结果有趣的花和尚把桃花山的东西拿走了，自己从后山滚下去。百十五回本《水浒》果然没有这个细节的描写（因为它本来不刻划李忠的悭吝），鲁智深不肯落草，李忠曰，"'哥哥要去时，难以强留。'将出白金十两，送别去了。"百十五回本《水浒》同我们一般所熟悉的《水浒》，像这样细节的不同，很多，而主题思想，典型人物，倒都是一样的。我们再举一例，还是鲁达的故事，鲁达到了代州雁门县，遇见金老，金老引他到家，就是赵员外之家，因为金女嫁给了赵，没有回东京，就住在这里。我们平常知道接着有一场厮打，因为赵员外以为金老"引什么郎君子弟在楼上吃酒，因此引庄客来厮打"。百十五回本便没有这个细节，只是鲁达同金老父女"三人饮酒，至晚，只见丫环来报曰，'官人回来了。'金老便下楼来，请官人上楼，说道，'此位官人便是鲁提辖。'那官人便拜曰，'闻名不如见面！'鲁达回礼曰，'这位官人就是令婿么？'金老曰，'然。'再备酒食相待。"这倒是很合理的。我们平常所读的，有那场厮打，实在并无必要。这说明民间文学，故事流传，是由说话人兴之所好，或迎合听话人的心理，随意增添一些细节。这同著作家著作的性质是不一样的。所以《水浒传》的著作权决不归施耐庵所有，它不属于作家创作一类的东西。

我们再就林冲的故事举一例。林冲在柴进庄上同洪教头比武，我们所熟悉的，是两人已交手了四五合，然后林冲忽然跳出圈子外来，而且说道，"小人输了。"因为他多了一具枷。然后柴进才拿出十两银子给两个公人，"相烦二位下顾，权把林教头枷开了。"这样当然把故事说得很有趣，其实如果真要比武，柴进的十两银子一定早给了公人，应该先把林冲枷开了。百十五回本《水浒》就是如此，柴进先叫且把酒来吃，

"吃过了五七杯，明月正上，照见厅堂里如同白昼。柴进便叫庄客取十两银子来，与公人曰，'相烦二位，权把林教头枷开了。'"开枷在先，比武在后。

　　大家已经知道的"移置阎婆事"且不谈，——谈起来就太多，而且阎婆事到底是移置的合理还是原来面貌（便是百十五回本的次序）更合理，我的意见同施耐庵并不一致——假设施耐庵属于移置一派。今天我想说明的，《水浒传》是民间文学，这是中国文学史上最光荣的事情，它是由人民来记录了人民的思想感情。它的"著者"问题并不成什么问题，过去我也受了胡适的迷惑，以为《水浒传》究竟是谁做的。这一来便不懂得《水浒》的真价值了。

无题

我在《〈水浒〉第十三回》一篇小文里，称赞金圣叹"此所谓有全书在胸而后下笔著书者也"的说法。这句话的价值，当然是因为《水浒》的价值而有价值，不然则未必能以逗得我们的欢乐。在那个反对的方向，其实也有一个极大的欢乐，即是"无全书在胸而姑涉笔成书者也"。可惜我这番佳话不能说与金圣叹听，圣叹听之当为我浮一大白。此无全书在胸而姑涉笔成书之书为何书？乃外国的《水浒传》。乃世界无比的《吉诃德先生》①。可惜这部书我们没有一部好好的翻译，虽然著者西万提司②先生在中国的明朝末年曾这样戏言过，说是

①《吉诃德先生》，即《堂吉诃德》。
②西万提司，今译为塞万提斯。

中国皇帝有信给他，叫他把这一部小说寄去，以便作北京学校里西班牙语教科书用。这部书最有意思的地方，至少我个人觉得最有意思，乃是无全书在胸，而姑涉笔成书，其价值恐在《水浒》以上也。我这样说，一点也不是长他人之威风，灭自己的志气，因为我尝私自里说一句大话，如果硬要我做一部小说作北京学校里教科书用，限十年二十年交卷，《水浒传》我只好五体投地，不敢效颦自分才力不及，若他人的《吉诃德先生》，我确想较一日之短长。其原因，当然因为"无全书在胸"，故尔说大话。我这句空话的意思，是因为《吉诃德先生》我国没有翻译本，我不便在读者大众之前说短论长，断定他的价值不在《水浒》以下，故尔以区区良心为凭。外国也有金圣叹，他们说，《吉诃德先生》，西万提司本来没有什么计划的，当他执笔著书的时候，连那么一个主脚，吉诃德先生的从卒山差邦札①，起初也不在他的心眼里，一直到路上听见一个店主人的话，岂有骑士出游而不带从卒的事情我们的吉诃德先生乃回转头来携带我们的山差邦札出门了。所以在《吉诃德先生》上卷第七回山差邦札始与出名。我想，不但骑士出游应该有一个 Squire②，《吉诃德先生》没有山差邦札一

①山差邦札，今译为桑丘。
② Squire，意思是"（旧时骑士的）扈从"。

定是写不好的。

在《第六才子书读法》里头，金圣叹也有妙语。《西厢记》其实只是一字。《西厢记》是何一字？《西厢记》是一无字。赵州曰，你是不会，老僧是无。《西厢记》是此一无字。何故《西厢记》是此一无字？此一无字是一部《西厢记》故。圣叹此一无字的艺术论，其实就是"无全书在胸"的意思。若都要有全书在胸然后下笔著书，此事岂不甚难，所以我们平常作文也不要成心做题目。圣叹自己解释得好，"最苦是人家子弟，未取笔，胸中先已有了文字。若未取笔胸中先已有了文字，必是不会作文字的人。"又云，"最苦是人家子弟，提了笔，胸中尚无有文字。若提了笔胸中尚无有文字，必是不会做文字的人。"

女子故事

中国的事情都是该女子倒霉。一方面非女子不行，从秀才人情纸半张算起，以至于国家大事，都好像如此。到得事情弄糟了的时候，这些女子又自然无所逃于天地之间。只有孔夫子算是懂得平等道理的，他虽然说"唯女子与小人为难养也"，话确是嫌老实了一点，然而我想也可以博得现在摩登太太们的同情，她们自己屈尊到媒人店里去找老妈子，也只好默认孔夫子的话有真理。孔夫子另外一句话则应该令古今一切男子们害羞，"吾未见好德如好色者也"。真的，你们为什么不好德呢？你们也就不当好色。我写下"女子故事"这个题目，本意是关于做诗作文的，却不料下笔乃引起了男女两造的敌忾，殊为杀风景之至，未免被他褒女笑也，真是好笑得很。前回我因为写一篇小文说中国文章，拿了庾信的文章翻阅，见其《谢赵王赉丝布启》有"妻闻裂帛方当含笑"这么一句，有点自喜，心想我平日的论断恐怕很靠得住，庾信用典故应该是这么用，因为家里有许多新材料，自然要请裁缝来剪裁，于是女子自然喜欢，所以说"妻闻裂帛，方当含笑"了。若屈原的《天问》，虽然是心里有许多问题解决不了，"周幽谁诛焉得夫褒姒"，总之还是把女子与亡国两件事联在一起，只好算作"未能免俗"了。李商隐的《华清宫》，"未免被他褒女笑，只教天子暂蒙尘，"大约更是平空的自己好笑，有点故意效颦，但决无挖苦的意思。"巧笑知堪敌万几，倾城最在著戎衣，晋阳已陷休回顾，更请君王猎一围，"中国是否有这个倾城的女子不得而知，未必有这么大胆，总是诗人的胆大罢了。外国文学里倒可以找出这样的女子来。中国女人只可以哭不可以笑，所以杞梁之妻善哭，哭得敌人的城崩，笑则倾自己的城，亡自己之国了。孙武子的兵法是有名的，却也靠杀了两个女队长立威名，真是寒伧得可以。女人偏总是以好笑该死，谁叫你们不躲在闺中不出来呢？"梁王司马非孙武，且免宫中斩美人"，这却又是晚唐诗，诗意虽然可佳，总而言之这里头都很有危险性。"景阳宫井剩堪悲，不尽龙鸾誓死期。肠断吴王宫外水，浊泥犹得葬西施。"这一首《景阳井》，我觉得很好，诗里有两条冤鬼，一位就是张贵妃，一位是很古的西施。西施的事情我们不大清楚，只假定她是"水葬"，张贵妃同了亡国之君逃入井，自然是想不死，自然又被拖出来斩了，据说斩之于清溪。李商隐乃写这个景阳井。诗写得很美，其情亦悲，这些事情总不能怪女子，于是只有空井可哀，"肠断吴王宫外水，浊泥犹得葬西施"了。说来说去都是女子不幸，男子可羞。最后我却要引一段文章，是《聊斋志异》上面的，不可谓非难得，两株牡丹花变了两个女子，又由曹州姊妹变而为洛阳妯娌，在某生者家里做人家，"由此兄弟皆得美妇，而家又日以富。一日，有大寇数十骑突入第，生知有变，举家登楼。寇入围楼。生俯问有仇否。答言无仇，但有两事相求，一则闻两夫人世间所无，请赐一见；一则五十八人，各乞金五百。聚薪楼下，伪纵火计以胁之。先允其索金之请，寇不满志，欲焚楼。家人大恐。女欲与玉版下楼，止之不听，炫妆而下，阶未尽者三级，谓寇曰，我姊妹皆仙媛，暂时一履尘世，何畏寇盗，欲赐汝万金，恐汝不敢受也。寇众一齐仰拜，喏声不敢。姊妹欲退。一寇曰，此诈也。女闻之，反身伫立，曰，意欲何作，便早图之，尚未晚也。诸寇相顾，默无一言。姊妹从容上楼而去。寇仰望无迹，阒然始散。"我们读之浮一大白。

（一九三六年）

神仙故事（一）

中国诗里用神话做典故，我们可以有几种读法。屈原《离骚》曰，"朝发轫于苍梧兮，夕余至乎县圃。欲少留此灵琐兮，日忽忽其将暮。吾令羲和弭节兮，望崦嵫而勿迫。"这里羲和便等于一名马车夫，因为他是御日的，诗人生怕太阳赶快落了，就叫羲和慢一点走。不过话经我一翻译，现得淘气一点，原文只是一个高贵的身份，另外不表现着什么个性了。所以《离骚》里的神话典故，等于辞藻，这一份辞藻又等于代词，犹如后世称女子说是"月里嫦娥"，说是"电影明星"罢了。有一种用典故，也可以说等于辞藻，不过这里却有着作者的幻想，如庾信《舟中望月》有云，"天汉看珠蚌，星桥视桂花"，便已开了晚唐的风气，他仿佛天河里自然也有蚌蛤，明月正好看珠蚌，月中桂花，星桥也正好看不过了。有一种借用神话，如陶渊明性嗜酒，家贫不能常得，正遇"翩翩三青鸟，毛色奇可怜"，为西王母取食，于是诗人便托此鸟告诉王母，"在世无所须，惟酒与长年"。这可以说是近乎人情。又如李商隐有一首绝句，"海客乘槎上紫氛，星娥罢织一相闻，只应不惮牵牛妒，聊用支机石赠君。"因为相传有一个故事，昔有人寻河源，经月而至一处，见一女织，一丈夫牵牛饮河，问此是何处，女与一石而归，问严君平，君平曰，此织女支机之石，所以李商隐写那么一首诗了，把织女写得同凡女一样，近乎人情。庾信有《见征客始还遇猎》一诗，先说这位征客犹乘战马未解戎衣，就遇着逐猎，自然就猎一围，然后云，"故人迎借问，念旧始依依，河边一片石，不复肯支机。"也无非是说家中织女正望牵牛，不要在这里打猎。"河边一片石"这一句在这里接得很美，非俗手可及。李商隐的"直遣麻姑与搔背，可能留命待桑田"，于人情之中又稍带理想，大约他很不高兴沧海变为桑田这一回事，想着麻姑那个鸟爪似的手，最好就打发她去替人家搔背，或者可以耽误一点时间了。有时又想着叫她栽一点别的东西，所以祷告西王母，"好为麻姑到东海，劝栽黄竹莫栽桑"了。若《听雨梦后作》又云，"瞥见冯夷殊怅望，鲛绡休卖海为田"，写得更像煞有介事似的，很令人同情。蛟人水居如鱼，不废织绩，时出人家卖绡，于是河伯在那里怅望，鲛人你不要卖了，海中行复扬尘矣。这些地方，较之屈原"使湘灵鼓瑟兮，令海若舞冯夷"，便很有差别，屈原的写法容易使人雷同。屈原确是长于辞藻，"帝子降兮北渚，目眇眇兮愁予，嫋嫋兮秋风，洞庭波兮木叶下。""筑室兮水中，葺之兮荷盖。""山中人兮芳杜若，饮石泉兮荫松柏，君思我兮然疑作。雷填填兮雨冥冥，猿啾啾兮又夜鸣，风飒飒兮木萧萧，思公子兮徒离忧。"是长袖起舞，非丑妇可以效颦者也。这篇神仙故事话未完，聊咏《九歌》作结。

（一九三六年）

神仙故事（二）

十八年来堕世间，瑶池归梦碧桃闲。

如何汉殿穿针夜，又向窗中觑阿环。

右李商隐《曼倩辞》。①我以前曾讲陶渊明《读山海经》第九首，用夸父故事写诗，将整个诗人的态度都表现给我们。李商隐的《曼倩辞》亦有此特色，虽然稍简单一点，这一位诗人的风度却已大致描画出来了。这样用神仙故事，中国诗人里难有第三者。《东方朔别传》，朔谓同舍郎曰，天下人无能知朔，知朔者惟太王公耳。朔卒后，武帝召太王公问之曰，

---

①原文是竖排，故曰"右"。

尔知东方朔乎？公曰，不知。公何所能？曰，颇善星历。帝问诸星具在否？曰，具在，独不见岁星十八年，今复见耳。帝叹曰，东方朔在朕旁十八年而不知是岁星哉！惨然不乐。于是李商隐的《曼倩辞》又更加了一番色彩，意思是说你来到世间一十八年，（金圣叹批曰，苏武争禁十九年！）天天梦想家里，大约真是"灵风正满碧桃枝"了，然而在那一夜里何以又钻他窗纸，觑我们世上的女子呢？这里有好几个典故，解诗人自己用的典故不算，作诗人用的典故大概是这样，《博物志》，七月七日夜七刻，王母降于九华殿，王母索七桃，以五枚与帝，母食二枚，惟母与帝对坐，其从者皆不得进，时东方朔窃从殿南厢朱鸟牖中窥母，母顾之谓帝曰，此窥牖小儿尝三来盗我桃。又《汉武内传》，七月七日西王母降于宫中，遣侍女与上元夫人相问，须臾上元夫人遣问云，"阿环再拜，上问起居。"随后上元夫人也到了。可见东方朔并没有向窗中觑阿环，窥老乡亲又被她看见了，然而做诗的却说"又向窗中觑阿环"。有人说，"方朔既窥王母，则亦觑阿环矣。"事实上有此可能，故纸堆中总没有。总之诗人做诗又是一回事，等于做梦，人间想到天上，天上又相思到人间，说着天上乃是人间的理想，是执著人间也。其《北青萝》诗有云，"世界微尘里，吾宁爱与憎"，话便说得直率。其咏嫦娥，"嫦娥应悔偷灵药，碧海青天夜夜心"，与《曼倩辞》是一个灵魂的光点也。大凡理想的诗人，乃因为他凡人的感觉美，说着瑶池归梦，便真个碧桃闲静矣。说着嫦娥夜夜，便真个月夜的天，月夜的海，所谓"沧海月明珠有泪"，也无非是一番描写罢了，最难。是此夜月明人尽望，他却从沧海取一蚌蛤。我从前写小说的时候，将王维的一瓣梨花夸大的说，"黄莺弄不足，含入未央宫"，"一座大建筑，写这么一个花瓣"。若李商隐的沧海珠泪，非我故意夸张，本来如此也。我现在并不是写小说，乃是说诗，能得古人心者也。

（一九三六年）

贬金圣叹

第六才子书《酬简》一篇里，金圣叹在一句正文下有小字批曰，"斫山云，天下事之最易最易者，莫如偷期。圣叹问何故？斫山云，一事只用二人做，而一人却是我，我之肯已是千肯万肯，则是先抵过一半功程也。"我觉得古今戏曲小说诗之最难最难写者，莫如偷期。偷期还较为容易写，因为还可以轻描淡写，如月上柳梢头人约黄昏后，尚可以成为好诗。若到了男女两造已当面的事情，即是金圣叹先生所谓妙事，乃是真难写。若是诗人自己自由做诗，读者又有自由批评其诗的美丑，那是另外一回事，对于金圣叹先生我则不能不贬他一下。他的兴会太好，这是我们最佩服他的一点，他的态度也很诚实，然而以他的兴会去畅谈其先王之礼说着"两人虽死焉可也"则可，若谈偷期之事，尽管兴会好是不成的，我们要看《西厢记》的文章到底是不是妙文，否则就同三家村中冬烘先生有差不多的考语，"此岂非先生不惟不解其文，又独正解其事故耶？"男女之事是不是妙事且不说，但中国关于男女之事没有一篇好文章，则真是一件妙事。"甚矣人之相去不可常理计也。同此一手，手中同此一笔，而或能为妙文焉，或不能为妙文焉。今而又知岂独是哉，乃至同此一男一女，而或能为妙事焉，或不能为妙事焉。"圣叹这句话我断章取义引了来，觉得非同小可，很想自己来写一些妙文，即是写小说，给少年男女们去读，大有"言行君子之所以动天地也"的趣味。最要紧的是文章要写得好，故事也要好玩，没有教训的意味。我这意思还是由金批《西厢》引起来的。在《酬简》一篇，元和令第一句，"绣鞋儿刚半折"，金圣叹断此句为一节，而且批曰，"右第二十五节。此时双文安可不看哉。然必从下渐看而后至上者，不惟双文羞颜不许便看，虽张生亦羞颜不敢便看也。此是小儿女新房中真正神理也。"双文张生的事情我们不管，但如小儿女新房中是这么的情形，吾辈老牛舐犊之情真有点不容坐视。他们岂可以这样的没有趣味，新房中应该留好些记忆，做异日情话的资料，岂可以从今天起便正墙面而立也哉。我真想写一部小说，做他们的洞房花烛夜的礼物，这部小说如果写成了，比老子著一部《道德经》还要心安而理得。说到这里，我对于《聊斋》又要表一番敬意，《聊斋志异》里有一篇题作"青娥"，我觉得写的很不坏，只可惜这样的佳作偶得之罢了。

（一九三六年）

第 三 辑
陶渊明爱树

　　语云，前人栽树，后人乘荫，便
是陶诗的意义，是陶渊明仍为孔丘之
徒也。最令我感动的，陶公仍是诗人，
他乃自己喜欢树荫，故不觉而为此诗
也。"连林人不觉，独树众乃奇，提
壶挂寒柯，远望时复为"，他总还是
孤独的诗人。

《泪与笑》序

秋心之死，第一回给我丧友的经验。以前听得长者说，写得出的文章大抵都是可有可无的，我们所可以文字表现者只是某一种情意，固然不很粗浅但也不很深切的部分，今日我始有感于此言。在恋爱上头我不觉如此，一晌自己作文也是兴会多佳，那大概都是做诗，现在我要来在亡友的遗著前面写一点文章，屡次提起笔来又搁起，自审有所道不出。人世最平常的大概是友情，最有意思我想也是友情，友情也最难言罢，这里是一篇散文，技巧俱已疏忽，人生至此，没有少年的意气，没有情人的欢乐，剩下的倒是几句真情实话，说又如何说得真切。不说也没有什么不可，那么说得自己觉得空虚，可有可无的几句话，又何所惆怅呢，惟吾友在天之灵最共叹息。古人词多有伤春的佳句，致慨于春去之无可奈何，我们读了为之爱好，但那到底是诗人的善感，过了春天就有夏天，花开便要花落，原是一定的事，在日常过日子上，若说有美趣都是美趣，我们可以"随时爱景光"，这就是说我是不大有伤感的人。秋心这位朋友，正好比一个春光，绿暗红嫣，什么都在那里拼命，我们见面的时候，他总是燕语呢喃，翩翩风度，而却又一口气要把世上的话说尽的样子，我就不免于想到辛稼轩的一句词，"倩谁唤流莺声住"，我说不出所以然来暗地叹息。我爱惜如此人才。世上的春天无可悼惜，只有人才之间，这样的一个春天，那才是一去不复返，能不感到摧残。最可怜，这一个春的怀抱，洪水要来淹没他，他一定还把着生命的桨，更作一个春的挣扎，因为他知道他的美丽。他确确切切有他的怀抱，到了最后一刻，他自然也最是慷慨，这叫做"无可奈何花落去"。孔子曰，"朝闻道，夕死可矣。"我们对于一个闻道之友，只有表示一个敬意，同时大概还喜欢把他的生平当作谈天的资料，会怎么讲就怎么讲，能够说到他是怎样完成了他，便好像自己做了一件得意的工作。秋心今年才二十七岁，他是"赍志以殁"，若何可言，哀矣。若从秋心在散文方面的发展来讲，我好像很有话可说。等到话要说时，实在又没有几句。他并没有多大的成绩，他的成绩不大看得见，只有几个相知者知道他酝酿了一个好气势而已。但是，即此一册小书，读者多少也可以接触此君的才华罢。近三年来，我同秋心常常见面，差不多总是我催他作文，我知道他的文思如星珠串天，处处闪眼，然而没有一个线索，稍纵即逝，他不能同一面镜子一样，把什么都收藏得起来。他有所作，也必让我先睹为快，我捧着他的文章，不由得起一种欢欣，我想我们新的散文在我的这位朋友手下将有一树好花开。据我的私见，我们的新文学，散文方面的发达，有应有尽有的可能，过去文学许多长处，都可在这里收纳，同时又是别开生面的，当前问题完全在人才二字，这一个好时代倒是给了我们充分的自由，虽然也最得耐勤劳，安寂寞。我说秋心的散文是我们新文学当中的六朝文，这是一个自然的生长，我们所欣羡不来学不来的，在他写给朋友的书简里，或者更见他的特色，玲珑多态，繁华足媚，其芜杂亦相当，其深厚也正是六朝文章所特有，秋心年龄尚青，所以容易有喜巧之处，幼稚亦自所不免，如今都只是为我们对他的英灵被以光辉。他死后两周，我们大家开会追悼，我有挽他一联，文曰，"此人只好彩笔成婪，为君应是昙华招魂，"即今思之尚不失为我所献于秋心之死一份美丽的礼物，我不能画花，不然我可以将这一册小小的遗著为我的朋友画一幅美丽的封面，那画题却好像是潦草的坟这一个意思而已。

（一九三二年十二月八日，废名）

万寿宫

到今日，我们如果走进那祠堂那一间屋子里（二十年来这里没有人教书），可以看见那褪色的墙上许多大小不等的歪斜的字迹。这真是一件有意义的发现。字体是那样孩子气，话句也是那样孩子气，叫你又是欢喜，又是惆怅，一瞬间你要唤起了儿时种种，立刻你又意识出来你是踟蹰于一室之中，捉那不知谁的小小的灵魂了，也许你在路上天天碰着他，而你无从认识，他也早已连梦也梦不见曾经留下这样的涂抹劳你搜寻了。

请看，这里有名字，"程小林之水壶不要动"，这不是我们的主人公吗？

同样的字迹的，"初十散馆""把二个铜子王毛儿""薛仁贵""万寿宫丁丁响"，还有的单单写着日月的序数。

是的，王毛儿，我们的街上的确还有一个买油果的王毛儿，大家都叫"王毛毛"了，因此我拜访过他，从他直接间接地得了一些材料，我的故事有一部分应该致谢于他。

"万寿宫丁丁响"，这是小林时常谈给他的姐姐听的。万寿宫在祠堂隔壁，是城里有名的古老的建筑，除了麻雀，乌鸦，吃草的鸡羊，只有孩子到。后层正中一座殿，它的形式，小林比作李铁拐戴的帽子，一角系一个铃，风吹铃响，真叫小林爱。他那样写在墙上，不消说，是先生坐在那里大家动也不敢动，铃远远地响起来了。

冬天，万寿宫连草也没有了，风是特别起的，小林放了学一个人进来看铃。他立在殿前的石台上，用了他那黑黑的眼睛望着它响。他并没有出声的，但他仿佛是对着全世界讲话，不知道自己是在倾听了。檐前乌鸦忒楞楞地飞，厕的屎滴在地下响，他害怕了，探探的转身，担心那两旁房屋子里走出狐狸，大家都说这里是出狐狸的。

跨出了大门，望见街上有人走路，他的心稳住了，这时又注意那"天灯"。

凡属僻静的街角都有天灯的，黄昏时分聚着一大堆人谈天，也都是女人同小孩。离小林家的大门不远有一盏，他在四五年前，跟着母亲坐在门槛，小小的脸庞贴住母亲的，眼睛驰到那高高的豆一般的火。他看见的万寿宫门口的天灯，在白天，然而他的时间已经是黄昏了，他所习见的自己门口的灯火，也移在这灯上，头上还有太阳的唯一的证据，是他并不怕，——夜间他一个人敢站在这样的地方吗？灯下坐着那狐狸精，完全如平素所听说的，年青的女子，面孔非常白，低头做鞋，她的鞋要与世上的人同数，天天有人出世，她也做得无穷尽，倘若你走近前去，她就拿出你的鞋来，要你穿着，那么你再也不能离开她了……。

想到这里，小林又怕，眉毛一皱，——灯是没有亮的，街上有人走路。

气喘喘地回去见了姐姐——

"姐姐，打更的他怎么不怕狐狸精呢？夜里我听了更响，总是把头钻到被窝里，替他害怕。"

"你又在万寿宫看铃来吗？"

姐姐很窘地说。母亲是不许他一个人到这样的地方的。

五祖寺

现在我住的地方离五祖寺不过五里路，在我来到这里的第二天我已经约了两位朋友到五祖寺游玩过了。大人们做事真容易，高兴到哪里去就到哪里去！我说这话是同情于一个小孩子，便是我自己做小孩子的时候。真的，我以一个大人来游五祖寺，大约有三次，每回在我一步登高之际，不觉而回首望远，总很有一个骄傲，仿佛是自主做事的快乐，小孩子所欣羡不来的了。这个快乐的情形，在我做教师的时候也相似感到，比如有时告假便告假，只要自己开口说一句话，记得做小学生的时候总觉得告假是一件很不容易的事了。总之我以一个大人总常常同情于小孩子，尤其是我自己做小孩子的时候，——因之也常常觉得成人的不幸，凡事应该知道临深履薄的戒惧了，自己作主是很不容易的。因之我又常常羡慕我自己做小孩时的心境，那真是可以赞美的，在一般的世界里，自己那么的繁荣自己那么的廉贞了。五祖寺是我小时候所想去的地方，在大人从四祖、五祖带了喇叭、木鱼给我们的时候，幼稚的心灵，四祖寺、五祖寺真是心向往之，五祖寺又更是那么的有名，天气晴朗站在城上可以望得见那个庙那个山了。从县城到五祖山脚下有二十五里，从山脚下到庙里有五里。这么远的距离，那时我，一个小孩子，自己知道到五祖寺去玩是不可能的了。然而有一回做梦一般的真个走到五祖寺的山脚下来了，大人们带我到五祖寺来进香，而五祖寺在我竟是过门不入。这个，也不使我觉得奇怪，为什么不带我到山上去呢？也不觉得怅惘。只是我一个小孩子在一天门的茶铺里等候着，尚被系坐在车子上未解放下来，心里确是有点孤寂了。最后望见外祖母，母亲，姊姊从那个山路上下来了，又回到我们这个茶铺所在的人间街上来了（我真仿佛他们好容易是从天上下来），甚是喜悦。我，一个小孩子，似乎记得始终没有说一句话。到现在那件过门不入的事情，似乎还是没有话可说，即是说没有质问大人们为什么不带我上山去的意思，过门不入也是一个圆满，其圆满真仿佛是一个人间的圆满，就在这里为止也一点没有缺欠。所以我先前说我在茶铺里坐在车上望着大人们从山上下来好像从天上下来，是一个实在的感觉。那时我满了六岁，已经上学了，所以寄放在一天门的缘故，大约是到五祖寺来进香小孩子们普遍的情形，因为山上的路车子不能上去，只好在山脚下茶铺里等着。或者是我个人特别的情形亦未可知，因为我记得那时我是大病初愈，还不能好好的走路，外祖母之来五祖寺进香乃是为我求福了，不能好好走路的小孩子便不能跟大人一路到山上去，故寄放在一天门。不论为什么缘故，其实没有关系，因为我已经说明了，那时我一个小孩子便没有质问的意思，叫我在这里等着就在这里等着了。这个忍耐之德，是我的好处。最可赞美的，他忍耐着他不觉苦恼，忍耐又给了他许多涵养，因为我，一个小孩子，每每在这里自己游戏了，到长大之后也就在这里生了许多记忆。现在我总觉得到五祖寺进香是一个奇迹，仿佛昼与夜似的完全，一天门以上乃是我的夜之神秘了。这个夜真是给了我一个很好的记忆。后来我在济南千佛山游玩，走到一个小庙之前白墙上横写着一天门三个字，我很觉得新鲜，"一天门？"真的我这时乃看见一天门三个字这么个写法，儿时听惯了这个名字，没想到这个名字应该怎么写了。原来这里也有一天门，我以为一天门只在我们家乡五祖寺了。然而一天门总还在五祖寺，以后我总仿佛"一天门"三个字写在一个悬空的地方，这个地方便是我记忆里的一天门了。我记忆里的一天门其实什么也不记得，真仿佛是一个夜了。今年我自从来到亭前之后，打一天门经过了好几回，一天门的街道是个什么样子我曾留心看过，但这个一天门也还是与我那个一天门全不相干，我自己好笑了。写到这里，我想起了二天门。今年四月里，我在多云山一个亲戚家里住，一天约了几个人到五祖寺游玩，走进一天门，觉得不像，也就算了，但由一天门上山的那个路我仿佛记得是如此，因此我很喜欢的上着这个路，一直走到二天门，石径之间一个小白屋，上面写"二天门"，大约因为一天门没有写着一天门的缘故，故我，一个大人，对于这个二天门很表示着友爱了，见了这个数目字很感着有趣，仿佛是第一回明白一个"一"字又一个"二"字那么好玩。我记得小时读"一去二三里，烟村四五家，楼台六七座，八九十枝花"，起初只是唱着和着罢了，有一天忽然觉着这里头有一二三四五六七八九十，十个字，乃拾得一个很大的喜悦，不过那个喜悦甚是繁华，虽然只是喜欢那几个数目字，实在是仿佛喜欢一天的星，一春的花；这回喜欢"二天门"，乃是喜欢数目字而已，至多不过旧雨重逢的样子，没有另外的儿童世界了。后来我在二天门休息了不小的工夫，那里等于一个凉亭，半山之上，对于上山的人好像简单一把扇子那么可爱。

那么儿时的五祖寺其实乃与五祖寺毫不相干，然而我喜欢写五祖寺这个题目。我喜欢这个题目的缘故，恐怕还因为五祖寺的归途。到现在我也总是记得五祖寺的归途，其实并没有记住什么，仿佛记得天气，记得路上有许多桥，记得沙子的路。一个小孩子，坐在车上，我记得他同大人们没有说话，他那么沉默着，喜欢过着木桥，这个木桥后来乃像一个影子的桥，它那么的没有缺点，永远在一个路上。稍大读《西厢记》，喜欢"四围山色中，一鞭残照里"两句，也便是唤起了五祖寺归途的记忆，不过小孩子的"残照"乃是朝阳的憧憬罢了。因此那时也懂得读书的快乐。我真要写当时的情景其实写不出，我的这个好题目乃等于交一份白卷了。

附记

民国二十八年秋季我在黄梅县小学教国语，那时交通隔绝，没有教科书，深感教材困难，同时社会上还是《古文观止》有势力，我个人简直奈他不何。于是我想自己写些文章给小孩们看，总题目为《父亲做小孩子的时候》，这是我的诚意，也是我的战略，因为这些文章我是叫我自己的小孩子看的，你能禁止我不写白话文给我自己的小孩子看吗？孰知小学国语教师只做了一个学期，功课又太忙，写了一篇文章就没写了，而且我知道这篇文章是失败的，因为小学生看不懂。后来我在县初中教英语，有许多学生又另外从我学国文，这时旧的初中教科书渐渐发现了，我乃注意到中学教科书里头好些文章可以给学生读，比我自己来写要事半功倍得多，于是我这里借一种，那里借一种，差不多终日为他们找教科书选文章。我选文章时的心情，当得起大公无私，觉得自己的文章当初不该那样写，除了《桥》里头有数篇可取外，没有一篇敢保荐给自己的小孩子看，这不是自己的一个大失败吗？做了这么的一个文学家能不惶恐吗？而别人的文章确是有好的，我只可惜他们都太写少了，如今这些少数的文章应该是怎样的可贵呵，从我一个做教师与做父亲的眼光看来。现在我还想将《父亲做小孩子的时候》继续写下去，文章未必能如自己所理想的，我理想的是要小孩子喜欢读，容易读，内容则一定不差，有当作家训的意思。《五祖寺》这一篇是二十八年写的，希望以后写得好些，不要显得"庄严"相。

（一九四六年）

打锣的故事

我做大学生的时候，读了俄国梭罗古勃有名的短篇小说《捉迷藏》，很是喜悦，心想我也来写一篇《打锣的故事》罢。《打锣的故事》如果写起了，应该放在《竹林的故事》之后，《桥》之前。然而笔记本上有"打锣的故事"这个题目，没有文章。我一向是这样，记下来的题目是真多，写出来的文章却是很少了。我的《打锣的故事》与梭罗古勃的《捉迷藏》有什么连带的关系呢？那可以说是寂寞的共鸣，简直是憧憬于一个"死"的寂寞，也就是生之美丽了。到现在我还留着那篇《捉迷藏》的印象，虽然故事的内容忘记殆尽。我记得那是一个母亲同自己的小孩子捉迷藏的故事。奇怪，做小孩子的都喜欢捉迷藏这个游戏，这里头不知有着什么意义否？梭罗古勃的《捉迷藏》则明明是有意义是不待说的。一个小孩子总要母亲同他捉迷藏，母亲便同一般的母亲逗自己的小孩子游戏一样，便总是同他捉迷藏，后来孩子病了，他还是要母亲同他捉迷藏，母亲便同他捉迷藏。他病已不可救了，他在死之前，还是要母亲同他捉迷藏，然而母亲对着这没有希望的自己的孩子可伤心了，掩面而泣，而孩子以为母亲是同他捉迷藏！就在母亲掩面而泣的当儿孩子死了。所以他的死实在是一个游戏，美丽而悲哀。我当时读了把我的《打锣的故事》的空气渲染成功，就只差了没有写下来，故事是一定不差的。

我做小孩子喜欢打锣，在监狱一般的私塾里也总还有他的儿童的光线，我记得读上论读到"乡下傩"三个字，喜得不得了，以为孔子圣人也在那里看打锣了，大约以为"傩"就是"锣"，而我们乡人却总是打锣，无论有什么举动都敲起那一面锣来，等于办公看手表，上课听打钟，何况"傩"敝乡人叫"放猖"，本来是以打锣为唯一的场面，到了锣声一停止，一切都酒阑人散了，寂寞了，好像记得那先生曾把乡下傩三个字讲给我听了，乡下傩就是我们乡下放猖。所以我的想象里一时便热闹得不得了，打锣了，放猖了。我所喜欢的，便是单打这圆圆的一面锣，一般叫"大锣"，一般说"打锣"也便是指单打这一面大锣说。打这一面大锣，直截了当，简单圆满，没有一点隔阂的地方，要打便打，一看便看见，一听也便听见，你给我我给你好了，世间还用的着费唇舌吗？要言语吗？有什么说不出的意思呢？难怪小孩子喜欢。我却总是退一步，看大人们互相授受，你给我我给你，仿佛不能给我小孩子了，我小孩子只能作旁观者了，真的，我这时的寂寞，应等于大人不能进天国。外家住在河边，夏天发山洪时，河坝有破裂之虞，便打起锣来，意思是叫大家都来抢救。这时能有我的份儿吗？当然没有。然而我偷偷地看打锣，锣声响彻天地，水之大，人之勇，我则寂静。我的喜欢从来没有向人说。"化笼"时，则是火光与金声。富贵人家，父母之丧，家中请了和尚或道士做法事，法事的最后一场便是化笼，即将阳世间为阴世间备的金银财宝装在纸笼子里一举而焚之。这个场合甚大，时间总在夜里，当其火光照耀天空时，一面大锣便大大的响起来，号召鬼众都来认领。而我每每在这时看见每个人的面孔，即是火边看热闹人的面孔，都是熟人，我一面欢喜一面有点奇怪，何以大家都看得见呢？我仿佛夜里不能看见了。连忙知道是在火光之下了。这个热闹，难得几回有，有则总不忘记了。在农村里，家家都是养猪的，猪养得愈大愈显得家事兴旺，若在城里住家，养猪则是家贫，本来没有什么可给猪吃的，每每是自己节食给猪吃，小孩子虽不知道这些，但对于城里养猪的人家我总替他寂寞。城里养猪，猪又总容易失了，失了猪便拿了一面锣沿街敲，沿城敲，俾拾得者知道物主是谁。这等于亡羊补牢而已，未必有何益处。我不知道这些，跟在敲锣者后面跑，觉得这是再新鲜不过的事，可喜悦的事。有时养猪失猪者是孤儿寡妇之流，便由其小孩子去敲锣，这个小孩子每每是我的朋友，我乃同他一路上城，（街上我则不敢同他去，给大人看见了要责备的）东南西北城，我们都走过了，一面谈话，一面打锣，我却好容易设法将这锣移在我的手上打了一阵，对于朋友感激不尽。出殡时也总是打这一面锣的，这一面锣总在棺前行，故俗称出殡为"铛！瞥！"笑老而不死者便问，"你几时'铛瞥'呢?""铛"便指锣声，"瞥"则是随着锣声而要放一枚爆竹，这个爆竹之声微弱的可怜。无论贫富，都有此"铛瞥"，即是说这个仪式决不可少，是基本单位，再多则花样翻新，悉听尊便，只要你有钱，而我只同这"铛瞥"之声甚是亲切，无论谁家出殡，经过我家门前，我必出门而目送之，因为他必能让我知道，必有那一声锣响叫我出来也。有一回邻近有一个挑水的老头儿死了，他没有亲人，他出城时，是我打锣，这算是我小孩子好事的成功，其得意可知。我记得我这时小学已快毕业了，算是大孩子了。

说来说去，我的《打锣的故事》原是要描写一个小孩子的死，死的寂寞。因为我是一个爱打锣的孩子，而小孩子死独不打锣了，一切仪式到此都无有了，故我对于一个死的小孩子，在一个不讲究的匣子似的棺材里将他提携到野外坟地里去，甚是寂寞。我，一个小孩子，有多次看着死的小孩子埋在土里的经验。我是喜欢看陈死人的坟的，春草年年绿，仿佛是清新庾开府的诗了，而小孩子的坟何以只是一堆土呢? 像垃圾似的。而且我喜欢的声音呢? "倘若我死了，独不要我打锣吗?"那时我真个这样想。所以后来读了梭罗古勃的《捉迷藏》，喜其将小孩子的死写得美丽。

（一九四七年）

放猖

　　我在故乡避难时，教中小学生作文，我告诉学生作文的目的是要什么事情都能写，正如小儿学语是要什么话都能说一样。故我常想，要我爱国我便要教学生作文，我要他们什么事情都能写。我出的作文题，都根据于儿童的经验，从小在乡间所习见的风俗习惯，我都拿来出题目。"放猖"是故乡的一种风俗，我便教学生写放猖，在小学六年级里第一次交出一篇作文说太阳不说太阳要说"金乌"的学生后来居然写了一篇很好的《放猖》了，此事令我大喜。这个学生姓鲁，我现在还记得他的《放猖》，不知他记得我否。今天我自己来写一篇放猖。

　　故乡到处有五猖庙，其规模比土地庙还要小得多，土地庙好比是一乘轿子，与之比例则五猖庙等于一个火柴匣子而已。猖神一共有五个，大约都是士兵阶级，在春秋佳日，常把他们放出去"猖"一下，所以驱疫也。"猖"的意思就是各处乱跑一阵。故做母亲的见了自己的孩子应归家时未归家，归家了乃责备他道："你在那里'猖'了回来呢？"猖神例以壮丁扮之，这便等于额外兵，是父母替他许愿，当了猖兵便可以没有灾难，身体健康。我当时非常之羡慕这种小猖兵，心想我家大人何以不让我也来做一个呢？猖兵赤膊，着黄布背心，这算是制服，公备的。另外谁做猖谁自己得去借一件女裤穿着，而且必须是红的。我当时跟着已报名而尚未入伍的猖兵沿家逐户借裤，因为是红裤，故必借之于青年女子，我略略知道他和她在那里说笑话了，近于讲爱情了，不避我小孩子。装束好了以后，即是黄背心、红裤、扎裹腿、草鞋，然后再来"打脸"，羡慕已极，其中有小猖兵，更觉得天下只有他们有地位了，可以自豪了，像我这天生的，本来如此的脸面，算什么呢？打脸之后，再来"练猖"，即由道士率领着在神前（在乡各村，在城各门，各有其所祀之神，不一其名）画符念咒，然后便是猖神了，他们再没有人间的自由，即是不准他们说话，一说话便要肚子疼的。这也是我最感兴趣的，人间的自由本来莫过于说话，而现在不准他们说话，没有比这个更显得他们已经是神了。他们不说话，他们已经同我们隔得很远，

他们显得是神，我们是人是小孩子，我们可以淘气，可以嬉笑
着逗他们，逗得他们说话，而已看他们是花脸，这其间便无
可奈何似的，我们只有退避三舍了，我们简直已经不认得他
们了。何况他们这时手上已经拿着叉，拿着叉郎当郎当的响，
真是天兵天将的模样了。说到叉，是我小时最喜欢的武器，叉
上串有几个铁轮，拿着把柄一上一下郎当着，那个声音把小
孩子的神秘话都说出了，便是小孩子的欢喜。我最不会做手
工，我记得我曾做过叉，以吃饭的筷子做把柄，其不讲究可
知，然而是我的创作了。我的叉的铁轮是在城里一个高坡上
（我家住在城里）拾得的洋铁屑片剪成的。在练猖一幕之后，
才是名副其实的放猖，即由一个凡人（同我们一样别无打扮，
又可以自由说话，故我认他是凡人）拿了一面大锣敲着，在
前面率领着，拼命着跑着，五猖在后面跟着拼命地跑着，沿
家逐户地跑着，每家都得升堂入室，被爆竹欢迎着，跑进去，
又跑出来，不大的工夫在乡一村在城一门家家都跑遍了。我
则跟在后面喝彩。其实是心里羡慕，这时是羡慕天地间唯一
的自由似的。羡慕他们跑，羡慕他们的花脸，羡慕他们的叉
响。不觉之间仿佛又替他们寂寞——他们不说话！其实我何尝
说一句话呢？然而我的世界热闹极了。放猖的时间总在午后，
到了夜间则是"游猖"，这时不是跑，是抬出神来，由五猖护
着，沿村或沿街巡视一遍，灯烛辉煌，大锣大鼓还要吹喇叭，

我的心里却寂寞之至，正如过年到了元夜的寂寞，因为游猖接着就是"收猖"了，今年的已经完了。

打了第二天，遇见昨日的猖兵时，我每每把他从头至脚打量一番，仿佛一朵花已经谢了，他的奇迹都拿那里去了呢？尤其是看着他说话，他说话的语言太是贫穷了，远不如不说话。

（一九四七年）

今年的暑假

　　我于民国十六年之冬日卜居于北平西山一个破落户之家，荏苒将是五年。这其间又来去无常。西山是一班女士消夏的地方，不凑巧我常是冬天在这里，到了夏天每每因事进城去。前年冬去青岛，在那里住了三个月，慨然有归与之情，而且决定命余西山之居为"常出屋斋"焉。亡友秋心君曾爱好我的斋名，与"十字街头的塔"有同样的妙处。我细思，确是不错的。其实起名字的时候我并没有想到许多。只是听说古有田生，十年不出屋，我则喜欢到马路上走走，也比得上人家的开卷有得而已。今年春又在北平城内，北平有某一刊物，仿佛说我故意住在"一个偏僻的巷子里"，那其实不然，我的街坊就是北平公安局长，马路时新建的，汽车不断地来往。

今年我立了一个志，要写一个一百回的小说，名曰"芭蕉梦"，但只写好了一个"楔子"。我的《桥》于四月间出版，这是一部小说的一半，出版后倒想把牠续写，不愿意有这么一个半部的东西，于是《芭蕉梦》暂且不表，我决定又来写《桥》。所以今年的夏天，我倒是有志来西山避暑，住在"一个偏僻的巷子里"。换句话说，走进象牙之塔。

山中方七日矣，什么也没有做。今天接到一个"讣"，音乐家刘天华君于月前死去。我不知道刘君，但颇有兴致来吊一吊琴师，自古看竹不问主人，"君善笛请为我一奏"，千载下不禁神往也。然而我辈俗物却想藉此来发一段议论。我曾同我的朋友程鹤西君说，文人求不朽，恐怕与科学制度不无关系，就是到了如今的崭新人物，依然难脱从来"士"的习气，在汉以前恐怕好得多，一艺之长，思有用于世，假神农皇帝之名。伯牙子期的故事，实在是艺术的一个很好的理想，彻底的唯物观，人琴俱亡，此调遂不弹矣。我乃作联挽刘天华君曰：

高山流水不朽

物是人非可悲

（一九三二年）

《小园集》序

　　此时已是今夜更深十二时了罢，我不如赶快来还了这一笔文债，省得明天早晨兴致失掉了，那是很可惜的事，又多余要向朱君说一句话对不起序还没有写也。今夜已是更深十二时也，我一口气一叶叶的草草将朱君英诞送来的二册诗稿看完了，忍不住笑，忍不住笑也。天下有极平常而极奇的事，所谓乐莫乐兮新相知也。其实换句话说也就是，诗歌垃圾成个堆也。今日下午朱君持了诗稿来命我在前面写一点文章，这篇文章我是极想写的，我又晓得这篇文章我是极不能写也，这位少年诗人之诗才，不佞之文绝不能与其相称也，不写朱君又将以为我藏了什么宝贝不伸手出来给人也，我又岂肯自己藏拙不出头赞美赞美朱君自家之宝藏乎，决非本怀也。去年这个时候，诗人林庚介绍一个学生到我这里来，虽然介绍人价值甚大，然而来者总是一学生耳，其第一次来我适在病榻上，没有见，第二次来是我约朱君来，来则请坐，也还是区区一学生的看待，朱君当头一句却是问我的新诗意见，我问他写过新诗没有，他说写过，我给一个纸条给他，请他写一首诗我看，然后再谈话，他却有点踌躇，写什么，我看他的神气是他的新诗写得很多，这时主人之情对于这位来客已经优待，请他写他自己所最喜欢的一首，他又有点不以为然的神气，很难说那一首是自己所最喜欢的，于是来客就拿了主人给他的纸条动手写，说他刚才在我的门口想着做了一首诗，就写给你看看，这一来我乃有点惶恐，就将朱君所写的接过手来看，并且请他讲给我听，我听了他的讲，觉得他的诗意甚佳，知道这进门的不是凡鸟之客，我乃稍为同他谈谈新诗，所谈乃是我自己一首《掐花》，因为朱君说他在杂志上读过这一首诗，喜欢这一首诗，我就将这一首诗讲给他听，我说我的意思还不在爱这一首诗，我想郑重的说明我这首诗的写法，这一首诗是新诗容纳得下几样文化的例证。不久朱君的诗集《无题之秋》自己出版了，送一册给我，我读了甚是佩服，乃知道这位少年诗人的诗才也。不但此也，我的明窗净几一管枯笔，在真的新诗出世的时候，可以秋收冬藏也。所以我在前说一句诗歌垃圾成个堆，其实说话时忍不住笑也，这一大块锦绣没有我的份儿，我乃爱惜"獭祭鱼"而已。说到这里，这篇序已经度过难关，朱君这两册诗稿，还是从《无题之秋》发展下来的，不过大势之所趋已经是无可奈何了，六朝晚唐诗在新诗里复活也。不过我奉劝新诗人一句，原稿有些地方还得拿去修改，你们自己请郑重一点，即是洞庭湖还应该吝惜一点，这件事是一件大事，是为新诗要成功为古典起见，是千秋事业，不要太是"一身以外，一心以为有鸿鹄之将至"也。若为增进私人的友爱计，这个却于我无多余，是獭祭鱼的话，秋应为黄叶，雨不厌青苔也。是为序。

（一九三六年十一月三日，废名于北平之北河沿）

蝇

我故意取这一个字做题目，让大家以为我是讨厌苍蝇。我的意思不是那样，我是想谈周美成的一首词，看他拿蝇子来比女子，而且把这个蝇子写得多么有个性，写得很美好。看起来文学里没有可回避的字句，只看你会写不会写，看你的人品是高还是下。若敢于将女子与苍蝇同日而语之，天下物事盖无有不可以入诗者矣。在《片玉集》卷之六"秋景"项下有《醉桃源》一首，其词曰：

冬衣初染远山青，双丝云雁绫，夜寒袖湿欲成冰，都缘珠泪零。

情黯黯，闷腾腾，身如秋后蝇，若教随马逐郎行，不辞多少程。

　　杜甫诗，"况乃秋后转多蝇"，我们谁都觉得这些蝇儿可恶，若女儿自己觉得自己闷得很，自己觉得那儿也不是安身的地方，行不得，坐不得，在离别之后理应有此人情，于是自己情愿自己变做苍蝇，跟着郎的马儿跑，此时大约拿鞭子挥也挥不去，而自己也理应知道不该逐这匹马矣。因了这个好比喻的缘故，把女儿的个性都表现出来了，看起来那么闹哄哄似的，实在闺中之情写得寂寞不过，同时路上这匹马儿也写得好，写得安静不过，在寂寞的闺中矣。因了这匹马儿，我还想说一匹马。温飞卿词，"荡子天涯归棹远。春已晚，莺语空肠断。若耶溪，溪水西，柳堤，不闻郎马嘶。"第一句写的是船，我看这只船儿并不是空中楼阁，女儿眼下实看见了一只船，只是荡子归棹此时不知走到那里，"千山万水不曾行"，于是一只船儿是女儿世界矣。这并不是我故意穿凿，请看下面一匹马，"柳堤，不闻郎马嘶"，同前面那只船一样的是写景，柳堤看见马，盼不得郎马，——不然怎么凭空的诗里会有那么一个声音的感觉呢？船是归棹，马也应是回来的马，一个自然要放在远水，一个又自然近在柳堤矣。这些都是善于描写女子心理。

罗袜生尘

自来写美人诗句，无论写神女写凡女，恐无过"凌波微步，罗袜生尘"两句之佳，这两句大约亦最晦涩，古今懂得这两句话的人据我所知大约有两个人。我的话很有点近乎咄咄逼人，想一句话压倒主张诗要明白的批评家似的，其实不然，我是衷心的喜爱这两句文章，而文章又实在是写得晦涩罢了。多年以前，我因为不解《洛神赋》里头这凌波微步，罗袜生尘两句怎么讲，两句其实又只是一个尘字难解，明明是说神女在水上走路，水上走路何以"生尘"呢？可见我是很讲逻辑的，平日自己做诗写小说也总是求与事理相通，要把意思写得明明白白，现在既然遇着这一个不合事理的尘字，未免纳闷，乃问之于友人福庆居士，问他凌波微步，罗袜生尘的尘字怎么解。他真是神解，开我茅塞。原来凌波微步，罗袜生尘就在一个尘字表现出诗来，见诗人的想象，诗的真实性就在这一个字。福庆居士若曰，正惟凌波生尘，乃是罗袜微步，她在水上走路正同我们在尘上走路，否则我们自己走路的情形，尘土何足多。不知诸位如何，我自从听了福庆居士的讲，乃甚喜爱曹植这两句诗，叹为得未曾有。后来又恍然大悟，李商隐有一首《袜》诗云，"尝闻宓妃袜，渡水欲生尘，好借常娥著，清秋踏月轮。"因为"渡水欲生尘"是一个真实的意像，故宓妃袜常娥素足著之乃很有趣味，犹之乎摩登女子骑脚踏车驰过，弄得人家满眼路尘，何况天上的路清秋月轮乎？故我说懂得凌波微步，罗袜生尘这两句话至少有两个人，福庆居士我当面听了他的讲，李商隐我们看见他这个袜也。

（一九三七年）

陶渊明爱树

世人皆曰陶渊明爱菊，我今来说陶渊明爱树。说起陶公爱树来，在很早的时候我读《闲情》一赋便已留心到了。《闲情赋》里头有一件一件的愿什么愿什么，好比说愿在发而为泽，又恐怕佳人爱洗头发，岂不从白水以枯煎？愿做丝而可以做丝鞋，随素足周旋几步，又恐怕到时候要脱鞋，岂不空委弃于床前？这些都没有什么，我们大家都想得起来，都可以打这几个比方，独有"愿在昼而为影，常依形而西东，悲高树之多荫，慨有时而不同"，算是陶公独出心裁了，我记得我读到这几句，设身处地的想，他大约是对于树阴凉儿很有好感，自己又孤独惯了，一旦走到大树荫下，遇凉风暂至，不觉景与罔两俱无，惟有树影在地。大凡老农老圃，类有此经验，我从前在乡下住了一些日子，亦有此经验也。所以文章虽然那么做，悲高树之多荫，实乃爱树荫之心理。稍后我读《影答形》的时候，见其说着"与子相遇来，未尝异悲悦，憩荫若暂乖，止日终不别"，已经是莫逆于心了。在《止酒》一诗里，以"坐止高荫下"与"好味止园葵，大懼止稚子"相提并论，陶公非爱树而何？我屡次想写一点文章，说陶渊明爱树，立意却还在介绍另外一首诗，不过要从爱树说起。陶诗《读山海经》之九云：

夸父诞宏志，乃与日竞走。俱至虞渊下，
似若无胜负。神力既殊妙，倾河焉足有。
余迹寄邓林，功竟在身后。

这首诗我真是喜欢。《山海经》云，夸父不量力，欲追日景，逮之于禺谷，渴欲得饮，饮于河渭，河渭不足，北饮大泽，未至，道渴而死，弃其杖，化为邓林。这个故事很是幽默。夸父杖化为邓林，故事又很美。陶诗又何其庄严幽美耶，抑何质朴可爱。陶渊明之为儒家，于此诗可以见之。其爱好庄周，于此诗亦可以见之。"余迹寄邓林，功竟在身后"，是作此诗者画龙点睛。语云，前人栽树，后人乘荫，便是陶诗的意义，是陶渊明仍为孔丘之徒也。最令我感动的，陶公仍是诗人，他乃自己喜欢树荫，故不觉而为此诗也。"连林人不觉，独树众乃奇，提壶挂寒柯，远望时复为"，他总还是孤独的诗人。

（一九三六年）

第 四 辑
孔子说诗

    大凡想象丰富的诗人，其诗无有不晦涩的，而亦必有解人。我真忍不住还要赞美两句，这样说月，月真不是空的；这样写世界，世界真是美丽的。

关雎

关关雎鸠，在河之洲。
窈窕淑女，君子好逑。

参差荇菜，左右流之。
窈窕淑女，寤寐求之。
求之不得，寤寐思服，
悠哉悠哉，辗转反侧。

参差荇菜，左右采之。
窈窕淑女，琴瑟友之。
参差荇菜，左右芼之。
窈窕淑女，钟鼓乐之。

我爱好《关雎》这一首诗。我不但懂得这首诗的意义好，而且懂得它的文章好。很少有人懂得这首诗的意义，很少有人懂得这首诗的文章。旧派把它当作"后妃之德"，把它看得那么重，当然懂得意义了，然而他们首先不懂得诗，不懂得诗怎么懂得诗的意义呢？新文学运动以后，知道《诗经》的《国风》都是民间的歌谣，《关雎》就是一首恋爱的歌，仿佛文章也懂得了，意义也懂得了，这确是很好的事，是一种解放。然而新文学家投奔西洋文学，大家都讲恋爱，不懂得结婚，故曰结婚是恋爱的坟墓。不懂得结婚，怎么能懂得《关雎》呢？因为《关雎》本来是讲究结婚的。我也是当时的新文学家之一，曾经是崇拜恋爱的，认恋爱为神圣的，恋爱的意义简直代表了人生的意义，仿佛是基督教的上帝。后来我觉悟了，这个观念大要不得，令我们耽误了许多事情，误己误人，演成许多悲剧。恋爱当然是我们生活的一段而且是重要的一段，这一段弄得好，我们整个的生活都可以过得有意义，但决不能把它来代替一切，那我们就没有为人民服务的机会了。我现在确是懂得"为人民服务"的意义。中国人的生活是重结婚的，结了婚以后则恋爱大学毕了业，我们要出去替社会服务了，不能老恋着这个学校，那样便像功课不及格的留级学生。《关雎》又确是一首好诗，即是说文章写得好。要懂得文章，也并不是一件容易事，得有许多经验。在我懂得《关雎》的意义时，我已经有许多作文的经验，只不过是由西方的悲剧回到中国的"团圆"戏罢了，思想改变了，技巧是无所谓改变的。不过我要附带说一句，从西方悲剧回到《周南》《召南》，我才没有才子佳人的毛病，没有状元及第的思想，也没有道学家的男女观，这是我得感谢西方文学的。我的作文的技巧，也是从西洋文学得到训练而回头懂得民族形式的。这个训练是什么呢？便是文学的写实主义。凡属有生命的文学，都是写实的。中国后来的人之所以不懂得三百篇，便因为后来的文学失掉了写实的精神，而三百篇是写实的。什么叫做"写实的"呢？写实便是写实生活，文学的题材便是实际的生活。即如《关雎》这一首诗，并不是没有经验做底子，而由一个人闭着眼睛瞎想，因为要做诗的缘故，故而想出一个什么鸟儿来起兴罢，这样你这个人便是孔子骂的"正墙面而立"，你什么也看不见，你怎么会写出诗来呢？你如果有生活，则处处是诗了，所以你在河之洲上，看见关关雎鸠，那里又有妙龄女郎，而实生活当中的好女子，尤其是农村社会的女子，并不是不在那里做工作，故意在河之洲上叫你拾得恋爱的资料的，总之是生活当中有诗，这首诗的第一章便应该这样写：

关关雎鸠，在河之洲。

窈窕淑女，君子好逑。

"逑"，匹也。"君子好逑"，便是说这个女子你如果爱着了，那真是佳偶。我告诉诸君，我自己便有这个生活的经验。不过当时是八股时代，不知道写诗，等到后来进了新的学校，同西洋文学接触，我乃把我的少年生活都唤起了，而且加了许多幻想，写了许多小说，起初自己很得意，后来又很不满意，因为我为得写小说的缘故，把自己的生活都糟踏了，那时叫做把生命献给艺术之神，其实是糟踏生活。在我认为专门做文学家是糟踏生活，我便离开了文学，回转头去替社会服务，首先是做丈夫，做父亲，而其时适逢抗日战争，我回到故乡，常常在河之洲上走路，看见洲上有鸟儿，妇女们都在那里洗衣，我觉得这个风景很好，可以描写一番，于是我毫不费力地念了起来："关关雎鸠，在河之洲……"这时我已经是老作家了，知道这个技巧很不容易，文章并不一定是自己的好，古人的文章已经很好了，何必自己写呢？即如这"在河之洲"四个字，应该经过了许多辛苦，我们写白话文的人常常觉得驾驭不了文字，要说一个东西站在什么上面仿佛很难似的，而古人的"关关雎鸠在河之洲"很容易的写出来了。因此我非常之佩服《关雎》之诗。我那时做小学教师，教学生作文，告诉学生造一个句子要有主词，要有谓语，总喜欢举"关关雎鸠在河之洲"做例子，因为乡下人很受了旧日读书人的影响，总以为"关关雎鸠"是一句，"在河之洲"又是一句。我则说"关关雎鸠"四个字不是一句，是一个句子的主词，关关是鸟的叫声，是形容雎鸠的，算不得谓语，要有"在河之洲"四个字这句话才有谓语，所以八个字一起才是一句。学生都给我说服了。我在批评卞之琳的诗的时候，又说卞之琳的句子欧化得好，正如"关关雎鸠在河之洲"那么自然。这都不是我故意瞎说，我是真真懂得《诗经》的文章了。我曾经自己批评我自己道："你当初为什么躲在山里头十年写半部小说呢？你整个的小说也抵不过关关雎鸠在河之洲这两句诗！"这确是我的真心话，我写小说的文章那能及得《诗经》的文章，我们当时崇拜恋爱的生活当然更不及《关雎》乐而不淫哀而不伤了。以上都是我的辛苦之言。我现在总说一句，《诗经》的文章是写实主义，《诗经》所表现的生活是现实主义。更说明白些，《诗经》里的《国风》是人民文艺，不是文学家的文艺。凡属人民文艺都是写的实生活，它的写法也是写实的。《诗经》的体裁向来认为有赋，比，兴，其实什么叫做"兴"呢？据我的经验，兴就是写实，就是写眼面前的事情。你看见了关关雎鸠在河之洲，也看见了窈窕淑女，你便写下来，便是：

关关雎鸠，在河之洲。

窈窕淑女，君子好逑。

所以"兴"，其实就是"赋"，就是一种叙述。眼面前的事情本来是没有逻辑的，但眼面前的都是生活了，都是文章了，所谓落花水面皆文章。你看见桃之夭夭灼灼其华，你又看见一个出嫁的女子，于是你就写着："桃之夭夭，灼灼其华。之子于归，宜其室家。"于是人家说你的诗是"兴也"。这样说当然也是可以的，但你决不是没有生活的底子，没有话想出话来说的。没有话想出话来说，可见你没有生活，你也便没有诗！所以后代的诗多半是无病呻吟了。《诗经》里的诗则都是生活，故都是诗。我曾经细心体察一般所认为《诗经》里的"兴"体的诗，差不多完全是眼前的叙述，即是"即事"。如我以前所讲的《野有死麕》一诗就是的。再如这样的诗，"常棣之华，鄂不韡韡，凡今之人，莫如兄弟！"你说它是"兴也"，实在也就是赋也，是把眼见的东西与心下想的事情一齐说出来，所以才写得那么生动。决不是无中生有，闭着眼睛想出常棣之华来说，那你那里还有诗呢？又如"脊令在原，兄弟急难，每有良朋，况也永叹。"也必是一面看见鸟儿一面有自己的心事罢了。古代的诗本不是做文章，所以没有起承转合。后来的诗人如李白杜甫也都是做文章，免不了起承转合。所以"举头望明月，低头思故乡"，"仰面贪看鸟，低头错应人"，都令我们有线索可寻，若《诗经》则是"兴"了。不是写眼面前的事情确乎是兴起下文的也有，那多半是用韵的缘故，或者是当时的成语亦未可知，如以前所讲的"匏有苦叶，济有深涉"便是。再如"相鼠有皮，人而无仪"，"相鼠有齿，人而无止"，"相鼠有体，人而无礼"以及"扬之水不流束薪，彼其之子不与我戍申"，"纠纠葛屦，可以履霜，掺掺女手，可以缝裳"，都仅仅是因为用韵的缘故由上句兴起下句的。我决不是附会其说，我是毫无成见地观察，在这个观察之下，我发现"扬之水不流束薪"有两见，"纠纠葛屦，可以履霜"也有两见，我觉得很有趣，可以证明它不是即事，是因为用韵的缘故，或者是当时的成语，故而雷同。

上面我算是把《关雎》第一章讲了。懂得第一章则其余两章（这首诗的分章向来有不同，我是赞成三章的）是很容易懂的，因为都是写实的。我所不自足的，我们对于鸟兽草木之名都不识得，对于诗恐怕要失得亲切，如参差荇菜的荇菜到底是什么东西呢？我们平常只知道爱菊花，爱莲，用周茂叔的话李唐以来则爱牡丹，因为我们都是知识阶级，同生活脱节。我在农村的日子虽然很久，但也还是空想的时候多，若是写菱角，说"左右流之"，"左右采之"或者"左右芼之"，照朱熹的话芼者熟而荐之也，我都能喜欢，因为我确是采过菱角，确是左右流之，左右采之，自己坐在小船上，也确是喜欢把它煮熟了，但对于荇菜则很是隔膜，我想不出它是什么东西。传曰，"荇，接余也。"解释了也等于不解释，接余又是什么呢？不过我可以从采菱去推测，从"左右流之"，从"左右采之"去推测。"左右芼之"的"芼"字虽然又脱了节，又可以从"左右流之"，从"左右采之"去推测。这样我还是能感得亲切的。"左右采之"的"采"字当然不成问题，"左右流之"的"流"字与"左右芼之"的"芼"字则颇成问题，芼字我们现在简直不用，流字虽然是很习用的字，在这里是不是有古义呢？我们对于《诗经》的障碍，便是字不认得，再就是鸟兽草木之名不识得，其余的障碍在我是没有的。毛传训"流之"的"流"为"求也"，朱集传"流，顺水之流而取之也"，其实是一样的，朱只是解释"流"何以是"求"罢了。"芼之"的"芼"，毛训为"择"，朱训为"熟而荐之也"，前面我已经说了。"寤寐思服"，这四个字里头，"服"是动词，毛训"思之"，即是寤寐求之的意思，而诗本文的"思"字则是句中助词，关于这一点可参看王引之《经传释词》。其余的字句可以不必解释了，如"悠哉悠哉，辗转反侧"已成了我们口头上活用的语句了。不过有两句话我要特别介绍一下，于此我们可以见《诗经》的文章确是不错，确乎是写实的。此两句为何？即"琴瑟友之"与"钟鼓乐之"。我有一回在北京街上看见一个小户人家墙上贴了红对子，我一看有四个字是"琴瑟友之"，一见之下我很喜欢这四个字，觉得比后来所谓"琴挑"要大方得多了，格外有一种弹琴鼓瑟的苦心孤诣似的，我大大的佩服《诗经》的文章。连忙我又想到"钟鼓乐之"，"钟鼓乐之"完全足以代表中国民间结婚的热闹与欢乐！解放以后，我们到处扭秧歌，也无非是中国的"钟鼓乐之"的空气了。所有后代的诗与文，没有任何文章足以抵得这"琴瑟友之"与"钟鼓乐之"的，我们对于这种好句子已经习而不察，可见我们已经没有民间的欢喜，我们已经与生活脱节了。

桃夭

桃之夭夭，灼灼其华。
之子于归，宜其室家。

桃之夭夭，有蕡其实。
之子于归，宜其家室。

桃之夭夭，其叶蓁蓁。
之子于归，宜其家人。

像这样的诗，必然是从实际生活里面写出来的诗，而且必
然是民间的诗，不如后代诗人的诗是写诗人个人的诗思了。个

人的诗写得好，可以表现一种个性；民间的诗写得好，表现的则是民族性。在诗人的诗里，我很喜欢这一句话："如花似叶长相见。"这确是把生活写得美满极了。然而这其中仿佛缺少了什么。缺少了什么呢？就是缺少了生活，因为这不像生活似的。缺少了生活故只是一句好诗而已。《桃夭》三章则确乎是生活，即是家庭生活，即是中国的夫妇之道。故我说《桃夭》之诗表现的是民族性。是的，中国的诗是写结婚的，不是只讲恋爱的，所谓乐而不淫，哀而不伤，重的是生活。

我引了"如花似叶长相见"这个句子，就诗说，这一句确是写得好。其实就诗说，《桃夭》三章句句写得好，只是给大家读得烂熟不觉得它好罢了。我做小孩时，读了"桃之夭夭，灼灼其华"，觉得可以，到了"有蒉其实"，"其叶蓁蓁"，便觉得是多余的，仿佛桃之夭夭便应该是灼灼其华，还要其叶其实做什么呢？这个文章做得不好！我到现在还记得我那时的心理。我到现在才知道在中国连小孩子也受了八股文人的影响，同生活脱了节了。古代《诗经》是丰富的生活，而我们只晓得做文章凑篇幅。在生活上为什么只晓得说花呢？如果是一个园丁，园里种了有桃子，决无林黛玉葬花之感，桃花谢了就要结桃子，桃子结过了之后就是满树的叶子，这一株好桃树，花盛，果盛，叶盛，真是茂盛极了，快乐极了，可以起生活上一种丰富的感情，美满的状态，如果有一个出嫁的女子当此良辰美景，自然拿这株桃树来描写她了。大约之子于归的时候正是灼灼其华的时候，但仅仅咏她一章，感情不够，意思不够，也就是文章不够，故干脆把这一株树的整个生活都唱出来了，你们文人懂得什么呢？懂得《桃夭》三章写得好，便懂得《诗经》不是写诗，而是中国最好的诗，因为诗是生活。这种文章，也不流利，也不整扭，又参差，又整齐，用了许多相同的字句，而又有一个突起的变换，真是自然而又曲尽其致。

后来文人的诗，"衰桃一树近前池，似惜红颜镜中老"，"有花堪折直须折，莫待无花空折枝"，他们的树都是没有叶子的，他们只是好色，他们没有生活。姚际恒将唐人诗"绿叶成阴子满枝"与《桃夭》言实言叶相比，其实两样的空气大不相同，一个正是说"色衰"，而《诗经》的"灼灼其华"与"有蕡其实"与"其叶蓁蓁"都是写"桃之夭夭"了。毛传云，"夭夭，其少壮也。"即是说年青的桃树。总之《诗经》是生活的健康，生活的赞美，生活的庆祝，后代的诗是文人的空想与其色情伤感而已。

我由《桃夭》诗写实与叶想起《诗经》里写植物的实与叶子的诗很多，这足以证明《诗经》是写实生活。后代的诗则是空想，只是写花，而花又都是文人的花，很少大众生活的花了。《诗经》写叶子的句子如《小雅·车辖》第三章：

陟彼高冈，析其柞薪，

析其柞薪，其叶湑兮！

鲜我觏尔，我心写兮！

　　我想这里"析其柞薪，其叶湑兮"，非有实际经验的人是不能懂得的。"湑"，盛也。"其叶湑兮"，是说叶子茂盛极了。这只是说意义。至于"其叶湑兮"的实感，是非析薪之时你亲自站在树下不能领略的。我在故乡山中住得很久，见乡人伐木，一个枝子倒下来的时候，真是"其叶湑兮！"同时"我心写兮"了！据我的听觉的经验，这个声音实在太快乐了，太茂盛了。

汉广

南有乔木，不可休息。

汉有游女，不可求思。

汉之广矣，不可泳思。

江之永矣，不可方思。

翘翘错薪，言刈其楚。

之子于归，言秣其马。

汉之广矣，不可泳思。

江之永矣，不可方思。

翘翘错薪，言刈其蒌。

之子于归，言秣其驹。

汉之广矣，不可泳思。

江之永矣，不可方思。

这首诗方玉润《诗经原始》认为是"江干樵唱"，我是很同意的。方氏之言曰，"殊知此诗即为刈楚刈蒌而作，所谓樵唱是也。近世楚粤滇黔间，樵子入山，多唱山讴，响应林谷，盖劳者善歌，所以忘劳耳。其词大抵男女相赠答，私心爱慕之情，有近乎淫者，亦有以礼自持者，文在雅俗之间，而音节则自然天籁也。当其佳处，往往入神，有学士大夫所不能及者。愚意此诗亦必当时诗人歌以付樵。"方氏所谓"诗人"是一种什么人我们且不管他，总之必有采薪的实生活做底子才能歌此诗，空想的学士大夫决不能有此气息，因为这种诗里头有劳动者的血液流通。我最喜欢"翘翘错薪，言刈其楚。之子于归，言秣其马。""翘翘错薪，言刈其蒌。之子于归，言秣其驹。"劳动者拿着斧头或者拿着镰刀砍了一把柴，他的手下有一个最不空虚的感觉，即是劳动的实在，决不是空想派的什么"得鱼而忘筌"，他什么也忘不了，要说忘，或者忘记疲劳罢，于是他歌唱起来了，唱起"之子于归"的事情来了，"之子于归，言秣其马。"翻译起来便是："为什么喂马呢？因为她要出嫁呵，喂马驾车呵。"离开生活是任何人也不能把砍柴与喂马这两件事连在一起的。因为砍柴的缘故乃连在一起，真是写得温柔敦厚，一方面工作，一方面又有一点儿爱情，而这个爱情真表现得可爱，歌起她出嫁喂马来了，这不是劳动者的歌声吗？我为得要赞美这个歌声，不惜费点篇幅把陶渊明的《闲情赋》引了来，"愿在衣而为领，承华首之余芳，悲罗襟之宵离，怨秋夜之未央。愿在裳而为带，束窈窕之纤身，嗟温凉之异气，或脱故而服新。愿在发而为泽，刷玄鬓于颓肩，悲佳人之屡沐，从白水以枯煎。愿在眉而为黛，随瞻视以闲扬，悲脂粉之尚鲜，或取毁于华妆。愿在莞而为席，安弱体于三秋，悲文茵之代御，方经年而见求。愿在丝而为履，附素足以周旋，悲行止之有节，空委弃于床前。愿在昼而为影，常依形而西东，悲高树之多荫，慨有时而不同。愿在夜而为烛，照玉容于两楹，悲扶桑之舒光，奄灭景而藏明。愿在竹而为扇，含凄飙于柔握，悲白露之晨零，顾襟袖以缅邈。愿在木而为桐，作膝上之鸣琴，悲乐极以哀来，终推我而辍音。"陶渊明因为是魏晋人的缘故，而且他到底不屑于做士大夫，所以还能做出这样西洋式的抒情诗，即是说写得大方，然而我现在确是喜欢"翘翘错薪，言刈其楚。之子于归，言秣其马"。因为一个是诗人的寂寞，一个确乎是劳动者的生活。要说哀而不伤，只有《诗经》才真是的，因为他只有唱歌的必要，没有寂寞的余地了。陶渊明的可爱在其幽默，《诗经》的可爱在其歌唱实生活。换一句话说，《汉广》的樵唱，其歌与其生活是一元的。这首诗的意义本来很明白，男子爱慕女子而女子是许给别人家的，所以我说他是哀而不伤。郑笺却又说许多冤枉话，我们可以不管，只是笺照例训"言"为"我"，"言秣其马"，便是"我秣其马"，诚如胡适之所说《诗经》的"言"字是不能训"我"的，这里的"言"字确乎是一种连接词，把"之子于归"与"秣马"两件事连在一起，意义是"女儿出嫁了，所以喂马呵！"至于秣马这件事是谁做的，那丝毫没有关系。"言"字决不是"我"字，决不是说"我替她秣马"，如欧阳修所谓虽为执鞭所欣慕之意，这样正是"我愿"式的文人的诗了，远不及陶渊明的"愿"之诚实，更谈不上三百篇的情调了。"翘翘"应如王引之训为众多之貌。"错薪"是许多木杂在一起。这里的木是江边的木，一定不是高大的树，言刈"楚"，又言刈"蒌"，蒌简直是草类，在《王风》与《郑风》并有"不流束楚"的句子，楚而可束故非大木，只是都可以做柴烧罢了。这首诗里的"思"字都是语辞。"方"是名词当动词用，方，桴也。即是说，江水长不可以乘桴了。《谷风》云，"就其深矣，方之舟之"，方同舟一样都是名词当动词用。"汉有游女，不可求思"，游女当用韩诗义训为水神，这是《诗经》里其他的诗所没有的情调，《楚辞》以后则很普通了。还有"南有乔木，不可休息"两句，郑笺云，"木以高其枝叶之故，故人不得就而止息也。"这真是可笑的说法，高其枝叶为什么不得就而止息呢？高其枝叶正好止息于其下了。我以为这两句不是空空的什么"兴也"，"南"或者就是江南岸，或者远远的望见的南边，在那里有一棵大树，可是望得见不能到那树底下去了。汉水之广，江水之长，都是写实。这首诗最重要的便在二三章的刈薪与秣马，否则真像诗人的空想，有了"翘翘错薪，言刈其楚，之子于归，言秣其马"，然后山高水长都跟着切实了，真是一唱三叹。

关于"薪"的问题是一个很有趣的问题，《汉广》是情诗，写刈楚刈蒌，其余如《唐风·绸缪》，《小雅·车舝》，都是写结婚的诗，或言"束薪"，或言"析薪"，又如《齐风·南山》"析薪如之何，匪斧不克，取妻如之何，匪媒不得"，很能表现一种农村社会的空气，这个缘故我以为便因为采薪这件事占农村生活很重要的部分，男女共同在一块儿操作，古代如此，现代也还是如此，中国的"牧歌"便于此产生了。中国是重结婚的，故咏"之子于归"了。

行露

厌浥行露。

"岂不夙夜？谓行多露！"

"谁谓雀无角——何以穿我屋？

谁谓女无家——何以速我狱？

虽速我狱，室家不足！"

"谁谓鼠无牙——何以穿我墉？

谁谓女无家——何以速我讼？

虽速我讼？亦不女从！"

这是《诗经·国风·召南》里的一首诗，诗的文章写得非常之精简而有力量，在我习惯了现代短篇小说的人，即是说受了西方文学影响的人看来，一点没有不明白的地方。西洋短篇小说最讲究经济，要以少的文字写出多的意思，这一首《行露》真是最经济的写法。凡属经济的写法，并不是故意求之，乃是一种天然的武装，必是最沉痛的文章，最富有反抗性的文章。我这样抽象的说还不行，我要具体的解释《行露》这首诗。第一章三句，毛传，"厌浥，湿意也"，形容露之湿。两个"行"字都是名词，即是"道路"的意思。"谓行多露"的"谓"字，王引之《经传释词》说，"谓犹奈也。"王氏引了许多证据，在《诗经》里有"天实为之，谓之何哉？"谓之何，即是奈之何。又如"赫赫师尹，不平谓何？"即是说师尹为政不平，其奈之何？所以"岂不夙夜？谓行多露！"意思是说"我本是半夜里起来走路的，无奈路上露水太多，难以行走，所以到时天已经大亮了"。或者到时红日已经好高也说不定。《诗经》里"岂不"的句子都是将肯定的意思以反语出之，如《大车》里"岂不尔思，畏不奔"，《东门之墠》里"岂不尔思，子不我即"，两个"岂不尔思"都是"我本思你"的意思。所以这里"岂不夙夜"正是说夙夜而行。这一章诗是写女子半夜起来走路，从乡下到衙门口去打官司，因为男子告了她。乡下女子进城，尤其是为得诉讼之类的事情，总是夜

孔子说诗

里起来走路的，一方面女子性急，一方面又怕白天里给人看见有点羞惭。这种人情，我在乡村间见得很多，中国农村社会古今恐相差不远。在北平有一个小曲，叫做《王定保借当》，里面写了两姊妹赴县衙鸣冤，有云：“二人打伴到县衙，夜晚登梯过墙走，背着爹娘私离家。姊妹俩，行路难，天明见人面羞惭，一直找到衙门口。”《行露》诗里的女子也正是这个心理，天明见人面羞惭，故她说，“我走是走得很早的，半夜里就起来走路，无奈路上露多不好走了。”首句“厌浥行露”是一个叙述的句子，接着“岂不夙夜，谓行多露”，便不是作诗者的叙述，是诗里的主人公一个女子自己说的话了。我们读了这第一章，仅仅三句，因为是三句，所以迫促得有趣，我们读了就知道有一种痛苦的事情发生，一种急迫的事情发生，真是写得精干有力量。接着二三两章把全个事情都告诉我们了，都是写得那么简短，那么明白，那么沉痛，用女子自述的口气。只可惜中国后代的文人既缺乏思想，又不懂得文章的技巧，一直埋没了这种好诗，糟踏这种好诗。

二章，“何以速我狱”，“速”训“召”，“狱”即是“讼”，“速我狱”同三章“速我讼”是一样的意义，即是说“弄得我吃官司！”这首诗的作者，或者是另外一个作诗的人，或者作诗的人就是吃官司的女子自己，我们无从知道，但技巧真是高，我们从简短的文字里可以推测（简直不是推测，是完全知道！）男女两造的关系。因为比喻用得好。"谁谓雀无角，何以穿我屋？"这是一个乡下人坐在自己的屋子里看见麻雀儿在屋角里跳动得响，一幅最生动最寂寞的情景——"雀儿，你又没有角儿，么钻进得来的呢？"乡下人与牛儿或羊儿最有感情，牛儿或羊儿倘若钻进屋里来了，毫不足奇，仿佛牛儿或羊儿它本是有角的，它应该钻进屋里来！由此可知道这里有一个男子，"女（同汝）本是无家的，但你同我有了关系，于是你仿佛你有家了，所以你现在告我了！你同我虽然有关系，但我们之间夫妇的关系是不够的，（诗里说是'室家不足！'）所以你告我我不怕的。"

接着第三章妙喻层出不穷，鼠也是最能在我们家里墙上打洞的，我们平常看见老鼠把家具或衣服咬破了，心里总觉得奇怪，这个小东西当然有牙齿，但我们看见它咬破了坚硬的东西如木头之类，仿佛这个东西没有牙齿似的，它怎么这么的会咬！雀穿我屋，鼠穿我墉，虽然不是正式的关系，但也确是最有接近的关系了，最容易进我们屋子里的莫过于雀与鼠这两样东西了。所以我说这是妙喻。二章说"室家不足"，三章说"你无论如何强迫不了的，我不会跟从你的，我要同你断绝关系！"所以我说整个的事都明白的告诉我们了。这种"谁谓女无家，何以速我讼"的事情在乡村间是很有的，只有古代的《诗经》给我们写得那么好罢了。这首诗很可能是女子写的，就是另外一个诗人写的这个诗人也是同情于女子的，是女子写的我们敬重这个女子，是诗人写的我们敬重诗人，因为这首诗尊重女子的生活，了解女子的痛苦，把农村社会里的妇女生活状况与妇女心理描写得淋漓尽致，虽然只有那么几行文字。这诗表现出的是一种健全的妇女观，这是不成问题的，真正的艺术必定是健全的，同时又反映了它所出生的那个社会。

三百篇的背景当然是封建社会，封建社会而有反封建思想，那正是艺术的价值，艺术不能超过它所出生的社会，但艺术最重要的性质是反抗性与严肃性，这便是艺术的永久价值了。

因为是封建社会的产物，你如不是诗人，换一句话说你如没有反抗性，你便不能懂得这些诗，所以历来解诗的人大半是封建思想了。什么毛传，什么郑笺，都是乡下老学究做的玩意儿，他们是一点也不懂得文学的。朱熹较高明，然而他又到底是道学家。即如这一首《行露》，毛也好，郑也好，朱也好，都是拿一个"礼"字来解释。毛传解释"虽速我讼，亦不女从"，说是"终不弃礼而随此强暴之男"。所以二章"室家不足"解为礼不足，毛传拿出礼的标准来，说"昏礼纯帛不过五两"。郑笺则是，"室家不足，谓媒妁之言不和，六礼之来，强委之。"这都是凭了自己的意见，于诗的本身之外加了许多的事件来解诗。这一来，对于第一章三句自然无法解释了，陈奂《毛诗传疏》替毛公说话道："故此云厌浥者道中之露也，然必早夜而行始犯多露，岂不早夜而谓多露之能濡己乎？以兴本无犯礼，不畏强暴之侵陵也。"郑笺则是："言我岂不知当早夜成昏礼与？谓道中之露太多，故不行耳。"与诗上下文不相连贯，不知说的是些什么。《朱熹集传》解释第一章云："南国之人，遵召伯之教，服文王之化，有以革其前日淫乱之俗，故女子有能以礼自守，而不为强暴所污者，自述己志，作此诗以绝其人，言道间之露方湿，我岂不欲早夜而行乎？畏多露之沾濡而不敢尔。盖以女子早夜独行，或有强暴侵陵之患，故托以行多露而畏其沾濡也。"我看他"作此诗以绝其人"的话，实有所见，"有以革其前日淫乱之俗"，似乎也知道男女曾有关系，不知怎的他说不出人情之所以然，扯到教化上面去了。不管怎样，朱传较之毛郑要高明些。

清代姚际恒颇能有识见，其释《行露》首章云："此比也。三句取喻违礼而行，必有污辱之意。集传以为赋，若然，女子何事夤夜独行，名为贞守，迹类淫奔，不可通矣。或谓夤夜往诉，亦非。"这个"或谓"本来很对，不知何以"亦非"？我看到这句话很喜欢，我的意思正是如此。这一章确是"赋"，即是叙述。毛传谓之"兴"，姚际恒谓之"比"，俱非。

我这样说诗，我认为是毫无疑问的。有人问我："你有什么证据呢？"这种人是中了考据的毒，我只好回答他："有诗为证。"

匏有苦叶

匏有苦叶，济有深涉，
深则厉，浅则揭。

有弥济盈，有鷕鸣，
济盈不濡轨，鷕鸣求其牡。

雝雝鸣雁，旭日始旦。
士如归妻，迨冰未泮。

招招舟子，人涉卬否。
人涉卬否，卬须我友。

　　这首诗完全是写实，写一个济渡处。中国后来的诗简直没有这样写实的手法。不但诗里头没有，便是散文里头也没有，小说里头也没有。但在中国农村社会里头这种生活的情形却是很普遍的。我做小孩子的时候，常常在一个济渡处玩耍，"匏有苦叶"所写的完全是我所看见的情形了，难得它写得那么朴质，那么热闹，那么健康，一点后来文人的习气没有，真是古代的人民文艺了。我因为懂得这首诗的缘故，赞美这首诗的缘故，等我再回转头去看看汉代宋代以迄近代的读书人对于这首诗的讲解，我真是感得难过，中国的事情难道真是可以恸哭流涕！何以一般所谓儒者，思想都是那么下流，那么一种变态心理呢？这件事决不是小事！中国从《诗经》以后简直没有人民文艺了，有的只在民间，在农民的生活里头，而两性间的变态心理管治了一切的正统文学！我大约真正应该感谢西洋文学，我因为呼吸了西方的艺术空气的缘故，乃恢复了我的健康，文士的习气乃渐渐洗掉了，今日我敢说我是真正的懂得《诗经》，懂得《诗经》所代表的中国农村社会产生出的健康文学。现在且让我来解释《匏有苦叶》这首诗，我说这首诗是写实。第一章，"匏有苦叶"这一句是没有意义的，只是用韵的缘故引起"济有深涉"这一句来，那么这里所写的是一个过渡的地方了。渡有浅深，我记得我小时在县城外河边看乡下人过渡进城来，水深时淹到他们的肚脐，我们看着觉得好玩极了，乡下人则毫不在乎，这便叫做"深则厉"。古训谓"以衣涉水为厉"，"由带以上为厉"，又说"至心曰厉"，都是不错的，水深了，和衣而涉，水或深到脐，或深到胸，都是常有的情形。"浅则揭"，揭，褰衣也，水浅则褰衣便可以过来了。我小时最喜欢在城外看乡下人过河，而且常看见"关关雎鸠在河之洲"，即是说看见河之洲上有小鸟叫，如八哥喜鹊之类；但没有看见雉，那么有雉的地方当然可以看见雉了。在抗战期间我在故乡住着是看见过雉的，它忽然叫着一飞，真是"有鷕雉鸣"了，于是说到《匏有苦叶》的第二章，我认为"有弥济盈，有鷕雉鸣"都是写景，"济盈"是说水满了，"弥"是写水满之状，"鷕"是雉鸣的响声。"济盈不濡轨"当然也是写景，稍稍带了一点旁观者的心理作用。"雉鸣求其牡"是诗的点睛作用，把空气都活动了，凡属诗必然有两性的关系在里头才能写得生动的。"轨"者车轴之两端，河岸上的人容易看见，水太盈满了，车在水里渡过，很容易把轮子都淹没了，然而我们既然让车渡水，必然有渡过之可能，所以岸上的人看来轮子快淹没了，而终于没有淹没，没有濡到车轴了，故诗写着"济盈不濡轨"，是写得很生动的，我说稍稍带了一点旁观者的心理作用。"雉鸣求其牡"，是说雌雉求雄雉。本来飞者曰雄，走者曰牡，但亦可通称，故《南山》

诗里头称狐为雄，"雄狐绥绥"。做诗作文用字之妙存乎一心，我以为"雉鸣求其牡"是应该用这一个"牡"字的，若改"牡"为"雄"便死得多了。这里还有用韵的关系，因为"济盈不濡轨"的"轨"读作"九"音。因为这一个"牡"字，乃生起许多胡说，我对于古来讲解这首诗的人表示痛恨，说他们是变态心理，我不暇引他们的解释，只看他们解这一个"牡"字！毛传云，"违礼义不由其道，犹雉鸣而求其牡矣。飞曰雌雄，走曰牝牡。"即是说飞禽在那里求走兽！毛公生怕我们不懂得他的意思，故多写两句，诚如陈奂传疏所云："传嫌牡雄可以通称，故又申释之云'飞曰雌雄走曰牝牡'者，雌雄从佳为飞鸟，牝牡从牛为走兽，刺夫人兼刺宣公也。"原来儒者们以为《匏有苦叶》这首诗是刺卫宣公与其夫人并为淫乱的。郑笺云，"雉鸣反求其牡，喻大人所求非所求。"我一点也不想笑他们！我真是感得伤心，这样怎么能谈文艺！王引之关于这一个字说得很好，"牡即雉之雄者，故曰'其牡'，若属之走兽，不得言'其'矣。传笺失之。"

第三章，"雝雝鸣雁，旭日始旦。士如归妻，迨冰未泮。"这也正是我小时所看见的热闹情景。王引之说这个"雁"是说鹅，是不错的，并不因为我小时所看见的是羽毛上涂了红色的鹅叫，实在诗里这个雁是鹅。这都是从头一年中秋以后到第二年春天以前的事情，而以薄冰的时候为最普遍，那时的朝阳也格外显得"旭日始旦"了，所谓冬日可爱。奇怪，我的"雕雕鸣雁"的记忆确乎是在济渡处，我的"旭日始旦"也在这个济渡处。

第四章我以为又是用女子说的话。大概这里也有过渡的船，非一定要自己涉水不可的。"招招舟子，人涉卬否。人涉卬否，卬须我友。"招招是舟子召人过渡之状，卬者我也，意思是说"人家过去，我要等候我友。"说话的神气不像男子。这话当然不说出口，只在她的心里说。我的话说完了，中国有这样好的短篇小说吗？就连"五四"以后的新小说也没有这样新鲜健康的，因为这是民间文艺。

孔子说诗

　　知堂先生《苦竹杂记》里有《郝氏说诗》一文，我读了甚得喜悦，篇末抄引郝兰皋夫妇合著的《诗说》里几则文章，读之不欲放下，后来放下了，又联想到孔子说诗。《论语》里有一章书，向来不引起我的注意，这回因了《郝氏说诗》，我乃又默诵一遍，"唐棣之华，偏其反而。岂不尔思，室是远而。子曰，未之思也，夫何远之有。"孔子说诗亦复有趣，我觉得他老先生好像替学生改作文一样，批得很幽默——这或者是我自己呆头呆脑，年来常替学生改作文，故而乱说孔夫子亦未可知。我且以第二回手将郝氏这一节文章从《苦竹杂记》里抄录下来，即为介绍诗三百篇的文章起见这节话亦不惜第三回说：

晋人论诗，亟赏昔我往矣，杨柳依依，今我来思，雨雪霏霏，及讦谟定命，远犹辰告，以为佳句。余谓固然，佳句不止此也，如鸡栖于埘，日之夕矣，羊牛下来，写乡村晚景，睹物怀人如画。又如蒹葭苍苍，白露为霜，所为伊人，在水一方，渺然有天际真人想。其室则迩，其人甚远，渺渺予怀，悠然言外。东门之栗，有践家室，此有践二字便带画景。至如汉之广矣，不可泳思，江之永矣，不可方思，尤所谓别情云属，文外独绝者也。

这节文章不待看完，我就想去读《诗经》，《诗经》读了一半，我就默读《论语》里的诗四句，"唐棣之华，偏其反而。岂不尔思，室是远而。"我受了郝氏诗说的暗示，先翻了诗《东门之墠》在书桌上，"东门之墠，茹芦在阪，其室则迩，其人甚远。"这室迩人远的说话，所谓咫尺千里是也，今古诗情都一般。

若这样写文章："岂不尔思，室是远而！"翻成白话便是"我岂不想你，只是你住的地方太远了"。人听了这一句话人以为是敷衍面子的话，难怪孔子听了也说不是，"未之思也，夫何远之有。"只有说"人远"的情理，没有说"室远"的情理。室迩而人远乃是"思"，若说"室远"，是"未之思也"。因此我想孔子这人一定很令我们向迩，我们可以高山仰止矣。

不过我说来说去还是说得好玩的，这里的问题乃是，"唐棣之华，偏其反而，岂不尔思，室是远而"，这四句诗何以落得孔夫子说一个不是？是别人在他老先生耳朵旁边唱，如子路一年三百六十日唱"不忮不求，何用不臧！不忮不求，何用不臧！"于是老师劝他百尺竿头更进一步——还是在别的读书情形之下呢？殊为吾辈所欲知之而不得而知之者也。

（一九三六年）

偶感

　　知堂先生有《希腊人的好学》一篇短文章，讲的是古希腊书呆子的故事，我们读了犹如读一篇神仙故事，虽然那两个书呆子一个就是几何学老祖宗欧几里得 (Euchlid)，一个是古代最大的力学者兼数学者亚奇默得（Arhimedes）。那样好学的传统于咱们中国人很陌生，故我们听了犹如神话一样的好玩了。皇帝问欧几里得，可否把他的那学问弄得更容易些，他回答道，大王，往几何学去是并没有御道的。有一弟子习过设题后问他道，我学了这些有什么利益呢？他就叫一个奴隶来说道，去拿两角钱来给这厮，因为他是一定要用他所学的东西去赚钱的。亚奇默得于基督二八七年前生于须拉库色，当他的故乡与罗马抗战的时候，亚奇默得先生造了许多力学的器具，把敌人的船弄了一些恶作剧，沉没到海里去或是碰在岩石上粉碎了，然而他老先生自己对于这些玩艺儿颇不满意，以为学问讲实用便是不纯净。须拉库色被罗马所攻取，他叫一个罗马兵站开点，不要踹坏地上所画的图，遂被杀。这是希腊人的荣誉。知堂先生还有一篇短文章，可以说是对于乞食的礼赞，"一切生物的求食法不外杀，抢，偷三者，到了两条腿的人才能够拿出东西来给别的吃，所以乞食在人类社会上实在是指出一种空前的荣誉。"这个荣誉又归印度人拿去了，印度人乞食与布施的意思真是人类的光荣，从我这一个中国的懒人的立场说，除了发愤忘食较为切近生活之外，最理想的办法还是乞食。我此刻所想谈的其实是恋爱问题。今天无意之间翻得以前在大学里一本英文练习簿，第一页上铅笔写的几行英文，一看知是摘抄雪莱（Shelley）的一句半诗，现在也不必去查考原诗，将这一句半引来便行：

True Love in this differs from gold and clay,

That to divide is not to take away.

Love is like understanding, that grows bright,

Gazing on many truths'

……

意思是说，爱情不像金子也不像土，分开了并不就把他拿走了。爱情好比是一个人的智力，注视的真理多，乃放光明。我今番看了英国浪漫派诗人这一句半诗，不觉大吃一惊，即是说我对于这一句半话很是隔膜，不知做学生的时候为什么抄下来了。我觉得中国书籍里没有"恋爱"这个字，我们也就没有恋爱的光荣了。大凡传统里所没有的东西，也就不必去捏造，没有什么东西并不就没有光荣，只须说明没有什么东西便好了。中国有"好色"二字。孔子言未见好德如好色，又言少之时血气未定戒之在色。庄子也以毛嫱丽姬人之所美，鱼见之深入，鸟见之高飞，喻天下孰知正色。宋玉有《好色赋》，也以好色与守德并称。食色二事，中国确是平等观之。这个不能不说是很合理的看法。而且人与动物平等。人与动物平等，正是人类的健康。到了《国风》好色而不淫，哀而不伤，也正是健康。《论语》有一章书，我近来始懂得，我且抄引了来：

子夏问曰，巧笑倩兮，美目盼兮，素以为绚兮，何谓也？子曰，绘事后素。曰，礼后乎？子曰，起予者商也，始可与言诗已矣。

孔门这样说诗，这样说礼，说礼为后来的事，然后诗与礼是人类的文明。人类不进于文明，于是求降为野蛮乃事理之不可得者也。野蛮即健康，人类的健康则有待于文明者也。孔子说绘事后素，即是说文采后于质地，子夏乃悟到"礼后"，可见礼是有趣味的事情，是最高等的事情，难怪孔子以非礼勿视听言动的话告诉大弟子颜回也。中国圣贤不讲恋爱，却言学礼，言学诗，我以为是很美满的人生观，亦即中庸之道。后代的文人学者，不是登徒子便是道学家，摩登男女乃讲恋爱。我今觉得不讲恋爱或者还是一件文明，与希腊人的好学印度人的乞食同日而语之，无非是表示我提倡本位文化之至意，即是说我也很摩登。

（一九三六年）

讲一句诗

李商隐有一首绝句，题作"月"，诗云：

过水穿楼触处明，藏人带树远含清，

初生欲缺虚惆怅，未必圆时即有情。

这首诗怎么讲呢？我曾考了好些个人，没有一个人的答案
同我相同。因此我很有点儿惶恐，难道只有我是对的，大家都
不对么？连忙我又自信起来，我确实是对的，请大家就以我的
话为对好了。四句诗只有"藏人带树远含清"一句难懂，这一
句见诗人的想象丰富，人格高尚。相传月亮里头有一位女子，
又相传月亮里头有一株树，那么我们看着□像一面镜子似的，

里面实藏着有人而且有一株树了。月亮到什么地方就给什么地方以"明"，而其本身则是一个隐藏，"藏人带树远含清"，世间那里有这么一个美丽的藏所呢？世间的藏所那里是一个虚明呢？只有诗人的想象罢了。李商隐的这首诗，要说晦涩晦涩得可以，要说清新清新得无以复加。大凡想象丰富的诗人，其诗无有不晦涩的，而亦必有解人。我真忍不住还要赞美两句，这样说月，月真不是空的；这样写世界，世界真是美丽的。

（一九四七年）

诗与词

上回我打算写一篇神仙故事的时候，遇着一件有趣的事情。我诵着"瑶池阿母绮窗开，黄竹歌声动地哀，八骏日行三万里，穆王何事不重来"，觉得这个诗的音乐很好，仿佛我不会吟诗的人也会吟一首似的。于是我真个吟起来了，出口如有神助，这么吟着，"奉帚平明金殿开，且将团扇共徘徊，玉颜不及寒鸦色，犹带昭阳日影来。"那时我是在街上走路，确乎是口号。再一想这岂是我能作的诗，原来这还是一首唐诗了，是盛唐诗人王昌龄一首有名的绝句。我觉得很好玩，古人的诗乃成为我的天籁了。我再一想，难怪我出口成章，王昌龄这一首《长信秋词》，同李商隐的那一首《瑶池》，原来是一个音乐，或者李诗是熟读了王的诗然后出口成章也未可知，所以今日无意中由我吐露消息了。因此我又想起一件事，即诗的内容的问题。王昌龄的诗就是王昌龄的诗，是他那个时候的诗，即世所谓盛唐，写的便是奉帚平明。李商隐的诗就是李商隐的诗，是他那个时候的诗，即世所谓晚唐，写的便是瑶池阿母。两首诗，不但同样是绝句，而且同是一个韵，我们读之感着不同，乃因为题材的不同，即人情之变化，非诗的本身有什么"气体"之可言也。

　　李商隐有一首律诗，五六两句云，"日向花间留返照，云从城上结层阴"。我们读之觉得凝滞，大约因为是对句子的缘故，作者对于花间晚照并没有一个生动的情绪，这个情绪也不适宜于诗体。若宋祁的词，"为君持酒劝斜阳，且向花间留晚照"，便很见情致了。李商隐《赠荷花》诗云，"世间花叶不相伦，花人金盆叶作尘。惟有绿荷红菡萏，卷舒开合任天真。此荷此叶常相映，翠灭红衰愁杀人。"同一个题材，在《珠玉词》里更十分美好，"荷花初开犹半卷，荷花欲折须微绽。此叶此花真可羡，秋水畔，清凉绿映红妆面。美酒一盃留客宴，拈花摘叶情无限，争奈世人多聚散，频祝愿，如花似叶长相见。"此如花似叶长相见在诗里便见不着者也，乃是体裁的关系。

（一九三六年）

随笔

中国诗词，我喜爱甚多，不可遍举。但也可以举出一句两句诗来，算是我最喜欢的。我的意思同一般人说的名句不一样，名句不一定表现着作者，只是这个句子写得太好罢了，如韦应物之"流萤度高阁"，孟浩然之"疏雨滴梧桐"，都是古今所称赏的，实在这两句诗别人也可以写，这两句诗非一定要写在韦孟二人的名字下不可。我所最喜爱的一句两句诗，诗是真写得好，诗又表现着作诗之人，作者自己大约又并不怎么有意的写得的。我最爱王维的"春草明年绿，王孙归不归"。因为这两句诗，我常爱故乡，或者因为爱故乡乃爱好这春草诗句亦未可知，却是没有第二个人能写得者也，未免惆怅而可喜。李商隐诗"一春梦雨常飘瓦，尽日灵风不满旗"，可以说是前不见古人，后不见来者，中国绝无而仅有的一个诗品。此诗题为"重过圣女祠"，诗系律诗，句系写景，虽然不是当时眼前的描写，稍涉幻想，而律诗能写如此朦胧生动的景物，是整个作者的表现，可谓修辞立其诚。因为"一春梦雨常飘瓦"，我常憧憬南边细雨天的孤庙，难得作者写着"梦雨"，更难得从瓦上写着梦雨，把一个圣女祠写得同《水浒》上的风雪山神庙似的令人起神秘之感。"尽日灵风不满旗"，大约是描写和风天气树在庙上的旗，风挂也挂不满，这所写的正是一个平凡的景致，因此乃很是超脱。最后我想说我喜欢"细雨梦回鸡塞远"这一句词。这一句词，我想同诗里"姑苏城外寒山寺，夜半钟声到客船"是相似的妙趣，就时间与空间说，夜半钟声与客船到岸一定有什么关系吗？客曰没有什么因果关系。然而夜半钟声到客船诗句则美。同样，梦到鸡塞去了一趟，醒来乃听见淅沥淅沥的下着细雨，于是就写着细雨梦回鸡塞远，就时间与空间说，细雨与梦回鸡塞也没有因果关系，大约因为窗外细雨，梦回乃有点不相信的神情罢了。实在细雨梦回乃是兴之一体，比"风雨如晦鸡鸣不已"更为诗中有画，余甚爱此句，亦甚爱南唐中主之词。

（一九三七年）

谈"语不惊人死不休"

　　杜甫说他作诗是"语不惊人死不休"。"语不惊人死不休"，不光是"语"的问题，同时包含了"语"所表现的思想感情的问题，而首先是要思想感情饱满。作者要把自己的思想感情传达给人，就要有一枝熟练的笔，否则就不能更好地表达出来。古今中外所有的杰作都是如此。杜甫是属于那些最用功的人中的一个，因此他的成绩显著。又是他说的："文章千古事，得失寸心知"。他在当时那样用功，作为千古后的读者，我们完全可以感到他的一枝惊人的笔，读了他的诗真喜悦，而且能够推知他是怎样下功夫的。我们且读他的一首《闻官军收河南河北》：

剑外忽传收蓟北，初闻涕泪满衣裳。

却看妻子愁何在，漫卷诗书喜欲狂。

白首放歌须纵酒，青春作伴好还乡。

即从巴峡穿巫峡，便下襄阳向洛阳。

这首诗的题目就惊人："闻官军收河南河北"，知道他下笔将极快。极快是从思想感情的饱满来的，是从"语不惊人死不休"的精神来的。"闻官军收河南河北"决不能慢吞吞地写，因为安史之乱河南河北沦陷太久了，杜甫一家人离故乡太远了。官军收河南河北是唐代宗广德元年正月的事。在前三年杜甫初来四川的时候便写有《恨别》一诗，开首四句是"洛城一别四千里，胡骑长驱五六年。草木变衰行剑外，兵戈阻绝老江边。"现在一闻官军收河南河北，应该是"即从巴峡穿巫峡，便下襄阳向洛阳"了。像这样的句子难道不是"语不惊人死不休"的证据吗？我们不能想象杜甫当时下笔的神气吗？就诗的结构说，人在剑外，故乡是洛阳，故事发生的时间是春天，八句诗里都交代明白了，然而没有一点结构的痕迹，这叫做结构自然。这是我们最要向大作家学习的。诗一开始的"忽传""初闻"，都是快极了。"初闻涕泪满衣裳"，非常合乎人情，这个突然之喜是容易"涕泪满衣裳"的。接着"却看妻子愁何在"便真是老杜惊人之笔，本来是写妻儿之喜，而说着"愁何在"呢，连带把一家人多年的愁都写出来了，而今天则该是如何地狂喜啊！就作对偶说，下句"漫卷诗书喜欲狂"的"喜欲狂"是定的，上句便只能用"愁何在"来对。这种地方都见杜甫的"苦用心"。"却看妻子愁何在，漫卷诗书喜欲狂"两句又把一个穷书生的杜甫和他的家人避难异地的生活写得极其真实，富有形象性。"白首放歌须纵酒，青春作伴好还乡"，又最写出了杜甫的性格，"白首"对"青春"在这里真对得好。官军收河南河北是广德元年春天的事，所以"青春作伴好还乡"是写实。"白首放歌"当然也是写实，杜甫屡次说自己的"白首"，他的头发早白了，现在有青春作伴还乡之喜，故这个老头儿纵酒放歌了。我们读了能不为他喜？能不为他悲？实际生活里他这回并没有能够回乡，他一直没有能够回乡，他是漂流而死的。然而他作这首诗的时候，"即从巴峡穿巫峡，便下襄阳向洛阳"，他是神驰故乡了，也真是"下笔如有神"。"下笔如有神"这五个字也是杜甫自己说的，这句话可以说他有作诗的天才，也可以说他是"语不惊人死不休"。我们认为杜甫的这一首诗对我们练习文学基本功可能有些帮助，就是要狠狠地用功。

（一九六一年）

谈杜甫的"登楼"

我最爱杜甫的《登楼》。我想说出我的理由来。先把这首诗抄下来：

花近高楼伤客心，万方多难此登临。

锦江春色来天地，玉垒浮云变古今。

北极朝廷终不改，西山寇盗莫相侵。

可怜后主还祠庙，日暮聊为梁甫吟。

沈德潜对这首诗也赞美得很，他评道："气象雄伟，笼盖宇宙，此杜诗之最上者。"我认为这是杜甫的一首抒情诗。抒情诗还是律诗，这是了不起的事，因为律诗讲对仗，容易逞技巧，见作者的功夫，未必有抒情诗的效用。而杜甫的《登楼》是中国古典文学里一首伟大的抒情诗。我还没有见过古代诗人有谁表现过像杜甫这样深厚的感情。这首诗的表现方法是直接地写出,即是把一刹那一刹那的感情记下来,然后给读者以整个的艺术形象。第一句"花近高楼伤客心",这一句诗就是杜甫了,除了杜甫没有别人,他登上高楼,看见了花,并感伤于怀。这一句里面有一个"客"字,因为他在外面漂流很久了。就这一句说,也是直接的写法,从最后一刹那写起,要说登楼,而已在楼上,要说楼上,而已见高楼外,所以首先是"花"。又难得第六个字是一个"客"字,即登楼之人。此人是"万方多难此登临"了。所以这首诗的第二句是"万方多难此登临"。第一句"客"字的位置,第二句"此"字的位置,都是直接的写法,其时其地其人自知了。杜诗所表现的感情总是极其直接的,作者不容许一点间接。然而直接的感情究竟是要传达给读者,于是不能不有三四两句,即是解释"此登临"的"此"字。此是何地呢?此地水有锦江,山有玉垒,换句话说客在成都。但不能这样告诉读者,这样告诉读者,便不是直接的感情,是间接的文字了。所以杜诗只能是抒情:"锦江春色来天地,玉垒浮云变古今。"这样的两句就是沈德潜说的"笼盖宇宙"。一句写空间,一句写时间。江上春色不就是世界的存在吗?山上浮云不等于古今的变换吗?杜甫一点没有"人生如梦"的意思,他是写景,他是抒情,他有的是对祖国的献身感,对历史的责任感。所以诗接着写:"北极朝廷终不改,西山寇盗莫相侵。"这都是直接的感情,在杜甫写《登楼》的时候，吐番曾经侵入到长安，然而被击退了，所以有"北极朝廷终不改"句，这一句也确实表示杜甫的信心。在四川方面吐番也为患，故有"西山寇盗莫相侵"句。最后两句我非常爱好，我认为杜甫的思想感情极深刻，表现得极直接，他是写成都的刘后主庙，刘后主是亡国之君，所以他用了"可怜"两个字，这一来与"北极朝廷终不改"的思想好像有矛盾似的。然而杜甫有信心，所以马上接一句："日暮聊为梁甫吟。"这用的是诸葛孔明的故事，诸葛孔明好为梁甫吟，这是一种兴奋的精神。"日暮"两个字我们应该注意，登楼是在日暮，所以"日暮"是写实，但杜甫没有一丝一毫"只是近黄昏"的意思，他有的是屈原的"吾令羲和弭节兮，望崦嵫而勿迫"的精神。不过杜甫也和屈原不同，他这首诗表现的是现实主义，不是浪漫主义，他是"日暮聊为梁甫吟"。就作诗的技巧说，题目是"登楼"，作者应该告诉读者他在什么时候什么地方登楼的，杜甫当然没有这么笨，然而我们读完了诗也都知道了，地方在四川成都，时间是春天日暮。

我爱杜甫的这一首诗，有两点：一，它反映了中国古代长期封建统治的历史，一方面诗人相信"北极朝廷终不改"，一方面又"西山寇盗"相侵；二，这首诗的语言充分表现汉语之美，它利于作对仗，而杜甫用以抒情。

（一九六一年）

孟子的性善和程子的格物

在人类历史上，先有圣人，后必有大贤。印度有佛之后，有空宗与有宗菩萨，将佛的意思说得具体明白。在中国亦然，孔子以后，有孟子与程子，孟子道性善，程子提出格物，由性善与格物二义，我们可以具体的讲孔子，否则孔子便如颜渊说的"仰之弥高，钻之弥坚，瞻之在前，忽焉在后"了——你能说你把孔子说得明白么？然而你懂得性善与格物两个意思，则你能将孔子说得非常明白了。孟子佩服孔子，是孟子自己佩服的，没有人要他佩服孔子，因为他懂得性善而自然佩服孔子，而孔子没有说过性善的话。程子佩服孔孟，是程子自己佩服的，没有人要他佩服孔孟，因为他懂得"致知在格物"而自然佩服孔孟，而致知在格物这句话程子以前谁也没有注意，是程子自己懂得的。这都是真理的自然发现，说得神秘一点是应运而生。此外再要辨同异，定是非，便不免出于私心了，即是从学人的习气来的，不是豁然贯通，近于有意追求。我这话是指了王阳明说的。阳明说致知是致良知，意思便死煞，因其未能懂得格物，而格物本来要难懂些，讲致良知而不讲格物本来正是学问的一个阶段，于此而将"格物"存疑可也。而阳明于此别程朱自立一派，缺乏"温故知新"的精神，真的，这样便亏了一点"可以为师"之德，而程朱则正是温故知新了。阳明是真有得于己的，只是他无得于"格物"了。阳明的话最容易提醒人，豪杰之士从他的话当下可以得到用功处，故从之者众。孰知因此阳明乃有愧于程朱，王学近于孟子则有之，王学却较程朱距孔子远矣，距二帝三王之儒远矣。儒不是那么简单。

儒是知天命的。天命不是空空洞洞的一个概念，天命是同世间的现象一样具体。中国从二帝三王以至于孔子，其实都是宗教家，因为儒本来是宗教，其中心事实便是"天"。孔子曰，"不怨天，不尤人，下学而上达。知我者，其天乎？"这里的"天"字都不是一个想象之辞。即孟子亦曰，"存其心，养其性，所以事天也。"不过孟子的"事天"还只是感到心性的切实，与后来阳明的良知是一脉相传，说得干脆些，孟子的"天"是孟子的人格，是孟子的怀抱，孟子并不能如

孔子"上达"。若上达，则是有个"天"了。阳明则完全是
人事，较孟子的"事天"尚隔一步。孟子不是宗教家，是政
治家哲学家。阳明更不是宗教家，是政治家哲学家。我可以
同诸君打一个赌，我久没有看阳明的书，只是从前做学生时
看过他的书，诸君去翻阳明的书，看他的言语里头有"鬼神"
字样否？一定是没有的。孟子的书里头我想也是没有的。若
孔子则以"敬鬼神而远之"为知。孔子知有鬼神也，孔子知
有天也。圣贤的话语都是言之有物，不如后人只是想象之辞，
我们要切实反省。《大学》的致知格物便是下学上达的工夫。
不过孔子的话总是令人从之末由，难得具体的解释，"致知
在格物"便具体了，你一解错了便不行。朱子训格物为穷理，
朱子的格物穷理不是今日科学的格物穷理，他的穷理是伦理
学，不是物理学。因为是格物，故根本上是唯理论，不是唯
物论。非唯物，故有鬼神。朱子注《论语》"子不语怪力乱
神"章云："怪异勇力悖乱之事，非理之正，固圣人所不语；
鬼神造化之迹，虽非不正，然非穷理之至有未易明者，故亦
不轻以语人了。"可见什么是朱子的穷理了。这是一个大关
键，是古代学问与近代学问之所以不同，也应是哲学与科学
不同。总之，《大学》的格物，其极端义便是唯心，并且到
了宗教，非如世俗向外面追求物之理了。所以程子从儒家的
经典里抽出《大学》来，从《大学》里提出格物二字来，朱

子又能继之，最见学问的真实，由此我们确是知道儒家是宗教。至于孟子的性善，又最能见儒家这个宗教的价值，孟子以后，无论程朱，无论阳明，便是后来的颜元，都是同有此理的，难为孟子首先一语道破了。

（一九四七年）

第 五 辑
竹林的故事

　　正二月间城里赛龙灯，大街小巷，真是人山人海。最多的还要算邻近各村上的女人，她们像一阵旋风，大大小小牵成一串从这街冲到那街，街上的汉子也借这个机会撞一撞她们的奶。然而能够看得见三姑娘同三姑娘的妈妈吗？不，一回也没有看见！

竹林的故事

出城一条河，过河西走，坝脚下有一簇竹林，竹林里露出一重茅屋，茅屋两边都是菜园：十二年前，它们的主人是一个很和气的汉子，大家呼他老程。

那时我们是专门请一位先生在祠堂里讲《了凡纲鉴》，为得拣到这菜园来割菜，因而结识了老程，老程有一个小姑娘，非常的害羞而又爱笑，我们以后就借了割菜来逗她玩笑。我们起初不知道她的名字，问她，她笑而不答，有一回见了老程呼"阿三"，我才挽住她的手："哈哈，三姑娘！"我们从此就呼她三姑娘。从名字看来，三姑娘应该还有姊妹或兄弟，然而我们除掉她的爸爸同妈妈，实在没有看见别的谁。

一天我们的先生不在家，我们大家聚在门口掷瓦片，老程家的捏着香纸走我们的面前过去，不一刻又望见她转来，不笔直地循走原路，勉强带笑地弯近我们："先生！替我看看这签。"我们围着念菩萨的绝句，问道："你求的是什么呢？"她对我们诉一大串，我们才知道她的阿三头上本来还有两个姑娘，而现在只要让她有这一个，不再三朝两病的就好了。

老程除了种菜，也还打鱼卖。四五月间，霪雨之后，河里满河山水，他照例拿着摇网走到河边的一个草墩上——这墩也就是老程家的洗衣裳的地方，因为太阳射不到这来，一边一棵树交荫着成一座天然的凉棚。水涨了，搓衣的石头沉在河底，呈现绿团团的坡，刚刚高过水面，老程老像乘着划船一般站在上面把摇网朝水里兜来兜去；倘若兜着了，那就不移地地转过身倒在挖就了的荡里，——三姑娘的小小的手掌，这时跟着她的欢跃的叫声热闹起来，一直等到蹦跳蹦跳好容易给捉住了，才又坐下草地望着爸爸。

流水潺潺，摇网从水里探起，一滴滴的水点打在水上，浸在水当中的枝条也冲击着嚓嚓作响。三姑娘渐渐把爸爸站在那里都忘掉了，只是不住地抠土，嘴里还低声地歌唱；头毛低到眼边，才把脑壳一扬，不觉也就瞥到那滔滔水流上的一堆白沫，顿时兴奋起来，然而立刻不见了，偏头又给树叶子遮住了——使得眼光回复到爸爸的身上，是突然一声"啊呀"！这回是一尾大鱼！而妈妈也沿坝走来，说盐钵里的盐怕还够不了一餐饭。

老程由街转头，茅屋顶上正在冒烟，叱咤一声，躲在园里吃菜的猪飞奔地跑，——三姑娘也就出来了，老程从荷包里掏出一把大红头绳："阿三，这个打辫好吗？"三姑娘抢在手上，一面还接下酒壶，奔向灶角里去。"留到端午扎艾蒿，别糟蹋了！"妈妈这样答应着，随即把酒壶伸到灶孔烫。三姑娘到房里去了一会儿又出来，见了妈妈抽筷子，便赶快拿出杯子——家里只有这一个，老是归三姑娘照管——踮着脚送在桌上；然而老程终于还是要亲自朝中间挪一挪，然后又取出壶来。"爸爸喝酒，我吃豆腐干！"老程实在用不着下酒的菜，对着三姑娘慢慢地喝了。

三姑娘八岁的时候，就能够代替妈妈洗衣。然而绿团团的坡上，从此也不见老程的踪迹了——这只要看竹林的那边河坝倾斜成一块平坦的上面，高耸着一个不毛的同教书先生（自然不是我们的先生）用的戒方一般模样的土堆，堆前竖着三四根只有抄梢还没有斩去的枝桠吊着被雨粘住的纸幡残片的竹竿，就可以知道是什么意义。

老程家的已经是四十岁的婆婆，就在平常，穿的衣服也都是青蓝大布，现在不过系鞋的带子也不用那水红颜色的罢了，所以并不现得十分异样。独有三姑娘的黑地绿花鞋的尖头蒙上一层白布，虽然更显得好看，却叫人见了也同三姑娘自己一样懒懒的没有话可说了。

然而那也并非是长久的情形。母女都是那样勤敏，家事的兴旺，正如这块小天地，春天来了，林里的竹子，园里的菜，都一天一天的绿得可爱。老程的死却正相反，一天比一天淡漠起来，只有鹞鹰在屋头上打圈子，妈妈呼喊女儿道，"去，去看坦里放的鸡娃。"三姑娘才走到竹林那边，知道这里睡的是爸爸了。到后来，青草铺平了一切，连曾经有个爸爸这件事实几乎也没有了。

正二月间城里赛龙灯，大街小巷，真是人山人海。最多的还要算邻近各村上的女人，她们像一阵旋风，大大小小牵成一串从这街冲到那街，街上的汉子也借这个机会撞一撞她们的奶。然而能够看得见三姑娘同三姑娘的妈妈吗？不，一回也没有看见！锣鼓喧天，惊不了她母女两个，正如惊不了栖在竹林的雀子。鸡上埘的时候，比这里更西也是住在坝下的堂嫂子们，顺便也邀请一声"三姐"，三姑娘总是微笑地推辞。妈妈则极力鼓励着一路去，三姑娘送客到坝上，也跟着出来，看到底攀缠着走了不；然而别人的渐渐走得远了，自己的不还是影子一般地依在身边吗？

三姑娘的拒绝，本是很自然的，妈妈的神情反而有点莫名其妙了！用询问的眼光朝妈妈脸上一瞧，——却也正在瞧过来，于是又掉头望着嫂子们走去的方向：

"有什么可看？成群打阵，好像是发了疯的！"

这话本来想使妈妈热闹起来，而妈妈依然是无精打采沉着面孔。河里没有水，平沙一片，现得这坝从远远看来是蜿蜒着一条蛇，站在上面的人，更小到同一颗黑子了。由这里望过去，半圆形的城门，也低斜得快要同地面合成了一起；木桥俨然是画中见过的，而往来蠕动都在沙滩；在坝上分明数得清楚，及至到了沙滩，一转眼就失了心目中的标记，只觉得一簇簇的仿佛是远山上的树林罢了。至于眊眊的喧声，却比站在近旁更能入耳，虽然听不着说的是什么，听者的心早被他牵引了去了。竹林里也同平常一样，雀子在奏他们的晚歌，然而对于听惯了的人只能够增加静寂。

打破这静寂的终于还是妈妈：

"阿三！我就是死了也不怕猫跳！你老这样守着我，到底……"

妈妈不作声，三姑娘抱歉似的不安，突然来了这埋怨，刚才的事倒好像给一阵风赶跑了，增长了一番力气娇恼着：

"到底！这也什么到底不到底！我不欢喜玩！"

三姑娘同妈妈间的争吵，其原因都出在自己的过于乖巧，比如每天清早起来，把房里的家具抹得干净，妈妈却说，"乡户人家呵，要这样？"偶然一出门做客，只对着镜子把散在额上的头毛梳理一梳理，妈妈却硬从盒子里拿出一枝花来。现在站在坝上，眶子里的眼泪快要迸出来了，妈妈才不作声。这时节难为的是妈妈了，皱着眉头不转眼地望，而三姑娘老不抬头！待到点燃了案上的灯，才知道已经走进了茅屋，这期间的时刻竟是在梦中过去了。

灯光下也立刻照见了三姑娘，拿一束稻草，一菜篮适才饭后同妈妈在园里割回的白菜，坐下板凳三棵捆成一把。

"妈妈，这比以前大得多了！两棵怕就有一斤。"

妈妈哪想到屋里还放着明天早晨要卖的菜呢？三姑娘本不依恃妈妈的帮忙，妈妈终于不出声地叹一口气伴着三姑娘捆了。

三姑娘不上街看灯，然而当年背在爸爸的背上是看过了多少次的，所以听了敲在城里响在城外的锣鼓，都能够在记忆中画出是怎样的情境来。"再是上东门，再是在衙门口领赏……"忖着声音所来的地方自言自语的这样猜。妈妈正在做嫂子的时候，也是一样的欢喜赶热闹，那情境也许比三姑娘更记得清白，然而对于三姑娘的仿佛亲临一般的高兴，只是无意地吐出来几声"是"——这几乎要使得三姑娘稀奇得伸起腰来了："刚才还催我去玩哩！"

三姑娘实在是站起来了，一二三四地点着把数，然后又一把把地摆在菜篮，以便于明天一大早挑上街去卖。

见了三姑娘活泼泼的肩上一担菜，一定要奇怪，昨夜晚为什么那样没出息，不在火烛之下现一现那黑然而美的瓜子模样的面庞的呢？不，——倘若奇怪，只有自己的妈妈。人一见了三姑娘挑菜，就只有三姑娘同三姑娘的菜，其余的什么也不记得，因为耽误了一刻，三姑娘的菜就买不到手；三姑娘的白菜原是这样好，隔夜没有浸水，煮起来比别人的多，吃起来比别人的甜了。

我在祠堂里足足住了六年之久，三姑娘最后留给我的印象，也就在卖菜这一件事。

三姑娘这时已经是十二三岁的姑娘，因为是暑天，穿的是竹布单衣，颜色淡得同月色一般，——这自然是旧的了，然而倘若是新的，怕没有这样合式，不过这也不能够说定，因为我们从没有看见三姑娘穿过新衣：总之三姑娘是好看罢了。三姑娘在我们的眼睛里同我们的先生一样熟，所不同的，我们一望见先生就往里跑，望见三姑娘都不知不觉地站在那里笑。然而三姑娘是这样淑静，愈走近我们，我们的热闹便愈是消灭下去，等到我们从她的篮里拣起菜来，又从自己的荷包里掏出了铜子，简直是犯了罪孽似的觉得这太对不起三姑娘了。而三姑娘始终是很习惯的，接下铜子又把菜篮肩上。

一天三姑娘是卖青椒。这时青椒出世还不久，我们大家商议买四两来煮鱼吃，——鲜青椒煮鲜鱼，是再好吃没有的。三姑娘在用秤称，我们都高兴得了不得，有的说买鲫鱼，有的说鲫鱼还不及鳊鱼。其中有一位是最会说笑的，向着三姑娘道：

"三姑娘，你多称一两，回头我们的饭熟了，你也来吃，好不好呢？"

三姑娘笑了：

"吃先生们的一餐饭使不得？难道就要我出东西？"

我们大家也都笑了；不提防三姑娘果然从篮子里抓起一把掷在原来称就了的堆里。

"三姑娘是不吃我们的饭的，妈妈在家里等吃饭。我们没有什么谢三姑娘，只望三姑娘将来碰一个好姑爷。"

我这样说。然而三姑娘也就赶跑了。

从此我没有见到三姑娘。到今年，我远道回家过清明，阴雾天气，打算去郊外看烧香，走到坝上，远远望见竹林，我的记忆又好像一塘春水，被微风吹起波皱了。正在徘徊，从竹林上坝的小径，走来两个妇人，一个站住了，前面的一个且走且回应，而我即刻认定了是三姑娘！

"我的三姐，就有这样忙，端午中秋接不来，为得先人来了饭也不吃！"

那妇人的话也分明听到。

再没有别的声息：三姑娘的鞋踏着沙土。我急于要走过竹林看看，然而也暂时面对流水，让三姑娘低头过去。

（一九二四年）

柚子

柚子是我姨妈，也就是我妻姑妈的女儿。妻比柚子大两岁，我比妻小一岁；我用不着喊妻作姐姐，柚子却一定要称我作哥哥。近两年我同妻接触的机会自然比较多；当我们大约十岁以内的时候，我同柚子倒很亲密的过了小孩子的生活，妻则因为外祖母的媒介，在襁褓中便替我们把婚约定了，我和她的中间，好像有什么东西隔住，从没畅畅快快地玩耍过，虽然我背地里很爱她。

妻的家几乎也就是我同柚子的家。因为我同柚子都住在城里，邻近的孩子从小便被他们的父亲迫着做那提篮子卖糖果的生意，我们彼此对于这没有伴侣的单调生活，都感不着兴趣，出城不过三里，有一座热闹村庄，妻的家便在那里。何况我们的外祖母离了我们也吃饭不下哩。

我同别的孩子一样，每年到了腊月后十天，总是屈着指头数日子，不同的地方是，我更大的欢喜还在那最热闹的晚上以后，——父亲再不能说外祖母忙不准去吵闹了。我穿着簇新的衣服，大踏步跑去拜年，柚子早站在门口，大笑大嚷地接着，——她照例连过年也不回去，这也就是她比我乖巧的好处。大孩子们赌纸牌或骨牌，我同柚子以及别的年纪相仿的小孩——我的妻除外——都团在门口地下的青石上播窟眼钱，谁播得汉字那一面，谁就算输。在这伙伴当中，要以我为最大量。外祖母给我同柚子一样的数目，柚子掌里似乎比原来增加了，我却几乎耍得一文也没有。柚子忽然停住了，很窘急地望着我，我也不睬她，仍然带着威吓的势子同其余的孩子耍。剩下的只有两只空掌了，求借于一个平素最相信我的朋友。柚子这才禁不住现出不得了的神气喊道："焱哥，不要再耍吧！"我很气忿地答她："谁向你借不成！"

许多糖果当中，我最爱的是饧糖。每逢年底，外祖母把自己家的糯谷向糖店里去换，并且嘱咐做糖的师父搓成指甲大的颗粒；拿回家来，盛在小小的釉罐里，作我正月的杂粮。柚子本不像我贪吃，为我预备着的东西，却也一定为她预备一份。外祖母当着我们面前点罐子，而且反复说道，反正只有这么多，谁先吃完了谁就看着别人吃。我心里也很懂得这话里的意义，我的手却由不得我，时刻伸到罐子里拿几颗。吃得最厉害，要算清早打开眼睛睡在床上的时候，——这罐了个就放在床头。后来我知道我的罐子快完了，白天里便偷柚子名下的。柚子也很明白我的把戏，但她并不作声。末了仍然是我的先完，硬闹着把柚子剩下的拿出来再分。

外祖母的村庄，后面被一条小河抱住，河东约半里，横着起伏不定的山坡。清明时节，满山杜鹃，从河坝上望去，疑心是唱神戏的台篷——青松上扎着鲜红的纸彩。这是我们男孩子唯一的游戏，也是我成年对于柚子唯一的贡献。放牛的小孩，要我同他们上山去放牛；他们把系在牛鼻上的绳索沿着牛头缠住，让它们在山底下吃草，我们走上山顶折杜鹃。我揢着花回去，望见柚子在门口，便笑嘻嘻地扬起手来；柚子趁这机会也就嘲弄我几句："焱哥替芹姐折花回来了！"其实我折花的时候，并不想到柚子之外还有被柚子称作"芹姐"的我的妻。柚子接着花，坐在门槛上唱起歌来了。

杜鹃花，

朵朵红，

爷娘比我一条龙。

哥莫怨，

嫂莫嫌，

用心养我四五年；

好田好地我不要……

"柚子只要好嫁妆！"我得意极了，报复柚子刚才的嘲弄。

抱村的小河，下流通到县境内仅有的湖泽；滨湖的居民，逢着冬季水浅的时候，把长在湖底的水草，用竹篙了卷起，堆在陆地上面，等待次年三四月间，用木筏运载上来，卖给上乡人做肥料。外祖母的田庄颇多，隔年便托人把湖草定着。我同柚子毕竟是街上的孩子，见了载草的筏，比什么玩意儿都欢喜，要是那天中午到筏，那天早饭便没有心去吃。我比柚子固然更性急，然而这回是不能不候她的，有时候得冒火，帮着她拿剪刀同线，免不了把她芹姐的也误带了去。白皑皑的沙滩上，点缀着一堆堆的绿草；大人们赤着脚从木筏上跨上跨下；四五个婀娜的小孩，小狗似的弯着身子四散堆旁；拣粪的大孩子，手里拿着铁铲，也偷个空儿伴在一块。这小孩中的主人，要算我同柚子了，其余都是我两人要来的。这湖草同麻一般长，好像扯细了的棕榈树的叶子，我们拾了起来，系在线上，更用剪刀修成唱戏的胡子。这工作只有柚子做得顶好，做给我的好像更别人的不同，套数也更多哩。

我小时欢喜吃菜心，——现在也还是这样，据说家里每逢吃菜心的时候，母亲总是念我。四月间园里长一种春菜，茎短而粗，把它割下来，剥去外层的皮，剩下嫩的部分，我们叫菜心；烹调的方法，最好和着豆粑一齐煮。这固然也是蔬菜，却不定人人可以吃得着；外祖母园里采回的，可说是我一人独享的了，柚子名义上虽也同坐一席。外祖母欢喜上园割菜，太阳落山的时候，总是牵我同柚子一路去。说是割春菜，不但我喜得做猪崽叫，在外祖母也确是一年中最得意的收获；柚子呢，口里虽然说，"你有好的吃了"，仿佛是妒我，看她遇见一棵很肥硕的，却又大大地喊起"焱哥！焱哥"来了。

夏天的晚上，大家端竹榻坐在门口乘凉；倘若有月亮，孩子们便都跑到村东的稻场——不知不觉也就分起男女的界限来了。女的在场的一角平排坐着，一会儿唱月亮歌，一会儿做望月亮的游戏：从伙伴中挑两个出来，一个站开几步，抬头望月亮，一个拿块瓦片，挨次触着坐着的手，再由那望月亮的猜那瓦片到底是谁捏着，猜着了，归被猜的人出来望，否则仍然是她望。我们男孩站在场中间，最热闹的自然是我，我最欢喜的是同他们比力气，结果却总是我睡在地下。我愤极了，听得那边低语："看你的焱哥！"接着是柚子的声音："衣服弄坏了！衣服弄坏了！"

我们一年长大一年了。父亲再也不准我过这没有管束的生活了。我自己也好像渐渐懂得了什么，以前不同妻一路玩耍，不过莫名其妙地怕别人笑话，后来两人住在一家也觉着许多不方便。那年三月，外祖母引我同柚子进城，经过我的族人门口，屋子里走出来一位婶娘，请外祖母进去坐坐，并且指着柚子道："这是奶奶的孙女儿。我们家的媳妇？"柚子的脸色，此时红得像桃子一样，我也笑着不大过意。同年六月，我进县里的小学，柚子听说仍然依着外祖母的日子多。在这几年当中，我也时常记起外祖母的村庄，但是，家里的大人都说光阴要爱惜，不准我自由走亲戚：外祖母间几天进城一趟，又找不着别的借口。有一回因事到姨妈家去，柚子适逢在家，害了几个月的病，起不下床来，我只得在姨妈面前问一声好。后来我同哥哥到省城，在家的机会更少，我的记忆里的柚子也渐渐忘却了。外祖母也在这期间永远同我们分手了——父亲怕我们在外伤心，事后三四个月才给我们知道。姨妈的家况，不时由家信里带叙一点，却总不外乎叹息。

据说外祖母替姨妈订婚的时候，两头家势都很相称。姨妈的公公，为人忠厚，又没有一定的职业，不上几年工夫，家产渐渐卖完了。姨妈初去，住着的一所高大房子，却还属自己——后来也典给别人。外祖母家这时正兴旺，自然不忍心叫姨妈受苦，商量姨妈的公公，请他把姨父分开，欠人的债项，姨父名下也承受一份。从此姨父姨妈两人，由乡村搬到县城，凭了外祖母的资本，开一所染店。我在十二岁以前，完全不知道这些底细，因为住在街上开店，本不能令人想到境遇的不好，而且姨妈铺面很光敞，柚子与两位表兄所穿戴的，同我们弟兄又没有什么分别，在外祖母家也是一样的欢喜不过；当时稍为有点想不通的，母亲总是嘱咐我不要在姨妈家里吃饭罢了。姨父晚年多病，店务由姨妈同两表兄主持。两表兄丝毫不染点城市的习气，不过早年来往外祖母家，没有尝过穷人的日子，而且同我一样，以为理想容易成为事实，成日同姨妈计划，只要怎样怎样，便可怎样怎样，因了舅爷的面子，借得很多的资本，于旧店以外，新开几个分店。悲剧也就从此开始了。

那年夏天我由省城学校毕业回家，见了母亲，把以前欠给外祖母的眼泪，统统哭出来了。母亲故作宽解——却也是实情："外祖母活在，更难堪哩！姨妈这样不幸！"母亲说，两表兄新开各店，生意都没有起色，每年欠人的债息，无力偿还；姨父同两表兄本地不能站脚，跑到外县替人当伙计：柚子呢，她伴着姨妈住在原来店屋里，这店屋是早年租了人家的，屋主而且也就是债主，已经在知事衙门提起诉讼。母亲又极力称赞柚子的驯良，"没有她，这世上恐怕寻不出姨妈哩。"这些话对于我都很奇怪；记起柚子，很想会她一面，却也只想会一面，不再有别的感触。

到家第三天下午，告诉母亲，去看看姨妈；母亲说，不能走前街，因为前门是关着的，须得弯着走后门进去。我记得进后门须经过一大空坦，但中间有一座坟，这坟便是那屋主家的，饰着很大的半圆形的石碑，姨妈往常总是坐在碑旁阳光射不到的地方，看守晒在坦上各种染就的布。我走到离空坦还有十几步远的塘岸，首先望见的是那碑，再是半开着的木板门，同屋顶上一行行好像被猫踏乱的瓦。忽然间几只泅水的鸭扑的作响，这才看出一个蓝布包着头的女人拄着吊桶在那里兜水，这女人有点像我的姨妈，——她停住了！"不是我的焱儿吗？""呵，姨妈！"不是我记忆里的姨妈了！颧骨突起，令人疑心是个骷髅。姨妈引我进门，院子里从前用竹竿围着的猪窠，满堆些杂乱的稻草，竿子却还剩下几根；从前放在染房的踩石，也横倒在地上，上面尽沾些污泥。踩石的形状，同旧式银子相仿，用来碾压头号的布的，也是我小孩时最感着趣味的宝贝之一：把卷在圆柱形的木头上的布，放在一块平滑的青石当中，踩布的师傅，两手支着木梁，两脚踏着踩石尖出的两端，左右摇动。我记得当时看这玩意儿，那师傅总装着恐吓的势子，对我说"跌下来了"的话。姨妈的口气，与平时完全两样，一面走一面说着，"只有望我的儿发达！"要在平时，虽然也欢喜称奖我们兄弟上进，言外却总带点发财也不比做官的差意思。我慢慢地开着步子，怕姨妈手里提着东西走不得快，而且也伺望屋子里有没有人出来。屋子里非常静寂，暗黑，只有挨近院子的那一间可以大概望得清白。

进了这间，姨妈便把吊桶放下了。这在从前是堆积零细家具的地方；现在有一张木床，床上只缺少了帐子；一张小桌子，上面放着梳头用的木盒；另外是炉子，水缸，同一堆木柴。我心里有点恍惚不定。姨妈似笑似惭，终于哭起来了。我也哭起来了，但又被什么惊醒似的："柚……柚子妹妹呢？"

"她……她到……东头……邻舍家里去了。"

我不能够多问。太阳落山的时候，仍然只有我的姨妈从后门口送我出来，不由我回想当年同我父亲对席吃饭的姨父，同我母亲一样被人欢接的姑妈，同我们一样在外祖母面前被人夸好的两位表兄，以及同我在一个小天地里哭着，笑着，争闹着的柚子妹妹。见了那饰着圆碑的坟，而且知道我的外祖母已经也是死了。临了仍然落到柚子，在我脑里还是那羞红了脸的柚子的身上。

那年秋天，我结婚了。我自己姑妈的几位姐儿都来我家，彼此谈笑，高兴得非常，——我的脑里却好像有一点怆恨的影子，不过模糊得几乎看不出罢了。

这是八月十二那一天，外祖母移葬于离家十里远的地方，我同我的母亲，舅爷，以及舅爷的几位哥儿一路送葬。母亲哭个不休，大半是伤心姨妈的境遇。我看着母亲哭，心里自然是不好过，却又有自己的一桩幻想："倘若目及我同芹……欢送孙女儿呢？还是欢迎外孙媳？"晚上我同妻谈及此事，其时半轮月亮，挂在深蓝空中，我苦央着妻打开窗子，起初她还以我不能耐风为辞。我忽然问她："小孩时为什么那样躲避？倘若同柚子一样，一块儿……"

"柚子……"

我无意间提起柚子，妻也没气力似的称她一声，接着两人没有言语，好像一对寒蝉。柚子啊！你惊破我们的好梦了。

"现在是不是同姨妈住在一块呢？"我突然问。

"我们婚期前一月，我父亲接她到我家，现在又回那屋里去了。"

"为什么不来我家呢？母亲也曾打发人去接她。"

"她也向我谈过，这里的女伴儿多，没有合身的衣服。"

"我十多年没有会着她哩。"

"做孩子的时候太亲密很了。"

"六月间我曾到她屋里去过，她却不在家。"

"她在东头孙家的日子多——帮他们缝补衣服。姨妈的粮食，多半还由她赚回哩。"

"她两位嫂嫂呢？"

"各自回娘家去了。柚子同我谈及她们，总是摇头，成日里怨天恨地，还得她来解劝。"

我渐渐感着寒意了。推开帐子，由天井射进来的月光，已经移上靠窗的桌子。妻起来把窗关着，随又告诉我，姨妈有意送柚子到婆家去，但公姑先后死了，丈夫在人家店里，刚刚做满了三年学徒，去了也是没有依恃的。

"现在是怎样一个柚子呢？"我背地里时刻这样想。每逢兴高采烈的同妻话旧，结果总是我不作声，她也只有叹气。我有时拿一本书倒在床上，忽然又摔在一边，张开眼睛望着帐顶；妻这时坐在床面前的椅子上，不时把眼睛离开手里缝着的东西，向我一瞥，后来乘机问道："有什么使你烦恼的事呢？请告诉我，不然我也烦恼。"

"我——我想于柚子未到婆家以前，看一看她的丈夫。"

去年寒假，我由北京回家，姨妈的讼事，仍然没有了结，而且姨父已经拘在监狱里了。我想，再是忍无可忍的了，跑到与那屋主很是要好的一位绅士处，请他设法转圜。结果因姨父被拘的缘故，债权取消，另外给四十千出屋的费用。这宗款项，姨妈并不顾忌两位嫂嫂，留十五千将来替柚子购办被帐，其余的偿还米店的陈欠，取回当店里的几件棉衣，剩下只有可以来得五斗米的数目了。

出屋那一天，是一年最末的第二天，我的母亲托我的一位邻人去探看情形，因为习惯的势力，我们亲戚家是不能随意去的。下午，那邻人把姨妈同柚子带到我家来了！这柚子完全不是我记忆里的柚子了，却也不见得如妻所说那样为难人家的女儿；身材很高，颜面也很丰满，见了我，依然带着笑容叫一声"焱哥"。我几乎忘却柚子是为什么到我家来，也不知道到堂屋里去慰问含泪的姨妈；心里好像有所思，口里好像有所讲，却又没有思的，没有讲的。柚子并不同我多讲话，也不同家里任何人多讲话，跟着她的芹姐笔直到房里去。后来母亲向我说，母女两人预备明天回原来乡间的旧居——不是曾经典给人家的那所高大房子，是向一位族人暂借的一间房子，今天快黑了，只得来我家寄宿一夜。

天对于我的姨妈真是残酷极了，我还睡在床上，忽然下起大雨来了！我想，姨妈无论如何不能在我家逗留，因为明夜就是除夕；柚子总一定可以，因为她还是女孩子，孩子得在亲戚家过年，她从前在外祖母家便是好例。但是，起来，看见柚子问妻借钉鞋！我不禁大声诧异："柚子也回去吗？千万行不得！"妻很窘地向我说，姨妈非要柚子同去不可，来年今日，也许在婆家。我又有什么勇气反抗妻的话呢？

吃过早饭，我眼看着十年久别，一夕重逢的柚子妹妹，跟着她的骷髅似的母亲，在泥泞街上并不回顾我的母亲的泣别，渐渐走不见了。

（一九二三年）

桃园

　　王老大只有一个女孩儿，一十三岁，病了差不多半个月了。王老大一向以种桃为业，住的地方就叫做桃园，——桃园简直是王老大的另一个名字。在这小小的县城里，再没有别个种了这么多的桃子。

　　桃园孤单得很，唯一的邻家是县衙门，——这也不能够叫桃园热闹，衙门口的那一座"照墙"，望去已经不显其堂皇了，一眨眼就要钻进地底里去似的，而照墙距"正堂"还有好几十步之遥。照墙外是杀场，自从离开十字街头以来，杀人在这上面。说不定王老大得了这么一大块地就因为与杀场接壤哩。这里，倘不是有人来栽树木，也只会让野草生长下去。

　　桃园的篱墙的一边又给城墙做了，但这时常惹得王老大发牢骚，城上的游人可以随手摘他的桃子吃。他的阿毛倒不大在乎，她还替城墙栽了一些牵牛花，花开的时候，许多女孩子跑来玩，兜了花回去。上城看得见红日头，——这是指西山的落日，这里正是西城。阿毛每每因了这一个日头再看一看照墙上画的那天狗要吃的一个，也是红的。当那春天，桃花遍树，阿毛高高的望着园里的爸爸道：

"爸爸，我们桃园两个日头。"

话这样说，小小的心儿实是满了一个红字。

你这日头，阿毛消瘦得多了，你一点也不减你的颜色！

秋深的黄昏。阿毛病了也坐在门槛上玩，望着爸爸取水。桃园里面有一口井。桃树，长大了的不算又栽了小桃，阿毛真是爱极了，爱得觉着自己是一个小姑娘，清早起来辫子也没有梳！桃树仿佛也知道了，阿毛姑娘今天一天不想端碗扒饭吃哩。爸爸担着水桶林子里穿来穿去，不是把背弓了一弓就要挨到树叶子。阿毛用了她的小手摸过这许多的树，不，这一棵一棵的树是阿毛一手抱大的！——是爸爸拿水浇得这么大吗？她记起城外山上满山的坟，她的妈妈也有一个，——妈妈的坟就在这园里不好吗？爸爸为什么同妈妈打架呢？有一回一箩桃子都踢翻了，阿毛一个一个的朝箩里拣！天狗真个把日头吃了怎么办呢？……

阿毛看见天上的半个月亮了。天狗的日头，吃不掉的，到了这个时分格外地照彻她的天，——这是说她的心儿。

秋天的天实在是高哩。这个地方太空旷吗？不，阿毛睁大了的眼睛叫月亮装满了，连爸爸已经走到了园的尽头她也没有去理会。月亮这么早就出来！有的时候清早也有月亮！

古旧的城墙同瓦一般黑，墙砖上青苔阴阴的绿，——这个也逗引阿毛。阿毛似乎看见自己的眼睛是亮晶晶的！她不相信天是要黑下去，——黑了岂不连苔也看不见？——她的桃园倘若是种橘子才好，苔还不如橘子的叶子是真绿！她曾经在一个人家的院子旁边走过，一棵大橘露到院子外，——橘树的浓荫俨然就遮映了阿毛了！但小姑娘的眼睛里立刻又是一园的桃叶。

阿毛如果道得出她的意思，这时她要说不称意罢。

桃树已经不大经得起风，叶子吹落不少，无有精神。

阿毛低声地说了一句：

"桃树你又不是害病哩。"

她站在树下，抱着箩筐，看爸爸摘桃，林子外不像再有天，天就是桃，就是桃叶，——是这个树吗？这个树，到明年又是那么茂盛吗？那时她可不要害病才好！桃花她不见得怎样的喜欢，风吹到井里去了她喜欢！她还丢了一块石头到井里去了哩，爸爸不晓得！（这就是说没有人晓得）

……

"阿毛，进去，到屋子里去，外面风很凉。"

王老大走到了门口，低下眼睛看他的阿毛。

阿毛这才看见爸爸脚上是穿草鞋，——爸爸走路不响。

"爸爸，你还要上街去一趟不呢？"

"今天太晚了，不去，——起来。"王老大歇了水桶伸手挽他的阿毛。

"瓶子的酒我看见都喝完了。"

"喝完了我就不喝。"

爸爸实在是好，阿毛可要哭了！——当初为什么同妈妈打架呢？半夜三更还要上街去！家里喝了不算还要到酒馆里去喝！但妈妈明知道爸爸在外面没有回也不应该老早就把门关起来！妈妈现在也要可怜爸爸罢！

"阿毛，今天一天没有看见你吃点什么，老是喝茶，茶饱得了肚子吗？我爸爸喝酒是喝得饱肚子的。"

"不要什么东西吃。"

慢慢又一句：

"爸爸，我们来年也买一些橘子来栽一栽。"

"买一些橘子来栽一栽！你晓得你爸爸活得几年？等橘子结起橘子来爸爸进了棺材！"

王老大向他的阿毛这样说吗？问他他自己也不答应哩。但阿毛的橘子连根拔掉了。阿毛只有一双瘦手。刚才，她的病色是橘子的颜色。

王老大这样的人，大概要喝了一肚子酒才不是醉汉。

"这个死人的地方鬼也晓得骗人！张四说他今天下午来，到了这么时候影子也不看见他一个！"

"张四叔还差我们钱吗？"阿毛轻声地说。

"怎么说不差呢？差两吊。"

这时月亮才真个明起来，就在桃树之上，屋子里也铺了一地。王老大坐下板凳脱草鞋，——阿毛伏在桌上睡哩。

"阿毛，到床上去睡。"

"我睡不着。"

"你想橘子吃吗？"

"不。"

阿毛虽然说栽橘子，其实她不是想到橘子树上长橘，一棵橘树罢了。她还没有吃过橘子。

"阿毛，你手也是热的哩！"

阿毛——心里晓得爸爸摸她的脑壳又捏一捏手，枕着眼睛真在哭。

王老大一门闩把月光都闩出去了。闩了门再去点灯。

半个月亮，却也对着大地倾盆而注，王老大的三间草房，今年盖了新黄稻草，比桃叶还要洗得清冷。桃叶要说是浮在一个大池子里，篱墙以下都湮了，——叶子是刚湮过的！地面到这里很是低洼，王老大当初砌屋，就高高地砌在桃树之上了。但屋是低的。过去，都不属桃园。

杀场是露场，在秋夜里不能有什么另外的不同，"杀"字偏风一般的自然而然的向你的耳朵吹，打冷噤，有如是点点无数的鬼哭的凝和，巴不得月光一下照得它干！越照是越湿的，越湿也越照。你不会去记问草，虽则湿的就是白天里极目而绿的草，——你只再看一看黄草屋！分明的蜿蜒着，是路，路仿佛说它在等行人。王老大走得最多，月亮底下归他的家，是惯事，——不要怕他一脚踏到草里去，草露湿不了他的脚，正如他的酒红的脖子算不上月下的景致。

城垛子，一直排；立刻可以伸起来，故意缩着那么矮，而又使劲的白，是衙门的墙；簇簇的瓦，成了乌云，黑不了青天……

这上面为什么也有一个茅屋呢？行人终于这样免不了出惊。

茅屋大概不该有。

其实，就王老大说，世上只有三间草房，他同他的阿毛睡在里面，他也着实难过，那是因为阿毛睡不着了。

衙门更锣响。

"爸爸，这是打更吗？"

"是。"

爸爸是信口答着。

这个令阿毛爽快：深夜响锣。她懂得打更，很少听见过打更。她又紧紧地把眼闭住——她怕了。这怕，路上的一块小石头恐怕也有关系。声音是慢慢地度来，度过一切，到这里，是这个怕。

接着是静默。

"我要喝茶。"阿毛说。

灯是早已吹熄了的，但不黑，王老大翻起来摸茶壶。

"阿毛，今天十二，明天，后天，十五我引你上庙去烧香，去问一问菩萨。"

"是的。"

阿毛想起一个尼姑，什么庙的尼姑她不知道，记得面孔，——尼姑就走进了她的桃园！

那正是桃园茂盛时候的事，阿毛一个人站在篱墙门口，一个尼姑歇了化施来的东西坐在路旁草上，望阿毛笑，叫阿毛叫小姑娘。尼姑的脸上尽是汗哩。阿毛开言道：

"师父你吃桃子吗？"

"小姑娘你把桃子我吃吗？——阿弥陀佛！"

阿毛回身家去，捧出了三个红桃。阿毛只可惜自己上不了树到树上去摘！

现在这个尼姑走进了她的桃园，她的茂盛的桃园。

223

阿毛张一张眼睛——

张了眼是落了幕。

阿毛心里空空的，什么也没有想，只晓得她是病。

"阿毛，不说话一睡就睡着了。"

王老大就闭了眼睛去睡。但还要一句——

"要什么东西吃明天我上街去买。"

"桃子好吃。"

阿毛并不是说话说给爸爸听，但这是一声霹雳，爸爸的眼睛简直呆住了，突然一张，——上是屋顶。如果不是夜里，夜里睡在床上，阿毛要害怕她说了一句什么叫爸爸这样！

桃子——王老大为得桃子同人吵过架，成千成万的桃子逃不了他的巴掌，他一口也嚼得一个，但今天才听见这两个字！

"现在那里有桃子卖呢？"

一听声音话是没有说完。慢慢却是——

"不要说话，一睡就睡着了。"

睡不着的是王老大。

窗孔里射进来月光。王老大不知怎的又是不平！月光居然会移动，他的酒瓶放在一角，居然会亮了起来！王老大怒目而视。

阿毛说过，酒都喝完了。瓶子比白天还来得大。

王老大恨不得翻起来一脚踢破了它！世界就只是这一个瓶

224

子——踢破了什么也完了似的！

王老大挟了酒瓶走在街上。

"十五，明天就是十五，我要引我的阿毛上庙去烧香。"

低头丧气的这么说。

自然，王老大是上街来打酒的。

"桃子好吃，"阿毛的这句话突然在他的心头闪起来了，——不，王老大是站住了，街旁歇着一挑桃子，鲜红夺目得厉害。

"你这是桃子吗！？"

王老大横了眼睛走上前问。

"桃子拿玻璃瓶子来换。"

王老大又是一句：

"你这是桃子吗！？"

同时对桃子半鞠了躬，要伸手下去。

桃子的主人不是城里人，看了王老大的样子一手捏得桃子破，也伸下手来保护桃子，拦住王老大的手——

"拿瓶子来换。"

"拿钱买不行吗？"

王老大抬了眼睛，问。但他已经听得背后有人嚷——

"就拿这一个瓶子换。"

一看是张四，张四笑嘻嘻地捏了王老大的酒瓶，——他从王老大的胁下抽出瓶子来。

王老大欢喜极了：张四来了，帮同他骗一骗这个生人！——他的酒瓶那里还有用处呢？

"喂，就拿这一个瓶子换。"

"真要换，一个瓶子也不够。"

张四早已瞧见了王老大的手心里有十好几个铜子，道：

"王老大，你找他几个铜子。"

王老大耳朵听，嘴里说，简直是在自己桃园卖桃子的时候一般模样。

"我把我的铜子都找给你行吗？"

"好好，我就给你换。"

换桃子的收下了王老大的瓶子，王老大的铜子张四笑嘻嘻地接到手上一溜烟跑了。

王老大捧了桃子——他居然晓得朝回头的路上走！桃子一连三个，每一个一大片绿叶，王老大真是不敢抬头了。

"王老大，你这桃子好！"路上的人问。

王老大只是笑，——他还同谁去讲话呢？

围拢来四五个孩子，王老大道：

"我替我阿毛买来的。我阿毛病了要桃子。"

"这桃子又吃不得哩。"

是的，这桃子吃不得，——王老大似乎也知道！但他又低头看桃子一看，想叫桃子吃得！

王老大的欢喜确乎走脱不少，然而还是笑——

"我拿给我阿毛看一看……"

乒乓！

"哈哈哈，桃子玻璃做的！"

"哈哈哈，玻璃做的桃子！"

孩子们并不都是笑，——桃子是一个孩子撞跌了的，他，他的小小的心儿没有声响地碎了，同王老大双眼对双眼。

（一九二七年）

枣

　　我当然不能谈年纪，但过着这么一个放荡的生活。东西南北，颇有点儿行脚僧的风流，而时怀一个求安息之念，因此，很不觉得自己还应算是一个少年了。我的哀愁大概是少年的罢，也还真是一个少年的欢喜，落日西山，总无改于野花芳草的我的道上，我总是一个生意哩。

　　近数年来，北京这地方我彷徨得较久，来去无常，平常多半住客栈。今年，夏末到中秋，逍遥于所谓会熔的寒窗之下了。到此刻，这三个月的时光，还好像舍不得似的。我不知怎的，实在的不要听故乡人说话，我的故乡人似乎又都是一些笨脚色，舌头改变不过来，胡同口里，有时无意间碰到他们，我却不是相识，那个声音是那样的容易入耳……唉，人何必丢丑呢？实在要说是"乞怜"才好。没有法，道旁的我是那么感觉着。至于会馆，向来是不辨方向的了。今年那时为什么下这一着棋，我也不大说得清。总之两个院子只住着我一人。因为北京忽然不吉利，人们随着火车走了。我从那里得了这消息，也不大说得清。

我住的是后院，窗外两株枣树，一株颇大。一架葡萄，不在我的门口，荫着谁之门，琐上了，里面还存放有东西。平常也自负能谈诗的，只有这时，才甚以古人青琐对芳菲之句为妙了，多半是黄昏时，孑然一身，葡萄架下贪凉。

我的先生走来看我，他老人家算是上岁数的人了，从琉璃厂来，拿了刻的印章给我看。我表示我的意见，说，"我喜欢这个。"这是刻着苦雨翁奎四个字的。先生含笑。先生卜居于一个低洼所在，经不得北京的大雨，一下就非脱脚不可，水都装到屋子里去了，——倘若深更半夜倾盆而注怎么办呢，梨枣倒真有了无妄之灾，还要首先起来捞那些捞什子，所以苦雨哩。但后来听说院子里已经挖了一个大坑，水由地中行。

先生常说聊斋这两句话不错：

姑妄言之姑听之

豆棚瓜架雨如丝

所以我写给先生的信里有云：

"豆棚瓜架雨如丝，一心贪看雨，一旦又记起了是一个过路人，走到这儿躲雨，到底天气不好也。钓鱼的他自不一样，雨里头有生意做，自然是斜风细雨不须归。我以为惟有这个躲雨的人最没有放过雨的美。……"

这算是我的"苦雨翁"吟，虽然有点咬文嚼字之嫌，但当面告诉先生说，"我的意境实好。"先生回答道：

"你完全是江南生长的，总是江南景物作用。"

我简直受了一大打击，默而无语了。

不知怎么一谈谈起朱舜水先生，这又给了我一个诗思，先生道：

"日本的书上说朱舜水，他平常是能操和语的，方病榻弥留，讲的话友人不懂，几句土话。

我说：

"先生，是什么书上的？"

看我的神气不能漠然听之了，先生也不由得正襟而危坐，屋子里很寂静了。他老人家是唯物论者。我呢？——虽是顺便的话，还是不要多说的好。这个节制，于做文章的人颇紧要，否则文章很损失。

有一个女人，大概住在邻近，时常带了孩子来打枣吃。看她的样子很不招人喜欢，所以我关门一室让她打了。然而窗外我的树一天一天的失了精神了，我乃吩咐长班："请她以后不要来罢。"

果然不见她来了。

一到八月，枣渐渐地熟了。树顶的顶上，夜人不能及。夜半大风，一阵阵落地声响，我枕在枕头上喜欢极了。我想那"雨中山果落"恐怕不及我这个。清早开门，满地枣红，简直是意外的欢喜，昨夜的落地不算事了。

一天，我知道，前院新搬进了一个人，当然是我的同乡了。小便时，我望见他，心想，"这就是他了。"这人，五十岁上下，简直不招我的反感。——唉，说话每每不自觉地说出来了，怎么说反感呢？我这人是那样的，甚是苦了自己，见人易生反感。我很想同他谈谈。第二天早晨，我正在那里写字，他推开我的房门进来了。见面拱手，但真不讨厌，合式，笑得是一个苦笑，或者只是我那么的觉着。倒一杯茶，请他坐下了。

他很要知道似的，问我：

"贵姓？"

"姓岳。"

"府上在哪里？"

"岳家湾。"

"那么北乡。"

这样说时，轮了一下他的眼睛，头也一偏，不消说，那个岳家湾在这个迟钝的思索里指定了一遍了。

"你住在哪里呢？"

"我是西乡，——感湖你晓得吗？你们北乡的鱼贩子总在我那里买鱼。"

失礼罢，或者说，这人还年青罢，我竟没有问他贵姓，而问，"你住在哪里呢？"做人大概是要经过长久训练的，自以为很好了，其实距那个自由地步还很远，动不动露出马脚来了。后来他告诉我，他的夫人去年此地死了，尚停柩在城外庙里，想设法搬运回去，新近往济南去了一趟，又回北京来。

唉，再没有比这动我的乡愁了，一日的傍午我照例在那里写字玩，院子很是寂静，但总仿佛不是这么个寂静似的，抬起头来，朝着冷布往窗外望，见了我的同乡昂着他的秃头望那树顶上疏疏几吊枣子想吃了。

（一九二九年）

窗

一个人穿过开着的窗而看，决不如那对着闭着的窗的看出来的东西那么多。世间上更无物为深邃，为神秘，为丰富，为阴暗，为眩动，较之一枝烛光所照的窗了。我们在日光下所能见到的一切，永不及那窗玻璃后见到的有趣。在那幽或明的洞隙之中，生命活着，梦着，折难着。

横穿屋顶之波，我能见一个中年妇人，脸打皱，穷，她长有所倚，她从不外出。从她的面貌，从她的衣装，从她的姿态，从几乎没有什么，我造出了这妇人的历史，或者不如说是她的故事，有时我就念给我自己听，带着眼泪。

倘若那是一个老汉，我也一样容易造出他的来罢。

于是我睡，自足于在他人的身上生活过，担受过了。

你将问我，"你相信这故事是真的吗？"那有什么关系呢？——我以外的真实有什么关系呢，只要他帮助我过活，觉到有我，和我是什么？

病人

下课之后，我回到宿舍，见了他的铺位搬得精光，知道他拒绝我的送车了。

我同他在这间屋子里住了将近一年，讲话却在一个月以前，他从医院归来，我才向他开始。他说，医生说，虽然吐血，并非痨病。然而他渐渐黄瘦下去了。

朋友们当做问好很郑重地问他，"这不是玩的！"他好像优游不过，答着，"不要紧。"然而他的眼睛张大而发亮，每每于朋友走开之后，抬头觑着挂在墙上的镜子。我微笑而低声地告他，"今天好得多，"他的答语却是"未见得，"便是正在那里收拾药瓶或写家信，也即刻停止，掉转身来，现出"这可当真？"的神气。

当着同住的朋友，他总是说着不久就归家的话。公用的痰盂，在去年初进来，我们彼此连名姓都不知道的时候，便已决议：放在适中地方，不得距离谁更近或更远。现在当然谁也不便推翻，他却暗地嘱咐听差，稍为偏近他那一方。每逢清早听差拿出去泼倒，在他似乎索性自己做了为爽快，然而他又没有这样宣言，有事喊叫的时候，较别位先生和气而吞缩一点罢了。

没有自己顶要好的朋友住在里面作介绍，想插足于宿舍，颇不是一件容易事。他还只是说着"回去"，同住的一位便当着我们申明，"我已有一个朋友填缺，"随即把那朋友带进来同我们结识，——首先当然要结识他。他同结识一切朋友一样，满脸赔笑，眼睛呢，衬着苍黄的面色，更大而亮。轮到结识我的时候，我说，"你权且不必忙，他是病人。行止不能像我们斩截，而且他的家很远，还得觅伴。"这朋友此时也连声称是，随后间几天进来一趟，我很窘，他——病人，仍然总是赔笑。

他决定走的日期了，伴却没有觅着。动身前一晚，候补人这才很安心地走进来打量怎样布置。忽然正在高声嚷着英文读本的声音停住了，走出一位平素最热心于赶机会的英雄，好像不如此不足以表明懊丧与满足的真情，提议明天到市场去买点心，合欢送欢迎而为一会儿。被迎者极力称谢不敢；他，被送者，没有听见发言，其时我倒在床上，然而我的脑里已经绘出他的图形来了。

果真如他向我所说，记着家里母亲的挂心呢，还是另有不得不回去的原因？在我颇是一个疑问。那天早晨，我帮着他收拾东西，他再三催我上课。他很讲究整洁，吃药罢，也要用精致的杯碟，药瓶排在书架上，很像是医院里陈列的卖品。我却最是疏简，看他把衣服分作寒暑，很平展地叠在箱里，完全没有我动手的必要，所以名义上是帮助，其实是搅扰。然而他好像很乐意我的搅扰。检到皮袍，他忽然住手了，很踌躇似的用了仅能听见的声音："没有晒。""既然预备回去，为什么不晒？"我突然很粗重地这样说，把刚才小心侍候的私心，统行忘却了。随又笑道，"不妨，留着将来放在我的箱里。"从书夹中偶然翻出一张相片的时候，我又很鲁莽地喊起来了："好胖！"他也捧开衣服，仔细看了一看："送你罢，还是去年的。"

我极力劝他不要多带行李。他并不明言反对，只是低着头把预备带走的柳条箱同网篮装得满满。我气愤而且埋怨，"你不知道！你是病人！"马上又责备自己的唐突了。他好像也有点奇怪："以前连话也不多讲的人……？"从休息的时候偶然用询问的眼光向我一瞥，可以认识得出来。最后我告诉他，下午有两点钟功课，待我回来，一路到车站。他很冷淡地说着"不必"，我只当是照例地推辞，吃过午饭，同别的朋友一路上课堂。

为什么拒绝我呢？难道不愿吃他们的点心，拒绝我因而好拒绝他们吗？我不知道他们买与不买，买回了，也还有被款待的人在；只是我，见了这搬得精光的铺位，同剩下的几个空药瓶，禁不住怅惘。

我也原是病人呵。没有谁的病比我更久，没有谁尝病的味比我更深：有时如和风拂枯草，便是现在病了，也决不抱怨病不速愈；有时如疾雨打孤鸿，现在本无病，想起来也惟恐病之将至。

我的病状很罕见。起初于颈之右侧突然肿起如栗子那样大小，经过半年，几乎一年，由硬而软，终于破皮而流脓；接着左侧也一样肿起，一样由硬而软而流脓，然而右侧并不因先起而先愈；颈部如此，两腋又继续如此。其时我住在离家千里的地方，以学校功课繁重为辞，放假也不回去。我完全没有想到去医院就诊的事，大约是眼见着患别的疮疤的两个同学都被医院割伤了，因而推测那也是不中用。同学们每以"死"来警告，——不是这样干脆地拿出来罢了，然而我丝毫不感着死的可怕，听了他们的恐怖而迟疑的声调，而且觉得死一定很好，不过人终不能有意去死，病又不能即刻致死。还有几个欢喜说笑的朋友，也一样向我说"死"，词气更为肯定而有趣，令我不得不比他们自己更觉得当笑。其实我危险的实在程度，还远过于他们的猜想，因为我从不告诉他们我的病状。有一位最使我胆怯，便是那与我住在一室的，常是善意地向我说着这里空气不好，不如自己到校外租一间为合卫生的话。我自然是感谢，然而我又想到这话的反面：住在这里，妨害公共的卫生。我于应付朋友以外，还有一件从没间断的工作：提水洗衬衣。起初原以较普通加倍的价钱托洗衣店去洗，浓绿的痕点，却不因多钱而去净；每逢送来，又免不了连声称谢，在人虽然未见得是必要，在我却觉着非如此不可。有时疲倦难以行走，衬衣仍然不能不洗，——留到明天便有两件。这时候流出的眼泪，真算是不少了，无意间叫出："倘若在家，不由得母亲不洗！"

  不知是不幸的消息传到了，还是同平常一样怀念着健壮的儿子，我的父亲来信催促我回家了。我也本不能再坚持下去。这时是六月天气，我随身携带的，一个网篮，一捆被褥。走到轮船码头，喊挑夫代我挑去，——喊一人围拢来四五人，我一面照顾东西，一面同他们争价目。他们大约看出了我的弱点，格外抬高；我自己也有点不可解，仿佛对着他们是不能讲实话的，心里本打算给那些，口里却说出比那些少。他们挤得我像一个囚犯，加之夏布长衫的摩擦，身子简直是被炙铁炙了的。我哭了。他们，挑夫，笑了。我站在跳板，向前更走三步，便是长江。我顿时得到一条脱路了！这路本坦平，只要更坚决一点，弹指间便可以跳出这无情的节节逼人的四围，而消融于没有边际，分不出甜苦，好像慈母的拥抱的当中。呵，慈母！我的慈母在那方！我的眼光顿时又由水面转到天涯了。我要在我的母亲的面前而死，热的眼泪可以滴在冷的皮肉上。我要为我的母亲而延长我的生命。我要免避我的母亲因失去了儿子而发狂，不得不继续生存。

到家前一日，已经走进了故乡的地界，虽然也还在苦痛中挣扎，我的心却不像以前脆弱。那天下午，住在一个相识的饭店里，见面的时候，店主人很惊讶地问我，"先生，消瘦多了！"我此时不想到怎样回答这主人，只想到明天怎样初见我的母亲。我极力隐藏我的病状，但同一切的秘密一样愈隐藏而愈易发觉。

"先生不是生瘰疬罢？"

"寻常的疮疤。"我带着不耐烦的神气答着。

"倘若是瘰疬，我们这里有一位外科圣手。"

我好像小孩子看见母亲快来了，于人便是有失礼的地方，也不怕受欺讹，并不理会这番好意；又好像这是故意咒诅我，急于拿别的话支吾过去。我的身子不比受病以来任何时舒服，我的心却比受病以来任何时充实了。

我用尽我的气力倒在我母亲的怀里，当母亲含泪埋怨，为什么至今才归，为什么不早日给家里知道。母亲解开我的衬衣，我也数给母亲，这是先起，那是后发。我从此知道我的患处实在疼痛，我的心极力想陈述我是怎样的疼痛，我的眼泪也只用来压过一日中最难抵抗的疼痛，而我在我的家庭，俨然是一个专制君王，哥哥让我，兄弟妹妹怕我，猫不好打猫，狗不好打狗，便是我性如烈火的父亲，见了我也低声下气。

他现在回去了。回去就可以见母亲，那是一定的。然而沿路下车，上船，住客栈，也是一定的。

（一九二三年）

半年

我的十八元一月的差事被辞退了，这半年就决计住在家。

去年冬天，我曾这样想：同芹一块儿，多么有趣。现在，我的母亲见了病后的我一天一天地黄瘦下去，恼怒叹息人们不谅解她的孤僻而恬静的儿子，自己对于儿子的隔秋结婚，团聚不上十天便分别了的妻的亲密，却又很窘的加以言外的讽刺；结果，在城南鸡鸣寺里打扫小小的一间屋子，我个人读书。

书案的位置于我很合适：窗小而高，墙外是园，光线同湖水一般，绿清清的。阴郁的病态过久了罢，见了白得刺目的太阳，虚弱的心顿时干枯起来，犹之临了同世人应酬，急的想找个窟眼躲藏；倘若在暗淡所在，那便熨贴极了，好像暑天远行，偶然走近一株大树，阵阵凉风吹来。

来寺烧香的很多，原因是菩萨太灵。至于和尚，则素来以不修行著称，——在我看，也确有令人生厌的地方。我把门关上，除掉回家吃饭，或到寺前院子里散步，绝少打开。

我读书不怕喧扰，打鼓放炮，于我都很习惯。虽然也笑：迷信；然而不能引起平素的憎恶。最欢喜的，是从门缝里窥望各种形色烧香的妇女；不待走进门，已经有一个记号，令我知道来的不是男子汉，——这并不由于声音的不同，在未拜跪以前，是很少言语的，乃是寺门口满盛冷水的缸里传来的喔喔的响。这缸水是专门为着女香客洗手而备办的。

雨后，烧香的没有了，然而院子里接连有许多姑娘的叫喊。我走出去探望：比平素更是嫩绿的草地当中，散聚着几个拣粪的姑娘，头顶近地，好像吃草的牛羊，左手捏一个半球形的柳条盒，右手不住的把草理来理去，……"啊，地蘑菇！十年没有吃过然而想过的地蘑菇！"

四五月间，草地上经过大雨，长一种比木耳更小的菇子，大家都说是雷公用铁拳打下的，拣回去煮汤。我小时最爱吃这汤，常是伴着身份与我不相称的女孩，在城外野原，从早拣到午。我没有另拿东西盛着，用衣兜住。回去，不消说，鞋是完全湿的，衣上也染了许多斑点，好像装过丸药的盒子。母亲知道我的脾气，也不加责备，煮来做午饭的菜。记得那时外祖母常在我家，还称奖我，省得两块豆腐的费用哩。

现在，我的稚气又发了，加在这几个姑娘的一伙。她们抬起头来望我，我说，大家一齐拣。我们的职业隔得太远罢，她们并不觉什么嫌疑，依然旁若无人地俯下去，拣了满盒，拿着粪铲走了，我也把报纸包一大包，赶早回去。

我的母亲，自从我进寺读书以后，如一切母亲爱儿子以外，百般地将顺我，——几乎可以说是畏怯，见我自己办菜回来了，而且追起了许多过去的欢喜，自然是高兴得了不得。我近来对于母亲确乎也有点愤意，这回却还是小孩似的：

"不要芹煮——，母亲煮，再尝那样的味儿！"

哈哈！任凭几个十八元，也买不了这样的味儿！这决不是我的牢骚语；十年来，每当雷雨天气，我是怎样地想呵。

有时细雨接连下个不住。望天，好像是一大块肮脏的灰布；本来低洼的泥地，潮湿得被盐卤了一般。和尚在后房睡觉，阴暗的神龛，恍着比萤火更清淡的灯光，雨风吹来，已经是熄了，却又一亮。倘若在外方有这么个境地，我将感着读了好的诗歌而起的舒服；现在，气愤愤地不待母亲指定的时间跑回。走进我自己的卧室，只有长几上的钟滴答滴答的。我退了鞋，横倒在床，心想："芹最是装狠，拿针黹到母亲后房做，显得并不……"天井外渐渐听见脚步声了，我急忙把眼睛一闭。

"回来了！……也不盖，……"

衣橱轻轻地开着，线毯慢慢地覆盖我的手同下身；我突然又把眼睛一张：

"弄醒了我！"

我极力消出我的气，用我的聪明所想得到的许多强横；然而终于忍不住，笑了。

我们真是别离了又相逢，相逢了又别离，似乎没有比这更多趣的了，然而我总是不平。做孩子时欢喜吃的食物，母亲还记得，只要是在这季节出世，都拣新鲜的买回，——很少用在白天，多半煮来消夜。时日太长，没吃到的都吃到了，重复的便是鸡蛋。消过夜，有月亮，母亲便走在我前；没有月亮，提着灯笼跟在我侧。路本不远，母亲的话很多，我心里虽然都听见，除了"哼"是没有明晰的回复的。走到寺门，和尚接着母亲问候了一遍；我打开房门，高声地寻着洋火，母亲拿着灯笼的时候，不待我第二声已经进来了。

倘若被风吹伤了，我俨然是加了一番力气，大踏步跑回："哪里像家里有楼板呢，抬头就看见瓦缝！"母亲窘呵。我喜呵。这晚便可以同芹安睡。可恼的芹，灯燃着了，还固意到母亲那里支吾一会儿；母亲很好，催促着，"问他要东西不。"

一天下午，和尚因事出去了，托付我暂时照顾，我的门也就例外打开。这时天气，穿得着单衫，风幽幽地从窗吹进来，送我馥郁的气息；我拿本诗集，靠着椅子读。忽然间感着深谷的回声似的，不觉头已偏了，竖着耳朵细听。声音渐渐落实了："乖乖儿，不要同你娘斗！"我摔开书去看：院子的这头，站着十二三岁的小孩，头低着，指甲放在嘴里咬；那头是六十岁上下的妇人，缓步走近小孩，见了我，又高声道，"那先生不也是读书吗？人总要读书！"院墙颇高，话声空洞而响亮；我感着秋夜浴月的清澈，摸一摸孩子：

"读书？"

"是呵，娘为他气得哭，——说声上学就跑！"老妇人皱着眉头说。

"不要她管！"

"是呵，信我的话，祖母的话。"

孩子很重地拖着鞋，在老妇人前慢慢走出院了。

我重行拿着书；翻开两页，又摔在一边，望着窗外用水洗了似的深蓝的天空。和尚回来，我也就回去。

这天是端阳节，家里很忙，打发了这个孩子粽子，那个孩子又来要鸭蛋。我吃过早饭，仍然往寺里去。香炉旁，有一个孩子寻炮壳，——仔细看就是前次被祖母调劝的，炮引没有了，药还藏着未炸发，便一颗颗拣起来。小小的手掌再不能容了，又一颗颗折成半断，在地上摆着圆形；点燃一颗，其余的都嘶的一声放起火花。我帮着他拣，他问我：

"你不散馆？"

"啊，你们散馆。我没有先生，不散。——前回你是逃学罢？"

他含羞地微笑，并不回答。

"你为什么不信娘的话呢？"

他一心低头拣炮。而我还是问：

"你的爷呢？"

"爷，爷死了。"

"死了？什么时候？"

"不知道，死了。"

我不再惊扰他的拣炮了。后来由和尚的话，知道他便是寺的右角小小一间房子的男主人。

院子里照常竖着衣架，我以为普通事，近邻借晒场，从没有留心过。一日，偶然瞥见那老妇人在架旁蹀来蹀去，我便偷伺秘密似的站在院墙后廊，从圆的彩花形的洞隙睄过去。老妇人收折晒在架上的白布被包，坐下草地，返复展平；随又等候什么，掉头向街。由街走进一个中年妇人，肩膀搭着棉絮，腋下挟的是紫褐色的被面。这妇人很苗条，细小的脚，穿着灰鞋；棉絮铺在地上了，老妇人清检别的零星衣件出去，她一个人屈着身子，手里拿着针线，忽上忽下。太阳渐渐西偏，她的头发渐渐由闪烁转到墨黑；草更显得绿，被更显得白，被面的紫褐映着苍黄的脸，令我远远感到凄凉了。

以前，傍晚我便回家，芹坐在当户的矮凳，便于早一点相觑。我再有别的牵挂了，回家之先要登城，——毕竟是乡镇，沿城可以登览。我的两次晤面的小朋友的屋，后有一块小园，横篱七八步，便是城墙。灌菜割菜，每次看见的，都是小朋友的祖母；母亲呢，当着由园进屋的门口做针黹，回答婆婆，眼睛才略为一睒。

是风暴之后。我穿着夏布短挂，很有几分凉意，当着正煮午饭的时候，回家添衣。我的小朋友的很少打开的前门这时也打开了，小朋友嗡嗡哭着，母亲很窘地一旁站着：

"上街买盐！"

"我不去，你去！"

我不能止步，只得慢一点走；心想，祖母呢？——祖母的声音果从后喊到前了。

距离我家不远的时候，小朋友又笑嘻嘻地走来我的后面，愈是深的水荡，愈是高兴地踏下去。我说，"鞋子湿了，回去母亲要骂！"不知道是被我说失了体面呢，还是当心母亲的骂，他也就走上没有水的地方了。我告诉他，"耍一耍罢，这是我的家；"我是怎样欣慰而悲哀呵，他答着我："不，母亲等盐。"

这是过去的一个半年的事。现在我在北京，还时常羡念那半年的我，但也不能忘记我的小朋友，以及小朋友的祖母和母亲。

（一九二三年）

毛儿的爸爸

毛儿晓得他的爸爸疼他。除了他的爸爸，别人捏他的耳朵，叫他小胖子，他就张大他的阔嘴，好像猪嘴，嚷："我告诉我爸爸。"爸爸也捏他的耳朵，那时他是双腿跨了爸爸的大腿，——这个名叫骑马。他三岁的时候，骑马是骑妈妈，妈妈还唱歌，现在上了学，妈妈不疼他了，他说。妈妈打他一巴掌，他也躲过一边来吞声地说一句："我告诉我爸爸。"这时不看见他的嘴，看见他的"老儿辫"；小胖子也垂头丧气的。但不一会儿又跑过去，妈妈正在厨房里干活，手上拿着菜刀，他钻头要吃奶的样子要饭熟了。老儿辫又好像一个猪尾巴，摆。人家也喜欢捏这小辫子玩。

"我一刀！"

妈妈喝他一声，但是怕刀碰了孩子的头。小胖子又站开了，墙上画字。

"妈，'人'字你认得吗？——'大'字。"

妈低头切菜。

赵志祥家的是一个美人。这是客观的描写。这话或者有语病，什么叫客观？不如就照大家的话："赵志祥家的很贤快。"曾经有过这一句："媳妇生得好看。"那时赵志祥是做新郎，十七八年前。赵志祥也一度的见美人：不敢抬头，抬头一见，好看的媳妇；仿佛一个人打开门迎面就见太阳，打不开眼睛，是要张开，眨眼。

赵志祥，赵志，赵胖子，爸爸，——都是他的爸爸，毛儿的爸爸。小胖子也到衙门口去玩，他听见里头喊赵志，就帮着爸爸道："爸爸，喊你。"还有赵先生，那也是他的爸爸。好比乡下人，上街来告状的，——不晓得是人家告他的状还是他告人家，看他的样子是人家告他，望着赵先生的大门道：

"赵先生在家吗？"

开了门，没有人，赵志祥向来又不要狗。问赵先生的轻轻地走了。

毛儿同好几个孩子在门口玩。妈妈捏着针线活房里头走出来。

"毛，有人叫，是吗？"

"找我爸爸的。"

毛儿出现了一下他的阔嘴。只一现，又是老儿辫，好几个小脑壳当中。妈妈都不看，都看见了。

"你告诉他爸爸吃了饭就走了吗？"

毛儿连妈妈也不答应了，贪玩。他晓得找他爸爸是了。

赵志祥家的有点放不下。她在堂屋里坐了好大的工夫，刚一进房去乡下人就来了。赵志祥临走时告诉了她，说恐怕有一个人来找他。吃午饭的时候，她同毛儿两人吃，一位堂客进来了，说她的老板来了一趟，现在她来。赵志祥家的倒一碗茶这堂客喝。她很可怜她，看她的样子很可怜。这堂客很能说话，说了一气走了。赵志祥家的同她的毛儿饭还没有吃完。吃完了，她，筷子没有放下，读书人拿笔似的拿着，看她的毛儿吃。这个样子很美。这是客观的描写。她是一个得意的神气。但她还是可怜那乡下妇人，她后悔她没有问她吃饭没有。

"毛，饭冷了就不要吃。"

说着拿她的筷子伸到毛儿碗里把那一块肉夹出来。肉已经不好吃了，放在碗里好大的工夫。毛儿吃肉总是一筷子夹几块，吃一块多余的放在饭边下。爸爸在家吃饭就替他夹两筷子，一碗饭。

毛就放下他的半碗饭不要了。

赵志祥是衙吏，传案的。人都晓得赵志祥。晓得赵胖子的人更要多些。一日，那一日赵志祥"做孝子"，爸爸死了第三天，出殡，穿过大街，店铺的人，站在柜台里，伸头看，看到赵志祥，倒不认识赵志祥了。赵志祥生来胖，很白，那时正是冬天，孝衣衬了棉袄，棉袄衬了短棉袄，又是叫人看的，走路当然动，又不动，所以，大街上，棺材过了，大家一时都不说话，虽然笑，孝子！一个白胖子！——没有赵志祥。赵志祥再走一脚，看官冷落一下了，这一下子忘记买卖：

"赵志祥。"

或者：

"赵胖子，——赵胖子的爸爸什么时候走了？"

赵志祥渐渐的不是叫人看，他那样脖子不高一下，又不低，仿佛是生成的样子，不然就不是赵胖子。他什么也不知，后来知道他要小便。

三天前，赵志祥家的开始试一试她的孝衣，镜子里头她喜欢地看了一看了。十年以来她没有这一看，喜欢地看，虽然她欢喜照镜子，随便穿戴什么要照镜子。她平常也爱打扮，正如久当厨子的人不晓得东西好吃，做出来总好吃，总是那么做。穿上这一件白衣，她的孝衣，大概她没有看见过这个样子了，这个样子好看。的确，她头一回穿孝衣。她连忙把她的毛喊进房来。毛已经自己穿上了。毛的孝衣比毛长，白到地。爸爸的也比爸爸长。爸爸是孝子的孝衣，毛为得明年就要长高起来了。看了一看毛，她似乎忘记了什么，记不起什么。什么也没有。是她的毛。坐下，把毛拉到兜里，拿出她的小梳子来，捏住小辫子，道：

"重新扎一下。——不要同人打架，记得吗？"

又道：

"不要吵你爸爸，你爸爸两夜没有睡好觉，晓得吗？"

老儿辫扎起来新鲜，好像今天才有的。妈妈用了一根新红头绳。

因为这个辫子，毛儿倒不像赵志祥了。或者赵志祥这几天累了，侍候垂死的爸爸，晚上没有好好的睡，眼睛有点肿。

没有几天的工夫，毛儿在门口哭了，"我告诉我妈妈。"他一直哭到厨房里去，妈妈在那里。毛儿打败了。打架他向来不哭，他家来了许多客，都笑他打败了，所以他哭。他对妈妈说王金火。

"王金火，他在墙上画我，画我一个大嘴。"

"我总是叫你不要和他玩，你偏要和他玩，——那一个短命鬼！"

妈妈恨不得一巴掌打干毛儿的眼泪，她实实在在地恨王金火。

"哭出这个鬼样子！"

说着轻轻地把毛儿的眼泪揩了，挈起她的衣裳，她的新穿的孝衣。因为在厨房里干活，孝衣外还系了一个围裙。

赵志祥的大门当街，偏街，只有几家做小买卖的，好比他间壁的一家卖纸钱。赵志祥家的清早起床比人家晏一些，除了煮饭她没有多的事做，起来还没有梳头，街上，她的门外，有小孩子拉的粪，她也不问是谁家的小孩拉的，她认得是对门王金火的粪，她拿了她的扫帚把它扫干净。张四婶子看见了——毛儿叫张四奶，总是忍不住地要心头纳罕："好贤快的媳妇！"她站在上风，偏着她张四奶的脸道：

"起来了玉姐？"

张四奶叫赵志祥家的叫玉姐。

"四奶，那家没有小孩？"

张四奶暗地称贤快，见了玉姐扫别人孩子的粪，玉姐就看出来了，叫了一声玉姐。

"是呀，妇人家总要这么贤快才好。"

人都要人说好。赵志祥家的实在又不愿别人诅怨她的小孩。小胖子也拉粪。

这条街，到了赵志祥的门口到了尽头，过去，土渣堆。再走，荒地长了草，赵志祥做孝子的时候就在这里搭帐篷，吹了三天喇叭。草的坡上两棵杨柳，六月天，赵志祥家的清早起来树脚下梳头。赵志祥也躺在树下睡觉，那时白日当天，闲着无事，从衙门口走回家来。一天，他午觉睡醒了，还是躺着，躺着竹榻，打了一个呵欠。他的呵欠是一个做爸爸的呵欠。连忙坐起来，人都猜不到他坐起来是有一叫：

"你妈妈，毛在家吗？"

"在家，在间壁玩。"

"剃头。"

这一句，两个字，赵志祥他也不晓得他是叫"你妈妈"听还是叫剃头的不要走站住。剃头的站住了，放下他的剃头的担子。

爸爸自己先剃，他从竹榻坐到剃头的剃头凳。

"呵呵呵。"

坐到剃头的剃头凳很新鲜的打一欠。

赵志祥剃头是剃光头。挑担子的剃头的都是剃光头。毛儿虽然要蓄一个老儿辫，也属于光头。爸爸坐在那里洗头，洗头发，毛儿来了，妈妈跟着出来了。

"剃头。"

爸爸说，抬头见了他的毛。他仿佛这时才睡醒过来，他好大的工夫没有见他的毛了。他说他是告诉毛要剃头不要跑。他刚从剃头的盆里抬起头来他说。没有抬起来，等着揩干脸。爸爸的脸好像毛儿要哭的脸了。

剃头的什么也不晓得，剃头。赵志祥闭了眼睛又闭嘴。

毛儿掉过身，一跑跑到妈妈那里去了，仿佛他忽然觉得站在这里看爸爸干什么。

他的门口又来了一个摇鼓的。妈妈要买布。布未卖成功，摇鼓的又摇了他的鼓走了。

"上街到铺子里去买。"赵志祥家的自己说一句。

"铺子里去买。"摇鼓的远远的说一句。

赵志祥家的说话时看了王金火一眼。王金火同毛儿平排着站，看毛儿的妈妈买布。看了一眼就完了，叫一声毛儿道：

"你爸爸剃完了。"

王金火是"平头"。赵志祥家的有一回见了王金火的平头好看，想到她的毛儿将来也把头发都蓄起来，到街上去剪平头。平头要上理发店。今天看王金火，只看了王金火一眼，没有想。王金火的平头差不多有一年了，常日碰见的事。

爸爸已经在那里取耳。万籁无声。赵志祥实在的享乐，斜了眼睛，偏着头，新头，什么都不管，等他的耳屎看。赵志祥家的又叫一声毛儿道：

"你爸爸剃完了。"

她没有看赵志祥，看见了，正如看见了太阳，虽然没有去看它。赵志祥，一个新头，常日碰见的事。只有冷天，赵志祥剃完了头走到房里去，她手上做着针线活，抬头一看，道：

"要戴帽子。"

　　毛儿剃完头，妈妈拉住他，看头上有毛没有。脸上的汗毛修干净了没有。这一位剃头的是一个老实人，不爱说话，赵志祥也说他老实，会取耳，他却不大乐意赵志祥家的这么的瞧她的毛儿，心想："只有你的孩子剃头！"他在那里收拾家伙。

　　赵志祥家的瞧她的毛儿，可以说不是瞧她的毛儿，是她自己照镜子。因为她一心看一个东西，不记得这个面相是她的毛儿，不记得她对了这面相瞧。

　　剩下他们三个人。竹榻另外一把小竹椅子，赵志祥家的坐了椅子。她是乘凉，两手抱着膝头。树荫下很凉快，这一刻工夫，她简直没有听见毛儿和他的爸爸说话，说什么。她望着有凉意的风吹着柳叶儿动，好像采花的蜂儿要飞上花心，两下都是轻轻的惹着。看她的后影就晓得她很凉快了。这一棵树上的叶儿都是要来吹着她的眉毛动了。两棵杨柳她看了一棵。慢慢的她掉了头，她的眉毛，叶子底下显得更乌黑，似乎真动了一下了，见毛儿那么的贴住爸爸，道：

　　"要挨这么近！——多热的天！"

　　赵志祥心头的舒服不能比拟了。他坐着，毛儿站着，赤脚站了竹榻，驼爸爸的背，同爸爸一般高。妈妈同毛儿的话爸爸两个耳朵都听见了，嘴里还说话。毛儿还是答应爸爸：

　　"人山水日月，父母子女兄弟姊妹，还有左手右手，一二三四五，六七八九十。还有小猫三只四只。"

妈妈听来很新奇，笑了。

赵志祥道：

"这些东西也要书上说！还是人之初好。"

他很看不起的样子。他也不晓得他这一说是说给毛儿听还是说给谁听。毛儿上了半年学，今天他才有工夫问毛儿书怎么读，——早已晓得读的叫做国文第一册。

"妈，爸爸耳朵里有一个痣。"

毛儿欢喜得叫，他发现了一个东西。

妈妈不答应。爸爸未听见。赵志祥的右耳朵里有一个黑痣，赵志祥家的做新媳妇的时候就看见了。她还听见人说耳朵痣是"好痣"。

"毛，你的西瓜都吃了没有？"爸爸说。

"下回再不要买许多这个东西，吃了又要拉稀。"妈妈说。

毛儿看见程四牛，王金火，还有两个同学，都来了，自己也站下地来了。

"四牛，算你大些，不要欺负我毛儿，欺负我毛儿我就告诉先生打你。"

四牛说他总是同毛儿好。

赵志祥今天高兴，他就逗着这几个孩子玩，忽然提着嗓子一声唱：

"耶稣爱我！我爱耶稣！"

惹得孩子们哈哈大笑，赵志祥家的坐在一旁，不知不觉地抱了她的膝头，含笑的一说：

"讨厌。"

她说的样子美。

（一九二八年）

小五放牛

我现在想起来，陈大爷原来应该叫做"乌龟"，不是吗？

那时我是替油榨房放牛，牵牛到陈大爷的门口来放。离我们榨房最近的地方只有陈大爷的门口有草吃。陈大爷是我的好朋友。他喜欢打骨牌，就把他的骨牌拿到草地上来同我打。我是没有钱的，陈大爷也没有钱，但打牌总是好玩的事。两个人当然是"搬家"，陈大爷总是给我搬空了，一十六双骨牌都摆在我的面前。我赢了我又觉得不好玩。我不捉弄陈大爷。有些孩子也时常跑来玩，捉弄陈大爷，比如陈大爷坐在粪缸上拉屎，他们拿小石头掷过去，石头不是碰了陈大爷的屁股就是陈大爷的屁股碰了一两滴粪。有一回陈大爷要骑我的牛玩，我却赶得牛飞跑，跌了陈大爷一跤。毛妈妈总是骂陈大爷，比如陈大爷跟我们一路去赶狗——狗在那里"连屁股"，回来毛妈妈骂道：

"亏你这么小的孩子！"

毛妈妈也给我一个当头棒：

"滚出去！"

我的一只腿已经跨进了陈大爷的门槛，连忙又退出来，退到草地上。草地上毛妈妈无论如何是不敢赶我的。

我还是钉了眼睛去伺望陈大爷，陈大爷低了脑壳坐在那里动也不动一动。

陈大爷大概跑得累了，他的样子实在像一个老猴。我后悔我不该同陈大爷一路玩。

一看陈大爷望了我笑，我又跑去看我的牛。

这位毛妈妈我不大喜欢，并不因为她骂我，——骂我的人多着哩！她有点摆架子，老是端起她的白铜烟袋。她是一个胖堂客，走起路来脚跟对脚跟，仿佛地球都奈她不何，那么扭得屁股动，夸她的一双好小脚！我想，她身上的肉再多一斤，她的脚就真载不住了。

毛妈妈为什么叫做毛妈妈呢？我常是平白的这样纳罕问我自己。有一回问我们榨房的厨子，他答道：

"毛妈妈有毛。"

这当然是骂毛妈妈。厨子骂毛妈妈，我骂他：

"你也想毛妈妈吧！"

我又这样想过：毛妈妈是陈大爷的娘子吗？那么陈大爷是干什么的呢？这第二问使得我很有趣，我知道我没有问出来我的意思，但有一个意思。我是随便地想了一想罢了，见了陈大爷就一路玩耍。

这个则不成问题：王胖子是住在陈大爷家里，而毛妈妈决不是王胖子的娘子。

王胖子虽阔，我看他不起，他是一个屠户。我到现在见了人家穿纺绸裤子还是一点也不心羡，恐怕就是王胖子穿纺绸裤穿得讨厌了。

王胖子老是穿纺绸裤，——裤脚那么大，纺绸不要钱买哩！穿纺绸就应该穿袜，自己也晓得自己是一个屠户，不配穿袜，纺绸还不如拿来我小五穿！

正是这么热的一天，王胖子大摇大摆地走来。王胖子来了，风也来了，他的屁股简直鼓得起风！我看他皱了眉毛，嘴里只管嘘呀嘘呀的，心头着实凉快。我的牛见了王胖子来了也在那里喘气，一尾巴扫得蝇子飞。我立地翻了一个筋斗。

我们这个地，据说是一个球，我翻了筋斗起来什么变动也没有一个！王胖子同毛妈妈坐了一个竹榻，毛妈妈跷了脚端她的烟袋。陈大爷门口这几棵杨柳真是为这两个胖子栽的！但该竹榻吃亏。两个胖子，谁也没有打谁的招呼，谁也就是这样打招呼：一个偏了眼睛歇住不吹烟灰，一个一眼看定了扇子（毛妈妈的大腿上搁了一把蒲扇），拿过来喊喳喊喳地对裤裆里扇。满脸油汗，正是捉猪的王胖子，多了一条纺绸裤罢了。

王胖子大概再不热了，蒲扇又还了原。

我也坐到树脚下来乘一乘凉。

"吃饭没有？"

毛妈妈开口说话；说了话又衔了烟袋。

王胖子臂膊一掉，——毛妈妈的话虽来得娇，但小五也听见了，而王胖子凑近毛妈妈这么答：

"还有一脚没有卖掉。这么晚没有卖掉就卖不掉。"

"割半斤来炒青椒。"毛妈妈吞了烟说。

"打四两酒。"

王胖子这是吩咐他自己——但他光顾我小五了：

"小五，替我到店里去割半斤肉来，另外打四两酒。"

陈大爷叫我去我是去的，对王胖子我回他一个摆头。

"你这个懒鬼，——告诉你的老板打你！"

"我的老板又不是请我来替你割肉哩。"但我只是咕噜了一句。

"大爷哪里去了呢？"毛妈妈叫。

"这里——就来。"大爷坐在粪缸上答。

大爷大概听见了为什么事喊他，裤子还没有扎好，一径走到屋里去，——拿出了酒壶。

毛妈妈却喊一声——

"来！"

大爷就走近跟前来了。

"去把手洗一洗！"毛妈妈从陈大爷的手上夺下了酒壶。

他们三人吃完饭，太阳已经落了山，是我牧童歌牛背的时候了。我连翻两个筋斗。王胖子喝酒喝得通红，——坐在那里解他的裤带子，解也解不开。

"要扎那么紧！"毛妈妈昂着脑壳拿了耳挖子剔她的牙齿，很叹息地说。

"你来帮把忙。"

王胖子站起来，——毛妈妈蹲了下去，替他解。

这时由得我作主，我真要掷一块石头过去，打这个胖肚子！胖肚子偏要装进那么多。

陈大爷跟在我的牛后，很舍不得我的样子。我还回头看他打了一个圈圈儿玩再走。

（一九二七年）